Charles Dickens
Weihnachtserzählungen

Charles Dickens
Weihnachtserzählungen

Mit den Illustrationen
zu den Erstausgaben von 1871 und 1874

Verlag Arthur Moewig

Neue, durchgesehene Ausgabe unter Verwendung der Übertragungen von Carl Kolb und Julius Seybt mit den Zeichnungen zu den englischen Erstausgaben von H. French, J. Mahoney, Charles Green und E. G. Dalziel.
Titel der Originalausgaben: »Doctor Marigold« – »Mrs. Lirripers' Lodgings« – »Mrs. Lirripers' Legacy« – »The Holly-Tree« – »A Christmas Tree« – »The Poor Relation's Story« – »The Schoolboy's Story« – »Mugby Junction« – »The Haunted House« – »Somebody's Luggage«

24. Auflage
© 1976 by Verlag Arthur Moewig GmbH, Rastatt
Gesamtausstattung: Creatic Shop München
Satz: Alfred Utesch, Hamburg
Druck und Bindung: May + Co, Darmstadt
Printed in Germany 1990
ISBN 3-8118-1562-8

Inhalt

Doktor Marigold
Erstes Kapitel. Muß gleich genommen werden 9
Zweites Kapitel. Muß fürs ganze Leben genommen werden 37

Mrs. Lirripers Fremdenpension
Erstes Kapitel. Wie Mrs. Lirriper das Geschäft führte . . . 49
Zweites Kapitel. Ein paar Worte, die der erste Stock
selbst hinzufügte 90

Mrs. Lirripers Vermächtnis
Erstes Kapitel. Mrs. Lirriper berichtet, wie es
weiterging und wie sie über den Kanal fuhr 101
Zweites Kapitel. Mrs. Lirriper berichtet,
wie Jemmy herauskam 137

Die Stechpalme
Erster Ast. Ich 145
Zweiter Ast. Der Stiefelputzer 158
Dritter Ast. Die Rechnung 173

Ein Christbaum 177

Die Geschichte des armen Verwandten . 201

Die Geschichte des Schuljungen 217

Der Eisenbahnknotenpunkt bei Mugby
Erstes Kapitel. Gebrüder Barbox 235
Zweites Kapitel. Gebrüder Barbox und Co. 269
Drittes Kapitel. Hauptlinie: Der Junge in Mugby 292

Das Spukhaus
Erstes Kapitel. Die Sterblichen in dem Hause 309
Zweites Kapitel. Der Geist in Master B.s Zimmer 334

Eines Reisenden Gepäck
Erstes Kapitel. Wie er es zurückließ, bis es wieder
abgeholt würde 351
Zweites Kapitel. Seine Stiefel 369
Drittes Kapitel. Sein Paket in dem braunen Papier . . . 396
Viertes Kapitel. Sein wunderbares Ende 411

Doktor Marigold

In zwei Kapiteln

Erstes Kapitel

Muß gleich genommen werden

Ich bin ein fahrender Händler, und der Name meines Vaters war Willum Marigold. Zu seinen Lebzeiten vermuteten einige Leute, sein Name sei William, aber mein Vater behauptete stets hartnäckig, nein, er hieße Willum. Was mich angeht, so begnüge ich mich damit, die Sache von folgendem Standpunkt aus zu betrachten: Wenn es einem Mann in einem freien Lande nicht gestattet sein soll, seinen eigenen Namen zu kennen, was kann ihm da wohl noch in einem Land, wo Sklaverei herrscht, erlaubt sein? Wenn man die Sache vom Standpunkt des Registers aus betrachtet, so kam Willum Marigold auf die Welt, bevor noch Register sehr im Schwange waren – und ebenso verließ er sie auch wieder. Außerdem würden sie ihm sehr wenig zugesagt haben, wenn sie zufälligerweise schon vor ihm aufgekommen wären.

Ich wurde an der Staatsstraße geboren, und mein Vater holte einen Doktor zu meiner Mutter, als das Ereignis auf einer Gemeindewiese eintrat. Dieser Doktor war ein sehr freundlicher Gentleman und wollte als Honorar nichts annehmen als ein Teetablett, und so wurde ich aus Dankbarkeit und als besondere Aufmerksamkeit ihm gegenüber Doktor genannt. Da habt ihr mich also, Doktor Marigold.

Ich bin gegenwärtig ein Mann in mittleren Jahren, von untersetzter Gestalt, in Manchesterhosen, Ledergamaschen und einer Weste mit Ärmeln, an der hinten stets der Riegel fehlt. Man kann ihn so oft ausbessern, wie man will, er platzt immer wieder, wie die Saiten einer Violine. Ihr seid sicher schon im Theater gewesen und habt gesehen, wie einer der Violinspieler, nachdem er an seiner Violine gehorcht hatte, als flüstere sie ihm das Geheimnis zu, sie fürchte, nicht in Ordnung zu sein, an ihr herumdrehte, und auf einmal hörtet ihr, wie die Saite platzte. Genauso geht es auch mit meiner Weste, soweit eine Weste und eine Violine einander gleich sein können.

Ich bevorzuge einen weißen Hut und liebe es, um den Hals ein lose und bequem geschlungenes Tuch zu tragen. Sitzen ist meine Lieblingsstellung, und was meinen Geschmack in bezug auf das Tragen von Schmuck angeht, so habe ich etwas für Perlmuttknöpfe übrig. Da habt ihr mich wieder, in Lebensgröße.

Da der Doktor ein Teetablett annahm, so werdet ihr vermuten, daß bereits mein Vater vor mir ein fahrender Händler war. Darin habt ihr ganz recht; er war auch einer. Es war ein hübsches Tablett. Man sah darauf eine gewichtige Dame, die auf einem gewundenen Kiesweg zu einer kleinen Kirche auf einer Anhöhe hinaufging. Auch zwei Schwäne waren in derselben Absicht herbeigeflattert. Wenn ich sie eine gewichtige Dame nenne, so meine ich damit nicht, daß sie besonders breit gewesen wäre; denn in dieser Beziehung war meiner Ansicht nach nicht viel mit ihr los, aber sie war dafür um so höher: ihre Höhe und Schlankheit war, mit einem Wort gesagt, die Höhe von Höhe und Schlankheit.

Ich habe dieses Tablett oft gesehen, seitdem ich die unschuldig lächelnde (oder, was wahrscheinlicher ist, quäkende) Ursache dafür war, daß der Doktor es in seinem Sprechzimmer auf einem Tisch gegen die Wand gelehnt aufstellte. Stets, wenn mein Vater und meine Mutter in diesem Teil des Landes waren, steckte ich meinen Kopf (ich hatte damals flachsblonde Locken, wie ich meine Mutter habe erzählen hören, obwohl ihr ihn jetzt nicht eher von einem alten Besen unterscheiden könntet, als bis ihr an den Stiel kämet und entdecktet, daß dieser nicht ich bin) zu des Doktors Tür hinein, und der Doktor freute sich stets über meinen Besuch und sagte:

»Aha, mein Herr Kollege! Komm herein, kleiner Dr. med. Hast du Lust, ein Sechspencestück einzustecken?«

Man kann nicht ewig weitermachen, wie ihr wißt, und das konnte auch mein Vater nicht, ebensowenig wie meine Mutter. Falls ihr aber nicht, wenn eure Zeit gekommen ist, auf einmal abrückt, dann werdet ihr es stückweise tun, und es ist zwei gegen eins zu wetten, daß euer Kopf das erste Stück ist. Nach und nach verlor mein Vater den seinen, und meine Mutter verlor den ihren. Es war ganz harmlos, aber es versetzte die Familie, wo ich sie untergebracht hatte, in Unruhe. Das alte Paar begann, obwohl es sich zur Ruhe gesetzt hatte, sich gänzlich und ausschließlich dem fahrenden Handelsgeschäft zu widmen und war ständig damit beschäftigt, den Besitz der Familie auszuverkaufen. Wenn das Tischtuch zum Essen aufgelegt wurde, begann mein Vater mit den Tellern und Schüsseln zu rasseln, wie wir es bei unserem Geschäft tun, wenn wir Geschirr zum Ausschreien aufsetzen; bloß hatte er das Geschick dafür verloren und ließ sie meist fallen, so daß sie zerbrachen. So wie die alte Dame gewohnt gewesen war, im Karren zu sitzen und dem alten Herrn auf dem Trittbrett die Gegenstände einen nach dem anderen zum Verkauf hinauszureichen, in genau der gleichen Weise händigte sie ihm jeden Posten aus dem Besitz der Familie aus, und sie verkauften die Ware in ihrer Phantasie von morgens bis abends. Schließlich ruft der alte Herr, als er und die alte Dame im selben Zimmer krank im Bett liegen, in der alten marktschreierischen Weise aus, nachdem er zwei Tage und zwei Nächte lang kein Wort gesprochen hatte:

»Nun, guckt einmal her, meine wackeren Burschen – als der Nachtigall-Klub im Dorfe legt' los, im Wirtshaus zum Kohlkopf und Hasen; sie hätten gar prächtig gesungen bloß, daß sie Stimm' und Gehör nicht besaßen – nun, guckt einmal her, meine prächtigen Burschen alle, hier ist ein Arbeitsmodell eines verbrauchten alten Händlers, ohne einen Zahn im Mund und mit einem Leiden in jedem Knochen: so lebensähnlich, daß es ebenso gut wäre, wenn es nicht besser wäre, ebenso schlimm, wenn es nicht schlimmer wäre, und ebenso neu, wenn es nicht abgenutzt wäre. Bietet für das Arbeitsmodell des alten Händlers, der zu seiner Zeit mehr Tee mit den Damen getrunken hat, als nötig wäre, um den Deckel von einem Waschkessel abzuheben und ihn um so viel tausend Meilen höher als der Mond in die Luft zu führen als nichts mal nichts, geteilt durch die Nationalschuld, übertrage nichts auf die Armensteuer, drei ab und zwei dazu. Nun, meine Eichenherzen und Strohmänner, was bietet ihr für die Partie? Zwei Schilling, einen Schilling, zehn Pence, acht Pence, sechs Pence, vier Pence. Zwei Pence? Wer hat zwei Pence gesagt? Der Gentleman in dem Vogelscheuchenhut? Ich schäme mich für den Gentleman in dem Vogelscheuchenhut. Ich schäme mich wirklich für ihn wegen seines Mangels an Patriotismus. Nun will ich euch mal sagen, was ich mit euch machen werde. Guckt her! Ich gebe euch noch ein Arbeitsmodell von einer alten Frau dazu, die den alten Händler heiratete vor so langer Zeit, daß es auf ein Ehrenwort in Noahs Arche stattfand, bevor das Einhorn hereinkommen konnte, das Aufgebot zu verhindern, indem es ein Lied auf seinem Horn blies. Nun denkt einmal an! Guckt her! Was bietet ihr für beide zusammen? Ich will euch sagen, was ich mit euch machen werde. Ich bin gar nicht böse auf euch, weil ihr's euch so lange überlegt. Guckt her! Wenn ihr mir bloß ein Angebot macht, das eurer Stadt ein wenig Ehre einbringt, gebe ich euch noch eine Wärmflasche umsonst dazu und borge euch eine Röstgabel fürs ganze Leben. Nun, was sagt ihr zu dieser glänzenden Offerte? Sagt zwei Pfund, sagt dreißig Schilling, sagt ein Pfund, sagt zehn Schilling, sagt fünf, sagt zweieinhalb. Ihr sagt nicht einmal zweieinhalb? Ihr sagt zweieinviertel? Nein. Für zweieinviertel kriegt ihr die Partie nicht. Eher würde ich sie euch schenken, wenn ihr bloß hübsch genug wärt. Heda! Frau! Schmeiß den alten Mann und die alte Frau in den Karren, spann den Gaul vor und fahre sie fort und begrabe sie!«

Das waren Willum Marigolds, meines Vaters, letzte Worte, und sie wurden von ihm und von seinem Weib, meiner Mutter, an ein und demselben Tag wahrgemacht, was ich am besten wissen muß, da ich als Leidtragender hinter ihnen hergegangen bin.

Mein Vater ist zu seiner Zeit ein reizender Kerl im Geschäftszweig des fahrenden Handels gewesen, wie seine Worte vor dem Tod bewiesen haben. Aber ich bin noch tüchtiger als er. Das sage ich nicht, weil ich von mir selbst rede, sondern weil es von allen, die die Möglichkeit hatten, Vergleiche zu ziehen, allgemein anerkannt worden ist. Ich habe meine Sache studiert. Ich habe mich mit anderen öffentlichen Sprechern verglichen – Parlamentsmitgliedern, Volksrednern, Kanzelpredigern, Advokaten –, und wo ich sie gut fand, habe ich ein Stückchen Phantasie von ihnen geborgt, und wo ich sie schlecht fand, habe ich sie in Ruhe gelassen. Nun will ich euch aber was sagen. Ich bin entschlossen, in mein Grab zu steigen mit der Erklärung, daß von allen Berufen, denen in Großbritannien unrecht geschieht, die Hausierer am schlimmsten dran sind. Warum bilden wir nicht einen Stand? Warum besitzen wir keine Privilegien? Warum zwingt man uns, einen Hausierschein zu lösen, während von den politischen Hausierern nichts dergleichen verlangt wird? Wo ist denn der Unterschied zwischen ihnen und uns? Abgesehen davon, daß wir billig sind, während sie dem Land sehr teuer zu stehen kommen, sehe ich keinen Unterschied, der nicht zu unseren Gunsten ausfiele.

Denn seht einmal her! Nehmen wir an, es ist Wahlzeit. Ich stehe am Samstagabend auf dem Trittbrett meines Karrens. Ich hole eine Partie gemischter Artikel hervor. Ich sage:

»Guckt her, meine freien und unabhängigen Wähler, ich will euch so eine Gelegenheit geben, wie ihr sie alle euer Lebtag noch nicht gehabt habt, und auch in den Tagen davor nicht. Jetzt will ich euch mal zeigen, was ich mit euch machen werde. Hier ist ein Rasiermesser, das euch noch ratzekahler rasieren wird als die Armenbehörde; hier ist ein Bügeleisen, das sein Gewicht in Gold wert ist; hier ist eine Bratpfanne, die kunstvoll mit dem Geruch von Beefsteak-Essenz imprägniert ist, so daß ihr für den Rest eures Lebens bloß Brot und Schmalz darin zu braten braucht, und ihr werdet bis an den Hals mit Fleisch angefüllt sein; hier ist eine echte Chronometer-Taschenuhr in einem so starken Silbergehäuse, daß ihr damit an die Tür klopfen könnt, wenn ihr aus einer Gesellschaft spät nach Hause kommt, und euer Weib und eure Kinder aufwecken, sodaß der Klopfer für den Briefträger reserviert bleibt; und hier habt ihr ein halbes Dutzend Teller, die ihr als Zimbeln verwenden könnt, um das Baby zu beruhigen, wenn es schreit. Halt! Ich tue noch einen anderen Artikel dazu und schenke ihn euch, und das ist ein Teigholz; und wenn das Baby dieses bloß gut in den Mund hineinbekommen kann, wenn es Zähne kriegt, und sich das Zahnfleisch einmal damit reibt, dann werden die Zähne doppelt durchkommen und das Baby wird dabei lachen, als würde es gekitzelt. Haltet noch einmal! Ich tue noch einen Artikel dazu, weil mir eure Gesichter nicht gefallen, denn ihr seht mir nicht wie Käufer aus. Ich weiß, ich verliere an euch, und weil ich lieber verlieren will, als heute abend kein Geld einzunehmen, ist da noch ein Spiegel, in dem ihr sehen könnt, wie häßlich ihr ausseht, wenn ihr nicht bietet. Na, was sagt ihr jetzt? Also los! Sagt ihr ein Pfund? Ihr nicht, denn ihr habt keins. Sagt ihr zehn Schilling? Ihr nicht, denn ihr seid mehr im Abzahlungsgeschäft schuldig. Nun, dann will ich euch mal sagen, was ich mit euch machen werde. Ich lege alles auf einen Haufen auf das Trittbrett des Karrens – hier habt ihr es! Rasiermesser, Bügeleisen, Bratpfanne, Chronometer-Taschenuhr, Teller, Teigholz und Spiegel – nehmt es mit für vier Schilling und ich gebe euch ein Sechspencestück für eure Plackerei!«

So rede ich, der billige Hausierer. Aber am Montagmorgen steigt auf diesem selben Marktplatz der teure Hausierer auf die Rednerbühne – *seinen* Karren –, und was sagt *er?*

»Nun, meine freien und unabhängigen Wähler, ich will euch so eine Gelegenheit geben« (er fängt genauso an wie ich), »wie ihr alle euer Lebtag noch nicht gehabt habt, und das ist die Gelegenheit, mich ins Parlament zu schicken. Nun will ich euch sagen, was ich für euch tun werde. Hier habt ihr die Interessen dieser prächtigen Stadt, die ich über die ganze zivilisierte und unzivilisierte Erde erheben werde. Hier ist der Bau eurer Eisenbahn durchgesetzt und die Eisenbahn eurer Nachbarstadt abgelehnt. Hier sind alle eure Söhne bei der Post angestellt. Hier ist Britannia, die euch zulächelt. Hier sind die Augen Europas, die auf euch ruhen. Hier ist allgemeine wirtschaftliche Blüte für euch, Fleisch in Hülle und Fülle, goldene Kornfelder, fröhliche Heimstätten und zufriedene Herzen, alles in einem, und das bin ich selbst. Wollt ihr mich nehmen, wie ich hier stehe? Ihr wollt nicht? Gut, dann will ich euch sagen, was ich mit euch machen werde. Guckt her! Ich tue alles dazu, was ihr verlangt. Hier! Kirchensteuern, Abschaffung der Kirchensteuern, höherer Malzzoll, kein Malzzoll, allgemeine Schulbildung bis zur höchsten Stufe oder allgemeine Unwissenheit bis zur tiefsten, vollständige Abschaffung der Prügelstrafe im Heer oder ein Dutzend Stockschläge für jeden Soldaten regelmäßig einmal im Monat. Unrechte der Männer oder Rechte der Frauen – ihr braucht bloß zu sagen, was es sein soll, nehmen oder lassen, und ich bin ganz und gar eurer Meinung und die Partei gehört euch zu euren eigenen Bedingungen. Nun, ihr wollt sie immer noch nicht nehmen? Gut, dann will ich euch sagen, was ich mit euch machen werde. Hört zu! Ihr seid so freie und unabhängige Wähler, und ich bin so stolz auf euch, und ihr seid ein so edler und erleuchteter Wahlkreis, und ich ersehne so sehr die Ehre und Würde, euer Abgeordneter zu sein, was bei weitem das Höchste ist, zu dem sich der menschliche Geist aufschwingen kann – daß ich euch sagen will, was ich mit euch machen werde. Ich tue noch alle Schenken in eurer prächtigen Stadt umsonst dazu. Seid ihr jetzt zufrieden? Immer noch nicht? Ihr wollt die Partie immer noch nicht nehmen? Nun denn, ehe ich den Gaul einspanne und davonfahre und das Angebot der nächsten allerprächtigsten Stadt mache, die entdeckt werden kann, will ich euch nochmals sagen, was ich mit euch machen werde. Nehmt die Partie, und ich will zweitausend Pfund in den Straßen eurer prachtvollen Stadt verstreuen, sodaß jeder das Geld aufheben kann. Genügt noch nicht? Dann seht einmal her. Das ist das Alleräußerste, was ich tun werde. Es sollen zweitausendfünfhundert sein. Und ihr wollt immer noch nicht? Heda, Frau! spanne den Gaul – doch nein, noch einen Augenblick, ich möchte euch schließlich nicht wegen einer Kleinigkeit den Rücken kehren – es sollen zweitausensiebenhundertundfünfzig Pfund sein. Da! Nehmt die Partie zu euren eigenen Bedingungen, und ich zähle zweitausendsiebenhundertundfünfzig Pfund auf das Trittbrett des Karrens hin, die in den Straßen eurer prächtigen Stadt verstreut werden sollen, so daß jeder das Geld aufheben kann. Was sagt ihr jetzt? Nun kommt! Besser könnt ihr es nicht mehr treffen, höchstens schlimmer. Ihr nehmt es? Hurra! Wieder hineingelegt, und der Sitz ist mein!«

Diese teuren Hausierer seifen das Volk schändlich ein, während wir billigen das niemals tun. Wir sagen den Leuten die Wahrheit ins Gesicht und verschmähen es, ihnen zu schmeicheln. Was Verwegenheit beim Anpreisen der Ware angeht, so sind wir die reinen Waisenkinder gegen die teuren Hausierer. In unserem Handel gilt es als Regel, daß man über eine Flinte besser schwadronieren kann als über jeden anderen Artikel, den wir aus dem Karren hervorholen, mit Ausnahme von einem Paar Brillengläser. Aber wenn ich einen Vortrag halte, was die Flinte vermag und was mit der Flinte schon alles geschossen worden ist, dann gehe ich doch nicht halb so weit wie die teuren Hausierer, wenn sie nicht über ihre Flinten, wohl aber über ihre Kanonen reden – ihre großen Kanonen, die ihre Drahtzieher sind. Außerdem bin ich ein selbständiger Geschäftsmann – ich werde von niemandem mit einem Auftrag auf den Markt geschickt, wie es bei denen der Fall ist. Und ferner wissen meine Flinten nichts von dem, was ich zu ihrem Lob sage, während ihre Kanonen es wissen, und die ganze Gesellschaft sollte sich in Grund und Boden schämen. Das sind einige meiner Gründe für die Behauptung, daß die Hausierer in Großbritannien schlecht behandelt werden; und deshalb gerate ich in Wut, wenn ich an die großen Leute denke, die glauben, sie dürften auf uns herabsehen.

Ich warb um meine Frau von dem Trittbrett des Karrens aus. So war es tatsächlich. Sie war ein junges Mädchen von Suffolk, und es geschah auf dem Marktplatz von Ipswich, dem Laden des Kornhändlers genau gegenüber. Ich hatte sie schon am Sonnabend zuvor an einem Fenster stehen sehen und hatte sie gleich hoch eingeschätzt. Sie gefiel mir, und ich sagte mir: »Falls sie noch nicht vergeben ist, will ich diese Partie nehmen.« Am nächsten Sonnabend stellte ich den Karren auf demselben Fleck auf. Ich war bester Laune, das Publikum lachte in einem fort, und die Sachen gingen ab wie geschmiert. Schließlich zog ich aus meiner Westentasche eine kleine, in Fließpapier eingewickelte Partie hervor und begann folgendermaßen, wobei ich zu dem Fenster, an dem sie stand, emporblickte:

»Nun hier, ihr blühenden Mädels von England, ist ein Artikel, der letzte Artikel vom heutigen Verkauf, den ich nur euch, ihr lieblichen Kinder von Suffolk, die ihr vor Schönheit überströmt, anbiete, und den ich keinem lebendigen Manne für tausend Pfund überlassen würde. Was mag das wohl sein? Ich will euch sagen, was es ist. Es ist aus gediegenem Gold, und es ist nicht zerbrochen, obwohl es in der Mitte ein Loch hat, und es ist stärker als jede Fessel, die je geschmiedet wurde, obgleich es schmäler ist als der dünnste Finger unter meinen zehn. Weshalb gerade zehn? Weil, als meine Eltern mir mein Vermögen vermachten, wie ich euch wahrheitsgemäß versichere, zwölf Laken, zwölf Handtücher, zwölf Tischdecken, zwölf Messer, zwölf Gabeln, zwölf Eßlöffel und zwölf Teelöffel da waren, aber bei meinen Fingern fehlten zwei am Dutzend, und ich habe sie niemals beschaffen können. Nun, was ist es sonst noch? Hört zu, ich will's euch sagen. Es ist ein Reif aus massivem Gold, eingewickelt in ein silbernes Haarwickelpapier, das ich mit eigener Hand von den glänzenden Locken der unvergänglich schönen alten Dame in Threadneedle Street in der Londoner City*) genommen habe – ich würde das nicht behaupten, wenn ich euch nicht das Papier vorzeigen könnte,

---

*Die Bank von England

sonst würdet ihr es selbst von mir nicht glauben. Nun, was ist es sonst noch? Es ist eine Männerfalle und eine Handschelle, ein Schließeisen und eine Beinfessel, alles in Gold und alles in einem. Nun, was ist es sonst noch? Es ist ein Ehering. Nun will ich euch sagen, was ich damit machen werde. Ich werde diesen Artikel nicht für Geld anbieten, sondern ich will ihn derjenigen unter euch Schönen geben, die jetzt lachen wird. Bei dieser will ich morgen früh Punkt halb zehn mit dem Glockenschlag einen Besuch machen und mit ihr spazierengehen, um das Aufgebot zu bestellen.«

Sie lachte, und der Ring wurde ihr hinaufgereicht. Als ich am nächsten Morgen zu ihr komme, sagt sie:
»Du lieber Himmel! Da seid Ihr ja! Es kann Euch doch nicht Ernst gewesen sein?«

»Da bin ich«, sage ich, »und ich bin für immer der Eurige, und es ist mein heiliger Ernst.«

So wurden wir getraut, nachdem wir dreimal aufgeboten worden waren – was, nebenbei bemerkt, ganz unseren Geschäftsgebräuchen entspricht und wieder einmal zeigt, wie sehr diese Gebräuche die ganze Gesellschaft durchdringen.

Sie war kein böses Weib, aber sie hatte ein reizbares Temperament. Wenn ich diesen Artikel unter Preis hätte loswerden können, so hätte ich sie für kein anderes Weib in ganz England hergegeben. Das soll nicht heißen, daß ich sie in Wirklichkeit hergegeben habe, denn wir lebten zusammen, bis sie starb, und das waren dreizehn Jahre. Nun, meine Lords und Ladies und mein ganzes verehrtes Publikum, ich will euch in ein Geheimnis einweihen, wenn ihr mir auch nicht glauben werdet. Dreizehn Jahre reizbares Temperament in einem Palast würden die Schlimmsten unter euch auf eine harte Probe stellen, aber dreizehn Jahre reizbares Temperament in einem Karren würden die Besten unter euch auf die Probe stellen. In einem Karren ist man so sehr aufeinander angewiesen, müßt ihr verstehen. Es gibt Tausende von Ehepaaren unter euch, die in fünf und sechs Stockwerke hohen Häusern wie Öl auf dem Wetzstein miteinander auskommen und die in einem Karren zum Scheidungsrichter laufen würden. Ob das Rütteln des Karrens es vielleicht schlimmer macht, das weiß ich nicht; aber in einem Karren geht es einem auf die Nerven und läßt einen nicht los. Böse Worte in einem Karren sind noch böser und Ärger in einem Karren ist noch ärgerlicher.

Und dabei hätten wir ein so schönes Leben haben können! Ein geräumiger Karren, an dem die großen Artikel draußen aufgehängt waren, während das Bett, wenn wir auf der Fahrt waren, zwischen den Rädern untergebracht war; ein eiserner Topf und ein Kessel, ein Kamin für die kalten Tage, ein Ofenrohr für den Rauch, ein Hängesims und ein Schrank, ein Hund und ein Pferd. Was kann man noch mehr verlangen? Man macht halt auf einem Rasenplatz an einem Feldweg oder an der Landstraße, man fesselt dem alten Gaul die Beine und läßt ihn grasen, man zündet sein Feuer auf der Asche des vorigen Besuchers an, man schmort seinen Braten, und man möchte den Kaiser von China nicht zum Vater haben. Aber wenn man ein reizbares Temperament im Karren hat, das einem böse Worte und die härtesten Handelsartikel an den Kopf wirft, wie ergeht es einem dann? Versucht einmal, eure Gefühle in diesem Fall auszudrücken!

Mein Hund wußte genauso gut wie ich, wann sie in der richtigen Verfassung war. Noch bevor sie loslegte, pflegte er einmal aufzuheulen und auszureißen. Woher er es wußte, war mir schleierhaft; aber er wußte es so sicher und bestimmt, daß er aus dem tiefsten Schlaf erwachte, aufheulte und davonlief, wenn es wieder einmal soweit war. Zu solchen Zeiten wünschte ich, ich steckte in seiner Haut.

Das Schlimmste aber war dies: Wir hatten eine Tochter, und ich liebe Kinder von ganzem Herzen. Wenn sie nun wütend war, so schlug sie das Kind, und das wurde so unerträglich, als das Kind vier oder fünf Jahre alt war, daß ich oft mit der Peitsche über der Schulter neben dem alten Gaul hergegangen bin, schlimmer weinend und schluchzend als die kleine Sophy. Denn wie konnte ich dagegen einschreiten? Mit einem solchen Temperament und in einem Karren ist nicht daran zu denken, wenn es nicht zu einer Prügelei kommen soll. Es liegt an der natürlichen Größe und den Raumverhältnissen eines Karrens, daß es dann zu einer Prügelei kommen muß. Passierte das dann wirklich einmal, so wurde das arme Kind noch mehr geängstigt als zuvor, und es erging ihm in der Regel auch noch übler, und seine Mutter beklagte sich bei den Nächstbesten, die uns begegneten, und da hieß es dann: »Da hat dieser gemeine Kerl von einem Händler sein Weib geschlagen.«

Und dabei war die kleine Sophy so ein braves Kind! Wie sie aufwuchs, fühlte sie sich immer mehr ihrem armen Vater zugetan, obwohl er so wenig tun konnte, um ihr beizustehen. Sie hatte wunderbar dichtes, glänzendes Haar, das in natürlichen Locken ihr Gesicht umrahmte. Ich staune jetzt über mich selbst, daß ich nicht in Raserei verfiel, wenn ich zusehen mußte, wie sie vor ihrer Mutter um den Karren davonlief, und wie ihre Mutter sie dann bei diesem Haar packte, zu Boden riß und auf sie losschlug.

Ich sagte, sie sei so ein braves Kind gewesen, und ich habe Grund dazu.

»Mache dir das nächstemal nichts daraus, Vater«, pflegte sie mir zuzuflüstern, während ihr Gesichtchen noch gerötet und ihre leuchtenden Augen noch feucht waren. »Wenn ich nicht laut schreie, dann kannst du wissen, daß es nicht sehr weh tut. Und selbst wenn ich laut schreie, dann will ich Mutter bloß dazu bringen aufzuhören und mich in Ruhe zu lassen.«

Was habe ich das liebe kleine Wesen ertragen sehen – um meinetwillen –, ohne aufzuschreien!

Doch kümmerte sich in anderen Dingen ihre Mutter sehr um sie. Ihre Kleider waren stets sauber und nett, und ihre Mutter war unermüdlich dabei, sie in Ordnung zu halten. So unlogisch geht es im Leben zu. Ich glaube, unser Aufenthalt in sumpfigen Gegenden bei schlechtem Wetter war die Ursache, daß Sophy schleichendes Fieber bekam. Aber wie dem auch sei, sowie sie es bekam, wandte sie sich für immer von ihrer Mutter ab, und nichts konnte sie dazu bewegen, sich von ihrer Mutter Hand anrühren zu lassen. Sie erschauerte und sagte: »Nein, nein,

nein«, wenn diese ihr einen Dienst leisten wollte; sie verbarg dann ihr Gesicht an meiner Schulter und klammerte sich fest an meinen Hals.

Das Geschäft ging aus verschiedenen Gründen schlechter als je, am meisten aber war die Eisenbahn daran schuld, und ich glaube, daß sie uns Händlern zuletzt noch vollends den Garaus machen wird. So war denn zur Zeit, als die kleine Sophy so krank war, an einem Abend kein Heller mehr in der Kasse; wollte ich es nicht so weit kommen lassen, daß wir nichts mehr zu essen und zu trinken kaufen konnten, so mußte ich den Karren aufstellen. Das tat ich also.

Ich konnte das liebe Kind nicht dazu bringen, sich hinzulegen oder mich loszulassen, und ich hatte auch gar nicht das Herz dazu; so stellte ich mich denn auf das Trittbrett, während sie sich an meinem Hals festklammerte. Sie lachten alle, als sie uns so sahen, und ein Schafskopf von einem Bauer (den ich deswegen haßte) machte das Angebot: »Zwei Pence für sie!«

»Nun, ihr Bauerntölpel«, sage ich, mit einem Gefühl, als hinge mein Herz wie ein schweres Gewicht am Ende einer zerrissenen Fensterleine, »ich warne euch, daß ich im Begriff bin, euch das Geld aus der Tasche zu zaubern. Denn ich will euch so viel mehr geben, als euer Geld wert ist, daß ihr in Zukunft, wenn ihr am Sonnabend euren Lohn ausgezahlt kriegt, immer nach mir Ausschau halten werdet, um das Geld bei mir anzulegen. Aber ihr werdet vergeblich warten, und warum? Weil ich mein Glück dadurch gemacht habe, daß ich meine Waren en gros um fünfundsiebzig Prozent unter Einkaufspreis losgeschlagen habe, und infolgedessen nächste Woche als Herzog ins Oberhaus berufen werde. Nun laßt mich wissen, was ihr heute abend braucht, und ihr sollt es kriegen. Aber vor allem, soll ich euch sagen, warum ich diese Kleine an meinem Hals hängen habe? Ihr wollt das nicht wissen? Nun sollt ihr's erst recht hören. Sie ist eine von den Elfen. Sie kann wahrsagen. Sie kann mir alles über euch zuflüstern und mir genau sagen, ob ihr eine Sache kaufen wollt oder nicht. Braucht ihr zum Beispiel eine Säge? Nein, sie sagt, ihr braucht keine, weil ihr zu ungeschickt seid, um mit ihr umzugehen. Sonst wäre hier eine Säge, die für einen tüchtigen Mann ein Segen fürs ganze Leben wäre – für vier Schilling, für dreieinhalb, für drei, für zweieinhalb, für zwei, für achtzehn Pence. Aber keiner von euch soll sie zu irgendeinem Preis kriegen, wegen eurer bekannten Ungeschicklichkeit, deretwegen die Sache reiner Mord würde. Dasselbe gilt für diesen Satz von drei Hobeln, die ich euch auch nicht verkaufen werde; so bietet also nicht darauf. Nun will ich sie einmal fragen, was ihr braucht.« (Dabei flüsterte ich: »Dein Kopf ist so heiß, daß ich fürchte, er tut dir sehr weh, mein Liebling«, worauf sie, ohne ihre festgeschlossenen Augen zu öffnen, antwortete: »Ein klein wenig, Vater.«) »Oh, diese kleine Wahrsagerin sagt mir, ihr bräuchtet ein Notizbuch. Weshalb habt ihr es denn nicht gleich gesagt? Hier ist es. Guckt es euch an. Zweihundert Seiten extrafeines satiniertes Velinpapier – wenn ihr's mir nicht glaubt, so zählt sie nach –, vollständig liniiert für eure Ausgaben, ein wenig gespitzter Bleistift, um sie niederzuschreiben, ein Federmesser mit doppelter Klinge, um sie auszuradieren, ein Buch mit gedruckten Tabellen, um euer Einkommen danach zu berechnen, und ein Feldstuhl zum Hinsetzen, während ihr damit beschäftigt seid. Halt! Noch etwas! Ein Sonnenschirm, um den Mondschein abzuhalten, wenn ihr in einer pechfinsteren Nacht damit beschäftigt seid. Nun will ich euch nicht fragen, wieviel für die Partie, sondern wie wenig. Wie wenig denkt ihr wohl? Sprecht nur ohne Scham, weil meine Wahrsagerin es bereits weiß.« (Ich tat so, als flüsterte ich, aber ich küßte sie, und sie mich.) »Nun, sie sagt, ihr denkt an so wenig wie drei Schilling und drei Pence! Ich hätte es nicht glauben können, selbst von euch nicht, wenn sie es mir nicht gesagt hätte. Drei Schilling und drei Pence! Und gedruckte Tabellen mit dabei, die euer Einkommen bis zu vierzigtausend Pfund im Jahr berechnen! Bei einem Einkommen von vierzigtausend Pfund im Jahr geizt ihr mit drei Schilling und drei Pence. Nun, dann will ich euch meine Meinung sagen. Ich verachte die drei Pence so, daß ich lieber drei Schilling dafür nehme. Hier. Für drei Schilling, drei

Schilling, drei Schilling. Zugeschlagen. Gebt sie dem glücklichen Mann dort.«

Da überhaupt niemand geboten hatte, sah sich jedermann um und einer grinste den andern an, während ich das Gesicht meiner kleinen Sophy betastete und sie fragte, ob sie sich schwach oder schwindlig fühle.

»Nicht sehr, Vater. Es wird bald vorüber sein.«

Dann wandte ich mich von den hübschen, geduldigen Augen, die jetzt offen waren, ab und wieder meinen Kunden zu. Ich sah nichts als grinsende Gesichter beim Schein meiner Talgpfanne und fuhr fort, sie in meinem Stil anzureden.

»Wo ist der Schlächtergeselle?« (Mein kummervolles Auge hatte gerade einen fetten jungen Schlächtergesellen am äußeren Rand der Menge wahrgenommen.) »Sie sagt, der Schlächtergeselle wäre der glückliche Mann. Wo ist er?«

Die Leute stießen den errötenden Schlächtergesellen nach vorn, und es gab ein Gelächter, und der Schlächtergeselle fühlte sich verpflichtet, die Hand in die Tasche zu stecken und die Partie zu nehmen. Wenn man so einen aus der Menge heraussucht, fühlt er sich meistens verpflichtet, die Partie zu nehmen. Dann hatten wir noch eine Partie, die Wiederholung der ersten, und verkauften sie um sechs Pence billiger, was den Leuten immer großen Spaß macht. Dann kamen die Brillengläser dran. Sie sind keine besonders einträgliche Partie, aber ich setze sie auf, und ich sehe, um wieviel der Finanzminister die Steuern senken wird, und ich sehe, was der Liebste des jungen Mädels mit dem Tuch gerade zu Hause treibt, und ich sehe, was beim Bischof zu Mittag aufgetragen wird, und noch allerhand andere Sachen, die selten verfehlen, sie gut gelaunt zu machen; und je besser die Laune, desto besser die Angebote. Dann kam die Damenpartie dran – die Teekanne, die Teebüchse, die Zuckerdose aus Glas, ein halbes Dutzend Löffel und der Warmbierbecher –, und die ganze Zeit über gebrauchte ich ähnliche Vorwände, um nach meinem armen Kind zu sehen und ihm ein paar Worte zuzuflüstern. Gerade als die zweite Damenpartie das Publikum gefesselt hielt, fühlte ich, wie die

Kleine sich an meiner Schulter ein wenig aufrichtete, um über die finstere Straße zu blicken.

»Was fehlt dir, Liebling?«

»Nichts fehlt mir, Vater. Ich fühle mich ganz ruhig. Aber sehe ich nicht dort drüben einen hübschen Friedhof?«

»Ja, mein Kind.«

»Küsse mich noch einmal, Vater, und lege mich dann auf das Friedhofsgras zum Schlafen hin, das so weich ist.«

Ihr Haupt sank auf meine Schulter nieder, und ich wankte in den Karren hinein und sagte zu ihrer Mutter:

»Rasch. Schließ die Tür! Damit es diese lachenden Leute nicht sehen!«

»Was gibt's?« schreit sie.

»O Weib, Weib«, sage ich zu ihr, »du wirst meine kleine Sophy niemals wieder bei den Haaren reißen, denn sie ist von dir weggeflogen!«

Vielleicht klangen diese Worte härter, als ich sie gemeint hatte; aber von dieser Zeit an begann mein Weib tiefsinnig zu werden. Sie konnte stundenlang mit gekreuzten Armen und die Augen auf den Boden geheftet im Karren sitzen oder neben ihm hergehen. Wenn ihre Wutanfälle kamen (und sie waren jetzt seltener als früher), so nahmen sie jetzt eine neue Form an, und sie schlug auf sich selbst los in einer Weise, daß ich sie festhalten mußte. Auch trank sie ab und zu ein wenig, was nicht dazu beitrug, daß es besser mit ihr wurde. So pflegte ich denn in den folgenden Jahren, während ich neben dem alten Gaul herschritt, Betrachtungen darüber anzustellen, ob es wohl viele Karren auf der Landstraße gäbe, die so viel Traurigkeit wie meiner enthielten, obwohl man zu mir als dem König der fahrenden Händler emporblickte. So traurig ging unser Leben weiter bis zu einem Sonnabend, als wir aus dem Westen Englands nach Exeter hineinkamen. Da sahen wir, wie eine Frau grausam auf ein Kind einschlug, während das Kind schrie: »Schlag mich nicht! O Mutter, Mutter, Mutter!« Da hielt sich mein Weib die Ohren zu und lief wie von Sinnen davon, und am nächsten Tag zog man sie aus dem Fluß.

Ich und mein Hund waren jetzt die einzigen Bewohner, die im Karren zurückgeblieben waren. Ich brachte dem Hund bei, ein kurzes Bellen auszustoßen, wenn sie nicht bieten wollten, und noch einmal zu bellen und mit dem Kopf zu nicken, wenn ich ihn fragte:

»Wer hat eine halbe Krone gesagt? Sind Sie der Gentleman, Sir, der eine halbe Krone geboten hat?«

Er wurde ungeheuer beliebt, und man wird mich nicht von dem Glauben abbringen, daß er es sich ganz von selbst beibrachte, jeden in der Menge anzuknurren, der bloß sechs Pence bot. Aber er war schon sehr bejahrt, und eines Abends, als ich ganz York mit den Brillengläsern in Lachkrämpfe versetzte, verfiel er gerade auf dem Trittbrett neben mir in einen Krampf von ganz anderer Art, und das war sein Ende.

Da ich von Natur ein zartes Gemüt habe, so fühlte ich mich jetzt schrecklich einsam. Wenn ich auf dem Trittbrett stand und verkaufte, konnte ich zwar meine Gefühle unterkriegen, denn ich hatte einen Namen aufrechtzuerhalten (ganz abgesehen davon, daß ich mich selbst zu erhalten hatte). Aber im Privatleben drückten sie mich nieder und fielen über mich her. So geht es oft mit uns Leuten der Öffentlichkeit. Wenn ihr uns auf dem Trittbrett seht, dann möchtet ihr gleich alles, was ihr habt, hingeben, um an unserer Stelle zu sein. Seht uns aber einmal an, wenn wir abgetreten sind, und ihr würdet noch eine Kleinigkeit zugeben, um von dem Handel wieder loszukommen. So war meine Stimmung, als ich mit einem Riesen Bekanntschaft machte. Ich wäre vielleicht ein bißchen zu fein dafür gewesen, um mich mit ihm zu unterhalten, wären nicht meine Einsamkeitsgefühle gewesen. Denn bei uns fahrenden Leuten ist die Scheidelinie dort, wo die Verkleidung anfängt. Wenn ein Mann sich nicht auf seine unverkleideten Fähigkeiten verlassen kann, um seinen Lebensunterhalt zu verdienen, dann sieht man ihn als auf einer tieferen Stufe stehend an. Und wenn dieser Riese auf den Brettern stand, so trat er als Römer auf.

Er war ein junger Mann von schlaffem Wesen, was meiner

25

Meinung nach von dem großen Abstand zwischen seinen Extremitäten herrührte. Er hatte einen Kopf von geringem Umfang und noch geringerem Inhalt; er hatte schwache Augen und schwache Knie, und man konnte sich, wenn man ihn ansah, des allgemeinen Gefühls nicht erwehren, daß sowohl für seine Gelenke wie für seinen Geist zuviel von ihm da war. Aber er war ein freundlicher, wenn auch schüchterner junger Mensch (seine Mutter vermietete ihn und gab das Geld für sich aus), und wir wurden miteinander bekannt, als er zu Fuß von einem Jahrmarkt zum anderen ging, um dem Pferd ein wenig Ruhe zu gönnen. Man nannte ihn Rinaldo di Velasco, doch sein wirklicher Name war Pickleson.

Dieser Riese namens Pickleson vertraute mir unter dem Siegel der Verschwiegenheit an, daß er sich erstens selbst zur Last wäre und daß ferner das Leben ihm zur Last gemacht würde durch die Grausamkeit seines Herrn gegen eine taubstumme Stieftochter. Ihre Mutter war tot, sie hatte keine Menschenseele, die sich ihrer annahm, und wurde schändlich behandelt. Sie reiste nur deshalb mit der Karawane seines Herrn, weil man sie nirgends lassen konnte, und dieser Riese namens Pickleson ging sogar so weit zu glauben, daß sein Herr oft den Versuch machte, sie auf dem Weg zu verlieren. Er war ein so schlaffer junger Mann, daß es unendlich lange dauerte, bis er diese Geschichte von sich gegeben hatte, aber sie gelangte doch allmählich zu seiner obersten Extremität.

Als ich diesen Bericht von dem Riesen namens Pickleson vernahm und er mir ferner erzählte, daß das arme Mädchen schönes, langes schwarzes Haar habe und oft daran zu Boden gezogen und geschlagen werde, da konnte ich den Riesen durch das, was feucht in meinen Augen stand, nicht mehr sehen. Nachdem ich sie mir gewischt hatte, schenkte ich ihm ein Sechspencestück (denn man hielt ihn so kurz, wie er lang war), und er leistete sich zwei Gläschen Gin mit Wasser dafür. Diese machten ihn so munter, daß er das beliebte komische Lied: »Ist's nicht kalt?« vortrug – eine vom Publikum sehr begehrte Nummer, die sein Herr durch zahllose andere Mittel vergeblich aus ihm herauszukriegen versucht hatte, wenn er als Römer auftrat.

Sein Herr hieß Mim. Er war ein sehr heiserer Mann, und ich kannte ihn von früheren Unterhaltungen her. Ich ging als bloßer Zuschauer zu diesem Jahrmarkt, nachdem ich den Karren außerhalb der Stadt untergebracht hatte, und ich sah mich während der Vorstellung an der Rückseite der Wohnwagen um. Endlich traf ich auf das arme taubstumme Mädchen, das im Halbschlaf an ein kotiges Wagenrad gelehnt dasaß. Beim ersten Blick hätte ich beinahe geglaubt, sie sei aus einer Menagerie wilder Tiere ausgebrochen; aber beim zweiten hatte ich einen günstigeren Eindruck und dachte, man müsse sie bloß besser versorgen und freundlicher behandeln, dann würde sie meinem verlorenen Kind ähnlich sein. Sie war gerade in dem Alter, in dem meine Tochter gewesen wäre, wenn ihr hübsches Köpfchen an jenem unseligen Abend nicht auf meine Schulter niedergesunken wäre.

Kurz, ich sprach vertraulich mit Mim, während er draußen zwischen zwei Partien die Glocke läutete, und ich sagte zu ihm:

»Sie liegt Euch schwer auf der Tasche; was wollt Ihr für sie haben?«

Mim pflegte stets entsetzlich zu fluchen. Wenn ich diesen Teil seiner Antwort, der bei weitem der längste war, übergehe, so lautete sie:

»Ein Paar Hosenträger.«

»Nun, ich will Euch sagen«, sage ich, »was ich mit Euch machen werde. Ich werde euch ein halbes Dutzend der feinsten Hosenträger im Karren holen und das Mädchen dann mit mir fortnehmen.«

Darauf Mim (wieder mit einigen Flüchen):

»Ich werde es glauben, wenn ich die Sachen habe, und nicht früher.«

Ich lief, so rasch ich konnte, damit er es sich nicht etwa noch anders überlegte, und der Handel kam zustande. Pickleson freute sich so sehr darüber, daß er der Länge nach, wie eine Schlange, zu seiner kleinen Hintertür herauskam und uns »Ist's nicht kalt?« zwischen den Rädern zum Abschied flüsternd vortrug.

Es waren glückliche Tage für uns beide, als Sophy und ich in dem Karren zu reisen begannen. Ich hatte ihr ein für allemal den Namen Sophy gegeben, damit sie für immer mir gegenüber die Stellung meiner leiblichen Tochter einnehmen sollte. Durch die Güte des Himmels gelang es uns bald, uns zu verständigen, sobald sie zu der Überzeugung gekommen war, daß ich es ehrlich und freundlich mit ihr meinte. In ganz kurzer Zeit hatte sie eine wunderbare Zuneigung zu mir gefaßt. Ihr könnt euch nicht denken, wie es ist, wenn jemand einem wunderbar zugetan ist, wenn nicht die Einsamkeitsgefühle, von denen ich euch erzählt habe, euch nicht schon niedergedrückt haben und über euch hergefallen sind.

Ihr hättet gelacht – oder das Gegenteil, das hängt von eurem Gemüt ab –, wenn ihr bei meinen Versuchen, Sophy zu unterrichten, hättet dabeisein können. Zuerst halfen mir dabei – ihr würdet das nie erraten – die Meilensteine. Ich verschaffte mir einige große Alphabete in einer Schachtel, jeder Buchstabe für sich auf einem kleinen Stäbchen, und angenommen, wir fuhren nach Windsor, so setzte ich die Buchstaben zu diesem für sie zusammen, machte sie dann auf jeden Meilenstein aufmerksam, auf dem die Buchstaben in derselben Reihenfolge standen, und wies schließlich auf die königliche Residenzstadt, der wir uns näherten. Ein andermal stellte ich die Buchstaben KARREN für sie zusammen und schrieb dann dasselbe Wort mit Kreide auf den Karren. Ein andermal gab ich ihr DOKTOR MARIGOLD und heftete ein Schildchen mit der entsprechenden Aufschrift auf meine Weste. Die Leute, die uns begegneten, starrten uns zwar an und lachten, aber was machte ich mir daraus, wenn sie die Sache nur begriff. Sie begriff sie, nachdem ich viel Geduld und Mühe aufgewendet hatte, und von da an ging es wie geschmiert, das könnt ihr mir glauben. Zu Anfang war sie zwar ein wenig geneigt, mich für den Karren zu halten und den Karren für die königliche Residenzstadt, aber das war bald vorüber.

Wir hatten auch unsere privaten Zeichen, und es waren viele Hunderte. Bisweilen saß sie, den Blick auf mich gerichtet, da und überlegte eifrig, wie sie sich über etwas Neues mit mir verständigen könnte – wie sie mich etwas fragen könnte, was sie erklärt zu haben wünschte –, und dann war sie (oder es schien mir zumindest so) meinem Kind, wenn es ebenso alt gewesen wäre wie sie, so ähnlich, daß ich halb glaubte, es sei es wirklich und wäre nur gekommen, um mir zu erzählen, wo es im Himmel gewesen wäre und was es seit jener unseligen Nacht gesehen hätte, nachdem es davongeflogen war. Sie hatte ein hübsches Gesicht, und jetzt, wo sie niemand mehr an ihrem glänzenden schwarzen Haar zerrte und es in Ordnung war, lag etwas Rührendes in ihren Blicken, das den Karren ruhig und friedlich, aber nicht im mindesten melancholisch machte.

Es war wirklich zum Staunen, wie sie jeden meiner Blicke zu verstehen lernte. Wenn ich abends mit dem Verkaufen beschäftigt war, saß sie, vom Publikum ungesehen, im Wagen drinnen, sah mir scharf in die Augen, wenn ich einen Blick hineinwarf, und reichte mir dann ohne Zögern genau den Artikel oder die Artikel, die ich brauchte. Und dann klatschte sie vor Freude in die Hände und lachte. Und was mich angeht, so mußte ich immer daran denken, wie sie ausgesehen hatte, als ich ihr zum erstenmal begegnet war: wie sie schlafend gegen das kotige Karrenrad gelehnt dagesessen hatte, halb verhungert, verprügelt und in Lumpen gehüllt. Und sie jetzt dagegen so glücklich zu sehen, das stimmte mich so froh, daß mein Ruf besser denn je wurde. Aus Dankbarkeit aber vermachte ich Pickleson (unter dem Namen »Mims reisender Riese, sonst Pickleson geheißen«) in meinem Testament eine Fünfpfundnote.

Dieses glückliche Leben im Wohnwagen ging so weiter, bis Sophy sechzehn Jahre alt war. Um diese Zeit befielen mich Zweifel, ob ich meine volle Pflicht an ihr getan hätte und ob sie nicht einen besseren Unterricht haben müßte, als ich ihn ihr geben konnte. Es gab viele Tränen auf beiden Seiten, als ich anfing, ihr diese meine Meinung auseinanderzusetzen; aber

29

was recht ist, ist recht, und man kann weder durch Tränen noch Lachen darum herumkommen.

So faßte ich sie eines Tages bei der Hand und ging mit ihr zur Taubstummenanstalt in London, und als der Gentleman kam, um mit uns zu sprechen, sagte ich zu ihm:

»Nun will ich Ihnen mal sagen, was ich mit Ihnen machen werde, Sir. Ich bin bloß ein Hausierer, aber in den letzten Jahren habe ich trotzdem etwas für einen regnerischen Tag zurückgelegt. Das hier ist meine einzige Tochter (durch Adoption), und Sie können bestimmt kein tauberes oder stummeres Mädchen finden. Lehren Sie sie alles, was ihr in der kürzesten Trennungszeit, die Sie mir nennen können, beigebracht werden kann – bestimmen Sie den Preis dafür – und ich zahle Ihnen den Preis auf den Tisch. Ich werde Ihnen nicht einen einzigen Penny davon abziehen, Sir, sondern lege Ihnen das Geld hier und jetzt auf den Tisch und ich gebe Ihnen aus Dankbarkeit noch ein Pfund zu. Das ist alles!«

Der Gentleman lächelte und sagte dann:

»Gut, gut. Erst muß ich aber wissen, was sie bereits gelernt hat. Wie verständigt Ihr Euch mit ihr?«

Daraufhin zeigte ich es ihm und sie schrieb mit Druckbuchstaben viele Bezeichnungen von Gegenständen und so weiter auf. Außerdem hatten sie und ich eine lebhafte Unterhaltung über eine kleine Geschichte in einem Buch, die der Gentleman ihr zeigte und die sie zu lesen vermochte.

»Das ist ja ganz außerordentlich«, sagte der Gentleman. »Ist es möglich, daß Ihr ihr einziger Lehrer wart?«

»Ich bin ihr einziger Lehrer gewesen, Sir«, sagte ich, »abgesehen von ihr selbst.«

»Dann«, sagte der Gentleman, und angenehmere Worte habe ich nie vernommen, »seid Ihr ein gescheiter Mann und ein guter Mann.«

Das machte er Sophy verständlich, die ihm die Hände küßte, die ihrigen zusammenschlug und dazu weinte und lachte.

Wir sprachen im ganzen viermal mit dem Gentleman, und als er meinen Namen aufschrieb und mich fragte, woher in aller

Welt ich den Vornamen Doktor hätte, da stellte es sich heraus, daß er der leibliche Neffe der Schwester ebendesselben Doktors war, nach dem man mich genannt hatte. Das brachte uns einander noch näher, und er sagte zu mir:

»Nun, Marigold, sagt mir, was soll Eure Adoptivtochter noch mehr lernen?«

»Ich möchte, Sir, daß sie durch ihre Gebrechen so wenig wie möglich von der Welt abgeschnitten ist, und deshalb soll sie alles Geschriebene ganz leicht und gut lesen können.«

»Was wollt Ihr nachher mit ihr machen?« fragte der Gentleman mit einem etwas zweifelnden Blick. »Wollt Ihr sie im Land herumführen?«

»Im Karren, Sir, lediglich im Karren. Sie wird im Karren ein privates Leben führen, verstehen Sie. Es würde mir niemals einfallen, ihre Gebrechen vor das Publikum zu bringen. Kein Geld der Welt sollte mich dazu bewegen, sie öffentlich zu zeigen.«

Der Gentleman nickte und schien meinen Worten Beifall zu zollen.

»Schön«, sagte er. »Könnt Ihr Euch für zwei Jahre von ihr trennen?«

»Um ihr diese Wohltat zuteil werden zu lassen – ja, Sir.«

»Noch eine Frage«, sagte der Gentleman, die Augen auf sie gerichtet – »kann sie sich für zwei Jahre von Euch trennen?«

Ich weiß nicht, ob das an sich eine härtere Sache war (denn die andere war hart genug für mich), aber es war härter, damit fertig zu werden. Sie fand sich jedoch schließlich darein, und die Trennung zwischen uns wurde beschlossen. Wie weh es uns beiden tat, als sie stattfand und als ich sie an einem dunklen Abend an der Tür verließ, davon will ich nicht reden. Aber das weiß ich bestimmt: In Erinnerung an jenen Abend werde ich niemals an dieser Anstalt vorbeigehen können, ohne daß das Herz mir weh tut und die Kehle sich mir zuschnürt; auch könnte ich an diesem Ort nicht einmal die beste Partie mit meiner gewohnten guten Laune anbieten – selbst die Flinte und die Brille nicht –, mag mir auch der Minister des Innern fünfhundert Pfund Belohnung dafür bieten und die Ehre, hinterher meine Beine unter seinen Mahagonitisch zu strecken, als Zugabe.

Trotzdem empfand ich die Einsamkeit im Wagen, die jetzt folgte, nicht mehr so stark wie früher. Denn sie hatte ihre festgesetzte Frist, wie lange das Ende auch noch anstehen mochte, und wenn ich ein wenig bedrückt war, so konnte ich mich mit dem Bewußtsein trösten, daß sie zu mir und ich zu ihr gehörte. Immer mit Plänen für die Zukunft beschäftigt, in der sie wieder dasein würde, kaufte ich nach einigen Monaten einen zweiten Wohnwagen, und was glaubt ihr wohl, was ich damit beabsichtigte? Ich will es euch sagen. Ich beabsichtigte, ihn mit Regalen und Büchern für ihre Lektüre auszustatten und für mich selbst einen Sitz darin anzubringen, wo ich sitzen, ihr beim Lesen zusehen und mich über den Gedanken freuen konnte, daß ich ihr erster Lehrer gewesen war. Ohne die Sache zu übereilen, ließ ich unter meiner eignen Aufsicht die einzelnen Teile mit allerhand Kunstgriffen zusammenschlagen. Hier war ihr Bett in einer Koje mit Vorhängen, dort war ihr Lesepult, hier ihr Schreibtisch, und an einer anderen Stelle befanden sich ihre Bücher, Reihe auf Reihe, mit und ohne Bilder, gebunden und ungebunden, mit Goldrand und einfach, so wie ich sie partienweise für sie zusammenlas, während ich im Land herumzog, in Nord und Süd und Ost und West, soweit der Wind im Land bläst, hier und da und an jedem Ort, über die Berge und weiter fort. Und als ich den Karren so ziemlich mit Büchern gefüllt hatte, fiel mir ein neuer Plan ein, der, wie sich dann herausstellte, meine Zeit und Aufmerksamkeit für eine gute Weile in Anspruch nahm und mir über die beiden Jahre hinweghalf.

Ohne habgierig zu sein, habe ich es doch gern, wenn meine Sachen mir gehören. Zum Beispiel möchte ich nicht einmal euch als Partner an meinem Händlerkarren haben. Nicht etwa, daß ich euch mißtraue, aber mir ist es lieber, ich weiß, daß er mein eigen ist. Ebenso wäre es euch wahrscheinlich lieber, ihr wüßtet, daß er euch gehört. Nun gut! Eine Art Eifersucht begann sich meiner zu bemächtigen, wenn ich daran dachte, daß alle diese Bücher schon lange, bevor sie von ihr gelesen wurden, von anderen Leuten gelesen worden waren. Mir schien es, als ob das ihr Besitzrecht daran beeinträchtigte. So tauchte denn folgender Gedanke in mir auf: Könnte ich nicht ein ganz neues Buch, das eigens für sie gemacht wäre, herstellen lassen, so daß sie die erste sein würde, die es liest?

Dieser Gedanke gefiel mir, und da ich niemals derjenige gewesen bin, der einen Gedanken in sich schlafen ließ (denn in meinem Beruf muß man die ganze Gedankenfamilie, die man hat, aufwecken und ihre Nachthauben verbrennen, oder man kommt unter die Räder), so machte ich mich sogleich an die Ausführung. Da ich so weit im Land herumkam und es meine Aufgabe sein würde, je nach Gelegenheit mit verschiedenen Schriftstellern einen Handel abzuschließen, entwarf ich den Plan, daß dieses Buch eine gemischte Partie sein sollte. Es sollte so etwas sein wie das Rasiermesser, das Bügeleisen, die Chronometer-Taschenuhr, die Dinnerteller, das Teigholz und der Spiegel zusammen und nicht wie die Brillengläser oder die Flinte als ein einzelner, individueller Artikel angeboten werden. Als ich zu diesem Entschluß gekommen war, faßte ich gleichzeitig einen zweiten, den ich euch ebenfalls mitteilen will.

Ich hatte schon oft bedauert, daß sie mich noch niemals gehört hatte, wenn ich auf dem Trittbrett stand, und daß sie mich niemals würde hören können. Nicht daß ich eitel bin, aber wer stellt gern sein Licht unter einen Scheffel? Was hat man von seinem Ruf, wenn man dem Menschen, von dem man am meisten geschätzt werden möchte, nicht verständlich machen kann, worauf er beruht? Entscheidet die Frage selbst. Ist er dann sechs Pence, fünf Pence, vier Pence, drei Pence, zwei Pence, einen Penny, einen halben Penny, einen Farthing wert? Nein, das ist nicht der Fall. Er ist keinen Farthing wert. Schön! Ich faßte deshalb den Entschluß, ihr Buch mit einem Bericht über mich selbst zu beginnen. Sie sollte einige Proben von mir auf dem Trittbrett zu lesen bekommen, so daß sie sich einen Begriff von meinem Talent machen könnte. Dabei war ich mir vollkommen darüber klar, daß ich mir selbst nicht Gerechtigkeit widerfahren lassen könnte. Ein Mensch kann seinen Blick nicht niederschreiben (wenigstens weiß ich nicht, wie ich das tun sollte), noch kann ein Mensch seine Stimme niederschreiben, noch seine Art zu sprechen, noch die Lebhaftigkeit seiner Bewegungen, noch sein ganzes Auftreten. Aber er kann seine Redewendungen niederschreiben, wenn er ein öffentlicher Redner ist – und ich habe schon oft gehört, daß manche das auch tun, bevor sie sie vortragen.

Na ja! Als dieser Entschluß bei mir feststand, erhob sich die Frage des Titels. Wie hämmerte ich dieses heiße Eisen zu einer brauchbaren Form? Auf folgende Weise: Die schwierigste Erklärung, die ich ihr jemals zu geben versucht hatte, war die gewesen, wie ich zu dem Namen Doktor kam und doch keiner war. Schließlich hatte ich das Gefühl gehabt, daß ich es ihr trotz der größten Mühe nicht richtig hatte beibringen können. Ich baute aber auf ihre Fortschritte in den zwei Jahren und hoffte, sie würde es verstehen, wenn sie es von meiner eigenen Hand niedergeschrieben lesen würde. Darauf kam ich auf den Gedanken, sie mit einem Scherz auf die Probe zu stellen und darauf zu achten, wie sie ihn aufnahm, wonach ich mir dann schon ein Urteil bilden könnte, ob sie es verstanden hatte oder nicht. Ich hatte das Mißverständnis, das zwischen uns bestand, zuerst entdeckt, als sie mich bat, ihr ein Rezept auszustellen; denn sie hatte geglaubt, ich wäre ein medizinischer Doktor. Deshalb dachte ich: »Wenn ich jetzt dieses Buch meine ›Rezepte‹ betitle, und wenn sie den Gedanken erfaßt, daß meine Rezepte einzig und allein für ihr Vergnügen und ihren Nutzen gedacht sind – um sie auf angenehme Weise lachen oder auf angenehme Weise weinen zu machen –, so wird das ein köstlicher Beweis für uns beide sein, daß wir die Schwierigkeit überwunden haben.« Mein Plan hatte den glänzendsten Erfolg. Denn als sie das Buch sah, das ich hatte herstellen lassen – das gedruckte und gebundene Buch, das auf ihrem Pult im Karren lag –, und den Titel sah: »Doktor Marigolds Rezepte«, blickte sie mich eine Sekunde lang erstaunt an, schlug dann schnell die

Blätter um, brach in der reizendsten Weise in Lachen aus, fühlte ihren Puls und schüttelte den Kopf, blätterte dann die Seiten um mit einer Miene, als läse sie sie mit der größten Aufmerksamkeit, küßte das Buch mit dem Blick zu mir und drückte es mit den beiden Händen an ihre Brust. In meinem ganzen Leben habe ich mich nicht mehr gefreut!

Aber ich will den Ereignissen nicht vorgreifen. (Ich entnehme diesen Ausdruck einer Partie Romane, die ich für sie gekauft hatte. Ich habe nie einen davon aufgeschlagen – und ich habe viele aufgeschlagen –, ohne daß der Verfasser nicht irgendwo schrieb: »Ich will den Ereignissen nicht vorgreifen.« Da das so ist, wundert es mich nur, weshalb er dann doch vorgriff, oder wer es von ihm verlangte.) Ich will also den Ereignissen nicht vorgreifen. Dieses Buch nahm meine ganze freie Zeit in Anspruch. Es war kein Kinderspiel, die anderen Artikel in der gemischten Partie zusammenzubekommen, aber als es zu meinem eigenen Artikel kam! Du lieber Himmel! Ich hätte nie geglaubt, wieviel man wieder auszustreichen hatte, wie sehr man sich Mühe geben mußte und welche Summe von Geduld dazu nötig war. Es ist geradeso wie auf dem Trittbrett: das Publikum hat keine Ahnung, was alles dazu gehört.

Schließlich war es fertig, und die zwei Jahre waren, wie die ganzen anderen Jahre vorher, dahingegangen, und wer weiß, wohin sie alle gekommen sind? Der neue Wagen war fertig – gelb angestrichen mit roten Streifen und Messingbeschlägen –, der alte Gaul war davorgespannt, ein neuer, und ein Junge für den Verkaufskarren eingestellt, und ich machte mich recht sauber zurecht, um sie abzuholen. Das Wetter war kalt und klar, die Wagenkamine rauchten, die Wagen selbst waren auf einem Stück Brachland in Wandsworth privat aufgestellt, wo man sie von der Südwest-Eisenbahn aus sehen kann, wenn sie nicht auf der Tour sind. (Ihr müßt zum Fenster rechter Hand hinaussehen, wenn ihr von London wegfahrt.)

»Marigold«, sagte der Gentleman, indem er mir herzlich die Hand drückte, »ich freue mich sehr, Euch zu sehen.«

»Und doch zweifle ich, Sir«, sagte ich, »ob Sie sich halb so freuen können, mich zu sehen, wie ich mich freue, Sie zu sehen.«

»Die Zeit schien so lang zu sein – nicht wahr, Marigold?«

»Ich will das nicht sagen, Sir, in Anbetracht ihrer wirklichen Länge; doch ...«

»Welche Überraschung, mein guter Freund!«

Oh, und was für eine Überraschung! So erwachsen, so hübsch, so verständig, so ausdrucksvoll! In diesem Augenblick wußte ich, daß sie wirklich meinem Kind gleichen mußte, denn sonst hätte ich sie niemals zu erkennen vermocht, wie sie so still an der Tür stand.

»Ihr seid bewegt«, sagte der Gentleman.

»Ich fühle, Sir«, sagte ich, »daß ich bloß ein rauher Bursche in einer Weste mit Ärmeln bin.«

»Und ich fühle«, erwiderte der Gentleman, »daß Ihr es wart, der sie aus Elend und Niedrigkeit emporhob und ihr die Möglichkeit gab, mit ihren Mitmenschen in Beziehung zu treten. Aber weshalb unterhalten wir beide uns hier allein, wo wir doch so gut mit ihr sprechen können? Redet sie in Eurer Art an.«

»Ich bin so ein rauher Bursche in einer Weste mit Ärmeln, Sir«, sagte ich, »und sie ist ein so anmutiges Mädchen und steht so still an der Tür!«

»Versucht einmal, ob sie auf das alte Zeichen antwortet«, sagte der Gentleman.

Sie hatten es mit Absicht so unter sich ausgemacht, um mir eine Freude zu bereiten! Denn als ich ihr das alte Zeichen machte, stürzte sie zu meinen Füßen hin und streckte, auf den Knien liegend, die Hände zu mir empor, während Tränen der Liebe und des Glücks über ihr Gesicht strömten. Und als ich sie bei den Händen faßte und aufhob, schlang sie die Arme um meinen Hals und blieb so still. Ich war so närrisch vor Freude, daß ich wirklich nicht weiß, was ich alles anstellte, bis wir uns alle drei hinsetzten und eine lautlose Unterhaltung begannen, als ob eine sanfte Stille über die ganze Welt für uns ausgebreitet wäre.

Zweites Kapitel

Muß fürs ganze Leben genommen werden

So war denn mein Plan in jeder Beziehung erfolgreich. Das Leben, das wir nach unserer Wiedervereinigung führten, war schöner als alles, was wir erwartet hatten. Freude und Zufriedenheit gingen mit uns, wenn die Räder der beiden Wagen sich drehten, und sie machten mit uns halt, wenn die beiden Wagen haltmachten. Ich war so stolz wie ein Mops, dem man für eine Abendgesellschaft den Maulkorb geschwärzt und den Schwanz mit einer Maschine gekräuselt hat.

Aber ich hatte etwas bei meiner Rechnung übersehen. Nun, was hatte ich übersehen? Um euch beim Raten zu helfen, will ich sagen, eine Größe. Also los. Ratet und ratet richtig. Null? Nein. Neun? Nein. Acht? Nein. Sieben? Nein. Sechs? Nein. Fünf? Nein. Vier? Nein. Drei? Nein. Zwei? Nein. Eins? Nein. Nun will ich euch mal sagen, was ich mit euch machen werde. Ich will so viel mitteilen, daß es eine ganz andere Art von Größe ist. Also? Dann muß es eine sterbliche Größe sein, sagt ihr. Nein, es ist keine sterbliche Größe. Auf diese Weise werdet ihr in die Enge getrieben, und ihr könnt nicht anders, als auf eine unsterbliche Größe zu tippen. Da seid ihr auf der richtigen Spur. Warum habt ihr das nicht gleich gesagt?

Ja. Es war eine unsterbliche Größe, die ich bei meiner Rechnung gänzlich übersehen hatte. Es war kein Mann und keine Frau, sondern ein Kind. Ein Knabe oder ein Mädchen? Ein Knabe. Der Knabe mit Pfeil und Bogen. Jetzt habt ihr es erraten.

Wir waren unten in Lancaster und das Geschäft war zwei Abende lang viel besser als durchschnittlich gegangen, obwohl ich die Leute dort, um der Wahrheit die Ehre zu geben, nicht gerade als eine leicht zu gewinnende Zuhörerschaft empfehlen kann. Mims reisender Riese mit Namen Pickleson war zufällig gleichzeitig in der Stadt und versuchte, das Publikum zu blenden. Er hatte sich die vornehme Art zugelegt. Keine Spur von Reisewagen. Durch einen mit grünem Tuch ausgeschlagenen Eingang ging es in ein Auktionslokal hinein zu Pickleson. Gedrucktes Plakat: »Freikarten aufgehoben, mit Ausnahme des stolzen Ruhmes eines freien Landes, der freien Presse. Für Schulen ermäßigter Eintritt nach Vereinbarung. Nichts, um die Jugend erröten zu machen oder selbst die Feinfühligsten zu verletzen.« Mim hinter einer mit rosa Tuch überzogenen Kasse, in der fürchterlichsten Weise über die Schwerfälligkeit des Publikums fluchend. In den Läden Zettel aufgehängt, mit der ernsthaften Versicherung, es wäre so gut wie unmöglich, die Geschichte Davids richtig zu verstehen, wenn man Pickleson nicht gesehen habe.

Ich ging in das fragliche Auktionslokal und fand nichts darin als Echos und modrige Luft, mit einziger Ausnahme Picklesons, der auf einem roten Teppich stand. Das kam mir gerade recht, da ich ein paar vertrauliche Worte mit ihm zu sprechen hatte, und so begann ich:

»Pickleson, da ich Euch ein großes Glück verdanke, habe ich Euch in meinem Testament mit einer Fünfpfundnote bedacht; aber, um die Sache kurz zu machen, hier habt Ihr vier Pfund auf der Stelle, was Euch wohl ebenso lieb ist, und damit wollen wir das Geschäft abmachen.«

Pickleson, der vor dieser Bemerkung das trübselige Aussehen einer langen römischen Kerze gehabt hatte, erhellte sich an seinem oberen Ende und drückte seinen Dank aus in einer Weise, die (für ihn) parlamentarische Beredsamkeit war. Er fügte noch hinzu, er hätte als Römer nicht mehr gezogen, und Mim hätte ihm deshalb den Vorschlag gemacht, als Indianerriese aufzutreten, der durch »Des Milchmanns Tochter«

bekehrt worden wäre. Pickleson aber hatte erklärt, ihm sei das nach dieser jungen Dame benannte Traktätchen vollkommen unbekannt, auch verbiete ihm die ernste Auffassung seines Berufes derartige Scherze, worauf es zu einem Wortwechsel kam, der für den unglücklichen jungen Mann die gänzliche Entziehung des Biers zur Folge hatte. All das wurde während des ganzen Gesprächs durch das wilde Brummen Mims unten an der Kasse bestätigt, und dieser Ton ließ den Riesen wie dürres Laub erbeben.

Derjenige Teil meiner Unterhaltung mit dem reisenden Riesen namens Pickleson, der sich auf mein gegenwärtiges Thema bezog, war folgender:

»Doktor Marigold« – ich wiederhole seine Worte, ohne einen Versuch zu machen, dem Leser einen Begriff von der Schwäche zu geben, mit der sie vorgebracht wurden – »wer ist der Fremde, der sich bei Euren Karren herumtreibt?«

»*Der* Fremde?« wiederhole ich seine Frage, in der Meinung, daß er *sie* meint, sich aber in seinem schwachen Zustand im Artikel vergriffen hat.

»Doktor«, sagt er darauf, mit einem rührenden Nachdruck, der selbst einem Mannesauge eine Träne entlockt hätte, »ich bin zwar schwach, aber doch noch nicht so schwach, daß ich nicht wüßte, was ich sage. Ich wiederhole deshalb, Doktor, *der* Fremde.«

Es stellte sich nun heraus, daß Pickleson, der seine Glieder nur dann strecken durfte, wenn man ihn nicht umsonst sehen konnte (nämlich zu später Nachtzeit und gegen Tagesanbruch), in dieser selben Stadt Lancaster, in der ich mich erst zwei Abende lang aufhielt, diesen selben Fremden zweimal in der Nähe meiner Wagen beobachtet hatte.

Das versetzte mich in Unruhe. Was es im einzelnen zu bedeuten hatte, das ahnte ich ebensowenig, wie ihr es jetzt ahnen könnt, aber es machte mir Sorgen. Trotzdem tat ich Pickleson gegenüber so, als wäre die Sache nicht ernst zu nehmen, und ich verabschiedete mich von ihm mit dem Rat, sein Vermächtnis zur Kräftigung seiner Gesundheit zu verwenden und sich seine Religion nach wie vor nicht nehmen zu lassen. Gegen Morgen hielt ich nach dem Fremden Ausschau, und – was mehr war – ich sah ihn. Er war ein gutgekleideter, hübscher junger Mensch. Er ging ganz nahe bei meinen Wagen hin und her, so als ob er sie bewachte, und kurz nachdem es Tag geworden war, drehte er sich um und ging davon. Ich rief hinter ihm her, aber er fuhr weder zusammen noch drehte er sich um und nahm auch nicht die geringste Notiz davon.

Etwa ein oder zwei Stunden später verließen wir Lancaster, um nach Carlisle zu fahren. Am nächsten Morgen gegen Tagesanbruch hielt ich wieder nach dem fremden jungen Mann Ausschau. Ich bekam ihn nicht zu sehen. Aber am folgenden Morgen paßte ich abermals auf, und diesmal war er wieder da. Ich rief wiederum hinter ihm her, aber, wie das erstemal, gab er nicht das geringste Zeichen, daß er irgendwie betroffen war. Das brachte mich auf einen Gedanken. Ich folgte meinem Einfall und beobachtete ihn in verschiedener Weise und zu verschiedenen Zeiten – die Einzelheiten tun nichts zur Sache –, bis ich herausfand, daß dieser fremde junge Mann taubstumm war.

Diese Entdeckung brachte mich ganz aus dem Häuschen. Ich wußte, daß in einem Teil der Anstalt, wo sie gewesen war, junge Männer untergebracht waren (einige darunter in guten Verhältnissen), und ich dachte mir: »Wenn sie ihn vorzieht, wo bleibe dann ich? Und wo bleibt alles, wofür ich Pläne gemacht und gearbeitet habe?« In der Hoffnung – ich muß gestehen, daß ich so selbstsüchtig war –, daß sie ihn *nicht* vorzöge, machte ich mich daran, die Wahrheit herauszufinden. Schließlich wurde ich zufällig Zeuge einer Zusammenkunft zwischen ihnen. Es war im Freien, und ich stand hinter einer Fichte verborgen, ohne daß sie von meiner Anwesenheit etwas ahnten. Es war ein rührendes Zusammentreffen für uns alle drei. Ich verstand jede Silbe, die zwischen ihnen gewechselt wurde, ebensogut wie sie selbst. Ich belauschte sie mit meinen Augen, die es gelernt hatten, eine Taubstummenunterhaltung ebenso rasch und sicher aufzufassen, wie meine Ohren gesprochene Worte verstanden. Er war im Begriff, als kaufmännischer Angestellter nach China zu gehen zu einer Firma, wo früher sein Vater beschäftigt gewesen war. Sein Einkommen erlaubte es ihm, eine Frau zu ernähren, und er wollte, daß sie ihn heiraten und mit ihm gehen sollte. Sie sagte hartnäckig nein. Er fragte sie, ob sie ihn nicht liebe. Doch, sie liebe ihn von ganzem Herzen, aber sie könnte niemals ihrem geliebten, guten, edlen, großmütigen und ich weiß nicht was noch alles Vater (damit meinte sie mich, den fahrenden Hausierer in der Ärmelweste) die Enttäuschung bereiten, ihn zu verlassen, und sie wolle bei ihm bleiben, der Himmel segne ihn!, und wenn ihr das Herz darüber bräche. Hier fing sie bitterlich zu weinen an, und damit war mein Entschluß gefaßt.

Solange ich mir über ihre Gefühle zu diesem jungen Mann im unklaren gewesen war, hatte ich eine so unvernünftige Wut auf Pickleson gehabt, daß es gut für ihn war, sein Vermächtnis gleich ausgezahlt gekriegt zu haben. Denn ich hatte oft gedacht: »Wenn dieser schwachköpfige Riese nicht gewesen wäre, so wäre es vielleicht nie dazu gekommen, daß ich mir wegen dieses jungen Mannes den Kopf zerbreche und die Seele aus dem Leib ärgere.« Aber, sobald ich einmal wußte, daß sie ihn liebte – sobald ich gesehen hatte, wie sie Tränen um ihn vergoß – da war es eine ganz andere Sache. Ich bat Pickleson auf der Stelle im Geiste alles ab, und nahm mich zusammen, um allen gegenüber das Rechte zu tun.

Inzwischen hatte sie den jungen Mann verlassen (denn es dauerte einige Minuten, bevor ich mich gänzlich zusammengenommen hatte), und er stand gegen eine andere Fichte gelehnt und hatte das Gesicht auf den Arm gepreßt. Ich berührte ihn am Rücken. Er blickte auf, und als er mich wahrnahm, sagte er in der Taubstummensprache: »Seid nicht böse.«

»Ich bin nicht böse, guter Junge. Ich bin Euer Freund. Kommt mit mir.«

Ich ließ ihn an den Stufen des Bibliothekswagens stehen und ging allein hinauf. Sie wischte sich die Augen.

»Du hast geweint, mein Kind.«

»Ja, Vater.«

»Weshalb?«

»Mir tut der Kopf weh.«

»Nicht das Herz?«

»Ich sagte der Kopf, Vater.«

»Doktor Marigold muß für diesen Kopfschmerz ein Rezept ausstellen.«

Sie nahm das Buch mit meinen »Rezepten« auf und hielt es mit einem gezwungenen Lächeln in die Höhe. Da sie mich aber so ernst und ruhig sah, legte sie es sacht wieder hin, und ihre Augen blickten mich mit größter Aufmerksamkeit an.

»Das Rezept ist nicht da drin, Sophy.«

»Wo ist es denn?«

»Hier, mein Kind.«

Ich führte ihren jungen Gatten herein, und ich legte ihre Hand in die seine, und die einzigen Worte, die ich noch an die beiden richten konnte, lauteten:

»Doktor Marigolds letztes Rezept. Muß fürs ganze Leben genommen werden.«

Darauf lief ich davon.

Zur Hochzeit trug ich zum ersten und letzten Mal in meinem ganzen Leben einen Rock (blau mit Metallknöpfen) und ich gab Sophy mit eigener Hand hinweg. Die Gesellschaft bestand bloß aus uns dreien und dem Gentleman, unter dessen Obhut sie während der vergangenen zwei Jahre gestanden hatte. Das Hochzeitsmahl für vier Personen fand im Bibliothekswagen statt. Taubenpastete, gepökelter Schweinebraten, ein Geflügel, dazu passendes Gemüse und das Schönste und Beste zu trinken. Ich hielt eine Rede, der Gentleman hielt eine Rede, alle unsere Späße hatten Erfolg, und das Ganze nahm seinen Gang wie eine Rakete. Während des Mahles erklärte ich Sophy, daß ich den Bibliothekswagen als meinen Wohnwagen benutzen würde, wenn ich nicht auf der Fahrt wäre, und daß ich alle Bücher für sie, so wie sie standen, aufbewahren würde, bis sie zurückkäme, um sie zu verlangen. So ging sie also mit ihrem jungen Gatten nach China, nachdem wir unter heißen Tränen bitter schweren Abschied genommen hatten; ich verschaffte dem Jungen, den ich hatte, eine andere Stelle, und nun schritt ich wie früher, als mein Kind und mein Weib gestorben waren, mit der Peitsche über der Schulter allein neben dem alten Gaul her.

Sophy schrieb mir viele Briefe, und ich schrieb ihr viele Briefe. Gegen Ende des ersten Jahres erhielt ich einen von ihr, der mit unsicherer Hand geschrieben war:

»Liebster Vater, vor nicht ganz einer Woche wurde mir ein süßes kleines Töchterchen geschenkt, aber ich bin so wohlauf, daß man mir gestattet hat, diese Worte an Euch zu schreiben. Liebster und bester Vater, ich hoffe, mein Kind wird nicht taubstumm sein, aber ich weiß es noch nicht.«

In meiner Antwort bat ich in vorsichtigen Worten um baldige Nachricht darüber; da aber Sophy niemals darauf zurückkam, so merkte ich, daß dies ein schmerzlicher Punkt war, und äußerte die Bitte nicht wieder. Lange Zeit wechselten wir regelmäßig Briefe, aber dann begannen sie unregelmäßig zu werden, denn Sophys Gatte war in eine andere Stelle versetzt worden, und ich war immer unterwegs. Aber wir dachten immer aneinander, dessen war ich sicher, mochten nun Briefe kommen oder nicht.

Fünf Jahre und einige Monate waren es her, seit Sophy die Heimat verlassen hatte. Ich war immer noch der König der fahrenden Händler und meine Beliebtheit beim Publikum war größer denn je. Das Geschäft war im Herbst prachtvoll gegangen, und am dreiundzwanzigsten Dezember des Jahres eintausendachthundertvierundsechzig befand ich mich in Uxbridge in Middlessex mit gänzlich ausverkauftem Karren. So trabte ich froh und leichten Herzens mit dem alten Gaul nach London, um den Weihnachtsabend und Weihnachtstag allein neben dem Kamin in dem Bibliothekswagen zu verbringen. Darauf wollte ich mich vollkommen neu mit allen nötigen Artikeln eindecken, um sie wieder zu verkaufen und das Geld einzustecken.

Ich habe eine geschickte Hand im Kochen, und ich will euch

sagen, was ich für mein Mahl am Weihnachtsabend in dem Bibliothekswagen zustande brachte. Es war ein Beefsteak-Pudding mit zwei Nieren, einem Dutzend Austern und ein paar Pfifferlingen als Zugabe. Das ist ein Pudding, um einen Menschen mit allem auf der Welt auszusöhnen, nur mit den beiden untersten Knöpfen an seiner Weste wird er Schwierigkeiten haben. Nachdem ich mich an dem Pudding gütlich getan und den Tisch abgedeckt hatte, schraubte ich die Lampe niedrig und setzte mich an den Kamin, die Augen auf Sophys Bücher gerichtet, die das Feuer mit seinem Schein erhellte.

Sophys Bücher stellten mir so lebhaft Sophy selbst vor die Seele, daß ich ihr rührendes Gesicht ganz deutlich vor mir sah, bevor ich neben dem Feuer einschlummerte. Das mag der Grund dafür sein, daß Sophy mit ihrem taubstummen Kind im Arm während meines ganzen Schläfchens schweigend neben mir zu stehen schien. Ich war auf der Landstraße, neben der Landstraße, an allen möglichen Orten, in Nord und Süd und Ost und West, soweit der Wind im Lande bläst, hier und dort und am anderen Ort, über die Berge und weiter fort, und noch immer stand sie schweigend neben mir mit ihrem schweigenden Kind in den Armen. Erst als ich aus dem Schlaf auffuhr, schien sie zu verschwinden, als hätte sie noch einen einzigen Augenblick zuvor an dieser selben Stelle neben mir gestanden.

Ich war durch ein wirkliches Geräusch geweckt worden, und dieses Geräusch kam von den Karrenstufen. Es war der leichte, rasche Schritt eines Kindes, das hinaufkletterte. Dieser Kinderschritt war mir einst so vertraut gewesen, daß ich einen halben Augenblick lang glaubte, ich würde einen kleinen Geist zu Gesicht bekommen.

Aber wirkliche Kinderhände berührten die äußere Klinke der Tür, die Klinke wurde niedergedrückt, die Tür öffnete sich ein wenig, und ein wirkliches Kind guckte herein. Ein hübsches kleines Mädchen mit großen dunklen Augen.

Die Kleine blickte mich voll an und nahm ihren winzigen Strohhut ab, wobei dichte schwarze Locken um ihr Gesichtchen fielen. Dann öffnete sie ihre Lippen und sagte:

»Großvater!«

»O mein Gott!« rief ich aus. »Sie kann sprechen!«

»Ja, lieber Großvater. Und ich soll dich fragen, ob ich dich an jemand erinnere.«

Im nächsten Augenblick hing Sophy, ebenso wie die Kleine, an meinem Hals, und ihr Gatte preßte mir die Hand, während er sein Gesicht zu verbergen suchte, und wir mußten uns alle zusammennehmen, bevor wir uns fassen konnten. Aber als wir allmählich ruhiger wurden und ich sah, wie die hübsche Kleine freudig und rasch und eifrig mit ihrer Mutter sprach in denselben Zeichen, die ich diese zuerst gelehrt hatte, da rollten mir die glücklichen und doch mitleidvollen Tränen über das Gesicht.

Mrs. Lirripers Fremden-pension

In zwei Kapiteln

Erstes Kapitel

Wie Mrs. Lirriper das Geschäft führte

Daß sich jemand mit Zimmervermieten abplagen wollte, wenn es nicht eine alleinstehende Frau ist, die für ihren Lebensunterhalt sorgen muß, das ist mir gänzlich unverständlich, meine Liebe; entschuldigen Sie die Freiheit, aber die Anrede kommt mir ganz natürlich über die Lippen, wenn ich in meinem kleinen Wohnzimmer mein Herz allen denen öffnen möchte, denen ich trauen kann. Ich wäre dem Himmel ewig dankbar, wenn das die ganze Menschheit wäre, aber leider ist das nicht der Fall, denn Sie brauchen bloß einen Zettel »Zimmer zu vermieten« im Fenster haben und Ihre Uhr auf dem Kaminsims liegen zu lassen, und schon ist sie auf Nimmerwiedersehen verschwunden, wenn Sie sich bloß eine Sekunde lang umwenden. Aber auch die Zugehörigkeit zu Ihrem eigenen Geschlecht ist noch lange keine Garantie, wie ich am Beispiel der Zuckerzange gesehen habe, denn jene Dame (und hübsch sah sie aus) ließ mich nach einem Glas Wasser laufen, unter dem Vorwand, sie käme demnächst nieder, was sich auch als richtig erwies, aber sie kam zur Polizeiwache nieder.

Nummer einundachtzig Norfolk Street, Strand, auf halbem Weg zwischen der City und dem St.-James-Park und nur fünf Minuten von den besuchtesten öffentlichen Vergnügungsstätten entfernt – das ist meine Adresse. Ich wohne in diesem Haus schon seit langen Jahren zur Miete, wie das Grundsteuerbuch bezeugen kann; und ich wünschte, mein Hauswirt wüßte diese Tatsache ebenso zu würdigen wie ich selbst, aber nein, nicht für ein halbes Pfund Neuanstrich, und wenn es ihm ans Leben ginge; nicht einen neuen Ziegel aufs Dach, meine Liebe, und wenn Sie auf den Knien vor ihm lägen.

Sie werden noch niemals Nummer einundachtzig Norfolk Street, Strand, in Bradshaws Kursbuch gefunden haben, meine Liebe, und so Gott will, werden Sie es auch niemals darin finden. Es gibt zwar Leute, die keine Selbsterniedrigung darin sehen, ihren Namen so zu verunehren, und sie gehen sogar bis zu einem Bild von ihrem Haus, das dem Original jedoch ganz unähnlich ist, mit einem Klecks in jedem Fenster und einer vierspännigen Kutsche vor der Tür. Aber was Miß Wozenham weiter unten auf der anderen Seite der Straße recht ist, ist mir noch lange nicht billig, da Miß Wozenham *ihre* Anschauungen hat und ich die *meinigen*. Obwohl es ja darauf ankommt, wie Sie es vor Ihrem Gewissen zu verantworten gedenken, wenn es bis zum systematischen Unterbieten kommt – wie es unter Eid vor Gericht bewiesen werden kann – und das die Form annimmt: »Wenn Mrs. Lirriper achtzehn Schilling die Woche verlangt, dann verlange ich fünfzehneinhalb.« Und was luftige Schlafzimmer betrifft und einen Portier, der die ganze Nacht über auf ist, so ist es um so besser, je weniger darüber geredet wird, da die Schlafzimmer muffig und der Portier blauer Dunst ist.

Es sind jetzt vierzig Jahre her, seit ich und mein armer Lirriper in der St.-Clement's Danes-Kirche getraut wurden, wo ich jetzt in einem sehr hübschen Stuhl unter lauter vornehmer Nachbarschaft meinen Sitz und mein eigenes Kniekissen habe und wo ich nicht zu volle Abendgottesdienste bevorzuge. Mein armer Lirriper war eine stattliche Erscheinung, mit leuchtenden Augen und einer Stimme, so weich wie ein Musikinstrument aus Honig und Stahl. Aber er hatte stets ein freies Leben geführt, da er von Beruf Geschäftsreisender war und eine besonders staubige Tour hatte, wie er sagte – »eine trockene Straße, meine liebe Emma«, sagte mein armer Lirriper stets zu mir, »wo ich den ganzen Tag über und die halbe Nacht dazu immer mal einen Schluck tun muß, um den Staub hinunterzuspülen, und das nimmt mich mit, Emma« – und das führte dazu, daß er durch eine Menge Dinge hindurchrannte. Er wäre wohl auch durch den Schlagbaum hindurchgerannt, als dieses schreckliche Pferd, das keinen einzigen Augenblick stillstehen wollte, durchbrannte. Aber es war Nacht und der Schlagbaum geschlossen. So wurde das Rad erfaßt und der Wagen und mein armer Lirriper zu Atomen zerschmettert. Er hat kein Wort mehr gesprochen. Er war eine stattliche Erscheinung und ein Mann von fröhlicher Gemütsart und sanftem Wesen; aber wenn Photographien damals schon üblich gewesen wären, so hätten sie Ihnen doch niemals eine Vorstellung von der Weichheit seiner Stimme geben können. Überhaupt fehlt es meiner Ansicht nach Photographien im allgemeinen an Weichheit. Man sieht darauf aus wie ein frisch gepflügtes Feld.

Mein armer Lirriper hinterließ ein zerrüttetes Vermögen, und als er auf dem Friedhof zu Hatfield in Hertfordshire begraben worden war, nicht etwa, weil das sein Geburtsort war, sondern weil er eine Vorliebe für das »Salisbury-Wappen« hatte, wohin wir uns am Hochzeitstag begeben und glücklich vierzehn Tage zugebracht hatten, machte ich bei den Gläubigern die Runde und sagte zu ihnen: »Gentlemen, ich weiß wohl, daß ich für die Schulden meines verstorbenen Gatten nicht aufzukommen brauche, aber ich will sie bezahlen, denn ich bin sein angetrautes Weib, und sein guter Name ist mir teuer. Ich will eine Pension aufmachen, und wenn es mir glückt, soll jeder Penny, den mein verstorbener Gatte schuldig geblieben ist, um der Liebe willen, die ich zu ihm trug, zurückerstattet werden. Das schwöre ich bei dieser meiner Rechten.« Es dauerte lange, bis ich es vollbracht hatte, aber schließlich war es vollbracht, und als mir die Gentlemen die silberne Rahmkanne verehrten, die, unter uns gesagt, in meinem Schlafzimmer oben zwischen dem Bett und der Matratze steckt und die eingravierte Widmung trägt: »Für Mrs. Lirriper als ein Zeichen dankbarer Hochachtung für ihr ehrenwertes Verhalten«, da gab es mir einen Ruck, der zuviel für meine Gefühle war, bis Mr. Betley, der gern seinen Spaß machte, zu mir sagte:

»Fassen Sie sich, Mrs. Lirriper! Sie sollten die Sache so ansehen, als wäre es bloß Ihre Taufe und dies wären Ihre Paten, die für Sie gelobten.«

Das brachte mich wieder zu mir selbst, und ich gestehe offen, meine Liebe, daß ich darauf ein Butterbrot und ein wenig Sherry in ein Körbchen tat und auf dem Außensitz der Postkutsche zum Friedhof in Hatfield fuhr. Dort küßte ich meine Hand und legte sie, während mein Herz von einer Art stolzen Liebe geschwellt war, auf meines Gatten Grab. Dabei hatte es, bis ich seinen guten Namen wiederherstellen konnte, wahrhaftig so lange gedauert, daß mein Ehering ganz dünn und glatt war, als ich die Hand auf das grüne, wogende Gras legte.

Ich bin jetzt eine alte Frau und mein gutes Aussehen ist dahin, aber das dort über dem Tellerwärmer, meine Liebe, bin trotzdem ich, auch wenn die Leute oft rot und verlegen werden, weil sie meistens auf jemand ganz anderes tippen. Aber einmal kam ein gewisser Jemand, der sein Geld in ein Hopfengeschäft gesteckt hatte, um seine Miete zu bezahlen und einen Besuch abzustatten, und er wollte es durchaus vom Haken runternehmen und in seine Brusttasche stecken – Sie verstehen, meine Liebe – aus L..., sagte er, zu dem Original –, bloß besaß er keine Weichheit in seiner Stimme, und ich wollte es nicht zulassen. Aber, was er davon hielt, können Sie daraus entnehmen, daß er zu dem Bild sagte: »Sprich zu mir, Emma!« Das war zweifellos alles andere als eine vernünftige Bemerkung, aber doch ein Beweis dafür, daß das Bild mir ähnlich war, und ich glaube selbst, ich habe wirklich so ausgesehen, als ich jung war und diese Art Mieder trug.

Aber meine Absicht war, von der Pension zu sprechen, und ich muß wirklich was von dem Geschäft verstehen, da ich schon so lange darin bin. Es war zu Beginn des zweiten Jahres meiner Ehe, daß ich meinen armen Lirriper verlor, und gleich darauf ließ ich mich in Islington nieder und kam danach hierher, was im ganzen zwei Häuser und achtunddreißig Jahre, einige Verluste und eine gute Menge Erfahrung ausmacht.

Nach den Zahlungsterminen sind Dienstmädchen Ihre größte Plage, und sie plagen Sie sogar schlimmer als die Leute, die ich die wandernden Christen nenne, obgleich es für mich ein Geheimnis ist (für dessen Aufklärung, wenn es durch irgendein Wunder geschehen könnte, ich dankbar wäre), weshalb sie auf der Erde umherwandern, nach Vermieterzetteln Ausschau halten und dann hereinkommen, sich die Zimmer ansehen und über den Preis handeln, obwohl sie sie gar nicht brauchen und im Leben nicht daran denken, sie zu nehmen. Es ist verwunderlich, daß sie so lange leben und dabei wohlauf sind, aber vermutlich erhält sie die viele Bewegung gesund, da sie so viel klopfen und von Haus zu Haus gehen und den ganzen Tag die Treppen hinauf und hinunter laufen. Und dann ist es im höchsten Grade erstaunlich, wenn sie so tun, als ob sie so überaus genau und pünktlich wären. Sie blicken auf ihre Uhr und sagen: »Könnten Sie mir die Zimmer bis übermorgen vormittag zwanzig Minuten nach elf reservieren, und angenommen meine Freundin vom Lande legt Wert darauf, könnten Sie dann eine kleine eiserne Bettstelle in das kleine Zimmer oben stellen?«

Als ich noch ein Neuling im Geschäft war, meine Liebe, pflegte ich mir's zu überlegen, bevor ich zusagte; ich verwirrte mich ganz mit Berechnungen und ermüdete mich mit nutzlosem Warten, aber jetzt pflege ich zu sagen: »Gewiß; ganz bestimmt«, da ich genau weiß, es ist eine wandernde Christin und sie kommt nie wieder. Ja, jetzt kenne ich die meisten wandernden Christen persönlich, ebenso wie sie mich, da jedes derartige Individuum, das in London umherwandert, die Gewohnheit hat, etwa zweimal jährlich zu erscheinen, und es ist ein sehr bemerkenswerter Umstand, daß das Übel erblich ist und die heranwachsenden Kinder es auch annehmen. Aber selbst wenn es anders wäre, so brauche ich nur von der Freundin vom Lande zu hören – was ein sicheres Zeichen ist –, um zu nicken und zu mir selbst zu sagen: Sie sind eine wandernde Christin, obwohl ich nicht wagen kann zu behaupten, daß es, wie ich gehört habe, Personen mit einem kleinen

Vermögen sind, die eine Vorliebe für eine regelmäßige Beschäftigung und häufigen Wechsel des Schauplatzes haben.

Dienstmädchen, wie ich meine Bemerkung begann, sind eine Ihrer größten und dauernden Plagen, und es geht einem mit ihnen wie mit den Zähnen, die mit Krämpfen anfangen und niemals aufhören, Sie zu quälen, von der Zeit, wo sie durchbrechen, bis zur Zeit, wo sie abbrechen, und dabei erscheint es einem hart, sich von ihnen zu trennen, aber wir müssen alle unterliegen oder künstliche kaufen. – Selbst wenn man ein williges Mädchen bekommt, dann bekommt man in neun von zehn Fällen ein schmutziges Gesicht mit dazu, und natürlicherweise lieben es die Mieter nicht, wenn vornehme Besucher mit einem schwarzen Fleck über der Nase oder schmierigen Augenbrauen eingelassen werden. Wo sie das Schwarz herkriegen, ist für mich ein unergründliches Geheimnis, wie in dem Fall des willigsten Mädchens, das je in ein Haus kam, sie war halb verhungert, das arme Ding, und ein so williges Mädel, daß ich sie die willige Sophy nannte, früh und spät auf den Knien scheuernd und immer fröhlich, aber stets mit einem schwarzen Gesicht lächelnd. Ich sagte zu Sophy:

»Nun, Sophy, mein gutes Mädchen, setze dir einen bestimmten Tag für die Kamine fest, gehe stets der Schuhwichse aus dem Weg, kämme dein Haar nicht mit Pfannenböden und rühre die abgebrannten Kerzendochte nicht an, dann muß es doch notwendigerweise ein Ende nehmen.«

Doch das Schwarz blieb, und stets auf ihrer Nase; und da diese aufgeworfen und an der Spitze breit war, so hatte es den Anschein, als ob sie damit prahlte, und es hatte auch eine Warnung zur Folge von einem ruhigen, aber ein wenig reizbaren Gentleman und ausgezeichneten wöchentlichen Mieter mit Frühstück und Benutzung eines Wohnzimmers auf Verlangen, der zu mir sagte:

»Mrs. Lirriper, ich bin so weit gekommen zuzugestehen, daß die Schwarzen Menschen und Brüder sind, aber nur wenn die Farbe natürlich ist und nicht abgerieben werden kann.«

Infolgedessen gab ich der armen guten Sophy andere Arbeit

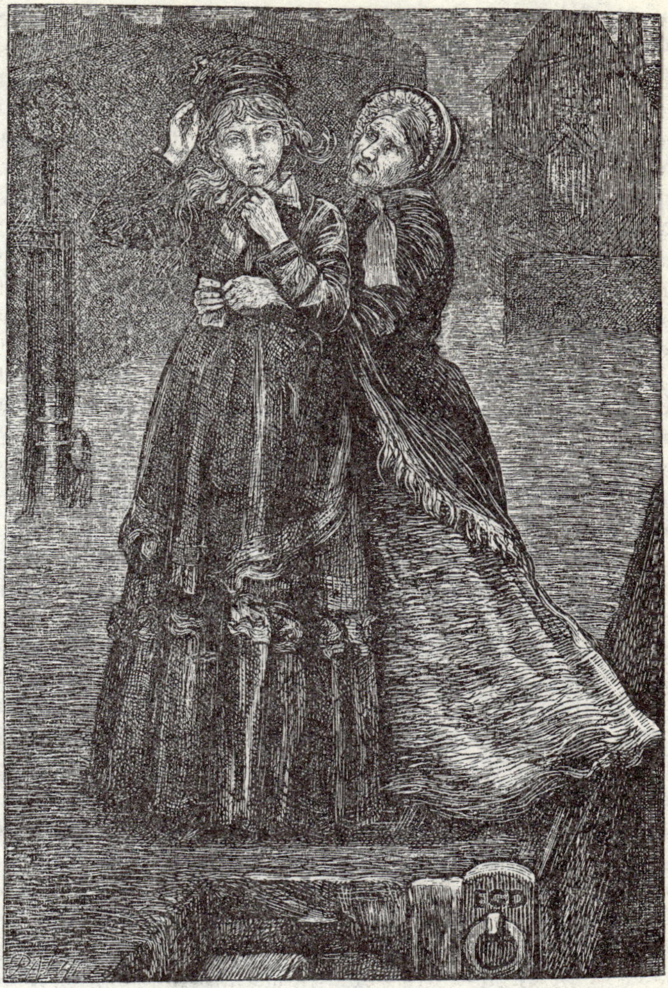
ECD

und verbot ihr strikt, die Tür zu öffnen, wenn es klopfte, oder auf ein Klingelzeichen herbeizulaufen, aber unglücklicherweise war sie so willig, daß sie nichts davon zurückhalten konnte, die Küchentreppe hinaufzufliegen, so oft eine Klingel ertönte. Schließlich fragte ich sie:

»O Sophy, Sophy, um des lieben Himmels willen, woher kommt es bloß?«

Darauf brach dieses arme, unglückliche, willige Geschöpf in Tränen aus und erwiderte:

»Ich nahm eine Menge Schwarz in mich auf, Ma'am, als ich ein kleines Kind war, da sich damals niemand um mich kümmerte, und ich denke, das muß es sein, was da herauskommt.«

Da es nun bei dem armen Ding immer weiter herauskam und ich andererseits sonst nichts an ihr auszusetzen hatte, sagte ich zu ihr:

»Sophy, was hältst du von dem Vorschlag, daß ich dir nach New South Wales verhelfe, wo es vielleicht nicht bemerkt werden wird?«

Und ich habe es nie bereut, dieses Geld ausgegeben zu haben. Es erwies sich als gut angelegt, denn sie heiratete auf der Fahrt den Schiffskoch (er war selbst ein Mulatte), und sie lebte gut und glücklich, und soviel ich gehört habe, wurde es unter jenen neuen gesellschaftlichen Zuständen bis zu ihrem Todestag nicht bemerkt.

Wie es Miß Wozenham weiter unten auf der anderen Seite der Straße vor ihren Gefühlen als Dame (was sie nicht ist) verantworten konnte, Mary Anne Perkinson aus meinem Dienst abspenstig zu machen, das muß sie selbst am besten wissen – ich weiß es nicht, und mir liegt auch nichts daran, zu erfahren, was für Lebensansichten Miß Wozenham hat. Aber diese Mary Anne Perkinson, wenn sie sich auch so häßlich gegen mich benahm, während ich stets gut zu ihr war, war ihr Gewicht in Gold wert, wenn es sich darum handelte, den Mietern Respekt einzuflößen, ohne sie zu vertreiben. Denn die Mieter klingelten viel weniger nach Mary Anne, als sie nach meiner Erfahrung je nach Mädchen oder Herrin geklingelt hatten, was viel bedeuten will, besonders wenn schielende Augen und eine Gestalt wie ein Sack voll Knochen dazukommen, aber es war ihre unerschütterliche Ruhe, die jene einschüchterte, und diese Ruhe kam daher, weil ihr Vater im Schweinehandel Unglück gehabt hatte. Mary Annes respekteinflößendes Äußere und ihre strenge Weise wurden sogar mit dem pingeligsten Tee-und-Zucker-Gentleman fertig (denn er wog beides jeden Morgen in einer Waagschale), mit dem ich es je zu tun gehabt habe, und kein Lamm war nachher sanfter als er. Aber später erfuhr ich, daß Miß Wozenham einmal zufällig an meinem Haus vorüberging und zusah, wie Mary Anne die Milch von einem Milchmann übernahm, der jedes Mädel in der Straße in die rosigen Wangen kniff (ich denke deshalb nichts Böses von ihm), aber von ihr so eingeschüchtert wurde, daß er so steif wie die Statue bei Charing Croß war. Miß Wozenham begriff sofort, welchen Wert Anne für das Pensionsgeschäft hatte, und ging so weit, ein Pfund mehr Vierteljahrslohn zu bieten. Infolgedessen sagte Mary Anne, ohne daß es den geringsten Wortwechsel zwischen uns gegeben hätte, auf einmal zu mir: »Wenn *Sie* sich für den nächsten Ersten nach einer Neuen umsehen wollen, Mrs. Lirriper, *ich* habe es bereits getan.« Das kränkte mich, ich sagte es ihr, und daraufhin kränkte sie mich noch mehr, indem sie andeutete, daß das Unglück ihres Vaters im Schweinehandel sie zu derartigen Handlungsweisen gebracht habe.

Meine Liebe, ich versichere Ihnen, es ist bitter schwer zu entscheiden, welcher Art Mädchen man den Vorzug geben soll, denn wenn sie rasch sind, werden sie von ihren Beinen geklingelt, und wenn sie langsam sind, haben Sie selbst darunter zu leiden, weil in einem fort Klagen kommen, und wenn sie hübsche Augen haben, so stellen ihnen die Herren nach, und wenn sie auf ihr Äußeres halten, dann setzen sie die Hüte der Mieterinnen auf, und wenn sie musikalisch sind, dann probieren Sie es bloß einmal, sie von Musikkapellen und Leierkastenmännern wegzubringen, und gleichgültig, *welche*

Köpfe Sie an ihnen bevorzugen, ihre Köpfe werden *stets* zum Fenster hinausgucken. Und dann, was den Herren an den Mädchen gefällt, das gefällt den Damen nicht, was für alle Beteiligten ein ständiger Zankapfel ist, und dann kommt den Mädchen die Wut, obwohl ich hoffe, daß es nicht oft in dem Maße der Fall ist wie bei Caroline Maxey.

Caroline war ein hübsches, schwarzäugiges Mädchen und hatte ein Paar kräftige Fäuste, wie ich zu meinem Schaden erfuhr, als sie losbrach und um sich schlug. Das geschah zum ersten und letzten Mal durch die Schuld eines jungen Ehepaares, das sich London ansehen wollte und im ersten Stock wohnte. Die Dame war sehr hochmütig, und es hieß, sie mochte Caroline wegen ihres hübschen Äußeren nicht leiden, da sie selbst in dieser Beziehung nichts übrig hatte, aber auf jeden Fall machte sie Caroline das Leben schwer, obwohl das keine Entschuldigung war. So kommt Caroline eines Nachmittags mit gerötetem Gesicht in die Küche und sagt zu mir:

»Mrs. Lirriper, dieses Weib im ersten Stock hat mich ganz unerträglich geärgert.«

Ich sage darauf: »Caroline, unterdrücke deine Wut.«

Darauf antwortet Caroline mit einem Lachen, das mir das Blut in den Adern erstarren läßt:

»Meine Wut unterdrücken? Da haben Sie recht, Mrs. Lirriper, das will ich tun.«

»Gott verd... sie!« bricht Caroline darauf los (man hätte mich mit einer Feder bis in den Mittelpunkt der Erde hineinschmettern können, als sie das sagte). »Ich will ihr mal zeigen, welche Wut ich in mir unterdrückt habe!«

Caroline zieht den Kopf ein, meine Liebe, schreit auf und stürzt die Treppe empor, ich, so schnell mich meine zitternden Beine tragen können, hinter ihr her. Aber bevor ich noch im Zimmer anlange, ist schon das Tischtuch mit dem Geschirr in Rosa und Weiß krachend auf den Boden geflogen und das junge Ehepaar liegt mit den Beinen in der Luft im Kamin, er mit Schaufel und Feuerzange und einer Schüssel voll Gurkensalat quer über dem Bauch. Ein Glück, daß es Sommer war!

»Caroline«, rufe ich, »beruhige dich!«

Aber als sie an mir vorbeikommt, zerrt sie mir die Haube vom Kopf und zerreißt sie mit den Zähnen, fällt dann über die jungverheiratete Dame her, macht ein Bündel Bänder aus ihr, faßt sie an beiden Ohren und schlägt sie mit dem Hinterkopf gegen die Wand. Die Dame schreit während der ganzen Zeit zetermordio, Schutzleute rennen die Straße entlang, während Miß Wozenhams Fenster (denken Sie sich meine Gefühle, als ich das erfuhr) aufgerissen werden und Miß Wozenham vom Balkon aus mit Krokodilstränen herunterschreit:

»Es ist Mrs. Lirriper, die jemand durch Überforderung zum Wahnsinn getrieben hat – man wird sie ermorden – ich habe es schon lange erwartet – Schutzleute, rettet sie!«

Meine Liebe, denken Sie sich: vier Schutzleute und Caroline hinter der Kommode, die mit dem Schüreisen auf sie losfährt. Als man sie entwaffnet hatte, boxte sie mit beiden Fäusten um sich, hin und her und her und hin, ganz entsetzlich! Aber ich konnte es nicht mit ansehen, daß sie das arme junge Ding rauh anpackten und ihr das Haar herabrissen, als sie sie überwältigt hatten, und ich sage:

»Meine Herren Schutzleute, bitte denken Sie daran, daß ihr Geschlecht das Geschlecht Ihrer Mütter und Schwestern und Ihrer Liebsten ist, und Gott segne diese und Sie selbst!«

Und da saß sie nun auf dem Boden, mit Handschellen gefesselt, und lehnte sich, nach Atem ringend, gegen die Wandleiste, und die Schutzleute kühl und gelassen mit zerrissenen Röcken, und alles, was sie sagte, war:

»Mrs. Lirriper, es tut mir leid, daß ich *Sie* angerührt habe, denn Sie sind eine gute, mütterliche alte Dame.«

Ich mußte daran denken, wie oft ich gewünscht hatte, ich wäre wirklich eine Mutter, und welche Gefühle mein Herz bewegt hätten, wenn ich die Mutter dieses Mädchens gewesen wäre!

Auf der Polizeiwache stellte sich dann heraus, daß es nicht das erstemal bei ihr war, und man nahm ihr die Kleider weg und steckte sie ins Gefängnis. Als sie wieder herauskommen sollte, ging ich am Abend ans Gefängnistor mit einem bißchen Gelee in meinem kleinen Körbchen, um sie ein wenig für den erneuten Lebenskampf zu stärken, und dort traf ich eine sehr ehrbare Mutter, die auf ihren Sohn wartete. Er war durch schlechte Gesellschaft dorthin gekommen, und es war ein verstockter Schlingel, der seine Halbschuhe aufgeschnürt trug. Da kommt nun meine Caroline heraus und ich sage zu ihr:

»Caroline, komm mit mir und setze dich unter die Mauer, wo niemand hinkommt, und iß eine Kleinigkeit, die ich für dich mitgebracht habe.«

Darauf schlingt sie die Arme um meinen Hals und sagt:

»Oh, weshalb sind Sie keine Mutter, wo es solche Mütter gibt, wie es sie gibt!«

So spricht sie, und in einer halben Minute beginnt sie zu lachen und fragt:

»Habe ich wirklich Ihre Haube in Fetzen gerissen?«

Und als ich erwidere: »Gewiß hast du das getan, Caroline«, lacht sie wieder und sagt, während sie mir das Gesicht streichelt:

»Weshalb tragen Sie aber auch solche altmodischen Hauben, Sie liebes, altes Wesen? Wenn Sie nicht so eine altmodische Haube aufgehabt hätten, dann glaube ich nicht, daß ich es selbst damals getan hätte.«

Denken Sie sich, so ein Mädel! Ich konnte sie auf keine Weise dazu bringen, mir zu sagen, was sie nun anfangen wollte. Sie sagte bloß immer, oh, es würde ihr schon nicht schlechtgehen, und wir schieden, nachdem sie mir aus Dankbarkeit die Hände geküßt hatte. Ich habe niemals mehr etwas von dem Mädchen gesehen oder gehört, aber ich bin fest überzeugt, daß eine sehr vornehme Haube, die auf Veranlassung eines ungenannten Absenders an einem Samstagabend in einem Wachstuchkorb gebracht wurde, von Caroline kam. Der Überbringer war ein höchst unverschämter junger Sperling von einem Affen, mit schmutzigen Schuhen, der auf der gescheuerten Treppe laut pfiff und an dem Geländer mit einem Reifenstock Harfe spielte.

Welch unchristlichen Verdächtigungen man sich aussetzt, wenn man sich auf das Pensionsgeschäft wirft, das kann ich Ihnen nicht mit Worten schildern. Aber ich bin niemals so ehrlos gewesen, doppelte Schlüssel zu haben, noch möchte ich das gern von Miß Wozenham weiter unten auf der anderen Seite der Straße glauben; ja, ich hoffe sogar aufrichtig, daß das nicht der Fall sein möge, obwohl man andererseits nie wissen kann. Es ist im höchsten Grade verletzend für die Gefühle einer Pensionsinhaberin, daß die Mieter stets denken, man versuche sie zu übervorteilen, und niemals auf den Einfall kommen, daß vielleicht grade sie es sind, die einen übervorteilen möchten. Aber, wie Major Jackman oft zu mir gesagt hat:

»Ich kenne die Gewohnheiten auf diesem runden Erdball, Mrs. Lirriper, und das ist eine davon, die sich überall findet.«

Und manchen kleinen Ärger hat mir der Major schon ausgeredet, denn er ist ein kluger Mensch und hat schon vieles zu sehen bekommen.

Du lieber Gott, sollte man es denken, dreizehn Jahre sind darüber hingegangen, obwohl es mir wie gestern erscheint, daß ich an einem Augustabend am offenen Wohnzimmerfenster saß (denn das Wohnzimmer war gerade frei) und mit der Brille auf der Nase die Zeitung vom vorigen Tag las. Denn meine Augen waren für Druckschrift zu schwach geworden, obwohl ich, dem Himmel sei Dank, gut in die Ferne sehen kann. Auf einmal höre ich einen Gentleman die Straße herauflaufen kommen, der in einer fürchterlichen Wut mit sich selbst spricht und jemand zu allen Teufeln wünscht.

»Bei Sankt-Georg!« sagt er laut und packt seinen Spazierstock fester, »jetzt gehe ich zu Mrs. Lirriper. Wo wohnt Mrs. Lirriper?«

Darauf blickt er sich um, und wie er mich sieht, zieht er den Hut so tief, als wäre ich die Königin, und sagt:

»Verzeihen Sie die Störung, Madam, aber können Sie mir bitte sagen, Madam, in welcher Nummer in dieser Straße eine weitbekannte und allgemein geachtete Dame namens Lirriper wohnt?«

Ein wenig verlegen, obwohl, wie ich gestehen muß, angenehm berührt, nehme ich die Brille ab und sage mit einer Verbeugung:

»Sir, Mrs. Lirriper ist Ihre ergebene Dienerin.«

»Das ist ja erstaunlich!« sagt er darauf. »Bitte tausendmal um Verzeihung! Madam, darf ich Sie bitten, einen Ihrer Bedienten anzuweisen, einem wohnungsuchenden Herrn namens Jackman die Tür zu öffnen?«

Ich hatte den Namen nie zuvor gehört, aber einen höflicheren Gentleman werde ich sicher niemals vor mir sehen, denn er sagte:

»Madam, es ist mir peinlich, daß Sie persönlich die Tür für keinen würdigeren Zeitgenossen als Jemmy Jackman öffnen. Nach Ihnen, Madam. Ich trete niemals vor einer Dame ein.«

Darauf tritt er ins Wohnzimmer, zieht die Luft tief ein und sagt:

»Ah, das ist ein Wohnzimmer! Kein muffiger Schrank«, sagt er, »sondern ein Wohnzimmer, und kein Geruch nach Kohlensäcken.«

Nämlich, meine Liebe, es ist von einigen Leuten, die unseren ganzen Stadtteil nicht mögen, behauptet worden, daß es hier immer nach Kohlensäcken rieche. Und da das geeignet wäre, die Mieter abzuschrecken, wenn man nicht Einspruch dagegen erhebt, sage ich in freundlichem, aber festem Tone zu dem Major, er meine damit wohl Arundel oder Surrey oder Howard, aber nicht Norfolk.

»Madam«, sagt er darauf, »ich meine Miß Wozenhams Pension weiter unten auf der anderen Seite – Madam, Sie können sich keinen Begriff machen, wie es dort zugeht – Madam, die ganze Pension ist ein kolossaler Kohlensack und Miß Wozenham hat die Grundsätze und Manieren eines weiblichen Kohlenträgers – Madam, aus der Art, wie ich sie von Ihnen habe sprechen hören, weiß ich, daß sie eine Dame nicht zu schätzen weiß, und aus der Art, wie sie sich mir gegenüber aufgeführt hat, weiß ich, daß sie einen Gentleman nicht zu schätzen weiß – Madam, mein Name ist Jackman

– sollten Sie noch eine weitere Referenz wünschen, so nenne ich die Bank von England – sie ist Ihnen vielleicht bekannt!«

So kam es, daß der Major die Zimmer nach vorn hinaus bezog, und von jener Stunde bis zur heutigen sitzt er darin und ist ein äußerst liebenswürdiger und in jeder Hinsicht pünktlicher Mieter, abgesehen von einer kleinen Unregelmäßigkeit, auf die ich nicht besonders einzugehen brauche. Doch dafür ist er ein Schutz und zu jeder Zeit bereit, die Steuererklärung und dergleichen Sachen auszufüllen. Einmal erwischte er sogar einen jungen Mann mit der Stehuhr aus dem Salon unter dem Rock, und ein andermal löschte er mit seinen eigenen Händen und Bettüchern den Schornstein auf dem Dach; und hinterher bei der Verhandlung sprach er äußerst beredt gegen die Gemeindeverwaltung und ersparte mir die Kosten für die Feuerspritze. Er ist stets ein vollendeter Gentleman, obgleich leicht aufgebracht. Und sicherlich hat Miß Wozenham nicht freundlich darin gehandelt, daß sie seine Koffer und den Regenschirm zurückbehielt, wenn sie auch das gesetzliche Recht dazu haben mochte. Ja, vielleicht hätte ich das selbst auch getan, obwohl der Major so sehr ein Gentleman ist, daß er, obgleich durchaus nicht von hoher Gestalt, doch fast so aussieht, wenn er seinen Gehrock mit der herausgesteckten Hemdkrause an- und seinen Hut mit runder Krempe aufhat. Freilich, in welchem Dienst er war, das kann ich Ihnen nicht mit Bestimmtheit sagen, meine Liebe, ob zu Hause oder in den Kolonien, denn ich habe nie gehört, daß er von sich selbst als Major sprach, sondern er nannte sich immer nur einfach »Jemmy Jackman«. Einmal, kurze Zeit nachdem er eingezogen war, hielt ich es für meine Pflicht, ihm mitzuteilen, Miß Wozenham hätte das Gerücht ausgestreut, er wäre gar kein Major, und ich nahm mir die Freiheit hinzuzufügen: »Was Sie doch sind, Sir.«

Darauf meinte er:

»Madam, auf jeden Fall bin ich kein Minor, und jeder Tag hat seine Plage.«

Auch kann man nicht leugnen, daß das die reine Wahrheit

ist, und dafür spricht auch seine soldatische Gewohnheit, daß ihm seine Stiefel, bloß vom Schmutz gesäubert, jeden Morgen auf einer sauberen Platte ins Zimmer gebracht werden müssen, worauf er sie stets nach dem Frühstück mit einem kleinen Schwamm und einer Untertasse, leise vor sich hin pfeifend, selbst wichst. Das macht er so geschickt, daß er sich niemals die Wäsche dabei beschmutzt, die mit peinlicher Sorgfalt im Stande gehalten ist, obwohl sie mehr durch ihre gute Beschaffenheit als durch ihre Menge hervorsticht; und ebensowenig den Schnurrbart, der, wie ich fest überzeugt bin, zur selben Zeit besorgt wird und der denselben tiefschwarzen Glanz aufweist wie seine Stiefel, während sein Haupthaar schön weiß ist.

Der Major wohnte schon seit etwa drei Jahren bei mir, als eines Morgens, früh im Februar, kurz vor Beginn der Parlamentssitzung (und Sie können sich denken, daß um diese Zeit eine Masse Betrüger umherlaufen, bereit, alles einzustecken, dessen sie habhaft werden können) ein Gentleman und eine Dame vom Lande vorsprachen, um sich das zweite Stockwerk anzusehen. Ich erinnere mich noch ganz gut, daß ich am Fenster saß und sie und den schweren Hagel draußen beobachtete, wie sie sich nach Vermietungszetteln umsahen. Das Gesicht des Gentleman wollte mir nicht recht gefallen, obwohl er gut aussah, aber die Dame war eine sehr hübsche junge Frau und so zart, daß das Wetter viel zu rauh für sie zu sein schien, obwohl sie bloß von dem Adelphi Hotel kam, das bei weniger schlechtem Wetter nicht viel mehr als eine Viertelmeile zu Fuß entfernt war. Nun hatte es sich gerade so gefügt, meine Liebe, daß ich genötigt war, auf das zweite Stockwerk fünf Schilling wöchentlich aufzuschlagen. Denn ich hatte einen Verlust gehabt, weil jemand im Abendanzug, als ginge er zu einem Dinner, davongelaufen war, und das ist ein sehr hinterlistiges Verfahren und hatte mich reichlich mißtrauisch gemacht, da ich es mit dem Parlament in Verbindung brachte. Als deshalb der Gentleman drei Monate fest und mit Vorauszahlung vorschlug und sich außerdem das Recht vorbehielt, nach Ablauf dieser Zeit auf weitere sechs Monate zu denselben Bedingungen zu verlängern, da sagte ich, mir käme es so vor, als habe ich mich bereits einem anderen Mieter gegenüber verpflichtet; ich wüßte es aber nicht bestimmt und wollte deshalb einmal nach unten gehen und nachsehen; sie möchten so lange bitte Platz nehmen. Sie nahmen Platz, und ich ging nach unten vor die Tür des Majors, den ich bereits angefangen hatte um Rat zu fragen, da ich das sehr nützlich fand. Ich erkannte an seinem leisen Pfeifen, daß er dabei war, seine Stiefel zu wichsen, wobei er in der Regel nicht gestört werden wollte; jedoch rief er freundlich: »Wenn Sie es sind, Madam, dann treten Sie ein«, und ich trat ein und erzählte ihm die Sache.

»Nun, Madam«, sagte der Major, sich die Nase reibend – ich fürchtete im Augenblick, er täte es mit dem schwarzen Schwamm, aber es war bloß sein Handgelenk, da er mit seinen Fingern immer geschickt und sauber war – »nun, Madam, ich vermute, daß Sie das Geld ganz gern annehmen würden?«

Ich scheute mich, gar zu rasch »ja« zu sagen, denn die Wangen des Majors hatten sich ein wenig tiefer gefärbt und es lag eine Unregelmäßigkeit, auf die ich nicht weiter eingehen will, in bezug auf einen Teil vor, den ich nicht nennen will.

»Ich bin der Ansicht, Madam«, sagte der Major, »daß, wenn Geld für Sie da ist – *wenn* es für Sie da ist, Mrs. Lirriper –, Sie es annehmen sollten. Was spricht in dem Falle im zweiten Stockwerk dagegen?«

»Ich kann wirklich nicht sagen, daß etwas dagegen spricht, Sir; doch dachte ich, ich wollte mich erst mit Ihnen beraten.«

»Sie sagten, glaube ich, ein jungverheiratetes Paar, Madam?« fragte der Major.

Ich antwortete:

»Ja–a, anscheinend. Die junge Dame bemerkte mir gegenüber jedenfalls beiläufig, sie wäre erst seit ein paar Monaten verheiratet.«

Der Major rieb sich wiederum die Nase und rührte die Wichse in der kleinen Untertasse mit seinem Stückchen Schwamm um und um, während er auf seine Art leise pfiff. Das dauerte einige Augenblicke, dann sagte er:

»Es wäre eine günstige Vermietung, Madam?«
»O ja, eine recht günstige Vermietung, Sir.«
»Angenommen, sie verlängern für die übrigen sechs Monate. Würde es Ihnen sehr viel Scherei machen, Madam, wenn – wenn das Schlimmste sich ereignen sollte?« fragte er.

»Nun, ich weiß nicht recht«, sagte ich zu dem Major. »Es kommt darauf an. Würden *Sie* zum Beispiel etwas dagegen einzuwenden haben, Sir?«

»Ich?« fragte der Major. »Etwas dagegen einwenden? Jemmy Jackman? Mrs. Lirriper, nehmen Sie an.«

So ging ich also wieder hinauf und nahm an, und am folgenden Tag, einem Sonnabend, zogen sie ein. Der Major war so freundlich, mit seiner hübschen runden Handschrift eine schriftliche Vereinbarung aufzusetzen, deren Wendungen, meiner Ansicht nach, ebenso juristisch wie militärisch klangen, und Mr. Edson unterzeichnete sie am Montagmorgen. Am Dienstag machte der Major Mr. Edson einen Besuch, und Mr. Edson machte dem Major am Mittwoch seinen Gegenbesuch, und der zweite und der erste Stock standen auf so freundschaftlichem Fuße, wie man es nur wünschen konnte.

Die drei Monate, für die die neuen Mieter vorausbezahlt hatten, waren vorüber, und wir waren ohne irgendwelche neue Vereinbarungen über die Bezahlung in den Mai hineingekommen, meine Liebe, als Mr. Edson plötzlich genötigt war, eine Geschäftsreise quer durch die Insel Man zu unternehmen. Das kam für das hübsche kleine Weibchen gänzlich unerwartet, und die Insel Man ist meiner Meinung nach auch kein Ort, mit dem besonders viel los wäre, aber das mag nun Ansichtssache sein. Das Ganze war so plötzlich gekommen, daß er schon am nächsten Tag abreisen mußte, und die hübsche kleine Frau weinte zum Herzzerbrechen, und ich weinte mit ihr, als ich sie in dem scharfen Ostwind – der Frühling hatte sich in diesem Jahr stark verzögert – auf dem kalten Straßenpflaster stehen sah, wie sie noch einen letzten Abschied von ihm nahm. Der Wind zerzauste ihr schönes blondes Haar, und ihre Arme waren um seinen Nacken geschlungen, während er sagte:

»Nun, nun, nun. Jetzt laß mich, Peggy.«

Und jetzt sah man ganz deutlich, daß das, wogegen der Major freundlicherweise nichts einzuwenden haben wollte, wenn es einträte, wirklich eintreten würde, und ich mahnte sie daran, als er fort war und ich sie mit meinem Arm beim Treppensteigen stützte.

»Es wird bald jemand anders da sein, für den Sie sich schonen müssen, mein hübsches Frauchen«, sagte ich, »und Sie müssen stets daran denken.«

Als schon längst ein Brief von ihm hätte da sein sollen, wartete sie immer noch vergebens, und was sie jeden Morgen durchmachte, wenn der Briefträger nichts für sie hatte, das flößte am Ende sogar dem Briefträger selbst Mitleid ein, wie er sie so an die Tür gerannt kommen sah; und doch können wir uns nicht wundern, daß es die Gefühle abstumpft, die ganze Mühe und nichts von dem Vergnügen mit den Briefen anderer Leute zu haben, und dabei meistenteils im Schmutz und Regen herumzulaufen und für eine Bezahlung, die mehr an Klein- als an Großbritannien denken läßt. Endlich aber eines Morgens, als sie sich zu schlecht fühlte, um die Treppe herabzulaufen, sagt er zu mir mit einer freudigen Miene, die mich den Mann in seinem Beamtenrock fast lieben ließ, obwohl er von Nässe triefte:

»Ich habe heute morgen von der ganzen Straße zuerst ihr Haus drangenommen, Mrs. Lirriper, denn hier ist der Brief für Mrs. Edson.«

Ich lief, so schnell mich meine Beine tragen wollten, mit dem Brief in ihr Schlafzimmer hinauf, und als sie ihn sah, setzte sie sich im Bett auf und küßte ihn. Dann riß sie ihn rasch auf und las, und ich sah, wie ihr Gesicht leichenblaß wurde und erstarrte.

»Er ist sehr kurz!« sagte sie, ihre großen Augen zu meinem Gesicht erhebend. »Oh, Mrs. Lirriper, er ist sehr kurz!«

Ich sage darauf:

»Meine liebe Mrs. Edson, zweifellos hatte Ihr Gatte gerade keine Zeit, mehr zu schreiben.«

»Zweifellos, zweifellos«, anwortet sie, schlägt beide Hände vors Gesicht und dreht sich nach der Wand um.

Ich schloß sacht ihre Tür zu, kroch hinunter und pochte an die Tür des Majors, und als er, der gerade dabei war, seine dünnen Schinkenschnitte auf seinem eignen kleinen Bratrost zu rösten, mein Gesicht sah, stand er von seinem Stuhl auf und ließ mich auf das Sofa niedersitzen.

»Still!« sagte er. »Ich sehe, es ist etwas vorgefallen. Sprechen Sie nicht – lassen Sie sich Zeit.«

Ich erwiderte darauf:

»Oh, Major, ich fürchte, oben wird eine Seele grausam gequält.«

»Ja, ja«, sagte er, »ich hatte angefangen, es zu befürchten – lassen Sie sich Zeit.«

Und dann beginnt er im Widerspruch zu seinen Worten fürchterlich zu toben und sagt:

»Ich werde es mir niemals verzeihen, Madam, daß ich, Jemmy Jackman, die ganze Sache nicht gleich an jenem Morgen durchschaute – daß ich nicht mit meinem Stiefelschwämmchen in der Hand hinaufging, es ihm in den Hals stopfte und ihn auf der Stelle damit erstickte!«

Als wir uns einigermaßen gefaßt hatten, kamen der Major und ich überein, daß alles, was wir im Augenblick tun konnten, darin bestand, uns so zu stellen, als argwöhnten wir nichts, und dafür zu sorgen, daß die arme junge Frau möglichst viel Ruhe hätte. Was ich aber ohne den Major angefangen hätte, als es unter den Leierkastenmännern bekannt wurde, daß wir Ruhe haben wollten, das weiß ich wirklich nicht. Denn er führte einen erbitterten Krieg mit ihnen, in dem Grade, daß ich, hätte ich es nicht mit eigenen Augen gesehen, niemals hätte glauben können, ein Gentleman könne derartig mit Schüreisen, Spazierstöcken, Wasserkannen, Kohlen, Kartoffeln aus der Schüssel, ja sogar mit dem Hut von seinem Kopf um sich werfen; und dabei tobte er dermaßen in fremden Sprachen, daß sie mit dem Griff in der Hand erstarrt stehenblieben.

Sooft ich jetzt den Briefträger sich dem Haus nähern sah,

geriet ich in derartige Angst, daß es wie die Gewährung einer Galgenfrist war, wenn er vorüberging. Aber etwa zehn oder vierzehn Tage später sagt er wiederum:

»Hier ist einer für Mrs. Edson. Befindet sie sich einigermaßen wohl?«

»Sie befindet sich soweit wohl, Briefträger, aber nicht wohl genug, um so früh wie sonst aufzustehen.« Und das entsprach schließlich auch vollkommen der Wahrheit.

Ich brachte den Brief zum Major, der bei seinem Frühstück saß, und ich sagte bebend:

»Major, ich habe nicht den Mut, ihn zu ihr hinaufzutragen.«

»Es ist ein übelaussehender Schurke von einem Brief«, sagt der Major.

»Ich habe nicht den Mut, Major«, sagte ich wiederum zitternd, »ihn zu ihr hinaufzutragen.«

Nachdem er einige Augenblicke lang nachgedacht zu haben schien, sprach er, während er den Kopf aufrichtete, als ob ihm ein neuer und zweckdienlicher Gedanke gekommen sei:

»Mrs. Lirriper, ich werde es mir niemals verzeihen, daß ich, Jemmy Jackman, an jenem Morgen nicht mit meinem Stiefelschwämmchen in der Hand hinaufging, es ihm in den Hals stopfte und ihn auf der Stelle damit erstickte.«

»Major«, sagte ich ein wenig rasch, »Sie haben es nicht getan, und das ist ein Glück, denn es wäre nichts Gutes dabei herausgekommen, und ich glaube, Sie haben besser daran getan, Ihr Schwämmchen für Ihre Stiefel zu benutzen.«

So kamen wir denn dahin, die Sache vernünftig zu betrachten, und faßten den Plan, daß ich an ihre Schlafzimmertür anklopfen, den Brief auf die Matte davor niederlegen und auf dem oberen Treppenabsatz abwarten sollte, was sich ereignen würde. Das tat ich nun, und nie hat ein Mensch vor Schießpulver, Kanonenkugeln, Granaten oder Raketen mehr Angst gehabt als ich vor diesem entsetzlichen Brief, als ich ihn in das zweite Stockwerk hinauftrug.

Ein furchtbarer Aufschrei gellte durch das Haus, wenige Augenblicke nachdem sie den Brief geöffnet hatte, und ich fand sie wie leblos auf dem Boden liegen. Meine Liebe, ich warf keinen Blick auf den geöffnet neben ihr liegenden Brief, denn ich hatte keine Zeit dazu.

Alles, was ich brauchte, um sie wieder zu sich zu bringen, trug der Major mit eignen Händen herbei. Außerdem lief er nach dem, was wir nicht im Hause hatten, zum Apotheker, und schließlich bestand er das wildeste aller seiner vielen Scharmützel mit einem Leierkasten, auf dem ein Tanzsaal dargestellt war, ich weiß nicht in welchem Land, und darauf tanzende Paare, die mit rollenden Augen durch eine Flügeltür aus und ein walzten. Als ich nach langer Zeit wahrnahm, wie sie sich zu erholen begann, glitt ich auf den Treppenabsatz hinaus, bis ich sie weinen hörte, und dann ging ich hinein und sagte mit munterer Stimme: »Mrs. Edson, Sie sind nicht wohl, meine Liebe, und das ist nicht zu verwundern«, als wäre ich zuvor gar nicht drin gewesen. Ob sie es mir glaubte oder nicht, das kann ich nicht sagen, und es kommt auch nicht darauf an, aber ich blieb stundenlang bei ihr, und dann flehte sie Gottes Segen auf mich herab und meinte, sie wolle zu schlafen versuchen, denn der Kopf tue ihr weh.

»Major«, flüsterte ich, zum ersten Stock hereinblickend, »ich bitte Sie und flehe Sie an, gehen Sie nicht aus.«

Der Major flüsterte:

»Madam, seien Sie versichert, ich werde hierbleiben. Wie geht es ihr?«

Ich sage darauf:

»Major, Gott der Herr über uns weiß allein, was in ihrer armen Seele brennt und tobt. Ich verließ sie, während sie an ihrem Fenster saß. Ich gehe, um mich an das meinige zu setzen.«

Es wurde Nachmittag, und es wurde Abend. In der Norfolk Street wohnt es sich sehr schön – mit Ausnahme von weiter unten –, aber an Sommerabenden, wenn die Straße staubig ist und weggeworfenes Papier darauf herumliegt, wenn die Kinder dort spielen und die staubig-heiße Luft still brütend darüberliegt, während in der Nachbarschaft ein paar Kirchenglocken läuten, ist sie ein wenig langweilig. Seit jenem Vorfall habe ich niemals zu einer solchen Zeit auf die Straße blicken können und werde es in alle Zukunft niemals tun können, ohne daß mir der langweilige Juniabend in der Erinnerung aufsteigt, als dieses verlassene junge Geschöpf an ihrem offenen Eckfenster im zweiten Stock und ich an meinem offnen Eckfenster (an der andern Ecke) im dritten Stock saß. Eine gnädige Macht, eine Macht, die bei weitem weiser und besser war als ich selbst, hatte mir eingegeben, solange es noch hell war, in Hut und Schal dazusitzen. Als die Schatten fielen und die Flut stieg, konnte ich bisweilen sehen – wenn ich den Kopf zum Fenster hinausstreckte und nach ihrem Fenster unter mir blickte –, daß sie sich ein wenig hinauslehnte und die Straße hinabschaute. Es wurde gerade dunkel, als ich sie auf der Straße sah.

Von einer solchen Angst erfüllt, ich könnte sie aus den Augen verlieren, daß sie mir noch jetzt, wo ich es erzähle, fast den Atem benimmt, rannte ich, schneller als ich je in meinem ganzen Leben gelaufen bin, die Treppe hinunter. Ich schlug nur einmal im Vorübergehen mit der Hand an die Tür des Majors und schlüpfte auf die Straße. Ich sah sie nicht mehr. Ich lief mit derselben Schnelligkeit die Straße hinunter, und als ich an der Ecke der Howard Street anlangte, sah ich, daß sie in diese eingebogen war und vor mir nach Westen zu ging. Oh, mit welch dankerfülltem Herzen sah ich sie dahinschreiten!

London war ihr gänzlich unbekannt, und sie war selten über die Umgebung unseres Hauses hinausgekommen. Sie hatte mit ein paar kleinen Kindern aus der Nachbarschaft Bekanntschaft gemacht, stand bisweilen bei ihnen auf der Straße und blickte nach dem Wasser. Sie ging jetzt aufs Geratewohl, wie ich wußte, aber dabei schlug sie doch immer die richtigen Seitenstraßen ein, bis sie an den Strand kam. An jeder Ecke sah ich, wie ihr Kopf beständig einer bestimmten Richtung zugekehrt war, und das war stets die Richtung nach dem Fluß.

Vielleicht war es nur die Dunkelheit und Stille der Adelphi-Terrasse, die sie veranlaßte, in diese einzubiegen, aber sie tat es so entschlossen, als ob diese von Anfang an ihr Ziel gewesen wäre. Vielleicht war es auch wirklich so. Sie ging geradewegs auf die Terrasse zu und an ihr entlang und blickte dabei über das Geländer, und noch oft in späterer Zeit fuhr ich in meinem Bett aus einem Angsttraum empor, indem ich sie wie in jenem Augenblick vor mir sah. Die Verlassenheit des Kais unterhalb und das rasche Strömen der hohen Flut an dieser Stelle schienen sie zu locken. Sie warf einen Blick um sich, wie um den Weg nach unten herauszufinden, und schlug den richtigen oder den falschen Weg ein – ich weiß nicht welchen, denn ich bin vorher oder nachher nie dort gewesen –, während ich ihr folgte.

Es war bemerkenswert, daß sie während dieser ganzen Zeit nicht ein einziges Mal zurückblickte. Aber in ihrem Gang war jetzt eine große Veränderung wahrzunehmen; denn während sie bisher einen gleichmäßigen raschen Schritt eingehalten hatte, wobei ihre Arme auf der Brust gekreuzt waren, lief sie unter den unheimlich finsteren Wölbungen in wilder Eile mit weitgeöffneten Armen dahin, als wären es Flügel und sie flöge zum Tod.

Wir befanden uns jetzt auf dem Kai, und sie blieb stehen. Auch ich machte halt. Ich sah, wie ihre Hände nach ihren Hutbändern griffen – im nächsten Augenblick war ich zwischen ihr und dem Kairand und faßte sie mit beiden Armen um den Leib. Sie hätte mich mit in die Tiefe reißen können, aber unter keinen Umständen wäre es ihr gelungen, sich von mir loszumachen – das sichere Gefühl hatte ich.

Bis zu diesem Augenblick war es in meinem Kopf ganz wirr gewesen, und ich hatte nicht die geringste Ahnung gehabt, was ich zu ihr sagen sollte, aber sowie ich sie berührte, kam es wie ein Zauber über mich, und ich war im Besitz meiner natürlichen Stimme und meines Verstandes und konnte fast wieder ruhig atmen.

»Mrs. Edson!« sage ich. »Meine Liebe! Sehen Sie sich vor. Wie konnten Sie sich bloß verirren und an einem so gefährlichen Ort wie diesen geraten? Sie müssen doch wirklich durch die verwickeltsten Straßen in ganz London hierhergekommen sein. Kein Wunder, daß Sie sich verirrt haben. Und gerade an diesem Ort! Ich dachte wahrhaftig, hier käme nie ein Mensch hin, ausgenommen ich selbst, um meine Kohlen zu bestellen, und der Major aus dem ersten Stock, um seine Zigarre zu rauchen!« – denn ich sah diesen gesegneten Mann ganz in der Nähe, wie er so tat, als rauche er.

»Ha – Ha – Hum!« hustet der Major.

»Und wahrhaftig«, sage ich, »da ist er!«

»Hallo! Wer da?« sagt der Major in militärischem Ton.

»Nun!« antwortete ich. »Das ist doch die Höhe! Kennen Sie uns nicht, Major Jackman?«

»Hallo!« sagt der Major. »Wer ruft Jemmy Jackman an?« Und dabei war er ganz außer Atem und spielte seine Rolle weniger natürlich, als ich es erwartet hätte.

»Hier ist Mrs. Edson, Major«, sage ich. »Sie hat einen Spaziergang gemacht, um ihren armen Kopf zu kühlen, der ihr sehr weh getan hat; sie ist dabei vom Weg abgekommen und hat sich verirrt, und Gott weiß, wohin sie noch geraten wäre, wenn ich nicht gerade des Wegs dahergekommen wäre, um in den Briefkasten meines Kohlenlieferanten eine Bestellung einzuwerfen, und Sie nicht hier herumspazierten, um Ihre Zigarre zu rauchen! – Und Sie sind wirklich nicht wohl genug, meine Liebe«, sage ich zu ihr, »um sich ohne mich auch nur halb so weit von zu Hause zu entfernen. – Und Ihr Arm wird sicherlich sehr willkommen sein, Major«, sage ich zu ihm, »ich weiß, sie darf sich, so schwer sie will, darauf lehnen.«

Und mittlerweile hatten wir es soweit gebracht – dem Allmächtigen sei Dank! –, daß sie zwischen uns beiden dahinschritt.

Ein kalter Schauer schüttelte sie vom Kopf bis zu den Füßen, und das Zittern hörte nicht auf, bis ich sie auf ihr Bett legte. Bis zum frühen Morgen hielt sie meine Hand fest und jammerte und jammerte: »Oh, der Elende, der Elende, der Elende!« Aber als ich schließlich so tat, als ob der Kopf mir schwer würde und ein tiefer Schlaf mich übermannte, hörte ich, wie das arme junge Weib mit so rührenden und demutsvollen Worten dem Himmel dankte, daß sie davor bewahrt geblieben sei, sich in ihrer Raserei das Leben zu nehmen, daß ich glaubte, ich müßte mir auf der Bettdecke die Augen ausweinen, und ich wußte, daß sie es nicht wieder versuchen würde.

Da es mir gutging und ich die Ausgabe tragen konnte, schmiedete ich am folgenden Tag mit dem Major meine Pläne, während sie den tiefen Schlaf der Erschöpfung schlief; sobald es anging, sagte ich zu ihr:

»Mrs. Edson, meine Liebe, als Mr. Edson mir die Miete für diese weiteren Monate bezahlte...«

Sie fuhr empor, und ich fühlte, wie ihre großen Augen auf mich gerichtet waren, aber ich fuhr mit meiner Rede und meiner Nadelarbeit fort.

»... ich bin nicht ganz sicher, ob ich die Quittung richtig datierte. Könnten Sie sie mir einmal zeigen?«

Sie legte ihre eiskalte Hand auf die meine und sah mich durchbohrend an, als ich genötigt war, von meiner Nadelarbeit aufzublicken. Aber ich hatte die Vorsicht gebraucht, meine Brille aufzusetzen.

»Ich habe keine Quittung«, sagte sie darauf.

»Ah! Dann hat er sie«, sagte ich in gleichgültigem Ton. »Es kommt nicht darauf an. Eine Quittung ist eine Quittung.«

Von dieser Zeit an hielt sie stets meine Hand in der ihrigen, wenn ich sie ihr reichen konnte, und das war in der Regel nur dann der Fall, wenn ich ihr vorlas. Denn natürlich hatten sie und ich viel mit der Nadel zu tun, und keine von uns beiden hatte ein besonderes Geschick für diese kleinen Wäschestückchen, obwohl ich in Anbetracht der Umstände auf meinen Anteil daran ziemlich stolz bin. Und obwohl sie auf alles achtete, was ich ihr vorlas, so schien es mir doch, daß neben der Bergpredigt es sie am meisten fesselte, wenn ich von dem sanften Mitleid unseres Herrn mit uns armen Frauen las und von seiner Jugend, und wie seine Mutter stolz auf ihn war und alle seine Reden in ihrem Herzen bewahrte. In ihren Augen lag ein dankbarer Ausdruck, der niemals bis an mein Lebensende meinem Gedächtnis entschwinden wird, und wenn ich sie zufällig ansah, so traf ich stets auf diesen dankbaren Blick. Oft bot sie mir auch ihre zitternden Lippen zum Kuß, viel mehr wie ein liebevolles Kind, dessen Herz vom Kummer halb gebrochen ist, als wie ich es mir von einem erwachsenen Menschen denken könnte.

Einmal war das Zittern dieser armen Lippen so stark, und ihre Tränen strömten so reichlich, daß ich glaubte, sie wolle mir all ihr Leid erzählen; deshalb nahm ich ihre beiden Hände zwischen die meinen und sagte:

»Nein, mein liebes Kind, nicht jetzt. Es ist am besten, wenn Sie jetzt nicht davon sprechen. Warten Sie auf bessere Zeiten, wenn Sie darüber hinweggekommen sind und sich wieder kräftig fühlen; dann sollen Sie mir erzählen, soviel Sie wollen. Soll das zwischen uns ausgemacht sein?«

Während wir uns noch an den Händen hielten, nickte sie viele Male hintereinander mit dem Kopf, hob meine Hände hoch und drückte sie an Lippen und Herz.

»Nur noch ein Wort jetzt, mein liebes Kind«, sagte ich. »Gibt es jemand?«

Sie blickte mich fragend an.

»Zu dem ich gehen kann?«

Sie schüttelte den Kopf.

»Niemand, den ich zu Ihnen bringen kann?«

Sie schüttelte den Kopf.

»*Ich* brauche niemand, meine Gute. Das ist jetzt alles vorbei und dahin.«

Etwa eine Woche später – denn als diese Unterredung stattfand, hatte sie schon lange so dagelegen – beugte ich mich über ihr Bett mit meinem Ohr an ihren Lippen, abwechselnd auf ihren Atem lauschend und nach einem Zeichen des Lebens in ihrem Gesicht spähend. Schließlich kam dieses ersehnte Zeichen in einer feierlichen Weise – nicht wie ein Aufzucken, sondern wie eine Art blasses, schwaches Licht, das ganz allmählich das Gesicht erhellte.

Sie sagte etwas zu mir, das keinen Laut gewann, aber ich sah, daß sie mich fragte:

»Ist dies der Tod?«

Worauf ich erwiderte:

»Mein armes, liebes, gutes Kind, ich glaube, es ist so.«

Ich wußte irgendwie, daß sie den Wunsch hatte, ihre schwache rechte Hand zu bewegen. Ich nahm sie also, legte sie ihr auf die Brust und faltete ihre Linke darüber, und sie betete ein inniges Gebet, in das ich arme alte Frau einstimmte, obwohl kein Wort gesprochen wurde. Dann brachte ich das Kindchen in den Windeln herbei und sagte:

»Mein liebes Kind, dies ist einer kinderlosen alten Frau gesendet. Dies ist mir anvertraut.«

Zum letzten Male streckte sich die zitternde Lippe mir entgegen, und ich küßte sie innig.

»Ja, mein Kind«, sagte ich. »So Gott will! Mir und dem Major.«

Ich weiß nicht, wie ich es mit den rechten Worten schildern soll, aber ich sah ihre Seele sich erhellen und froh werden, und mit einem letzten Blick wurde sie frei und flog davon.

Das ist also das Wie und Warum, meine Liebe, daß wir ihn nach seinem Paten, dem Major, Jemmy nannten; sein Familienname aber war Lirriper nach mir selbst. Und niemals ist ein Kind solch ein Sonnenschein in einer Pension und solch ein lieber Spielkamerad für seine Großmutter gewesen, wie es Jemmy für dieses Haus und für mich war. Er war immer gut und hörte auf das, was man ihm sagte (meistens), er wirkte besänftigend aufs Gemüt und machte alle Dinge angenehmer, mit Ausnahme des Falles, als er alt genug war, um seine Mütze in Miß Wozenhams Luftschacht hinunterfallen zu lassen, und sie sie ihm nicht hinaufreichen wollten. Da geriet ich in Wut, nahm meinen besten Hut, Handschuhe und Sonnenschirm, und mit dem Kind an der Hand sage ich:

»Miß Wozenham, ich habe nicht erwartet, jemals *Ihr* Haus zu betreten, aber wenn die Mütze meines Enkels nicht augenblicklich zurückgegeben wird, so sollen die Gesetze dieses Landes, die die Eigentumsrechte der Untertanen regeln, schließlich zwischen mir und Ihnen entscheiden, koste es, was es wolle.«

Mit einem höhnischen Zug im Gesicht, der, wie es mir schien, auf doppelte Schlüssel deutete – aber das konnte auch eine Täuschung sein, und wenn noch irgendein Zweifel besteht, so mag Miß Wozenham den ganzen Vorteil davon haben, wie es recht ist –, klingelt sie und fragt:

»Jane, liegt etwa eine alte Mütze von einem Gassenjungen in unserem Schacht unten?«

Darauf sage ich:

»Miß Wozenham, bevor Ihr Mädchen diese Frage beantwortet, muß ich Ihnen ins Angesicht sagen, daß mein Enkel *kein* Gassenjunge ist und *keine* alten Mützen zu tragen pflegt. Wirklich, Miß Wozenham«, fügte ich hinzu, »ich bin keineswegs sicher, ob die Mütze meines Enkels nicht neuer als Ihre Haube ist.«

Das war einfach wild von mir, da ihre Spitze das gewöhnlichste Maschinenzeug und noch dazu verwaschen und zerrissen war, aber ihre Unverschämtheit hatte mich zu sehr gereizt.

Darauf antwortete Miß Wozenham mit gerötetem Gesicht:

»Jane, du hast meine Frage gehört. Liegt die Mütze eines Kindes unten in unserem Schacht?«

»Ja, Ma'am«, sagt Jane, »ich glaube, ich sah da irgendwelchen Unrat herumliegen.«

»Dann«, sagt Miß Wozenham, »laß diese Besucher hinaus und wirf den wertlosen Gegenstand hinauf, daß er uns aus dem Hause kommt.«

Aber hier runzelt der Kleine, der Miß Wozenham die ganze Zeit angestarrt hatte, seine kleinen Augenbrauen, schürzt seine kleinen Lippen, stellt seine rundlichen Beinchen weit auseinander, dreht seine dicken Fäustchen langsam umeinander, wie eine kleine Kaffeemühle, und sagt zu ihr:

»Wer zu meiner Großmutti unverschämt ist, bekommt's mit mir zu tun!«

»Oh!« sagt Miß Wozenham, verächtlich auf den Knirps niederblickend. »Das ist kein Gassenjunge, was?«

Ich breche in Lachen aus und sage:

»Miß Wozenham, wenn Sie nicht finden, daß das ein

hübscher Anblick ist, so beneide ich Ihre Gefühle nicht, und ich wünsche Ihnen guten Tag. Jemmy, komm mit Großmutti.«

Ich war in der besten Stimmung, obwohl seine Mütze in die Straße hinaufgeflogen kam, als würde sie aus dem Wasserrohr herausgeschossen, und auf dem Nachhauseweg lachte ich die ganze Zeit über, alles wegen dieses lieben Jungen.

Die vielen, vielen Meilen, die ich und der Major mit Jemmy in der Dämmerung gereist sind, lassen sich nicht berechnen. Jemmy saß als Kutscher auf dem Bock, der des Majors metallbeschlagenes Schreibpult auf dem Tisch ist, ich saß im Lehnstuhl, und der Major stand dahinter als Schaffner und machte seine Sache mit einer Tüte aus braunem Papier ganz prachtvoll. Ich versichere Ihnen, meine Liebe, daß zuweilen, wenn ich auf meinem Platz im Innern der Kutsche ein wenig eingenickt war und durch das plötzliche Aufflackern des Feuers halb wach wurde und hörte, wie unser kleiner Liebling die Pferde antrieb und der Major hinten ins Horn blies, damit die Wechselpferde bereit ständen, sobald wir an dem Gasthof anlangten – daß ich dann halb glaubte, wir wären auf der alten nach Norden führenden Landstraße, die mein armer Lirriper so gut kannte. Wenn dann das Kind und der Major, beide tief vermummt, abstiegen, um sich die Füße zu wärmen, stampfend auf und ab gingen und Gläser voll Bier aus den papiernen Zündbüchsen auf dem Kamin tranken, so war der Major ebenso mit Leib und Seele bei dem Spiel wie das Kind, und keine Komödie konnte einem größeres Vergnügen bereiten, als wenn der kleine Kutscher den Kutschenschlag öffnete, den Kopf zu mir hereinsteckte und sagte:

»Sehr schnell gefahren. – Angst gehabt, alte Dame?«

Aber meine unaussprechlichen Gefühle, als uns das Kind abhanden gekommen war, können nur mit denen des Majors verglichen werden, die um kein Haar besser waren. Fünf Jahre alt war er und elf Uhr vormittags war es, als er davonlief; und er ließ nichts von sich hören bis um halb zehn Uhr abends, als der Major auf die Redaktion der Times gegangen war, um eine Annonce aufzugeben. Diese erschien auch am nächsten Tage, vierundzwanzig Stunden, nachdem er gefunden worden war, und ich werde sie bis an mein Lebensende sorgfältig in meiner Lavendelkommode aufbewahren als den ersten gedruckten Bericht über ihn. Je mehr der Tag fortschritt, desto mehr geriet ich außer mir, und dem Major erging es ebenso. Und durch die seelenruhige Art der Schutzleute gerieten wir beide in einen noch schlimmeren Zustand. Sie waren zwar sehr höflich und freundlich, weigerten sich aber hartnäckig, daran zu glauben, daß der Kleine gestohlen worden wäre.

»Wir machen meist die Erfahrung, Ma'am«, sagte der Sergeant, der gekommen war, um mich zu trösten, was ihm aber durchaus nicht gelang – er war einer von den Schutzleuten aus Carolines Zeiten, worauf er auch in seinen einleitenden Worten anspielte, indem er sagte: »Machen Sie sich keine Sorgen, Ma'am, es wird alles wieder so in Ordnung kommen wie meine Nase, als das junge Mädel in Ihrem zweiten Stockwerk sie mir zerkratzt hatte« – dieser Sergeant sagte also: »Wir machen meist die Erfahrung, Ma'am, daß die Leute nicht allzusehr darauf aus sind, Kinder aus zweiter Hand, wie ich es nennen möchte, zu haben. Sie werden ihn wiederbekommen, Ma'am.«

»Oh, aber mein lieber guter Sir«, sagte ich, indem ich die Hände zusammenschlug, sie rang und sie wieder zusammenschlug, »es ist solch ein ungewöhnliches Kind!«

»Ja, Ma'am«, sagte der Sergeant, »wir machen auch meist diese Erfahrung. Die Frage ist, wieviel seine Kleider wert sind.«

»Seine Kleider«, sagte ich, »sind nicht viel wert, denn er hatte bloß seinen Spielanzug an. Aber das liebe Kind!«

»Schon gut, Ma'am«, sagte der Sergeant. »Sie werden ihn wiederbekommen, Ma'am. Und selbst wenn er seine besten Kleider angehabt hätte, so würde doch nichts Schlimmeres passieren, als daß man ihn, in ein Kohlblatt eingehüllt, zitternd in einem Gäßchen fände.«

Seine Worte durchbohrten mein Herz wie ebenso viele Dolche, und ich und der Major liefen den ganzen Tag über wie wilde Tiere aus und ein, bis der Major, von seinem nächtlichen Besuch auf der Redaktion der Times zurückkehrend, außer sich vor Freude in meine Kammer stürzte, mir die Hand drückte und, sich die Augen wischend, sagte:

»Freude – Freude – ein Schutzmann in Zivil kam die Hausstufen herauf, als ich gerade aufschloß – beruhigen Sie sich – Jemmy ist gefunden.«

Infolgedessen fiel ich in Ohnmacht, und als ich wieder zu mir kam, umschlang ich die Beine des Schutzmanns in Zivil, der einen braunen Backenbart trug und der im Geiste ein Inventar der Gegenstände meiner Kammer aufzunehmen schien.

»Gott segne Sie, Sir«, rief ich, »wo ist der Liebling?«

Und er sagte:

»Auf der Wache in Kennington.«

Ich war im Begriff, umzusinken bei der Vorstellung, die kleine Unschuld sei mit Mördern in einer Zelle zusammen, als er hinzufügte:

»Er folgte dem Affen.«

Da ich das für einen Slangausdruck hielt, sagte ich:

»O Sir, erklären Sie einer liebenden Großmutter, was für ein Affe!«

Darauf er:

»Der in der Kappe mit den Flittern und dem Riemen unter dem Kinn, die niemals oben bleiben will – der, der auf einem runden Tisch die Straßenecken fegt und nicht öfter seinen Säbel ziehen will, als nötig ist.«

Da begriff ich die ganze Sache und dankte ihm von ganzem Herzen. Ich fuhr dann mit ihm und dem Major nach Kennington, und dort fanden wir unsern Jungen, wie er ganz behaglich vor einem lustigen Feuer lag. Er hatte sich auf einer kleinen Ziehharmonika von der Größe eines Bügeleisens, die einem jungen Mädchen abgenommen worden war und die man ihm zu diesem Zweck überlassen hatte, süß in den Schlaf gespielt.

Meine Liebe, das System, nach dem der Major Jemmy zu unterrichten begann und ihn, wie ich wohl sagen kann, zur Vollkommenheit führte, sollte vor dem Thron und im Ober-

und Unterhaus bekanntgemacht werden. Dann würde der Major wohl die Beförderung erhalten, die er vollauf verdient und die er (unter uns gesagt) auch in finanzieller Beziehung sehr gut gebrauchen könnte. Jemmy war damals noch so klein, daß man, wenn er auf der anderen Seite des Tisches stand, unter den Tisch, statt über ihn blicken mußte, um das Lockenköpfchen mit dem schönen blonden Haar, das er von seiner Mutter hatte, zu Gesicht zu bekommen. Als der Major anfing, ihn zu unterrichten, sagt er zu mir:

»Ich beabsichtige, Madam«, sagte er, »aus unserem Kinde einen rechnenden Jungen zu machen.«

»Major«, sage ich, »Sie erschrecken mich. Sie können dem Liebling einen dauernden Schaden zufügen, den Sie sich niemals vergeben würden.«

»Madam«, meint der Major, »nach meiner Reue darüber, daß ich damals den Schurken nicht mit meinem Stiefelschwämmchen auf der Stelle erstickt habe ...«

»Still! Um Gottes willen!« unterbreche ich ihn. »Möge ihn sein Gewissen ohne Schwämmchen ausfindig machen.«

»... ich sage, nach meiner Reue darüber, Madam«, fährt er fort, »würde die Reue kommen, die meine Brust«, auf die er sich schlägt, »bedrängen würde, wenn dieser glänzende Verstand nicht frühzeitig entwickelt würde. Aber verstehen Sie wohl, Madam«, sagt der Major, »entwickelt nach einem Prinzip, das das Lernen zur Lust machen wird.«

»Major«, sage ich, »ich will aufrichtig gegen Sie sein und sage Ihnen geradeheraus, wenn ich je finde, daß das liebe Kind nicht mehr so gut ißt, dann werde ich wissen, es sind seine Rechenaufgaben, und in diesem Falle mache ich ihnen in zwei Minuten ein Ende. Oder wenn ich finde, daß sie ihm zu Kopf steigen«, sage ich, »oder sich ihm kalt auf den Magen legen oder zu etwas wie Schwäche in seinen Beinen Anlaß geben, dann wird das Resultat dasselbe sein. Aber, Major, Sie sind ein kluger Mann und haben viel gesehen, und Sie lieben das Kind und sind sein Pate, und wenn Sie es für richtig halten, den Versuch zu machen, so tun Sie es.«

»Gesprochen, Madam«, sagt der Major, »wie Emma Lirriper. Ich bitte Sie nur darum, Madam, daß Sie meinem Patenkind und mir eine Woche oder zwei für die Vorbereitung Zeit lassen wollen, um Sie zu überraschen, und daß Sie mir gestatten wollen, mir gelegentlich einige kleine, gerade nicht benutzte Gegenstände aus der Küche heraufbringen zu lassen, die ich brauche.«

»Aus der Küche, Major?« frage ich mit einer unklaren Vorstellung, als beabsichtige er, das Kind zu kochen.

»Aus der Küche«, erwiderte der Major und lächelt und scheint gleichzeitig größer zu werden.

So willigte ich denn ein, und der Major und der liebe Junge schlossen sich eine Zeitlang auf jeweils eine halbe Stunde ein. Niemals konnte ich wahrnehmen, daß etwas anderes zwischen ihnen vorging, als daß geschwatzt und gelacht wurde und daß Jemmy in die Hände klatschte und Zahlen schrie. Infolgedessen sagte ich zu mir selbst: »Es hat ihm noch nicht geschadet.« Auch konnte ich, wenn ich mir den lieben Jungen daraufhin ansah, nirgends an ihm etwaige Zeichen entdecken, daß es ihm nicht zusagte, was gleichfalls eine große Erleichterung für mich war. Schließlich bringt mir eines Tages Jemmy eine scherzhafte Einladungskarte, auf der in des Majors sauberer Handschrift geschrieben steht:

»Die Herren Jemmy Jackman«, denn wir hatten ihm noch den anderen Namen des Majors beigelegt, »geben sich die Ehre, um Mrs. Lirripers Anwesenheit in dem Jackman-Institut im ersten Stock heute abend um fünf Uhr (mit militärischer Pünktlichkeit) zu bitten, um einigen kleinen Vorführungen in elementarer Arithmetik beizuwohnen.«

Und wenn Sie mir glauben wollen, auf die Minute pünktlich um fünf Uhr stand der Major im Wohnzimmer des ersten Stocks hinter dem zu beiden Seiten aufgezogenen Klapptisch, auf dem eine Menge Küchengegenstände auf altem Zeitungspapier fein säuberlich aufgestellt waren, und da stand auch der Knirps auf einem Stuhl, seine rosigen Bäckchen flammten, und seine Augen blitzten wie Diamanten.

»Nun, Großmutti«, sagt er, »setz dich hin und rühre niemanden an.« Denn er hatte mit seinen beiden Diamanten gesehen, daß ich beabsichtigte, ihn an mich zu drücken.

»Sehr wohl, Sir«, sage ich. »In dieser guten Gesellschaft tue ich natürlich, was man von mir verlangt.«

Und damit setze ich mich in den Lehnstuhl, der für mich bereitgestellt war, und schüttle mich vor Lachen. Aber stellen Sie sich mein Erstaunen vor, als der Major mit so raschen Bewegungen, als wäre er ein Zauberkünstler, alle Gegenstände, die er nennt, auf dem Tisch zusammenstellt und dabei sagt:

»Drei Untertassen, ein Kräuseleisen, eine Handglocke, eine Röstgabel, ein Reibeisen, vier Topfdeckel, eine Gewürzbüchse, zwei Eierbecher und ein Hackbrett – das macht zusammen?«

Worauf der Knirps augenblicklich ausruft: »Fünfzehn.« Dann klatscht er in die Hände, zieht seine Beine hoch und tanzt auf seinem Stuhl.

Meine Liebe, mit derselben verblüffenden Leichtigkeit und Richtigkeit rechneten er und der Major die Tische, die Stühle und das Sofa, die Bilder an der Wand, das Kamingitter und die Schüreisen, ihre beiden Personen, mich, die Katze und die Augen in Miß Wozenhams Kopf zusammen, und sooft das Resultat herauskommt, klatscht mein rosig-diamantner Junge in die Hände, zieht seine Beine hoch und tanzt auf seinem Stuhl herum.

Den Stolz des Majors hätten Sie sehen müssen!

»*Das* ist ein Verstand, Ma'am!« sagt er hinter der vorgehaltenen Hand zu mir.

Dann sagt er laut:

»Wir kommen nun zu der zweiten Elementarregel, die genannt wird . . .«

»Subtraktion!« ruft Jemmy.

»Richtig«, sagt der Major. »Wir haben hier eine Röstgabel, eine ungeschälte Kartoffel, zwei Topfdeckel, einen Eierbecher, einen hölzernen Löffel und zwei Bratspieße, von denen für geschäftliche Zwecke abgezogen werden müssen ein Sprottenbratrost, ein kleines Einmachegefäß, zwei Zitronen, eine Pfefferbüchse, ein Küchenschabenfänger und ein Knopf von dem Speiseschrankkasten – was bleibt?«

»Die Röstgabel!« ruft Jemmy.

»In Zahlen wieviel?« sagt der Major.

»Eins!« ruft Jemmy.

»*Das* ist ein Junge, Ma'am!« sagt der Major hinter der Hand zu mir.

Dann fährt er fort:

»Wir kommen jetzt zur nächsten Elementarregel...«

»Multiplikation!« ruft Jemmy.

»Richtig«, sagt der Major.

Aber, meine Liebe, Ihnen im einzelnen zu schildern, wie sie vierzehn Scheite Feuerholz mit zwei Stück Ingwer und einer Spicknadel multiplizierten oder so ziemlich alles, was sonst auf dem Tisch stand, durch den Stahl des Kräuseleisens und einen Zimmerleuchter dividierten und eine Zitrone übrigbehielten, würde mir den Kopf schwindlig machen, wie es damals der Fall war. Schließlich sage ich:

»Wenn Sie es mir nicht übelnehmen wollen, daß ich mir erlaube, den Vorsitzenden anzureden, Professor Jackman, so glaube ich, daß jetzt der Zeitpunkt gekommen ist, wo es erforderlich ist, daß ich diesen jungen Gelehrten einmal fest in meine Arme schließe.«

Daraufhin ruft Jemmy von seinem Stuhl aus:

»Großmutti, mache die Arme auf, und ich springe in sie hinein.«

So öffnete ich ihm also meine Arme, wie ich mein wehes Herz geöffnet hatte, als seine arme junge Mutter im Sterben lag. Er sprang hinein, und wir hielten einander eine gute Weile fest umschlungen, während der Major, stolzer als ein Pfau, hinter der vorgehaltenen Hand zu mir sagt:

»Sie müssen es ihn nicht merken lassen, Madam« (was ich tatsächlich nicht nötig hatte, denn der Major war vollkommen verständlich), »aber das *ist* ein Junge!«

In dieser Weise wuchs Jemmy auf. Er ging in die Tagesschule, lernte aber auch unter dem Major weiter, und im Sommer waren wir so glücklich, wie die Tage lang, und im Winter so glücklich, wie die Tage kurz waren. Über der Pension aber schien ein Segen zu ruhen, denn es war so gut, als ob die Zimmer sich selbst vermieteten, und ich hätte Kunden für die doppelte Anzahl gehabt. Eines Tages aber mußte ich ganz gegen meinen Willen und wehen Herzens zu dem Major sagen:

»Major, Sie wissen sicher, was ich Ihnen eröffnen muß. Unser Junge muß in ein Pensionat.«

Es war traurig mit anzusehen, wie das Gesicht des Majors lang wurde, und ich bemitleidete die gute Seele von ganzem Herzen.

»Ja, Major«, sage ich, »obwohl er bei den Mietern so beliebt ist wie Sie selbst, und obwohl er für Sie und für mich das ist, was nur Sie und ich wissen, so ist das doch der Lauf der Welt; das Leben besteht aus Trennungen, und wir müssen uns von unserem Liebling trennen.«

So fest ich auch sprach, sah ich doch zwei Majore und ein halbes Dutzend Kamine, und als der arme Major einen seiner sauberen, glänzend gewichsten Stiefel auf das Kamingitter stellte, dann den Ellbogen auf das Knie und den Kopf auf die Hand stützte und sich ein wenig hin und her bewegte, schnitt es mir furchtbar ins Herz.

»Aber«, fahre ich fort, nachdem ich mich geräuspert habe, »Sie haben ihn so gut vorbereitet, Major – er hat einen solchen Privatlehrer an Ihnen gehabt –, daß ihm die Anfangsplackerei ganz und gar erspart sein wird. Und außerdem ist er so gescheit, daß er bald seinen Platz unter den Ersten haben wird.«

»Er ist ein Junge«, sagt der Major, nachdem er ein wenig geschnüffelt hat, »wie es auf der Erde keinen zweiten gibt.«

»Das ist wahr, Major, und deshalb dürfen wir ihm nicht bloß aus Egoismus hinderlich sein, überall wo er hingeht, eine Leuchte und eine Zierde zu sein und vielleicht sogar einmal ein großer Mann zu werden, nicht wahr, Major? Er wird meine ganzen kleinen Ersparnisse erben, wenn einst meine Arbeit getan ist, denn er ist mein alles, und wir müssen versuchen, einen weisen und guten Menschen aus ihm zu machen, nicht wahr, Major?«

»Madam«, antwortete er, indem er sich aufrichtet, »Jemmy Jackman ist schon ein älterer Geselle geworden, als ich gedacht hätte, und Sie machen ihn schamrot. Sie haben vollkommen recht, Madam. Sie haben einfach und unbestreitbar recht. – Wenn Sie mich entschuldigen wollen, so werde ich jetzt einen Spaziergang machen.«

Als der Major das Haus verlassen hatte und da Jemmy zu Hause war, führte ich den Kleinen in meine Kammer und ließ ihn neben meinen Stuhl treten, legte meine Hand auf seine Locken und sprach liebevoll und ernsthaft zu ihm. Und als ich dem Liebling zu bedenken gegeben hatte, daß er nun schon bald zehn Jahre alt war, und als ich ihm über seine zukünftige Laufbahn im Leben so ziemlich dasselbe gesagt hatte, was ich dem Major gegenüber geäußert hatte, eröffnete ich ihm, daß die Trennung notwendig sei. Aber da mußte ich innehalten, denn plötzlich sah ich die wohlbekannte zitternde Lippe, und dieser Anblick rief mir die Vergangenheit so lebhaft wieder ins Gedächtnis! Aber mit der Tapferkeit, die ihm eigen war, hatte er sich bald gefaßt und sagte, durch seine Tränen hindurch ernsthaft nickend:

»Ich verstehe, Großmutti – ich weiß, es *muß* sein – sprich weiter, Großmutti, habe keine Angst vor mir.«

Und als ich alles gesagt hatte, was mir nur in den Sinn kam, wandte er mir sein ruhiges, freundliches Gesicht zu und sagte, wenn auch hier und da mit ein wenig gebrochener Stimme:

»Du sollst sehen, Großmutti, daß ich ein Mann sein kann und daß ich alles tun kann, um dir meine Dankbarkeit und Liebe zu beweisen – und wenn ich nicht das werde, was du von mir erwartest, dann hoffe ich, es wird nur deshalb sein, weil – weil ich sterben werde.«

Und damit setzte er sich neben mich hin, und ich erzählte ihm weiter von der Schule, über die ich ausgezeichnete Empfehlungen hatte: wo sie wäre, wie viele Schüler sie hätte, was für Spiele sie dort spielten, wie ich gehört hätte, und wie lang die

Ferien wären, was er alles mit hellem und fröhlichem Gesicht mit anhörte. Schließlich sagte er:

»Und nun, liebe Großmutti, laß mich hier, wo ich mein Gebet zu sprechen pflegte, niederknien, laß mich mein Gesicht auf eine Minute in deinem Rock verbergen und laß mich weinen, denn du bist mehr als Vater, mehr als Mutter, mehr als Geschwister und Freunde für mich gewesen sind!«

Und so weinte er und ich auch, und wir fühlten uns danach beide viel besser.

Von dieser Zeit an hielt er getreulich Wort und war stets fröhlich und munter, und selbst als ich und der Major ihn nach Lincolnshire brachten, war er bei weitem der munterste von uns dreien. Das war freilich nicht schwer, aber er heiterte auch uns auf; und nur als es zum letzten Lebewohl kam, meinte er mit einem ernsten Blick:

»Du möchtest doch nicht, daß es mir wirklich nicht naheginge, Großmutti?«

Und als ich sagte: »Nein, mein Liebling, Gott behüte!« rief er: »Das freut mich!« und rannte ins Haus hinein.

Aber jetzt, als das Kind die Pension verlassen hatte, wurde der Major ganz und gar trübsinnig. Alle Mieter merkten, daß er den Kopf hängen ließ, und er sah nicht einmal mehr so stattlich aus wie sonst. Selbst seine Stiefel wichste er nur noch mit einem kleinen Schimmer von Interesse.

Eines Abends kam der Major in mein kleines Zimmer, um eine Tasse Tee und eine gebutterte Röstschnitte zu genießen und dabei Jemmys letzten Brief zu lesen, der an diesem Nachmittag eingetroffen war. Er war von demselben Briefträger wie früher gebracht worden, der, jetzt schon ein Mann in reiferem Alter, noch immer diesen Bezirk hatte. Da der Brief den Major ein wenig aufheiterte, sagte ich zu ihm:

»Major, Sie dürfen sich keinen trüben Stimmungen hingeben.«

Der Major schüttelte den Kopf.

»Jemmy Jackman, Madam«, sagte er mit einem schweren Seufzer, »ist ein älterer Geselle, als ich dachte.«

»Trübsinn ist kein Mittel, um jünger zu werden, Major.«

»Meine teure Madam«, erwiderte er, »gibt es überhaupt ein Mittel, um jünger zu werden?«

Da ich fühlte, daß der Major in diesem Punkt recht behalten würde, lenkte ich auf einen anderen ab.

»Dreizehn Jahre! Drei–zehn Jahre! Viele Mieter sind in den dreizehn Jahren, die Sie im ersten Stock wohnen, gekommen und gegangen.«

»Ja!« sagte der Major, warm werdend. »Viele, Madam, viele.«

»Und Sie haben sich mit allen gutgestanden?«

»In der Regel (die, wie alle Regeln, ihre Außnahmen hat), meine teure Madam«, sagte der Major, »haben sie mich mit ihrer Bekanntschaft beehrt, häufig sogar mir ihr Vertrauen geschenkt.«

Ich beobachtete den Major, wie er sein weißes Haupt senkte, seinen schwarzen Schnurrbart strich und wieder in Trübsinn verfiel, und ein Gedanke, der, wie ich glaube, umherwanderte und sich irgendwo nach einem Eigentümer umsah, fiel in meinen alten Kopf, wenn Sie mir den Ausdruck gestatten wollen.

»Die Wände meiner Pension«, sagte ich beiläufig – denn, meine Liebe, es ist zwecklos, mit einem Mann, der trübsinnig ist, geradeheraus zu sprechen –, »könnten sicher etwas erzählen, wenn sie dazu imstande wären.«

Der Major machte weder eine Bewegung noch sprach er ein Wort, aber ich sah an seinen Schultern, daß er zuhörte, meine Liebe – daß er mit seinen Schultern auf das achtete, was ich sagte. Ich sah tatsächlich, wie es auf seine Schultern Eindruck machte.

»Der liebe Junge hat stets gern Geschichten gelesen«, fuhr ich fort, als spräche ich zu mir selbst; »und dieses Haus – sein eignes Heim – könnte wahrlich einige Geschichten aufzeichnen, die er später einmal lesen könnte.«

In den Schultern des Majors gab es einen Ruck, und sein Kopf kam in seinem Hemdkragen in die Höhe. Der Kopf des Majors kam in seinem Hemdkragen in die Höhe, wie ich ihn, seit Jemmy zur Schule fortging, nicht in die Höhe hatte kommen sehen.

»Es ist nicht zu bestreiten, daß ich in den Pausen eines freundschaftlichen Cribbage-Spiels oder Rubbers, meine teure Madam«, sagte der Major, »und auch über dem, was in meiner Jugend – in den grünen Tagen Jemmy Jackmans – das volle Glas genannt zu werden pflegte, manche Erinnerung mit Ihren Mietern ausgetauscht habe.«

Meine Bemerkung darauf war – ich gestehe, daß ich sie mit der verborgensten und hinterlistigsten aller Absichten machte:

»Ich wünschte, daß unser lieber Junge sie gehört hätte!«

»Ist das Ihr Ernst, Madam?« fragte mich der Major, in die Höhe fahrend und sich mir zuwendend.

»Weshalb nicht, Major?«

»Madam«, sagte der Major, einen seiner Ärmel aufkrempelnd, »sie sollen für ihn niedergeschrieben werden.«

»Ah! Das läßt sich hören«, meinte ich, indem ich vor Vergnügen die Hände zusammenschlug. »Jetzt sind Sie auf dem besten Weg, aus dem Trübsinn herauszukommen, Major!«

»In der Zeit von jetzt bis zu seinen Ferien – ich meine, denen des lieben Jungen«, sagte der Major, seinen andern Ärmel aufkrempelnd, »kann schon viel fertig werden.«

»Major, Sie sind ein kluger Mann, Sie haben vieles gesehen, und Ihre Worte sind nicht zu bezweifeln.«

»Ich werde morgen anfangen«, sagte der Major, der auf einmal so groß wie nur je aussah.

Meine Liebe, in drei Tagen war der Major ein anderer Mensch, und in einer Woche war er wieder ganz der alte, und er schrieb und schrieb und schrieb, indem er mit seiner Feder kratzte, wie Ratten hinter dem Wandgetäfel. Ob alles, was er schrieb, auf Wahrheit beruhte, oder ob er dabei ein bißchen aufschnitt, das kann ich Ihnen nicht sagen, aber das Manuskript liegt hinter der Glasscheibe des linken Seitenfachs in dem kleinen Bücherschrank gerade hinter Ihnen.

Zweites Kapitel

Ein paar Worte, die der erste Stock selbst hinzufügte

Ich habe die Ehre, mich Ihnen vorzustellen. Mein Name ist Jackman. Ich halte es für ein stolzes Vorrecht, daß ich auf Veranlassung meiner würdigen und im höchsten Grade geachteten Freundin, Mrs. Lirriper, von Norfolk Street Nummer einundachtzig, Strand, in der Grafschaft Middlessex im Vereinigten Königreich von Großbritannien und Irland, und zur Belehrung des bemerkenswertesten Jungen, der jemals lebte – mit Namen Jemmy Jackman Lirriper –, auf die Nachwelt komme.

Es kommt mir nicht zu, das Entzücken zu schildern, mit dem wir diesen lieben und im höchsten Grade hervorragenden Jungen während seiner ersten Weihnachtsferien empfingen. Nur soviel soll bemerkt sein, daß, als er mit zwei prachtvollen Preisen (in Arithmetik und ausgezeichnetem Betragen) ins Haus gestürmt kam, Mrs. Lirriper und ich ihn mit Rührung umarmten und sofort mit ihm ins Theater gingen, wo wir uns alle drei wunderbar unterhielten.

Auch ist es nicht meine Absicht, den Tugenden der Besten ihres guten und geehrten Geschlechts – die ich aus Rücksicht für ihre Bescheidenheit hier nur mit den Anfangsbuchstaben E. L. bezeichnen will – meine Huldigung dadurch zu bezeigen, daß ich diesen Bericht zu dem Bündel von Manuskripten hinzufüge, über die unser Junge sein Entzücken ausgedrückt hat, bevor ich dieses Bündel wieder in das linke Seitenfach von Mrs. Lirripers kleinem Bücherschrank lege.

Auch geschieht es nicht deshalb, um den Namen des alten, originalen, ausgedienten, unbekannten Jemmy Jackman, früher (zu seiner Herabwürdigung) bei Wozenham, jetzt seit langem (zu seiner Erhebung) bei Lirriper, ungebührlich vorzudrängen. Wenn ich mich mit Bewußtsein einer solchen geschmacklosen Handlungsweise schuldig machen könnte, so wäre es wirklich ein ganz überflüssiges Unterfangen, jetzt, wo der Name von Jemmy Jackman Lirriper getragen wird.

Nein. Ich ergreife meine bescheidene Feder vielmehr, um einen kleinen Bericht über unseren erstaunlich bemerkenswerten Jungen zu verfassen, der, wie ich in meinem einfachen Verstand glaube, ein hübsches kleines Bild von dem Geist des lieben kleinen Jungen bietet. Das Bild wird vielleicht für ihn selbst interessant sein, wenn er erwachsen ist.

Der erste Weihnachtstag, den wir nach unserer Wiedervereinigung verbrachten, war der schönste, den wir je miteinander verlebt haben. Jemmy war keine fünf Minuten still, ausgenommen in der Kirche. Er schwatzte, als wir am Kamin saßen, er schwatzte, als wir spazierengingen, er schwatzte, als wir wieder am Kamin saßen, er schwatzte ohne Unterlaß beim Essen, obwohl er mit einem Appetit aß, der fast so bemerkenswert war wie er selbst. Es war die Quelle des Glücks, die in seinem frischen jungen Herzen unaufhörlich überströmte, und sie befruchtete (wenn ich ein so kühnes Bild gebrauchen darf) meine Freundin und J. J., den Schreiber dieser Zeilen.

Am Tisch saßen nur wir drei. Wir aßen in dem kleinen Zimmer meiner geschätzten Freundin, und das Mahl war vollkommen. Aber alles im Hause ist, was Sauberkeit, Ordnung und Behaglichkeit angeht, stets vollkommen. Nach dem Essen glitt unser Junge auf sein altes Stühlchen zu Füßen meiner geschätzten Freundin, und dort saß er mit seinen gerösteten Kastanien und seinem Glas braunen Sherry (wirklich, ein ganz ausgezeichneter Wein!), während seine Wangen röter waren als die Äpfel in der Schale.

Wir sprachen von diesen meinen Schreibereien, die Jemmy inzwischen gelesen und wieder gelesen hatte; und so fügte es sich, daß meine geschätzte Freundin, während sie Jemmys Locken streichelte, bemerkte:

»Und da du auch zum Hause gehörst, Jemmy – und zwar viel mehr als die Mieter, da du doch darin geboren bist –, so bin ich der Meinung, deine Geschichte sollte eines Tages zu den übrigen hinzugefügt werden.«

Jemmys Augen leuchteten bei diesen Worten, und er sagte:

»Das denke ich auch, Großmutti.«

Dann saß er eine Weile da und blickte ins Feuer. Plötzlich begann er zu lachen, als ob er dem Feuer etwas anvertrauen wollte, und sagte dann, seine Arme auf dem Schoß meiner geschätzten Freundin kreuzend und sein strahlendes Gesicht zu dem ihrigen erhebend:

»Möchtest du die Geschichte eines Jungen hören, Großmutti?«

»Aber gern«, erwiderte meine geschätzte Freundin.

»Möchtest du es, Pate?«

»Natürlich, gern«, erwiderte ich.

»Gut denn«, sagte Jemmy, »ich will euch eine erzählen.«

Hier schloß unser unbestreitbar bemerkenswerter Junge sich selbst in die Arme und ließ wieder ein melodisches Lachen ertönen bei dem Gedanken, daß er sich in dieser neuen Eigenschaft als Erzähler zeigen sollte. Dann wandte er sich wieder, wie zuvor, dem Feuer zu, als wollte er ihm etwas vertraulich mitteilen, und begann:

»Einst in alter Zeit, als Ferkel Wein tranken und Affen Tabak kauten, es war weder zu eurer noch zu meiner Zeit, doch darauf kommt es nicht an...«

»Lieber Himmel, bewahre das Kind!« rief meine geschätzte Freundin. »Was geht in seinem Kopf vor?«

»Es ist ein Gedicht, Großmutti«, erwiderte Jemmy, sich vor Lachen schüttelnd. »In der Schule fangen wir unsere Geschichten immer damit an.«

»Hat mir einen richtigen Ruck gegeben, Major«, sagte meine geschätzte Freundin, sich mit einem Tellerchen fächelnd. »Ich glaubte, er wäre wirr im Kopf!«

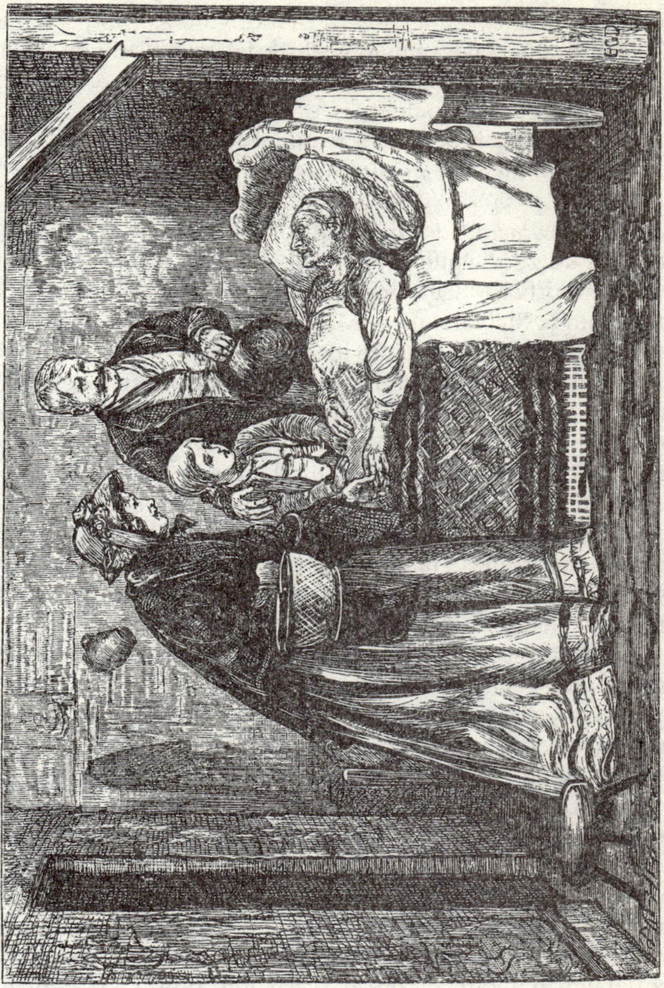

»In jenen bemerkenswerten Zeiten, Großmutti und Pate, gab es einstmals einen Jungen – nicht mich, müßt ihr verstehen.«

»Nein, nein«, sagte meine geehrte Freundin, »nicht du. Er nicht, Major, verstehen Sie?«

»Nein, nein«, sagte ich.

»Und er ging zur Schule in Rutlandshire . . .«

»Weshalb nicht Lincolnshire?« fragte meine geehrte Freundin.

»Weshalb nicht, du liebe alte Großmutti? Weil ich in Lincolnshire zur Schule gehe, nicht wahr?«

»Oh, natürlich!« sagte meine geehrte Freundin. »Und es ist nicht Jemmy, Sie verstehen, Major?«

»Freilich, freilich«, meinte ich.

»Nun also!« fuhr unser Junge fort, indem er sich behaglich selbst in die Arme schloß und fröhlich lachte (wobei er sich wieder vertraulich ans Feuer wandte), bevor er aufs neue zu Mrs. Lirripers Gesicht aufblickte. »Und er war fürchterlich in die Tochter seines Schulmeisters verliebt. Sie war nämlich das schönste Mädchen, das man je gesehen hatte. Sie hatte braune Augen und braunes Haar, das wunderschön gelockt war, und eine liebliche Stimme. Sie war ganz und gar lieblich, und ihr Name war Seraphina.«

»Wie heißt die Tochter *deines* Schulmeisters, Jemmy?« fragte meine geehrte Freundin.

»Polly!« erwiderte Jemmy, mit dem Zeigefinger auf sie weisend. »Reingefallen! Ha, ha, ha!«

Meine geehrte Freundin und er lachten zusammen und umarmten sich, und dann fuhr unser unbestreitbar bemerkenswerter Junge mit großem Behagen fort:

»Nun gut. Er war also in sie verliebt. Er dachte stets an sie, träumte von ihr, schenkte ihr Orangen und Nüsse und hätte ihr gern Perlen und Diamanten geschenkt, wenn er es von seinem Taschengeld hätte erschwingen können, aber das konnte er nicht. Und ihr Vater – oh, der war ein Tatare. Er hielt die Jungen streng in Zucht, veranstaltete einmal im Monat ein

Examen, hielt Vorträge über alle möglichen Gegenstände zu allen möglichen Zeiten und wußte alles auf der Welt aus Büchern. Und dieser Junge nun . . .«

»Hatte er einen Namen?« fragte meine geehrte Freundin.

»Nein, er hatte keinen, Großmutti. Ha, ha! Wieder reingefallen!«

Darauf lachten sie und umarmten sich wie vorher, und dann fuhr unser Junge fort:

»Nun, dieser Junge hatte einen Freund, ungefähr im gleichen Alter, der auf dieselbe Schule ging und der (denn der hatte nun einen Namen) – laßt mich nachdenken – Bobbo hieß.«

»Nicht Bob«, sagte meine geehrte Freundin.

»Natürlich nicht«, sagte Jemmy. »Wie kamst du darauf, Großmutti? Und dieser Freund war der gescheiteste und bravste und hübscheste und edelmütigste Freund, den es je gegeben hat; er war in Seraphinas Schwester verliebt, und Seraphinas Schwester war in ihn verliebt, und so wurden sie alle zusammen groß.«

»Gott behüte!« meinte meine geehrte Freundin. »Das ging aber schnell bei Ihnen.«

»Sie wurden alle zusammen groß«, wiederholte unser Junge, aus vollem Halse lachend, »und Bobbo und dieser Junge ritten davon, um ihr Glück zu suchen. Sie hatten ihre Pferde halb geschenkt und halb verkauft bekommen. Sie hatten nämlich sieben Schilling und vier Pence gemeinsam gespart, aber da die beiden Pferde, echte Araber, mehr wert waren, hatte der Mann gesagt, er wolle sich, weil sie es wären, damit zufriedengeben. Nun, sie machten also ihr Glück und kamen zur Schule zurückgaloppiert, die Taschen so voller Gold, daß es für immer reichte. Sie läuteten an der Glocke für die Eltern und Besucher (nicht am hinteren Tor), und als jemand kam, verkündeten sie: ›Genauso wie bei Scharlach! Jeder Junge geht auf unbestimmte Zeit nach Hause!‹ Und da gab es ein großes Hurrageschrei, und dann küßten sie Seraphina und ihre Schwester – jeder sein eigenes Liebchen und auf keinen Fall das des anderen –, und dann ließen sie den Tataren augenblicklich einsperren.«

»Armer Mann!« sagte meine geehrte Freundin.

»Augenblicklich einsperren, Großmutti«, wiederholte Jemmy, indem er sich bemühte, streng auszusehen, und sich dabei doch vor Lachen schütteln mußte, »und er durfte nichts zu essen bekommen als das Essen der Jungen und mußte täglich ein halbes Fäßchen von ihrem Bier trinken. So traf man denn Anstalten für die beiden Hochzeiten, und es gab Eingemachtes und Süßigkeiten und Nüsse und Briefmarken und alles mögliche sonst. Und sie waren so fröhlich, daß sie den Tataren herausließen, und er war fröhlich mit ihnen.«

»Es freut mich, daß sie ihn herausließen«, meinte meine geehrte Freundin, »weil er nur seine Pflicht getan hatte.«

»Oh, aber er hatte auch ein bißchen zuviel getan!« rief Jemmy. »Und darauf bestieg dieser Junge sein Pferd, mit seiner Braut in den Armen, und galoppierte davon und galoppierte weiter und weiter, bis er an einen gewissen Ort kam, wo er eine gewisse Großmutti und einen gewissen Paten hatte – nicht ihr beide, müßt ihr verstehen.«

»Nein, nein«, sagten wir beide einstimmig.

»Und dort wurden sie mit großen Freuden empfangen, und er füllte das Küchenbüfett und den Bücherschrank mit Gold, und er ließ es auf seine Großmutti und seinen Paten herabregnen, weil sie die beiden liebsten und besten Menschen waren, die je auf dieser Welt lebten. Und während sie bis zu den Knien in Gold dasaßen, vernahm man ein Klopfen an der Haustür, und wer sollte es anders sein als Bobbo, der sich ebenfalls zu Pferde mit seiner Braut in den Armen einstellte, und er war um nichts anderes gekommen, als um zu sagen, daß er (für doppelte Miete) alle Zimmer für immer nehme, die dieser Junge und diese Großmutti und dieser Pate nicht für sich brauchten, und daß sie alle zusammen leben und alle glücklich sein wollten. Und das waren sie auch, und ihr Glück nahm nie ein Ende!«

»Und gab es keinen Zank?« fragte meine geehrte Freundin, während sich Jemmy auf ihren Schoß setzte und sie umarmte.

»Nein! Niemand gab jemals Anlaß zu Zank.«

»Und wurde das Geld niemals alle?«
»Nein! Niemand konnte es jemals ganz ausgeben.«
»Und wurde keiner von ihnen jemals älter?«
»Nein! Nach dem wurde keiner mehr älter.«
»Und ist keiner von ihnen jemals gestorben?«

»O nein, nein, nein, Großmutti!« rief unser lieber Junge, seine Wange auf ihre Brust legend und sie fester an sich drückend. »Niemand ist jemals gestorben.«

»Ah, Major, Major!« sagte meine geehrte Freundin, mir gütig zulächelnd, »das ist besser als unsere Geschichten. Wir wollen mit der Geschichte des Jungen schließen, Major, denn die Geschichte des Jungen ist die beste, die je erzählt wurde!«

Diesem Wunsch von seiten der besten aller Frauen folgend, habe ich die Geschichte hier so getreu aufgezeichnet, wie es meine besten Fähigkeiten, unterstützt von meinen besten Absichten, zuließen, und unterschreibe sie mit meinem Namen.

J. Jackman

Mrs. Lirripers Pension.
   Im ersten Stock.

Mrs. Lirripers Vermächtnis

In zwei Kapiteln

Erstes Kapitel

Mrs. Lirriper berichtet, wie es weiterging und wie sie über den Kanal fuhr

Ah! Es ist eine Wohltat, wenn ich mich in meinen Lehnstuhl niederfallen lassen kann, meine Liebe, obwohl ich von dem Hinundherlaufen treppauf, treppab ein wenig Herzklopfen habe. Warum Küchentreppen ganz und gar aus Wendelstufen bestehen sollen, das müssen die Architekten verantworten, obwohl ich glaube, sie verstehen ihr Handwerk nicht gründlich, und haben es nie verstanden. Denn woher kommt sonst die langweilige Gleichförmigkeit, und weshalb gibt es nicht mehr Bequemlichkeit und weniger Zugluft, und weshalb legen sie den Gips zu dick auf, wodurch nach meiner festen Überzeugung bloß die Nässe angezogen wird, und warum setzen sie die Kaminklappen aufs Geratewohl auf, wie Hüte bei einer Abendgesellschaft, ohne sich mehr darüber klar zu sein als ich selbst, wie sie auf den Rauch wirken werden, ausgenommen, daß sie Ihnen meistenteils den Rauch, entweder als geraden Streifen oder als gekräuselte Wolke, in die Kehle schicken werden. Und was die neuen Metallklappen betrifft, die man in ganz verschiedenen Gestalten auf den Häusern sieht (auf Miß Wozenhams Dach weiter unten auf der anderen Seite der Straße steht eine ganze Reihe davon), so bringen sie bloß den Rauch in künstliche Formen, bevor Sie ihn hinunterschlucken. Mir ist es ebenso recht, den meinigen einfach zu schlucken, da der Geschmack der gleiche ist, ganz abgesehen davon, daß es ein närrischer Einfall ist, auf Ihrem Hausdach Zeichen anzubringen, an denen man erkennen kann, in welcher Form Sie Ihren Rauch drinnen in sich einsaugen.

Hier sitze ich also vor Ihren Augen, meine Liebe, im Lehnstuhl meines stillen Zimmers in meiner Pension Norfolk Street Nummer einundachtzig, Strand, London, auf halbem Weg zwischen der City und dem St.-James-Park gelegen – wenn man behaupten kann, daß irgend etwas noch an seiner alten Stelle ist, wo doch diese Hotels, die sich selbst mit beschränkter Haftung nennen, von denen Major Jackman aber behauptet, daß sie über alle Schranken hinausgingen, überall aus dem Boden schießen und dort, wo sie schon gar nicht mehr höher hinauf können, wenigstens noch eine Fahnenstange anbringen. Aber meine Meinung über diese Ungeheuer ist, daß ich das gesunde Gesicht eines Wirts oder einer Wirtin vor mir sehen will, wenn ich von einer Reise komme, aber kein Messingschild, aus dem eine elektrische Nummer herausklappt, denn es liegt nicht in der Natur der Dinge, daß diese erfreut sein kann, mich zu sehen. Nein, es ist gar nicht nach meinem Geschmack, bis zu dieser Nummer wie ein Sack im Hafen in die Höhe gehoben zu werden, um dann oben mit den sinnreichsten Instrumenten, aber ganz vergeblich, um Hilfe telegraphieren zu müssen. Da ich also, wie schon gesagt, hier sitze, meine Liebe, brauche ich wohl nicht erst zu betonen, daß ich noch im Pensionsgeschäft bin; ich hoffe auch, darin zu sterben, und wenn die Geistlichkeit nichts dagegen hat, soll die Einsegnung zum Teil in der Saint-Clement's Danes-Kirche stattfinden und darauf auf dem Friedhof von Hatfield vollendet werden, wenn ich wieder an der Seite meines armen Lirriper liege, Asche zu Asche und Staub zu Staub.

Auch werde ich Ihnen wohl nichts Neues damit sagen, meine Liebe, daß der Major immer noch ebenso zum Haus gehört wie das Dach, das darauf sitzt, daß Jemmy der beste und klügste aller Jungen ist und daß ihm für immer die grausame Geschichte seiner armen hübschen jungen Mutter, Mrs. Edson, verschwiegen wurde, die im zweiten Stock verlassen zurückblieb und in meinen Armen starb. Er glaubt vielmehr steif und fest daran, daß ich seine leibliche Großmutter bin und er ein Waisenkind ist. Dabei ist es wunderbar, was er alles anstellt, seit er sich auf das Ingenieurwesen geworfen hat, und was für Lokomotiven er und der Major aus Sonnenschirmen, zerbrochenen eisernen Töpfen und Garnröllchen bauen, Lokomotiven, die immer aus der Bahn geraten und über den Tischrand hinunterfallen und den Passagieren, beinahe ebenso wie die richtigen, Schaden zufügen. Und als ich zu dem Major sage: »Major, können Sie nicht auf irgendeine Weise eine Verbindung mit dem Schaffner herstellen?« da antwortet der Major ganz von oben herab: »Nein, Madam, das geht nicht«, und als ich frage: »Weshalb nicht?« da sagt er: »Das ist ein Geschäftsgeheimnis zwischen uns, die wir an der Eisenbahn beteiligt sind, Madam, und unserem Freund, dem ehrenwerten Vizepräsidenten des Aufsichtsrats.« Und wenn Sie es glauben wollen, meine Liebe, der Major schrieb sogar an Jemmy in die Schule und befragte ihn wegen der Antwort, die er mir geben sollte, bevor ich diese doch ganz unbefriedigende Auskunft von dem Mann bekam. Freilich hatte die Sache ihren besonderen Grund. Als wir nämlich zuerst mit dem kleinen Modell und den wunderbaren Signalen begannen (in der Regel zeigten sie so falsch an wie die richtigen) und ich lachend fragte: »Welche Stellung soll ich in diesem Unternehmen haben, Gentlemen?« da schlang Jemmy die Arme um meinen Hals und sagte zu mir, hin und her tanzend: »Du sollst das Publikum sein, Großmutti.« Und dementsprechend machen sie mit mir alles, was ihnen in den Sinn kommt, und ich sitze brummend in meinem Lehnstuhl.

Meine Liebe, ob es sich so verhält, daß ein erwachsener Mann, der so gescheit ist wie der Major, sein Herz und seinen Sinn einer Sache – sogar einer Spielsache – nicht bloß halb geben kann, sondern sich ihr im vollen Ernst ganz und gar widmen muß – ob sich das so verhält oder nicht, das kann ich nicht entscheiden. Tatsache ist aber, daß Jemmy weit übertroffen wird durch die ernsthafte und gläubige Art, in der der Major die »Vereinigte Lirriper und Jackman Große Norfolk

Salonwagen-Eisenbahnlinie« verwaltet. »Denn«, meinte mein Jemmy mit den blitzenden Augen, als sie getauft wurde, »wir müssen einen ganzen Mundvoll Namen haben, Großmutti, sonst wird unser liebes altes Publikum«, und dabei küßte mich der junge Schelm, »nicht herbeigelaufen kommen.«

So nahm das Publikum also die Aktien – zehn Stück zu neun Pence, und gleich darauf, als sie ausgegeben waren, zwölf Vorzugsaktien zu anderthalb Schilling. Sie wurden alle von Jemmy gezeichnet und vom Major gegengezeichnet, und unter uns gesagt, sie waren ihr Geld viel eher wert als einige Aktien, die ich zu meiner Zeit gekauft habe. Noch in denselben Ferien wurde die Bahn hergestellt und der Betrieb eröffnet. Ausflüge wurden veranstaltet, es fanden Zusammenstöße statt, es gab Kesselexplosionen und alle möglichen Unfälle und Schwierigkeiten, die alle ganz naturgetreu waren. Es machte dem Major Ehre, welches Verantwortungsgefühl er als eine Art militärischer Stationsvorstand entwickelte, wenn er, den Provinzzug zu spät abfertigend, eine von den kleinen Glocken läutete, die man zusammen mit den kleinen Kohlenkästen bei den Straßenhändlern kaufen kann. Schrieb der Major aber abends an Jemmy in der Schule seinen Monatsbericht über den Zustand des rollenden Materials, des Schienenwegs und alles Sonstigen (das Ganze stand auf dem Büfett des Majors, und er staubte es jeden Morgen mit eigner Hand ab, bevor er seine Stiefel wichste), so machte er das ernsthafteste Gesicht von der Welt und zog in geradezu furchterregender Weise die Augenbrauen zusammen. Aber der Major tut eben nichts halb. Das beweist auch seine große Freude, wenn er mit Jemmy ausgeht, um »das Terrain aufzunehmen«. Dann nimmt er eine Kette und ein Meßband mit, bringt irgendwelche Verbesserungen mitten durch die Westminster Abtei an und glaubt tatsächlich, daß er kraft einer Parlamentsakte alles auf der Straße auf den Kopf stellt. Und der Himmel möge geben, daß es in Wirklichkeit so sein wird, wenn Jemmy diesen Beruf ergreift!

Die Erwähnung meines armen Lirriper bringt mir seinen jüngsten Bruder, den Doktor, in Erinnerung. Freilich wäre es schwer zu sagen, was für ein Doktor er ist, höchstens etwa ein Doktor der Trinkkunst, denn Joshua Lirriper versteht weder von Physik noch von Musik noch von Gerichtssachen das mindeste, ausgenommen, daß er ständig vor das Grafschaftsgericht geladen wird und Haftbefehle gegen ihn ausgestellt werden, vor denen er davonläuft. Einmal wurde er im Flur dieses meines Hauses mit aufgespanntem Schirm und dem Hut des Majors auf dem Kopf erwischt, wie er, die Türmatte um seinen Leib geschlungen, sich als Sir Johnson Jones, Ritter des Bath-Ordens mit einer Brille, wohnhaft in der Gardekavallerie-Kaserne, ausgab. Dabei war er kaum eine Minute zuvor ins Haus gekommen, und das Mädchen hatte ihn auf der Türmatte warten lassen. Er hatte sie mit einem Stück Papier zu mir hergeschickt, das wie ein Fidibus zusammengedreht war und auf dem er mir die Wahl ließ zwischen dreißig Schillingen, sofort in bar ausgezahlt, und seinem Gehirn auf dem Fußboden; darunter stand: dringend und auf Antwort wird gewartet. Meine Liebe, es gab mir einen furchtbaren Ruck, wenn ich mir vorstellte, wie das Gehirn meines armen Lirriper Fleisch und Blut auf dem neuen Linoleum umherfliegen würde. Deshalb verließ ich, wie unwürdig er auch solcher Unterstützung sein mochte, mein Zimmer, um ihn zu fragen, was er ein für allemal haben wollte, um es im ganzen Leben nicht zu versuchen, und wie ich heraustrat, fand ich ihn in der Obhut von zwei Gentlemen. Wären nicht ihre Polizeiuniformen gewesen, so hätte ich geglaubt, sie wären Angehörige des Federbetthandels, so flaumig sahen sie aus.

»Bringen Sie Ihre Ketten, Sir«, sagt Joshua zu dem kleineren von ihnen, der den größeren Hut aufhatte, »schmieden Sie mir Fesseln an!«

Malen Sie sich meine Gefühle aus, als ich mir vorstellte, er würde die Norfolk Street mit eisernen Fesseln entlangklirren und Miß Wozenham sähe dabei zum Fenster heraus!

»Gentlemen«, sage ich, am ganzen Leibe zitternd und einer Ohnmacht nahe, »bringen Sie ihn bitte auf Major Jackmans Zimmer.«

So brachten sie ihn in den ersten Stock, und als der Major seinen Hut mit der runden Krempe, den Joshua Lirriper im Korridor vom Pflock heruntergerissen hatte, um eine militärische Verkleidung zu haben, auf seinem Kopf sah, geriet er in eine solch rasende Wut, daß er ihm den Hut mit der Hand vom Kopf schlug und ihn mit dem Fuß an die Decke schleuderte, wo noch lange nachher eine Schramme zu sehen war.

»Major«, sage ich, »beruhigen Sie sich und raten Sie mir, was ich mit Joshua, dem jüngsten Bruder meines verstorbenen und dahingegangenen Lirriper, anfangen soll.«

»Madam«, erwidert der Major, »ich rate Ihnen, ihn in einer Pulvermühle in Kost und Pension und ihrem Besitzer eine hübsche Belohnung zu geben, wenn sie explodiert ist.«

»Major«, sage ich, »als Christ kann das doch nicht Ihr Ernst sein.«

»Doch, Madam«, antwortet der Major, »bei Gott, es ist mein Ernst!«

Und tatsächlich hatte der Major, ein bei all seinen guten Eigenschaften für seine Statur sehr jähzorniger Mann, eine sehr schlechte Meinung von Joshua. Denn dieser hatte schon früher allerhand Unruhe gestiftet, selbst als er sich noch keine Freiheiten mit des Majors Garderobe herausnahm. Als Joshua Lirriper diese Unterhaltung zwischen uns vernahm, wandte er sich an den Kleinen mit dem großen Hut und sagte:

»Kommen Sie, Sir! Bringen Sie mich in meinen elenden Kerker. Wo ist mein verfaultes Stroh?«

Meine Liebe, als ich ihn mir aber im Geist vorstellte, am ganzen Körper mit eisernen Schlössern behängt, gleich dem Baron Trenck in Jemmys Buch, da überwältigte es mich so, daß ich in Tränen ausbrach und zu dem Major sagte:

»Major, nehmen Sie meine Schlüssel und bringen Sie die Sache mit diesen Gentlemen in Ordnung, ich werde sonst keine ruhige Minute mehr haben.«

So etwas ist zwar noch häufiger sowohl vorher wie nachher vorgekommen, aber ich kann nicht umhin, daran zu denken, daß Joshua Lirriper ein gutes Herz hat. Das zeigt sich darin, daß es ihm immer peinlich ist, wenn er keine Trauer um seinen Bruder tragen kann. Schon seit langen Jahren habe ich meine Witwentrauer abgelegt, da ich nicht auffallen möchte, aber was mich gegen Joshua unwillkürlich ein wenig milder stimmt, ist sein Zartgefühl, wenn er schreibt:

»Ein einziger Sovereign würde mich in den Stand setzen, einen anständigen Traueranzug um meinen inniggeliebten Bruder zu tragen. Ich gelobte zur Zeit seines schmerzlich beklagten Todes, daß ich stets zum Andenken an ihn in Schwarz gehen würde, aber ach! wie kurzsichtig ist der Mensch, wie kann man ein solches Gelübde halten, wenn man keinen Penny besitzt!«

Es spricht sehr für die Stärke seiner Gefühle, daß er noch keine sieben Jahre alt war, als mein armer Lirriper starb, und man muß es ihm hoch anrechnen, daß er seitdem stets seinem Wort treu geblieben ist. Aber wir wissen, daß es in jedem von uns etwas Gutes gibt – wenn wir bloß herausfinden könnten, wo es in einigen von uns steckt. Zwar war es durchaus nicht feinfühlig von ihm, auf das Gemüt unseres lieben Jungen einzuwirken und nach Lincolnshire zu schreiben, er solle ihm sein Taschengeld schicken, was auch geschah – aber er ist doch der jüngste Bruder meines armen Lirriper. Auch war es vielleicht nicht seine Absicht, seine Rechnung im »Salisbury-Wappen« nicht zu bezahlen, als seine Bruderliebe ihn veranlaßte, auf vierzehn Tage nach dem Friedhof von Hatfield zu gehen, und er hat vielleicht den Vorsatz gehabt, nüchtern zu bleiben, wenn er nicht in schlechte Gesellschaft geraten wäre. Wenn deshalb der Major die Gartenspritze gegen ihn in Tätigkeit gesetzt hätte, die er ohne mein Wissen zu sich ins Zimmer genommen hatte, so hätte es mir sicherlich derartig leid getan, daß es zwischen mir und dem Major zu einem Streit gekommen wäre. Als er sie aber aus Versehen gegen Mr. Buffle spielen ließ, weil es ihm gerade sehr heiß im Kopf war, habe ich das nicht so sehr bedauert, wie man es vielleicht von mir erwartet hätte. Ob aber Joshua Lirriper im Leben noch einmal guttun wird, das kann ich nicht sagen, ich habe jedoch davon gehört, daß er in einem Privattheater als Bandit aufgetreten sei, ohne daß ihm hinterher die richtigen Direktoren irgendwelche Anerbietungen gemacht hätten.

Da ich gerade von Mr. Buffle spreche: er kann als Beispiel dafür angeführt werden, daß es Gutes in Menschen gibt, wo man es nicht erwartet. Es ist nicht zu leugnen, daß Mr. Buffles berufliche Manieren nicht angenehm waren. Steuern einzutreiben ist ein Beruf, aber sich im Zimmer umzusehen, als hege man den Verdacht, die Möbel würden in stiller Nacht nach und nach durch eine Hintertür davongeschafft, das ist etwas ganz anderes; über die Besteuerung hat man keine Macht, aber verdächtigen ist willkürlich. Auch muß man in Betracht ziehen, daß es einem Gentlemen von dem Temperament des Majors nicht zusagen kann, wenn man mit einem Federhalter im Mund zu ihm spricht. Ferner weiß ich zwar nicht, ob es für meine Gefühle aufreizender wäre, wenn jemand einen niedrigen Hut mit breiter Krempe im Zimmer aufbehält als einen anderen Hut, aber des Majors Gefühle kann ich mir gut vorstellen. Und dazu kommt noch, daß der Major, ohne boshaften oder rachsüchtigen Charakters zu sein, ein Mann ist, der sich eine aufgelaufene Rechnung merkt, wie er es stets mit Joshua Lirriper zu halten pflegte. So kam es schließlich dahin, meine Liebe, daß der Major Mr. Buffle auflauerte, und das machte mir nicht geringe Sorge. Eines Tages klopfte Mr. Buffle mit seinen gewohnten zwei scharfen Schlägen an die Tür, worauf der Major sogleich herbeistürzt.

»Der Steuereinnehmer kommt, um die Einkommensteuer für zwei Quartale zu erheben«, sagt Mr. Buffle.

»Sie liegt für ihn bereit«, sagt der Major und führt ihn ins Zimmer.

Aber auf dem Weg blickt Mr. Buffle in seiner gewohnten mißtrauischen Weise umher, worauf der Major wütend wird und ihn fragt:

»Sehen Sie einen Geist, Sir?«

»Nein, Sir«, sagt Mr. Buffles.

»Weil ich schon früher bemerkt habe«, sagt der Major, »wie

Sie unter dem Dach meiner geehrten Freundin offenbar nach einem Gespenst sehr scharf Ausschau hielten. Wenn Sie dieses übernatürliche Wesen finden, so seien Sie so gut, es mir zu zeigen, Sir.«

Mr. Buffle sieht den Major starr an und begrüßt darauf mich mit einem Kopfnicken.

»Mrs. Lirriper«, sagt der Major in höchster Wut, mich mit einer Handbewegung vorstellend.

»Habe das Vergnügen, sie zu kennen«, sagt Mr. Buffle lächelnd.

»Ah – hem! – Jemmy Jackman, Sir!« sagt der Major, sich selbst vorstellend.

»Habe die Ehre, Sie vom Sehen zu kennen«, sagt Mr. Buffle.

»Jemmy Jackman«, sagt der Major, in einer Art hartnäckiger Wut und weist mit seinem Kopf auf mich, »stellt Ihnen seine geschätzte Freundin, diese Dame Mrs. Emma Lirriper von Norfolk Street einundachtzig, Strand, London, in der Grafschaft Middlessex in dem Vereinigten Königreich von Großbritannien und Irland vor. Bei welcher Gelegenheit, Sir«, sagt der Major, »Jemmy Jackman Ihnen den Hut abnimmt.«

Mr. Buffle sieht nach seinem Hut, den der Major auf den Boden fallen läßt, hebt ihn auf und setzt sich ihn wieder auf den Kopf.

»Sir«, sagt der Major und wird sehr rot, während er ihm voll ins Gesicht blickt, »es sind zwei Quartale von der Steuer des guten Benehmens fällig, und der Steuereinnehmer hat vorgesprochen.«

Worauf der Major, was Sie mir glauben können, meine Liebe, Mr. Buffles Hut wiederum herabwirft.

»Das ist doch . . .«, beginnt Mr. Buffle sehr aufgebracht mit seinem Federhalter im Mund, während der Major, in immer größerer Wut, ihn anschreit:

»Nehmen Sie Ihr Gebiß heraus, Sir! Oder bei dem gesamten infernalischen Steuersystem dieses Landes und jeder einzelnen Zahl der Nationalschuld: ich springe Ihnen auf den Rücken und reite *Sie* wie ein Pferd!«

Und ich bin überzeugt, er hätte es getan; ja, er rührte schon seine zierlichen Beine, bereit, loszuspringen.

»Dies«, sagte Mr. Buffle ohne seinen Federhalter, »ist ein tätlicher Angriff, und ich werde Sie anzeigen.«

»Sir«, erwidert der Major, »wenn Sie ein Mann von Ehre sind, dann braucht Ihr Einnehmer bei allem, was dem ehrenwerten Steueramt zukommt, sich nur an den Major Jackmann in Mrs. Lirripers Pension zu wenden, um alles, was er wünscht, zu jedem beliebigen Zeitpunkt voll ausgezahlt zu kriegen.«

Während der Major Mr. Buffle bei diesen bedeutungsvollen Worten starr anblickte, meine Liebe, lechzte ich buchstäblich nach einem Teelöffel voll Hirschhornsalz in einem Weinglas voll Wasser und sagte:

»Bitte, Gentlemen, lassen Sie es dabei bewenden, ich bitte Sie und flehe Sie darum an!«

Jedoch noch lange, nachdem Mr. Buffle fort war, tat der Major nichts als schnauben. Welche Wirkung es aber auf meine gesamte Blutmenge hatte, als der Major sich bei dem nächsten Rundgang des Mr. Buffle fein herausputzte und, ein Lied vor sich hinsummend, auf der Straße auf und ab ging, das eine Auge fast ganz von seinem Hut verdeckt, dafür gibt es in Johnsons Wörterbuch keinen Ausdruck. Vorsorglich ließ ich daher die Tür nach der Straße zu ein wenig offen und stellte mich mit umgelegtem Schal hinter die Blende am Fenster des Majors, fest entschlossen, sobald ich Gefahr sah, herauszustürzen, zu schreien, bis meine Stimme versagte, den Major am Kragen zu packen, bis meine Kräfte schwanden, und es dahin zu bringen, daß beide gebunden würden. Ich hatte noch keine Viertelstunde hinter der Blende gestanden, als ich Mr. Buffle mit seinem Einnahmenbuch in der Hand herankommen sah. Auch der Major sah ihn kommen; er summte lauter und näherte sich seinerseits dem Haus. Sie trafen am Geländer des Luftschachts zusammen. Der Major nimmt auf Armlänge den Hut ab und sagt:

»Mr. Buffle, wie ich glaube?«

Mr. Buffle nimmt seinerseits den Hut auf Armlänge ab und sagt:
»Das ist mein Name, Sir.«
Darauf der Major:
»Haben Sie irgendwelche Befehle für mich, Mr. Buffle?«
Darauf Mr. Buffle:
»Keine, Sir.«
Darauf, meine Liebe, machten Sie beide eine sehr tiefe und hochmütige Verbeugung und gingen auseinander. Und sooft in Zukunft Mr. Buffle seine Runde machte, trafen er und der Major sich stets vor dem Geländer des Luftschachts und machten sich gegenseitig eine Verbeugung. Es erinnerte mich stark an Hamlet und den andern Gentleman in Trauer, bevor sie einander umbrachten, obwohl ich gewünscht hätte, der andere Gentleman hätte sich anständiger dabei aufgeführt, meinetwegen weniger höflich, aber doch ohne Anwendung von Gift.

Mr. Buffles Familie war in unserer Nachbarschaft nicht beliebt, denn wenn Sie Hausbesitzerin sind, meine Liebe, so werden Sie die Erfahrung machen, daß es nicht gerade in der Natur der Dinge liegt, den Steuereinnehmer gern zu sehen. Außerdem herrschte die Ansicht, daß ein Einspänner Mrs. Buffle nicht so hochmütig hätte machen dürfen, besonders wenn er von den Steuern gestohlen worden sei, was ich freilich für eine unchristliche Verleumdung hielt. Aber Tatsache ist, daß die Buffles nicht beliebt waren. Außerdem gab es einen Familienzwist in ihrem Haus, weil beide gegen Miß Buffle wie untereinander wegen Miß Buffles Neigung zu Mr. Buffles jungem Bürogehilfen sehr hart waren. Es wurde sogar geflüstert, daß Miß Buffle entweder schwindsüchtig oder eine Nonne werden würde, da sie so mager und appetitlos war und zwei glattrasierte Gentlemen mit weißen Krausen um den Hals und in Westen, die wie Schürzen aussahen, um die Ecke zu blicken pflegten, sooft sie ausging.

So standen die Dinge mit Mr. Buffle, als ich eines Nachts durch einen schrecklichen Lärm und einen Brandgeruch geweckt wurde. Ich stürzte an das Fenster meines Schlafzimmers und sah die ganze Straße in hellem Licht. Glücklicherweise hatten wir gerade zwei Zimmerreihen leer stehen, und bevor ich in aller Eile einige Kleidungsstücke überwerfen konnte, hörte ich, wie der Major an die Türen im Dachgeschoß hämmerte und aus Leibeskräften schrie:

»Anziehen! – Feuer! Keine Angst haben! – Feuer! Besonnen bleiben! – Feuer!«

Als ich meine Schlafzimmertür öffnete, kam der Major hereingestürzt und umfaßte mich mit den Armen.

»Major«, sage ich atemlos, »wo ist es?«

»Ich weiß es nicht, teuerste Madam«, sagt der Major – »Feuer! Jemmy Jackman wird Sie bis zu seinem letzten Blutstropfen verteidigen – Feuer! Wenn der liebe Junge jetzt zu Hause wäre, was wäre das für ein Spaß für ihn – Feuer!«

Und dabei war er ganz gefaßt und ruhig, bloß daß er keinen einzigen Satz vorbringen konnte, ohne mich bis zum innersten Herzen mit seinem Geschrei »Feuer« zu erschüttern. Wir liefen in den Salon hinunter und steckten die Köpfe zum Fenster hinaus, und der Major rief einen gefühllosen jungen Affen, der voller Freude vorüberlief, an:

»Wo ist es? – Feuer!«

Der Affe antwortet, ohne stehenzubleiben:

»Oh, das ist ein Riesenspaß! Der alte Buffle hat sein Haus angezündet, damit man nicht herausfinden kann, wie er die Steuer bestohlen hat. Hurra! Feuer!«

Und dann flogen die Funken in die Höhe, der Rauch wälzte sich die Straße entlang, die Flammen knisterten, das Wasser rauschte, die Feuerspritzen dröhnten, Äxte erklangen, Glas ging in Scherben, es wurde an die Türen geklopft, geschrien und gerufen, die Leute liefen hin und her, die Hitze wurde unerträglich, und dieser ganze Aufruhr versetzte mich in schreckliche Angst.

»Haben Sie keine Angst, teuerste Madam«, sagt der Major – »Feuer! Es besteht kein Grund zur Besorgnis – Feuer! Ich will mal hingehen und sehen, ob ich etwas helfen kann – Feuer! Sie sind ganz ruhig und unbesorgt – nicht wahr? – Feuer, Feuer, Feuer!«

Es war vergebens, den Mann zurückhalten zu wollen und ihm vor Augen zu stellen, daß er von der Feuerspritze tödlich überfahren werden würde – daß er sich an der Pumpe tödlich überanstrengen müßte – daß er sich in den Pfützen und dem Schlamm tödlich erkälten könnte – daß er tödlich getroffen werden würde, wenn die Dächer einstürzten. Seine Tatenlust war erwacht, und er lief atemlos hinter dem jungen Affen her. Inzwischen standen ich und die Mädchen eng aneinandergedrängt am Fenster und blickten nach den schrecklichen Flammen, die über den Häusern gegenüber emporschlugen, da Mr. Buffles Haus um die Ecke gelegen war. Es dauert nicht lange, da sehen wir ein paar Leute die Straße herablaufen und gerade auf unsere Tür zukommen. Dann erscheint der Major, geschäftig die Operationen leitend, dann kommen noch ein paar Leute, und dann – in einem Stuhl getragen wie ein Guy Fawkes*) und nur in ein Laken gehüllt – Mr. Buffle.

Meine Liebe, der Major läßt Mr. Buffle unsere Haustreppe hinauftragen und rasch in den Salon bringen, wo er auf dem Sofa niedergelegt wird. Dann stürzen er und die übrigen, ohne auch nur ein einziges Wort gesprochen zu haben, in höchster Eile wieder davon, so daß man den Eindruck hatte, das Ganze sei eine Vision gewesen, nur daß Mr. Buffle in seinem Laken und grauenerregend mit den Augen rollend dalag. Im Nu stürzen sie alle wieder mit Mrs. Buffle herein, die ebenfalls in ein Laken gehüllt ist. Sowie sie hereingetragen und auf dem Sofa niedergelegt worden ist, stürzen sie alle wieder davon und kommen mit Miß Buffle wieder – ebenfalls in einem Laken. Als diese hereingetragen und niedergelegt worden ist, rennen sie alle wieder davon und stürzen mit dem gleichfalls in ein Laken gewickelten Bürogehilfen Mr. Buffles ins Zimmer. Er hält sich am Hals von zwei Männern fest, die ihn tragen, genauso wie auf dem Gemälde des unglücklichen Mannes, der den Kampf

---

*) Zur Erinnerung an die Pulververschwörung des Guy Fawkes wurde am Jahrestag, dem 5. November, eine Spottfigur in einem Stuhl durch die Straßen von London getragen.

verloren hat, und sein Haar sieht so aus, als hätte kürzlich jemand damit gespielt. Als alle vier in einer Reihe daliegen, reibt sich der Major die Hände und flüstert mir zu, indem er mühsam ein wenig Heiserkeit in seine Stimme zu bringen sucht:

»Wenn unser lieber bemerkenswerter Junge bloß zu Hause wäre, was würde das für ein köstlicher Spaß für ihn sein!« Meine Liebe, wir machten für sie ein wenig heißen Tee, ein paar Röstschnitten und etwas heißen Branntwein mit Wasser und ein bißchen Muskatnuß darin. Anfangs waren sie erschreckt und niedergeschlagen, aber nach und nach (da sie voll versichert waren) wurden sie gesprächig. Und der erste Gebrauch, den Mr. Buffle von seiner Zunge machte, war, den Major seinen Retter und besten Freund zu nennen und zu ihm zu sagen: »Mein für immer teurer Sir, gestatten Sie mir, Sie mit Mrs. Buffle bekannt zu machen.« Sie redete ihn ebenfalls als ihren Retter und besten Freund an und drückte ihm so herzlich die Hand, wie es das Laken zuließ. Ebenso Miß Buffle. Der junge Bürogehilfe war etwas wirr im Kopf, saß da und jammerte: »Robina ist zu Asche worden, Robina ist zu Asche worden!« Das rührte um so mehr ans Herz, weil er in seinem Laken aussah, als steckte er in einem Kontrabaßfutteral, bis Mr. Buffle sagte: »Robina, sprich zu ihm!« Miß Buffle sagte: »Lieber Georg!« und wenn der Major nicht augenblicklich ein Glas Branntwein mit Wasser hinuntergegossen hätte, wobei ihm freilich ein wenig Muskatnuß im Hals steckenblieb, so daß er einen heftigen Hustenanfall bekam, dann wäre es um seine Selbstbeherrschung geschehen gewesen. Als der junge Gehilfe sich gefaßt hatte, neigte sich Mr. Buffle Mrs. Buffle zu, wobei sie wie zwei Bündel aussahen, und sprach ein paar vertrauliche Worte mit ihr, und dann sagte er mit Tränen in den Augen, so daß sich der Major, als er es bemerkte, die Augen trocknete: »Wir sind keine einige Familie gewesen; nach dieser Gefahr aber wollen wir eine werden; nehmen Sie sie hin, Georg.« Der junge Gentleman konnte seinen Arm nicht weit genug ausstrecken, um das zu tun, aber seine Dankesäußerungen waren äußerst rührend mit anzuhören, obwohl er ein wenig dabei stotterte. Ich kann mich nicht erinnern, jemals ein angenehmeres Mahl gehabt zu haben als das Frühstück, das wir zusammen einnahmen, nachdem wir alle ein wenig geschlummert hatten. Miß Buffle bereitete sehr anmutig den Tee ganz in der römischen Art, wie sie früher im Covent Garden Theater dargestellt wurde, und die Familienmitglieder waren äußerst liebenswürdig, wie sie es seit jener Nacht stets geblieben sind, als der Major am Fuß der Rettungsleiter stand und sie in Empfang nahm, wie sie herunterkamen – der junge Gentleman mit dem Kopf voran, was sein Verhalten erklärt. Und obwohl ich nicht gerade behaupten will, daß wir weniger geneigt sind, voneinander schlecht zu denken, wenn wir nichts als Laken umhaben, so meine ich doch, daß die meisten von uns einander besser verstehen würden, wenn wir weniger zurückhaltend gegeneinander wären.

Da ist zum Beispiel Miß Wozenham weiter unten auf der anderen Seite der Straße. Ich hegte jahrelang recht bittere Gefühle gegen sie wegen einer Tatsache, die ich auch jetzt noch systematisches Unterbieten nennen muß, und auch wegen des Bildes von ihrem Haus in Bradshaws Kursbuch, auf dem viel zu viele Fenster und eine mächtige und ganz unverschämte Eiche zu sehen sind, obwohl es doch niemals eine Eiche in der Norfolk Street gegeben, ebensowenig wie jemals eine vierspännige Kutsche vor Miß Wozenhams Tür gehalten hat. Bradshaw hätte viel besser daran getan, sich mit der Zeichnung einer Droschke zu begnügen. In dieser bitteren Gemütsstimmung verharrte ich auch bis zu einem Nachmittag im vergangenen Januar. Da kam auf einmal eines meiner Mädchen, Sally Rairyganoo, die ich immer noch im Verdacht habe, von irischer Abkunft zu sein, obwohl sie behauptete, aus Cambridge zu stammen, aber weshalb wäre sie wohl sonst mit einem Maurer von Limerick davongelaufen und hätte sich in Überschuhen mit ihm verheiratet, ohne abzuwarten, bis sein blaues Auge einigermaßen wieder gut war, wobei vierzehn Hochzeitsgäste anwesend waren und eines der Pferde draußen auf das Dach der Hochzeitskutsche geriet – ich wiederhole, meine Liebe, da kam Sally Rairyganoo in mein Zimmer hereingestürmt (ich kann keinen milderen Ausdruck gebrauchen) und schrie: »Hurra, Missis! Miß Wozenhams Haus wird versteigert!« Meine Liebe, als mir so ins Gesicht und Gewissen geworfen wurde, daß das Mädchen Sally Grund zu der Annahme hatte, ich könnte mich über das Verderben eines Mitmenschen freuen, brach ich in Tränen aus und sank in meinen Stuhl zurück, mit den Worten: »Ich schäme mich vor mir selbst!«

Ich versuchte, mich zu beruhigen und meinen Tee zu trinken, aber es wollte mir nicht gelingen, denn der Gedanke an Miß Wozenham und ihre Verzweiflung ließ mich nicht los. Es war ein unfreundlicher Abend; ich ging an ein Fenster der Vorderfront und blickte zu Miß Wozenhams Haus hinüber, und soviel ich in dem Nebel, der die Straße erfüllte, wahrnehmen konnte, war es das traurigste unter den traurigen und kein Licht darin zu sehen. Schließlich sagte ich zu mir selbst: »Das geht nicht«, setzte meinen ältesten Hut auf und legte meinen ältesten Schal um, da ich in einer solchen Lage nicht in meinen besten Sachen vor Miß Wozenham erscheinen wollte, und so ging ich denn zu ihrem Haus hinüber und klopfte an.

»Ist Miß Wozenham zu Hause?« fragte ich, mich umwendend, sobald ich die Tür aufgehen höre.

Ich sah, daß es Miß Wozenham selbst war, die geöffnet hatte; das arme Geschöpf sah erbärmlich mitgenommen aus und ihre Augen waren vom vielen Weinen ganz geschwollen.

»Miß Wozenham«, sage ich, »vor einigen Jahren hat es eine kleine Mißhelligkeit zwischen uns gegeben, weil die Mütze meines Enkels in Ihrem Luftschacht lag. Für mich ist das längst erledigt, und ich hoffe, für Sie gleichfalls.«

»Ja, Mrs. Lirriper«, sagt sie ganz überrascht, »allerdings.«

»Dann, meine Liebe«, erwidere ich, »würde ich gern eintreten und ein Wort mit Ihnen sprechen.«

Wie ich »meine Liebe« zu ihr sage, fängt Miß Wozenham ganz erbärmlich zu weinen an. Ein nicht ganz gefühlloser älterer Mann mit einer Nachtmütze und dem Hut darüber, der nur etwas besser hätte rasiert sein können und der sich höflich entschuldigt, weil er Ziegenpeter hätte und auch weil er einen Blasebalg, den er in der Hand hielt, als Schreibunterlage für einen Brief an seine Frau zu Hause benutzte, guckt aus dem Hinterzimmer hervor und sagt:

»Die Dame braucht ein Wort des Trostes«, und geht damit wieder hinein.

Darauf ich ganz unbefangen:

»Sie braucht ein Wort des Trostes, Sir? Dann, zum Kuckuck, soll sie es auch haben!«

Ich trete mit Miß Wozenham in das Vorderzimmer, wo eine elende Kerze, die ebenfalls geweint zu haben schien, in den letzten Zügen knisterte, und sage:

»Nun, meine Liebe, erzählen Sie mir alles.«

Daraufhin ringt sie die Hände und sagt:

»Oh, Mrs. Lirriper, dieser Mann hat hier alles mit Beschlag belegt, und ich habe niemand auf der Welt, der mir mit einem Schilling aushelfen könnte.«

Es kommt nicht im geringsten darauf an, was ein schwatzhaftes altes Geschöpf wie ich zu Miß Wozenham sagte, als sie so sprach, aber ich versichere Ihnen, meine Liebe, daß ich dreißig Schilling dafür gegeben hätte, wenn ich sie zum Tee zu mir hätte mitnehmen können; jedoch wagte ich es nicht wegen des Majors. Ich wußte zwar ganz gut, daß ich den Major in den meisten Sachen, und selbst in dieser, wenn ich es darauf anlegte, um den Finger wickeln konnte. Aber er und ich hatten so oft schlecht von Miß Wozenham gesprochen, daß ich mich schämte; dann wußte ich, sie hatte seinen Stolz, wenn auch nicht den meinen, beleidigt, und schließlich befürchtete ich, daß dieses Mädchen Rairyganoo etwas Dummes anstellen möchte. Deshalb sagte ich:

»Meine Liebe, wenn Sie mir eine Tasse Tee geben könnten, um die Verwirrung in meinem Kopf zu klären, dann würde ich Ihre Angelegenheit besser verstehen.«

Und wir setzten uns zum Tee und zu den Angelegenheiten hin, und nach allem waren es bloß vierzig Pfund und ... Nun, sie ist eine so fleißige und vertrauenswürdige Dame, wie nur je eine lebte, und hat bereits die Hälfte zurückgezahlt, und wozu soll ich noch mehr erzählen, besonders wenn es nichts zur Sache tut? Denn die Hauptsache ist, daß ich, als sie mir wieder und wieder die Hände küßte, sie in den ihrigen hielt und mich unzählige Male segnete, schließlich gute Laune bekam und zu ihr sagte:

»Was bin ich doch für eine alte Gans gewesen, meine Liebe, Sie für etwas ganz anderes gehalten zu haben.«

»Ach, ich aber auch«, meint sie darauf, »wie sehr habe ich Sie verkannt!«

»Kommen Sie«, antworte ich, »erzählen Sie mir, was Sie von mir gedacht haben.«

»Oh«, erwidert sie, »ich dachte, sie hätten kein Verständnis für solch ein hartes Von-der-Hand-in-den-Mund-Leben, wie es meine Existenz ist, und wälzten sich im Überfluß.«

Darauf frage ich, indem ich mich schüttle, und ich war froh, daß ich mir auf diese Weise ein wenig Luft machen konnte, denn ich hatte lange genug an mich halten müssen:

»Sehen Sie sich bloß meine Figur an, meine Liebe, und dann sagen Sie mir, ob Sie es noch für wahrscheinlich halten, daß ich mich im Überfluß herumwälze.«

Das schlug ein! Wir wurden so vergnügt wie ein paar Grillen, und ich kehrte glücklich und dankbar gestimmt in mein gesegnetes Heim zurück. Aber bevor ich diesen Vorfall abschließe, muß ich noch erzählen, wie ich sogar den Major verkannt hatte. Ja, denken Sie sich nur! Am nächsten Morgen kam der Major mit seinem sauber gebürsteten Hut in der Hand in mein kleines Zimmer und begann:

»Meine teuerste Madam . . .«, worauf er das Gesicht in seinen Hut steckt, als wäre er eben in die Kirche getreten. Während ich ganz erstaunt dasitze, taucht er aus seinem Hut wieder auf und beginnt von neuem:

»Meine geschätzte und geliebte Freundin . . .«, und damit taucht er wieder in seinen Hut.

»Major«, frage ich sehr erschrocken, »ist unserem lieben Jungen etwas zugestoßen?«

»Nein, nein, nein«, sagt der Major, »aber Miß Wozenham ist hier gewesen, um sich bei mir zu entschuldigen, und ich kann nicht über das hinwegkommen, was sie mir erzählt hat.«

»Ei der Tausend, Major«, sage ich, »Sie wissen noch nicht, daß ich gestern abend Angst vor Ihnen hatte und nicht halb so gut von Ihnen dachte, wie ich hätte denken sollen! Deshalb kommen Sie aus der Kirche heraus, Major, und vergeben Sie mir wie ein guter alter Freund, und ich will es nie wieder tun.«

Und ich überlasse es Ihnen, darüber zu urteilen, meine Liebe, ob ich es jemals wieder getan habe oder tun werde. Wie rührend zu denken, daß Miß Wozenham bei ihrem kleinen Einkommen und trotz ihrer Verluste so viel für ihren armen alten Vater tut und außerdem für einen Bruder sorgt, der das Unglück hatte, sein Gehirn an der harten Mathematik zu erweichen. Er hat das Hinterzimmer im dritten Stock inne, das bei den Mietern als eine Rumpelkammer gilt; da wohnt er so sauber wie eine neue Stecknadel und verzehrt eine ganze Hammelkeule auf einmal, wenn man ihm zu essen bringt.

Und nun, meine Liebe, will ich Ihnen wirklich von meinem Vermächtnis erzählen, wenn Sie mich mit Ihrer Aufmerksamkeit beehren wollen; es war auch meine feste Absicht gewesen, ohne Umschweife darauf zu sprechen zu kommen, bloß daß eine Sache immer die andere mit sich bringt. Es war im Juni und gerade am Tag vor Johannis, als mein Mädchen Winifred Madgers – sie war eine Schwester aus der Brudergemeinde von Plymouth, und der Plymouth-Bruder, der mit ihr davonlief, tat vollkommen recht daran, denn ein ordentlicheres und mehr zu einer Hausfrau geeignetes Mädchen hat es nie gegeben; und später besuchte sie mich mit den schönsten Plymouth-Zwillingen – es war also am Tag vor Johannis, als Winifred Madgers in mein Zimmer tritt und zu mir sagt:

»Ein Gentleman vom Konsul möchte dringend Mrs. Lirriper sprechen.«

Wenn Sie mir glauben wollen, meine Liebe, so kamen mir die Konsol-Aktien der Bank, wo ich einige Kleinigkeiten für Jemmy liegen habe, in den Sinn, und ich sagte daher:

»Du lieber Gott, ich hoffe, er ist doch nicht etwa furchtbar gefallen?«
Darauf meinte Winifred:
»Er sieht durchaus nicht danach aus, Ma'am.«
Worauf ich sagte:
»Führ ihn herein.«
Daraufhin tritt ein Gentleman in schwarzer Kleidung und meiner Ansicht nach mit zu kurz geschnittenen Haaren ein und fragt sehr höflich:
»Madame Lirriper?«
Darauf ich:
»Ja, Sir. Nehmen Sie bitte Platz.«
»Ich komme«, erklärt er, »vom französischen Konsul.«
So sah ich gleich, daß es nicht die Bank von England war.
»Wir haben«, fährt er fort, »von der Mairie in Sens eine Mitteilung erhalten, die ich die Ehre haben werde, vorzulesen. Madame Lirriper versteht Französisch?«
»Du lieber Himmel, nein, Sir!« sage ich. »Kein Wort.«
»Das macht nichts«, meint der Gentleman. »Ich werde übersetzen.«
Darauf, meine Liebe, übersetzte der Gentleman ein langes Schriftstück in der liebenswürdigsten Weise, und es kam auf folgendes hinaus: In der Stadt Sens in Frankreich liege ein unbekannter Engländer im Sterben. Er sei außerstande, zu sprechen oder sich zu bewegen. In seiner Wohnung befänden sich eine goldene Uhr und eine Börse, in der soundso viel Geld sei, und außerdem ein Koffer, der die und die Kleidungsstücke enthalte, aber kein Paß und keine Papiere, ein Paket Spielkarten ausgenommen, das auf seinem Tisch läge; auf dem Herzas stünde mit Bleistift geschrieben: »Für die Behörde: Wenn ich tot bin, schicken Sie bitte meinen Nachlaß als letztes Vermächtnis an Mrs. Lirriper, Norfolk Street einundachtzig, Strand, London. Als der Gentleman alles das erklärt hatte – und es schien viel methodischer aufgestellt zu sein, als ich es von den Franzosen geglaubt hätte, da ich sie damals nicht kannte –, legte er das Dokument in meine Hand. Ich wurde dadurch um

vieles klüger, wie Sie sich denken können, ausgenommen daß es so aussah, als wäre es auf Tütenpapier niedergeschrieben, und daß es über die ganze Fläche mit Adlern gestempelt war.

»Glaubt Madame Lirriper«, sagt darauf der Gentleman, »daß sie ihren unglücklichen Kompatrioten wiedererkennt?«

Sie können sich denken, meine Liebe, in welche Verwirrung es mich versetzte, wenn jemand von meinem Kompatrioten zu mir sprach. Ich sagte deshalb:

»Entschuldigen Sie. Würden Sie die Freundlichkeit haben, Sir, so einfach wie möglich zu sprechen?«

»Dieser unglückliche Engländer, der im Sterben liegt, dieser vom Schicksal verfolgte Angehörige ihres Volkes«, sagt der Gentleman.

»Ich danke Ihnen, Sir«, sage ich, »jetzt verstehe ich Sie. Nein, Sir, ich habe nicht die mindeste Ahnung, wer das sein könnte.«

»Hat Madam Lirriper keinen Sohn, keinen Neffen, kein Patenkind, keinen Freund, keinen ihr irgendwie bekannten Menschen in Frankreich?«

»Ich weiß bestimmt«, sage ich, »daß ich keinen Verwandten oder Freund dort habe, und soviel ich glaube, auch keinen Bekannten.«

»Verzeihen Sie. Sie nehmen Locataires?« fragte der Gentleman.

Ich glaubte tatsächlich, meine Liebe, er wolle mir mit seinen liebenswürdigen fremdländischen Manieren etwas anbieten – Schnupftabak, so meinte ich. Ich neige deshalb ein wenig den Kopf und sage, wenn Sie es mir glauben wollen:

»Nein, ich danke Ihnen. Ich habe mir das noch nicht angewöhnt.«

Der Gentleman blickt mich erstaunt an und sagt:

»Mieter!«

»Oh!« meine ich lachend. »Der Himmel segne Sie! Aber gewiß!«

»Könnte es nicht ein früherer Mieter sein?« fragt der Gentleman. »Ein Mieter, dem Sie die Bezahlung erließen? Sie haben doch sicher manchmal Mietern die Bezahlung erlassen?«

»Hm! Das ist schon vorgekommen, Sir«, erwidere ich. »Aber ich versichere Ihnen, ich kann mich an keinen Gentleman erinnern, der es sein könnte.«

Kurz, meine Liebe, wir konnten mit der Sache nicht ins reine kommen, und der Gentleman notierte sich meine Aussagen und ging davon. Aber er ließ mir eine Kopie des Dokuments zurück, die er bei sich hatte, und als der Major kam, sagte ich zu ihm, während ich sie ihm reichte:

»Major, hier ist Moores Kalender mit der kompletten Hieroglyphenschrift, und Sie sollen Ihre Meinung dazu abgeben.«

Der Major brauchte etwas mehr Zeit, um das Schriftstück zu lesen, als ich nach dem Redefluß geglaubt hätte, mit dem er begabt zu sein schien, wenn er gegen die Leierkastenmänner vorging. Aber schließlich war er damit fertig und stand da, die Augen verwirrt auf mich gerichtet.

»Major«, meinte ich, »Sie sind sprachlos.«

»Madam«, sagte der Major, »Jemmy Jackman ist in Verlegenheit.«

Nun traf es sich gerade, daß der Major ausgewesen war, um sich ein wenig nach Zügen und Schiffen zu erkundigen, denn unser Junge sollte am folgenden Tag für seine Sommerferien nach Hause kommen und wir wollten, um ihm eine Freude und etwas Abwechslung zu bereiten, mit ihm verreisen. Als der Major noch so dastand und mich anstarrte, kam es mir daher in den Sinn, zu ihm zu sagen:

»Major, ich wünschte, Sie gingen hin und sähen einmal in Ihren Büchern und Karten nach, wo diese Stadt Sens liegt.«

Der Major raffte sich auf, ging in sein Zimmer und stöberte ein wenig umher, worauf er zu mir zurückkam und berichtete:

»Sens, meine teuerste Madam, liegt etwa fünfzehn Meilen südlich von Paris.«

Darauf meinte ich mit einer, wie ich wohl sagen kann, verzweifelten Anstrengung:

»Major, wir wollen mit unserem lieben Jungen dorthin reisen.«

Wenn der Major jemals außer sich war, so war er es bei dem Gedanken an diese Reise. Den ganzen Tag über war er wie der Wilde im Wald, wenn er eine Anzeige in der Zeitung las, aus der er etwas für die Reise Brauchbares entnehmen konnte, und schon ganz früh am nächsten Morgen, Stunden bevor Jemmy eintreffen konnte, stand er auf der Straße, um ihm zuzurufen, daß wir alle drei nach Frankreich führen. Mein junger Herr Rosenwange war ebenso wild wie der Major, das können Sie mir glauben, und sie trieben es derartig, daß ich schließlich sagte:

»Wenn ihr zwei Kinder euch nicht ordentlicher aufführt, stecke ich euch beide ins Bett.«

Und dann machten sie sich daran, das Fernrohr des Majors zu reinigen, um sich Frankreich dadurch anzugucken, und sie gingen zusammen aus und kauften eine Ledertasche mit einem Schnappschloß, um sie Jemmy umzuhängen. Dieser sollte nämlich das Geld tragen, wie ein kleiner Fortunatus mit seinem Glückssäckel.

Wenn ich nicht mein Wort gegeben und ihnen erst Hoffnungen gemacht hätte, so zweifle ich, ob ich das Unternehmen wirklich durchgeführt haben würde, aber es war jetzt zu spät, um wieder davon abzustehen. So fuhren wir denn zwei Tage nach Johannis mit der Morgenpost davon. Und als wir an die See kamen, die ich erst einmal zuvor in meinem Leben gesehen hatte, und zwar, als sich mein armer Lirriper um mich bewarb, da stimmten mich die Frische und Tiefe des Meeres, der weite, freie Blick und der Gedanke, daß es seit jeher seine Wogen dahergewälzt hatte und das immer weiter tat, während so wenige unter uns daran dachten, ganz ernsthaft. Aber ich fühlte mich dabei auch glücklich, und ebenso Jemmy und der Major, und es gab im ganzen nicht viel Bewegung auf dem Schiff, obwohl ich mit einem Schwindel im Kopf und einem Schwächegefühl bloß imstande war zu beobachten, daß die fremdländischen Kajüten hohler als die englischen konstruiert sind, was ein viel größeres Geräusch veranlaßt, wenn sich die Leute nicht aufs Segeln verstehen.

Aber, meine Liebe, die Bläue und die Leichtigkeit und die Buntheit von allem, wo sogar die Schilderhäuschen gestreift sind, und die funkelnden, rasselnden Trommeln und die kleinen Soldaten in ihren Jacken und reinlichen Gamaschen, als wir auf den Kontinent kamen – das alles gab mir ein Gefühl, das sich schwer in Worte fassen läßt, ein Gefühl, als ob der Druck der Atmosphäre von mir genommen wäre. Und was den Lunch angeht, so könnte ich mir einen Koch und zwei Küchenmädchen halten und würde es doch für das doppelte Geld nicht so bekommen. Und dabei hat man kein gekränktes Mädchen um sich, das einen finster anstarrt und einem den Bissen im Mund nicht gönnt und die gute Behandlung damit vergilt, daß sie einem wünscht, man möchte am Essen ersticken, sondern so höflich und eilfertig und aufmerksam und alles in jeder Beziehung behaglich, bloß daß Jemmy ganze Wassergläser voll Wein in sich hineingoß, so daß ich jeden Augenblick erwartete, er würde unter den Tisch sinken.

Ganz reizend aber war, wie Jemmy französisch sprach. Es wurde oft von ihm verlangt, denn sowie jemand eine Silbe zu mir sprach, sagte ich: »Nix verstehen, Sie sind sehr liebenswürdig, aber es hat keinen Zweck – nun, Jemmy!« Und darauf legte Jemmy los und sprach in der hübschesten Weise auf sie ein. Das einzige, was Jemmys Französisch abging, war, daß er, wie es mir schien, kaum jemals ein Wort von dem verstand, was sie zu ihm sagten, und infolgedessen hatte es kaum den Nutzen, den es hätte haben können, obwohl er im übrigen sprach wie ein Eingeborener. Was aber das Sprechen des Majors angeht, so hätte ich der Meinung sein können, wenn ich das Französische nach dem Englischen beurteilte, daß das Französische viel ärmer an Worten ist. Andererseits aber muß ich zugeben, daß, wenn ich ihn nicht gekannt hätte, als er einen militärischen Gentleman in einem grauen Überzieher nach der Zeit fragte, ich ihn für einen geborenen Franzosen gehalten hätte.

Bevor wir die Reise fortsetzten, um uns nach meinem

Vermächtnis umzutun, wollten wir einen regelrechten Tag in Paris verbringen, und ich überlasse es Ihnen, meine Liebe, sich vorzustellen, was für ein Tag das war mit Jemmy und dem Major und dem Fernrohr und mir und dem jungen Mann, der an der Hoteltür herumgelungert hatte (aber er war dabei sehr manierlich), der mit uns ging, um uns die Sehenswürdigkeiten zu zeigen. Auf der ganzen Fahrt nach Paris hatten Jemmy und der Major mich zu Tode erschreckt, indem sie an den Stationen sich auf den Bahnsteigen niederbeugten, um die Lokomotivräder unter den Kesseln zu untersuchen, und an allen möglichen Orten ein und aus krochen, um Verbesserungen für die Vereinigte Große Salon-Linie ausfindig zu machen; aber als wir an einem sonnigen Morgen auf die glänzenden Straßen heraustraten, gaben sie alle ihre Verbesserungspläne für London als unnützes Zeug auf und richteten ihren Sinn ganz auf Paris.

Auf einmal sagte der herumlungernde junge Mann zu mir:

»Soll ich jetzt englisch sprechen?«

Darauf meinte ich:

»Wenn Sie es können, so würde ich Ihnen dankbar sein.«

Aber nach einer halben Stunde Englischsprechen, als ich vollkommen überzeugt war, daß der Mann von Sinnen gekommen war und ich desgleichen, sagte ich:

»Seien Sie so gut, wieder Ihr Französisch zu sprechen, Sir.«

Denn ich wußte, daß es mir dann nicht soviel Kopfzerbrechen bereiten würde, seine Reden zu verstehen, und das war eine große Erleichterung. Übrigens verlor ich dabei nicht viel mehr als die beiden anderen, denn ich bemerkte gewöhnlich, wenn er etwas sehr ausführlich beschrieben hatte und ich Jemmy fragte: »Was sagt er, Jemmy?« dann erwiderte Jemmy mit einem ärgerlichen Gesichtsausdruck: »Er spricht so verflixt undeutlich!« und wenn er es ein zweites Mal noch ausführlicher beschrieben hatte und ich zu Jemmy sagte: »Nun, Jemmy, um was handelt es sich?« dann meinte Jemmy: »Er sagt, das Gebäude wäre im Jahre siebzehnhundertvier ausgebessert worden, Großmutti.«

Woher dieser herumlungernde junge Mann seine Vagabundengewohnheiten hatte, darüber kann man keine Auskunft von mir erwarten, aber die Art, wie er um die Ecke verschwand, als wir uns zum Frühstück niedersetzten, und wieder da war, als wir den letzten Bissen hinuntergeschluckt hatten, war im höchsten Grade erstaunlich. Ebenso war es auch beim Diner und am Abend; wo wir waren, am Theater, am Hoteleingang, an den Läden, wo wir ein paar Kleinigkeiten einkauften, und an allen anderen Orten lungerte er umher, bloß hatte er die Neigung zu spucken. Und von Paris kann ich Ihnen nicht mehr sagen, meine Liebe, als daß es Stadt und Land in einem ist; modellierte Steinblöcke und lange Straßen mit hohen Häusern und Gärten und Springbrunnen und Statuen und Bäume und Gold und ungeheuer große Soldaten und ungeheuer kleine Soldaten und die hübschesten Kindermädchen in den weißesten Hauben, die mit den rundlichsten Kindern in den flachsten Häubchen mit dem Springseil spielen, und saubere Tischtücher, die überall zum Diner ausgebreitet sind, und Leute, die den ganzen Tag lang rauchend und an Gläsern nippend vor den Haustüren sitzen, und kleine Stücke, die im Freien für kleine Leute aufgeführt werden, und jeder Laden ein vollständig und elegant ausgestatteter Raum, und jeder, wie es den Anschein hat, mit allem auf dieser Welt spielend. Und die funkelnden Lichter am Abend, meine Liebe, die bis hoch hinauf und bis tief hinab und vor einem und hinter einem und überall in der Runde glitzern, und die Menge der Theater und die Menge der Menschen und die Mengen von jedem und allem – das ist rein wie im Märchen. Und so ziemlich das einzige, was mir nicht gefiel, war, daß überall, sei es, daß man sein Fahrgeld am Eisenbahnschalter bezahlt, daß man sein Geld bei einem Wechsler wechseln läßt, oder daß man eine Eintrittskarte am Theater kauft, die Dame oder der Herr in einem Käfig aus stärksten Eisenstangen sitzt (vermutlich auf Anordnung der Regierung), so daß es mehr nach dem Zoologischen Garten als einem freien Land aussieht.

Als ich an diesem Abend meine armen Knochen endlich ins

Bett gelegt hatte und mein junger Schelm hereinkam, um mir den Gutenachtkuß zu geben, und mich fragte: »Was hältst du von diesem schönen, schönen Paris, Großmutti?« da sagte ich: »Jemmy, mir kommt es vor, als wäre es ein wunderbares Feuerwerk, das in meinem Kopf losgelassen wird.« Und am folgenden Tag wirkte das schöne freie Land im höchsten Grade kühlend und erfrischend auf mich, als wir unsere Reise fortsetzten, um uns nach meinem Vermächtnis umzutun. Es gewährte mir Ruhe und Erholung und tat mir sehr gut.

So kamen wir schließlich und endlich nach Sens, einer hübschen kleinen Stadt mit einer großen, zweitürmigen Kathedrale, an der die Krähen zu den Luken aus und ein fliegen und auf deren einem Turm ein zweiter Turm sitzt, wie eine Art steinernes Pult. Auf diesem Pult, unter dem die Vögel dahinflogen, wenn Sie mir glauben wollen, sah ich einen Fleck, als ich vor dem Diner im Gasthaus ausruhte, und dieser Fleck war, wie man mir sagte, Jemmy. Als ich auf dem Balkon des Hotels saß, war mir der Einfall gekommen, daß ein Engel sich dort niederlassen und den Menschen unten zurufen könnte, gut zu sein, aber ich dachte wenig daran, was Jemmy, sich selbst ganz unbewußt, von diesem hohen Platz aus jemand in der Stadt zurief.

Ein Gasthaus, wie man es sich nicht schöner gelegen denken kann, meine Liebe! Gerade unter den beiden Türmen, deren Schatten den ganzen Tag lang darüber hinlaufen, als wäre es eine Art Sonnenuhr, während Landleute mit Karren und planbedeckten Wägelchen zum Hof ein und aus fahren und draußen, der Kathedrale gegenüber, sich ein Budenplatz befindet – alles so altertümlich wie auf einem Gemälde. Der Major stimmte mit mir darin überein, daß, was auch bei meinem Vermächtnis herauskommen mochte, dies hier der Ort sei, wo wir unsere Ferien verbringen wollten. Auch machten wir aus, unserem lieben Jungen an diesem Abend nicht seine Freude durch den Anblick des Engländers, wenn er noch am Leben war, zu verderben, sondern daß wir beide allein gehen wollten. Denn Sie müssen verstehen, daß der Major, da er sich der Höhe, bis zu der Jemmy emporgeklettert war, in seinem Atem nicht gewachsen fühlte, zu mir zurückgekommen war und ihn bei dem Führer gelassen hatte.

Dementsprechend begab sich der Major nach dem Essen, als Jemmy ausgegangen war, um sich den Fluß anzusehen, zum Bürgermeisteramt und kam kurz darauf in Begleitung eines militärisch aussehenden Herrn mit Degen und Sporen, Dreimaster, gelbem Schulterriemen und einer Menge langer Schnüre, die ihm ziemlich unbequem sein mußten, zurück. Der Major sagt zu mir:

»Der Engländer liegt noch immer in demselben Zustand da, teuerste Madam. Dieser Gentleman wird uns zu ihm führen.«

Daraufhin zieht der militärische Herr seinen Dreimaster vor mir, und ich bemerkte, daß er sich die Stirn wie Napoleon Bonaparte ausrasiert hatte, aber er sah ihm trotzdem nicht ähnlich.

Wir verließen den Gasthof durch das Hoftor, gingen an den großen Türen der Kathedrale vorbei und in eine enge Straße, wo die Leute schwatzend vor den Ladentüren saßen und die Kinder ihre Spiele trieben. Der militärische Herr ging voraus und blieb vor einem Schlächterladen stehen, in dessen Schaufenster sich eine kleine Statue eines sitzenden Ferkels befand, während aus der Flurtür ein Esel herausschaute.

Als der Esel den militärischen Herrn sah, glitt er auf das Pflaster hinaus, um sich besser umdrehen zu können, und polterte dann den Flur entlang in einen Hinterhof. Da jetzt also die Luft rein war, wurden der Major und ich die Treppe hinauf in das Vorderzimmer des zweiten Stocks geführt. Es war ein kahler Raum mit einem Fußboden aus roten Ziegelsteinen, und die Jalousien vor dem Fenster waren dicht geschlossen, um das Zimmer dunkel zu halten. Als der militärische Herr die Jalousien aufzog, sah ich den Turm, auf dessen Spitze ich Jemmy erblickt hatte und um den sich in dem hereinbrechenden Abend die Schatten sammelten, und ich wandte mich dem Bett an der Wand zu, wo ich den Engländer wahrnahm.

Es war eine Art Nervenfieber, was er gehabt hatte; seine

Haare waren gänzlich ausgegangen, und ein paar zusammengefaltete feuchte Tücher lagen auf seinem Kopf. Ich betrachtete sein abgezehrtes Gesicht mit größter Aufmerksamkeit, während er mit geschlossenem Mund dalag, dann sagte ich zu dem Major:

»Ich habe dieses Gesicht nie zuvor gesehen.«

Der Major sah ihn ebenfalls sehr aufmerksam an und sagte: »Ich ebensowenig.«

Als der Major unsere Worte dem militärischen Herrn erklärte, zuckte dieser Gentleman die Achseln und zeigte dem Major die Karte, auf dem das von dem Vermächtnis an mich geschrieben stand. Die Worte waren mit zitternder, schwacher Hand im Bett geschrieben worden, und ich kannte die Schrift ebensowenig wie das Gesicht. Dem Major erging es ebenso.

Obwohl der arme Mensch ganz allein dalag, war er doch so gut versorgt, wie man es nur wünschen konnte, und er hätte sowieso in seinem Zustand nichts davon gemerkt, wenn jemand an seiner Seite gesessen hätte. Ich ließ durch den Major mitteilen, daß wir für eine Weile in der Stadt blieben und daß ich morgen wiederkommen würde, um ein wenig am Bett des Kranken zu wachen. Aber gleichzeitig veranlaßte ich ihn hinzuzufügen, und dabei schüttelte ich energisch den Kopf, um der Versicherung Nachdruck zu verleihen:

»Wir sind uns beide einig, daß wir dieses Gesicht niemals zuvor gesehen haben.«

Unser Junge war sehr erstaunt, als wir ihm am Abend im Sternenlicht auf dem Balkon die Sache erzählten. Er brachte einige von den Geschichten über frühere Mieter vor, die der Major niedergeschrieben hatte, und fragte, ob es nicht dieser oder jener sein könnte. Aber es stimmte alles nicht, und so gingen wir zu Bett.

Am Morgen, gerade als wir beim Frühstück saßen, kam der militärische Herr angeklirrt und sagte, der Doktor wäre der Ansicht, gewisse Zeichen deuteten darauf hin, der Kranke werde vor dem Ende wieder ein wenig zu sich kommen. Daraufhin sagte ich zu dem Major und Jemmy:

»Ihr beiden Jungens geht und amüsiert euch, während ich mein Gebetbuch nehmen und hingehen will, um an seinem Bett zu sitzen.«

So ging ich also und setzte mich an sein Bett. Es verflossen einige Stunden, während deren ich ab und zu für den armen Menschen ein Gebet las, und es war schon ziemlich spät am Tag, als er auf einmal seine Hand bewegte.

Er hatte bisher so still dagelegen, daß mir die Bewegung sofort zu Bewußtsein kam. Ich setzte meine Brille ab, legte mein Buch hin und stand auf, um nach ihm zu sehen. Nach der einen Hand begann er beide zu rühren, und dann bewegte er sich wie ein Mensch, der im Dunkeln umhertastet. Obwohl seine Augen schon lange geöffnet waren, lag doch ein Nebel über ihnen und er tastete immer noch nach dem Weg ins Licht hinaus. Aber ganz allmählich wurden seine Augen klarer und seine Hände hielten inne. Er sah die Zimmerdecke, er sah die Wand, er sah mich. Während seine Blicke klar wurden, fiel es auch mir wie Schuppen von den Augen, und als wir schließlich einander ins Gesicht sahen, fuhr ich zurück und rief leidenschaftlich aus:

»Oh, Sie ruchloser, ruchloser Mensch! Ihre Sünde ist Ihnen heimgezahlt worden!«

Denn im selben Augenblick, wie wieder Leben in seinen Augen war, hatte ich ihn erkannt. Es war Mr. Edson, Jemmys Vater, der Jemmys junge, unvermählte Mutter so grausam betrogen und verlassen hatte – das arme, liebevolle Geschöpf, das in meinen Armen gestorben war und mir Jemmy hinterlassen hatte.

»Sie grausamer, ruchloser Mensch! Sie gewissenloser, schurkischer Betrüger!«

Mit den geringen Kräften, die ihm noch geblieben waren, machte er einen Versuch, sich auf sein elendes Gesicht herumzudrehen und es zu verbergen. Jedoch sanken ihm Arm und Kopf schlaff herab und hingen zum Bett heraus, und so blieb er vor mir liegen, an Leib und Seele vernichtet. Ein Anblick, wie man ihn sich jämmerlicher nicht denken konnte!

»Oh, heiliger Himmel«, sagte ich weinend, »gib mir ein, was ich diesem gebrochenen Menschen sagen soll! Ich bin ein armes, sündiges Geschöpf, und es steht mir nicht zu zu richten.«

Als ich meine Augen zu dem klaren, leuchtenden Himmel erhob, sah ich den hohen Turm, auf dem Jemmy über den kreisenden Vögeln gestanden und auf dieses selbe Fenster niedergesehen hatte, und es kam mir vor, als ob der letzte Blick seiner armen hübschen jungen Mutter, als ihre Seele sich erhellte und ihre irdischen Fesseln abstreifte, von seiner Spitze herunterleuchtete!

»Oh, Mensch, Mensch, Mensch!« sagte ich und fiel neben dem Bett auf die Knie nieder; »wenn Ihr Herz zerrissen ist und Sie Ihre Tat wahrhaft bereuen, dann wird unser Erlöser noch Erbarmen mit Ihnen haben.«

Als ich mein Gesicht gegen das Bett lehnte, fand seine schwache Hand gerade noch die Kraft, mich zu berühren. Ich hoffe, es war eine reumütige Berührung. Er versuchte, mein Kleid zu fassen und festzuhalten, aber seine Finger waren zu schwach, um sich schließen zu können.

Ich hob ihn wieder auf das Kissen zurück und sagte zu ihm: »Können Sie mich hören?«

In seinen Augen las ich eine bejahende Antwort.

»Kennen Sie mich?«

In seinen Augen stand eine noch deutlichere Bejahung.

»Ich bin nicht allein hier. Der Major ist mit mir. Sie erinnern sich an den Major?«

Ja. Das heißt, er gab in derselben Weise wie zuvor eine bejahende Antwort mit seinen Augen.

»Und auch der Major und ich sind nicht allein da. Mein Enkel – sein Patenkind – ist mit uns. Hören Sie wohl? Mein Enkel.«

Seine Finger versuchten abermals meinen Ärmel zu erfassen, doch konnten sie nur bis in die Nähe kommen und fielen dann schlaff nieder.

»Wissen Sie, wer mein Enkel ist?«

Ja.

»Ich bemitleidete und liebte seine einsame Mutter. Als seine Mutter im Sterben lag, sagte ich zu ihr: ›Meine Liebe, dieser Kleine ist einer kinderlosen alten Frau geschickt worden.‹ Er ist seitdem stets meine Freude und mein Stolz gewesen. Ich liebe ihn so innig, als hätte er an meiner Brust getrunken. Möchten Sie meinen Enkel sehen, bevor Sie sterben?«

Ja.

»Geben Sie mir ein Zeichen, wenn ich mit meiner Rede zu Ende bin, ob Sie alles, was ich sagte, richtig verstanden haben. Wir haben ihm die Geschichte seiner Herkunft verheimlicht. Er weiß nichts davon, ahnt die Wahrheit nicht. Wenn ich ihn an die Seite dieses Bettes bringe, wird er glauben, Sie wären ein ganz fremder Mensch. Es steht nicht in meiner Macht, ihn vor dem Wissen zu bewahren, daß es auf der Welt solches Unrecht und solches Elend gibt; aber daß es ihm je so nahe war, als er noch als unschuldiges Kind in der Wiege lag, das habe ich vor ihm verheimlicht und verheimliche es noch vor ihm und werde es in alle Zukunft vor ihm verheimlichen, um seiner Mutter und um seiner selbst willen.«

Er zeigte mir, daß er meine Worte vollkommen verstand, und Tränen rannen aus seinen Augen.

»Nun gönnen Sie sich etwas Ruhe, und dann sollen Sie ihn sehen.«

Ich reichte ihm ein wenig Wein und brachte sein Bett in Ordnung. Jedoch begann ich zu fürchten, daß Jemmy und der Major zu spät zurückkommen könnten. Ich war so von diesem Gedanken und von meiner Tätigkeit in Anspruch genommen, daß ich einen Schritt auf der Treppe überhörte und erschreckt emporfuhr, als ich auf einmal den Major mitten im Zimmer stehen sah. Er war durch die Augen des Mannes im Bett an seine Stelle gebannt worden und hatte ihn in diesem Augenblick erkannt, wie ich ihn kurze Zeit zuvor erkannt hatte.

In dem Gesicht des Majors drückten sich Zorn, Abscheu, Entsetzen und zahllose andere Empfindungen aus. Ich ging zu ihm hin und führte ihn an das Bett, und als ich meine Hände faltete und sie emporhob, tat der Major das gleiche.

»O Gott im Himmel«, sagte ich, »du weißt, was wir beiden von dem Leiden und dem Herzweh der jungen Frau, die jetzt bei dir ist, mit angesehen haben. Wenn dieser Sterbende wirkliche Reue empfindet, dann richten wir beide zusammen in Demut die Bitte an dich, barmherzig gegen ihn zu sein!«

Der Major sagte: »Amen!« und nach einer kurzen Pause flüsterte ich ihm zu:

»Lieber alter Freund, holen Sie unseren geliebten Jungen.«

Und der Major, der klug genug war, um alles zu verstehen, ohne daß ich ihm ein Wort gesagt hätte, ging und holte ihn.

Nie, nie in meinem ganzen Leben werde ich das schöne, lebenerfüllte Gesicht unseres Jungen vergessen, als er am Fußende des Bettes stand und auf seinen unbekannten Vater blickte. Wie sehr glich er in diesen Minuten seiner lieben jungen Mutter!

»Jemmy«, sagte ich, »ich habe alles über diesen armen Herrn, der so krank ist, herausgefunden. Er hat wirklich einmal in unserem Haus gewohnt, und da er jetzt, wo sein Ende naht, gern alles sehen möchte, was damit in Verbindung steht, so habe ich nach dir geschickt.«

»Ach, armer Mann!« sagte Jemmy, indem er vortrat und eine seiner Hände mit der größten Behutsamkeit berührte. »Das Herz tut mir um ihn weh. Armer, armer Mann!«

Die Augen, die sich so bald für immer schließen sollten, richteten sich auf mich, und ich war nicht so stark bei allem Stolz auf meine Festigkeit, daß ich ihnen hätte widerstehen können.

»Mein liebster Junge, aus einem bestimmten Grund in der geheimen Geschichte dieses deines Mitmenschen, der jetzt so daliegt, wie die Besten und die Schlechtesten unter uns alle eines Tages daliegen müssen, würde es ihm, wie ich glaube, in seiner letzten Stunde Erleichterung verschaffen, wenn du deine Wange auf seine Stirn legen und sagen würdest: ›Möge Gott Ihnen verzeihen!‹«

»O Großmutter«, sagte Jemmy aus vollem Herzen, »ich bin dessen nicht würdig!«

Aber er beugte sich nieder und tat es. Da gelang es den zitternden Fingern endlich, meinen Ärmel zu erfassen, und ich glaube, er versuchte mein Kleid zu küssen, als er seinen Geist aufgab.

So, meine Liebe! Da haben Sie die Geschichte meines Vermächtnisses in ihrer ganzen Länge, und sie ist zehnmal die Mühe wert, die ich mit ihrer Abfassung gehabt habe, wenn Sie so freundlich sind, Gefallen daran zu finden.

Vielleicht glauben Sie, daß uns dieses Erlebnis die kleine französische Stadt Sens verleidete, aber das war nicht der Fall. Sooft ich zu dem hohen Turm, der auf dem anderen Turm sitzt, emporblickte, stiegen in meiner Seele die Tage wieder empor, als das schöne junge Geschöpf mit ihrem hübschen blonden Haar mir wie einer Mutter vertraute, und die Erinnerung ließ mir den Ort so voller Frieden erscheinen, daß ich es nicht wiedergeben kann. Auch schloß jedermann im Hotel bis herab zu den Tauben im Hof mit Jemmy und dem Major Freundschaft und unternahm mit ihnen alle möglichen Ausflüge in allen möglichen Wagen, die von unruhigen Karrenpferden gezogen wurden und an denen der Straßenschmutz die Farbe und Stricke das Geschirr bildeten. Jeder neue Freund war wie ein Fleischer in Blau gekleidet, jedes neue Pferd stand auf den Hinterbeinen und versuchte, jedes andere Pferd zu verschlingen, und jeder Mann, der eine Peitsche hatte, knallte und knallte mit ihr, als wäre er ein Schuljunge, der zum erstenmal eine geschenkt bekommen hat.

Was den Major angeht, meine Liebe, so verbrachte er den größten Teil seiner Zeit mit einem kleinen Wasserglas und einer Flasche leichten Weins in der anderen Hand, und sowie er ein paar andere Leute mit einem kleinen Wasserglas sah, mochte es sein, wer da wollte – der militärische Herr mit den Schnüren oder das Gasthofgesinde beim Abendbrot im Hof oder ein paar Einwohner der Stadt, die plaudernd auf einer Bank saßen, oder ein paar Landleute, die nach Schluß des Markts wieder nach Hause fuhren –, da stürzte der Major auf sie zu, stieß mit ihnen an und rief: Holla! Vive der und der! oder

vive das und das!, als hätte er den Verstand verloren. Und wenn ich diese Aufführung des Majors auch nicht ganz billigen konnte, so muß man doch bedenken, daß die Lebensgewohnheiten in jedem Land anders sind. Und wenn er schon auf offenem Platz mit einer Dame, die einen Barbierladen hatte, tanzte, so bin ich der Ansicht, daß der Major recht daran tat, so gut er konnte zu tanzen und den Tanz mit einer Energie aufzuführen, die ich ihm nicht zugetraut hätte. Freilich beunruhigten mich ein wenig die barrikadenhaften Schreie, die die übrigen Tänzer und der Rest der Gesellschaft ausstießen, bis ich schließlich Jemmy fragte:
»Was rufen sie denn bloß, Jemmy?«
Worauf Jemmy erwiderte:
»Sie rufen, Großmutti: Bravo der militärische Engländer! Bravo der militärische Engländer!«
Das tat meinen Gefühlen als Britin sehr wohl, und diese Bezeichnung wurde der allgemeine Name des Majors.
Aber zu einer ganz bestimmten Zeit an jedem Abend saßen wir alle drei draußen auf dem Balkon des Hotels am Ende des Hofes, blickten zu dem rosiggoldenen Licht empor, wie es auf den hochragenden Türmen langsam seine Farben wechselte, und beobachteten die Schatten der Türme, wie sie sich immer mehr auf alles um uns herum, uns selbst eingeschlossen, verbreiteten, und was meinen Sie wohl, was wir da taten? Sollten Sie es glauben, meine Liebe, daß Jemmy einige von den Geschichten mitgebracht hatte, die der Major nach den Erzählungen von früheren Mietern in Norfolk Street einundachtzig aufgezeichnet hatte, und daß er sie mit folgenden Worten hervorzog:
»Hier, sieh einmal her, Großmutti! Sieh einmal her, Pate! Mehr Geschichten! *Ich* werde lesen. Und obwohl du sie für mich geschrieben hast, Pate, weiß ich doch, daß du nichts dagegen haben wirst, wenn ich sie der Großmutti übergebe, nicht wahr?«
»Nein, mein lieber Junge«, meinte der Major. »Alles, was wir besitzen, gehört ihr, und wir selbst gehören ihr.«

»Wir sind immer herzlichst und ergebenst die ihrigen, J. Jackman und J. Jackman Lirriper«, rief der junge Schelm, mich fest in die Arme schließend. »Nun gut also, Pate. Sieh einmal her. Da Großmutti gerade dabei ist, Vermächtnisse zu empfangen, so sollen diese Geschichten einen Teil von Großmuttis Vermächtnis bilden. Ich will sie ihr überlassen. Was sagst du dazu, Pate?«

»Hip hip hurra!« schrie der Major.

»Also gut«, rief Jemmy ganz aufgeregt. »Vive der militärische Engländer! Vive die Lady Lirriper! Vive der Jemmy Jackman Ditto! Vive das Vermächtnis! Paß auf, Großmutti. Und paß du auch auf, Pate. *Ich* werde lesen. Und ich will euch sagen, was ich außerdem tun werde. Am letzten Abend unseres Ferienaufenthalts hier, wenn unsere Sachen gepackt und wir fertig zur Abreise sind, da werde ich mit etwas Eigenem herauskommen.«

»Vergiß es nicht, mein Freund«, sagte ich.

Zweites Kapitel

Mrs. Lirriper berichtet, wie Jemmy herauskam

Nun, meine Liebe, so brachten uns die abendlichen Vorlesungen der Schreibübungen des Majors schließlich bis zu dem Abend, an dem unsere Sachen gepackt und wir zur Abreise am folgenden Tag fertig waren. Ich versichere Ihnen, daß ich, obwohl es eine köstliche Erwartung war, das liebe alte Haus in Norfolk Street wieder zu Gesicht zu bekommen, mittlerweile eine hohe Meinung von dem französischen Volk bekommen und bemerkt hatte, daß sein Familienleben viel einfacher und häuslicher und seine Ansprüche viel bescheidener und liebenswürdiger waren, als man mich hatte erwarten lassen. Besonders – das sage ich Ihnen unter uns – in einer Sache könnten die Franzosen einem anderen Volk, das ich nicht nennen will, zum Vorbild dienen, und zwar in dem Mut, mit dem sie sich mit geringen Mitteln und kleinen Dingen ihre kleinen Freuden verschaffen und es nicht dulden, daß feierliche große Tiere sie aus der Fassung bringen oder so lange auf sie einreden, bis sie ganz wirr im Kopf werden. In bezug auf diese besagten feierlichen großen Tiere bin ich stets der Meinung gewesen, daß man sie sämtlich einzeln in Kessel stecken, die Deckel aufsetzen und nie wieder herauslassen sollte.

»Nun, junger Mann«, sagte ich zu Jemmy, als wir an diesem Abend unsere Stühle auf den Balkon herausnahmen, »erinnere dich gefälligst daran, wer ›herauskommen‹ wollte.«

»Ganz recht, Großmutti«, erwiderte Jemmy. »Ich bin diese hervorragende Persönlichkeit.«

Aber während er mir diese scherzhafte Antwort gab, machte er ein so ernstes Gesicht, daß der Major seine Augenbrauen gegen mich und ich meine Augenbrauen gegen den Major erhob.

»Großmutti und Pate«, sagte Jemmy, »ihr könnt euch kaum vorstellen, wie sehr mich Mr. Edsons Tod beschäftigt hat.«

Das gab mir einen kleinen Ruck.

»Ja«, sagte ich, »es war ein trauriger Augenblick, mein Lieber, und traurige Erinnerungen haften stärker als fröhliche. Aber dies«, fügte ich nach einem kleinen Schweigen hinzu, um mich und den Major und Jemmy ein bißchen aufzumuntern, »ist nicht ›herausgekommen‹. Erzähle uns deine Geschichte, mein Kind.«

»Das will ich«, sagte Jemmy.

»Wann spielt sie, mein Freund?« fragte ich. »Einst vor einer Zeit, als Ferkel Wein tranken?«

»Nein, Großmutti«, sagte Jemmy immer noch ernst. »Einst vor einer Zeit, als die Franzosen Wein tranken.«

Abermals sah ich den Major an und der Major mich.

»Kurz, Großmutti und Pate«, sagte Jemmy aufblickend, »sie spielt in unserer Zeit, und ich bin im Begriff, euch Mr. Edsons Geschichte zu erzählen.«

In welche Aufregung ich geriet! Und wie der Major die Farbe wechselte!

»Das heißt, müßt ihr verstehen«, sagte unser helläugiger Junge, »ich bin im Begriff, euch meine Auffassung davon zu geben. Ich werde nicht fragen, ob sie richtig ist oder nicht, erstens, weil du sagtest, du wüßtest sehr wenig davon, Großmutti, und zweitens, weil das wenige, was du wußtest, ein Geheimnis war.«

Ich faltete die Hände im Schoß und wandte kein Auge von Jemmy, während er seine Geschichte vortrug.

»Der unglückliche Mann«, begann Jemmy, »von dem unsere gegenwärtige Erzählung handelt, war der Sohn von irgend jemand, wurde irgendwo geboren und ergriff irgendeinen Beruf. Mit diesem Teil seines Lebens haben wir es nicht zu tun, sondern mit seiner frühen Zuneigung zu einer jungen und schönen Dame.«

Ich glaubte, ich müßte ohnmächtig werden. Ich wagte nicht, nach dem Major hinzublicken, aber ich wußte, auch ohne ihn anzusehen, in welchem Zustand er war.

»Der Vater unseres unter einem unglücklichen Gestirn geborenen Helden«, fuhr Jemmy fort, wie es mir schien, den Stil einiger seiner Lesebücher kopierend, »war ein weltlich gesinnter Mensch, der ehrgeizige Pläne für seinen einzigen Sohn hatte und sich der beabsichtigten Verbindung mit einer tugendhaften, aber mittellosen Waisen entschieden widersetzte. Ja, er ging so weit, unserem Helden rundweg zu erklären, entweder er schlüge sich seine zärtliche Neigung aus dem Kopf oder er würde enterbt werden. Zur selben Zeit schlug er ihm die Tochter eines begüterten Gentleman aus der Nachbarschaft vor, die weder häßlich noch unliebenswürdig und in finanzieller Hinsicht eine unbestreitbar gute Partie war. Aber der junge Mr. Edson, treu der ersten und einzigen Liebe, die sein Herz entflammt hatte, ließ alle Rücksichten auf weltliche Vorteile außer acht, richtete einen respektvollen Brief an seinen Vater, um seinen Zorn zu besänftigen, und ging mit ihr auf und davon.«

Meine Liebe, ich hatte begonnen, mich ein wenig besser zu fühlen, aber als es zum Aufunddavongehen kam, wurde mir wieder schlimmer.

»Das Liebespaar«, fuhr Jemmy fort, »floh nach London und wurde am Altar der St.-Clement's Danes-Kirche getraut. Und in diesem Abschnitt ihrer einfachen, aber rührenden Geschichte finden wir sie als Einwohner in dem Haus einer hochgeehrten und geliebten Dame, die zwanzig Meilen von Norfolk Street entfernt lebt.«

Ich fühlte, daß wir jetzt beinahe in Sicherheit waren; ich fühlte, daß der liebe Junge nichts von der bitteren Wahrheit argwöhnte. Ich atmete tief auf und blickte den Major zum erstenmal an. Der Major nickte mir zu.

»Da der Vater unseres Helden«, fuhr Jemmy fort, »unerbittlich blieb und seine Drohung erbarmungslos wahr machte, hatte das junge Paar in London schwer um sein Dasein zu ringen. Es wäre ihnen noch schlimmer ergangen, wenn ihr guter Engel sie nicht in das Haus jener Dame geführt hätte. Diese erriet ihre Armut trotz ihrer Bemühungen, sie vor ihr geheimzuhalten, glättete voller Zartgefühl auf tausenderlei Art ihren rauhen Weg und machte ihnen die Bitterkeit ihrer ersten Not erträglicher.«

Hier nahm Jemmy eine meiner Hände und begann, die Wendepunkte seiner Geschichte dadurch zu bezeichnen, daß er von Zeit zu Zeit mit meiner Hand auf seine andere Hand schlug.

»Nach einiger Zeit verließen sie das Haus jener Dame und suchten ihr Glück mit wechselndem Erfolg anderswo. Aber bei allem, was ihnen das Schicksal bescherte, mochte es gut oder böse sein, waren die Worte Mr. Edsons an seine schöne junge Lebensgefährtin stets: ›Unwandelbare Liebe und Treue wird uns durch alles hindurchhelfen!‹«

Als ich diese Worte, die in so schmerzlichem Widerspruch zu der Wahrheit standen, vernahm, zitterte meine Hand in der des lieben Jungen.

»Unwandelbare Liebe und Treue«, wiederholte Jemmy, als ob er eine Art stolzer Freude an den Worten hätte, »wird uns durch alles hindurchhelfen! So sprach er. Und so erkämpften sie sich ihren Weg, arm, aber tapfer und glücklich, bis Mrs. Edson ein Kind gebar.«

»Eine Tochter«, sagte ich.

»Nein«, sagte Jemmy, »einen Sohn. Und der Vater war so stolz auf ihn, daß er ihn kaum aus den Augen lassen konnte. Aber eine dunkle Wolke lagerte sich über ihr Glück. Mrs. Edson erkrankte, wurde schwächer und schwächer und starb.«

»Ah! Erkrankte, wurde schwächer und schwächer und starb!« sagte ich.

»Und so war Mr. Edsons einziger Trost, seine einzige Hoffnung auf Erden und das einzige, was ihn zur Tätigkeit anspornte, sein geliebter Junge. Als der Kleine heranwuchs, wurde er seiner Mutter so ähnlich, daß er ihr lebendes Abbild war. Der Kleine pflegte sich deshalb zu wundern, warum sein Vater weinte, wenn er ihn küßte. Aber unglücklicherweise glich er auch in der Gesundheit seiner Mutter, und er starb, bevor er noch aus den Kinderjahren heraus war. Da ließ Mr. Edson in seiner Verlassenheit und Verzweiflung alle die guten Fähigkeiten, die er besaß, ungenutzt. Er wurde gleichgültig gegen alles und ließ sich gehen. Ganz allmählich sank er immer tiefer und tiefer, bis er sich schließlich (wie ich glaube) fast ganz dem Glücksspiel hingab. Da überfiel ihn in der Stadt Sens in Frankreich eine Krankheit, und er legte sich nieder um zu sterben. Aber jetzt, wo er dalag und sein Leben fast abgeschlossen war, blickte er über die Zeit hinweg, wo er die Erinnerung mit Asche bedeckt hatte, auf die schöne Vergangenheit hin und dachte dankbar an jene gute Dame in England, die er längst aus den Augen verloren hatte. Er erinnerte sich, wie freundlich sie zu ihm und zu seinem jungen Weib in der ersten Zeit nach der Hochzeit gewesen war, und hinterließ ihr das wenige, was er besaß, als ein letztes Vermächtnis. Als die Dame aber herbeigeholt wurde, um ihn zu sehen, erkannte er sie zuerst ebensowenig, wie sie aus den Ruinen eines griechischen oder römischen Tempels erkennen würde, wie er vor der Zerstörung aussah; aber schließlich kam ihr die Erinnerung zurück. Und dann sagte er ihr unter Tränen, wie sehr er diejenigen Jahre seines Lebens, die er nutzlos vergeudet hatte, bereue, und bat sie, so milde wie möglich darüber zu denken, weil sich schließlich selbst darin noch seine unwandelbare Liebe und Treue zeige. Und weil sie ihren Enkel bei sich hatte und er der Meinung war, daß sein Knabe, wenn er am Leben geblieben wäre, ihm hätte ähnlich werden können, bat er sie, daß der Knabe seine Stirn mit der Wange berühren und bestimmte Abschiedsworte zu ihm sprechen solle.«

Jemmys Stimme war ganz leise geworden, als die Erzählung so weit gediehen war, und Tränen füllten meine Augen und die des Majors.

»Du kleiner Hexenmeister«, sagte ich, »wie hast du das alles bloß herausgefunden? Geh hinein und schreibe es wörtlich nieder, denn es ist ein wahres Wunder.«

Das tat Jemmy auch, und ich habe es Ihnen nach seiner Niederschrift wiederholt, meine Liebe.

Darauf nahm der Major meine Hand, küßte sie und sagte: »Teuerste Madam, wir haben in allem Glück gehabt.«

»Ah, Major«, sagte ich, mir die Augen wischend, »wir hätten keine Angst zu haben brauchen. Wir hätten es wissen können. Strahlende Jugend denkt nicht an Verrat, sondern an Vertrauen und Mitleid, an Liebe und Beständigkeit – daran denkt sie, dem Himmel sei Dank!«

Die Stechpalme

Drei Äste

Erster Ast

Ich

Ich habe im Laufe meines Lebens ein einziges Geheimnis in meiner Brust verschlossen. Ich bin ein schüchterner Mensch. Niemand würde es glauben, niemand glaubt es jetzt von mir, niemand hat es jemals geglaubt, aber ich bin eben von Natur aus schüchtern. Das ist das Geheimnis, das ich bis jetzt keiner Seele anvertraut habe.

Ich könnte den Leser in tiefe Rührung versetzen, wenn ich ihm die zahllosen Orte nennen würde, wo ich nicht gewesen bin, die zahllosen Leute, die ich nicht besucht oder zu mir eingeladen habe, die zahllosen gesellschaftlichen Verpflichtungen, denen ich mich unberechtigterweise entzogen habe – alles nur, weil ich nach Anlage und Charakter ein schüchterner Mensch bin. Aber ich will den Leser ungerührt lassen und mich an die Ausführung dessen machen, was meine Absicht ist.

Diese Absicht besteht darin, einen klaren Bericht über meine Reisen und Entdeckungen in dem Gasthaus zur Stechpalme zu geben. In diesem Haus, in dem Mensch und Vieh gut aufgehoben sind, war ich einstmals eingeschneit.

Es war in dem denkwürdigen Jahr, als ich für immer von Angela Leath schied, die ich in Kürze heiraten sollte. Ich hatte die Entdeckung gemacht, daß sie meinen besten Freund vorzog. Seit unserer Schulzeit hatte ich in meinem Innern bereitwillig zugegeben, daß Edwin mir weit überlegen war. So hatte ich denn das Gefühl, daß es ganz natürlich war, wenn sie ihm den Vorzug gab, und ich bemühte mich, beiden zu verzeihen. In dieser Lage beschloß ich, nach Amerika zu gehen – denn sonst ging ich zum Teufel.

Ich ließ mir weder Angela noch Edwin gegenüber von meiner Entdeckung etwas anmerken, sondern beschloß, ihnen einzeln einen rührenden Brief zu schreiben, der meinen Segen und meine Vergebung enthielt. Das Begleitschiff, das die Verbindung mit dem Ufer herstellte, sollte ihn zur Post bringen, wenn ich selbst schon auf der Reise nach der Neuen Welt war und nicht mehr zurückgerufen werden konnte. In dieser Weise meinen Schmerz in meine Brust verschließend und mich, so gut es ging, mit dem Gedanken an meine Großmut tröstend, verließ ich still alles, was mir teuer war, und trat die traurige Fahrt an, die ich vorhatte.

Es war die trostloseste Zeit mitten im Winter, als ich um fünf Uhr morgens für immer meine Junggesellenwohnung verließ. Ich hatte mich natürlich bei Kerzenlicht rasiert; mich fror jämmerlich, und ich empfand jenes alles andere verdrängende Gefühl, als sei ich aufgestanden, um gehängt zu werden, ein Gefühl, das meiner Erfahrung nach mit einem zu frühen Aufstehen unter solchen Umständen in der Regel verknüpft ist.

Wie gut erinnere ich mich noch des traurigen Anblicks der Fleet Street, als ich aus dem Stadtteil Temple kam! Die Straßenlaternen, die im stürmischen Nordostwind flackerten, als winde sich sogar das Gas unter der Kälte; die weißverschneiten Hausdächer; der kalte Himmel, an dem die Sterne funkelten; die Marktleute und anderen Frühaufsteher, die hin und her trabten, um ihr fast erstarrtes Blut in Bewegung zu halten; die wenigen Kaffee- und Wirtshäuser, die für solche Kundschaft offen waren und ihr Licht und gastfreundliche Wärme anboten; der harte, kalte, frostige Reif, mit dem die Luft beladen war (der Wind hatte ihn bereits in jede Ritze getrieben) und der mein Gesicht wie eine stählerne Peitsche traf.

Es waren noch neun Tage bis zum Ende des Monats und zum Ende des Jahres. Der Postdampfer nach den Vereinigten Staaten sollte bei günstigem Wetter am ersten des folgenden

Monats von Liverpool ausfahren, und die Zwischenzeit stand mir zur freien Verfügung. Ich hatte das in Betracht gezogen und den Entschluß gefaßt, einen bestimmten Ort (dessen Name nichts zur Sache tut) in einer abgelegenen Gegend von Yorkshire zu besuchen. Er war mir teuer, weil ich dort in einem Landhaus Angela zum erstenmal gesehen hatte, und in meiner melancholischen Stimmung tat mir die Vorstellung wohl, vor dem Verlassen des Vaterlandes einen Winterabschied davon zu nehmen. Wie ich noch hinzufügen muß, hatte ich es zu verhindern gewußt, daß man mich aufsuchte, bevor mein Entschluß durch seine Ausführung unwiderruflich geworden war. Ich hatte nämlich am Abend zuvor in meinem gewöhnlichen Ton an Angela einen Brief geschrieben, in dem ich bedauerte, daß dringende Geschäfte, über die sie später Näheres erfahren sollte, mich gänzlich unerwartet für eine Woche oder zehn Tage von ihrer Seite rissen.

Damals gab es noch keine Nord-Eisenbahnlinie, sondern nur Postkutschen. Ich stelle mich, ebenso wie manche andere, noch heute gelegentlich so, als beklagte ich das Verschwinden der Postkutsche, aber in Wirklichkeit wurde sie damals von aller Welt als eine schwere Strafe gefürchtet. Ich hatte mir auf dem schnellsten dieser Vehikel den Sitz neben dem Kutscher gesichert und begab mich nach der Fleet Street, um mit meinem Koffer ein Cab zu besteigen, das mich zum »Pfauhahn« in Islington bringen sollte, von wo diese Postkutsche abfuhr. Auf dem Weg nach der Fleet Street erzählte mir einer unserer Wachmänner aus Temple, der meinen Koffer trug, daß die riesigen Eisblöcke, die seit einigen Tagen im Fluß trieben, in der Nacht eine geschlossene Decke gebildet hätten, über die man von den Temple Gardens bis zum Surrey-Ufer hinübergehen könnte. Als ich das hörte, begann ich mir doch die Frage zu stellen, ob der Kutschersitz meinem Unglück nicht ein plötzliches und frostiges Ende bereiten würde. Mein Herz war gebrochen, das ist wahr, aber es stand noch nicht ganz so schlimm um mich, daß ich mir gewünscht hätte, zu Tode zu erstarren.

Als ich im »Pfauhahn« anlangte – wo man zum Schutz gegen die Kälte Warmbier trank –, fragte ich, ob noch ein Sitz im Innern frei wäre. Da machte ich die Entdeckung, daß ich, drinnen oder draußen, der einzige Reisende war. Das gab mir eine noch lebhaftere Vorstellung davon, wie trostlos das Wetter war, da diese Kutsche sonst stets besonders gut besetzt war. Doch nahm ich ein wenig Warmbier zu mir (das ich ungewöhnlich gut fand) und stieg in die Postkutsche. Als ich Platz genommen hatte, packte man mich bis zur Hüfte in Stroh ein, und mit dem Bewußtsein, ziemlich komisch auszusehen, begann ich meine Reise.

Es war noch dunkel, als wir den »Pfauhahn« verließen. Dann tauchten eine kleine Weile blasse, unbestimmte Gespenster von Häusern und Bäumen auf und verschwanden wieder, und dann herrschte harter, finsterer, frostiger Tag. Die Hausbewohner machten Feuer in den Kaminen. Der Rauch stieg in geraden Säulen hoch in die dünne Luft, und wir polterten über den härtesten Boden, auf dem ich je das Geklapper von Hufeisen vernommen habe, dem Highgate-Tore zu. Als wir aufs freie Feld kamen, schien alles alt und grau geworden zu sein. Die Straßen, die Bäume, die Strohdächer der Hütten und Bauernhäuser, die Heuschober auf den Höfen. Alle Arbeiten im Freien ruhten, die Pferdetröge in den Wirtshäusern an der Straße waren hart gefroren, niemand trieb sich müßig herum, die Türen waren fest zugemacht, in den kleinen Häusern an den Schlagbäumen lohten helle Feuer, und Kinder (selbst Schlagbaumwärter haben Kinder und scheinen sie zu lieben) rieben mit ihren rundlichen Armen den Frost von den kleinen Glasscheiben, damit sie mit ihren hellen Augen die einsame Postkutsche beim Vorüberfahren betrachten konnten. Ich weiß nicht, wann es zu schneien begann; aber ich erinnere mich, daß wir gerade irgendwo die Pferde wechselten, als ich den Konduktör die Bemerkung machen hörte, »daß die alte Dame im Himmel oben heute ihre Gänse recht tüchtig rupfe«. Da erst gewahrte ich, daß die weißen Daunen rasch und dicht fielen.

Der einsame Tag ging weiter, und ich brachte ihn mit

Schlummern zu, wie es ein einsamer Reisender zu halten pflegt. Ich war warm und tapfer, wenn ich gegessen und getrunken hatte – besonders nach dem Diner; zu allen anderen Zeiten aber kalt und niedergeschlagen. Ich befand mich in ständiger Verwirrung in bezug auf Zeit und Ort und war immer mehr oder weniger von Sinnen. Die Kutsche und die Pferde schienen mir im Chor ununterbrochen »Die schöne alte Zeit« zu singen. Sie hielten mit der größten Regelmäßigkeit Takt und Melodie und führten die Steigerung zu Beginn des Kehrreims mit einer Genauigkeit aus, die mich zu Tode quälte. Während wir die Pferde wechselten, gingen der Kondukteur und der Kutscher stampfend auf der Landstraße hin und her und drückten die Spur ihrer Stiefel in den Schnee. Außerdem gossen sie so viel flüssigen Trost in sich hinein, ohne irgendwie davon angegriffen zu sein, daß ich sie, als die Dunkelheit wieder hereinbrach, für zwei große, weiße, aufrechtstehende Fässer zu halten begann. An einsamen Orten stürzten unsere Pferde gelegentlich und wir mußten sie wieder hochbringen – was die angenehmste Abwechslung war, die ich hatte, denn ich wurde dabei warm. Und die ganze Zeit über schneite und schneite und schneite es immerfort und wollte gar nicht wieder aufhören. So verbrachten wir die Nacht. So kamen wir auf der großen Landstraße nach Norden rund um das Zifferblatt, während Kutsche und Pferde wieder den ganzen Tag lang »Die schöne alte Zeit« sangen. Und es schneite und schneite und schneite immerfort und wollte gar nicht wieder aufhören.

Ich kann mich jetzt nicht mehr erinnern, wo wir am zweiten Tag zu Mittag waren und wo wir hätten sein sollen. Aber ich weiß, daß wir um Dutzende von Meilen im Rückstand waren und daß es mit jeder Stunde schlimmer um uns wurde. Der Schnee wurde erstaunlich tief, Meilensteine waren nicht mehr zu sehen, die Landstraße und die Felder waren alles eins. Anstatt uns nach Zäunen und Hecken richten zu können, fuhren wir knirschend über eine ununterbrochene Fläche von unheimlichem Weiß dahin, die jeden Augenblick unter uns einsinken und uns eine ganze Hügelseite hinunterwerfen konnte. Aber der Kutscher und der Kondukteur, die auf dem Bock in steter Beratung beisammensaßen und scharf Ausschau hielten, fanden stets mit erstaunlichem Scharfsinn die Fahrbahn heraus.

Als wir in Sichtweite einer Stadt kamen, erschien sie mir wie eine große Zeichnung auf einer Schiefertafel, wobei auf die Kirchen und Häuser, auf denen der Schnee am dichtesten lag, am meisten Schieferstift verwendet zu sein schien. Fuhren wir aber in eine Stadt hinein und fanden, daß die Zifferblätter der Kirchenuhren ganz voller Schnee waren, so daß die Zeiger stillstanden und die Gasthausschilder unkenntlich waren, so kam es mir vor, als wäre der ganze Ort von weißem Moos überwachsen. Auch die Kutsche selbst war bloß noch ein Schneeball; ebenso waren die Männer und die Jungen, die bis zur Stadtgrenze neben uns herliefen und unsere gehemmten Räder drehten und die Pferde antrieben, Männer und Jungen aus Schnee; und die kalte, wilde Wüstenei, in die sie uns schließlich entließen, war eine beschneite Sahara. Man hätte denken können, das sei genug; und doch versichere ich auf mein Wort: Es schneite und schneite und schneite immerfort und wollte gar nicht wieder aufhören.

Den ganzen Tag lang sangen wir »Die schöne alte Zeit«; dabei sahen wir außerhalb der Städte und Dörfer nichts als die Spuren von Wieseln, Hasen, Füchsen und manchmal von Vögeln. Um neun Uhr abends weckte mich auf einem Moor in Yorkshire ein fröhliches Schmettern unseres Horns aus meiner Schläfrigkeit. Gleichzeitig schlug der willkommene Klang menschlicher Stimmen an mein Ohr, und schimmernde Laternen bewegten sich hin und her. Ich fand, daß wir dabei waren, die Pferde zu wechseln.

Man half mir aus der Kutsche, und ich fragte einen Kellner, dessen bloßes Haupt in einer einzigen Minute so weiß wie das des Königs Lear wurde:

»Was für ein Gasthaus ist das hier?«

»Die ›Stechpalme‹, Sir«, erwiderte er.

»Auf Ehrenwort«, sagte ich in entschuldigendem Ton zu

dem Kondukteur und dem Kutscher, »ich glaube, ich muß hier haltmachen.«

Nun hatten sich bereits der Wirt, die Wirtin, der Hausknecht, der Postjunge und die gesamten Stallautoritäten unter der gespannten Aufmerksamkeit aller übrigen Hausangehörigen beim Kutscher erkundigt, ob er beabsichtige, die Reise fortzusetzen. Der Kutscher hatte schon erwidert, »ja, er würde sie durchbringen« – damit meinte er die Kutsche –, »wenn George bei ihm aushalten wolle«. George war der Kondukteur, und er hatte schon den Schwur geleistet, er wolle und werde bei ihm aushalten. Infolgedessen zogen die Helfer bereits die Pferde aus dem Stall.

Nach dieser Unterhaltung kam meine Ankündigung, daß ich ganz und gar zerschlagen sei und die Reise nicht fortsetzen könnte, nicht unerwartet. Ja, ich zweifle stark, ob ich es als ein von Natur schüchterner Mensch über mich gebracht hätte, die Erklärung abzugeben, wenn mir diese vorhergehende Unterhaltung nicht den Weg geebnet hätte. Unter den Umständen fand mein Entschluß sogar bei dem Kondukteur und dem Kutscher Beifall. Auch die Umstehenden bemerkten einer zum anderen, daß der Gentleman doch morgen mit der Post weiterfahren könne, während er heute nacht nur erfrieren würde, und wo wäre das Gute darin, wenn ein Gentleman erfröre oder gar lebendig begraben würde (wie ein humorbegabter Helfer als einen Scherz auf meine Kosten hinzufügte, womit er bei den Anwesenden großen Erfolg hatte). So wurde denn unter allgemeiner Billigung meines Entschlusses mein Koffer, steif wie ein gefrorener Leichnam, herausgehoben. Ich erwies mich bei dem Kondukteur und dem Kutscher auf die richtige Art erkenntlich und wünschte ihnen gute Nacht und glückliche Reise. Dann folgte ich, nach allem doch mit einem leisen Gefühl der Beschämung, weil ich sie in dem Kampf mit dem Wetter allein ließ, dem Wirt, der Wirtin und dem Kellner der »Stechpalme« die Treppe hinauf.

Ich glaubte niemals ein so großes Zimmer gesehen zu haben, wie das, welches man mir anwies. Es hatte fünf Fenster mit

Vorhängen von einem so dunklen Rot, daß sie das Licht von einem ganzen Dutzend Sonnen absorbiert haben würden; und über den Vorhängen gab es noch komplizierte Übergardinen, die sich in höchst sonderbarer Weise an der ganzen Wand entlangzogen. Ich verlangte ein kleineres Zimmer, aber man sagte mir, es gäbe keins. Sie könnten mir aber einen Wandschirm ins Zimmer setzen, meinte der Wirt. Daraufhin wurde ein großer, alter, lackierter Wandschirm gebracht, auf dem ringsum Eingeborene (Japaner, glaube ich) abgebildet waren, die eine Menge idiotischer Dinge trieben. Mit diesem wurde ich mir selbst überlassen.

Zu meinem Schlafzimmer, das etwa einen halben Kilometer entfernt war, gelangte man über eine große Treppe am Ende einer langen Galerie; und niemand kann verstehen, was für eine Plage das für einen schüchternen Menschen ist, der es lieber vermeiden möchte, auf der Treppe Leuten zu begegnen. Es war das ungemütlichste Zimmer, in dem ich je vom Alpdrücken geplagt wurde, und sämtliche Möbel darin, von den vier Bettpfosten an bis zu den beiden alten silbernen Leuchtern, waren lang und schmal, mit hohen Schultern und spindeldürrer Mitte. Wagte ich es, unten in meinem Zimmer den Kopf zum Schirm hinauszustecken, so stürzte der Wind wie ein toller Stier auf mich los; blieb ich aber in meinem Lehnsessel, so röstete mich das Feuer, bis ich wie ein neugebrannter Ziegelstein aussah. Der Kaminsims war sehr hoch, und darüber hing ein schlimmer Spiegel – ich könnte ihn einen Wellenspiegel nennen –, der, wenn ich aufstand, mir gerade meine Stirn zeigte, und diese sieht bei keinem Menschen gut aus, wenn sie sich gerade an den Augenbrauen kurz abgeschnitten präsentiert. Wenn ich, den Rücken dem Feuer zugekehrt, dastand, zog die Dunkelheit, die über und jenseits des Wandschirms den großen Raum wie eine Gruft erfüllte, unwiderstehlich meine Augen an, während die in der Entfernung undeutlich zu unterscheidenden Übergardinen der zehn Vorhänge an den fünf Fenstern sich wie ein Nest voll ungeheurer Würmer krümmten und wanden.

Ich vermute, daß die Beobachtungen, die ich an mir selbst mache, auch von anderen Leuten ähnlichen Charakters an sich selbst wahrgenommen werden. Das ermutigt mich zu der Mitteilung, daß ich auf Reisen niemals an einem Ort ankomme, ohne sogleich den Wunsch zu empfinden, ihn wieder zu verlassen. Noch bevor ich deshalb mit meinem Abendbrot von gebratenem Geflügel und Glühwein fertig geworden war, hatte ich dem Kellner meine Anordnungen für die morgige Abreise bis in jede Einzelheit genau eingeschärft. Frühstück und Rechnung um acht. Wagen um neun. Zwei Pferde, oder, wenn nötig, sogar vier.

So müde ich auch war, schien mir doch die Nacht etwa die Länge einer Woche zu haben. Wenn mich das Alpdrücken manchmal für eine kurze Weile losließ, dachte ich an Angela, und ich wurde bei dem Gedanken, daß ich mich auf dem kürzesten Wege nach Gretna Green befand, von größerer Traurigkeit als je erfüllt. Was hatte ich mit Gretna Green zu schaffen? Ich ging nicht auf *diesem* Weg zum Teufel, sondern über die amerikanische Route, bemerkte ich mit Bitterkeit zu mir selbst.

Am Morgen fand ich, daß es immer noch schneite, daß es die ganze Nacht durch geschneit hatte und daß ich eingeschneit war. In diesem Flecken auf dem Moor war jetzt jedes Heraus- oder Hereinkommen unmöglich, bis die Straße von Arbeitern aus der benachbarten Marktstadt ausgeschaufelt worden war. Niemand aber vermochte mir zu sagen, wann sie sich bis zur »Stechpalme« durchgearbeitet haben könnten.

Es war jetzt Weihnachtsabend. Ich hätte überall ein trauriges Weihnachtsfest verlebt, und folglich kam es darauf nicht an. Aber eingeschneit zu sein, war immerhin etwas Ähnliches wie zu erfrieren, und daran lag mir nun durchaus nichts. Ich fühlte mich sehr einsam. Und doch konnte ich dem Wirt und der Wirtin ebensowenig den Vorschlag machen, mich zu ihrer Gesellschaft zuzulassen (obwohl mir das sehr angenehm gewesen wäre), wie ich sie hätte bitten können, mir ein Stück Silbergeschirr zu schenken. Hier muß mein großes Geheimnis, die tiefsitzende Schüchternheit meines Charakters, in Betracht gezogen werden. Wie die meisten schüchternen Menschen beurteile ich auch andere Leute so, als ob sie schüchtern wären. So genierte ich mich nicht nur selbst viel zu sehr, um mit dem Vorschlag an sie heranzutreten, sondern ich hatte auch ein rücksichtsvolles Bedenken, daß ich sie dadurch in die größte Verlegenheit bringen würde.

So versuchte ich denn, mich mit meiner Einsamkeit abzufinden, und fragte vor allem danach, welche Bücher im Hause wären. Daraufhin brachte mir der Kellner ein »Landstraßenbuch«, zwei oder drei alte Zeitungen, ein kleines Liederbuch, das am Schluß eine kleine Sammlung von Trinksprüchen und Festreden aufwies, ein kleines Witzbuch, einen einzelnen Band von »Peregrine Pickle« und die »Empfindsame Reise«. Von den beiden letzteren Büchern kannte ich bereits jedes Wort, aber ich las sie noch einmal durch. Dann versuchte ich, alle Lieder in dem Liederbuch zu singen (auch »Die schöne alte Zeit« befand sich darunter), ging das ganze Witzbuch durch (es war eine Fundstätte der Melancholie, die ganz zu meiner Stimmung paßte), brachte alle Trinksprüche aus, hielt alle Festreden und las die Zeitungen vollständig durch. In den letzteren standen nichts als Annoncen über Staatspapiere, der Bericht über eine Versammlung wegen einer Grafschaftssteuer und die Nachricht von einem Raubüberfall. Da ich ein gieriger Leser bin, reichte dieser Vorrat nicht bis zum Abend, sondern war schon zur Teezeit erschöpft. Von da an ganz auf mich selbst angewiesen, verbrachte ich eine Stunde damit zu überlegen, was ich nun anfangen sollte. Schließlich kam ich (immer ängstlich bemüht, den Gedanken an Angela und Edwin von mir fernzuhalten) auf den Einfall, mir meine Erfahrungen mit Gasthäusern wieder ins Gedächtnis zu rufen und zu versuchen, wie lange das vorhielt. Ich schürte das Feuer, schob meinen Stuhl ein wenig an die eine Seite des Wandschirms – wobei ich freilich nicht weit zu gehen wagte, denn ich wußte, der Wind wartete auf mich, um über mich herzustürzen – ich hörte ihn schon fauchen – und begann.

Da meine ersten Eindrücke von einem Gasthaus aus der Kinderstube stammten, ging ich bis zu ihr als Ausgangspunkt zurück. Da fand ich mich denn zu Füßen einer blassen Frau mit Fischaugen, einer Adlernase und einem grünen Rock sitzen, deren Spezialität eine unheimliche Erzählung von dem Besitzer eines Gasthauses an der Landstraße war. Die Gäste, die dort einkehrten, verschwanden viele Jahre lang auf unerklärliche Weise, bis es ans Tageslicht kam, daß es die Beschäftigung seines Lebens gewesen war, sie in Pasteten zu verwandeln. Um sich diesem Geschäftszweig mit aller Bequemlichkeit widmen zu können, hatte er eine Geheimtür hinter dem Kopfende des Bettes angebracht, und wenn der Gast (mit Pasteten überfüttert) eingeschlafen war, guckte dieser böse Wirt vorsichtig mit einer Lampe in der einen und einem Messer in der anderen Hand herein, schnitt ihm die Gurgel ab und verarbeitete ihn zu Pasteten. Zu diesem Zweck standen unter einer Falltür Kessel, die ständig mit kochendem Wasser gefüllt waren, und den Teig rollte er bei stiller Nacht aus. Jedoch war auch er nicht frei von Gewissensbissen, denn er legte sich niemals zu Bett, ohne daß man ihn murmeln hörte: »Zuviel Pfeffer!« Und das war auch der Anlaß, weswegen er vor Gericht gestellt wurde.

Ich war kaum mit diesem Verbrecher fertig geworden, als ein anderer aus derselben Zeit vor meine Erinnerung trat, dessen Beruf ursprünglich Hauseinbruch war. Bei der Beschäftigung mit diesem Handwerk wurde ihm eines Nachts, als er in verbrecherischer Absicht zu einem Fenster einstieg, von einem tapferen und hübschen Dienstmädchen das rechte Ohr abgehauen. Dieses tapfere und hübsche Dienstmädchen war, wie die Frau mit der Adlernase stets durch geheimnisvolle Andeutungen zu verstehen geben wollte, sie selbst gewesen, obwohl die Beschreibung durchaus nicht auf sie paßte. Nach einigen Jahren heiratete dieses Mädchen den Wirt eines Landgasthofs, der die merkwürdige Gewohnheit hatte, stets eine seidene Schlafmütze zu tragen, die er unter keinen Umständen abnehmen wollte. Schließlich hob eines Nachts, als er in tiefem Schlaf lag, die tapfere und hübsche Frau seine seidene

Schlafmütze an der rechten Seite auf und fand, daß dort sein Ohr fehlte. Sie schloß daraus scharfsinnig, daß er der verstümmelte Einbrecher war, der sie mit der Absicht geheiratet hatte, sie umzubringen. Daraufhin ließ sie unverzüglich das Schüreisen heiß werden und machte damit seiner Laufbahn ein Ende, wofür sie zu König Georg auf den Thron gebracht und von seiner königlichen Majestät zu ihrer großen Klugheit und Tapferkeit beglückwünscht wurde.

Dieselbe Erzählerin, die, wie ich schon seit langer Zeit überzeugt bin, eine dämonische Lust daran hatte, mich derartig zu erschrecken, daß ich fast von Sinnen kam, kannte noch eine andere authentische Anekdote aus ihrer eigenen Erfahrung, die, wie ich jetzt glaube, auf »Raimund und Agnes, oder die blutende Nonne« zurückging. Sie behauptete, die Sache sei ihrem Schwager passiert, der kolossal reich und kolossal groß wäre – was mein Vater beides nicht war. (Dieses dämonische Weib legte stets Wert darauf, meinem jugendlichen Geist meine teuersten Verwandten und Freunde unter Umständen vorzuführen, die sie im Vergleich zu anderen in einem ungünstigen Licht erscheinen ließen.) Der Schwager ritt einst auf einem prachtvollen Pferd (wir hatten kein prachtvolles Pferd in unserem Haus) durch einen Wald, gefolgt von einer wertvollen und ihm sehr ans Herz gewachsenen Neufundland-Dogge (wir hatten keine Dogge), als es plötzlich Nacht wurde und er an ein Wirtshaus kam. Ein schwarzes Weib öffnete ihm die Tür, und er fragte sie, ob er ein Bett haben könnte. Sie antwortete ja, stellte sein Pferd in den Stall und führte ihn in ein Zimmer, in dem zwei schwarze Männer waren. Während er beim Abendbrot saß, begann ein Papagei im Zimmer zu sprechen: »Blut, Blut! Wischt das Blut auf!« Worauf einer der schwarzen Männer dem Papagei den Hals umdrehte, mit den Worten, er äße gebratene Papageien gern und wolle diesen am nächsten Morgen zum Frühstück haben. Nachdem er tüchtig gegessen und getrunken hatte, begab sich der kolossal reiche und große Schwager zu Bett. Doch war er einigermaßen verärgert, weil man seinen Hund im Stall eingeschlossen hatte, mit der Behauptung, es würden niemals Hunde im Haus geduldet. Er hatte über eine Stunde lang in Gedanken versunken ganz still dagesessen, da hörte er auf einmal, gerade als seine Kerze am Verlöschen war, ein Scharren an der Tür. Er öffnete die Tür, und draußen stand die Neufundland-Dogge! Sie kam sacht herein und beschnupperte ihn. Dann ging sie geradeswegs auf ein Häufchen Stroh in der Ecke zu, worunter, wie die schwarzen Männer behauptet hatten, Äpfel lagen, riß das Stroh weg und enthüllte zwei in Blut getauchte Laken. In diesem Augenblick ging die Kerze gänzlich aus, und als der Schwager durch eine Türritze blickte, sah er die beiden schwarzen Männer die Treppe hinaufschleichen; der eine war mit einem etwa fünf Fuß langen Dolch bewaffnet, der andere trug ein Hackmesser, einen Sack und einen Spaten. An das Ende des Abenteuers kann ich mich nicht mehr erinnern, und ich vermute deshalb, ich war, wenn es soweit gekommen war, stets so von Schrecken übermannt gewesen, daß ich eine Viertelstunde lang nicht mehr zuzuhören imstande war.

Schließlich nahm ich meine Kerze und ging zu Bett. Als ich am folgenden Tag erwachte, herrschte scharfer Frost, und der finstere Himmel drohte mit weiterem Schneefall. Als ich mit meinem Frühstück fertig geworden war, schob ich meinen Sessel an dieselbe Stelle wie vorher und setzte mich vor das Feuer. Es wurde herzlich langweilig in der »Stechpalme«. Ich unternahm eine Überland-Expedition über den Wandschirm hinaus und gelangte bis zum vierten Fenster. Hier wurde ich durch die Gewalt des Unwetters vertrieben und zog mich wieder in mein Winterlager zurück. Mir kam ein verzweifelter Einfall. Unter jeden anderen Verhältnissen würde ich ihn wieder von mir gewiesen haben, aber in der Klemme, in der ich mich befand, hielt ich ihn fest. Konnte ich die angeborene Schüchternheit, die mich vom Tisch des Wirts und von der Gesellschaft, die ich dort finden könnte, fernhielt, so weit überwinden, um den Stiefelputzer heraufzurufen und ihn zu bitten, Platz – und etwas Flüssiges – zu nehmen und mit mir zu sprechen? Ich konnte es tun. Ich wollte es tun. Ich tat es.

Zweiter Ast

Der Stiefelputzer

Wo überall er zu seiner Zeit gewesen wäre? wiederholte er, als ich die Frage an ihn stellte. Du lieber Gott, er war überall gewesen! Und was er gewesen wäre? Weiß der Himmel, er war so ziemlich alles gewesen, was man aufzählen konnte!

Ob er allerhand gesehen hätte? Nun, selbstverständlich. Ich würde es selbst sagen, könne er mir versichern, wüßte ich auch bloß ein Zwanzigstel von dem, was ihm in den Weg gekommen war. Seiner Meinung nach wäre es sogar leichter für ihn, aufzuzählen, was er nicht gesehen hätte, als was er gesehen hätte. Ja, wahrhaftig, viel leichter.

Was wäre wohl das Interessanteste, was er zu sehen bekommen hätte? Nun, das könne er nicht so recht entscheiden. Er wisse im Augenblick nicht, was das Interessanteste wäre – ausgenommen etwa ein Einhorn – und *das* hätte er einst auf einem Jahrmarkt gesehen. Aber wenn sich's nun um eine Geschichte handelte, wie ein junger Gentleman von noch nicht acht Jahren mit einer schönen jungen Frau von sieben auf und davon ging, würde mir *das* sonderbar genug vorkommen? Doch wohl. Nun, das wäre eine Geschichte, die sich vor seinen Augen abgespielt hätte, und er hätte die Schuhe geputzt, in denen sie durchgegangen wären – und sie wären so klein gewesen, daß er seine Hand nicht hätte hineinstecken können.

Master Harry Walmers' Vater, sehen Sie, lebte in einem Landhaus in der Nähe von Shooter's Hill etwa anderthalb Meilen von Lunnon. Er war ein lebhafter Gentleman von gutem Aussehen, ging mit hocherhobenem Kopf umher und hatte, wie man sagt, Feuer in sich. Er schrieb Verse, er ritt, er lief, er spielte Kricket, er tanzte, er spielte auf der Bühne, und alles gleich vollendet. Er war ungewöhnlich stolz auf Master Harry, da er sein einziges Kind war; aber dabei verzog er ihn doch nicht. Er war ein Gentleman, der wußte, was er wollte, und der die Augen offen hielt; es war nicht mit ihm zu spaßen. So machte er zwar den hübschen, gescheiten Jungen geradezu zu seinem Gefährten und hatte seine herzliche Freude daran, daß er so gern seine Märchenbücher las; auch langweilte es ihn nie, mit anzuhören, wie der Junge sagte, mein Name ist Norval, oder seine Lieder »Im jungen Maimond strahlt die Liebe« und »Wenn von dem, der sich liebt, nur der Name noch lebt« und dergleichen sang; aber dabei hielt er das Kind streng in Zucht, und das Kind *war* ein Kind, und es wäre zu wünschen, man könnte das von mehr Kindern sagen!

Woher wußte der Stiefelputzer denn das alles? Nun, weil er Gärtnergehilfe gewesen war. Er konnte natürlich nicht Gärtnergehilfe sein und stets im Sommer auf dem Rasen vor den Fenstern mit Mähen und Harken und Jäten und Stutzen und diesem und jenem beschäftigt sein, ohne mit den Verhältnissen in der Familie bekannt zu werden. Selbst wenn Master Harry nicht eines Morgens früh zu ihm gekommen wäre und ihn gefragt hätte: »Cobbs, wie würdet Ihr Norah schreiben, wenn man Euch fragte?« Worauf er das Wort in Druckbuchstaben an dem ganzen Zaun einzuschnitzen begann.

Der Stiefelputzer konnte nicht behaupten, daß er sich vorher besonders viel um Kinder gekümmert hätte; aber es war wirklich hübsch, die beiden winzigen Leutchen, bis über die Ohren verliebt, zusammen herumgehen zu sehen. Und der Mut des Jungen! Wahrhaftig, er hätte seinen kleinen Hut weggeworfen und seine kleinen Ärmel aufgekrempelt und wäre auf einen Löwen losgegangen, wenn sie zufällig einem begegnet wären und sie Angst vor ihm gehabt hätte. Eines Tages bleibt er zusammen mit ihr neben dem Stiefelputzer stehen, der Unkraut auf dem Kiesweg jätet, und spricht frischweg zu ihm:

»Cobbs«, sagt er, »ich habe Euch gern.«

»Wirklich, Sir? Ich bin stolz, das zu hören.«

»Ja, so ist es, Cobbs. Weshalb glaubt Ihr wohl, daß ich Euch gern habe, Cobbs?«

»Das weiß ich wirklich nicht, Master Harry.«

»Weil Norah Euch gern hat, Cobbs.«

»Wirklich, Sir? Das ist sehr angenehm.«

»Angenehm, Cobbs? Es ist besser als Millionen der glänzendsten Diamanten, wenn Norah jemand gern hat.«

»Sicherlich, Sir.«

»Ihr geht, Cobbs, nicht wahr?«

»Ja, Sir.«

»Hättet Ihr gern einen anderen Posten, Cobbs?«

»Nun, Sir, ich hätte nichts dagegen, wenn es ein guter wäre.«

»Dann, Cobbs«, sagt er, »sollt Ihr unser Obergärtner sein, wenn wir verheiratet sind.«

Und er legt den Arm der Kleinen in dem himmelblauen Mäntelchen in den seinen und geht mit ihr davon.

Der Stiefelputzer konnte mir versichern, daß es besser als ein Bild und ebensogut wie eine Komödie war, die beiden Kinder mit ihrem langen, schimmernden Lockenhaar, ihren leuchtenden Augen und ihrem schönen leichten Gang, bis über die Ohren verliebt, im Garten umherstreifen zu sehen. Der Stiefelputzer war der Meinung, daß die Vögel sie selbst für ein Paar Vögel ansahen und mit ihrer Unterhaltung Takt hielten, indem sie ihnen zu Gefallen sangen. Bisweilen krochen sie unter den Tulpenbaum und saßen dort, Wange an Wange, eines das Ärmchen um den Nacken des anderen geschlungen. So lasen sie von dem Prinzen und dem Drachen und den guten und bösen Zauberern und der schönen Königstochter. Bisweilen hörte er sie auch Pläne schmieden. Sie wollten in einem Haus mitten im Walde wohnen, sich Bienen und eine Kuh halten und von nichts als von Milch und Honig leben. Einmal traf er sie am Teich und hörte Master Harry sagen:

»Anbetungswürdige Norah, küsse mich und sage, daß du mich bis zum Wahnsinn liebst; sonst springe ich ins Wasser.«

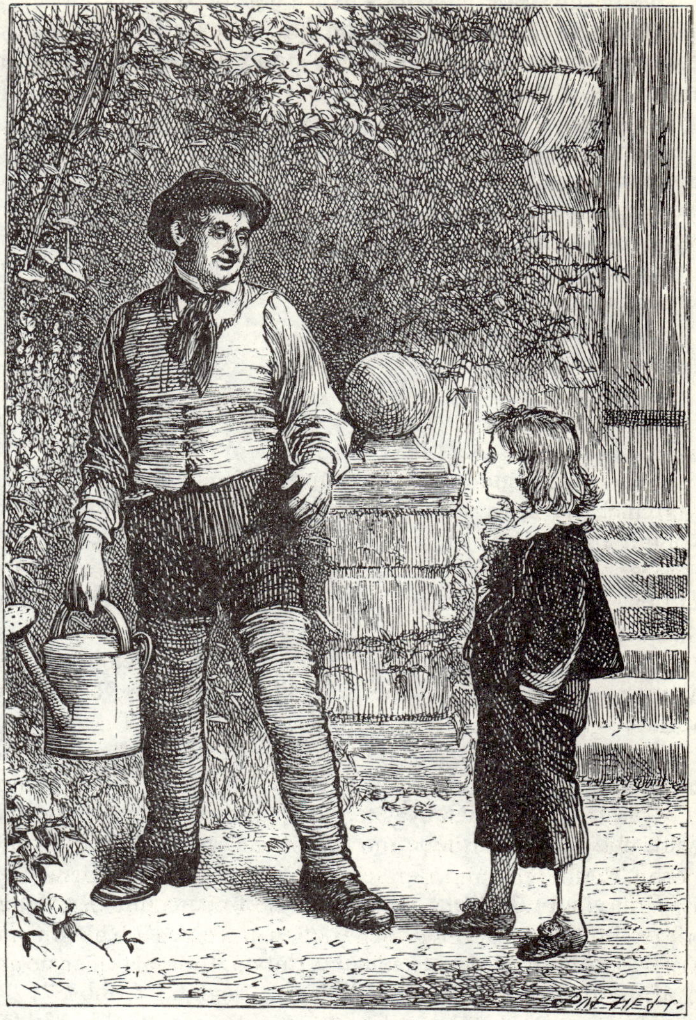

Und bei dem Stiefelputzer stand es fest, daß er es getan hätte, wenn sie sein Verlangen nicht erfüllt hätte. Im ganzen, meinte der Stiefelputzer, erweckten seine Beobachtungen ein Gefühl in ihm, als ob er selbst verliebt wäre – nur wußte er nicht genau, in wen.

»Cobbs«, sagte Master Harry eines Abends, als Cobbs die Blumen besprengte, »ich gehe diesmal im Hochsommer zu meiner Großmama nach York auf Besuch.«

»Wirklich, Sir? Hoffentlich werden Sie dort die Zeit angenehm verbringen. Ich begebe mich selbst nach Yorkshire, wenn ich von hier fortgehe.«

»Geht Ihr zu Eurer Großmama, Cobbs?«

»Nein, Sir. Ich habe keine.«

»Keine Großmama, Cobbs?«

»Nein, Sir.«

Der Knabe sah Cobbs eine kleine Weile zu, wie er die Blumen besprengte, und sagte dann:

»Ich freue mich sehr auf diesen Besuch, Cobbs – Norah kommt auch mit.«

»Dann werden Sie sich sicher sehr wohl fühlen, Sir«, sagte Cobbs, »wenn Sie Ihre schöne Geliebte an Ihrer Seite haben werden.«

»Cobbs«, erwiderte der Knabe errötend, »ich dulde es niemals, daß jemand darüber scherzt, wenn ich es verhindern kann.«

»Es war kein Scherz, Sir«, sagte Cobbs unterwürfig – »es war nicht so gemeint.«

»Das freut mich, Cobbs, weil ich Euch gern habe, wie Ihr wißt, und Ihr bei uns leben werdet. – Cobbs!«

»Sir.«

»Was glaubt Ihr wohl, was meine Großmama mir gibt, wenn ich zu ihr komme?«

»Das könnte ich nicht einmal erraten, Sir.«

»Eine Fünfpfundnote der Bank von England, Cobbs.«

»Hui!« sagte Cobbs, »das ist mächtig viel Geld, Master Harry.«

»Mit so viel Geld kann man eine Menge anfangen – nicht, Cobbs?«

»Das glaube ich, Sir!«

»Cobbs«, sagte der Knabe, »ich will Euch ein Geheimnis verraten. Bei Norah zu Hause haben sie sie meinetwegen aufgezogen und über unsere Verlobung gelacht – sie haben darüber gespottet, Cobbs!«

»So groß, Sir«, sagte Cobbs, »ist die Verderbtheit der menschlichen Natur.«

Der Knabe stand ein paar Minuten lang, sein glühendes Gesicht der untergehenden Sonne zugekehrt, da, wobei er ganz denselben Ausdruck hatte wie sein Vater. Dann schied er mit den Worten:

»Gute Nacht, Cobbs. Ich gehe ins Haus.«

Wenn ich den Stiefelputzer etwa fragen wollte, wie es kam, daß er gerade damals seine Stellung aufgeben wollte, dann konnte er mir keine rechte Antwort geben. Er glaubte, er hätte jetzt noch dort sein können, wenn er es gewollt hätte. Aber, Sie verstehen, er war damals jünger und brauchte Abwechslung. Das war es: – er brauchte Abwechslung. Mr. Walmers sagte zu ihm, als er ihm seine Absicht, die Stellung zu verlassen, mitteilte:

»Cobbs«, sagte er, »habt Ihr Euch über etwas zu beklagen? Ich stelle die Frage deshalb an Euch, weil ich nach Möglichkeit den Klagen meiner Leute abhelfen möchte, wenn ich sie berechtigt finde.«

»Nein, Sir«, sagte Cobbs. »Ich danke Ihnen, Sir. Ich habe hier eine so gute Stellung, wie ich sie nur irgendwo zu finden hoffen kann. Die Wahrheit ist, Sir, daß ich gehe, um mein Glück zu suchen.«

»Oh, wirklich, Cobbs!« erwiderte er darauf. »Ich hoffe, Ihr werdet es finden.«

Und der Stiefelputzer konnte mir versichern – er tat das, indem er sein Haar mit dem Stiefelknecht berührte, eine Grußform, die zu seinem gegenwärtigen Beruf paßte –, daß er es noch nicht gefunden hatte.

Na schön, Sir! Der Stiefelputzer verließ also das Landhaus, als seine Zeit um war, und Master Harry fuhr zu der alten Dame in York. Diese hätte dem Jungen ihre eigenen Zähne gegeben (wenn sie welche gehabt hätte), so sehr liebte sie ihn. Was tut nun dieses Kind – denn ein Kind mußte man ihn doch noch nennen? Er läuft mit seiner Norah von der alten Dame weg, in der Absicht, nach Gretna Green zu gehen und sich trauen zu lassen!

Sir, der Stiefelputzer war in diesem selben Stechpalmen-Gasthaus beschäftigt (er hatte es seitdem einigemal verlassen, um sich etwas Besseres zu suchen, war aber aus dem einen oder anderen Grund immer wieder zurückgekommen), als an einem Sommernachmittag die Postkutsche vorfährt und die beiden Kinder heraussteigen. Der Kondukteur sagt zu unserem Alten:

»Ich bin mir über diese kleinen Passagiere nicht ganz im klaren; aber der junge Gentleman wünschte hierhergebracht zu werden.«

Der junge Gentleman steigt aus, hilft seiner Dame heraus, gibt dem Kondukteur ein Trinkgeld und sagt zu unserem Alten:

»Bitte, wir bleiben die Nacht über hier. Ein Wohnzimmer und zwei Schlafzimmer werden nötig sein. Koteletts und Kirschpudding für zwei!«

Damit legt er den Arm der Kleinen, die ihr himmelblaues Mäntelchen trägt, in den seinen und geht stolz ins Haus.

Der Stiefelputzer überläßt es mir selbst, mir die Verblüffung des ganzen Hauses auszumalen, als diese beiden kleinen Geschöpfe ganz allein auf ihre Zimmer geleitet wurden. Die Verblüffung wurde noch größer, als er, der sie ungesehen beobachtet hatte, dem Alten seine Ansicht über den Zweck ihrer Reise mitteilte.

»Cobbs«, sagte der Alte, »wenn das wirklich so ist, dann muß ich selbst nach York fahren und ihre Angehörigen beruhigen. Ihr müßt inzwischen auf sie achtgeben und tun, was sie wollen, bis ich wieder zurück bin. Aber bevor ich fahre, Cobbs, wäre es mir lieb, wenn Ihr von ihnen selbst herausbekommen könntet, ob Ihr mit Eurer Ansicht auf der rechten Spur seid.«

»Sir«, sagte Cobbs, »das soll sofort geschehen.«

So ging denn der Stiefelputzer nach oben, und dort fand er Master Harry auf einem riesigen Sofa sitzen. (Es war auch sonst ein sehr weitläufiges Möbelstück, aber im Vergleich zu ihm nahm es sich noch viel größer aus.) Er war damit beschäftigt, Miß Norah mit seinem Taschentuch die Augen zu trocknen. Ihre kleinen Beine baumelten natürlich in der Luft, und der Stiefelputzer konnte mir wirklich nicht sagen, wie winzig die Kinder aussahen.

»Das ist ja Cobbs! Das ist ja Cobbs!« rief Master Harry aus, lief auf ihn zu und ergriff seine Hand. Miß Norah lief auf der anderen Seite auf ihn zu und faßte seine andere Hand, und beide hüpften vor Freude.

»Ich sah Sie aussteigen, Sir«, sagte Cobbs. »Ich dachte mir wenigstens, daß Sie das sein müßten. Ich dachte mir, daß ich mich in Ihrer Größe und Gestalt doch nicht täuschen könnte. Was ist der Zweck Ihrer Reise, Sir? – Heiratsabsichten?«

»Wir wollen uns in Gretna Green trauen lassen, Cobbs«, erwiderte der Junge. »Wir sind absichtlich durchgegangen. Norah war ziemlich niedergeschlagen, Cobbs; aber sie wird glücklich sein, jetzt wo wir Euch als Freund gefunden haben.«

»Ich danke Ihnen, Sir, und ich danke *Ihnen*, Miß«, sagte Cobbs, »für Ihre gute Meinung. Haben Sie etwas Gepäck mitgebracht, Sir?«

Wenn ich Cobbs' ehrenwörtlicher Versicherung glauben wollte, so hatte die Dame einen Sonnenschirm, ein Riechfläschchen, anderthalb gebutterte kalte Röstschnitten, acht Pfefferminzbonbons und eine Haarbürste, anscheinend die einer Puppe, mitgebracht. Der Gentleman aber war im Besitz von ein paar Metern Bindfaden, einem Messer, drei oder vier erstaunlich klein zusammengelegten Bogen Schreibpapier, einer Orange und einem Porzellanbecher mit seinem Namenszug darauf.

»Was sind denn Ihre Pläne im einzelnen, Sir?« sagte Cobbs.

»Morgen früh weiterzufahren«, erwiderte der Junge – sein Mut war wunderbar! – »und im Laufe des Tages zu heiraten.«

»Ganz recht, Sir«, sagte Cobbs. »Würde es Ihnen recht sein, Sir, wenn ich Sie begleite?«

Als Cobbs das sagte, hüpften sie beide wieder vor Freude und riefen:

»O ja, ja, Cobbs! Ja!«

»Schön, Sir«, meinte Cobbs. »Wenn Sie mir erlauben wollen, eine Meinung abzugeben, so möchte ich Ihnen folgendes empfehlen: Ich bin mit einem Pony bekannt, Sir, das vor einen Phaethon gespannt, den ich mir ausleihen könnte, Sie und Mrs. Harry Walmers junior in ganz kurzer Zeit ans Ziel Ihrer Reise bringen würde. Ich könnte selbst kutschieren, wenn es Ihnen recht ist. Ich weiß nicht ganz genau, Sir, ob dieses Pony morgen frei sein wird, aber selbst wenn Sie bis übermorgen darauf warten müßten, so würde es sich für Sie lohnen. Was die kleine Rechnung hier im Haus betrifft, so macht es nichts, wenn Ihnen etwa das Geld ausgehen sollte. Ich bin nämlich Mitbesitzer dieses Gasthauses, und die Rechnung könnte stehenbleiben.«

Der Stiefelputzer versicherte mir, daß, als sie in die Hände klatschten und abermals vor Freude hüpften und ihn »guter Cobbs!« und »lieber Cobbs!« nannten und in dem Entzücken ihrer vertrauensvollen Herzen sich über ihn weg küßten, er sich wie der gemeinste Schurke, der je geboren wurde, vorkam, weil er sie so täuschte.

»Wünschen Sie im Augenblick etwas, Sir?« fragte Cobbs, der sich fast zu Tode schämte.

»Wir möchten gern ein paar Kuchen nach dem Diner haben«, erwiderte Master Harry, indem er die Arme kreuzte, ein Bein vorstellte und vor sich hin blickte, »und zwei Äpfel – und Marmelade. Zum Diner möchten wir Wasser mit geröstetem Brot haben. Aber Norah ist gewohnt, ein halbes Glas Johannisbeerwein zum Dessert zu bekommen und ich ebenfalls.«

»Es soll am Büfett bestellt werden, Sir«, sagte Cobbs. Und damit ging er.

Der Stiefelputzer hatte jetzt, da er sprach, noch mit unverminderter Stärke das Gefühl von damals, daß er die

Sache viel lieber in einem halben Dutzend Boxrunden mit dem Alten ausgetragen hätte, als sich mit ihm zu verschwören. Er wünschte von ganzem Herzen, daß es irgendeinen unmöglichen Ort gäbe, wo diese beiden Kinder eine unmögliche Ehe eingehen und für immer unmöglich glücklich leben könnten. Da dies aber unmöglich war, ging er auf den Plan des Alten ein, und der Alte fuhr eine halbe Stunde später nach York.

Die Art und Weise, wie die Frauen in diesem Haus – jede ohne Ausnahme, ob verheiratet oder ledig – den Jungen in ihr Herz schlossen, als sie die Geschichte erfuhren, fand der Stiefelputzer im höchsten Grade überraschend. Er konnte es nur mit Mühe verhindern, daß sie in das Zimmer stürzten und ihn küßten. Sie kletterten unter Lebensgefahr an allen möglichen Stellen hoch, um ihn durch eine Glasscheibe zu sehen. Sie standen zu sieben hintereinander am Schlüsselloch. Sie waren über ihn und seinen Mut halb von Sinnen.

Am Abend ging der Stiefelputzer in das Zimmer um nachzusehen, wie es den Ausreißern ginge. Der Gentleman saß auf der Fensterbank und hielt die Dame umschlungen. Auf ihrem Gesicht standen Tränen, und sie lag, sehr müde und halb schlafend, mit dem Kopf auf seiner Schulter.

»Mrs. Harry Walmers junior ist wohl ein wenig müde, Sir?« sagte Cobbs.

»Ja, sie ist müde, Cobbs. Aber sie ist es bloß nicht gewohnt, von zu Hause fort zu sein, und sie war wieder niedergeschlagen. Cobbs, könntet Ihr vielleicht bitte einen Apfel bringen?«

»Ich bitte um Verzeihung, Sir«, sagte Cobbs. »Was für . . .?«

»Ich glaube, ein Norfolk-Apfel würde sie wieder munter machen, Cobbs. Sie ißt sie furchtbar gern.«

Der Stiefelputzer zog sich zurück, um das verlangte Kräftigungsmittel herbeizuschaffen. Als er es gebracht hatte, überreichte der Gentleman der Dame den Apfel, fütterte sie mit einem Löffel und nahm selbst ein wenig davon. Die Dame war schläfrig und ziemlich übellaunig.

»Was meinen Sie, Sir«, sagte Cobbs, »zu einem Zimmerleuchter?«

Der Gentleman war einverstanden. Das Zimmermädchen ging vor ihnen her die große Treppe hinauf; die Dame in ihrem himmelblauen Mäntelchen folgte, von dem Gentleman galant am Arm geführt; der Gentleman küßte sie an ihrer Tür und zog sich in sein eigenes Schlafzimmer zurück, wo der Stiefelputzer ihn sacht einschloß.

Das Gefühl des Stiefelputzers, daß er ein gemeiner Betrüger wäre, verstärkte sich noch, als sie ihn beim Frühstück (sie hatten am Abend zuvor Milch mit Wasser, Röstschnitten und Johannisbeermarmelade bestellt) über das Pony befragten. Er scheute sich nicht, mir zu gestehen, daß er den beiden Kindern ins Gesicht blicken und bei sich denken mußte, was für ein ruchloser alter Lügenerzähler er doch geworden sei. Jedoch log er wie ein Trojaner über das Pony weiter. Er erzählte ihnen, unglücklicherweise wäre das Pony gerade zur Hälfte geschoren, und in diesem Zustand dürfe man es nicht aus dem Stall nehmen, denn sonst könne es sich erkälten. Das Scheren würde aber im Laufe des Tages beendet sein, und morgen früh um acht Uhr stünde der Phaethon bereit. Als sich der Stiefelputzer jetzt hier in meinem Zimmer das Ganze wieder vergegenwärtigte, kam er zu der Ansicht, daß Mrs. Harry Walmers junior die Sache leid zu werden begann. Das Haar war ihr nicht gekräuselt worden, als sie zu Bett ging; es selbst zu bürsten schien aber über ihre Kräfte zu gehen, und so wurde sie ganz mutlos, weil es ihr beständig in die Augen fiel. Er saß hinter seiner Frühstückstasse und hieb in seine Marmelade ein, als wäre er sein eigener Vater.

Nach dem Frühstück malten sie Soldaten, wie der Stiefelputzer zu glauben geneigt war – wenigstens wurden viele im Kamin gefunden, die alle beritten waren. Im Laufe des Morgens zog Master Harry die Glocke – es war zum Staunen, wie sicher dieser Junge auftrat – und fragte in munterem Ton:

»Cobbs, gibt es hier in der Umgebung schöne Spazierwege?«

»Ja, Sir«, erwiderte Cobbs. »Da ist der Liebesweg.«

»Macht mir nichts weis, Cobbs!« war die Antwort dieses Jungen. »Ihr spaßt wohl.«

»Ich bitte um Verzeihung, Sir«, sagte Cobbs, »es gibt hier wirklich einen Liebesweg. Es ist ein hübscher Spaziergang, und ich werde stolz darauf sein, Sie und Mrs. Harry Walmers junior dorthin zu führen.«

»Norah, Liebste«, sagte Master Harry, »das ist interessant. Wir sollten uns wirklich den Liebesweg einmal ansehen. Setz deinen Hut auf, mein süßes Herz, und dann wollen wir mit Cobbs dorthin gehen.«

Während sie alle drei dahinschlenderten, erzählte ihm das junge Paar, sie hätten sich entschlossen, ihm als Obergärtner zweitausend Guineen jährlich zu geben, weil er ihnen ein so treuer Freund wäre. Der Stiefelputzer überließ es mir selbst, mir auszumalen, als was für einen Lumpen er sich beim Anhören dieser Worte fühlte. So gemein kam er sich vor, während er ihre strahlenden Augen vertrauensvoll auf sich gerichtet sah, daß er gewünscht hätte, die Erde täte sich auf und verschlänge ihn. Nun gut, Sir, er lenkte die Unterhaltung, so gut er konnte, auf etwas anderes und führte sie den Liebesweg entlang zu den Wasserwiesen. Dort wäre Master Harry bei dem Versuch, ihr eine Wasserlilie zu holen, beinahe ertrunken – aber diesem Jungen konnte nichts Angst machen. Nun, Sir, sie waren erschöpft. Es war alles so neu und seltsam für sie, daß sie todmüde davon wurden. Und sie legten sich auf einer Anhöhe, die voller Gänseblümchen stand, nieder, wie die Kinder im Wald oder auf der Wiese, und sanken in Schlaf.

Der Stiefelputzer konnte nicht verstehen – vielleicht verstand ich es, aber gleichviel, darauf kam es nicht an –, warum ein Mensch von einem ganz närrischen Gefühl gepackt wurde, wie er diese beiden hübschen Kinder an dem klaren, stillen, sonnigen Tag so daliegen sah, die im Schlaf nicht halb soviel träumten wie im Wachen. Aber, du lieber Gott!, wenn man anfängt, über sich selbst nachzudenken, verstehen Sie, und was man alles getrieben hat, seit man selbst in der Wiege lag, und was für ein trauriger Kunde man ist, und wie es immer entweder gestern oder morgen und niemals heute für einen ist, dann ist das wohl begreiflich!

Nun, Sir, sie erwachten schließlich wieder, und da wurde dem Stiefelputzer eines so ziemlich klar, nämlich, daß Mrs. Harry Walmers junior die gute Laune verloren hatte. Als Master Harry sie um die Hüfte faßte, meinte sie, er »kitzle sie so«; und als er darauf sagte: »Norah, mein junger Maienmond, dein Harry kitzelt dich?« erwiderte sie: »Ja, und ich will nach Hause!«

Ein wenig gekochtes Geflügel und ein gebackener Butterbrot-Pudding heiterten Mrs. Walmers ein wenig auf. Aber der Stiefelputzer hätte, wie er mir insgeheim gestehen mußte, gewünscht, sie verständnisvoller für die Stimme der Liebe und weniger auf Korinthen versessen zu sehen. Doch Master Harry war guten Muts und sein edles Herz so zärtlich wie nur je. Mrs. Walmers wurde um die Dämmerstunde sehr schläfrig und begann zu weinen. Deshalb ging sie genau wie am vorhergehenden Tage zu Bett; und Master Harry tat das gleiche.

Um elf oder zwölf Uhr nachts kommt der Alte in einer Chaise, von Mr. Walmers und einer älteren Dame begleitet, zurück. Mr. Walmers sieht gleichzeitig amüsiert und sehr ernst aus und sagt zu unserer Missis:

»Wir sind Ihnen sehr verbunden, Ma'am, daß Sie sich unserer kleinen Kinder so freundlich angenommen haben. Wir können Ihnen nie genug dafür danken. Bitte, Ma'am, wo ist mein Junge?«

Unsere Missis erwidert:

»Cobbs hat das liebe Kind unter seiner Obhut, Sir. Cobbs, führt den Herrn auf Nummer vierzig.«

Darauf sagt er zu Cobbs:

»Ah, Cobbs, ich freue mich, Euch zu sehen! Ich habe schon gehört, daß Ihr hier wäret!«

Worauf Cobbs erwidert:

»Ja, Sir. Ihr gehorsamster Diener, Sir.«

Vielleicht würde ich über die Worte des Stiefelputzers überrascht sein; aber er versichert mir, daß sein Herz wie ein Hammer geschlagen hätte, als er die Treppe hinaufging.

»Ich bitte um Verzeihung, Sir«, sagt er, während er die Tür

aufschließt; »ich hoffe, Sie sind nicht böse auf Master Harry. Denn Master Harry ist ein prächtiger Junge, Sir, und wird Ihnen Ehre machen.«

Und der Stiefelputzer erzählte mir, in der verwegenen Stimmung, in der er sich damals befunden hätte, hätte ihm der Vater des prächtigen Jungen ja nicht widersprechen dürfen. Er glaubt, er hätte ihm sonst »einen Klaps verabreicht« und die Folgen auf sich genommen.

Aber Mr. Walmers sagt bloß:

»Nein, Cobbs. Nein, mein guter Bursche. Ich danke Euch!«

Und dann geht er durch die geöffnete Tür ins Zimmer.

Auch der Stiefelputzer geht, die Kerze in der Hand, hinein und sieht, wie Mr. Walmers an das Bett herantritt, sich sacht niederbeugt und das schlafende Gesichtchen küßt. Dann steht er eine Minute lang da und sieht darauf nieder, wobei er ihm wunderbar gleichsieht (man erzählt, er wäre mit Mrs. Walmers durchgegangen), und dann rüttelt er ihn sanft an der kleinen Schulter.

»Harry, mein lieber Junge! Harry!«

Master Harry fährt empor und sieht ihn an. Er sieht auch Cobbs an. Ein solches Ehrgefühl besitzt dieser Knirps, daß er Cobbs ansieht, um festzustellen, ob der ihn in Ungelegenheiten gebracht hat.

»Ich bin nicht böse, mein Kind. Ich will bloß, daß du dich anziehst und mit nach Hause kommst.«

»Ja, Pa.«

Master Harry kleidet sich schnell an. Sein Mut wächst, als er beinahe fertig ist, und er steigert sich immer mehr, als er schließlich, seinen Vater anblickend, dasteht. Der Vater steht vor ihm und blickt ihn ebenfalls an, das ruhige Ebenbild seiner selbst.

»Bitte, darf ich« – die Tapferkeit dieses Knirpses und die Standhaftigkeit, mit der er seine aufsteigenden Tränen niederkämpfte! – »bitte, lieber Pa – darf ich – Norah küssen, bevor ich gehe?«

»Du darfst, mein Kind.«

So faßt er Master Harry bei der Hand und sie gehen, der Stiefelputzer mit der Kerze voraus, in das andere Schlafzimmer, wo die ältere Dame am Bett sitzt und die arme kleine Mrs. Harry Walmers junior in tiefem Schlaf liegt. Dort hebt der Vater das Kind zu dem Kissen empor, legt sein Gesichtchen für einen Augenblick neben das warme Gesichtchen der tiefschlafenden kleinen Mrs. Harry Walmers junior und zieht ihn dann sanft an sich. Die Zimmermädchen, die zur Tür hereinblicken, werden durch diesen Anblick so gerührt, daß eine von ihnen ausruft: »Es ist eine Schande, sie zu trennen!« Aber dieses Zimmermädchen war immer, wie der Stiefelputzer mir mitteilt, eine weichherzige Person. Nicht, daß man etwas gegen dieses Mädchen hätte haben können. Ganz im Gegenteil.

   Und so endet die ganze Geschichte, sagt der Stiefelputzer. Mr. Walmers fuhr in der Chaise davon, Master Harrys Hand in der seinen. Die ältere Dame und Mrs. Harry Walmers junior, die es niemals werden sollte (sie heiratete lange danach einen Hauptmann und starb in Indien), verließen das Haus am folgenden Tag. Zum Schluß stellt der Stiefelputzer die Frage an mich, ob ich in zwei Dingen einer Meinung mit ihm bin: erstens, daß es nicht viele Paare auf dem Weg zur Trauung gibt, die halb so unschuldig sind wie diese beiden Kinder; zweitens, daß es für sehr viele Paare auf dem Weg zur Trauung von höchstem Nutzen wäre, wenn man sie bloß zur rechten Zeit anhalten und einzeln zurückbringen könnte.

Dritter Ast

Die Rechnung

Ich war eine ganze Woche lang eingeschneit gewesen. Die Zeit war mir so schnell vergangen, daß ich die Tatsache sehr bezweifelt hätte, hätte nicht ein dokumentarischer Beweis dafür auf meinem Tisch gelegen.

Die Landstraße war am Tag zuvor ausgeschaufelt worden, und das fragliche Dokument war meine Rechnung. Es bezeugte unwiderleglich, daß ich sieben Tage und Nächte lang unter den schützenden Ästen der »Stechpalme« gegessen und getrunken, mich gewärmt und geschlafen hatte.

Ich hatte gestern der Landstraße vierundzwanzig Stunden Zeit gelassen, um ihren Zustand zu verbessern, und hatte Anweisung gegeben, daß »morgen abend um acht Uhr« meine Rechnung auf dem Tisch und eine Kutsche am Tor sein sollte. Am folgenden Tag um acht Uhr abends schnallte ich mein Reiseschreibzeug in sein Lederfutteral, bezahlte meine Rechnung und hüllte mich in meine warmen Überröcke und Umschlagtücher. Jetzt blieb natürlich keine Zeit mehr für den Abstecher zu dem Landhaus, wo ich Angela zum erstenmal gesehen hatte, um dort den Eiszapfen, die jetzt zweifellos in Massen herabhingen, eine gefrorene Träne hinzuzufügen. Meine Aufgabe bestand darin, auf der kürzesten offenen Straße nach Liverpool zu fahren, dort mein schweres Gepäck in Empfang zu nehmen und mich einzuschiffen. Damit hatte ich gerade genug zu tun, und es blieb mir keine Stunde Zeit.

Ich hatte mich von allen meinen Freunden in der »Stechpalme« verabschiedet, wobei ich für den Augenblick meine Schüchternheit fast abgelegt hatte, und stand jetzt eine halbe Minute lang an der Gasthaustür und sah dem Hausknecht zu, wie er das Seil, das meinen Koffer auf der Kutsche festband, noch einmal herumschlang. Auf einmal bemerkte ich Lampen, die auf die »Stechpalme« zukamen. Die Straße war so dicht mit Schnee gepolstert, daß kein Geräusch von Rädern zu hören war; aber wir alle an der Gasthaustür sahen zwischen den zu beiden Seiten des Fahrwegs aufgetürmten Schneemauern Lampen herankommen, und zwar in einem ziemlich raschen Tempo. Das Zimmermädchen erriet sofort, wie der Fall lag, und rief dem Hausknecht zu: »Tom, das ist eine Gretna-Fahrt!« Der Hausknecht begriff, daß sie instinktiv eine Trauung oder etwas dergleichen witterte, und stürzte über den Hof, indem er schrie: »Die nächsten vier heraus!« Und im Augenblick war das ganze Haus in hellem Aufruhr.

Ich hatte ein melancholisches Interesse daran, den Mann zu sehen, der liebte und wiedergeliebt wurde. Deshalb fuhr ich nicht gleich ab, sondern blieb an der Gasthaustür stehen, als die Flüchtlinge ankamen. Ein Mann mit munteren Augen, in einen Mantel gehüllt, sprang so rasch heraus, daß er mich fast umgerissen hätte. Er drehte sich um, um sich zu entschuldigen, und, beim Himmel, es war Edwin!

»Charley!« sagte er zurückweichend. »Beim allmächtigen Gott, was machst du hier?«

»Edwin«, sagte ich zurückweichend, »beim allmächtigen Gott, was machst *du* hier?«

Ich schlug mich bei diesen Worten vor die Stirn, und ein heller Lichtschein schien vor meinen Augen aufzublitzen.

Er drängte mich eilig in das kleine Gastzimmer – es brannte stets ein schwaches Feuer darin, ohne daß es geschürt wurde –, wo die Reisenden zu warten pflegten, während ihre Pferde angeschirrt wurden, und sagte:

»Charley, vergib mir!«

»Edwin!« erwiderte ich. »War das recht gehandelt? Wo ich sie so liebte! Wo ich sie so lange im Herzen getragen hatte!«

Ich konnte nicht weitersprechen.

Er war betroffen, als er sah, wie nahe es mir ging, und machte die grausame Bemerkung, er hätte nicht geglaubt, daß ich es mir so sehr zu Herzen nehmen würde.

Ich blickte ihn an. Ich machte ihm keine Vorwürfe mehr. Ich blickte ihn bloß an.

»Mein teurer, teurer Charley«, sagte er, »denke nicht schlecht von mir, ich bitte dich! Ich weiß, du hast ein Recht darauf, daß ich ganz offen zu dir bin, und, glaube mir, bis jetzt bin ich es stets gewesen. Ich verabscheue Heimlichkeiten. Sie sind für mich eine Gemeinheit. Aber ich und mein liebes Mädel haben um deinetwillen das Geheimnis gewahrt.«

Er und sein liebes Mädel! Das stählte mich.

»Sie haben es um meinetwillen gewahrt, Sir?« sagte ich und wunderte mich, daß er mit seinem offenen Gesicht mir derartig die Stirn bot.

»Ja! – und um Angelas willen«, sagte er.

Ich hatte den Eindruck, daß das Zimmer sich schwankend herumdrehte, wie ein auslaufender Kreisel.

»Erklären Sie sich«, sagte ich und mußte mich dabei mit der einen Hand an einem Lehnsessel festhalten.

»Mein lieber, guter alter Charley!« erwiderte Edwin in seiner herzlichen Art, »denke einmal nach! Als du mit Angela so glücklich warst, weshalb sollte ich dich dann bei dem alten Gentleman in Mißgunst bringen, indem ich dich in unser Verhältnis und (nachdem er meinen Antrag zurückgewiesen hatte) in unser geheimes Einverständnis einweihte? Es war wirklich besser, daß du, ohne zu lügen, sagen konntest: ›Er hat sich nie mit mir beraten, mir nie etwas gesagt, nie ein Wort davon verlauten lassen.‹ Wenn Angela etwas davon ahnte und mir jede Gunst und Unterstützung zuteil werden ließ, die ihr möglich war – Gott segne sie, das liebe Wesen –, so lag das nicht an mir. Weder ich noch Emmeline haben ihr jemals etwas gesagt, ebensowenig wie dir. Und aus demselben guten Grund, Charley; glaube mir, aus demselben guten Grund und keinem anderen auf Erden!«

Emmeline war Angelas Kusine. Wohnte bei ihr. War mit ihr aufgewachsen. War ihres Vaters Mündel. Besaß Vermögen.

»Emmeline ist in der Kutsche, mein lieber Edwin!« sagte ich und schloß ihn herzlich in meine Arme.

»Mein guter Junge!« sagte er, »glaubst du, ich fahre ohne sie nach Gretna Green?«

Ich rannte mit Edwin hinaus, ich öffnete die Kutschentür, ich schloß Emmeline in die Arme, ich drückte sie an mein Herz. Sie war in weiche Pelze gehüllt, wie die schneeige Landschaft; aber sie war warm und jung und reizend. Ich schirrte mit eigener Hand die Leitpferde an, gab jedem der Jungen eine Fünfpfundnote, rief ihnen Glückwünsche nach, als sie davonfuhren, und fuhr, so rasch die Pferde laufen konnten, selbst in der entgegengesetzten Richtung davon.

Ich ging nicht nach Liverpool, ich ging nicht nach Amerika, ich ging geradeswegs nach London zurück und heiratete Angela. Ich habe bis auf den heutigen Tag nicht einmal ihr das Geheimnis von meiner Schüchternheit enthüllt und zu welcher voreiligen Reise mich mein Mißtrauen verleitet hatte. Wenn sie und Edwin und Emmeline und unsere acht und ihre sieben Kinder – ihre älteste Tochter ist jetzt schon alt genug, um selbst Weiß zu tragen, worin sie ihrer Mutter sehr ähnlich sieht – diese Seiten einmal lesen werden, was natürlich eines Tages geschehen wird, so werde ich es kaum vermeiden können, daß sie am Ende dahinterkommen werden. Aber das macht nichts! Ich kann mich damit abfinden. Durch bloßen Zufall benutzte ich in der »Stechpalme« die Weihnachtszeit dazu, mich ein wenig nach meinen Mitmenschen umzusehen und Einblick in ihr Leben und Treiben zu bekommen. Ich hoffe, daß es mir nicht schlecht bekommen ist und daß es niemand in meiner Nähe oder in weiter Ferne jemals schlecht bekommen wird. Und ich sage: Möge die grüne Stechpalme blühen; möge sie ihre Wurzeln tief in unsere englische Heimaterde treiben, und mögen ihre wertvollen Keime von den Vögeln des Himmels über die ganze Welt hin verstreut werden!

Ein Christbaum

Ein Christbaum

Ich habe heute abend einer fröhlichen Kindergesellschaft zugesehen, die um jenes hübsche deutsche Spielzeug, den Christbaum, versammelt war. Der Baum stand in der Mitte eines großen runden Tisches und ragte hoch über die kleinen Köpfe der Kinder empor. Er war mit einer Menge kleiner Kerzen besteckt, die ihn in hellem Licht erstrahlen ließen, und überall funkelten und glitzerten bunte Gegenstände an ihm. Da gab es rosenwangige Puppen, die sich hinter den grünen Blättern verbargen; da gab es richtige Uhren (wenigstens mit beweglichen Zeigern und der Möglichkeit, sie endlos aufzuziehen), die von zahllosen Zweigen herabbaumelten; da gab es polierte Tische, Stühle, Bettstellen, Kleiderschränke, Achttageuhren und verschiedene andere Möbelstücke (in Wolverhampton wunderbar aus Zinn angefertigt), die mitten in den Baum gesetzt waren, als sollten sie für einen Feenhaushalt Verwendung finden; da gab es fröhliche, breitgesichtige kleine Männer, die viel angenehmer anzusehen waren als viele richtige Männer, und das war auch kein Wunder, denn ihre Köpfe waren abnehmbar, und dann konnte man sehen, daß sie voll Zuckermandeln steckten; da gab es Fiedeln und Trommeln, Tamburine, Bücher, Arbeitskästen, Malkästen, Bonbonkästen, Guckkästen und alle möglichen anderen Kästen; da gab es Geschmeide für die älteren Mädchen, das viel heller glitzerte als die Gold- und Juwelensachen für die Erwachsenen; da gab es Körbchen und Nadelkissen in allen möglichen Ausführungen; Flinten, Säbel und Fahnen; Hexen, die in Zauberkreisen von Pappe standen, um zu weissagen; Drehwürfel, Kreisel,

Nadelbehälter, Federwischer, Riechfläschchen, Konversationskarten, Blumenvasen, wirkliche Früchte, die durch Goldpapier einen künstlichen Glanz erhalten hatten; nachgeahmte Äpfel, Birnen und Nüsse, die vollgestopft mit Überraschungen waren; kurz, wie ein hübsches Kind vor mir einem anderen hübschen Kind, seiner Busenfreundin, zuflüsterte: »Es gab alles und noch mehr.« Diese bunte Sammlung von allen möglichen Gegenständen trug der Baum wie einen Behang von Zauberfrüchten, und die hellen Augen, die von allen Seiten darauf gerichtet waren, spiegelten sich darin. Einige von den Diamanten-Augen, die sie bewunderten, reichten dabei kaum bis an den Tisch, und einige andere lagen sogar noch in schüchterner Verwunderung an der Brust hübscher Mütter, Tanten und Ammen. Das Ganze aber erschien mir wie eine lebhafte Verwirklichung der phantastischen Träume der Kindheit, und ich dachte daran, wie alle Bäume, die wachsen, und alle anderen Dinge, die auf Erden ins Dasein treten, ihren wilden Schmuck zu dieser unvergeßlichen Zeit tragen.

Da ich jetzt wieder zu Hause und allein bin, als einziger im ganzen Haus noch wach, werden meine Gedanken durch einen Zauber, dem ich mich nicht ungern überlasse, zu meiner eigenen Kindheit zurückgezogen. Ich beginne zu überlegen, welche Gegenstände uns wohl am besten in der Erinnerung geblieben sind, wenn wir uns die Zweige des Christbaumes unserer eigenen Kindertage vergegenwärtigen, an dem wir uns ins wirkliche Leben emporschwangen.

Gerade in der Mitte des Zimmers, in seinem freien Wuchs durch keine einschließenden Mauern oder eine bald erreichte Decke eingeengt, erhebt sich ein schattenhafter Baum. Ich blicke zu der träumerischen Helligkeit seiner Spitze empor – denn ich beobachte in diesem Baum die sonderbare Eigenschaft, daß er nach unten gegen die Erde zu zu wachsen scheint – und ich nehme meine jüngsten Weihnachtserinnerungen wahr!

Zuerst lauter Spielzeug, wie ich finde. Dort oben zwischen den grünen Stechpalmenzweigen und den roten Beeren befindet sich der Clown mit den Händen in den Taschen, der sich niemals niederlegen wollte, sondern, wenn man ihn auf den Boden legte, hartnäckig seinen fetten Körper rundherum drehte, bis er sich ausgerollt hatte. Dann starrte er mich mit seinen Hummeraugen an, und ich tat so, als ob ich fürchterlich lachen müßte, aber im innersten Herzen kam er mir recht unheimlich vor. Dicht neben ihm befindet sich jene infernalische Schnupftabaksdose, aus der ein dämonischer Ratsherr im schwarzen Talar, mit einem Kopf voll verwilderter Haare und weit geöffnetem Mund, aus einem roten Tuch heraussprang. Er war ein ganz unerträglicher Geselle; man konnte ihn aber auch nicht loswerden. Denn er pflegte plötzlich in stark vergrößertem Zustand in Träumen aus Mammut-Schnupftabaksdosen hervorzuschnellen, wenn man es am wenigsten erwartete. Auch der Frosch mit dem Schusterpech auf dem Schwanz ist nicht weit weg. Man konnte niemals wissen, wohin er springen würde; und wenn er über die Kerze geflogen kam und sich mit seinem gefleckten Rücken – rot auf grünem Grund – auf der Hand niederließ, dann war er schrecklich. Die Karton-Dame in dem blauen Seidenkleid, die man zum Tanzen gegen den Leuchter stellte und die ich auf demselben Zweig wahrnehme, war harmloser, und außerdem war sie schön. Das gleiche kann ich aber nicht von dem größeren Karton-Mann behaupten, der an der Wand aufgehängt und an einem Faden gezogen wurde. Um seine Nase lag ein finsterer Ausdruck, und wenn er sich die Beine um den Hals schlug (was er sehr oft tat), war er schaudererregend und kein Wesen, mit dem man gern allein war.

Wann blickte mich diese schreckliche Maske zum erstenmal an? Wer setzte sie auf, und weshalb war ich so erschrocken, daß ihr Anblick ein Einschnitt in meinem Leben bedeutet? Sie sieht im Grunde gar nicht so schrecklich aus, sie sollte sogar komisch wirken; weshalb erschienen mir dann ihre blöden Züge so unerträglich? Sicherlich nicht nur deshalb, weil sie das Gesicht des Trägers verhüllte. Das hätte auch eine Schürze getan, und wenn es mir auch lieber gewesen wäre, daß die Schürze abgelegt würde, so wäre sie mir doch nicht so ganz unerträglich gewesen wie die Maske. War es ihre Unbeweglichkeit? Das Gesicht der Puppe war auch unbeweglich, und doch hatte ich keine Angst vor ihr. Vielleicht rief diese plötzliche starre Veränderung, die über ein wirkliches Gesicht kam, in meinem klopfenden Herzen eine entfernte Erinnerung und eine Furcht vor der großen Veränderung wach, die irgendwann einmal über jedes Gesicht kommen und es still machen wird? Jedenfalls konnte mich nichts mit der Maske aussöhnen. Keine Trommler, die beim Drehen eines Griffs ein melancholisches Zirpen vernehmen ließen; kein Regiment Soldaten mit einer stummen Musikkapelle, die aus einer Schachtel hervorgeholt und einer nach dem andern auf einem Drahtgestell aufgestellt werden konnten; kein altes Weib, das aus brauner Pappe und Drähten hergestellt war und ständig für zwei kleine Kinder eine Pastete in Stücke schnitt – nichts konnte mich lange Zeit trösten. Auch nützte es nichts, wenn mir gezeigt wurde, daß die Maske bloß ein Stück Pappe war, oder wenn sie eingeschlossen wurde und ich sicher sein konnte, daß niemand sie trug. Die bloße Erinnerung an dieses starre Gesicht, das bloße Wissen, daß sie irgendwo existierte, genügte, daß ich in der Nacht vor Entsetzen mit Schweiß bedeckt aufwachte mit dem Schrei: »Oh, ich weiß, sie kommt! Oh, die Maske!«

Ich habe mich damals nie gefragt, woraus der liebe alte Esel mit den Tragkörben – da ist er wieder! – gemacht war. Ich erinnere mich daran, daß seine Haut sich wie lebendig anfühlte. Und das große schwarze Pferd mit den runden roten Tupfen überall – das Pferd, das ich sogar besteigen konnte –, ich habe mich nie gefragt, wieso es so sonderbar aussah, und es kam mir nie der Gedanke, daß man ein solches Pferd in Newmarket gewöhnlich nicht zu sehen bekam. Die vier farblosen Pferde neben ihm, die in den Käsewagen eingespannt und wieder ausgespannt und unter das Piano in den Stall gestellt werden konnten, scheinen Stückchen von Pelzkragen als Schwänze und Mähnen zu haben und auf Pflöcken statt auf Beinen zu stehen. Als sie als Weihnachtsgeschenk nach Hause gebracht wurden, verhielt sich das freilich nicht so. Damals war nichts an ihnen auszusetzen; und auch ihr Geschirr war nicht einfach an ihre Körper genagelt wie es jetzt der Fall zu sein scheint. Die klingelnden Werke des Musikkarrens bestanden, wie ich herausfand, aus Federkiel-Zahnstochern und Draht. Immer hielt ich den kleinen Clown in Hemdsärmeln, der ständig auf der einen Seite einer Holzleiter hinauf- und auf der anderen mit dem Kopf voran wieder hinunterlief, für einen ziemlichen Schafskopf. Die Jakobsleiter neben ihm aber aus kleinen Quadraten von rotem Holz, die sich klappernd übereinanderschoben, wobei auf jedem ein anderes Bild erschien und kleine Glöckchen das Ganze belebten, war ein mächtiges Wunder und eine große Herzensfreude.

Ah! Das Puppenhaus! – das sich nicht in meinem Besitz befand, aber zu dem ich als Besucher Zutritt hatte. Ich bewundere die Parlamentsgebäude nicht halb so sehr wie dieses Haus mit steinerner Front, mit richtigen Glasfenstern und Türschwellen und einem richtigen Balkon – grüner, als ich jetzt je einen zu sehen bekomme, ausgenommen in Badeorten, und selbst da sind sie bloß eine schwache Nachahmung. Und obwohl die ganze Hausfront auf einmal aufging – dies war ein Schlag, wie ich einräumen muß, da es die Fiktion einer Treppe zerstörte –, so brauchte ich sie nur wieder zuzumachen, und dann konnte ich wieder daran glauben. Selbst wenn es geöffnet war, gab es drei gesonderte Zimmer darin: ein Wohnzimmer und ein Schlafzimmer, beide elegant möbliert, und als Bestes von allem eine Küche mit ungewöhnlich feinen Feuereisen, einer reichen Ausstattung an winzigen Geräten – oh, die Wärmflasche! – und einem zinnernen Koch im Profil, der stets dabei war, zwei Fische zu braten. Wie habe ich doch bei den Barmeciden-Schmäusen*) von den hölzernen Schüsseln geschwelgt! Auf jeder war eine besondere Delikatesse, wie ein Schinken oder ein Truthahn, festgeklebt und mit etwas Grünem, das ich als Moos in Erinnerung habe, garniert. Alle Mäßigkeitsvereine, die in den letzten Jahren entstanden sind,

---

*) In Tausendundeiner Nacht setzt ein Mann namens Barmecide einem Bettler leere Schüsseln vor und tut so, als seien herrliche Speisen und Wein darin. (Anm. d. Herausg.)

zusammen hätten mir nicht einen so köstlichen Nachmittagstee vorsetzen können, wie ich ihn aus jenem kleinen Steingutservice genossen habe. Es war wirkliche Flüssigkeit darin (sie lief aus dem kleinen hölzernen Fäßchen, erinnere ich mich, und schmeckte nach Streichhölzern), und der Tee wurde in dem Geschirr zum Nektar. Und wenn die beiden Beine der unnützen kleinen Zuckerzange übereinanderstürzten und, wie Kasperles Hände, zwecklos in der Luft umherfuhren, was tat das? Und wenn ich einmal aufschrie wie ein vergiftetes Kind und die vornehme Gesellschaft in Verwirrung brachte, weil ich einen kleinen Teelöffel, den ich unachtsamerweise in zu heißem Tee sich hatte auflösen lassen, getrunken hatte, so hat das mir auch nichts weiter geschadet, höchstens daß ich ein Pulver einnehmen mußte.

Auf den folgenden Zweigen des Baumes weiter unten, nahe bei der grünen Walze und den Miniatur-Gartengeräten, beginnen die Bücher in Massen zu hängen. Zuerst nur dünne Bücher an und für sich, aber in großer Zahl und mit hübschen, glatten, glänzend roten oder grünen Einbänden. Aber jetzt verändert sich der ganze Baum und wird zu einer Bohnenranke – die wunderbare Bohnenranke, an der Jack nach dem Hause des Riesen emporkletterte! Und nun beginnen diese furchtbar interessanten doppelköpfigen Riesen mit ihren Keulen über den Schultern massenhaft an den Zweigen entlangzuschreiten, indem sie Ritter und Damen am Haar nach Hause schleifen, um sie zu verspeisen. Und Jack, der Riesentöter, wie edel mit seinem scharfen Schwert und seinen schnellen Schuhen! Wie ich zu ihm emporblicke, kommen mir die alten Gedanken wieder in den Sinn. Ich frage mich, ob es mehr als einen Jack gegeben hat (was ich nicht gern für möglich halten möchte) oder bloß einen echten ursprünglichen bewundernswerten Jack, der alle die berichteten Heldentaten vollführt hat.

Gut zur Weihnachtszeit paßt die rötliche Farbe des Mantels, in dem – während der Baum an sich selbst einen Wald für sich bildet, durch den sie mit ihrem Körbchen hindurchtrippelt – Rotkäppchen an einem Christabend zur mir kommt. Sie erzählt mir von der Grausamkeit und Verräterei des heuchlerischen Wolfs, der ihre Großmutter auffraß, ohne daß das auf seinen Appetit irgendwelchen Eindruck machte, und dann sie fraß, nachdem er sich jenen grimmigen Scherz über seine Zähne geleistet hatte. Sie war meine erste Liebe. Ich fühlte, daß ich in der Ehe mit Rotkäppchen vollkommen glücklich hätte werden können. Jedoch sollte es nicht sein; und es ließ sich nichts weiter tun, als den Wolf in der Arche Noah dort herauszusuchen und ihn in der Prozession auf dem Tisch ans Ende zu setzen, als ein Ungeheuer, das gebrandmarkt werden mußte. O die wunderbare Arche Noah! Sie erwies sich als nicht seetüchtig, als ich sie in einen Waschzuber steckte, und die Tiere wurden durch das Dach hineingezwängt, und selbst da mußten ihre Beine erst ordentlich geschüttelt werden, bevor man sie hineinbekam. Waren sie aber drin, so war zehn gegen eins zu wetten, daß sie wieder zur Tür hinausstürzten, die nur unvollkommen mit einer Drahtklinke geschlossen war. Jedoch was machte das alles! Man betrachte die edle Fliege, die nur wenig kleiner war als der Elefant; den Marienkäfer, den Schmetterling – alles Triumphe der Kunst! Man betrachte die Gans, deren Füße so klein und deren Gleichgewicht so unsicher war, daß sie gewöhnlich nach vorn stürzte und die ganze Tierwelt umriß. Man betrachte Noah und seine Familie, die wie idiotische Pfeifenstopfer aussahen. Der Leopard blieb an warmen kleinen Fingern haften und die Schwänze der größeren Tiere lösten sich nach und nach in ausgefranste Bindfadenstückchen auf.

Still! Wiederum ein Wald und jemand oben in einem Baum – nicht Robin Hood, nicht Valentine, nicht der gelbe Zwerg, sondern ein orientalischer König mit funkelndem Krummsäbel und Turban. Ja, bei Allah! Zwei orientalische Könige, denn ich nehme noch einen zweiten wahr, der ihm über die Schulter blickt! Unten im Gras am Fuß des Baumes liegt, der Länge nach ausgestreckt, ein kohlschwarzer Riese und schläft. Sein Haupt ruht im Schoß einer Dame, und neben ihnen steht ein Glaskasten mit vier Schlössern aus glänzendem Stahl, in dem er die Dame gefangenhält, wenn er wach ist. Ich sehe die vier Schlüssel jetzt an seinem Gürtel. Die Dame macht den beiden Königen im Baum Zeichen, und sie steigen behutsam herab. Es ist der Beginn der wundervollen Tausendundeinen Nacht.

Oh, jetzt werden alle gewohnten Gegenstände ungewohnt und verzaubert für mich. Alle Lampen sind Zauberlampen, alle Ringe Talismane. Gewöhnliche Blumentöpfe sind voller Schätze, oben mit ein wenig Erde zugedeckt; in den Bäumen hat sich Ali Baba versteckt; Beefsteaks sind dazu bestimmt, in das Diamantental hinabgeworfen zu werden, daß die kostbaren Steine an ihnen haftenbleiben und von den Adlern in ihre Nester getragen werden, aus denen sie die Händler mit lauten Schreien verscheuchen werden. Torten werden nach dem Rezept des Sohnes des Wesirs von Basra angefertigt, der Zuckerbäcker wurde, nachdem er in Unterhosen am Tor von Damaskus abgesetzt worden war; Schuhflicker sind sämtlich Mustafas und pflegen gevierteilte Leute einzunähen, zu denen sie mit verbundenen Augen geführt werden.

Jeder in einen Stein eingelassene Eisenring ist der Eingang zu einer Höhle, die nur auf den Zauberer und das kleine Feuer und die Zauberformel wartet, die die Erde zum Beben bringen wird. Alle eingeführten Datteln stammen von demselben Baum wie jene unglückselige Dattel, mit deren Schale der Kaufmann dem unsichtbaren Sohn des Dschinns das Auge ausschlug. Alle Oliven kommen von dem Baum jener frischen Frucht, über die der Herrscher der Gläubigen zufällig den Jungen den fingierten Prozeß gegen den betrügerischen Olivenhändler führen hörte; alle Äpfel haben etwas mit dem Apfel zu schaffen, der (zusammen mit zwei anderen) um drei Zechinen von dem Gärtner des Sultans erstanden wurde und den der große schwarze Sklave dem Kinde stahl. Alle Hunde erinnern an den Hund, in Wirklichkeit ein verzauberter Mensch, der auf den Ladentisch des Bäckers sprang und seine Pfote auf das falsche Geldstück setzte. Bei jedem Reis tauchte der Gedanke an den Reis auf, den die schreckliche Dame, die eine Ghule war, nur körnerweise picken konnte, weil sie nachts auf dem Friedhof schmauste. Sogar mein Schaukelpferd – dort steht es mit ganz und gar nach außen gewendeten Nasenlöchern, einem Zeichen von Blutdurst! – Sollte einen Pflock im Nacken haben, durch dessen Kraft es mit mir davonfliegen könnte, wie das hölzerne Pferd angesichts des ganzen Hofstaats seines Vaters mit dem Prinzen von Persien machte.

Ja, über jeden Gegenstand, den ich zwischen den oberen Zweigen meines Christbaumes erkenne, ist dieses feenhafte Licht ausgegossen! Wenn ich an den kalten, finsteren Wintermorgen bei Tagesanbruch im Bett aufwache und den weißen Schnee draußen durch den Frost auf der Fensterscheibe undeutlich wahrnehme, dann höre ich Dinarzade sprechen:

»Schwester, Schwester, wenn du noch wachst, dann bitte ich dich, die Geschichte des jungen Königs von den schwarzen Inseln zu beenden.«

Scheherazade erwidert darauf:

»Wenn mein Herr, der Sultan, mich noch einen Tag am Leben lassen will, will ich nicht nur diese beenden, sondern dir eine noch wunderbarere erzählen.«

Darauf geht der gnädige Sultan aus dem Gemach, ohne Befehl zur Hinrichtung zu geben, und wir atmen alle drei auf.

Auf dieser Höhe meines Baumes beginne ich einen ungeheuren Spuk wahrzunehmen, der zwischen den Blättern kauert. Vielleicht kommt er von diesen vielen Geschichten her, vielleicht ist er auch die Folge eines an Truthahn oder Pudding oder Fleischpastete verdorbenen Magens, lebhafter Phantasie und zu viel Arzneien. Er ist so außerordentlich undeutlich, daß ich nicht weiß, warum er so furchtbar ist – aber ich weiß, daß er es ist. Ich unterscheide bloß eine kolossale Menge gestaltloser Gegenstände, die auf einer ungeheuren Vergrößerung des Drahtgestells für die Soldaten aus der Schachtel aufgepflanzt zu sein scheinen. Das Ganze kommt langsam bis dicht an meine Augen heran und entweicht dann wieder in unermeßliche Fernen. Wenn es ganz nahe kommt, ist es am schlimmsten. In Verbindung damit tauchen Erinnerungen an unglaublich lange Winternächte auf; an ein frühes Zu-Bett-geschickt-Werden als

Strafe für irgendein kleines Vergehen und ein Erwachen nach zwei Stunden, mit dem Gefühl, zwei Nächte lang geschlafen zu haben; an die schwere Hoffnungslosigkeit, daß der Morgen je wieder dämmern würde; und an die drückende Last eines bösen Gewissens.

Und jetzt sehe ich eine wunderbare Reihe kleiner Lichter vor einem großen grünen Vorhang sich ruhig aus dem Boden erheben. Jetzt ertönt eine Glocke – eine Zauberglocke, die noch jetzt ganz anders als alle anderen Glocken in meinen Ohren klingt – und Musik spielt zwischen einem Stimmengesumm und dem Duft von Orangenschalen und Öl. Nun befiehlt die Zauberglocke der Musik zu schweigen, der große grüne Vorhang geht majestätisch in die Höhe und die Vorstellung beginnt! Der treue Hund Montargis' rächt den Tod seines Herrn, der im Walde von Bondy heimtückisch ermordet worden ist. Ein humoristischer Bauer mit einer roten Nase und einem sehr kleinen Hut, den ich von Stund an als Freund in mein Herz schließe, bemerkt dazu, der Scharfsinn dieses Hundes wäre wirklich überraschend. Ich glaube, es war ein Kellner oder ein Hausknecht in einem Dorfgasthaus, aber es sind viele Jahre seitdem vergangen und ich weiß es nicht mehr genau. Dieser Witz jedoch wird bis an mein Lebensende frisch und unvergeßlich in meinem Gedächtnis leben und alle anderen Witze ausstechen. Oder jetzt erfahre ich unter bitteren Tränen, wie die arme Jane Shore, ganz in Weiß gekleidet und ihr braunes Haar lose herabhängend, hungernd durch die Straßen ging; oder wie George Barnwell den besten Onkel umbrachte, den je ein Mensch gehabt hat, und es nachher so bereute, daß man ihn hätte laufen lassen sollen. Da kommt rasch, um mich zu trösten, die Pantomime – ein verblüffendes Phänomen! Clowns werden aus geladenen Mörsern in den großen Leuchter geschossen, der wie ein helles Gestirn leuchtet; Harlekine, ganz mit Schuppen aus reinem Gold bedeckt, verrenken ihre Glieder und funkeln wie wunderbare Fische; Pantalon (den ich, ohne es für einen Verstoß gegen die schuldige Ehrerbietung zu halten, im Geiste mit meinem

Großvater vergleiche) steckt glühendrote Schüreisen in die Tasche und ruft: »Jetzt kommt jemand!« oder beschuldigt den Clown des Diebstahls, indem er sagt: »Ich habe doch gesehen, wie du es tatest!« Alles verwandelt sich mit der größten Leichtigkeit in jeden beliebigen Gegenstand, und »Nichts ist, aber das Denken gibt ihm Gestalt.« Jetzt lerne ich auch zum erstenmal das traurige Gefühl kennen – es sollte sich später im Leben noch oft wiederholen –, daß ich am nächsten Tage unfähig bin, mich wieder in die langweilige Alltagswelt zurückzufinden. Ich möchte für immer in der glanzerfüllten Atmosphäre leben, die ich verlassen habe; ich bin in die kleine Fee mit ihrer Rute, gleich der Aushängestange eines himmlischen Barbiers, verliebt und sehne mich nach einer Feenunsterblichkeit mit ihr gemeinsam. Ach, sie tritt noch in vielen Gestalten vor mich hin, während mein Auge die Zweige des Christbaumes hinabwandert, aber sie geht ebensooft wieder und hat noch nie bei mir verweilen mögen!

Aus diesen wonnigen Erinnerungen heraus entsteht das Puppentheater vor meinen Augen – da ist es mit seiner vertrauten Bühne und den Damen mit den Federhüten in den Logen. Vielerlei Hantierungen mit Pappe und Leim und Gummi und Wasserfarben gehören dazu bei der Inszenierung von »Der Müller und seine Knechte« und »Elisabeth oder das sibirische Exil«. Zwar gibt es einige unangenehme Zufälle und Mißerfolge dabei; besonders zeigen der achtungswerte Kelmar und einige andere eine unvernünftige Neigung, an aufregenden Stellen des Dramas in den Knien schwach zu werden und zusammenzuknicken; aber es ist trotzdem eine Phantasiewelt von so reichem Gehalt, daß ich tief darunter auf meinem Christbaum finstere, schmutzige, wirkliche Theater bei Tage sehe, um die diese Erinnerungen sich wie frische Girlanden mit den seltensten Blumen schlingen und mich noch jetzt entzücken.

Aber horch! Die Weihnachtsmusikanten spielen auf der Straße, und sie wecken mich aus meinem Kinderschlaf. Welche Bilder knüpfen sich in meinem Geist an die Weihnachtsmusik, so wie ich sie auf dem Christbaum zur Schau gestellt finde? Vor allen anderen bekannt und sich von allen anderen weit entfernt haltend, sammeln sie sich um mein kleines Bett. Ein Engel, der zu einer Gruppe von Hirten auf dem Feld spricht; ein paar Wanderer, die mit den Augen am Himmel einem Stern folgen; ein Kindlein in einer Krippe; ein Knabe in einem weiten Tempel, der mit ernsten Männern spricht; eine feierliche Gestalt mit einem wilden und schönen Gesicht, die ein totes Mädchen an der Hand aufrichtet; wiederum die Gestalt, wie sie an einem Stadttor den Sohn einer Witwe auf seiner Bahre ins Leben zurückruft; eine Menschenmenge, die durch das geöffnete Dach in ein Zimmer blickt, wo er sitzt, und einen Kranken auf einem Bett an Seilen hinabläßt; wiederum er, wie er im Sturm auf dem Wasser zu einem Schiff hinwandelt; wiederum er, wie er am Meeresufer eine große Menge belehrt; wiederum er, mit einem Kinde auf dem Knie und anderen Kindern um ihn herum; wiederum er, wie er die Blinden sehen, die Stummen sprechen, die Tauben hören macht, wie er den Kranken Gesundheit, den Siechen Kraft, den Unwissenden Weisheit mitteilt; wiederum er, an einem Kreuze sterbend, von bewaffneten Soldaten bewacht, während tiefe Finsternis hereinbricht, die Erde zu wanken beginnt und nur eine Stimme sich vernehmen läßt: »Vergib ihnen, denn sie wissen nicht, was sie tun.«

Die Zweige des Baumes werden niedriger und reifer, und wiederum drängen sich die Weihnachtserinnerungen in dichter Schar. Schulbücher schießen empor. Da hängen Ovid und Virgil, jetzt in stummer Ruhe; die Dreisatzrechnung mit ihren kühlen, unverschämten Fragen, nun längst erledigt; Terenz und Plautus, jetzt nicht mehr in einem Theater von zusammengestellten mit Kerben und Tintenflecken bedeckten Pulten und Bänken gespielt. Höher oben sind Kricket-Schlaghölzer, Pfähle und Bälle sichtbar, um die noch der Duft des niedergetretenen Grases und der von der Abendluft gedämpfte Schall der Zurufe zu schweben scheint. Der Baum ist immer noch frisch und heiter. Wenn ich auch zur Weihnachtszeit nicht mehr nach Hause fahre, so wird es doch (dem Himmel sei Dank dafür!), solange die Welt besteht, Jungen und Mädels geben; und die fahren nach Hause! Dort tanzen und spielen sie auf den Zweigen meines Baumes – Gott segne sie in ihrer Fröhlichkeit – und mein Herz tanzt und spielt ebenfalls.

Und doch komme auch ich am Weihnachtsfest nach Hause. Wir tun es alle, oder sollten es doch tun. Wir kommen alle nach Hause, oder sollten nach Hause kommen, um Ferien zu nehmen – je länger, je besser – von der großen Schule, in der wir ständig an unseren arithmetischen Tafeln arbeiten. Was Besuche angeht – wo ist der Ort, wo wir nicht nach Belieben hingehen können, wo der Ort, wo wir nicht schon waren, wenn wir unserer Phantasie von unserem Christbaum aus freien Lauf lassen!

Auf in die Winterlandschaft. Viele sind auf dem Baum sichtbar! Über niedrigen, nebelbedeckten Boden hin geht es durch Moor und Sumpf langgestreckte Hügel hinan, die sich wie finstere Höhlen zwischen dichten Pflanzungen dahinwinden. Kaum sind die funkelnden Sterne sichtbar, und wir fahren weiter, bis wir auf breite Bergkuppen hinauskommen und schließlich, mit plötzlichem Verstummen, an einer Allee haltmachen. Die Torglocke gibt einen tiefen, fast unheimlichen Ton in der frostigen Luft; das Tor dreht sich in seinen Angeln, und während wir auf ein großes Haus zufahren, werden die schimmernden Lichter in den Fenstern größer, und die doppelte Reihe der Bäume scheint zu beiden Seiten feierlich zurückzuweichen, um uns Platz zu machen. Den ganzen Tag über hat von Zeit zu Zeit ein aufgeschreckter Hase diesen schneebedeckten Rasen gekreuzt; oder das ferne Trampeln einer Rotwildherde auf dem hartgefrorenen Boden hat für eine Minute das Schweigen gebrochen. Wenn wir die Tiere beobachten könnten, würden wir vielleicht ihre wachsamen Augen wie die eisigen Tautropfen auf den Blättern zwischen dem Farnkraut funkeln sehen; aber sie sind still, und alles ist still. Und so gelangen wir endlich an das Haus, während die Lichter ständig größer werden und die Bäume vor uns zurückweichen und sich hinter uns wieder zusammenschließen, als wollten sie uns den Rückweg abschneiden.

Wahrscheinlich herrscht ein Duft von gebratenen Kastanien und anderen guten Sachen die ganze Zeit über im Haus, denn wir erzählen uns Wintergeschichten – Geistergeschichten, wie sich das so gehört – rund um das Weihnachtsfeuer. Niemand von uns hat sich gerührt, ausgenommen um dem Feuer ein wenig näher zu rücken. Aber darauf kommt es nicht an. Wir traten ins Haus, und es ist ein altes Haus mit riesigen Kaminen, in denen das Holz auf altmodischen Feuerböcken auf dem Herd verbrannt wird. Von der Eichentäfelung der Wände aber blicken grimmige Porträts (einige darunter auch mit grimmigen Inschriften) finster und mißtrauisch herab. Wir sind ein Edelmann in mittleren Jahren und wir nehmen ein reichhaltiges Souper mit unserem Gastgeber und der Gastgeberin und den Gästen ein – es ist Weihnachtszeit und das alte Haus voller Gäste – und gehen dann zu Bett.

Unser Zimmer ist ein sehr altes Zimmer und mit Wandteppichen behängt. Das Porträt eines Kavaliers in Grün über dem Kamin will uns gar nicht gefallen. Die Decke weist große schwarze Balken auf und im Zimmer steht eine große schwarze Bettstelle, am Fußende von zwei großen schwarzen Figuren gestützt. Sie scheinen von zwei Gräbern in der alten freiherrlichen Kirche im Park gekommen zu sein, damit wir es besonders behaglich hätten. Aber wir sind kein abergläubischer Edelmann, und wir machen uns nichts daraus. Wir schicken also unseren Diener fort, verschließen die Tür und setzen uns im Schlafrock vor das Feuer, um über vielerlei nachzudenken. Schließlich gehen wir zu Bett. Aber mit dem Einschlafen will es nicht klappen. Wir werfen uns hin und her und können keinen Schlaf finden. Die ausgeglühten Scheite in dem Kamin flackern manchmal auf und lassen das Zimmer gespenstig erscheinen. Wider Willen blicken wir über die Bettdecke nach den beiden schwarzen Figuren und dem Kavalier in Grün hin – diesem verdächtig aussehenden Kavalier. In dem flackernden Licht scheinen sie näher zu kommen und wieder zurückzutreten, und obwohl wir durchaus kein abergläubischer Edelmann sind, so ist das doch nicht angenehm. Wir werden nervös – mehr und mehr nervös. Wir sagen zu uns selbst: »Das ist höchst albern; aber wir können das nicht aushalten. Wir wollen vorgeben, uns krank zu fühlen, und nach jemand läuten.« Wir wollen das gerade tun, als die verschlossene Tür aufgeht und ein junges Mädchen mit langem, blondem Haar und totenbleichem Gesicht hereintritt. Sie gleitet ans Feuer und setzt sich händeringend in den Sessel, den wir dort stehengelassen haben. Jetzt bemerken wir, daß ihre Kleider naß sind. Die Zunge klebt uns am Gaumen, und wir können nicht sprechen, doch wir beobachten das Mädchen genau. Ihre Kleider sind naß; an dem langen Haar klebt feuchte Erde; sie ist nach der Mode von vor zweihundert Jahren gekleidet, und an ihrem Gürtel hängt ein rostiger Schlüsselbund.

Nun, da sitzt sie also, und wir können nicht einmal ohnmächtig werden, so gespannt sind wir. Nach kurzer Zeit steht sie auf und probiert alle Schlösser im Zimmer mit den verrosteten Schlüsseln, die zu keinem passen wollen. Darauf richtet sie ihre Augen auf das Porträt des Kavaliers in Grün und sagt mit leiser, grauenerregender Stimme: »Die Hirsche wissen es!« Danach ringt sie wieder die Hände, geht am Bett vorüber und verläßt das Zimmer. Wir werfen uns hastig in unseren Schlafrock, ergreifen unsere Pistolen (wir reisen stets mit Pistolen) und wollen ihr folgen, als wir die Tür verschlossen finden. Wir drehen den Schlüssel um und blicken in die finstere Galerie hinaus, aber es ist niemand da. Wir machen uns auf und versuchen, unseren Diener zu finden. Das ist aber unmöglich. Wir gehen bis Tagesanbruch in der Galerie auf und ab. Dann kehren wir in unser verlassenes Zimmer zurück, schlafen ein und werden von unserem Diener (*dem* erscheint niemals etwas) und dem Sonnenschein geweckt.

Beim Frühstück haben wir nicht den geringsten Appetit, und die ganze Gesellschaft meint, wir sähen verdrießlich aus. Nach dem Frühstück gehen wir mit unserem Gastgeber durch das Haus. Darauf führen wir ihn vor das Porträt des Kavaliers in

Grün, und da kommt alles heraus. Er hat eine junge Haushälterin betrogen, die einst in der Familie lebte und wegen ihrer Schönheit berühmt war. Sie ertränkte sich in einem Teich, und nach langer Zeit fand man ihren Leichnam, weil die Hirsche nicht von dem Wasser trinken wollten. Seitdem, flüstert man, geht sie um Mitternacht durch das Haus (besonders sucht sie das Zimmer auf, wo der Kavalier in Grün zu schlafen pflegte) und probiert die alten Schlösser mit den verrosteten Schlüsseln. Nun, wir erzählen unserem Gastgeber, was wir gesehen haben, und ein Schatten überfliegt seine Züge. Er bittet uns, Stillschweigen zu bewahren, und das tun wir auch. Jedoch ist die ganze Geschichte buchstäblich wahr, und wir haben das vor unserem Tod (denn wir sind jetzt längst gestorben) vielen wichtigen Persönlichkeiten gesagt.

Zahllos sind die alten Häuser mit widerhallenden Galerien, unheimlichen Prunkschlafräumen und seit vielen Jahren unbenutzten Spukzimmern des Seitenbaus, durch die wir mit einem angenehmen Gruseln wandern und jeder beliebigen Menge von Geistern begegnen können. Freilich – die Bemerkung mag vielleicht nicht überflüssig sein – lassen sich die Geister in einige wenige Typen und Klassen einteilen, denn sie besitzen wenig Originalität, und es sind ausgetretene Pfade, auf denen sie »umgehen«. So kommt es vor, daß ein bestimmtes Zimmer einem bestimmten alten Herrenhaus, wo ein bestimmter böser Lord, Baron, Ritter oder Gentleman sich einst eine Kugel durch den Kopf gejagt hat, bestimmte Dielen im Fußboden aufweist, aus denen die Blutflecke durch keine Mittel zu entfernen sind. Man kann reiben und reiben, wie es der jetzige Besitzer getan hat, oder hobeln und hobeln, wie es sein Vater getan hat, oder scheuern und scheuern, wie es sein Großvater getan hat, oder mit starken Säuren brennen und brennen, wie es sein Urgroßvater getan hat – das Blut bleibt stets da, nicht röter und nicht blässer, nicht mehr und nicht weniger, stets genau das gleiche. So gibt es in einem anderen derartigen Haus eine Spuktür, die niemals offen bleiben will; oder eine andere Tür, die niemals geschlossen bleibt; oder ein gespenstiges

Geräusch von einem Spinnrad oder einen Hammerschlag, einen Schritt, einen Schrei, einen Seufzer, ein Pferdegetrappel, ein Kettengeklirr. Oder sonst gibt es eine Turmuhr, die zur Mitternachtsstunde dreizehn schlägt, wenn das Haupt der Familie sterben soll; oder einen unbeweglichen schwarzen Schattenwagen, der zu solchen Zeiten immer von jemand gesehen wird, wie er in der Nähe des großen Tores im Stallhof wartet.

Auch kam es vor, daß Lady Mary auf Besuch in ein großes wildes Haus im schottischen Hochland fuhr und, müde von der langen Reise, früh zu Bett ging. Am nächsten Morgen beim Frühstück aber meinte sie arglos:

»Wie seltsam, daß gestern abend spät noch eine Gesellschaft in diesem abgelegenen Haus stattfand, ohne daß man mir vor dem Zubettgehen etwas davon gesagt hat!«

Daraufhin fragte jeder Lady Mary, was sie meinte. Und Lady Mary erwiderte:

»Nun, die ganze Nacht hindurch fuhren doch die Wagen um die Terrasse unter meinem Fenster herum und herum!«

Daraufhin wurde der Hausherr blaß und seine Lady desgleichen, und Charles Macdoodle of Macdoodle machte Lady Mary ein Zeichen, nicht weiterzusprechen, und schwieg. Nach dem Frühstück teilte Charles Macdoodle Lady Mary mit, es wäre eine Überlieferung in der Familie, daß diese rollenden Wagen auf der Terrasse einen Todesfall anzeigten. Und das bewahrheitete sich auch, denn zwei Monate später starb die Dame des Hauses. Und Lady Mary, die am Hof Ehrendame war, erzählte diese Geschichte oft der alten Königin Charlotte. Der alte König pflegte dabei stets zu sagen:

»Wie, wie? Was, was? Geister, Geister? Nichts da, nichts da!«

Und das wiederholte er in einem fort, bis er zu Bett ging.

Oder: Ein Freund von jemand, den die meisten von uns kennen, hatte einen Schulkameraden, mit dem er ausmachte, wenn die Seele nach ihrer Trennung vom Körper auf diese Erde zurückkehren könnte, sollte derjenige von ihnen beiden, der zuerst sterben würde, dem anderen wiedererscheinen. Im Laufe der Zeit verlor unser Freund diese Übereinkunft aus dem Gedächtnis. Die beiden Kameraden waren im Leben vorangekommen und ihre Pfade hatten sich weit voneinander getrennt. Aber viele Jahre später reiste unser Freund im Norden Englands und war für die Nacht in einem Gasthaus auf den Mooren von Yorkshire abgestiegen. Er hatte sich bereits zu Bett begeben und warf einen zufälligen Blick in das Zimmer. Da sah er im Mondlicht, auf ein Schreibpult am Fenster gelehnt und ihn fest anblickend, seinen alten Schulkameraden stehen! Als er die Erscheinung feierlich ansprach, erwiderte sie in einer Art Flüstern, aber ganz deutlich vernehmbar:

»Nähere dich mir nicht. Ich bin gestorben. Ich bin hier, um mein Versprechen einzulösen. Ich komme aus einer anderen Welt, deren Geheimnisse ich nicht enthüllen darf!«

Darauf wurde die ganze Gestalt undeutlicher und löste sich gleichsam im Mondschein auf.

Oder: Da war die Tochter des ersten Besitzers des malerischen elisabethanischen Hauses, das in unserer Nachbarschaft so berühmt war. Sie haben von ihr gehört? Nein? Nun, sie war ein schönes junges Mädchen, gerade siebzehn Jahre alt, und ging an einem Sommerabend im Zwielicht in den Garten, um Blumen zu pflücken. Nach wenigen Minuten kam sie, zu Tode erschrocken, in die Halle zu ihrem Vater gelaufen und sagte:

»Oh, lieber Vater, ich bin mir selbst begegnet!« Er nahm sie in seine Arme und sagte ihr, das wäre bloße Einbildung, aber sie erwiderte:

»O nein! Ich begegnete mir selbst auf dem Mittelgang, und ich war blaß und pflückte verwelkte Blumen, und ich wandte den Kopf und hielt sie in die Höhe!«

Und in derselben Nacht starb sie. Ein Bild, das ihre Geschichte darstellt, wurde begonnen, aber niemals vollendet, und man sagt, es hängt bis auf den heutigen Tag, die Vorderseite der Wand zugekehrt, irgendwo im Haus.

Oder: Der Onkel von meines Bruders Frau ritt an einem lauen Abend gegen Sonnenuntergang nach Hause, als er auf einem engen Feldweg in der Nähe seines Hauses gerade in der Mitte des Pfades eine Gestalt vor sich stehen sah.

»Weshalb steht dieser Mann im Mantel dort?« dachte er. »Will er von mir überritten werden?«

Aber die Gestalt blieb regungslos. Ein sonderbares Gefühl beschlich ihn, als er sie so still dastehen sah, aber er ritt, wenn auch in langsamerem Schritt, weiter. Als er ihr so nahe war, daß er sie fast mit seinem Steigbügel berührte, scheute sein Pferd und die Gestalt glitt in einer seltsamen, unirdischen Weise – rücklings und anscheinend ohne die Füße zu gebrauchen – die Böschung hinan und war verschwunden. Mit dem Ausruf: »Lieber Himmel! Das ist ja mein Vetter Harry aus Bombay!« gab der Onkel von meines Bruders Frau dem Pferd, das plötzlich über und über in Schweiß gebadet war, die Sporen und galoppierte, über das sonderbare Verhalten des Tieres verwundert, vor die Front des Hauses. Dort sah er dieselbe Gestalt, wie sie gerade zu dem langen Flügelfenster des zu ebener Erde gelegenen Salons hineinglitt. Er warf die Zügel einem Diener zu und eilte hinter der Gestalt in den Salon. Er traf seine Schwester allein darin an.

»Alice, wo ist mein Vetter Harry?«

»Dein Vetter Harry, John?«

»Ja. Aus Bombay. Ich begegnete ihm gerade auf dem Feldweg und sah ihn vor einem Augenblick hier hineingehen.«

Niemand hatte irgendein lebendiges Wesen gesehen, und wie sich später herausstellte, starb in dieser Stunde der Vetter in Indien.

Oder: Es gab eine gewisse gescheite alte Jungfer, die im Alter von neunundneunzig Jahren starb und bis zuletzt bei klarem Verstand war. Diese hat tatsächlich den Waisenknaben gesehen. Die Geschichte ist oft unrichtig wiedergegeben worden, aber hier steht wirklich die reine Wahrheit, denn es ist eine Geschichte aus unserer Familienüberlieferung und sie war eine Verwandte von uns. Der Mann, dem sie ihr Herz geschenkt hatte, war jung gestorben, und aus diesem Grund hatte sie nie geheiratet, obwohl sich viele um sie beworben haben. Im Alter von vierzig Jahren nun, als sie immer noch eine ungewöhnlich schöne Frau war, reiste sie nach einem Besitztum in Kent, das ihr Bruder, ein Indien-Kaufmann, vor kurzem erworben hatte. Es ging die Sage, daß dieses Gut einst von dem Vormund eines jungen Knaben verwaltet worden war, der, selbst der nächste Erbe, den Knaben durch harte und grausame Behandlung ums Leben gebracht hatte. Sie aber hatte nichts davon gehört. Man behauptet, daß ein Käfig in ihrem Schlafzimmer stand, in den der Vormund den Knaben einzusperren pflegte. Aber es gab nichts dergleichen; nur ein Schrank stand darin. Sie ging zu Bett, schlug in der Nacht durchaus keinen Lärm und sagte am Morgen gleichmütig zu ihrem Mädchen, als es ins Zimmer trat:

»Wer ist das hübsche, verlassen aussehende Kind, das die ganze Nacht hindurch aus dem Schrank da herausgeblickt hat?«

Das Mädchen antwortete nur durch einen lauten Schrei und lief augenblicklich davon. Sie war überrascht; aber sie besaß ungewöhnlichen Mut. Sie kleidete sich an, ging nach unten und schloß sich mit ihrem Bruder ein.

»Walter«, sagte sie, »ich bin die ganze Nacht hindurch von einem hübschen, verlassen aussehenden Knaben gestört worden, der beständig aus dem Schrank in meinem Zimmer, den ich nicht aufkriege, hervorblickte. Das ist irgendein Blendwerk.«

»Ich fürchte nein, Charlotte«, sagte er, »denn es ist die Sage des Hauses. Es ist der Waisenknabe. Was tat er?«

»Er öffnete sacht die Schranktür«, erwiderte sie, »und blickte heraus. Bisweilen tat er einen Schritt oder zwei ins Zimmer. Bei dieser Gelegenheit rief ich ihm zu, um ihn zu ermutigen; aber er wich schaudernd zurück, kroch wieder hinein und schloß die Tür.«

»Der Schrank, Charlotte«, sagte ihr Bruder, »steht in keinerlei Verbindung mit irgendeinem anderen Teil des Hauses und ist vernagelt.«

Das war unbestreitbar richtig, und zwei Zimmerleute hatten

einen ganzen Vormittag zu arbeiten, um ihn zu öffnen, damit man ihn untersuchen könnte. Da war sie denn überzeugt, daß sie den Waisenknaben gesehen hatte. Aber das Furchtbare an der Geschichte ist, daß er auch nacheinander dreien ihrer Neffen erschien, die alle jung starben. Jeder dieser drei Knaben kam zwölf Stunden, bevor die Krankheit bei ihm ausbrach, erhitzt nach Hause und sagte seiner Mama, er hätte unter einer bestimmten Eiche auf einer bestimmten Wiese mit einem fremden Jungen gespielt – einem hübschen, verlassen aussehenden Jungen, der sehr schüchtern war und ihm Zeichen machte. Die traurige Erfahrung, die sie machen mußten, belehrte dann die Eltern, daß dies der Waisenknabe war und daß das Leben des Kindes, das er sich zum Gespielen erkor, sicher zu Ende war.

Zahllos sind die deutschen Schlösser, wo wir allein dasitzen und auf das Gespenst warten. Wir werden in ein Zimmer geleitet, das für unseren Empfang verhältnismäßig behaglich hergerichtet wurde und in dem wir uns nach den Schatten umblicken, die das knisternde Feuer auf die kahlen Wände wirft. Wir fühlen uns sehr einsam, wenn der Wirt des Dorfgasthauses und seine hübsche Tochter sich zurückgezogen haben, nachdem sie vorher einen frischen Stoß Holz auf den Kamin gelegt und auf den kleinen Tisch zum Abendbrot kalten gebratenen Kapaun, Brot, Trauben und eine Flasche alten Rheinwein gesetzt haben. Als sie sich zurückziehen, schlagen die Türen hinter ihnen eine nach der anderen mit einem Getöse wie dumpfes Donnerrollen zu, und allein geblieben, machen wir in tiefer Nacht verschiedene übernatürliche Erfahrungen. Zahllos sind die behexten deutschen Studenten, in deren Gesellschaft wir näher ans Feuer heranrücken, während der Schuljunge im Winkel seine Augen groß und rund aufreißt und von dem Schemel, den er sich zum Sitz erkoren, herunterfällt, wenn der Wind zufällig die Tür aufreißt. Eine reiche Menge von solchen Früchten schimmert auf unserem Christbaum; noch fast an der Spitze fangen sie schon zu blühen an und reifen an allen Zweigen entlang abwärts.

Zwischen den Spielsachen und Phantasiegebilden, die auf den unteren Baumzweigen hängen – oft ebenso müßig und weniger rein –, mögen die Bilder für immer unverändert bleiben, die ich einst mit der süßen Weihnachtsmusik verknüpfte, die so sanft durch die Nacht tönte! Von den freundlichen Gedanken der Weihnachtszeit umgeben, möge die gütige Gestalt meiner Kindheit für immer weilen! In jeder Freude, die die Jahreszeit mit sich bringt, möge der helle Stern, der über dem armen Dach schimmerte, der Stern der ganzen Christenwelt sein! Verweile noch einen Augenblick, o dahinschwindender Baum, dessen tiefere Zweige für mich noch dunkel sind, und laß mich nochmals auf dich schauen! Ich weiß, es gibt leere Stellen auf deinen Zweigen, wo Augen, die ich einst geliebt habe, geleuchtet und gelächelt haben; und die jetzt nicht mehr sind. Aber weit oben sehe ich den, der das tote Mädchen wieder zum Leben erweckte, und Gott ist gut! Wenn in deinen noch nicht sichtbaren untersten Zweigen sich das Alter für mich verbirgt, o möge ich in grauen Haaren noch das Herz und das Vertrauen eines Kindes dieser Gestalt zuwenden!

Jetzt ist der Baum mit Gesang und Tanz und Fröhlichkeit geschmückt. Und sie sind willkommen. Unschuldige Freude möge stets willkommen sein unter den Zweigen des Christbaumes, die keinen finstern Schatten werfen! Aber während er in den Boden sinkt, höre ich ein Flüstern durch die Blätter gehen:

»Dies zum Gedenken an das Gesetz der Liebe und Freundlichkeit, der Barmherzigkeit und des Mitleids. Dies zum Gedenken an mich!«

Die Geschichte des armen Verwandten

Die Geschichte des armen Verwandten

Es war ihm sehr peinlich, daß er vor so vielen geachteten Familienmitgliedern den Vorrang haben und als erster mit den Geschichten beginnen sollte, die sie, in fröhlichem Kreis um den weihnachtlichen Kamin versammelt, sich erzählen wollten. Er wandte bescheiden ein, daß es richtiger wäre, wenn »John, unser verehrter Gastgeber« (auf dessen Gesundheit er sich zu trinken gestatte), freundlicherweise den Anfang machen würde. Denn was ihn selbst beträfe, meinte er, wäre er so wenig daran gewöhnt, der erste zu sein, daß wirklich ... Aber da hier alle riefen, daß er beginnen müsse, und alle einstimmig dafür waren, daß er beginnen könne, dürfe und solle, hörte er schließlich auf, sich die Hände zu reiben, zog seine Beine unter dem Lehnsessel hervor und begann.

Ich hege keinen Zweifel (sagte der arme Verwandte), daß ich die versammelten Mitglieder unserer Familie durch das Geständnis, das ich abzulegen im Begriff bin, überraschen werde; besonders aber John, unseren verehrten Gastgeber, dem wir für die freigebige Bewirtung des heutigen Tages so viel Dank schuldig sind. Falls ihr mir aber nun die Ehre erweist, von etwas überrascht zu sein, was eine Person von so geringer Bedeutung in der Familie wie ich vorbringt, so will ich nur feststellen, daß ich bei allem, was ich berichte, mit der größten Gewissenhaftigkeit verfahren werde.

Ich bin nicht der, wofür ich gehalten werde. Ich bin ein ganz anderer. Vielleicht wäre es gut, bevor ich fortfahre, einen Blick auf das zu werfen, wofür ich gehalten werde.

Man ist der Ansicht, daß ich niemandes Feind bin als mein

eigener. Sollte ich mich darin täuschen, was sehr wahrscheinlich ist, so werden mich die versammelten Mitglieder unserer Familie zurechtweisen. (Hier sah sich der arme Verwandte mit mildem Blick im Kreise um, ob ihm jemand widerspräche.) Man glaubt, daß ich niemals bei irgend etwas besonderen Erfolg hatte. Daß ich im Geschäftlichen versagte, weil ich unkaufmännisch und leichtgläubig war – weil ich den selbstsüchtigen Schlichen meines Partners nicht gewachsen war. Daß ich in der Liebe Unglück hatte, weil ich lächerlich vertrauensselig war – weil ich es für unmöglich hielt, daß Christiana mich hintergehen könnte. Daß ich in meinen Erwartungen von meinem Onkel Chill enttäuscht wurde, weil ich in weltlichen Angelegenheiten nicht so scharf war, wie er es gewünscht hätte. Daß ich das ganze Leben hindurch überhaupt stets betrogen und enttäuscht worden bin. Daß ich jetzt ein Junggeselle zwischen neunundfünfzig und sechzig bin, der ein beschränktes Einkommen in Form einer vierteljährlichen Rente besitzt, über die, wie ich bemerke, John, unser verehrter Gastgeber, keine weitere Anspielung von mir hören möchte.

Das Leben, das ich jetzt führe, stellt sich nach der allgemeinen Annahme etwa folgendermaßen dar:

Ich bewohne in der Clapham Road ein sehr reinliches Hinterzimmer in einem sehr anständigen Haus. Man erwartet von mir, daß ich am Tag nicht zu Hause bin, ausgenommen in Krankheitsfällen, und ich gehe gewöhnlich um neun Uhr morgens fort, unter dem Vorwand, mich ins Geschäft zu begeben. Ich frühstücke – eine Buttersemmel und eine halbe Pinte Kaffee – in dem alten Kaffeehaus in der Nähe der Westminster-Brücke, und dann gehe ich, ohne recht zu wissen wozu, in die City und sitze in Garraways Kaffeehaus und auf der Börse und gehe umher und spreche in ein paar Kontoren vor, wo einige meiner Verwandten oder Bekannten so freundlich sind, mich zu dulden, und wo ich am Kamin stehe, wenn das Wetter gerade kalt ist. In dieser Weise bringe ich den Tag hinter mich, bis es fünf Uhr ist, und dann diniere ich: im Durchschnitt etwa für einen Schilling und drei Pence. Da ich noch ein wenig

Geld für meine Abendunterhaltung übrig habe, gucke ich auf dem Heimweg in das alte Kaffeehaus hinein und nehme meine Tasse Tee und vielleicht meine Röstschnitte. So gehe ich denn, so regelmäßig wie der große Uhrzeiger seinen Weg nach der Morgenstunde zurücklegt, wieder nach der Clapham Road zurück und lege mich, zu Hause angekommen, sofort zu Bett. Denn Heizen ist kostspielig, und die Familie, bei der ich wohne, will wegen der Mühe und des Schmutzes, die damit verbunden sind, nichts davon wissen.

Manchmal ist einer meiner Verwandten oder Bekannten so liebenswürdig, mich zum Diner einzuladen. Das sind Feiertage für mich, und ich pflege in der Regel anschließend einen Spaziergang im Park zu unternehmen. Ich bin ein einsamer Mensch und gehe selten in jemands Gesellschaft. Nicht etwa, daß man mich meidet, weil ich schäbig aussehe; denn ich sehe gar nicht schäbig aus, da ich immer einen sehr guten schwarzen Anzug anhabe. Aber ich habe die Gewohnheit angenommen, leise zu sprechen und mich ziemlich schweigsam zu verhalten; meine Laune ist nicht rosig, und so verstehe ich vollkommen, daß ich keinem ein sehr wünschenswerter Gesellschafter bin.

Die einzige Ausnahme von dieser Regel ist das Kind meines Vetters, der kleine Frank. Ich habe eine besondere Zuneigung zu diesem Knaben, und er hängt sehr an mir. Er ist von Natur ein mißtrauischer Junge, und in einer Menschenmenge ist er bald überrannt, wie ich mich ausdrücken darf, und vergessen. Doch vertragen wir beide uns ganz vorzüglich, und es kommt mir so vor, als ob der arme Junge eines Tages meine besondere Stellung in der Familie erben würde. Wir sprechen nur wenig miteinander, und doch verstehen wir uns. Wir gehen Hand in Hand spazieren, und ohne daß wir viel sprechen, weiß er, was ich meine, und weiß ich, was er meint. Als er noch ganz klein war, pflegte ich ihn an die Schaufenster der Spielzeugläden zu führen und ihm die ausgestellten Spielsachen zu zeigen. Dabei fand er überraschend schnell heraus, daß ich ihm eine Menge Geschenke gemacht hätte, wenn ich dazu in der Lage gewesen wäre.

Der kleine Frank und ich gehen zum Monument*) spazieren und sehen es uns von außen an – er liebt das Monument sehr –, und wir gehen zu den Brücken und zu allen Sehenswürdigkeiten, die keinen Eintritt kosten. Zweimal haben wir an meinem Geburtstag gespickten Rinderbraten diniert und sind dann zum halben Preis ins Theater gegangen, wo wir mit tiefstem Interesse zugehört haben. Einst ging ich mit ihm in der Lombard Street, die wir oft aufsuchen, weil ihm meine Erzählung, daß es dort große Reichtümer gibt, diese Straße sehr lieb gemacht hat, als ein Gentleman im Vorübergehen zu mir sagte: »Sir, Ihr kleiner Sohn hat seinen Handschuh fallen lassen.« Ich versichere euch, wenn ihr mein Verweilen bei einem so trivialen Umstand entschuldigen wollt, daß diese zufällige Erwähnung, dieses Kind sei mein eigenes, an mein Herz griff, und mir närrische Tränen in die Augen trieb.

Wenn der kleine Frank aufs Land in die Schule geschickt wird, werde ich in großer Verlegenheit sein, was ich mit mir anfangen soll. Aber ich habe die Absicht, einmal im Monat zu Fuß dorthin zu gehen und ihn an einem freien Nachmittag zu besuchen. Man sagt mir, er wird dann auf der Heide beim Spiel sein; und wenn meine Besuche unwillkommen sein sollten, weil sie den Knaben aufregen, so kann ich ihn aus der Ferne sehen, ohne daß er mich sieht, und dann wieder zurückwandern. Seine Mutter stammt aus einer hochvornehmen Familie, und ich weiß wohl, daß es ihr nicht besonders angenehm ist, wenn wir zuviel zusammen sind. Freilich bin ich wenig dazu geeignet, auf seinen schüchternen Charakter günstig einzuwirken; aber ich glaube, er würde mich über den Augenblick hinaus vermissen, wenn wir gänzlich getrennt würden.

Wenn ich in der Clapham Road sterbe, werde ich nicht viel mehr auf dieser Welt hinterlassen, als ich aus ihr hinwegnehmen werde. Aber ich besitze das Miniaturbild eines Knaben mit fröhlichem Gesicht und lockigem Haar, der am Hals einen offnen Hemdkragen trägt. Meine Mutter hat es für mich

---

*) Erinnerungssäule zum Andenken an die große Londoner Feuersbrunst von 1666. (Anm. des Herausg.)

anfertigen lassen, aber ich kann nicht glauben, daß es jemals ähnlich war. Dieses wird beim Verkauf nichts einbringen, und ich werde darum bitten, daß es Frank gegeben wird. Ich habe meinem lieben Jungen einen kleinen Brief dazu geschrieben und ihm darin gesagt, daß es mir sehr leid täte, von ihm zu scheiden; aber andererseits wüßte ich auch keinen rechten Grund, warum ich hierbleiben sollte. Ich habe ihm in kurzen Worten den Rat gegeben – den besten, den ich ihm geben konnte –, sich ein warnendes Beispiel daran zu nehmen, welche Folgen es hätte, wenn man niemandes Feind wäre als sein eigener. Ich habe mich auch bemüht, ihn zu trösten wegen dessen, was er, wie ich fürchte, als einen Verlust ansehen wird. Ich habe ihm vorgehalten, daß ich für jeden außer ihm nur ein überflüssiger Mensch war; daß es mir irgendwie mißlungen sei, einen Platz in dieser großen Gesellschaft zu finden, und daß es deshalb besser sei, wenn ich sie verließe.

Dies (sagte der arme Verwandte, indem er sich räusperte und die Stimme ein wenig erhob) ist die allgemeine Ansicht über mich. Nun ist es aber ein bemerkenswerter Umstand – und das ist Zweck und Ziel meiner Geschichte –, daß das alles verkehrt ist. Das ist nicht mein Leben und das sind nicht meine Gewohnheiten. Ich wohne nicht einmal in der Clapham Road. Ich bin verhältnismäßig sehr selten dort. Ich wohne meistens in einem – ich schäme mich fast, das Wort auszusprechen, es klingt so anspruchsvoll – in einem Schloß. Ich will damit nicht sagen, daß es ein alter freiherrlicher Wohnsitz ist, aber es ist doch ein Gebäude, das jedem stets unter der Bezeichnung Schloß geläufig ist. Darin bewahre ich die Einzelheiten meiner Geschichte auf. Sie verhalten sich folgendermaßen:

Es war zur Zeit, als ich noch im Hause meines Onkels Chill wohnte, von dem ich ein beträchtliches Erbe zu erwarten hatte. Ich war ein junger Mensch von nicht mehr als fünfundzwanzig Jahren und hatte gerade John Spatter, der mein Angestellter gewesen war, als Partner aufgenommen. Damals wagte ich es, mich Christiana zu erklären. Ich liebte Christiana, die von ungewöhnlicher Schönheit und in jeder Hinsicht reizend war, seit langem. Zwar mißtraute ich ihrer verwitweten Mutter, da ich fürchtete, daß sie hinterlistig und geldgierig wäre. Jedoch suchte ich um Christianas willen so gut wie möglich von ihr zu denken. Ich hatte niemals jemand anders als Christiana geliebt, und sie war von unserer Kindheit an die ganze Welt, ja viel mehr als die ganze Welt für mich gewesen!

Christiana nahm mit Zustimmung ihrer Mutter meine Bewerbung an, und ich war der glücklichste Mensch auf Erden. Ich führte im Hause meines Onkels Chill ein dürftiges, langweiliges Leben, und meine Dachkammer war so öde und kahl und kalt wie ein oberes Gefängnisgelaß in einer finsteren Festung im Norden. Aber im Besitz von Christianas Liebe brauchte ich nichts weiter auf Erden. Ich würde mit keinem Menschen getauscht haben.

Zum Unglück war mein Onkel Chill ganz und gar von dem Laster der Habsucht beherrscht. Obwohl reich, war er gierig nach jedem Gewinn, knauserte und sparte und führte ein elendes Dasein. Da Christiana ohne Vermögen war, scheute ich mich eine Zeitlang ein wenig, ihm von unserer Verlobung Mitteilung zu machen. Schließlich aber schrieb ich ihm einen Brief und gestand ihm alles wahrheitsgemäß. Diesen legte ich eines Abends vor dem Zubettgehen in seine Hand.

Als ich am nächsten Morgen herunterkam, war mir das Herz schwer. Ich schauerte in der kalten Dezemberluft, die in dem ungeheizten Hause meines Onkels kälter war als auf der Straße. Denn dort schien doch bisweilen die Wintersonne und auf jeden Fall wurde sie von den fröhlichen Gesichtern und Stimmen der Vorübergehenden belebt. So schritt ich auf das lange, niedrige Frühstückszimmer zu, in dem mein Onkel saß. Es war ein großes Zimmer mit einem kleinen Feuer, und auf dem breiten Erkerfenster hatte der nächtliche Regen seine Spuren hinterlassen, als wären es die Tränen obdachloser Menschen. Es ging auf einen wüsten Hof mit einem rissigen Steinpflaster und einem verrosteten Eisengeländer, das zur Hälfte aus dem Boden herausgerissen war. Ein häßlicher Schuppen stand darauf, der einst in den Zeiten des großen

Arztes, der das Haus an meinen Onkel verpfändet hatte, als Seziersaal gedient hatte.

Wir standen stets so früh auf, daß wir zu dieser Jahreszeit bei Kerzenlicht frühstückten. Als ich ins Zimmer trat, hatte sich mein Onkel infolge der Kälte so in seinem Lehnstuhl hinter der einen, trübe brennenden Kerze zusammengekauert, daß ich ihn erst gewahr wurde, als ich dicht am Tisch stand.

Als ich ihm die Hand entgegenstreckte, ergriff er seinen Stock (infolge von Gebrechlichkeit ging er stets mit einem Stock im Hause umher), schlug nach mir und sagte:

»Du Narr!«

»Onkel«, erwiderte ich, »ich hätte nicht erwartet, daß Sie so böse sein würden.«

Ich hatte es auch wirklich nicht erwartet, obwohl er ein harter und zorniger alter Mann war.

»Du hast es nicht erwartet?« sagte er. »Wann hast du jemals etwas erwartet? Wann hast du je gerechnet oder an die Zukunft gedacht, du niedriger Hund?«

»Das sind harte Worte, Onkel!«

»Harte Worte? Das sind bloße Federn, wenn man einen Idioten wie dich damit schlagen will«, erwiderte er. »Hier! Betsy Snap! Seht ihn an!«

Betsy Snap, ein häßliches, welkes, gelbgesichtiges altes Weib, war unser einziger Dienstbote. Zu dieser Morgenstunde war sie stets damit beschäftigt, meinem Onkel die Beine zu reiben. Als mein Onkel sie aufforderte, mich anzusehen, legte er seine magere Klaue auf den Scheitel der neben ihm Knienden und wandte ihr Gesicht mir zu. In meiner Angst schoß mir plötzlich der Gedanke durch den Sinn, daß sie beide ein Bild aus dem Seziersaal boten, wie er zur Zeit des Arztes ausgesehen haben mußte.

»Seht das weichliche Muttersöhnchen an!« sagte mein Onkel. »Betrachtet dieses Kindchen! Das ist der Gentleman, der, wie die Leute sagen, niemandes Feind ist als sein eigner. Das ist der Gentleman, der nicht nein sagen kann. Das ist der Gentleman, dem sein Geschäft so riesige Verdienste abwirft, daß er notwendig jüngst einen Partner aufnehmen mußte. Das ist der Gentleman, der eine Frau ohne einen roten Heller heiraten will und der in die Hände von Isebels gerät, die auf meinen Tod spekulieren!«

Jetzt wußte ich, wie groß die Wut meines Onkels war. Denn wenn er nicht fast rasend gewesen wäre, so hätte ihn nichts veranlassen können, dieses alles beendende Wort in den Mund zu nehmen. Sonst durfte es unter keinen Umständen vor ihm ausgesprochen oder angedeutet werden, so widerwärtig war es ihm.

»Auf meinen Tod«, wiederholte er, gleich als trotzte er mir, indem er seinem eigenen Abscheu vor dem Wort Trotz bot. »Auf meinen Tod – Tod – Tod! Aber ich werde die Spekulation zunichte machen. Iß deine letzte Mahlzeit unter diesem Dach, du Jämmerling, und mögest du daran ersticken!«

Ihr könnt euch denken, daß ich nicht viel Appetit auf das Frühstück hatte, zu dem ich in diesen Ausdrücken eingeladen wurde. Jedoch nahm ich meinen gewohnten Platz ein. Ich sah, daß mein Onkel nichts mehr von mir wissen wollte; aber im Besitz von Christianas Herzen konnte ich das mit Gleichmut ertragen.

Er leerte seine Schale Brot und Milch wie gewöhnlich, nur daß er sie auf die Knie genommen und seinen Stuhl von dem Tisch, an dem ich saß, abgerückt hatte. Als er fertig war, blies er bedachtsam die Kerze aus, und der kalte, elende, bleifarbene Tag blickte ins Zimmer herein.

»Nun, Mr. Michael«, sagte er, »bevor wir uns trennen, möchte ich in deiner Gegenwart ein Wort mit diesen Damen sprechen.«

»Wie Sie wünschen, Sir«, erwiderte ich. »Aber Sie täuschen sich und tun uns bitter unrecht, wenn Sie glauben, daß irgendein anderes Gefühl als reine, selbstlose, treue Liebe bei unserer Übereinkunft eine Rolle gespielt hat.«

Darauf erwiderte er bloß: »Du lügst!« – kein Wort weiter.

Wir gingen durch halbgetauten Schnee und halbgefrorenen Regen nach dem Hause, wo Christiana und ihre Mutter wohnten. Mein Onkel war gut mit ihnen bekannt. Sie saßen gerade beim Frühstück und waren überrascht, uns zu dieser Stunde zu sehen.

»Ihr Diener, Ma'am«, sagte mein Onkel zu der Mutter. »Sie erraten wohl den Zweck meines Besuchs, Ma'am. Wie ich höre, schließt dieses Haus eine Welt von reiner, selbstloser, treuer Liebe ein. Ich bin glücklich, das zu bringen, was zur Vervollständigung dieser Welt einzig noch nötig ist. Ich bringe Ihnen Ihren Schwiegersohn, Ma'am, und Ihnen, Miß, Ihren Gatten. Der Gentleman ist ein vollkommen fremder Herr für mich, aber ich wünsche ihm Glück zu seinem weisen Handel.«

Er zeigte mir die Zähne, als er das Zimmer verließ, und ich habe ihn nie wiedergesehen.

Es ist eine ganz falsche Annahme (fuhr der arme Verwandte fort), daß meine teure Christiana sich von ihrer Mutter überreden ließ und einen reichen Mann heiratete; daß sie jetzt oft an mir vorbeifährt und ihre Wagenräder mich mit Kot bespritzen. Nein, nein. Sie heiratete mich.

Wir heirateten sogar früher, als wir beabsichtigt hatten, und das kam so: Ich hatte mir eine bescheidene Wohnung gemietet und sparte und entwarf Pläne um ihretwillen, als sie eines Tages sehr ernst zu mir sagte:

»Mein lieber Michael, ich habe dir mein Herz geschenkt. Ich habe dir gestanden, daß ich deine Liebe erwidere, und ich habe dir mein Wort gegeben, dein Weib zu werden. Ich gehöre dir schon jetzt in guten und in bösen Tagen, als ob wir an dem Tag, als diese Worte zwischen uns gesprochen wurden, geheiratet hätten. Ich kenne dich gut und weiß, daß dein ganzes Leben verdunkelt würde, wenn wir uns trennen. Dein ganzes Wesen, das selbst jetzt für den Kampf mit dem Leben kräftiger gerüstet sein sollte, würde dann nur noch ein Schatten seiner selbst sein!«

»Gott helfe mir, Christiana!« sagte ich. »Du sprichst die Wahrheit.«

»Michael!« sagte sie, mit ihrer ganzen mädchenhaften Hingabe ihre Hand in die meine legend, »wir wollen nicht länger getrennt leben. Ich brauche nur zu sagen, daß ich mit dem, was du mir bieten kannst, zufrieden bin, und ich weiß, daß du glücklich sein wirst. So sage ich es denn von ganzem Herzen. Mühe dich nicht mehr allein; wir wollen gemeinsam die Mühe tragen. Mein lieber Michael, es wäre nicht recht von mir, dir das zu verheimlichen, was du nicht ahnst, was aber mein ganzes Leben verbittert. Meine Mutter bedenkt nicht, daß du alles, was du verloren hast, nur um meinetwillen einbüßtest, nur weil ich dir Treue geschworen hatte. Sie setzt ihr Herz auf Reichtum und will mich zu meinem tiefsten Kummer zu einer anderen Ehe drängen. Ich kann das nicht ertragen, denn es ertragen, hieße treulos gegen dich sein. Ich will lieber deine Sorgen teilen als ihnen nur zuzusehen. Ich wünsche mir kein besseres Heim, als du mir geben kannst. Ich weiß, daß du mit erhöhtem Mut streben und arbeiten wirst, wenn ich ganz dein bin, und so mag es denn sein, sobald du willst!«

Ich war unendlich glücklich an jenem Tage und eine neue Welt öffnete sich vor mir. Wir heirateten ganz kurze Zeit darauf und ich führte mein Weib in mein glückliches Heim. Damals bezogen wir zuerst das Haus, von dem ich gesprochen habe; das Schloß, das wir seitdem stets zusammen bewohnt haben, stammt aus dieser Zeit. Alle unsere Kinder sind darin geboren worden. Unser erstes Kind, das jetzt verheiratet ist, war ein Mädchen, das wir Christiana nannten. Ihr Sohn ist dem kleinen Frank so ähnlich, daß ich sie kaum auseinanderhalten kann.

Auch die herrschende Meinung über die Handlungsweise meines Partners gegen mich ist vollkommen irrig. Er begann mich nicht von oben herab zu behandeln, wie einen armen Schwachkopf, als das unheilvolle Zerwürfnis zwischen mir und meinem Onkel eintrat. Auch bemächtigte er sich nicht allmählich unseres Geschäfts und drängte mich hinaus. Im Gegenteil, er verfuhr gegen mich wie ein vollendeter Ehrenmann.

Die Dinge zwischen uns spielten sich folgendermaßen ab: An dem Tag der Trennung von meinem Onkel, und sogar bevor noch meine Koffer in unserem Kontor anlangten (er hatte sie mir nachgeschickt, ohne den Wagen zu bezahlen), ging ich in unser Geschäftslokal auf unserem kleinen Kai am Fluß. Dort teilte ich John Spatter den Vorfall mit. John gab nicht zur Antwort, daß reiche alte Verwandte greifbare Tatsachen, Liebe und schöne Gefühle aber Mondschein und Phantasterei seien. Er sprach folgendermaßen zu mir:

»Michael«, sagte John, »wir sind zusammen zur Schule gegangen, und ich brachte es in der Regel fertig, besser voranzukommen als du und mir größeres Ansehen zu verschaffen.«

»Das tatest du, John«, erwiderte ich.

»Obgleich«, sagte John, »ich deine Bücher borgte und sie verlor; dein Taschengeld borgte und es verlor; dir meine schadhaften Messer zu einem höheren Preis verkaufte, als der war, den ich neu für sie gegeben hatte; und dich die von mir zerbrochenen Fenster auf deine Kappe nehmen ließ.«

»Alles nicht der Rede wert, John Spatter«, sagte ich; »aber zweifellos wahr.«

»Als du zuerst dieses Geschäft anfingst, das sich so verheißungsvoll anläßt«, fuhr John fort, »kam ich, eine Beschäftigung suchend und bereit, fast jede anzunehmen, zu dir, und du machtest mich zu deinem Angestellten.«

»Ebensowenig der Rede wert, mein lieber John Spatter«, sagte ich; »aber ebenso wahr.«

»Und da du fandest, daß ich gute Fähigkeiten für das Geschäft besaß und dem Geschäft wirklich nützlich war, so wolltest du mich nicht in dieser Stellung belassen, sondern hieltest es für ein Gebot der Gerechtigkeit, mich bald zu deinem Partner zu machen.«

»Noch weniger der Rede wert als die anderen kleinen Umstände, an die du erinnertest, John Spatter«, sagte ich; »denn ich kannte und kenne deine Verdienste und meine Mängel.«

»Nun, mein lieber Freund«, sagte John, meinen Arm durch den seinen ziehend, wie er es in der Schule zu tun pflegte

– draußen vor den Fenstern unseres Kontors, die wie die Heckluken eines Schiffes geformt waren, schwammen zwei Fahrzeuge mit der Flut leicht den Fluß hinab, so wie John und ich in diesem Augenblick gemeinsam und voll gegenseitigen Vertrauens auf unsere Lebensreise hätten ausfahren können –, »unter diesen freundlichen Umständen soll in jeder Beziehung Klarheit zwischen uns herrschen. Du bist zu gutmütig, Michael. Du bist niemandes Feind als dein eigener. Wenn ich unter unserer Kundschaft diesen schädlichen Ruf über dich mit einem Achselzucken und einem Kopfschütteln und einem Seufzer verbreitete, und wenn ich ferner dein Vertrauen mißbrauchte...«

»Aber du wirst es niemals mißbrauchen, John«, bemerkte ich.

»Niemals!« sagte er. »Aber ich setze den Fall. Ich sage also, wenn ich ferner dein Vertrauen mißbrauchte, indem ich die eine unserer gemeinsamen Geschäftsangelegenheiten im Dunkeln ließe und eine andere im Licht und noch eine andere im Zwielicht und so fort, so könnte ich Tag für Tag meine starke Stellung verstärken und deine Schwäche vergrößern, bis ich mich schließlich auf dem Wege nach dem Glück befände, während du auf irgendeiner kahlen Wiese in hoffnungsloser Entfernung zurückgeblieben wärst.«

»Ganz richtig«, sagte ich.

»Um dies oder die leiseste Möglichkeit dazu zu verhindern, Michael«, sagte John Spatter, »müssen wir vollkommen offen gegeneinander sein. Nichts darf verheimlicht werden und wir dürfen beide nur ein Interesse haben.«

»Mein lieber John Spatter«, versicherte ich ihm, »das ist mir aus dem Herzen gesprochen.«

»Und wenn du zu gutmütig bist«, fuhr John fort, während sein Gesicht vor Freundschaft erglühte, »dann mußt du mir erlauben, dafür zu sorgen, daß dieser kleine Fehler von niemand ausgenutzt wird. Du darfst nicht erwarten, daß ich dich darin bestärken werde...«

»Mein lieber John Spatter«, unterbrach ich ihn, »ich erwarte gar nicht, daß du mich darin bestärkst. Ich wünsche, daß du es mir abgewöhnst.«

»Und ich ebenfalls«, sagte John.

»Ganz recht!« rief ich. »Wir haben beide dasselbe Ziel im Auge; und indem wir ehrlich danach streben und volles Vertrauen zueinander haben und nur ein gemeinsames Interesse kennen, wird unsere Partnerschaft blühen und gedeihen.«

»Dessen bin ich gewiß!« erwiderte John Spatter.

Worauf wir uns aufs herzlichste die Hände schüttelten.

Ich nahm John mit nach Hause in mein Schloß, und wir verbrachten einen sehr schönen Tag. Unsere Partnerschaft gedieh. Mein Freund und Partner ergänzte meine Mängel, wie ich es vorausgesehen hatte. Er sorgte für das Geschäft und für mich und vergalt dadurch reichlich das wenige, das ich etwa getan hatte, um ihm im Leben fortzuhelfen.

Ich bin nicht sehr reich (sagte der arme Verwandte, sich bedächtig die Hände reibend und ins Feuer blickend), denn ich habe nie Wert darauf gelegt, es zu sein. Aber ich habe genug, um ein mäßiges, sorgenfreies Leben führen zu können. Mein Schloß ist kein prachtvoller Ort, aber es ist sehr behaglich. Wärme und Fröhlichkeit herrschen darin, und es ist das Bild eines glücklichen Heims.

Unser ältestes Mädchen, das seiner Mutter sehr ähnlich ist, heiratete John Spatters ältesten Sohn. Und auch noch andere Bande knüpfen unsere beiden Familien eng aneinander. Schön sind die Abende, wenn wir alle beisammen sind – was häufig der Fall ist – und John und ich von alten Zeiten reden und von der festen Einigkeit, die stets zwischen uns geherrscht hat.

In meinem Schloß ist es niemals einsam. Einige unserer Kinder oder Enkel sind immer zugegen, und die jungen Stimmen meiner Nachkommen tönen mir köstlich – o wie köstlich! – ins Ohr. Mein teures und mir ganz ergebenes Weib, immer treu, immer liebevoll, immer hilfreich und trostspendend, ist der unschätzbare Segen meines Hauses, und alle anderen Segnungen, mit denen es beglückt ist, stammen von ihr. Wir sind eine ziemlich musikalische Familie, und wenn

Christiana gelegentlich sieht, daß ich ein wenig müde oder verstimmt bin, dann stiehlt sie sich ans Klavier und singt ein sanftes Liedchen, das sie in der ersten Zeit unserer Verlobung zu singen pflegte. Ich bin so ein schwacher Mensch, daß ich es von niemand sonst hören kann. Sie spielten es einstmals, als ich mit dem kleinen Frank im Theater war, und das Kind sagte verwundert:

»Vetter Michael, wessen heiße Tränen sind da auf meine Hand gefallen?«

Das ist mein Schloß und das sind die wirklichen Einzelheiten meines Lebens, die darin aufbewahrt sind. Ich nehme oft den kleinen Frank dorthin mit. Meine Enkelkinder empfangen ihn mit offenen Armen, und sie spielen zusammen. Zu dieser Zeit des Jahres – um Weihnachten und Neujahr – bin ich selten außerhalb meines Schlosses. Denn die Gedanken, die die Zeit mit sich bringt, scheinen mich dort festzuhalten und die Gebote der Zeit scheinen mich zu lehren, daß es gut ist, dort zu weilen.

»Und das Schloß ist . . .«, bemerkte eine ernste, freundliche Stimme aus der Gesellschaft.

»Ja. Mein Schloß«, sagte der arme Verwandte, die Augen noch immer auf das Feuer gerichtet, mit einem Kopfschütteln, »ist in der Luft. John, unser verehrter Gastgeber, hat seine Lage genau erraten. Mein Schloß ist in der Luft! Ich bin zu Ende. Will jemand so freundlich sein und weitererzählen?«

Die Geschichte des Schuljungen

Die Geschichte des Schuljungen

Da ich jetzt noch ziemlich jung bin – ich nehme zwar zu an Jahren, aber jetzt bin ich immerhin noch ziemlich jung –, so weiß ich keine eigenen Abenteuer, die ich vorbringen könnte. Es würde, glaube ich, niemand unter den Anwesenden besonders interessieren, zu erfahren, was für ein Geizkragen der Reverend oder was für ein Drache *sie* ist, oder was sie alles den Eltern auf die Rechnung setzen – besonders für Haarschneiden und für ärztlichen Beistand. Einem unserer Jungen wurden auf seiner Halbjahresrechnung zwölf Schilling und sechs Pence für zwei Pillen berechnet – bei sechs Schilling und drei Pence das Stück müssen sie ziemlich einträglich sein, sollte ich meinen –, und er nahm sie nicht einmal, sondern steckte sie in seinen Rockärmel.

Was den Rinderbraten angeht, so ist es eine Schande. Das ist *kein* Rinderbraten. Richtiger Rinderbraten besteht nicht aus Adern. Richtigen Rinderbraten kann man kauen. Außerdem gibt es zu richtigem Rinderbraten Sauce, und bei unserem ist niemals ein Tropfen zu sehen. Einer unserer Jungen fuhr krank nach Hause, und er hörte den Hausarzt zu seinem Vater sagen, daß er keinen Grund für seine Krankheit finden könne, wenn es nicht das Bier wäre. Natürlich war es das Bier, und das ist ganz begreiflich!

Jedoch Rinderbraten und der alte Cheeseman sind zwei verschiedene Dinge. Ebenso das Bier. Von dem alten Cheeseman wollte ich erzählen, nicht davon, wie unsere Jungen des Gewinns wegen um ihre Gesundheit gebracht werden.

Man braucht sich da bloß die Pastetenkruste anzusehen. Sie

ist nicht locker, sondern fest wie feuchtes Blei. Dann bekommen unsere Jungen Alpdrücke und werden mit Kissen beworfen, weil sie im Schlaf schreien und andere Jungen aufwecken. Ist das etwa ein Wunder?

Der alte Cheeseman schlafwandelte eines Nachts. Er stülpte sich den Hut über die Nachtmütze, ergriff eine Angelrute und ein Kricketschlagholz und ging ins Wohnzimmer hinunter, wo man ihn begreiflicherweise nach seinem Aussehen für ein Gespenst hielt. Er hätte das bestimmt nicht getan, wenn sein Essen bekömmlich gewesen wäre. Wenn wir erst alle anfangen, im Schlaf zu wandeln, wird ihnen endlich das Gewissen schlagen, denke ich.

Der alte Cheeseman war damals noch nicht zweiter Lateinlehrer; er war bloß einer von den Jungen. Er wurde als ganz kleines Kind in einer Postkutsche dorthin gebracht von einer Frau, die ständig Tabak schnupfte und ihn schüttelte – das war alles, woran er sich erinnern konnte. Er ging niemals in den Ferien nach Hause. Seine Rechnungen (er nahm niemals an Sonderfächern teil) wurden an eine Bank geschickt, und die Bank bezahlte sie. Zweimal im Jahr bekam er einen braunen Anzug, und mit zwölf Jahren zog er schon Stiefel an. Sie waren ihm außerdem stets zu groß.

In den Sommerferien pflegten einige von unseren Jungen, die so nahe wohnten, daß sie zu Fuß gehen konnten, zurückzukommen und an den Bäumen vor der Spielplatzmauer hochzuklettern, um den alten Cheeseman allein beim Lesen zu sehen. Er war immer so mild wie der Tee – und ich denke, *der* ist mild genug! –, und wenn sie ihm pfiffen, so blickte er auf und nickte. Und wenn sie ihn fragten: »Hallo, alter Cheeseman, was hat's zu essen gegeben?« so sagte er: »Gesottenes Hammelfleisch«; und wenn sie fragten: »Ist es nicht recht einsam, alter Cheeseman?« so sagte er: »Es ist manchmal ein bißchen langweilig.« Und dann sagten sie: »Also auf Wiedersehen, alter Cheeseman!« und kletterten wieder hinunter. Natürlich war es ein Betrug an dem alten Cheeseman, ihm die ganzen Ferien hindurch nichts als gesottenes Hammelfleisch vorzusetzen;

aber so war das System. Wenn sie ihm kein gesottenes Hammelfleisch gaben, verabreichten sie ihm Reispudding und behaupteten, das wäre ein besonderer Leckerbissen. Und sparten auf diese Weise den Fleischer.

So ging das Leben des alten Cheeseman. Die Ferien brachten für ihn noch andere Beschwerden mit sich, außer der Einsamkeit. Denn wenn die Jungen widerwillig zurückkamen, freute er sich stets, sie zu sehen. Das war ärgerlich für sie, da sie sich durchaus nicht freuten, ihn zu sehen, und infolgedessen schlug man ihn mit dem Kopf gegen die Wände, und er bekam Nasenbluten. Aber im allgemeinen war er doch beliebt. Einmal wurde eine Sammlung für ihn veranstaltet, und um ihn bei guter Laune zu halten, bekam er vor den Ferien zwei weiße Mäuse, ein Kaninchen, eine Taube und ein hübsches Hündchen geschenkt. Der alte Cheeseman weinte darüber – besonders nachher, als sie alle einander aufgefressen hatten. Übrigens war der alte Cheeseman nicht alt an Jahren, sondern er hatte bloß von Anfang an den Spitznamen ›alter Cheeseman‹ erhalten.

Schließlich wurde der alte Cheeseman zweiter Lateinlehrer. Eines Morgens zu Beginn eines neuen Halbjahrs wurde er ins Zimmer geleitet und in dieser Eigenschaft als »Mr. Cheeseman« der Schule vorgestellt. Daraufhin waren unsere Jungen einstimmig der Ansicht, daß der alte Cheeseman ein Spion und Verräter war, der ins feindliche Lager übergegangen war und sich für Gold verkauft hatte. Es entlastete ihn nicht, daß er sich um sehr wenig Gold verkauft hatte – zwei Pfund zehn Schilling im Vierteljahr und die Wäsche, wie berichtet wurde. Ein Parlament, das darüber tagte, entschied, daß bei dem alten Cheeseman nur von Geldrücksichten die Rede sein konnte und daß er »unser Blut für Drachmen gemünzt« hätte. Das Parlament entlehnte diesen Ausdruck der Streitszene zwischen Brutus und Cassius.

Nachdem es mit diesen starken Worten ein für allemal ausgemacht war, daß der alte Cheeseman ein fürchterlicher Verräter war, der sich in die Geheimnisse unserer Jungen absichtlich eingeschlichen hatte, um sich durch Angeberei in

221

Gunst zu setzen, wurden alle mutigen Jungen aufgefordert, sich zu einem Bund gegen ihn zusammenzuschließen. Die Präsidentschaft des Bundes übernahm der Primus namens Bob Tarter. Sein Vater war in Westindien, und er sagte selbst, daß sein Vater millionenreich wäre. Er besaß großen Einfluß unter unseren Jungen, und er schrieb ein Spottlied, das folgendermaßen begann:

> »*Wer stellte sich so sanft und zahm,*
> *Daß man kaum seine Stimm' vernahm,*
> *Und war doch ein Verräter?*
> *Der Cheeseman-Missetäter.*«

So ging es durch mehr als ein Dutzend Strophen weiter, die er jeden Morgen dicht am Pult des neuen Lehrers zu singen pflegte. Auch richtete er einen der kleinen Jungen, einen rotbackigen Frechdachs, der zu allem imstande war, ab, eines Morgens mit seiner lateinischen Grammatik zu ihm hinzugehen und seine Lektion folgendermaßen aufzusagen:

»Nominativus pronominum – der alte Cheeseman, raro exprimitur – wurde niemals beargwöhnt, nisi distinctionis – ein Verräter zu sein, aut emphasis gratia – bis er sich als ein solcher herausstellte. Ut – zum Beispiel, vos damnastis – als er die Jungen verklatschte. Quasi – gleich als ob, dicat – er sagte, praeterea nemo – ich bin ein Judas!«

Das alles machte auf den alten Cheeseman tiefen Eindruck. Er hatte niemals viel Haare gehabt; aber die wenigen, die er besaß, wurden mit jedem Tag dünner. Er wurde blasser und magerer, und bisweilen sah man ihn abends an seinem Pult sitzen, wie er die Hände vors Gesicht geschlagen hielt und weinte, während seine Kerze eine anständig lange Lichtschnuppe aufwies. Aber kein Teilnehmer des Bundes konnte ihn bemitleiden, selbst wenn er dazu Neigung verspürte, weil der Präsident sagte, es wäre des alten Cheesemans Gewissen.

So ging es mit dem alten Cheeseman weiter, und er führte wahrlich ein trauriges Leben! Natürlich behandelte ihn der Reverend von oben herab und natürlich tat *sie* das gleiche –

weil sie sich beide allen Lehrern gegenüber stets so verhalten –, aber von den Jungen hatte er am meisten auszustehen, und zwar in einem fort. Der Bund konnte nicht herausfinden, daß er es angegeben hätte; aber man dachte deshalb nicht besser von ihm, weil der Präsident sagte, es wäre des alten Cheesemans Feigheit.

Er hatte nur ein Wesen in der Welt, mit dem er auf freundschaftlichem Fuße stand, aber dieses war fast ebenso machtlos wie er, denn es war nur Jane. Sie war eine Art Garderobenmädchen für unsere Jungen und hatte die Koffer in ihrer Obhut. Sie war zuerst als eine Art Lernende ins Haus gekommen – einige von unseren Jungen behaupteten, aus einem Findelhaus, aber darüber weiß ich nichts –, und nachdem ihre Zeit um war, war sie für so und so viel jährlich dageblieben. So wenig jährlich, sollte ich eher sagen, denn das ist viel wahrscheinlicher. Doch hatte sie ein paar Pfund auf der Sparkasse und war ein sehr nettes Mädchen. Sie war nicht gerade hübsch, aber sie hatte ein sehr offenes, ehrliches, freundliches Gesicht, und alle unsere Jungen hatten sie gern. Sie war ungewöhnlich sauber und fröhlich und ungewöhnlich freundlich und gutmütig. Und wenn einem Jungen die Mutter krank wurde, so ging er stets zu Jane und zeigte ihr den Brief.

Jane war die Freundin des alten Cheeseman. Je mehr der Bund gegen ihn vorging, desto treuer hielt sie zu ihm. Manchmal warf sie ihm von dem Fenster ihrer Vorratskammer aus einen freundlichen Blick zu, der ihm für den ganzen Tag Mut zu geben schien. Sie pflegte aus dem Obst- und Gemüsegarten (dessen Tür immer verschlossen ist, das könnt ihr mir glauben!) über den Spielplatz zu gehen, obwohl sie einen anderen Weg hätte wählen können, bloß um sich nach dem alten Cheeseman umzuwenden, als wollte sie ihm sagen: »Bleib guten Mutes!« Sein Kämmerchen war so sauber und ordentlich, daß jeder wissen konnte, wer danach sah, während er an seinem Platz saß; und wenn unsere Jungen beim Essen einen dampfenden Kloß auf seinem Teller sahen, dann war es ihnen zu ihrer Entrüstung klar, wer ihn heraufgeschickt hatte.

Unter diesen Umständen beschloß der Bund nach vielen Sitzungen und Beratungen, daß Jane aufgefordert werden sollte, den alten Cheeseman zu schneiden. Wenn sie sich aber weigerte, sollte sie selbst in Verruf gebracht werden. So wurde eine Deputation unter Führung des Präsidenten an Jane abgesandt, um ihr den Beschluß mitzuteilen, den der Bund zu seinem schmerzlichen Bedauern hätte fassen müssen. Sie war wegen ihrer vielen guten Eigenschaften sehr geachtet, und es gab eine Geschichte von ihr, daß sie einst dem Reverend in seinem eigenen Studierzimmer aufgelauert und aus ihrem guten Herzen heraus eine schwere Strafe von einem Jungen abgewendet hatte. So war der Deputation bei der Sache nicht besonders wohl zumute. Doch ging sie nach oben, und der Präsident teilte Jane alles mit. Diese bekam einen roten Kopf und brach in Tränen aus. Dann sagte sie dem Präsidenten und der Deputation in einer Art, die von ihrer sonstigen Weise ganz und gar abwich, sie wären eine Gesellschaft von boshaften jungen Wilden, und wies die ganze ehrenwerte Körperschaft aus dem Zimmer. Infolgedessen wurde in das Buch des Bundes (das aus Furcht vor Entdeckung in einer Geheimschrift geführt wurde) eingetragen, daß jeder Umgang mit Jane verboten wäre. Der Präsident aber richtete eine Ansprache an die Mitglieder, in der er sie auf dieses überzeugende Beispiel der Wühlarbeit des alten Cheeseman hinwies.

Aber Jane war dem alten Cheeseman ebenso treu, wie der alte Cheeseman gegen unsere Jungen treulos war – wenigstens ihrer Meinung nach. So hielt sie standhaft zu ihm und blieb seine einzige Freundin. Das ärgerte die Mitglieder des Bundes sehr, denn Jane war für sie ein ebenso großer Verlust wie für ihn ein Gewinn. Sie waren erbitterter gegen ihn und behandelten ihn schlechter denn je. Schließlich war eines Morgens sein Pult verlassen, und als man in sein Zimmer blickte, war es leer. Da bekamen unsere Jungen blasse Gesichter und ein Flüstern ging unter ihnen, daß der alte Cheeseman, außerstande, es noch länger auszuhalten, früh aufgestanden wäre und sich ins Wasser gestürzt hätte.

Die geheimnisvollen Mienen der übrigen Lehrer beim Frühstück und die Tatsache, daß der alte Cheeseman offenbar nicht erwartet wurde, bekräftigten den Bund in dieser Ansicht. Einige begannen zu disputieren, ob der Präsident den Galgen oder bloß lebenslängliche Deportation verwirkt hätte, und im Gesicht des Präsidenten war die angstvolle Frage zu lesen, welches von beiden es sein würde. Jedoch äußerte er sich, daß er einer Jury seines Vaterlandes mutig gegenübertreten würde. In seiner Ansprache an die Geschworenen würde er sie auffordern, die Hand aufs Herz zu legen und zu bekennen, ob sie als Briten mit Angeberei einverstanden wären und wie sie selbst etwas Derartiges aufgenommen haben würden. Einige Mitglieder des Bundes meinten, daß er lieber davonlaufen und in einem Wald mit einem Holzhauer die Kleider tauschen und sein Gesicht mit Heidelbeeren schwärzen sollte. Die Majorität aber glaubte, wenn er tapfer standhielte, dann könnte ihn sein Vater – da er doch in Westindien lebte und millionenreich war – loskaufen.

Alle unsere Jungen hatten Herzklopfen, als der Reverend hereinkam und mit dem Lineal eine Art Römer oder Feldmarschall aus sich machte. Das tat er stets, bevor er eine Ansprache hielt. Aber ihre Furcht war nichts gegen ihr Erstaunen, als er mit der Geschichte herausrückte, daß der alte Cheeseman, »so lange unser geehrter Freund und Wandergenosse in den angenehmen Gefilden der Wissenschaft«, wie er ihn nannte – jawohl! da war viel davon zu spüren gewesen! –, das verwaiste Kind einer enterbten jungen Dame war, die gegen ihres Vaters Willen geheiratet hatte und deren Gatte jung gestorben war und die selbst vor Kummer gestorben war und deren unglückliches Kind (eben der alte Cheeseman) auf Kosten eines Großvaters erzogen worden war, der es niemals sehen wollte, als Kind, als Knaben oder als Mann. Dieser Großvater war nun tot, und das geschieht ihm recht – das füge ich hinzu –, und sein großes Vermögen, über das es kein Testament gab, gehörte nun plötzlich und für immer dem alten Cheeseman! Der Reverend schloß eine Menge langweiliger Zitate mit der Mitteilung, daß unser so lange geehrter Freund und Wandergenosse in den angenehmen Gefilden der Wissenschaft heute in vierzehn Tagen »noch einmal unter uns weilen« würde. Er wolle dann noch einmal Abschied von uns nehmen. Mit diesen Worten blickte er unsere Jungen streng an und ging aus dem Zimmer.

Das gab eine nette Verblüffung unter den Mitgliedern des Bundes. Viele wollten austreten, und viele andere versuchten nachzuweisen, daß sie niemals dazu gehört hätten. Jedoch setzte sich der Präsident aufs hohe Roß und sagte, daß sie zusammenstehen oder fallen müßten. Wenn ein Bruch im Bund entstehen sollte, so ginge der Weg dazu nur über seine Leiche. Damit glaubte er den Mitgliedern Mut einzuflößen, aber es nützte nichts. Er fügte noch hinzu, daß er sich ihre Lage überlegen und ihnen in einigen Tagen nach bestem Wissen und Gewissen raten wolle. Alle waren darauf begierig, denn er hatte schon allerhand von der Welt zu sehen bekommen, da sein Vater in Westindien lebte.

Nach tagelangem eifrigem Nachdenken, während dessen er ganze Armeen auf seine Schreibtafel gezeichnet hatte, rief der Präsident unsere Jungen zusammen und setzte ihnen die ganze Sache auseinander. Wenn der alte Cheeseman an dem bestimmten Tage käme, meinte er, so würde seine erste Rache sicherlich sein, den Bund anzuzeigen und dafür zu sorgen, daß sie alle tüchtige Prügel bekämen. Er würde sich an den Qualen seiner Feinde weiden und sein Herz an den Schreien erfreuen, die der Schmerz ihnen erpressen würde. Dann aber würde er aller Wahrscheinlichkeit nach den Reverend angeblich zu einer freundschaftlichen Unterhaltung in ein Privatzimmer einladen – etwa das Sprechzimmer, wo die Eltern empfangen wurden und wo die beiden großen Globusse standen, die nie benutzt wurden – und ihm dann die vielen Betrügereien und Qualen, die er von ihm hatte erdulden müssen, vorwerfen. Am Schluß seiner Bemerkungen würde er einem im Korridor versteckten Preisboxer ein Zeichen geben. Dieser würde daraufhin erscheinen und den Reverend bearbeiten, bis er besinnungslos liegenbleiben würde. Dann würde der alte Cheeseman Jane ein

Geschenk von etwa fünf bis zehn Pfund machen und in teuflischem Triumph das Haus verlassen.

Der Präsident erklärte, daß er gegen den Teil dieser Anordnungen, der das Sprechzimmer oder Jane betraf, nichts einzuwenden hätte. Soweit aber der Bund in Frage käme, riete er zum Widerstand bis in den Tod. Zu diesem Zweck empfahl er, daß alle verfügbaren Pulte mit Steinen gefüllt werden sollten und daß das erste Wort einer Klage das Signal für jedes Mitglied sein sollte, dem alten Cheeseman einen an den Kopf zu schleudern. Der kühne Rat versetzte den Bund in bessere Stimmung und wurde einstimmig angenommen. Ein Pfahl, annähernd von der Größe des alten Cheeseman, wurde auf dem Spielplatz aufgepflanzt, und alle unsere Jungen übten sich daran, bis er ganz mit Abdrücken bedeckt war.

Als der Tag kam und die Jungen aufgerufen wurden, setzte sich jeder zitternd auf seinen Platz. Es hatte viele Debatten darüber gegeben, wie der alte Cheeseman erscheinen würde. Die vorherrschende Ansicht war, daß er in einer Art Triumphwagen mit vier Pferden ankommen würde, vorn zwei Diener in Livree und der Preisboxer in Verkleidung hintendrauf. So saßen alle unsere Jungen da und lauschten auf das Rasseln von Wagenrädern. Aber es ließen sich keine Räder vernehmen, denn der alte Cheeseman kam schließlich zu Fuß und betrat ohne jede Vorbereitung die Schule. Er sah so ziemlich aus wie immer, nur daß er schwarz gekleidet war.

»Gentlemen«, sagte der Reverend, ihn vorstellend, »unser so lange geehrter Freund und Wandergenosse in den angenehmen Gefilden der Wissenschaft wünscht ein paar Worte zu sprechen. Aufgepaßt, Gentlemen, alle!«

Jeder Junge fuhr verstohlen mit der Hand in sein Pult und blickte auf den Präsidenten. Der Präsident war vollkommen bereit und zielte bereits mit seinen Augen nach dem alten Cheeseman.

Was aber tat der alte Cheeseman? Ging er nicht an sein altes Pult und sah sich mit einem sonderbaren Lächeln in der Runde um, als hätte er eine Träne im Auge? Und dann begann er mit milder, zitternder Stimme: »Meine lieben Kameraden und alten Freunde!«

Jeder Junge zog seine Hand aus dem Pult und der Präsident begann plötzlich zu weinen.

»Meine lieben Kameraden und alten Freunde«, sagte der alte Cheeseman, »ihr habt von meinem Glück gehört. Ich habe so viele Jahre unter diesem Dach zugebracht – ich darf sagen, mein ganzes bisheriges Leben –, daß ich hoffe, ihr habt euch um meinetwillen darüber gefreut. Es könnte mich niemals glücklich machen, wenn ihr mir nicht Glück gewünscht hättet. Wenn es jemals überhaupt ein Mißverständnis zwischen uns gegeben hat, dann bitte ich, meine lieben Jungen, wir wollen es vergeben und vergessen. Ich habe eine große Zuneigung zu euch und bin sicher, daß ihr sie erwidert. Ich möchte aus dankerfülltem Herzen jedem einzelnen von euch die Hand schütteln. Ich bin zu diesem Zweck zurückgekommen, wenn es euch recht ist, meine lieben Jungen.«

Als der Präsident zu weinen begonnen hatte, hatten verschiedene andere Jungen hier und dort ebenfalls losgeheult. Jetzt aber begann der alte Cheeseman bei ihm als dem Primus, legte ihm die Linke liebevoll auf die Schulter und gab ihm die Rechte; und als der Präsident da sprach: »Ich verdiene das wirklich nicht, Sir; bei meiner Ehre, ich verdiene das nicht«, da schluchzte und heulte die ganze Schule. Jeder einzelne von den übrigen Jungen sagte in fast derselben Weise, er verdiene es nicht. Aber der alte Cheeseman kehrte sich nicht im mindesten daran; er trat fröhlich auf jeden Jungen zu und schloß mit den Lehrern – wobei der Reverend als letzter drankam.

Darauf ließ ein schnüffelnder kleiner Bengel in einer Ecke, der immer irgendeine Strafe abzubüßen hatte, einen schrillen Schrei laut werden: »Viel Glück dem alten Cheeseman! Hurra!« Der Reverend starrte nach ihm hin und sagte: »Mr. Cheeseman, Sir.« Da jedoch der alte Cheeseman beteuerte, daß ihm sein alter Name viel mehr zusage als sein neuer, so nahmen alle unsere Jungen den Ruf auf, und ein paar Minuten lang gab es ein solch donnerndes Händeklatschen und Getrampel und ein solches Gebrüll »alter Cheeseman«, wie es noch nie vernommen worden war.

Im Speisezimmer stand eine prachtvoll gedeckte Tafel bereit. Geflügel, Räucherzungen, Konserven, Obst, Zuckerzeug, Gelees, Punsch, Tempel aus Gerstenzucker, Knallbonbons – eßt, soviel ihr könnt, und steckt ein, soviel ihr mögt –, alles auf Kosten des alten Cheeseman. Darauf Trinksprüche, den ganzen Tag frei, alle möglichen Dinge für alle möglichen Spiele in doppelter und dreifacher Anzahl, Eselreiten, Ponywagen zum Selbstkutschieren und ein Diner für sämtliche Lehrer in den »Sieben Glocken«, zwanzig Pfund das Gedeck, schätzten unsere Jungen. Außerdem wurde ein jährlicher freier Tag und Festschmaus für dieses Datum festgesetzt und ein zweiter an dem Geburtstag des alten Cheeseman. Der Reverend wurde vor den versammelten Jungen dazu verpflichtet, so daß er sich niemals darum drücken kann. Und alles auf Kosten des alten Cheeseman.

Und gingen unsere Jungen nicht alle zusammen nach den »Sieben Glocken« und brachen draußen Hochrufe aus?

Aber außerdem gab es noch etwas. Seht noch nicht nach dem nächsten Erzähler, denn es kommt noch etwas. Am nächsten Tag wurde der Entschluß gefaßt, daß der Bund sich mit Jane aussöhnen und dann aufgelöst werden sollte. Was sagt ihr aber dazu, daß Jane fort war? »Was? Fort für immer?« fragten unsere Jungen mit langen Gesichtern. »Ja, allerdings«, war die ganze Antwort, die sie bekamen. Niemand von den Leuten im Haus wollte mehr sagen. Schließlich unternahm es der Primus, den Reverend zu fragen, ob unsere alte Freundin Jane wirklich fort war. Der Reverend (er hat eine Tochter zu Hause – rotes Gesicht und Stülpnase) erwiderte streng: »Ja, Sir, Miß Pitt ist fort.« So ein Einfall, Jane Miß Pitt zu nennen! Einige sagten, sie wäre in Schande davongejagt worden, weil sie von dem alten Cheeseman Geld angenommen hätte. Andere meinten, sie wäre für zehn Pfund im Jahr mehr bei dem alten Cheeseman in Dienst getreten. Aber jedenfalls wußten unsere Jungen nur das eine mit Bestimmtheit, daß sie fort war.

Es war zwei oder drei Monate später, als eines Nachmittags ein offner Wagen an dem Kricketfeld gerade an den Grenzlinien haltmachte. Darin waren eine Dame und ein Gentleman, die dem Spiel lange Zeit zuschauten und sogar aufstanden, um besser sehen zu können. Niemand kümmerte sich viel um sie, bis derselbe schnüffelnde kleine Bengel gegen alle Regeln von dem Pfahl, wo er Ballfänger war, ins Feld gelaufen kam und sagte: »Es ist Jane.« Beide Elfermannschaften hatten im selben Augenblick das Spiel vergessen, liefen herzu und drängten sich um den Wagen. Es war auch wirklich Jane! Und in was für einem Hut! Und wenn ihr mir glauben wollt – Jane war mit dem alten Cheeseman verheiratet!

Es wurde bald ein gewohnter Anblick, wenn unsere Jungen gerade mitten im Spiel waren, daß ein Wagen an der Ecke der Mauer, wo der niedrige Teil in den höheren übergeht, hielt und eine Dame und ein Gentleman darin standen und hinüberblickten. Der Gentleman war stets der alte Cheeseman und die Dame war stets Jane.

Das erstemal, daß ich sie zu Gesicht bekam, sah ich sie so: Es hatte damals häufige Wechsel unter unseren Jungen gegeben, und es hatte sich herausgestellt, daß Bob Tarters Vater durchaus keine Millionen besaß! Er besaß überhaupt nichts. Bob war Soldat geworden und der alte Cheeseman hatte seine Schulrechnung bezahlt. Aber ich wollte von dem Wagen erzählen. Der Wagen hielt, und alle unsere Jungen hielten im Spielen inne, sobald sie seiner ansichtig wurden.

»So habt ihr mich also doch nicht in Verruf gebracht!« sagte die Dame lachend, als unsere Jungen die Mauer hinaufkletterten, um ihr die Hand zu schütteln. »Wollt ihr das niemals tun?«

»Niemals! Niemals! Niemals!« von allen Seiten.

Ich verstand damals nicht, was sie damit meinte, aber jetzt verstehe ich es natürlich. Jedoch gefiel mir ihr Gesicht und ihre freundliche Art sehr, und ich mußte sie immer angucken – und auch ihn –, während alle unsere Jungen sich so fröhlich um sie drängten.

Sie fragten bald nach mir als einem neuen Jungen; so dachte

ich, ich könnte ebensogut die Mauer hinaufklettern und ihnen die Hände schütteln wie die übrigen. Ich freute mich ebensosehr wie die übrigen, sie zu sehen, und war im Augenblick ebenso vertraut mit ihnen.

»Bloß noch vierzehn Tage bis zu den Ferien«, sagte der alte Cheeseman. »Wer bleibt da? Gibt es jemand?«

Viele Finger wiesen auf mich und viele Stimmen riefen: »Der!« Denn es war das Jahr, als ihr alle verreist wart, und mir war ziemlich traurig zumute, das kann ich euch sagen.

»Oh!« sagte der alte Cheeseman. »Aber es ist einsam hier in den Ferien. Er soll lieber mit zu uns kommen.«

So ging ich in ihr schönes Haus und war so glücklich, wie ich nur sein konnte. Sie wissen, wie sie sich gegen Jungen zu verhalten haben, wahrhaftig. Wenn sie zum Beispiel einen Jungen ins Theater führen, dann tun sie es auf die richtige Weise. Sie kommen nicht nach dem Anfang und gehen nicht vor dem Ende. Auch verstehen sie sich darauf, einen Jungen zu erziehen. Man braucht da bloß ihren eigenen anzugucken! Obwohl er noch ganz klein ist, ist er doch schon ein Prachtjunge! Ja, nach Mrs. Cheeseman und dem alten Cheeseman kann ich den kleinen Cheeseman am besten leiden.

So, damit habe ich euch alles erzählt, was ich von dem alten Cheeseman weiß. Und ich fürchte, es ist am Ende nicht viel. Meint ihr nicht auch?

Der Eisenbahnknotenpunkt bei Mugby

In drei Kapiteln

Erstes Kapitel

Gebrüder Barbox

I.

»Schaffner, was ist das für ein Ort?«
»Station Mugby, Sir.«
»Ein windiger Ort!«
»Ja, meistens, Sir.«
»Und sieht höchst ungemütlich aus!«
»Ja, das tut es in der Regel, Sir.«
»Regnet es immer noch?«
»Es gießt, Sir.«
»Öffnet die Tür. Ich will aussteigen.«
»Sie haben hier drei Minuten Aufenthalt, Sir«, sagte der Schaffner, an dem die nassen Tropfen glitzerten. Er sah dabei beim Licht seiner Laterne auf das tränennasse Gesicht seiner Taschenuhr, während der Reisende ausstieg.
»Ich glaube, ich habe mehr. – Denn ich fahre nicht weiter.«
»Ich dachte, Sie hätten eine Fahrkarte bis zur Endstation, Sir?«
»Das stimmt. Aber ich werde den Rest unbenutzt lassen. Ich möchte mein Gepäck haben.«
»Kommen Sie bitte mit zum Gepäckwagen und zeigen Sie es mir, Sir. Seien Sie so freundlich, sich rasch danach umzusehen. Wir haben keinen Augenblick übrig.«
Der Schaffner lief eilig nach dem Gepäckwagen, und der Reisende lief hinter ihm her. Der Schaffner stieg hinein.

»Die beiden großen schwarzen Koffer in der Ecke, auf die das Licht Eurer Laterne fällt, die gehören mir.«

»Steht ein Name darauf, Sir?«

»Gebrüder Barbox.«

»Treten Sie bitte beiseite, Sir. Eins. Zwei. Fertig!«

»Ein Schwenken der Laterne. Die Signallichter vorn wechselten bereits. Ein Aufschrei der Maschine. Der Zug war fort.

»Station Mugby!« sagte der Reisende, mit beiden Händen das wollene Tuch um seinen Hals hochziehend. »An einem stürmischen Morgen nach drei Uhr! Sehr schön!«

Er sprach mit sich selbst, denn es war sonst niemand da, mit dem er hätte sprechen können. Vielleicht hätte er es auch vorgezogen, mit sich selbst zu sprechen, auch wenn noch jemand dagewesen wäre. Wenn er mit sich selbst sprach, sprach er mit einem Mann zwischen fünfundvierzig und fünfundfünfzig Jahren, der, wie ein vernachlässigtes Feuer, zu früh grau geworden war – einem Mann von nachdenklichem Wesen, mit einem brütend gesenkten Kopf und einer zurückhaltenden Stimme, die aus dem tiefsten Innern zu kommen schien – einem Mann, an dem mancherlei Zeichen verrieten, daß er viel allein gewesen war.

Er stand auf dem verlassenen Bahnsteig, und niemand nahm von ihm Notiz, als der Wind und der Regen, die angriffslustig über ihn herfielen.

»Gut«, sagte er, ihnen ausweichend. »Es ist mir ganz gleich, nach welcher Richtung ich mein Gesicht wende.«

So ging der Reisende auf der Station Mugby an einem stürmischen Morgen nach drei Uhr dorthin, wo ihn das Wetter hintrieb.

Nicht etwa, daß er ihm nicht hätte widerstehen können, wenn er gewollt hätte, denn als er bis zum Ende des Schutzdaches gekommen war (es ist auf der Station Mugby von beträchtlicher Länge) und in die schwarze Nacht hinausblickte, durch die der Sturm mit noch schwärzeren Schwingen wild dahinraste, machte er kehrt und schritt so standhaft in der schwierigen Richtung dahin wie vorher in der bequemeren. So ging der

Reisende mit festem Schritt auf und ab, auf und ab, auf und ab. Er suchte nichts und fand es.

Es war ein Ort voll schattenhafter Gestalten in den dunklen Stunden unter den vierundzwanzig, diese Station Mugby. Geheimnisvolle Güterzüge, die mit Leichentüchern umhüllt waren und wie eine Reihe gespenstischer, riesiger Leichenwagen dahinglitten, schlichen schuldbewußt vor den wenigen brennenden Lampen davon, als ob ihre Last durch Verbrecherhand ein dunkles Ende gefunden hätte. Kohlenzüge von einem halben Kilometer Länge folgten ihnen wie Detektive, kamen hinterdrein, wenn sie sich in Bewegung setzten, hielten an, wenn sie hielten, und fuhren rückwärts, wenn sie rückwärts fuhren. Rotglühende Aschenregen fielen in diesem und jenem dunklen Gang auf die Erde nieder, als würden höllische Feuer geschürt; und zu gleicher Zeit ertönten Schreie und Seufzer und knirschende Laute, als litten die Verdammten das Höchstmaß ihrer Qual. In der Mitte klirrten eiserne Viehkäfige vorüber, in denen die Tiere mit gesenkten Köpfen dastanden, eins mit den Hörnern ins andere verstrickt, die Augen und die Mäuler vor Entsetzen gefroren: wenigstens hingen lange Eiszapfen (oder was so erschien) von ihren Lippen. In der Luft unbekannte Sprachen, die in roten, grünen und weißen Zeichen miteinander verhandelten. Auf einmal ein Erdbeben, von Donner und Blitz begleitet, das mit rasender Eile London zustrebte. Im nächsten Augenblick alles wieder ruhig, alles rostig, Wind und Regen die Herren von allem, die Lampen verlöscht, Station Mugby tot und undeutlich daliegend, den Mantel um den Kopf gehüllt, wie der sterbende Cäsar.

Während der späte Reisende auf und ab schritt, fuhr noch ein anderer, ein schattenhafter Zug an ihm vorüber, der nichts anderes war als der Zug eines Lebens. Aus welchem unergründlich tiefen Durchstich oder dunklen Tunnel er auch auftauchen mochte, er kam heran, ungerufen und ungemeldet, stahl sich über ihn hinweg und verschwand in der Dunkelheit. Hier ging ein trauriges Kind vorbei, das niemals eine Kindheit gehabt oder seine Eltern gekannt hatte, untrennbar von einem

Jüngling, der seine namenlose Herkunft voll tiefer Bitterkeit empfand, mit einem Mann verknüpft, der seine besten Lebensjahre einer erzwungenen, ihm widerwärtigen und ihn bedrückenden Tätigkeit widmen mußte, an einen undankbaren Freund gekettet, der ein einstmals von ihm geliebtes Weib nach sich zog. Es folgten, mit manchem Geklirr und Getöse, dahinratternde Sorgen, finstere Gedanken, tief verwundene Enttäuschungen, langweilige Jahre, eine lange Folge von Mißtönen eines einsamen und unglücklichen Daseins.

»Gehören die Ihnen, Sir?«

Der Reisende wandte seine Augen von der trostlosen Öde ab, auf die sie starr gerichtet gewesen waren, und trat, von der Plötzlichkeit der Frage oder vielleicht ihrem zufälligen Passen zu seinen Gedanken überrascht, einige Schritte zurück.

»Oh! Ich war im Augenblick geistesabwesend. Ja. Ja. Diese beiden Koffer gehören mir. Seid Ihr ein Träger?«

»Ich kriege den Lohn eines Trägers, Sir. Aber ich bin der von den Lampen.«

Der Reisende sah ein wenig verwirrt aus.

»Wer sagtet Ihr, daß Ihr seid?«

»Der von den Lampen, Sir«, sagte der Mann und zeigte zur weiteren Erklärung ein öliges Tuch vor, das er in der Hand hielt.

»Verstehe, verstehe. Gibt es hier ein Hotel oder ein Gasthaus?«

»In nächster Nähe nicht, Sir. Es gibt einen Erfrischungsraum hier, aber . . .« Der Lampenwärter schüttelte mit tiefernstem Gesichtsausdruck warnend den Kopf, was offenbar bedeutete: »Aber es ist ein Glück für Sie, daß es nicht offen ist.«

»Ich sehe, Ihr könntet ihn nicht empfehlen, wenn er zugänglich wäre?«

»Offen.«

»Als bezahlter Angestellter der Gesellschaft«, sagte der Lampenwärter in vertraulichem Ton, »gehört es sich nicht für mich, über die Einrichtungen der Gesellschaft, ausgenommen Lampenöl und Putztücher, eine Meinung zu äußern; aber wenn ich als Mensch spreche, so möchte ich meinem Vater (wenn er wieder lebendig würde) nicht empfehlen, hinzugehen und zu probieren, was man ihm im Erfrischungsraum bieten würde. Wenn ich als Mensch spreche, so würde ich das nicht tun.«

Der Reisende nickte mit überzeugter Miene.

»Vermutlich kann ich in der Stadt ein Unterkommen finden? Es gibt hier doch eine Stadt?«

Der Reisende war nämlich, obwohl er im Vergleich mit den meisten Reisenden ein seßhafter Mensch war, bereits früher auf den Flügeln des Dampfes und des Stahls durch diese Station getragen worden, ohne jemals, wie man sich ausdrücken könnte, dort an Land gegangen zu sein.

»O ja, es gibt eine Stadt, Sir. Stadt genug auf jeden Fall, um darin ein Unterkommen zu finden. Aber«, und hier folgte er dem Blick des anderen nach seinem Gepäck, »dies ist eine sehr stille Zeit bei uns, Sir. Die stillste Zeit.«

»Keine Träger da?«

»Nun, Sir, sehen Sie«, erwiderte der Lampenwärter wiederum vertraulich, »sie gehen gewöhnlich, wenn das Gas ausgelöscht wird. So ist es. Und sie haben Sie anscheinend übersehen, weil Sie ans andere Ende des Bahnsteigs gegangen sind. Aber in etwa zwölf Minuten wird er wohl da sein.«

»Wer wird da sein?«

»Der Drei-Uhr-Zweiundvierziger, Sir. Er geht auf ein Nebengleis, bis der Schnellzug nach London vorüber ist, und dann« – hier nahm der Lampenwärter den Ausdruck einer unbestimmten Hoffnungsfreudigkeit an – »tut er alles, was in seiner Macht liegt.«

»Mir ist diese Einrichtung einigermaßen schleierhaft.«

»Das geht wohl jedem so, Sir. Es ist ein Parlamentszug[*], Sir. Und Sie müssen verstehen, ein Parlamentszug geht meistens auf ein Nebengleis. Aber wenn es die Umstände gestatten, so pfeift man ihn daraus hervor, und man pfeift so lange, bis er alles tut, was in seiner Macht liegt.«

---

[*] Nach Parlamentsbeschluß mußte auf jeder Linie täglich wenigstens einmal ein Zug mit in der dritten Klasse besonders billigen Fahrpreisen verkehren.

Bei den letzten Worten hatte der Lampenwärter wiederum die Miene eines Menschen angenommen, der auf das beste hoffte. Darauf erklärte er, daß die diensttuenden Träger, da sie bei Eintreffen des fraglichen parlamentarischen Greises anwesend zu sein hatten, sich zweifellos zugleich mit dem Gaslicht einstellen würden. Bis dahin, falls dem Gentleman der Geruch von Lampenöl nicht zu unangenehm, andererseits aber die Wärme seines kleinen Aufenthaltsraumes willkommen wäre ... – Der Gentleman, der bereits tüchtig durchfroren war, nahm den Vorschlag augenblicklich an.

Es war eine schmierige kleine Kabine, mit einem Geruch wie im Inneren eines Walfischfängers. Aber in dem rostigen Kamin brannte ein helles Feuer, und auf dem Boden befand sich ein hölzernes Gestell mit frisch geputzten und angezündeten Lampen, die bereitstanden, um zu den Wagen getragen zu werden. Sie tauchten den Raum in helles Licht, und dies und die Wärme machten es begreiflich, daß die Kabine ein beliebter Aufenthaltsort war. Denn das bezeugten zahlreiche Eindrücke von Manchesterhosen auf einer Bank neben dem Feuer und viele runde Schmutzflecke von gebückten Manchesterschultern an der Wand dahinter. Auf einigen Gesimsen standen eine Menge Lampen und Ölkannen unordentlich durcheinander, und zwischen ihnen befand sich eine duftende Sammlung von dem, was wie die Taschentücher der ganzen Lampenfamilie aussah.

Als sich Gebrüder Barbox (so wollen wir den Reisenden nach der Aufschrift seines Gepäcks nennen) auf der Bank niederließ und seine Hände, von denen er jetzt die Handschuhe abgestreift hatte, am Feuer wärmte, warf er einen Blick auf ein kleines, vielfach mit Tinte beflecktes hölzernes Pult an der Seite, auf dem sein Ellbogen ruhte. Darauf lagen einige Fetzen groben Papiers und eine altmodische Stahlfeder in sehr heruntergekommenen und kritzeligen Verhältnissen.

Nachdem er die Papierfetzen betrachtet hatte, wandte er sich unwillkürlich seinem Wirt wieder zu und sagte mit einer gewissen Rauheit:

»Ihr seid doch nicht etwa ein Dichter, Mann?«

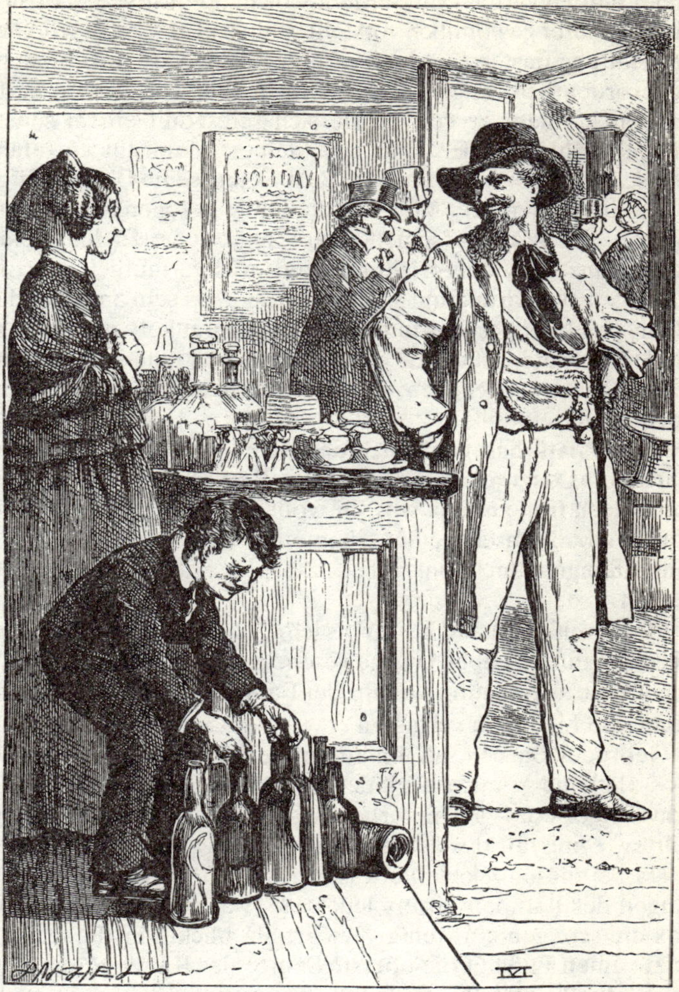
HOLIDAY

Der Lampenwärter sah zweifellos nicht so aus, wie man sich einen Dichter gewöhnlich vorstellt, während er so in bescheidener Haltung dastand und seine kurze, dicke Nase mit einem so außerordentlich öligen Taschentuch rieb, daß man hätte denken können, er verwechsle sich selbst mit einem seiner Pflegebefohlenen. Er war ein kleiner Mann in ungefähr demselben Alter wie Gebrüder Barbox und seine Gesichtszüge waren in sonderbarer Weise in die Höhe gezogen, als würden sie von den Wurzeln seiner Haare angezogen. Er hatte eine stark glänzende, durchsichtige Haut, was vermutlich von der ständigen Berührung mit Öl herkam; und da sein anziehendes Haar, das kurz geschnitten und grau gesprenkelt war, starr in die Höhe stand, als würde es seinerseits von einem unsichtbaren Magneten angezogen, so sah sein Scheitel einem Lampendocht nicht unähnlich.

»Aber natürlich geht mich das nichts an«, sagte Gebrüder Barbox. »Das war eine ungehörige Bemerkung von mir. Es steht Euch frei, zu sein, was Ihr wollt.«

»Es gibt Menschen, Sir«, bemerkte der Lampenwärter in entschuldigendem Ton, »die das sind, was sie nicht sein wollen.«

»Das weiß niemand besser als ich«, seufzte der andere. »Ich bin mein ganzes Leben lang gewesen, was ich nicht sein wollte.«

»Als ich zuerst anfing«, fuhr der Lampenwärter fort, »kleine komische Lieder zu verfassen . . .«

Gebrüder Barbox sah ihn mit großem Unwillen an.

». . . kleine komische Lieder zu verfassen und – was noch schwieriger war – sie hinterher zu singen«, sagte der Lampenwärter, »ging mir das damals ganz und gar gegen den Strich.«

Da bei diesen Worten etwas, was nicht bloß Öl war, in den Augen des Lampenwärters leuchtete, wandte Gebrüder Barbox die seinigen ein wenig verwirrt ab, blickte ins Feuer und setzte einen Fuß auf die oberste Stange des Kamingitters.

»Weshalb tatet Ihr es dann?« fragte er nach einer kurzen Pause. Die Worte kamen unvermittelt genug heraus, waren aber doch in einem sanfteren Ton gesprochen. »Wenn Ihr es nicht tun wolltet, weshalb tatet Ihr es dann? Wo habt Ihr sie gesungen? Im Wirtshaus?«

Worauf der Lampenwärter die sonderbare Erwiderung gab: »Am Bett.«

In diesem Augenblick, während der Reisende fragend nach ihm hinsah, fuhr Station Mugby plötzlich empor, erbebte heftig und öffnete ihre Gasaugen.

»Er ist angekommen!« rief der Lampenwärter aufgeregt. »Was in seiner Macht liegt, das ist manchmal mehr und manchmal weniger; aber beim heiligen Georg, es liegt in seiner Macht, heute abend hier einzutreffen!«

Die Aufschrift »Gebrüder Barbox«, die in großen weißen Buchstaben auf zwei schwarzen Kofferdeckeln zu lesen war, rollte nach ganz kurzer Zeit auf einem Karren durch eine schweigend daliegende Straße. Bald stand der Eigentümer der Aufschrift auf der Straße und wartete, vor Kälte schauernd, eine halbe Stunde lang, während er die Schläge des Trägers gegen die Gasthaustür erst die ganze Stadt und zuletzt auch die Leute im Gasthaus aufweckten. Dann konnte er sich in die dumpfe Luft eines festverschlossenen Hauses hineintasten und tastete kurz darauf zwischen den Laken eines engen Bettes umher, das extra für ihn gekühlt worden zu sein schien, als es zuletzt gemacht worden war.

II.

»Sie entsinnen sich meiner, Jackson junior?«

»Wessen sollte ich mich entsinnen, wenn nicht Ihrer? Sie sind meine erste Erinnerung. Sie waren es, die mir sagte, daß dies mein Name wäre. Sie waren es, die mir sagte, daß an jedem zwanzigsten Dezember mein Leben einen Jahresbußtag hätte, den man Geburtstag nennt. Meiner Ansicht nach war diese letztere Mitteilung wahrer als die erste!«

»Wie sehe ich aus, Jackson junior?«

»Sie sind das ganze Jahr hindurch wie ein tötender Eishauch für mich. Sie häßliches, dünnlippiges, tyrannisches, unwandelbares Weib mit einer wächsernen Maske. Sie sind wie der Teufel für mich; am meisten, wenn Sie mich Religion lehren, denn Sie bewirken, daß ich sie verabscheue.«

»Sie entsinnen sich meiner, Mr. Jackson junior?«

Eine andere Stimme aus einer anderen Richtung.

»Mit tiefster Dankbarkeit, Sir. Sie waren der Strahl der Hoffnung und des glückhaften Strebens in meinem Leben. Als ich an Ihrem Kursus teilnahm, glaubte ich, daß ich ein großer Arzt werden würde, und ich fühlte mich fast glücklich – obwohl ich immer noch mit jener entsetzlichen Maske allein zu Hause lebte und jeden Tag schweigend und gezwungenermaßen mit der Maske vor mir aß und trank. Wie es von meiner Erinnerung an und meine ganze Schulzeit hindurch gewesen ist.«

»Wie sehe ich aus, Mr. Jackson junior?«

»Für mich sind Sie wie ein höheres Wesen. Sie erscheinen mir wie die Natur selbst, die sich mir zu enthüllen beginnt. Ich höre Sie wieder, wie ich als einer aus der ehrfurchtstillen Menge junger Männer vor Ihnen sitze, die unter dem mitreißenden Eindruck Ihrer Erscheinung und Ihres Wissens von Begeisterung entflammt werden, und Sie bringen die einzigen Freudentränen in meine Augen, die je darin standen.«

»Sie entsinnen sich meiner, Mr. Jackson junior?«

Eine knarrende Stimme aus einer ganz anderen Richtung.

»Nur zu gut. Sie erschienen eines Tages wie ein Dämon in meinem Leben und verkündeten mir, daß es plötzlich eine ganz andere Richtung einschlagen müsse. Sie wiesen mir meinen mühevollen Sitz in der Galeere der Gebrüder Barbox an. (Wann *sie* gelebt haben, wenn es je der Fall war, ist mir unbekannt; es existierte nichts mehr von ihnen als der Name, als ich mich zum Ruder niederbückte.) Sie sagten mir, was ich zu tun hätte und was ich dafür bezahlt bekäme; später, nach Jahren, sagten Sie es mir wieder, als ich für die Firma unterzeichnen sollte, als ich ein Teilhaber wurde, als ich die Firma selbst wurde. Ich weiß nicht mehr davon.«

»Wie sehe ich aus, Mr. Jackson junior?«

»Bisweilen glaube ich, Sie gleichen meinem Vater. Sie sind hart genug und kalt genug, einen leiblichen Sohn so erzogen zu haben. Ich sehe Ihre schmale Gestalt, Ihren enganliegenden braunen Anzug und Ihre kurzgeschorene braune Perücke; aber auch Sie tragen eine wächserne Maske bis zu Ihrem Tod. Es kommt niemals vor, daß Sie sie entfernen – es trifft sich niemals so, daß sie von selbst abfällt – und mehr weiß ich nicht von Ihnen.«

Dieses ganze Zwiegespräch hielt der Reisende mit sich selbst, während er frühmorgens am Fenster saß, so wie er am Abend vorher auf der Station mit sich selbst geredet hatte. Und hatte er da in der Dunkelheit wie ein Mann ausgesehen, der gleich einem vernachlässigten Feuer zu früh grau geworden ist, so lag jetzt im Sonnenlicht ein noch tieferes Grau auf ihm, wie ein Feuer, dessen Schein vor dem Glanz der Sonne verblaßt.

Die Firma Gebrüder Barbox war irgendein Schößling oder wildwachsender Zweig an dem Notar-und-Wechselmakler-Baum gewesen. Sie hatte sich noch vor den Tagen von Jackson junior den Ruf besonderer Habgier zugezogen, und dieser Ruf war an ihr und an ihm haften geblieben. So wie er nach und nach in den Besitz der finstern Höhle im Winkel eines Hofes in der Lombard Street gekommen war, wo die Inschrift Gebrüder Barbox auf den schmutzigen Fenstern sich viele Jahre lang täglich zwischen seine Blicke und den Himmel drängte, so war er unmerklich ein Mann geworden, dem jeder mißtraute, den man bei jedem Geschäft, an dem er beteiligt war, ganz genau auf seine Verpflichtungen festlegen mußte, dessen Wort niemals ohne seine Unterschrift galt, vor dem alle Kaufleute offensichtlich auf der Hut waren. Diesen Ruf hatte er sich nicht durch seine eigene Handlungsweise zugezogen. Es war, als ob der ursprüngliche Barbox sich auf dem Fußboden des Kontors ausgestreckt hätte, Jackson junior schlafend dorthin hätte bringen lassen und eine Seelenwanderung und einen Austausch der Personen mit ihm vorgenommen hätte. Zu dieser Entdeckung kam noch der Verrat der einzigen Frau, die er je geliebt hatte, und der Verrat des einzigen Freundes, den er je gehabt hatte: sie verließen ihn und heirateten sich. Und alles das vollendete, was seine früheste Erziehung begonnen hatte. Er wich, scheu geworden, in die Gestalt von Barbox zurück und erhob sein Haupt und sein Herz nie wieder.

Aber in einer wichtigen Beziehung machte er sich schließlich frei. Er zerbrach das Ruder, an das er so lange gefesselt gewesen war, und versenkte die Galeere. Er kam dem allmählichen Verfall eines alten, im hergebrachten Geleise geführten Geschäfts zuvor, indem er die Initiative ergriff und sich seinerseits davon zurückzog. Es blieb ihm genug zum Leben (wenn auch schließlich nicht zuviel), und so löschte er denn die Firma Gebrüder Barbox von den Seiten des Adreßbuchs und der Oberfläche der Erde und ließ nichts von ihr zurück als ihren Namen auf zwei Reisekoffern.

»Denn man muß einen Namen haben, an den sich die Leute halten können, wenn man umhergeht«, erklärte er der Hauptstraße von Mugby durch das Gasthausfenster hindurch, »und dieser Name war wenigstens früher einmal wirklich. Dagegen Jackson junior! – Ganz abgesehen davon, daß es ein traurig satirischer Spitzname für den alten Jackson ist.«

Er nahm seinen Hut und ging aus. Er kam gerade zurecht, um auf der entgegengesetzten Straßenseite einen Mann in Manchesterhosen dahingehen zu sehen. Dieser trug sein Mittagsmahl in einem Bündel, das ruhig hätte größer sein können, ohne daß er dadurch in den Verdacht der Schlemmerei gekommen wäre, und lief mit großen Schritten der Station zu.

»Da ist der Lampenwärter«, sagte Gebrüder Barbox. »Und überdies...«

Es war zweifellos lächerlich, daß ein so ernster und verschlossener Mensch, der außerdem erst seit drei Tagen von einer täglichen Plackerei befreit war, auf der Straße stand und sich in tiefem Nachsinnen über komische Lieder das Kinn rieb.

»An einem Bett?« sagte Gebrüder Barbox übellaunig. »Singt sie an einem Bett? Weshalb an einem Bett, wenn er nicht betrunken zu Bett geht? So wird's wohl auch sein. Aber was geht das mich an? Ich will einmal zusehen. Station Mugby, Station Mugby. Wo soll ich nun hingehen? Wie es mir gestern abend einfiel, als ich aus einem unruhigen Schlaf im Abteil erwachte und mich hier fand, kann ich von hier aus überall hingehen. Wohin soll ich nun gehen? Ich denke, ich sehe mir erst einmal die Station bei Tageslicht an. Ich habe ja keine Eile, und vielleicht gefällt mir die eine Linie besser als eine andere.«

Aber da waren so viele Linien. Wenn man von einer Brücke auf der Station auf sie niederblickte, schien es, als hätten die hier zusammentreffenden Gesellschaften eine große industrielle Ausstellung der Arbeiten von ungeheuer großen Bodenspinnen, die Eisen spannen, veranstaltet. Und dann gingen viele Linien so wunderbare Wege und kreuzten und umwanden einander derartig, daß das Auge ihnen nicht folgen konnte. Und dann schienen einige mit der festen Absicht loszuziehen, fünfhundert Meilen zurückzulegen, aber auf einmal gaben sie es an einer unscheinbaren Barriere auf oder schlüpften in eine Werkstatt hinein. Andere wieder gingen wie Betrunkene eine kurze Strecke ganz gerade und machten dann plötzlich überraschend kehrt und kamen wieder zurück. Manche standen so voller Kohlenkarren, manche waren so von Karren voller Fässer versperrt, manche so von Karren voller Schotter besetzt, manche so von mit Rädern versehenen Gegenständen, die wie ungeheure Garnwickel aussahen, erfüllt, während andere so blitzblank und wieder andere so voll Rost und Asche und von ausgedienten Karren besetzt waren, die ihre Beine in die Luft streckten (sie sahen dabei sehr ihren Herren zur Streikzeit ähnlich), daß weder Anfang noch Mitte noch Ende des Durcheinanders abzusehen war.

Gebrüder Barbox stand verwirrt auf der Brücke und fuhr sich mit der rechten Hand über die Linien auf seiner Stirn, die sich, während er hinabblickte, vervielfältigten, so, als ob die Eisenbahnlinien auf dieser empfindlichen Platte photographiert würden. Auf einmal vernahm man in der Ferne Glockenläuten und Pfeifsignale. Darauf sprangen puppenartige Menschenköpfe aus entfernten Häuschen hervor und sprangen wieder zurück. Darauf begannen riesige, aufrecht stehende hölzerne Rasiermesser die Atmosphäre zu rasieren. Darauf begannen verschiedene Lokomotiven in verschiedenen Richtungen zu schreien und in Erregung zu geraten. Darauf fuhr auf einer Linie ein Zug ein. Darauf erschienen auf einer anderen zwei Züge, die nicht einfuhren, sondern außerhalb hielten. Darauf brachen einige Stückchen von den Zügen ab. Darauf geriet ein um sich schlagendes Pferd mit ihnen in Streit. Darauf teilten die Lokomotiven die Stückchen von den Zügen unter sich auf und liefen mit ihnen davon.

»Ich bin mir durch alles dies noch nicht klarer über meinen nächsten Schritt geworden. Aber habe ich ja auch keine Eile. Es zwingt mich nichts, heute oder morgen einen Entschluß zu fassen. Jetzt will ich einen Spaziergang machen.«

Es fügte sich so (vielleicht war es auch Absicht gewesen), daß der Spaziergang nach dem Bahnsteig, wo er abgestiegen war, und nach dem Häuschen des Lampenwärters führte. Aber der Lampenwärter war nicht da. Ein Paar Manchesterschultern schmiegten sich in einen der Eindrücke an der Wand neben dem Kamin des Lampenwärters, aber sonst war der Raum leer. Als er wieder zurückging, um die Station zu verlassen, erfuhr er den Grund dieser Abwesenheit. Er sah den Lampenwärter auf der entgegengesetzten Linie, wie er auf dem Dach eines Zuges von Wagen zu Wagen sprang und angezündete Lampen, die ihm von einem Gehilfen von unten her zugeworfen wurden, in Empfang nahm.

»Er ist beschäftigt. Sicherlich hat er heute morgen nicht viel Zeit, um komische Lieder zu verfassen oder zu singen.«

Die Richtung, die er jetzt verfolgte, führte aufs freie Feld. Dabei hielt er sich in nächster Nähe einer großen Eisenbahnlinie, von wo er auch andere stets im Auge behalten konnte.

»Ich bin halb und halb gesinnt«, sagte er zu sich selbst, indem er umherblickte, »an diesem Punkt die Frage der Weiterreise zu entscheiden. Ich will mir diesen oder jenen Schienenstrang aussuchen und dabei bleiben. Hier draußen sondern sie sich von der wirren Masse ab und gehen jeder seinen Weg.«

Er stieg einen niedrigen, langgestreckten Hügel hinauf und kam an ein paar Häuschen. Dort blickte er um sich in einer Art, wie man es von einem sehr zurückhaltenden Mann, der sich niemals zuvor in seinem Leben umgeblickt hatte, erwarten konnte, und sah sechs bis acht Kinder, die lustig lärmend und sich drängend aus einem der Häuschen herauskamen und sich zerstreuten. Aber nicht, ohne daß sie sich zuvor sämtlich an der kleinen Gartentür umgedreht und Kußhändchen zu einem Gesicht am oberen Fenster geschickt hatten: ein ganz niedriges Fenster, obwohl es das obere war, denn das Häuschen hatte nur ein Stockwerk mit einem Zimmer über dem Boden.

Nun, daß die Kinder dies taten, darin lag nichts weiter Besonderes; daß sie es aber für ein Gesicht taten, das auf dem Sims des offenen Fensters lag und und ihnen horizontal zugekehrt war, und offenbar nur ein Gesicht, das war etwas Bemerkenswertes. Er blickte noch einmal zu dem Fenster empor. Aber er sah nichts als ein sehr schmächtiges, wenn auch sehr freundlich und heiter aussehendes Gesicht, das auf einer Wange auf dem Fenstersims lag. Das zarte, lächelnde Gesicht eines Mädchens oder einer Frau. Umrahmt von langem, glänzendem, braunem Haar, das von einem um das Kinn geschlungenen hellblauen Band zusammengehalten wurde.

Er setzte seinen Weg fort, kehrte wieder um, ging abermals an dem Fenster vorbei und blickte verstohlen wieder danach empor. Alles wie vorher. Er schlug einen gewundenen Seitenweg oben auf dem Hügel ein – sonst hätte er den Hügel wieder hinabsteigen müssen – und machte, die Häuschen stets im Auge behaltend, einen weiten Bogen, so daß er wieder auf die Hauptstraße kam und noch einmal an dem Häuschen vorbeigehen mußte. Noch immer lag das Gesicht auf dem Fenstersims, aber nicht mehr so sehr gegen ihn geneigt. Und jetzt nahm er auch ein Paar zarte Hände wahr. Sie bewegten sich, als spielten sie irgendein Musikinstrument, und doch konnte er nicht vernehmen, daß sie einen Ton hervorbrachten.

»Station Mugby muß der verrückteste Ort in ganz England sein«, sagte Gebrüder Barbox zu sich selbst, während er den

Hügel hinabging. »Das erste, was ich hier finde, ist ein Eisenbahnträger, der komische Lieder verfaßt, die er an seinem Bett singt. Das zweite, was ich hier finde, ist ein Gesicht und ein Paar Hände, die ein unhörbares Musikinstrument spielen!«

Es war ein schöner, sonniger Tag Anfang November, die Luft war klar und belebend, und die Landschaft lag in bunter Farbenpracht da. Die wenigen Farben in dem Hof an der Lombard Street in der City von London hatten alle einen dunklen Ton gehabt. Bisweilen, wenn das Wetter an anderen Stellen wirklich sehr schön war, konnten sich die Bewohner jener Zelte an ein oder zwei pfeffer-und-salzfarbenen Tagen erfreuen, aber gewöhnlich sah ihre Atmosphäre schiefergrau oder schnupftabakbraun aus.

Er genoß seinen Spaziergang so sehr, daß er ihn am nächsten Morgen wiederholte. Er war ein wenig früher an dem Häuschen als am Tage zuvor, und er konnte hören, wie die Kinder oben sangen und dabei im Takt in die Hände klatschten.

»Und doch habe ich wieder keinen Ton von einem Musikinstrument vernommen«, sagte er zu sich selbst, während er an der Ecke lauschte, »und dabei sah ich im Vorbeigehen wiederum die spielenden Hände. Was singen die Kinder bloß? Sie können doch, wahrhaftiger Gott, nicht das Einmaleins singen?«

Und doch war dies der Fall, und sie sangen es mit dem größten Genuß. Das geheimnisvolle Gesicht besaß eine Stimme, die gelegentlich einen neuen Einsatz angab oder die Kinder korrigierte. Sie sang so fröhlich, daß es eine Lust war zuzuhören. Schließlich hörte der Gesang auf, und man vernahm ein vielfältiges Murmeln von jungen Stimmen. Darauf folgte ein kurzes Lied, das, wie er hören konnte, von dem laufenden Monat handelte und von der Arbeit, die er für den Bauer in Feld und Hof mit sich brachte. Dann gab es ein Getrappel von kleinen Füßen, und die Kinder kamen rufend und sich drängend heraus, wie es am Tag zuvor gewesen war. Und wieder, wie am Tag zuvor, drehten sie sich alle an der

Gartentür um und schickten Kußhändchen – offenbar zu dem Gesicht auf dem Fenstersims hinauf, obwohl Gebrüder Barbox es von seiner versteckten Ecke aus, die ihm bloß einen geringen Überblick bot, nicht sehen konnte.

Aber als die Kinder sich zerstreuten, schnitt er einem kleinen Nachzügler – einem Jungen mit braunem Gesicht und flachsfarbenem Haar – den Weg ab und sagte zu ihm:

»Komm einmal her, Kleiner. Sage mir, wessen Haus ist das?«

Der Junge, der einen schwärzlichen Arm quer vor seine Augen hielt, halb aus Schüchternheit und halb aus Verteidigungsbereitschaft, sagte hinter seinem Ellbogen hervor:

»Phoebes Haus.«

»Und wer«, sagte Gebrüder Barbox, nicht weniger verlegen als der Junge, »ist Phoebe?«

Worauf der Junge antwortete:

»Nun, eben Phoebe.«

Der kleine, aber scharfe Beobachter hatte den Fragenden genau betrachtet und wußte jetzt, was er von ihm zu halten hatte. Er ließ den Arm sinken und nahm einen gewissen überlegenen Ton an, als habe er die Entdeckung gemacht, es mit einem Mann zu tun zu haben, der in der Kunst der höflichen Unterhaltung noch unerfahren war.

»Phoebe«, sagte der Kleine, »kann niemand sonst als Phoebe sein. Nicht wahr?«

»Ja, das scheint mir auch so.«

»Nun also«, erwiderte der Kleine, »weshalb haben Sie mich dann gefragt?«

Da Gebrüder Barbox es für angebracht hielt, seine Stellung zu wechseln, ging er auf einen neuen Punkt über.

»Was macht ihr dort? Dort oben in dem Zimmer mit dem offenen Fenster. Was macht ihr dort?«

»Lule«, sagte der Kleine.

»Was?«

»Lu-u-ule«, wiederholte der Kleine mit erhobener Stimme, das Wort lang dehnend. Dabei sah er den Fremden starr an und sprach mit großem Nachdruck, als wollte er sagen: »Wozu sind

Sie denn erwachsen, wenn Sie solch ein Esel sind, daß Sie mich nicht verstehen können?«

»Ach so! Schule, Schule«, sagte Gebrüder Barbox. »Ja, ja, ja. Und Phoebe gibt euch Unterricht?«

Der Junge nickte.

»Guter Junge.«

»Haben Sie es nun verstanden?« fragte der Kleine.

»Ja, jetzt habe ich es verstanden. Was würdest du mit einem Zweipencestück tun, wenn ich es dir gäbe?«

»Mir was dafür kaufen.«

Da die niederschmetternde Raschheit dieser Antwort ihm nichts übrigließ, woran er sich hätte anklammern können, zog Gebrüder Barbox mit sehr wenig gutem Willen das Zweipencestück hervor und ging gedemütigt davon.

Aber da er das Gesicht auf dem Fenstersims wahrnahm, als er an dem Häuschen vorüberkam, grüßte er mit einer Gebärde zu ihm hinauf, die kein Nicken, keine Verbeugung, kein Hutabnehmen, sondern ein mißtrauischer Kompromiß oder ein Kampf mit allen dreien war. Die Augen in dem Gesicht schienen belustigt oder erfreut oder beides zu sein, und die Lippen sagten mit bescheidener Freundlichkeit:

»Ich wünsche Ihnen einen guten Tag, Sir.«

»Ich glaube, ich muß noch eine Zeitlang in Mugby bleiben«, sagte Gebrüder Barbox mit tiefem Ernst zu sich selbst, nachdem er auf dem Rückweg noch einmal haltgemacht hatte, um an der Stelle, wo sie so ruhig auseinandergingen, die verschiedenen Eisenbahnlinien zu betrachten. »Ich kann noch zu keinem Entschluß kommen, welchen Schienenstrang ich wählen soll. Ich muß mich wirklich erst ein wenig an die Station gewöhnen, ehe ich mich entscheiden kann.«

Infolgedessen teilte er im Gasthaus mit, daß er »vorläufig dabliebe«, und benutzte diesen Abend und den nächsten Morgen und wieder den nächsten Abend und den übernächsten Morgen, um seine Bekanntschaft mit dem Eisenbahnknotenpunkt zu vertiefen. Er begab sich an die Station, mischte sich unter die Leute dort, sah sich alle Linien an und begann sich für die Ankunft und Abfahrt der Züge zu interessieren. Anfangs steckte er oft seinen Kopf in das kleine Häuschen des Lampenwärters hinein, aber er fand den Lampenwärter niemals darin. Ein oder zwei Paar Manchester-Schultern waren gewöhnlich, über das Feuer gebückt und bisweilen ein zusammengeklapptes Messer und ein Stück Brot und Fleisch vor sich, darin anwesend. Aber die Antwort auf seine Frage: »Wo ist der Lampenwärter?« war entweder, daß er sich »auf der anderen Seite der Linie« befand oder daß gerade seine Freizeit war, und im letzteren Fall wurde er meist einem anderen Lampenwärter vorgestellt, der nicht sein Lampenwärter war. Jedoch war er jetzt nicht so sehr darauf erpicht, den Lampenwärter zu Gesicht zu bekommen, als daß er die Enttäuschung nicht hätte hinnehmen können. Auch widmete er sich nicht so ausschließlich seinem ersten Vorhaben, die Station zu studieren, als daß er seine Spaziergänge darüber vernachlässigt hätte. Im Gegenteil, er unternahm jeden Tag eine Wanderung, und immer war es derselbe Weg, den er einschlug. Aber das Wetter war wieder kalt und naß geworden, und das Fenster war niemals offen.

III.

Endlich, nach einigen Tagen, trat wieder schönes, klares, frisches Herbstwetter ein. Es war an einem Sonnabend. Das Fenster stand offen, und die Kinder waren fort.

»Guten Tag«, sagte er zu dem Gesicht, und diesmal nahm er tatsächlich ganz richtig den Hut ab.

»Ich wünsche Ihnen einen guten Tag, Sir.«

»Es freut mich, daß Sie wieder einen hellen Himmel zum Beschauen haben.«

»Ich danke Ihnen, Sir. Es ist sehr freundlich von Ihnen.«

»Sie sind krank, fürchte ich?«

»Nein, Sir. Ich bin bei sehr guter Gesundheit.«

»Aber liegen Sie nicht stets?«

»O ja, ich liege stets, weil ich mich nicht aufsetzen kann. Aber ich bin nicht krank.«

Die lachenden Augen schienen über seinen großen Irrtum im höchsten Grade belustigt zu sein.

»Würde es Ihnen sehr viel Mühe machen hereinzukommen, Sir? Von diesem Fenster aus hat man eine schöne Aussicht. Und Sie würden sehen, daß ich gar nicht krank bin – da Sie doch die Güte haben, sich dafür zu interessieren.«

Dies war gesagt, um ihm zu helfen, da er unentschlossen, aber offenbar mit dem Wunsch einzutreten, dastand und seine mißtrauische Hand auf der Klinke der Gartentür liegen hatte. Es half ihm, und er trat ein.

Das Zimmer oben war ein sehr sauberer, weißgetünchter Raum mit einer niedrigen Decke. Seine einzige Bewohnerin lag auf einem Sofa, das ihr Gesicht in dieselbe Höhe mit dem Fenster brachte. Das Sofa war ebenfalls weiß, und da ihr einfaches Kleid wie ihr Haarband hellblau war, hatte sie ein ätherisches Aussehen, und ihre Erscheinung machte den phantastischen Eindruck, zwischen Wolken zu liegen. Er fühlte, daß sie ihn instinktiv als einen gewöhnlich niedergeschlagenen, schweigsamen Menschen erkannte, und es war eine weitere Hilfe für ihn, daß sie diesen Zug so rasch und leicht erkannt hatte und daß er somit ein für allemal abgetan war.

Trotzdem lag eine gewisse Unsicherheit und Gezwungenheit in seinem Benehmen, als er ihre Hand berührte und neben ihrem Sofa auf einem Stuhl Platz nahm.

»Ich sehe jetzt«, begann er ziemlich stockend, »was sie mit ihren Händen machen. Als ich Sie nur vom Weg draußen beobachtete, glaubte ich, Sie spielten auf einem Instrument.«

Sie war mit flinken und geschickten Fingern dabei, Spitzen zu klöppeln. Ein Klöppelkissen lag auf ihrer Brust, und die bei der Arbeit rasch wechselnde Bewegung ihrer Hände hatte den falschen Eindruck bei ihm hervorgerufen.

»Das ist interessant«, erwiderte sie mit einem freundlichen Lächeln. »Denn wenn ich bei der Arbeit bin, kommt es mir selbst oft so vor, als spielte ich ein Instrument.«

»Verstehen Sie etwas von Musik?«
Sie schüttelte den Kopf.
»Ich glaube, ich könnte mit ein paar Liedern zurechtkommen, wenn ich ein Instrument hätte, das mir so handlich gemacht werden könnte wie mein Klöppelkissen. Aber ich täusche mich darin wohl. Auf jeden Fall werde ich es niemals wissen.«
»Sie haben eine melodische Stimme. Entschuldigen Sie, aber ich habe Sie singen hören.«
»Mit den Kindern?« erwiderte sie leicht errötend. »O ja. Ich singe oft mit den lieben Kindern, wenn man das singen nennen kann.«
Gebrüder Barbox blickte auf die beiden kleinen Bänke, die im Zimmer standen, und wagte die Bemerkung, daß sie Kinder wohl gern hätte und in neuen Unterrichtsmethoden Erfahrung hätte.
»Ich habe sie sehr gern«, sagte sie, abermals den Kopf schüttelnd, »aber ich verstehe nichts vom Unterrichten, abgesehen von dem Interesse, das ich dafür habe, und dem Vergnügen, das es mir bereitet, wenn sie lernen. Sie haben vielleicht irrtümlicherweise geglaubt, ich wäre eine großartige Lehrerin, weil Sie hörten, wie meine kleinen Schüler einige ihrer Lektionen sangen? Ah! Das dachte ich mir! Nein, ich habe von dieser Methode nur gelesen und gehört. Sie schien mir so nett und amüsant, daß ich sie in meinen bescheidenen Verhältnissen in Anwendung brachte. Ich brauche Ihnen nicht erst zu sagen, wie bescheiden meine Verhältnisse sind, Sir«, fügte sie hinzu, indem sie einen Blick auf die kleinen Bänke und den ganzen Raum warf.
Während dieser ganzen Zeit waren ihre Hände mit dem Klöppelkissen beschäftigt. Da sie auch jetzt in ihrer Tätigkeit fortfuhren und da das Klappern der Klöppel eine Art Unterhaltungsersatz war, benutzte Gebrüder Barbox die Gelegenheit, sie genau zu betrachten. Er schätzte sie auf etwa dreißig Jahre. Der Reiz ihres durchscheinenden Gesichts und ihrer glänzenden, großen braunen Augen bestand nicht in leidender

Ergebenheit, sondern in einer tätigen und sie ganz erfüllenden Fröhlichkeit. Sogar ihre fleißigen Hände, die schon durch ihre Gebrechlichkeit hätten Mitleid erregen können, taten ihre Arbeit mit einem heiteren Mut, der bloßes Mitleid als eine unberechtigte Anmaßung erscheinen ließ.

Er bemerkte, wie sich ihre Augen auf ihn richteten und blickte schnell zum Fenster, indem er sagte:

»Die Aussicht ist wirklich schön!«

»Sehr schön, Sir. Manchmal hätte ich mir schon gewünscht, mich nur ein einziges Mal aufrichten zu können, bloß um zu erfahren, wie die Aussicht dann erscheint. Aber was ist das auch für ein närrischer Wunsch! Sie kann niemandem schöner erscheinen als mir!«

Während sie sprach, waren ihre Augen dem Fenster zugewandt. Bewunderung und Entzücken stand in ihnen, aber keine Spur von einem Gefühl der Entbehrung.

»Und diese Eisenbahnlinien, auf denen die Rauch- und Dampfwolken so rasch dahinziehen, erfüllen sie so mit Leben für mich«, fuhr sie fort. »Ich denke an die vielen Menschen, die gehen können, wohin sie wollen, ihrem Geschäft oder ihrem Vergnügen nach; ich erinnere mich daran, daß die Dampfwolken mir zuwinken und mich wissen lassen, daß sie wirklich auf dem Weg sind, während ich hinunterblicke; und das verschafft mir eine Menge Gesellschaft, wenn ich Gesellschaft brauche. Da ist auch noch die große Station. Ich kann sie nicht sehen, weil sie am Fuß des Hügels liegt, aber ich kann sie sehr oft hören, und ich weiß stets, daß sie da ist. Es kommt mir vor, als verbinde sie mich irgendwie mit zahllosen Orten und Dingen, die ich niemals sehen werde.«

Er dachte mit einer Art Beschämung, sie habe *ihn* vielleicht bereits mit etwas verbunden, was er niemals gesehen hatte, und sagte gezwungen:

»Ganz richtig.«

»Und so sehen Sie, Sir«, fuhr Phoebe fort, »daß ich nicht die Kranke bin, für die Sie mich hielten, mir geht es wirklich sehr gut.«

»Sie haben ein sonniges Gemüt«, sagte Gebrüder Barbox. Vielleicht lag eine leichte Entschuldigung wegen seines eignen Gemüts in dem Ton seiner Worte.

»Ah! Sie müßten meinen Vater kennen«, erwiderte sie. »Er hat ein sonniges Gemüt! – Behalten Sie Platz, Sir!« bat sie, denn seine Schüchternheit hatte ihn bei einem Fußtritt auf der Treppe emporfahren lassen, da er befürchtete, daß er für einen lästigen Eindringling angesehen werden könnte. »Mein Vater kommt.«

Die Tür ging auf, und der Vater blieb auf der Schwelle stehen.

»Wahrhaftig, der Lampenwärter!« rief Gebrüder Barbox und sprang von seinem Stuhl auf. »Wie geht es Euch, Lampenwärter?«

Worauf der Lampenwärter erwiderte:

»Der Gentleman nach nirgendwohin! Wie geht es Ihnen, Sir?«

Und sie schüttelten sich die Hand, während die Tochter des Lampenwärters freudig erstaunt zusah.

»Ich bin seit jener Nacht wohl ein halbes dutzendmal in Eurem Häuschen eingekehrt«, sagte Gebrüder Barbox, »habe Euch aber nie getroffen.«

»Ich habe davon gehört, Sir, ich habe davon gehört«, erwiderte der Lampenwärter. »Weil Sie so oft auf der Station unten bemerkt worden sind, ohne einen Zug zu nehmen, ist es nach und nach unter uns üblich geworden, von Ihnen als von dem Gentleman nach nirgendwohin zu sprechen. Sie nehmen es hoffentlich nicht für ungut, daß ich Sie in der ersten Überraschung so nannte, Sir?«

»Durchaus nicht. Der Name paßt mir ebensogut wie irgendein anderer, bei dem Ihr mich nennen könnt. Aber kann ich einmal unter vier Augen eine Frage an Euch richten?«

Der Lampenwärter ließ sich an einem der Knöpfe seiner Manchesterjacke vom Lager seiner Tochter wegführen.

»Ist dies das Bett, an dem Ihr Eure Lieder singt?«

Der Lampenwärter nickte.

Der Gentleman nach nirgendwohin schlug ihm auf die Schulter, und sie drehten sich wieder um.

»Auf Ehrenwort, mein Kind«, sagte der Lampenwärter darauf zu seiner Tochter, während er von ihr auf den Besucher blickte, »ich bin so verblüfft über deine Bekanntschaft mit diesem Gentleman, daß ich, wenn mich der Gentleman entschuldigen will, mir einen Reiber geben muß.«

Der Lampenwärter erklärte die Bedeutung seiner Worte durch die Tat, indem er sein öliges Taschentuch, wie ein Ball zusammengerollt, hervorzog und sich gründlich damit einschmierte. Er fing hinter dem rechten Ohr an, fuhr die Wange hinauf, über die Stirn und über die andere Wange hinab bis hinter das linke Ohr, und als er fertig war, glänzte er wie eine Speckschwarte.

»Das ist stets meine Gewohnheit, wenn mir durch irgendeine Aufregung besonders warm geworden ist, Sir«, sagte er in entschuldigendem Ton. »Und ich bin wirklich derartig über Ihre Bekanntschaft mit Phoebe verblüfft, daß ich – daß ich denke, ich werde mir, wenn Sie mich entschuldigen wollen, noch einen Reiber geben.«

Das tat er denn auch, und es schien ihn wieder vollständig ins Gleichgewicht zu bringen.

Sie standen jetzt beide neben ihrem Lager, während sie an ihrem Klöppelkissen weiterarbeitete.

»Eure Tochter erzählte mir«, sagte Gebrüder Barbox immer noch in einer Weise, die nicht frei von Schüchternheit und Scham war, »daß sie sich niemals aufsetzt.«

»Nein, Sir, und sie hat es auch bisher niemals getan. Sie müssen verstehen, ihre Mutter (sie starb, als Phoebe ein Jahr und zwei Monate alt war) litt an sehr schlimmen Anfällen, und da sie mir nie etwas von diesem Leiden gesagt hatte, konnte ich keine Vorsorge dagegen treffen. So ließ sie während eines Anfalls das Kind fallen, und dies war die Folge.«

»Es war sehr unrecht von ihr«, sagte Gebrüder Barbox mit gerunzelter Stirn, Euch zu heiraten und Euch dabei ihr Leiden zu verheimlichen.«

»Nun, Sir!« wendete der Lampenwärter zugunsten der längst Dahingegangenen ein. »Sie müssen verstehen, Phoebe und ich, wir haben auch darüber gesprochen, und bei Gott, so viele von uns haben die eine oder andere Art von Gebrechen, daß, wenn wir sie alle vor der Heirat gestehen wollten, die meisten von uns niemals zum Heiraten kämen.«

»Wäre das nicht besser?«

»Nicht in diesem Fall, Sir«, sagte Phoebe, ihrem Vater die Hand reichend.

»Nein, nicht in diesem Fall, Sir«, sagte ihr Vater, die Hände zwischen den seinigen streichelnd.

»Ihr tut gut daran, mich zurechtzuweisen«, sagte Gebrüder Barbox errötend, »und ich muß euch so sehr als ein gefühlloser Mensch vorkommen, daß es auf jeden Fall überflüssig ist, *diese* Schwäche einzugestehen. Ich wünschte, ihr erzähltet mir ein bißchen mehr von euch beiden. Ich weiß kaum, wie ich euch darum bitten soll, denn ich bin mir bewußt, eine unangenehme, steife Art und ein langweiliges, abstoßendes Wesen zu haben, aber ich wünschte, ihr tätet es.«

»Von ganzem Herzen, Sir«, erwiderte der Lampenwärter heiter für beide. »Und vor allem anderen, damit Sie meinen Namen wissen . . . «

»Halt!« unterbrach ihn der Besucher mit einem leichten Erröten. »Was bedeutet Euer Name? Lampenwärter ist Name genug für mich. Er gefällt mir. Er ist hell und ausdrucksvoll. Was brauche ich mehr?«

»Da haben Sie ganz recht, Sir«, erwiderte der Lampenwärter. »In der Regel nennt man mich unten auf der Station auch bei keinem anderen Namen. Aber ich dachte, da Sie hier als eine erste Klasse einfach und als Privatmann hier sind, es wäre Ihnen lieber . . .«

Der Besucher wehrte die Vermutung mit der Hand ab, und der Lampenwärter erkannte dieses Zeichen des Vertrauens dadurch an, daß er sich wieder einen Reiber gab.

»Ihr seid sicherlich mit Arbeit überlastet?« sagte Gebrüder Barbox, als die Prozedur des Reibens beendet und das Gesicht des Lampenwärters um vieles schmutziger als zuvor wieder zum Vorschein kam.

»Der Lampenwärter begann: »Nicht allzusehr ...«, als seine Tochter ihm ins Wort fiel:

»O ja, Sir, er ist sehr mit Arbeit überlastet. Vierzehn, fünfzehn, achtzehn Stunden am Tag. Manchmal vierundzwanzig Stunden hintereinander.«

»Und Sie, Phoebe«, sagte Gebrüder Barbox, »mit Ihrer Schule und Ihrem Klöppeln ...«

»Aber die Schule ist ein Vergnügen für mich«, unterbrach sie ihn, ihre braunen Augen weiter öffnend, als wundere sie sich über seinen Mangel an Verständnis. »Ich fing damit an, als ich noch ein Kind war, weil es mir die Gesellschaft anderer Kinder verschaffte, verstehen Sie? Eine Arbeit war das nicht. Ich tue es jetzt weiter, weil es einen Kreis von Kindern um mich festhält. Aber eine Arbeit ist es nicht. Ich tue es als ein Liebeswerk, nicht als eine Arbeit. Und dann mein Klöppelkissen«, ihre emsigen Hände hatten innegehalten, so als erfordere die Auseinandersetzung all ihren fröhlichen Ernst, aber jetzt, als sie es erwähnte, fuhr sie mit ihrer Arbeit daran fort; »es geht im Takt meiner Gedanken, wenn ich nachdenke, und es geht im Takt meiner Lieder, wenn ich welche vor mich hin summe, und auch das ist keine Arbeit. Sie wissen doch, Sir, Sie haben selbst gedacht, es wäre Musik. Und das ist es auch für mich.«

»So ist es mit allem!« rief der Lampenwärter strahlend. »Alles ist Musik für sie, Sir.«

»Mein Vater ist es auf jeden Fall«, sagte Phoebe, indem sie liebevoll mit ihrem dünnen Zeigefinger nach ihm hinwies. »In meinem Vater ist mehr Musik als in einer ganzen Kapelle.«

»Aber, aber, mein Herz! Es spricht zwar für deine kindliche Liebe; aber du schmeichelst deinem Vater«, protestierte er strahlend.

»Nein, so ist es, Sir, das versichere ich Ihnen, wahrhaftig! Wenn Sie meinen Vater einmal singen hören könnten, dann würden Sie erkennen, daß es so ist. Aber Sie werden ihn niemals singen hören, weil er niemals vor jemand anderem als vor mir singt. Mag er auch noch so müde sein, wenn er nach Hause kommt, singt er mir doch immer etwas vor. Als ich lange Jahre hier lag, eine arme, zerbrochene kleine Puppe, pflegte er mir vorzusingen. Ja, noch mehr, er pflegte selbst Lieder zu verfassen, in denen er die kleinen scherzhaften Vorfälle, die sich zwischen uns zugetragen hatten, anbrachte. Ja, noch mehr, er tut das auch jetzt noch oft. Oh! Ich verrate Euch, Vater, da der Gentleman nach Euch gefragt hat. Er ist ein Dichter, Sir.«

»Ich möchte nicht, mein Kind«, bemerkte der Lampenwärter, für den Augenblick ernst werdend, »daß der Gentleman diese Meinung über deinen Vater mit fortnähme. Denn es könnte so aussehen, als hätte ich die Gewohnheit, die Sterne malincholisch zu befragen, was mit ihnen los wäre. Damit möchte ich weder meine Zeit verlieren, noch mir soviel herausnehmen, mein Kind.«

»Mein Vater«, begann Phoebe, ihre Worte verbessernd, wieder, »ist stets auf der Seite, wo es gut und freundlich hergeht. Sie sagten mir eben, ich hätte ein sonniges Gemüt. Wie könnte es anders sein?«

»Nun ja, aber, mein Kind«, erwiderte der Lampenwärter erklärend, »wie könnte es mit mir anders sein? Urteilen Sie selbst, Sir. Sehen Sie sie an. Sie ist immer so, wie Sie sie jetzt sehen. Stets bei der Arbeit – und für alles, Sir, bloß ein paar Schillinge wöchentlich –, aber stets zufrieden, stets lebhaft, stets für alles mögliche andere interessiert. Ich sagte soeben, sie sei stets so, wie Sie sie jetzt sehen. So verhält es sich auch, bloß mit einem kleinen Unterschied. Denn wenn ich meinen dienstfreien Sonntag habe und die Morgenglocken verklungen sind, bekomme ich die Gebete in der rührendsten Weise vorgelesen und die Lieder aus dem Gesangbuch werden mir vorgesungen, so leise, Sir, daß Sie sie außerhalb dieses Zimmers nicht hören könnten, und in Tönen, die mir vom Himmel zu kommen und zu ihm zurückzukehren scheinen.«

Vielleicht war es deshalb, weil diese Worte die feierlich-stillen Sonntage vor Phoebes Geist aufsteigen ließen, oder vielleicht brachten sie ihr auch in Erinnerung, wie der Erlöser an den Betten der Kranken gestanden hatte; auf jeden Fall hielten ihre flinken Finger auf dem Klöppelkissen inne und schlangen sich um seinen Nacken, während er sich zu ihr niederbeugte. Der Besucher konnte leicht sehen, daß sowohl Vater wie Tochter von Natur empfindsame Menschen waren; aber jedes suchte um des anderen willen seine Gefühle zu verbergen, und ein unbesiegbarer Frohmut, entweder angeboren oder im Laufe des Lebens angeeignet, war ihnen beiden eigen. Nach einigen ganz wenigen Augenblicken gab sich der Lampenwärter abermals einen Reiber, wobei sein komisches Gesicht strahlte, während Phoebes lachende Augen, nur ein winziges funkelndes Tröpfchen auf den Wimpern, sich wieder abwechselnd auf ihren Vater, auf ihre Arbeit und auf Gebrüder Barbox richteten.

»Wenn mein Vater«, sagte sie lächelnd, »Ihnen davon erzählt, Sir, daß ich mich für andere Menschen interessiere, selbst wenn sie nicht das mindeste von mir wissen – was ich Ihnen ja, nebenbei bemerkt, selbst gesagt habe –, so müßten Sie wissen, woher das kommt. Mein Vater ist daran schuld.«

»Nein, das bin ich nicht!« widersprach er.

»Glauben Sie ihm nicht, Sir. Es ist doch so. Er erzählt mir alles, was er unten bei seiner Arbeit zu sehen bekommt. Sie würden überrascht sein, wieviel Neues er täglich für mich sammelt. Er blickt in die Abteile und erzählt mir, wie die Damen angezogen sind – so daß ich die neueste Mode kenne! Er blickt in die Abteile und erzählt mir, was für Liebespärchen und Hochzeitsreisende er sieht – so daß ich alles darüber weiß! Er hebt liegengebliebene Zeitungen und Bücher auf – so daß ich eine Menge zu lesen habe! Er erzählt mir von den Kranken, die Reisen machen, in der Hoffnung, gesund zu werden – so daß ich alles von ihnen weiß! Kurz, wie ich anfangs schon sagte, er erzählt mir alles, was er unten bei seiner Arbeit sieht und erfährt, und Sie können sich nicht denken, *was* er alles sieht und erfährt.«

»Was das Aufheben von Zeitungen und Büchern angeht, mein Kind«, sagte der Lampenwärter, »so ist es klar, daß mir kein Verdienst dabei zukommt, weil das nicht zu meinem Amt gehört. Sie müssen verstehen, Sir, es geht folgendermaßen zu: Ein Schaffner sagt zu mir: ›Hallo, da seid Ihr ja, Lampenwärter. Ich habe diese Zeitung für Eure Tochter aufgehoben. Wie geht es ihr?‹ Ein andermal spricht mich ein Träger an: ›Da, nehmt, Lampenwärter. Hier sind ein paar Schmöker für Eure Tochter. Geht es ihr noch wie sonst?‹ Und das macht mir die Gaben doppelt willkommen, verstehen Sie. Wenn sie tausend Pfund in einer Schachtel hätte, würden sie sich nicht um sie kümmern; da es aber so um sie steht – das heißt, verstehen Sie«, fügte der Lampenwärter mit einer gewissen Eilfertigkeit hinzu, »da sie keine tausend Pfund in einer Schachtel hat – so denken sie an sie. Und was die jungen Pärchen angeht, verheiratete und unverheiratete, so ist es bloß natürlich, daß ich das bißchen, was ich von ihnen zu sehen bekomme, zu Hause erzähle, da es doch kein Pärchen von der einen oder anderen Art in der Nachbarschaft gibt, das nicht von selbst hierherkäme, um sich Phoebe anzuvertrauen.«

Sie erhob ihre Augen mit einem triumphierenden Ausdruck zu Gebrüder Barbox, während sie sagte:

»Das ist allerdings wahr, Sir. Wenn ich hätte aufstehen und zur Kirche gehen können, so wäre ich schon unzählige Male Brautjungfer gewesen. Jedoch, wenn ich dazu imstande gewesen wäre, so wären vielleicht einige verliebte Mädchen auf mich eifersüchtig geworden; jetzt aber ist kein Mädchen eifersüchtig auf mich. Und unter mein Kopfkissen würden nicht halb soviel Hochzeitskuchenstücke gelegt werden, wie ich jetzt immer darunter finde«, fügte sie hinzu, indem sie mit einem leichten Seufzer und einem Lächeln gegen ihren Vater ihr Gesicht daraufdrückte.

Ein kleines Mädchen, die größte der Schülerinnen, trat mit einem Eimer, mit dem man die Kleine hätte zudecken können, und einem Besen, der dreimal so lang war wie sie selbst, ins Zimmer, und Gebrüder Barbox begriff, daß sie in dem Häuschen den Posten eines Dienstmädchens versah und gekommen war, um sich fleißig darin zu betätigen. Er stand deshalb auf, um sich zu entfernen. Beim Abschied sagte er, wenn es Phoebe recht wäre, würde er wiederkommen.

Er hatte gemurmelt, daß er »im Laufe seiner Spaziergänge« wiederkommen wollte. Der Lauf seiner Spaziergänge muß seinem Wiederkommen sehr günstig gewesen sein, denn er sprach bereits am übernächsten Tag wieder vor.

»Vermutlich haben Sie geglaubt, Sie würden mich nie mehr wiedersehen?« sagte er zu Phoebe, indem er ihre Hand berührte und sich neben ihrem Lager niedersetzte.

»Weshalb hätte ich das glauben sollen?« war ihre überraschte Erwiderung.

»Ich nahm es als selbstverständlich an, daß Sie mir mißtrauen würden.«

»Als selbstverständlich, Sir? Sind Sie so oft auf Mißtrauen gestoßen?«

»Ich denke, ich kann getrost mit ja antworten. Aber vielleicht bin auch ich mißtrauisch gewesen. Doch darauf kommt es ja jetzt nicht an. Wir sprachen das vorige Mal von der Station. Seit vorgestern bin ich ganze Stunden lang dort gewesen.«

»Sind Sie nun der Gentleman nach irgendwohin?« fragte sie mit einem Lächeln.

»Sicherlich nach irgendwohin; aber ich weiß noch nicht wohin. Sie würden nie erraten, wovor ich davongefahren bin. Soll ich es Ihnen sagen? Ich fahre vor meinem Geburtstag davon.«

Ihre Hände hielten bei der Arbeit inne, und sie blickte ihn mit ungläubigem Staunen an.

»Ja«, sagte Gebrüder Barbox und rutschte ein wenig verlegen auf dem Sessel hin und her, »vor meinem Geburtstag. Ich bin mir selbst ein unverständliches Buch, dessen Anfangskapitel alle herausgerissen und weggeworfen worden sind. Meine Kindheit war ohne Glück, meine Jugend ohne Freude, und was kann nach einem solchen verlorenen Anfang noch erwartet werden?«

Während seine Augen den ihrigen begegneten, die fest auf

ihn gerichtet waren, schien sich etwas in seiner Brust zu regen und ihm zuzuflüstern:

»War dieses Bett vielleicht ein Ort, wo Kindheitsglück und Jugendfreude gern verweilten? Oh, schäme dich, schäme dich!«

»Es ist eine schlechte Angewohnheit von mir«, sagte Gebrüder Barbox, wobei er eine Mundbewegung machte, als schlucke er etwas mit Mühe hinunter, »mich immer auf dieses Gebiet zu verirren. Ich verstehe gar nicht, wie ich darauf zu sprechen gekommen bin. Ich glaube, es kommt daher, weil ich einst zu einer Angehörigen Ihres Geschlechts ein Vertrauen gehabt habe, das mit einer schweren Enttäuschung und bitterem Verrat geendet hat. Ich weiß es nicht. Ich bin ganz verwirrt.«

Ihre Hände nahmen ruhig und langsam ihre Arbeit wieder auf.

»Ich fahre vor meinem Geburtstag davon«, begann er wieder, »weil er immer ein trauriger Tag für mich gewesen ist. Da mein erster freier Geburtstag in etwa fünf oder sechs Wochen fällig ist, bin ich davongefahren, um seine Vorgänger weit hinter mir zu lassen und den Versuch zu machen, den Tag zu verdrängen – oder ihn wenigstens aus den Augen zu bekommen –, indem ich neue Gegenstände auf ihn häufe.«

Da er innehielt, blickte sie zu ihm hin; aber sie schüttelte nur den Kopf, als wüßte sie nicht, was sie sagen sollte.

»Das ist Ihrem sonnigen Gemüt unbegreiflich«, fuhr er fort, bei seiner früheren Redewendung beharrend, als läge darin irgend etwas zu seiner Selbstverteidigung. »Ich wußte, daß es so sein würde und freue mich darüber. Jedoch habe ich auf dieser meiner Reise (mit der ich den Rest meiner Tage zuzubringen gedenke, da ich jeden Gedanken an ein ständiges Heim aufgegeben habe) hier in Mugby haltgemacht, wie Sie von Ihrem Vater gehört haben. Die vielen abzweigenden Linien machten mich ganz verwirrt und ich konnte zu keinem Entschluß kommen, wohin ich von hier aus gehen sollte. Ich habe mich auch jetzt noch nicht entschieden. Was glauben Sie, daß ich zu tun gedenke? Wie viele der auseinanderlaufenden Linien können Sie von Ihrem Fenster aus sehen?«

Sie sah voll Interesse hinaus und antwortete:

»Sieben.«

»Sieben«, sagte Gebrüder Barbox, sie mit einem ersten Lächeln beobachtend. »Nun gut! Ich nehme mir auf der Stelle vor, die ganze Menge auf diese sieben zu reduzieren, sie allmählich bis auf eine herabzusetzen – diejenige, die die günstigste für mich ist – und diese zu nehmen.«

»Aber wie sollen Sie wissen, welches die günstigste ist?« fragte sie, während ihre leuchtenden Augen über die Landschaft hinglitten.

»Ah!« sagte Gebrüder Barbox wieder mit einem ernsten Lächeln, während seine Rede bedeutend leichter floß. »Das ist allerdings ein Problem. Ich will es auf folgende Art lösen. Wo Ihr Vater Tag für Tag so viel für einen guten Zweck aufsammeln kann, werde ich vielleicht hin und wieder etwas für einen mittelmäßigen Zweck finden. Der Gentleman nach nirgendwohin muß auf der Station noch besser bekannt werden. Er wird sie weiter erforschen, bis er etwas, was er am Ausgangspunkt jeder der sieben Linien gesehen, gehört oder herausgefunden hat, mit der Linie selbst in Verbindung bringen kann. Und dann soll die Wahl einer Linie von seiner Wahl zwischen diesen seinen Entdeckungen abhängen.«

Während ihre Hände weiterarbeiteten, blickte sie wieder auf die Landschaft, als läge etwas Neues darin, das früher nicht dagewesen war, und lachte, als gewährte sie ihr eine neue Freude.

»Aber ich darf nicht vergessen«, sagte Gebrüder Barbox, »da ich nun schon einmal so weit gekommen bin, Sie um etwas zu bitten: Ich brauche Ihre Hilfe bei meinem Plan. Ich möchte Ihnen alles bringen, was ich am Ausgangspunkt der sieben Linien, die Sie von hier aus sehen, auflese, und mich dann mit Ihnen darüber beraten. Darf ich das? Man sagt, zwei Köpfe seien besser als einer. Ich würde sagen, daß das wahrscheinlich von den betreffenden Köpfen abhängt. Aber ich bin ganz sicher, obwohl wir erst so kurze Zeit miteinander bekannt sind, daß Ihr Kopf und der Ihres Vaters bessere Dinge herausgefunden haben, Phoebe, als je der meinige von selbst entdeckt hat.«

Sie reichte ihm, von seinem Vorschlag aufs höchste entzückt, ihre Rechte und dankte ihm herzlich.

»So ist es recht!« sagte Gebrüder Barbox. »Aber ich habe noch eine Bitte: Wollen Sie bitte die Augen schließen?«

Mit einem heiteren Lachen über dieses seltsame Verlangen tat sie, um was er sie bat.

»Halten Sie sie fest geschlossen«, sagte Gebrüder Barbox, indem er vorsichtig nach der Tür und zurück ging. »Sie geben mir Ihr Ehrenwort, Ihre Augen nicht eher zu öffnen, als bis ich Ihnen sage, daß Sie es dürfen?«

»Ja! Mein Ehrenwort.«

»Gut. Darf ich Ihnen für eine Minute Ihr Klöppelkissen fortnehmen?«

Immer noch lachend und voll Verwunderung nahm sie ihre Hände vom Kissen, und er legte es beiseite.

»Antworten Sie mir. Haben Sie die Dampf- und Rauchwolken gesehen, die der gestrige Morgenschnellzug auf der Linie Nummer sieben von hier aus ausgestoßen hat?«

»Hinter den Ulmen und dem Kirchturm?«

»Das ist die Linie«, sagte Gebrüder Barbox, indem er seine Augen darauf richtete.

»Ja. Ich sah zu, wie sie sich auflösten.«

»Lag etwas Ungewöhnliches in dem, was sie ausdrückten?«

»Nein!« erwiderte sie fröhlich.

»Das ist nicht sehr schmeichelhaft für mich, denn ich saß in diesem Zug. Ich war auf dem Weg – öffnen Sie Ihre Augen noch nicht –, um dies für Sie aus der großen Stadt zu holen. Es ist nicht halb so groß wie Ihr Klöppelkissen und liegt leicht und bequem auf seinem Platz. Diese kleinen Tasten gleichen den Tasten eines Miniaturklaviers, und den Blasebalg betätigen Sie mit der linken Hand. Mögen Sie köstliche Musik daraus schöpfen, mein Kind! Für jetzt – Sie können die Augen nun öffnen – leben Sie wohl!«

267

Er ging rasch und verlegen aus dem Zimmer und schloß die Tür hinter sich. Während er das tat, bemerkte er nur noch, wie sie das Geschenk verzückt an ihre Brust preßte und es liebkoste. Der Anblick machte ihn froh und traurig zugleich. Denn so hätte sie, wenn ihrer Jugend eine natürliche Blüte beschert gewesen wäre, jetzt die schlummernde Musik der Stimme ihres eigenen Kindes an die Brust drücken können.

Zweites Kapitel

Gebrüder Barbox und Co.

Der Gentleman nach nirgendwohin begann schon am nächsten Tag mit Eifer und Ernst seine Nachforschungen an den Ausgangspunkten der sieben Linien. Die Ergebnisse, die er nachher gemeinsam mit Phoebe sauber aufgezeichnet hat, haben ihre gebührende Stelle in dieser Chronik gefunden. Freilich brauchte es viel mehr Zeit, sie zusammenzubekommen, als jemals nötig sein wird, um sie durchzulesen. Und das ist wahrscheinlich bei jedem Schriftstellerwerk der Fall, ausgenommen wenn es von jener (für die Nachwelt) höchst wertvollen Art ist, die »in einigen wenigen Augenblicken freier Zeit hingeworfen« wird von den erhabenen poetischen Genies, die es verächtlich ablehnen, sich prosaische Mühe zu geben.

Es muß jedoch eingeräumt werden, daß Barbox sich keineswegs beeilte. Sein Herz war bei seinem Liebeswerk, und er schwelgte darin. Er hatte auch die Freude (und es war eine Freude für ihn), bisweilen neben Phoebes Lager zu sitzen und ihr zuzuhören, wie sie ein immer reicheres Zwiegespräch mit ihrem Musikinstrument hielt und wie ihr natürliches Talent und ihr feines Ohr ihre ersten Entdeckungen täglich mehr verfeinerten. Außer einem Vergnügen war dies auch eine Beschäftigung, mit der er im Laufe der Wochen lange Stunden ausfüllte. Das ging so lange, bis sein gefürchteter Geburtstag ganz nahe bevorstand, ohne daß er überhaupt wieder daran gedacht hatte.

Die Sache wurde noch dringender durch den unvorhergesehenen Umstand, daß die Beratungen über die zu wählende Linie (an denen bei einigen wenigen Gelegenheiten der Lampenwärter, in höchstem Glanz strahlend, teilnahm) letzten Endes in keiner Weise durch seine Nachforschungen unterstützt wurden. Denn er hatte zwar mit dieser Linie dieses, mit jener jenes Interesse verknüpft, aber er konnte darin keinen Grund finden, einer Linie den Vorzug vor den anderen zu geben. Infolgedessen standen die Dinge, als die letzte Beratung abgehalten wurde, noch genau auf demselben Fleck wie zu Anfang.

»Aber, Sir«, bemerkte Phoebe, »wir haben nach allem bis jetzt nur sechs Linien. Ist die siebte Linie stumm?«

»Die siebte Linie? Oh!« sagte Gebrüder Barbox und rieb sich das Kinn. Das ist die Linie, auf der ich fuhr, um Ihnen Ihr kleines Geschenk zu holen, verstehen Sie. Das ist *ihre* Geschichte, Phoebe.«

»Hätten Sie etwas dagegen, diese Linie nochmals zu benutzen, Sir?« fragte sie zögernd.

»Nicht das geringste. Schließlich ist es eine wichtige Hauptlinie.«

»Ich würde mich freuen, wenn Sie sie benützten«, fuhr Phoebe mit einem überredenden Lächeln fort, »weil mir das kleine Geschenk, das Sie mir gemacht haben, so sehr ans Herz gewachsen ist. Ich würde mich freuen, wenn Sie sie benützten, weil diese Linie niemals mehr wie irgendeine andere Linie für mich sein kann. Ich würde mich freuen, wenn Sie sie benützten, in Erinnerung daran, wieviel Gutes Sie mir getan haben, um wieviel glücklicher ich durch Sie geworden bin! Wenn Sie mich auf der Linie verlassen, die Sie benutzten, um mir diese große Freundlichkeit zu erweisen«, bei diesen Worten entlockte sie dem Instrument einen leisen Klang, »so werde ich das Gefühl haben, wenn ich hier liege und von meinem Fenster aus die Linie mit den Augen verfolge, als müsse sie Sie zu einem glücklichen Ziel führen und eines Tages wieder zurückbringen.«

»Es soll geschehen, meine Liebe, es soll geschehen.«

So löste schließlich der Gentleman nach nirgendwohin eine Fahrkarte nach irgendwohin, und sein Ziel war die große, betriebsame Stadt.

Er hatte so lange Zeit mit seinen Wanderungen um die Station Mugby zugebracht, daß es bereits der achtzehnte Dezember war, als er sie verließ.

»Es war höchste Zeit«, dachte er bei sich selbst, als er sich in den Zug setzte, »daß ich endlich aufbrach! Nur noch ein Tag liegt zwischen mir und dem Tag, vor dem ich auf der Flucht bin. Ich werde morgen nach dem Hügelland weiterfahren. Ich gehe nach Wales.«

Er stellte sich mit einiger Mühe die unbestreitbaren Vorteile vor, die diese Reise bieten würde. Nebelumhüllte Berge, angeschwollene Flüsse, Regen, Kälte, ein wild tosendes Seegestade und rauhe Pfade würden seinen Sinnen neue Eindrücke bieten. Und doch schweiften seine Gedanken immer wieder ab. Ob die arme Kranke, trotz ihrer neuen Unterhaltung, der Musik, jetzt – zumindest zu Anfang – ein Gefühl der Einsamkeit empfinden würde, das sie früher nicht gekannt hatte? Ob sie dieselben Rauch- und Dampfwolken wahrnahm, die er vor Augen hatte, während er, in Gedanken mit ihr beschäftigt, im Zug saß? Ob auf ihrem Gesicht ein nachdenklicher Schatten liegen würde, wenn sie von ihrem Fenster aus die Wolken sich in weiter Ferne auflösen sah – diese und andere Gedanken drängten sich zwischen ihn und sein Gemälde von der wallisischen Landschaft. Dazu klangen immer noch ihre Worte in seinem Innern, daß er ihr so viel Gutes getan hätte, und er fragte sich, ob sich damit nicht unbewußt sein altes mürrisches Jammern wegen seines Lebenslaufs als verkehrt erwiesen hätte. Denn sie hatte dadurch den Gedanken in ihm geweckt, daß ein Mensch, wenn er wollte, ein großer Heiler sein konnte, ohne daß er ein großer Arzt zu sein brauchte. Auch empfand er die dumpfe Leere, die auf die Trennung von einem Gegenstand des Interesses und das Aufhören einer angenehmen Beschäftigung zu folgen pflegt, und dieses für ihn ganz neue Gefühl machte ihn unruhig. Außerdem hatte er beim

Verlassen der Station Mugby sich selbst wiedergefunden, und weil er kürzlich seine Zeit in besserer Gesellschaft zugebracht hatte, war er jetzt nicht mehr so verliebt in sich selbst.

Aber jetzt mußte die große, betriebsame Stadt nicht mehr weit sein. Dieses Rattern und Klirren des Zuges und die Menge neuer Geräusche, die sich hineinmischten, konnten nichts anderes bedeuten, als daß er sich der großen Stadt näherte. Und so verhielt es sich auch. Nach einigem kurzen Aufblitzen von Stadtansichten – rote Ziegelhausblöcke, hochrote Ziegelschornsteine, langgestreckte rote Eisenbahnviadukte, Feuerzungen, Rauchwolken, tiefeingeschnittene Kanäle und Kohlenhügel – donnerte der Zug in den Bahnhof ein.

Nachdem er sich überzeugt hatte, daß seine Koffer in dem von ihm gewählten Hotel sicher untergebracht waren, und nachdem er die Stunde, zu der er zu Abend essen wollte, bestimmt hatte, ging Gebrüder Barbox aus, um einen Spaziergang durch die belebten Straßen zu unternehmen. Und jetzt tauchte der Verdacht in ihm auf, daß der Eisenbahnknotenpunkt bei Mugby sehr viele Zweiglinien besaß, unsichtbare sowohl als sichtbare, und ihn mit einer unendlichen Anzahl von Nebenwegen verbunden hatte. Denn während er vor kurzem diese Straßen noch in Gedanken versunken und ohne auf seine Umgebung zu achten durchwandert hätte, hatte er nun Augen und Gedanken für eine neue äußere Welt übrig. Er dachte daran, wie die vielen arbeitenden Menschen lebten, liebten und starben. Er erwog, wie wunderbar die verschiedene Beschaffenheit von Auge und Hand, die genauen Unterschiede im Gesichts- und Tastsinn waren, die die Menschen in verschiedene Klassen von Arbeitern einteilten. Ja, diese Klassen hatten noch weitere Unterschiede, indem ihre verschiedenartigen Intelligenzen und Kräfte zu einem großen Ganzen zusammengefaßt wurden, mochte dessen Zweck auch nur die Herstellung eines billigen Gebrauchs- oder Schmuckgegenstandes sein. Und ein solches Zusammenwirken ihrer individuellen Fähigkeiten zu einem Ziel machte sie nicht schlechter, wie unter den hochmütigen Eintagsfliegen der Menschheit zu behaupten

Mode war, sondern erzeugte unter ihnen eine Achtung vor sich selbst, die aber dabei mit dem bescheidenen Wunsch, noch viel dazuzulernen, verknüpft war. Das erstere zeigte sich in ihrem ruhigen, ausgeglichenen Benehmen und Reden, als Gebrüder Barbox gelegentlich stehenblieb, um eine Frage zu stellen; das letztere in den Ankündigungen ihrer bevorzugten Studien und Vergnügungen auf den Plakatmauern. Diese und viele andere derartige Betrachtungen machten den Spaziergang zu einem denkwürdigen Ereignis für ihn.

»Ich bin auch selbst nur ein kleiner Teil eines großen Ganzen«, begann er zu überlegen; »und wenn ich mir selbst oder andern nützen oder glücklich sein will, muß ich mein Interesse mit dem aller anderen vereinigen und mein Glück als einen Teil des allgemeinen Glücks suchen.«

Obwohl es Mittag gewesen war, als er an dem für diesen Tag gesteckten Reiseziel angelangt war, war er seitdem, ohne sich dessen recht bewußt zu werden, so weit und so lange in der Stadt umhergewandert, daß die Lampenanzünder bereits in den Straßen ihrer Beschäftigung nachgingen und die Läden sich hell erleuchteten. Das erinnerte ihn daran, daß es Zeit zum Umkehren sei, und er war im Begriff, seine Schritte nach seinem Hotel zu lenken, als eine winzige Hand sich in die seine schlich und ein dünnes Stimmchen sagte:

»Oh! bitte, ich habe mich verirrt!«

Er blickte nach unten und sah ein ganz kleines blondhaariges Mädchen.

»Ja«, sagte die Kleine, indem sie ihren Worten mit einem ernsthaften Kopfnicken Nachdruck verlieh. »Ich habe mich wirklich verirrt.«

Er blieb verlegen stehen und blickte sich nach Beistand um. Da niemand in der Nähe war, beugte er sich tief nieder und fragte:

»Wo wohnst du denn, mein Kind?«

»Ich weiß nicht, wo ich wohne«, erwiderte die Kleine. »Ich habe mich verirrt.«

»Wie heißt du?«

»Polly.«

»Und mit Familiennamen?«

Die Antwort kam rasch, aber unverständlich.

Er ahmte den Laut nach, den er hatte verstehen können, und riet aufs Geratewohl: »Trivits«.

»O nein!« sagte die Kleine und schüttelte den Kopf. »Ganz und gar nicht.«

»Sage es nochmals, Kleine.«

Ein wenig erfolgversprechendes Unternehmen. Denn diesmal klang es ganz anders.

Er sprach die Vermutung aus: »Paddens?«

»O nein!« sagte die Kleine. »Ganz und gar nicht.«

»Noch einmal. Wir wollen es noch einmal versuchen, mein Kind.«

Ein hoffnungsloses Unternehmen. Diesmal wuchs es zu vier Silben an.

»Es kann nicht Tappitarver sein?« fragte Gebrüder Barbox und rückte seinen Hut ratlos auf dem Kopf hin und her.

»Nein! Das ist es nicht«, stimmte die Kleine ruhig zu.

Als sie noch einmal versuchte, diesen unglücklichen Namen auszusprechen, wobei sie sich ganz außerordentlich Mühe gab, deutlich zu sein, schwoll er zu mindestens acht Silben an.

»Ah! Ich glaube«, sagte Gebrüder Barbox mit verzweifelter Resignation, »daß wir besser daran täten, es aufzugeben.«

»Aber ich habe mich verirrt«, sagte die Kleine, ihr Händchen enger in seine Hand schmiegend, »und Sie werden mir helfen, nicht wahr?«

Wenn sich jemals ein Mensch im Zwiespalt zwischen Mitleid und der einfältigen Unentschlossenheit befand, so stand dieser Mensch hier.

»Verirrt!« wiederholte er, auf die Kleine niederblickend. »Was ist da zu tun?«

»Wo wohnen *Sie*?« fragte die Kleine und schaute ernsthaft zu ihm auf.

»Dort drüben«, erwiderte er mit einer unbestimmten Bewegung in Richtung auf sein Hotel.

»Wollen wir nicht am besten dorthin gehen?« fragte die Kleine.

»Ja, wahrhaftig«, erwiderte er, »das wird das beste sein.«

Sie machten sich Hand in Hand auf den Weg. Er, da er sich im Geiste mit seiner kleinen Gefährtin verglich, mit einem verlegenen Gefühl, als hätte er sich eben erst zu einem einfältigen Riesen entwickelt. Sie mit einer offenbaren Steigerung ihres kleinen Selbstbewußtseins, weil sie ihm so hübsch aus seiner Verlegenheit geholfen hatte.

»Wir werden vermutlich zu Abend essen, wenn wir dort ankommen?« sagte Polly.

»Nun«, erwiderte er, »ich – ja, ich denke, das werden wir tun.«

»Essen Sie gern?« fragte die Kleine.

»Nun, im großen und ganzen«, sagte Gebrüder Barbox, »glaube ich, ja.«

»Ich auch«, sagte Polly. »Haben Sie Geschwister?«

»Nein. Hast du welche?«

»Sie sind gestorben.«

»Oh!« sagte Gebrüder Barbox.

Niedergedrückt von diesem seltsamen Gefühl der Unbeholfenheit, das von seinem Geist und seinem Körper Besitz ergriffen hatte, hätte er nicht gewußt, wie er die Unterhaltung über diese kurze Erwiderung hinaus fortführen sollte, aber die Kleine hatte stets eine neue Frage für ihn.

»Was werden Sie nach dem Essen anfangen, um mich zu unterhalten?« fragte sie, ihre weiche Hand schmeichelnd in der seinigen hin und her drehend.

»Bei meiner Seele, Polly«, rief Gebrüder Barbox in höchster Verlegenheit, »ich habe nicht die geringste Ahnung!«

»Dann will ich Ihnen etwas sagen«, meinte Polly. »Haben Sie Spielkarten zu Hause?«

»Eine Menge«, sagte Gebrüder Barbox prahlerisch.

»Sehr gut. Dann werde ich Häuser daraus bauen, und Sie sollen mir zusehen. Bloß dürfen Sie nicht blasen, verstehen Sie.«

»O nein«, sagte Gebrüder Barbox. »Nein, nein, nein. Nicht blasen. Blasen gehört sich nicht.«

Er schmeichelte sich, daß er das für ein idiotisches Ungeheuer ziemlich gut gesagt hätte, aber die Kleine merkte sofort, wie ungeschickt sein Versuch war, sich ihr anzupassen. Sie zerstörte sein sich hoffnungsvoll regendes Selbstgefühl gänzlich, indem sie mit mitleidiger Stimme sagte:

»Was für ein komischer Mann Sie sind!«

Nach diesem traurigen Mißerfolg von einem Gefühl ergriffen, als ob sein Körper jede Minute dicker und schwerer und sein Geist schwächer und schwächer würde, gab Barbox sich selbst als hoffnungslos auf. Nie hat sich ein Riese williger im Triumph davonführen lassen, als Gebrüder Barbox sich in die Sklaverei fügte, die Polly ihm auferlegte.

»Wissen Sie ein paar Geschichten?« fragte sie ihn.

Er mußte das demütigende Geständnis ablegen:

»Nein.«

»Sie müssen ein rechter Dummkopf sein, was?« sagte Polly.

Er mußte das demütigende Geständnis ablegen:

»Ja.«

»Möchten Sie, daß ich Ihnen eine Geschichte beibringe? Aber Sie müssen sie auch behalten, verstehen Sie, und imstande sein, sie nachher jemand anders richtig wiederzuerzählen.«

Er erklärte, daß es ihm die höchste geistige Befriedigung verschaffen würde, wenn ihm jemand eine Geschichte beibringen wollte, und daß er sich demütig bemühen würde, sie im Gedächtnis zu bewahren. Daraufhin drehte Polly ihre Hand abermals ein wenig in der seinigen, als eine Art Vorbereitung auf den nun kommenden Genuß, und begann einen langen Roman zu erzählen. Jeder neue Absatz fing mit den Worten an: »So war dieser«, oder: »Und so war diese«. Zum Beispiel: »So war dieser Junge«; oder: »So war diese Fee«; oder: »Und so war diese Pastete vier Ellen rund und zweieinviertel Ellen tief«. Das Thema des Romans behandelte das Eingreifen dieser Fee, um diesen Jungen wegen seiner Freßgier zu bestrafen. Um diesen Zweck zu erreichen, stellte diese Fee diese Pastete her, und dieser Junge aß und aß und aß und seine Wangen schwollen und schwollen und schwollen. Es gab eine ganze Anzahl von Nebenumständen, aber das Hauptereignis war die gänzliche Verzehrung dieser Pastete und das Platzen dieses Jungen. Es war wirklich ein schöner Anblick, wie Gebrüder Barbox mit einem ernsthaften, aufmerksamen Gesicht und abwärts geneigtem Ohr zuhörte. Er wurde auf dem Pflaster der geschäftigen Stadt viel hin und her gestoßen, aber er achtete nicht darauf, denn er hatte Angst, eine Einzelheit des Epos zu verlieren und bei einem nachfolgenden Examen schlecht dazustehen.

So kamen sie am Hotel an. Und dort mußte er im Büro Bescheid geben, was er ungeschickt genug tat:

»Ich habe ein kleines Mädchen gefunden.«

Das ganze Personal kam heraus, um sich das kleine Mädchen anzusehen. Niemand kannte die Kleine; niemand konnte ihren Namen verstehen, wie sie ihn vorbrachte, mit Ausnahme eines Zimmermädchens, das behauptete, es wäre Konstantinopel, was aber unrichtig war.

»Ich will mit meiner jungen Freundin in einem Einzelzimmer essen«, sagte Gebrüder Barbox zu den Hotelgrößen, »und vielleicht wollen Sie die Güte haben, der Polizei mitzuteilen, daß die hübsche Kleine hier ist. Vermutlich wird bald nach ihr geforscht werden, wenn es nicht bereits der Fall ist. Komm, Polly.«

Polly ging in vollster Seelenruhe und sich durchaus in ihrem Element fühlend mit ihm mit, aber da sie die Treppen zu beschwerlich fand, wurde sie von Gebrüder Barbox hinaufgetragen. Das Diner war ein ganz außergewöhnlicher Erfolg, und die Blödigkeit von Gebrüder Barbox bei Pollys Anweisungen, wie er das Fleisch für sie in kleine Stücke schneiden und reichlich und gleichmäßig Bratensauce über ihren Teller schütten sollte, war wieder sehr interessant.

»Und nun«, sagte Polly, »während wir beim Essen sind, seien Sie so gut und erzählen Sie mir die Geschichte, die ich Ihnen beigebracht habe.«

Mit der Angst eines Kandidaten, der in ein Staatsexamen eintritt, und sehr unsicher nicht nur in bezug auf den Zeitpunkt des erstmaligen historischen Auftretens der Pastete, sondern auch in bezug auf die Größenverhältnisse dieser unerläßlichen Tatsache machte Gebrüder Barbox einen zaghaften Anfang, aber da er Ermutigung von seiten Pollys fand, so ging es schließlich ganz gut. Zwar war in seiner Wiedergabe der Wangen sowie des Appetits des Jungen ein Mangel an Breite erkennbar und seine Fee fiel ein wenig zahm aus, was auf einen mit unterströmenden Wunsch zurückzuführen war, für ihre Handlungsweise Rechenschaft abzulegen, jedoch war die Leistung als erster ungeschickter Versuch eines gutmütigen Ungeheuers ganz annehmbar.

»Ich habe Ihnen gesagt, daß Sie gut sein sollten«, meinte Polly, »und Sie sind gut, nicht wahr?«

»Ich hoffe es«, erwiderte Gebrüder Barbox.

Seine Unterwürfigkeit war derartig, daß Polly, die auf ein paar übereinandergelegten Sofakissen in einem Stuhl zu seiner Rechten thronte, ihn durch ein gelegentliches Tätscheln im Gesicht mit der fettigen Kelle ihres Löffels und sogar durch einen gnädigen Kuß ermutigte. Als sie jedoch in ihrem Stuhl aufstand, um ihm die letztere Belohnung zuteil werden zu lassen, stürzte sie vornüber zwischen die Schüsseln und veranlaßte ihn, während er sie rettete, zu dem Ausruf:

»Barmherziger Himmel! Ich glaubte, wir wären im Feuer!«

»Sie sind doch ein rechter Hasenfuß, nicht wahr?« sagte Polly, als er sie wieder auf ihren Platz gesetzt hatte.

»Ja, ich bin ziemlich nervös«, erwiderte er. »Nicht, Polly! Schwenke deinen Löffel nicht, sonst fällst du seitwärts hinunter. Wirf die Beine nicht in die Höhe, wenn du lachst, Polly, sonst fällst du hinterrücks hinunter. Ach, Polly, Polly, Polly«, sagte Gebrüder Barbox, der Verzweiflung nahe, »wir sind von Gefahren umgeben!«

Er konnte auch keine andere Sicherheit gegen die Fallen, die auf Polly lauerten, entdecken, als daß er ihr nach dem Diner vorschlug, sich auf einen niedrigen Stuhl zu setzen.

»Ich will es tun, wenn Sie es auch tun«, sagte Polly.

Infolgedessen, da Seelenruhe über alles geht, bat er den Kellner, den Tisch beiseite zu rollen, ein Kartenspiel, ein Paar Fußschemel und einen Wandschirm zu bringen und Polly und ihn selbst vor dem Feuer, gewissermaßen in ein trauliches Zimmer innerhalb des Zimmers, einzuschließen. Darauf gab es den schönsten Anblick von allen an diesem Abend, als Gebrüder Barbox auf seinem Schemel saß, mit einer Karaffe vor sich auf dem Teppich, und Polly zuschaute, wie sie mit Erfolg baute. Dabei hielt er, um ja nicht die Häuser umzublasen, den Atem so ängstlich an, daß er ganz blau im Gesicht wurde.

»Wie Sie mich anstarren!« sagte Polly in einer unbeschäftigten Pause.

Auf der schändlichen Tat ertappt, sah er sich genötigt, entschuldigend zuzugeben:

»Ich fürchte, ich habe dich ein wenig fest angeblickt, Polly.«

»Weshalb starren Sie so?« fragte Polly.

»Ich weiß nicht recht warum«, murmelte er zu sich selbst. »Ich weiß nicht, Polly«, fügte er laut hinzu.

»Sie müssen ein Dummkopf sein, wenn Sie etwas tun und nicht wissen, warum, nicht wahr?« sagte Polly.

Trotz dieses Tadels betrachtete er die Kleine wieder genau, während sie das Köpfchen über ihren Kartenbau beugte, wobei ihre reichen Locken das Gesicht verhüllten.

»Es ist unmöglich«, dachte er, »daß ich diese hübsche Kleine jemals zuvor gesehen habe. Kann ich von ihr geträumt haben? In einem schmerzlichen Traum?«

Er konnte nicht mit sich ins reine kommen. Infolgedessen widmete er sich als Pollys Gehilfe dem Baugewerbe, und sie bauten drei Stockwerke hoch, vier Stockwerke hoch, sogar fünf.

»Hören Sie mal! Wer, glauben Sie wohl, kommt jetzt?« fragte Polly, sich nach dem Tee die Augen reibend.

Er riet: »Der Kellner?«

»Nein«, sagte Polly. »Der Sandmann. Ich werde müde.«

Eine neue Verlegenheit für Gebrüder Barbox!

»Ich glaube nicht, daß man mich heute abend abholen wird«, sagte Polly. »Was glauben Sie?«

Er glaubte es ebensowenig. Als nach einer weiteren Viertelstunde der Sandmann nicht nur drohte, sondern auch wirklich ankam, rief er den Beistand des konstantinopolitanischen Zimmermädchens an. Diese versprach bereitwillig, daß die Kleine in einem behaglichen und sauberen Zimmer schlafen sollte, das sie selbst mit ihr teilen würde.

»Und ich weiß, Sie werden aufpassen«, sagte Gebrüder Barbox, von einer neuen Befürchtung ergriffen, »daß sie nicht aus dem Bett fällt, nicht wahr?«

Polly fand das so spaßhaft, daß sie sich genötigt sah, mit beiden Armen seinen Hals zu umschlingen, während er auf seinem Schemel saß und die Karten auflas. Sie schaukelte ihn hin und her, während ihr Grübchenkinn auf seiner Schulter lag.

»Oh, was Sie doch für ein Ängsterling sind!« sagte Polly. »Fallen *Sie* aus dem Bett heraus?«

»Gewöhnlich nicht, Polly.«

»Ich auch nicht!«

Damit umarmte ihn Polly noch ein- oder zweimal, um ihn zu beruhigen, legte dann ihr Händchen vertrauensvoll in die Hand des konstantinopolitanischen Zimmermädchens und trippelte schwatzend mit ihr davon, ohne auch nur eine Spur von Ängstlichkeit zu zeigen.

Er blickte ihr nach; ja, als er den Wandschirm bereits hatte entfernen und Tisch und Stühle wieder zurückstellen lassen, blickte er ihr immer noch nach. Er ging eine halbe Stunde lang im Zimmer auf und ab.

»Ein reizendes kleines Geschöpf, aber es ist nicht das. Eine gewinnende kleine Stimme, aber es ist nicht das. Es hat viel damit zu tun, aber es ist noch etwas anderes dabei. Wie kann es möglich sein, daß ich diese Kleine zu kennen scheine? Was rief sie mir undeutlich ins Gedächtnis zurück, als ich auf der Straße ihre Berührung fühlte und, auf sie niederblickend, sie zu mir emporblicken sah?«

»Mr. Jackson!«

Er fuhr auf und wandte sich nach der Stelle um, von wo der Laut der leisen Stimme erklungen war, und sah die Antwort auf seine Frage an der Tür stehen.

»Oh, Mr. Jackson, seien Sie nicht streng gegen mich! Lassen Sie mich ein ermutigendes Wort hören, ich bitte Sie.«

»Sie sind Pollys Mutter.«

»Ja.«

Ja. Eines Tages könnte Polly selbst so aussehen. Wie man an den welken Blättern noch erkennen kann, was die Rose einst war; wie man an den winterlichen Zweigen noch sehen kann, was der blühende Baum im Sommer war; so könnte man eines Tages noch Pollys Züge im Gesicht einer grauhaarigen, sorgengebeugten Frau wie diese hier wiederfinden. Er sah die Asche eines erstorbenen Feuers vor sich, das einst hell lodernd gebrannt hatte. Dies war die Frau, die er geliebt hatte. Dies war die Frau, die er verloren hatte. Seine Phantasie hatte ihr Bild so treu bewahrt und so spurlos waren die Jahre daran vorübergegangen, daß jetzt, wo er sah, wie rauh die unerbittliche Hand der Zeit sie mitgenommen hatte, seine Seele von Staunen und Mitleid erfüllt war.

Er führte sie zu einem Sessel und lehnte sich gegen eine Ecke des Kamins. Sein Haupt ruhte auf seiner Hand und sein Gesicht war halb abgewandt.

»Haben Sie mich auf der Straße gesehen und mich Ihrem Kind gezeigt?« fragte er.

»Ja.«

»Das kleine Geschöpf ist also an der Täuschung beteiligt?«

»Ich will hoffen, daß keine Täuschung besteht. Ich sagte zu Polly: ›Wir sind vom Weg abgekommen, und ich muß versuchen, den meinigen selbst zu finden. Geh zu diesem Gentleman und sage ihm, du hättest dich verirrt. Du wirst bald abgeholt werden.‹ Sie haben vielleicht nicht bedacht, wie klein sie noch ist?«

»Sie ist sehr selbständig.«

»Vielleicht weil sie so klein ist.«

Nach einem kurzen Schweigen fragte er:

»Weshalb haben Sie das getan?«

»Oh, Mr. Jackson, wie können Sie so fragen? In der Hoffnung, daß Sie in meinem unschuldigen Kind etwas sehen möchten, was Ihr Herz gegen mich weicher stimmen könnte. Nicht nur gegen mich, sondern auch gegen meinen Gatten.«

Er wandte sich plötzlich um und ging nach dem entgegengesetzten Ende des Zimmers. Dann kam er mit langsameren Schritten wieder zurück und nahm seine vorige Stellung wieder ein, indem er sagte:

»Ich glaubte, Sie wären nach Amerika ausgewandert?«

»So ist es. Aber das Leben spielte uns dort übel mit, und wir kehrten in die Heimat zurück.«

»Leben Sie hier in der Stadt?«

»Ja. Ich gebe Musikstunden. Mein Gatte ist Buchhalter.«

»Sind Sie – entschuldigen Sie die Frage – arm?«

»Wir verdienen genug für unsere Bedürfnisse. Das ist auch nicht unser Kummer. Mein Gatte ist schwer krank an einem langwierigen Leiden. Er kann nie wieder gesund werden...«

»Sie halten inne. Wenn es geschieht, weil Sie das ermutigende Wort, von dem Sie sprachen, vermissen, so nehmen Sie es von mir. Ich kann die alte Zeit nicht vergessen, Beatrice.«

»Gott segne sie!« erwiderte sie mit einem Tränenausbruch und reichte ihm ihre zitternde Hand.

»Fassen Sie sich. Ich kann nicht ruhig sein, wenn Sie es nicht sind, denn Sie weinen zu sehen, bereitet mir unsägliche Schmerzen. Sprechen Sie offen mit mir. Haben Sie Vertrauen zu mir.«

Sie beschattete ihr Gesicht mit ihrem Schleier, und nach einer kurzen Pause fuhr sie mit ruhiger Stimme zu sprechen fort. Der Klang ihrer Stimme erinnerte an Polly.

»Es verhält sich nicht so, daß der Geist meines Gatten irgendwie von seinem körperlichen Leiden mitgenommen wäre; ich versichere Ihnen, das ist nicht der Fall. Aber in seiner Schwäche und in dem Bewußtsein, daß er unheilbar krank ist, kann er sich von einer bestimmten Vorstellung nicht freimachen. Sie nagt an ihm, verbittert jeden Augenblick seines schmerzensreichen Daseins und wird dazu beitragen, es zu verkürzen.«

Da sie innehielt, wiederholte er:

»Sprechen Sie offen mit mir. Haben Sie Vertrauen zu mir.«

»Wir haben vor diesem unserem Liebling fünf Kinder gehabt, die alle in ihren kleinen Gräbern liegen. Er glaubt, daß sie unter einem Fluch dahingegangen sind und daß er auch dieses Kind wie die übrigen treffen wird.«

»Unter welchem Fluch?«

»Es liegt schwer sowohl auf meinem wie auf seinem Gewissen, daß wir Ihnen einen furchtbaren Schmerz zugefügt haben, und wenn ich so krank wäre wie er, würde ich wohl ebensolche geistigen Qualen leiden wie er. Er wiederholt beständig: ›Ich glaube, Beatrice, ich war der einzige Mensch, mit dem Mr. Jackson jemals Freundschaft schloß, obwohl ich um so vieles jünger war als er. Je einflußreicher er im Geschäft wurde, desto mehr beförderte er mich, und ich war sein einziger Vertrauter im Privatleben. Ich trat zwischen ihn und dich und nahm dich ihm. Alles spielte sich heimlich und verschwiegen ab, und der Schlag traf ihn völlig unvorbereitet. Der Schmerz, den es einem so verschlossenen Menschen bereitete, muß entsetzlich gewesen sein; der Zorn, den es in ihm erweckte, nicht zu besänftigen. So kam es, daß ein Fluch über unsere armen hübschen kleinen Blumen ausgesprochen wurde, und sie welken dahin.«

»Und Sie, Beatrice«, fragte er, als sie zu sprechen aufgehört hatte, nach einem Schweigen, »was sagen Sie?«

»Bis vor wenigen Wochen fürchtete ich Sie und ich glaubte, daß Sie nie, nie verzeihen würden.«

»Bis vor wenigen Wochen«, wiederholte er. »Haben Sie in diesen wenigen Wochen Ihre Meinung über mich geändert?«

»Ja.«

»Aus welchem Grunde?«

»Ich war im Begriff, mir einige Noten in einem Laden in der Stadt zu kaufen, als Sie zu meinem Schrecken hereintraten. Während ich den Schleier herabließ und mich in den dunklen

Teil des Ladens zurückzog, hörte ich, wie Sie erklärten, Sie bräuchten ein Musikinstrument für ein bettlägeriges Mädchen. Ihre Stimme und Ihre ganze Art und Weise waren so sanft, Sie zeigten ein solches Interesse bei der Auswahl des Instruments und trugen es mit so viel zärtlicher Sorgfalt und so viel Freude eigenhändig davon, daß ich sah, Sie sind ein Mensch mit einem weichen, empfindsamen Herzen. Oh, Mr. Jackson, Mr. Jackson, wenn Sie die erfrischenden Tränen gefühlt haben könnten, die darauf aus meinen Augen brachen!«

Spielte Phoebe in diesem Augenblick auf ihrem fernen Lager? Es kam ihm vor, als hörte er sie.

»Ich erkundigte mich in dem Laden nach Ihrer Wohnung, konnte aber keine Auskunft erhalten. Da ich Sie hatte sagen hören, daß Sie mit dem nächsten Zug zurückfahren wollten (freilich sagten Sie nicht wohin), beschloß ich, sooft ich konnte, zwischen meinen Unterrichtsstunden die Station um diese Tageszeit aufzusuchen, in der Hoffung, Ihnen wieder zu begegnen. Ich bin sehr oft dort gewesen, habe Sie aber erst heute wieder zu Gesicht bekommen. Sie waren in Gedanken versunken, als Sie auf der Straße dahingingen, aber Ihr ruhiger Gesichtsausdruck machte mir Mut, meine Kleine zu Ihnen zu schicken. Und als ich sah, wie Sie sich niederbeugten und freundlich mit ihr sprachen, flehte ich zu Gott, er möge mir vergeben, ihnen jemals Kummer gebracht zu haben. Ich flehe jetzt Sie an, mir und meinem Gatten zu vergeben. Ich war damals noch sehr jung, und auch er war ein junger Mensch, und die Jugend versteht in ihrer unwissenden Kühnheit nicht, was sie denen antut, die schon mehr durchgemacht haben. Sie edler Mensch! Sie guter Mensch! Mich so aufzuheben und mein Vergehen für nichts zu achten!« – denn er wollte es nicht dulden, daß sie auf den Knien vor ihm lag, und besänftigte sie, wie ein guter Vater eine irrende Tochter besänftigt haben könnte – »ich danke Ihnen, Gott segne Sie, ich danke Ihnen!«

Als er wieder sprach, geschah es erst, nachdem er den Fenstervorhang beiseite gezogen und eine Zeitlang hinausgeblickt hatte. Dann sagte er bloß:

»Schläft Polly?«

»Ja. Als ich hereinkam, traf ich sie auf dem Weg nach oben und brachte sie selbst zu Bett.«

»Lassen Sie sie morgen bei mir, Beatrice, und schreiben Sie mir Ihre Adresse auf. Am Abend bringe ich sie dann nach Hause zu Ihnen – und zu ihrem Vater.«

»Hallo!« rief Polly, am nächsten Morgen, als das Frühstück bereitstand und streckte ihr freches, lachendes Gesicht zur Tür herein. »Ich dachte, ich würde gestern abend abgeholt?«

»Das wurdest du auch, Polly, aber ich habe darum gebeten, dich für heute hierbehalten zu dürfen und dich abends nach Hause zu bringen.«

»Auf Ehrenwort!« sagte Polly. »Sie sind sehr keck, ist's nicht so?«

Jedoch schien Polly das für einen guten Einfall zu halten, denn sie fügte hinzu:

»Ich glaube, ich muß Ihnen einen Kuß geben, obwohl Sie keck sind.«

Nachdem der Kuß gegeben und empfangen worden war, setzten sie sich, außerordentlich gesprächig aufgelegt, zum Frühstück nieder.

»Sie werden mich natürlich unterhalten?« sagte Polly.

»Oh, natürlich!« sagte Gebrüder Barbox.

Von freudigsten Erwartungen erfüllt, fand Polly es unumgänglich, ihre geröstete Brotschnitte auf den Tisch zu legen, das eine ihrer fetten kleinen Knie über das andere zu kreuzen und mit einem geschäftsmäßigen Schlag ihre fette kleine Rechte auf ihre Linke niederfallen zu lassen. Nachdem sie sich auf diese Weise gesammelt hatte, fragte Polly, die jetzt bloß noch ein Haufen von Grübchen war, mit schmeichelnder Stimme:

»Was werden wir unternehmen, Sie gutes, altes Haus?«

»Nun, ich habe mir gedacht«, sagte Gebrüder Barbox, ». . . aber magst du Pferde gern, Polly?«

»Ponys mag ich gern«, sagte Polly, »besonders wenn sie lange Schweife haben. Aber Pferde, n–nein, die sind mir zu groß, verstehen Sie.«

»Nun, Polly«, fuhr Gebrüder Barbox fort, mit einer ernsten, geheimnisvollen Vertraulichkeit sprechend, die der Wichtigkeit der Beratung angepaßt war, »ich sah gestern an den Mauern Bilder von zwei langschweifigen, über und über gesprenkelten Ponys ...«

»Nein, nein, nein!« rief Polly, in dem leidenschaftlichen Wunsch, bei den entzückenden Einzelheiten zu verweilen. »Nicht über und über gesprenkelt!«

»Über und über gesprenkelt. Diese Ponys springen durch Reifen ...«

»Nein!« rief Polly. »Sie springen niemals durch Reifen!«

»Doch, sie tun es. O, ich versichere dir, sie tun es! Und sie essen Pasteten in Lätzchen ...«

»Ponys essen Pasteten in Lätzchen!« sagte Polly. »Was Sie doch für ein Geschichtenerzähler sind, nicht wahr?«

»Mein Ehrenwort darauf. – Und feuern Kanonen ab.«

(Polly schien kein rechtes Verständnis dafür zu haben, was Besonderes dabei war, wenn Ponys Feuerwaffen bedienten.)

»Und ich habe mir gedacht«, fuhr der musterhafte Barbox fort, »daß, wenn du und ich in den Zirkus gehen wollten, wo diese Ponys sind, es unseren Konstitutionen guttun würde.«

»Heißt das, uns unterhalten?« fragte Polly. »Was Sie doch für lange Wörter benutzen, nicht wahr?«

In entschuldigendem Ton, weil er die ihm gesteckten Grenzen überschritten hatte, erwiderte er:

»Das heißt, uns unterhalten. Das ist genau das, was es heißt. Es gibt noch viele andere Wunder außer den Ponys, und wir werden sie alle zu sehen bekommen. Ladies und Gentlemen in Flitterkleidern und Elefanten und Löwen und Tiger.«

Polly richtete mit gekräuselter Nase, die eine gewisse geistige Unruhe verriet, ihre Augen auf den Teetopf.

»Sie kommen natürlich niemals heraus«, bemerkte sie als eine bloße Selbstverständlichkeit.

»Die Elefanten und Löwen und Tiger? O nein!«

»O nein!« sagte Polly. »Und natürlich hat niemand Angst, daß diese Ponys jemand totschießen.«

»Nicht im mindesten!«
»Nein, nein, nicht im mindesten«, sagte Polly.
»Ich habe mir auch gedacht«, fuhr Barbox fort, »daß, wenn wir mal in den Spielzugladen hineingucken wollten, um eine Puppe auszusuchen ...«
»Nicht angezogen?« rief Polly mit einem Zusammenschlagen ihrer Hände. »Nein, nein, nein, nicht angezogen!«
»Vollständig angezogen. Zusammen mit einem Haus und allen Sachen, die für den Haushalt nötig sind ...«
Polly stieß einen kleinen Schrei aus und drohte vor Freude in Ohnmacht zu fallen.
»Was für ein Liebling Sie sind!« rief sie matt, indem sie sich in ihren Stuhl zurücklehnte. »Kommen Sie, und lassen Sie sich umarmen, oder ich muß kommen und Sie umarmen.«
Dieses glanzvolle Programm wurde mit äußerster Gesetzesstrenge in die Tat umgesetzt. Da es wichtig war, den Einkauf der Puppe als ersten Punkt zu erledigen – denn sonst wären dieser Dame die Ponys entgangen –, so kam die Expedition nach dem Spielzugladen vor allem anderen. Freilich, als Polly in dem zauberhaften Warenhaus stand, eine Puppe, die so lang war wie sie selbst, unter jedem Arm und eine schöne Auswahl von einigen weiteren zwanzig, die auf dem Ladentisch ausgebreitet waren, vor sich, bot sie ein Bild der Unentschlossenheit, das nicht ganz mit ungemischtem Glück vereinbar war, aber die leichte Wolke ging vorüber. Das liebliche Exemplar, das am häufigsten erwählt, am häufigsten verworfen und schließlich endgültig behalten wurde, war von tscherkessischer Herkunft, besaß so viel stolze Schönheit, wie sich mit einem äußerst schwachen Mund vereinigen ließ, und war angetan mit einer Kombination von einer himmelblauen Seidenmantille mit rosafarbenen Satinhosen und einem schwarzen Samthut – welches Kostüm dieser schöne Fremdling an unseren nordischen Gestaden von Porträts der verstorbenen Herzogin von Kent entlehnt zu haben schien. Der Name, den diese vornehme Fremde aus den heißen Gegenden eines sonnigen Klimas mit sich brachte, war (auf Pollys Gewähr hin) Miß Melluka, und die

Kostbarkeit ihrer Ausstattung als Haushälterin aus den Koffern von Gebrüder Barbox kann aus den beiden Tatsachen geschlossen werden, daß ihre silbernen Teelöffel so groß wie das Feuereisen in ihrer Küche waren und daß ihre Uhr ihre Bratpfanne an Umfang übertraf.

Miß Melluka geruhte gnädig, dem Zirkus ihren rückhaltlosen Beifall zu zollen, und das gleiche tat Polly. Denn die Ponys waren wirklich gesprenkelt und brachten niemand zu Boden, als sie feuerten, und die Wildheit der Raubtiere schien bloßer Rauch zu sein – den sie auch in großen Mengen aus ihrem Innern hervorstießen. Es war wiederum ein sehenswerter Anblick, wie Gebrüder Barbox während des Genusses dieser Köstlichkeiten mit Leib und Seele bei der Sache war; und nicht weniger war das beim Essen der Fall. Er trank Miß Melluka zu, die auf einem Stuhl Polly gegenüber festgebunden war (denn die schöne Tscherkessin besaß keinen biegsamen Rücken), und er veranlaßte sogar den Kellner, seinerseits mit gebührendem Anstand an dem bezaubernden Spiel mitzuwirken. Zum Schluß kam die angenehme Aufregung, Miß Melluka und ihre ganze Garderobe und sonstige reiche Habe mit Polly in eine Droschke zu laden, um sie nach Hause zu bringen. Aber inzwischen war Polly unfähig geworden, auf solche gehäuften Freuden mit wachen Augen zu blicken, und hatte ihr Bewußtsein in das Wunderparadies eines Kinderschlafs zurückgezogen.

»Schlaf, Polly, schlaf«, sagte Gebrüder Barbox, während ihr Köpfchen auf seine Schulter niedersank; »jedenfalls sollst du aus diesem Bett nicht so leicht herausfallen!«

Was für ein raschelndes Stück Papier er aus seiner Tasche hervorzog und sorgfältig in den Busen von Pollys Kleid einwickelte, davon soll hier nicht die Rede sein. Er sagte nichts darüber, und es soll nichts darüber gesagt werden. Sie fuhren in einen bescheidenen Vorort der großen, betriebsamen Stadt und machten an dem Vorhof eines kleinen Hauses halt.

»Weckt die Kleine nicht auf«, sagte Gebrüder Barbox leise zu dem Kutscher. »Ich werde sie, so wie sie ist, hineintragen.«

Das Licht an der geöffneten Tür, das von Pollys Mutter gehalten wurde, begrüßend, trat Pollys Träger mit Mutter und Kind in ein Zimmer im Erdgeschoß ein. Darin lag, auf einem Sofa ausgestreckt, ein kranker, erbärmlich mitgenommener Mann, der die Augen mit seinen ausgemergelten Händen bedeckte.

»Tresham«, sagte Barbox mit freundlicher Stimme, »ich habe Ihnen Ihre Polly fest schlafend zurückgebracht. Geben Sie mir Ihre Hand, und sagen Sie mir, daß es Ihnen bessergeht.«

Der Kranke streckte seine Rechte aus, beugte den Kopf über die Hand, die die seine ergriff, und küßte sie.

»Danke, Danke! Jetzt kann ich sagen, daß ich wohl und glücklich bin.«

»Das ist brav«, sagte Barbox. »Tresham, ich habe einen Einfall – können Sie hier neben Ihnen für mich Platz schaffen?«

Er setzte sich auf das Sofa nieder, während er diese Worte sprach, und streichelte die runde, pfirsichweiche Wange, die auf seiner Schulter lag.

»Ich hatte den Einfall, Tresham (Sie wissen, ich werde jetzt ein alter Mann, und alte Leute dürfen sich zuweilen sonderbare Einfälle erlauben), Polly, nachdem ich sie gefunden habe, an niemand als an Sie auszuliefern. Wollen Sie sie von mir nehmen?«

Während der Vater seine Arme nach dem Kind ausstreckte, blickte jeder der beiden Männer fest den anderen an.

»Sie ist Ihnen sehr teuer, Tresham?«

»Unaussprechlich teuer.«

»Gott segne sie! Es hat nicht viel zu bedeuten, Polly«, fuhr er fort, seine Augen auf ihr friedliches Gesicht richtend, während er sie ansprach, »es hat nicht viel zu bedeuten, Polly, wenn ein blinder und sündiger Mann einen Segen herabfleht auf ein so viel besseres Wesen als er selbst, wie es ein kleines Kind ist. Aber es würde viel zu bedeuten haben – eine schwere Last auf seinem grausamen Haupt und seiner schuldbeladenen Seele –, wenn er so ruchlos sein könnte, einen Fluch auszusprechen. Es wäre ihm wohler, man täte einen Mühlstein um seinen Hals und würfe ihn in die tiefste See. Lebe und gedeihe, mein hübsches Kind!« Hier küßte er sie. »Lebe und sei glücklich und werde im Laufe der Zeit die Mutter von anderen kleinen Kindern, gleich den Engeln, die des Vaters Antlitz schauen!«

Er küßte sie nochmals, übergab sie vorsichtig ihren Eltern und verließ das Zimmer.

Aber er fuhr nicht nach Wales. Nein, ganz und gar nicht. Er unternahm vielmehr abermals eine Wanderung durch die Stadt und beobachtete die Leute bei ihrer Arbeit und bei ihrem Vergnügen hier und dort, überall und ringsumher. Denn er war jetzt Gebrüder Barbox und Co. und hatte Tausende von Partnern in die einsame Firma aufgenommen.

Er war schließlich in sein Hotelzimmer zurückgekehrt und stand jetzt vor dem Feuer und erfrischte sich mit einem Glas heißen Getränks, das er auf den Kaminsims gestellt hatte. Auf einmal hörte er die Stadtuhren schlagen, und als er auf seine Taschenuhr blickte, sah er, daß der Abend unversehens vergangen und es zwölf Uhr war. Während er seine Uhr wieder einsteckte, trafen seine Augen auf diejenigen seines Abbildes in dem Spiegel, der über dem Kamin hing.

»Nun, es ist bereits Geburtstag«, sagte er lächelnd. »Du siehst sehr gut aus. Ich wünsche dir viele glückliche Wiederholungen des Tages.«

Er hatte noch nie zuvor diesen Wunsch zu sich selbst ausgesprochen.

»Beim Jupiter!« rief er aus, als habe er eine Entdeckung gemacht. »Das ändert die ganze Sache mit dem Davonlaufen vor dem eigenen Geburtstag! Ich muß das Phoebe erklären. Außerdem ist hier eine ganze lange Geschichte für sie, die sich aus der Linie, die keine Geschichte hatte, entwickelt hat. Ich werde zurückfahren, anstatt weiterzufahren. Ich werde gleich mit dem nächsten Zug zurückkehren!«

Er fuhr nach Mugby zurück und ließ sich für immer in Mugby nieder. Es war der bequemste Aufenthaltsort, um Phoebes Leben glücklicher zu gestalten. Es war der bequemste Aufenthaltsort, um ihr von Beatrice Musikstunden geben zu lassen. Es war der bequemste Aufenthaltsort, um sich gelegentlich Polly auszuborgen. Es war der bequemste Aufenthaltsort, um nach Belieben mit allen möglichen angenehmen Orten und Personen verbunden zu werden. So ließ er sich also dort nieder, und da sein Haus auf einem hochgelegenen Platz stand, so kann man zum Schluß von ihm sagen, wie Polly selbst (nicht unehrerbietig) sich ausgedrückt haben könnte:

>>*Ein alter Barbox wohnt' einst auf einem Berge droben,
Und wenn er noch nicht fort ist, so wohnt er noch dort oben.*<<

Hier folgt einiges, was der Gentleman nach nirgendwohin bei seinem sorgfältigen Studium der Station gesehen, gehört oder anderweitig aufgelesen hat.

Drittes Kapitel

Hauptlinie: Der Junge in Mugby

Ich bin der Junge in Mugby. Soviel zu mir.

Sie verstehen nicht, was ich sagen will? Das ist schade. Aber ich bin der Meinung, Sie sollten es, ja, Sie müßten es verstehen. Sehen Sie einmal her. Ich bin der Junge in dem, was man den Erfrischungsraum auf der Station Mugby nennt und dessen stolzester Ruhm es ist, daß darin noch niemals jemand eine Erfrischung gefunden hat.

In einer Ecke des Erfrischungsraums der Station Mugby, siebenundzwanzig einander kreuzenden Luftzügen ausgesetzt (ich habe sie oft gezählt, während sie das Haar der Passagiere in der ersten Klasse in siebenundzwanzig verschiedenen Richtungen kämmten), hinter den Flaschen, zwischen den Gläsern, im Nordwesten durch den Bierzapfen begrenzt, ziemlich weit zur Rechten von einem metallischen Gegenstand, der bisweilen die Teemaschine und bisweilen die Suppenterrine darstellt, je nach dem letzten Geschmackszusatz, der seinem in der Hauptsache immer gleichen Grundinhalt mitgeteilt worden ist, von dem Reisenden durch eine Barriere von auf dem Ladentisch aufgehäuften altbackenen Hörnchen getrennt und schließlich von der Seite dem starren Auge unserer Missis ausgesetzt – verlangen Sie von einem Jungen, der sich in dieser Lage befindet, das nächstemal, wenn Sie auf einen Augenblick in Mugby den Zug verlassen, etwas zu trinken; achten Sie besonders darauf, wie er sich den Anschein geben wird, Sie nicht gehört zu haben, daß es vielmehr so aussehen wird, als betrachte er geistesabwesend die Eisenbahnlinie durch ein durchsichtiges Medium, das sich aus Ihrem Kopf und Körper zusammensetzt, und daß er Sie so lange nicht bedienen wird, wie Sie es irgend ertragen können – und dann können Sie wissen, daß ich das bin.

Was für ein Spaß das ist! Wir sind der musterhafteste Erfrischungsraum, wir in ganz Mugby. Andere Erfrischungsräume schicken ihre jungen Damen zu uns, damit sie von unserer Missis den letzten Schliff bekommen. Denn einige der jungen Damen, die neu in dem Geschäft sind, sind noch ganz zahm! Ah! Unsere Missis treibt ihnen das bald aus. Ja, ich selbst war ganz zahm und mild, als ich zuerst in das Geschäft kam. Aber unsere Missis hat mir das bald ausgetrieben.

Was für ein köstlicher Spaß das ist! Meiner Ansicht nach stehen wir Erfrischungsräumler als die einzigen der ganzen Linie auf dem Fuß stolzer Unabhängigkeit. Da ist zum Beispiel der Zeitungsjunge – mein ehrenwerter Freund, wenn er mir gestatten will, ihn so zu nennen – der Junge von Smiths Bücherstand. Er würde es ebensowenig wagen, sich eine von unseren Erfrischungsraummanieren zu leisten, wie er es wagen würde, auf eine Lokomotive, deren Dampf unter vollem Druck steht, aufzuspringen und allein als Führer mit mäßiger Schnellzugsgeschwindigkeit auf ihr davonzufahren. Der Zeitungsjunge würde an jedem Abteil, erster, zweiter und dritter Klasse, den ganzen Zug entlang, Kopfnüsse einzustecken haben, wenn er den Versuch machte, mein Benehmen nachzuahmen. Dasselbe gilt für die Träger, die Schaffner, die Fahrkartenverkäufer bis hinauf zu dem Sektretär, dem Verkehrsleiter und sogar dem Direktor der Gesellschaft. Nicht ein einziger unter ihnen steht auf dem Fuß vornehmer Unabhängigkeit, auf dem wir uns befinden. Haben Sie etwa jemals einen von *denen*, wenn Sie etwas von ihnen wollten, dabei ertappt, daß er das System in Anwendung brachte, die Linie durch ein durchsichtiges Medium, das sich aus Ihrem Kopf und Körper zusammensetzt, zu betrachten? Ich denke, wohl niemals.

Sie müßten einmal unseren Pomadenraum auf Station

Mugby sehen. Man gelangt zu ihm durch die Tür hinter dem Schenktisch, die, wie Sie bemerken werden, gewöhnlich halb angelehnt steht, und es ist der Raum, wo unsere Missis und unsere jungen Damen ihr Haar pomadisieren. Sie sollten sie beobachten, wie sie zwischen den Zügen drauflospomadisieren, als salbten sie sich für die Schlacht. Wenn der Telegraph den Zug anzeigt, dann müßten Sie einmal sehen, wie ihre Nasen verächtlich in die Höhe gehen, als würden sie von derselben elektrischen Maschinerie wie der Telegraph in Bewegung gesetzt. Sie müßten mit anhören, wie unsere Missis die Parole ausgibt: »Jetzt kommen die wilden Tiere zur Fütterung!«, und dann müßten Sie einmal erleben, wie widerwillig sie über die Schienen hüpfen, vom oberen Erfrischungsraum nach dem unteren oder umgekehrt, und sich daranmachen, das altbackene Gebäck auf die Teller zu werfen, die Sägemehlbutterbrote unter die Glasglocken zu stoßen und den – ha, ha, ha! – den Sherry – ach du lieber Gott, du lieber Gott! – zu Ihrer Erfrischung hervorzuholen.

Es geschieht nur auf der Insel der Braven und im Lande der Freien (womit ich natürlich Großbritannien meine), daß das Erfrischungennehmen eine so wirkungsvolle, heilsame, konstitutionelle Hemmung für das Publikum ist. Einstmals betrat ein Fremder den Raum und bat unsere jungen Damen und unsere Missis höflich mit abgezogenem Hut um ein kleines Glas Branntwein. Als sich daraufhin alle die Schienen durch ihn hindurch ansahen und keinerlei Notiz von ihm nahmen, machte er schließlich Anstalten, sich selbst zu bedienen, wie es in seinem Heimatland üblich zu sein scheint. Aber da fiel unsere Missis, deren Haar sich vor Wut fast entpomadisierte und aus deren Augen Funken sprühten, über ihn her, riß ihm die Karaffe aus der Hand und schrie:

»Stellen Sie sie hin! Ich erlaube das nicht!«

Der Fremde wurde blaß, trat mit ausgestreckten Armen und zusammengeschlagenen Händen einige Schritte zurück und rief:

»Ah! Sollte man das für möglich halten? Daß diese hochmütigen Mädchen und dieses wütende alte Weib von der Verwaltung hierhergesetzt worden sind, die Reisenden nicht nur zu vergiften, sondern auch sie zu beleidigen! Großer Gott! Wie kommt das? Diese Engländer! Sind sie denn Sklaven oder Idioten?«

Ein andermal hatte ein fröhlicher amerikanischer Gentleman, der sich nichts vormachen ließ, das Sägemehl versucht und es ausgespuckt und hatte den Sherry versucht und den ausgespuckt und hatte vergeblich versucht, seine erschöpften Kräfte durch eine Stange Zuckerzeug wiederherzustellen. Außerdem war er noch mehr als üblich pomadisiert und die Eisenbahnlinie durch ihn hindurch noch länger betrachtet worden, und als die Glocke läutete und er unsere Missis bezahlte, fragte er sehr laut und in gutmütigem Ton:

»Ich will Ihnen etwas sagen, Ma'am. Ich lache. Tatsächlich! Ich lache. Das tue ich. Ich habe schon allerhand gesehen, denn ich komme von der unbegrenzten Seite des Atlantischen Ozeans und habe ein gutes Stück seiner begrenzten Seite bereist, Jerusalem und den Osten und Frankreich und Italien, die ganze alte Welt Europas, und ich bin jetzt auf der Fahrt nach dem größten europäischen Nest; aber eine solche Einrichtung wie Sie und Ihre jungen Damen und Ihre festen und flüssigen Erfrischungen, das habe ich beim ewigen Gott noch nie gesehen! Und wenn ich in Ihnen und Ihren jungen Damen und Ihren festen und flüssigen Erfrischungen in einem Land, wo die Leute nicht vollkommen verrückt sind, nicht das achte Weltwunder gefunden habe, so hole mich der und jener! Deshalb lache ich! Das tue ich, Ma'am. Ich lache!«

Und damit ging er davon, den ganzen Bahnsteig entlang bis zu seinem Abteil mit den Füßen stampfend und sich vor Lachen schüttelnd.

Ich glaube, es war ihr erfolgreiches Auftreten gegen den Fremden, das unsere Missis auf den Einfall kommen ließ, nach Frankreich hinüberzugehen. Sie wollte dort das Erfrischungsgeschäft, wie es unter den Froschverzehrern üblich ist, mit dem Erfrischungsgeschäft vergleichen, wie es auf der Insel der

Braven und im Lande der Freien (womit ich natürlich wiederum Großbritannien meine) triumphiert. Unsere jungen Damen, Miß Whiff, Miß Piff und Mrs. Sniff, waren einmütig gegen diese Reise. Denn, wie sie zu unserer Missis wie aus einem Mund sagten, es ist bis ans Ende der Welt wohlbekannt, daß kein anderes Volk, außer dem englischen, von irgend etwas eine richtige Vorstellung hat, besonders aber vom Geschäft. Weshalb wolle sie sich also ermüden, um etwas zu beweisen, was schon bewiesen sei? Unsere Missis aber, die stets ein Querkopf ist, blieb hartnäckig bei ihrem Entschluß und ließ sich ein Freiretourbillett für die südöstliche Linie geben, um, wenn es ihr so gefiele, geradewegs bis nach Marseille zu fahren.

Sniff ist der Gatte von Mrs. Sniff und ein ganz unbedeutender Mensch. Er besorgt in einem Hinterzimmer die Sägemehlabteilung, und bisweilen, wenn uns die Umstände durchaus dazu nötigen, wird er mit einem Korkenzieher hinter den Schenktisch gelassen. Aber das geschieht nur in einer äußersten Zwangslage, denn er legt dem Publikum gegenüber ein widerwärtig kriechendes Benehmen an den Tag. Wie Mrs. Sniff sich jemals so weit erniedrigen konnte, ihn zu heiraten, das weiß ich nicht. Aber vermutlich weiß *er* es, und, soviel ich glaube, wünschte er lieber, es wäre nicht geschehen, denn er führt ein trauriges Dasein. Mrs. Sniff könnte nicht viel härter gegen ihn sein, wenn er Publikum wäre. Auch Miß Whiff und Miß Piff nehmen ihm gegenüber den Ton von Mrs. Sniff an und stoßen ihn umher, wenn er einmal mit einem Korkenzieher hereingelassen wird. Sie schnappen ihm Dinge aus der Hand, die er in seiner Unterwürfigkeit dem Publikum geben will, sie fallen ihm ins Wort, wenn er in der kriechenden Niedrigkeit seines Gemüts eine Frage des Publikums beantworten will, sie bringen mehr Tränen in seine Augen, als es jemals der Senf tut, den er den ganzen Tag lang über das Sägemehl ausbreitet. (Obwohl er gar nicht stark ist.) Einmal, als sich Sniff die abstoßende Handlungsweise zuschulden kommen ließ, die Hand nach dem Milchtopf auszustrecken, um ihn für ein kleines Kind hinüberzureichen, da sah ich, wie unsere Missis ihn in ihrer Wut an beiden Schultern packte und in den Pomadisierraum hineindrehte.

Dagegen Mrs. Sniff – welch ein Gegensatz! Das ist eine! Das ist eine, die immer anderswohin blickt, wenn Sie sie ansehen. Das ist eine mit einer schmalen Taille, die vorn eng zugeschnürt ist, und mit Spitzenmanschetten an den Handgelenken, die sie auf dem Rand des Schenktisches vor sich ausbreitet und glättet, während das Publikum schäumt. Dieses Glätten der Manschetten und das Anderswohinblicken, während das Publikum schäumt, ist der letzte Firnis, der den jungen Damen, die zur Vollendung ihrer Ausbildung nach Mugby zu unserer Missis geschickt werden, zuteil wird, und es ist stets Mrs. Sniff, die es ihnen beibringt.

Als unsere Missis ihre Reise antrat, ließ sie Mrs. Sniff als Stellvertreterin zurück, und sie hielt das Publikum prachtvoll im Zaum. Während meiner ganzen Zeit habe ich nie so viele Tassen ohne Milch an Leute abgeben sehen, die den Tee mit Milch haben wollten, noch so viele Tassen Tee mit Milch an Leute, die ihn ohne haben wollten. Wenn darauf ein Wutausbruch erfolgte, so pflegte Mrs. Sniff zu sagen:

»Machen Sie das doch unter sich ab und tauschen Sie miteinander.«

Es war ein Kapitalspaß. Das Erfrischungsgeschäft gefiel mir mehr denn je, und ich war von Herzen froh, daß ich in der Jugend diesen Beruf ergriffen hatte.

Unsere Missis kam wieder nach Hause. Unter den jungen Damen ging das Gerücht, und es drang sozusagen durch die Spalten des Pomadisierraumes zu mir durch, daß sie Greuel zu enthüllen hatte, wenn so verächtliche Enthüllungen diese Bezeichnung wert waren. Aufregung erwachte. Unruhe stand in den Steigbügeln. Erwartung stellte sich auf die Zehenspitzen. Schließlich hieß es, daß an diesem Abend zwischen den Zügen unsere Missis im Pomadisierraum ihre Ansichten über ausländische Erfrischungsmethoden zum besten geben würde.

Der Raum wurde für diesen Zweck geschmackvoll hergerichtet. Der Pomadisiertisch und -spiegel wurde in einer Ecke verstaut, ein Lehnstuhl für unsere Missis auf eine Packkiste gehoben und ein Tisch mit einem Glas Wasser darauf (kein Sherry darin, danke schön) danebengestellt. Da es Herbst war und Stockrosen und Dahlien blühten, so schmückten zwei von den Schülerinnen die Wand mit drei aus diesen Blumen hergestellten Sinnsprüchen. Der eine lautete: »Möge Albion niemals lernen«; der andere: »Haltet das Publikum nieder«; der dritte: »Unser Erfrischungs-Freibrief.« Das Ganze machte einen schönen Eindruck, mit dem die Schönheit des Inhalts der Sprüche auf das beste übereinstimmte.

Auf der Stirn unserer Missis stand Strenge geschrieben, als sie das unheildrohende Podest bestieg. (Das war freilich an sich nichts Neues.) Miss Whiff und Miß Piff saßen zu ihren Füßen. Drei Stühle aus dem Wartezimmer, auf denen die Schülerinnen vor ihr saßen, hätten von einem Durchschnittsauge wahrgenommen werden können. Hinter ihnen hätte ein sehr scharfer Beobachter einen Jungen erkennen können. Mich nämlich.

»Wo«, sprach unsere Missis, finster um sich blickend, „ist Sniff?«

»Ich hielt es für besser, ihn nicht hereinkommen zu lassen«, erwiderte Mrs. Sniff. »Er ist solch ein Esel.«

»Zweifellos«, pflichtete unsere Missis bei. »Aber ist es nicht gerade deshalb wünschenswert, seinen Geist zu bilden?«

»Oh, nichts wird *ihn* jemals bilden«, sagte Mrs. Sniff.

»Immerhin«, fuhr unsere Missis fort, »ruf ihn herein, Ezechiel.«

Ich rief ihn herein. Die Erscheinung des niedriggesinnten Burschen wurde von allseitigen Mißbilligungsäußerungen begleitet, weil er seinen Korkenzieher mitgebracht hatte. Er wandte zur Entschuldigung »die Macht der Gewohnheit« ein.

»Die Macht!« fragte Mrs. Sniff. »Sprich du uns um Himmels willen nicht von Macht. Da! Bleib still stehen, wo du bist, und lehne dich mit dem Rücken gegen die Wand.«

Er ist ein lächelndes Stück Albernheit, und er lächelte in der niedrigen Art, in der er sogar dem Publikum zulächelt, wenn er Gelegenheit dazu hat. (Was das Niedrigste ist, das man von einem Menschen aussagen kann.) So stand er aufrecht neben der Tür mit dem Hinterkopf an die Wand gepreßt, als wartete er auf jemand, der kommen und sein Soldatenmaß nehmen sollte.

»Meine Damen«, sagte unsere Missis, »ich würde mich auf die abstoßenden Enthüllungen, die ich zu machen im Begriff bin, nicht einlassen, wenn ich nicht die Hoffnung hegte, daß Sie sich dadurch veranlaßt fühlen werden, noch unerbittlicher in der Ausübung der Gewalt zu sein, die Sie in einem konstitutionellen Lande besitzen, und noch mehr dem konstitutionellen Wahlspruch ergeben, den ich vor mir sehe« – er war hinter ihr, aber die Rede klang so besser – »Möge Albion niemals lernen!«

Hier blickten die Schülerinnen, die den Wahlspruch angefertigt hatten, bewundernd darauf hin und riefen: »Hört! Hört! Hört!« Sniff, der eine Neigung zeigte, sich dem Chore anzuschließen, wurde von jeder finster gerunzelten Stirn in seine Schranken zurückgewiesen.

»Die niedrige Gesinnung der Franzosen«, fuhr unsere Missis fort, »die sich in der kriechenden Art ihrer Erfrischungseinrichtungen zeigt, kommt allem gleich, was jemals von der niedrigen Gesinnung des gefeierten Bonaparte vernommen wurde, oder übertrifft es sogar.«

Miß Whiff, Miß Piff und ich taten einen schweren Atemzug, so als wollten wir damit sagen: »Das haben wir uns gedacht!« Da Miß Whiff und Miß Piff es übelzunehmen schienen, daß ich den meinigen zusammen mit ihnen tat, tat ich noch einen zweiten, um sie zu ärgern.

»Werden Sie mir glauben«, sagte unsere Missis mit blitzenden Augen, »wenn ich Ihnen sage, daß ich, sowie ich meinen Fuß auf diesen verräterischen Strand gesetzt hatte . . .«

Hier bemerkte Sniff, entweder weil er verrückt geworden war oder laut denkend, mit leiser Stimme:

»Füße. Mehrzahl, wie Sie wissen.«

Die Einschüchterung, die über ihn kam, als alle Augen finster auf ihn gerichtet waren, zusammen mit der Tatsache.

daß ihn niemand einer Antwort würdigte, war für einen so niedrigen Burschen eine genügende Strafe. Während eines Schweigens, das durch die gerümpften weiblichen Nasen, von denen es durchdrungen war, noch eindrucksvoller gemacht wurde, fuhr unsere Missis fort:

»Werden Sie mir glauben, wenn ich Ihnen sage, daß ich, sowie ich an diesem verräterischen Strand gelandet war«, dieses Wort mit einem tödlichen Blick auf Sniff, »in einen Erfrischungsraum geleitet wurde, wo es – ich übertreibe nicht – wirklich eßbare Dinge zu essen gab?«

Ein Stöhnen brach aus der Brust der Damen. Ich gab mir nicht nur die Ehre mit einzustimmen, sondern es auch möglichst lang zu machen.

»Wo es«, fügte unsere Missis hinzu, »nicht nur eßbare Dinge zu essen, sondern auch trinkbare Dinge zu trinken gab?«

Ein Murmeln, das fast zu einem Schrei anschwoll, erhob sich. Miß Piff, die vor Entrüstung zitterte, rief:

»Im einzelnen?«

»Ich *will* es im einzelnen aufzählen«, sagte unsere Missis. »Es gab gebratenes Geflügel, warm und kalt. Es gab dampfenden Kalbsbraten mit Bratkartoffeln. Es gab heiße Suppe mit (ich fragte mich wiederum, ob man mir glauben wird?) nichts Bitterem darin und ohne Mehl, um den Verzehrer zu ersticken. Es gab verschiedene kalte Gerichte mit Gelee. Es gab Salat. Es gab – achten Sie auf meine Worte! – *frisches* leichtes Backwerk. Es gab eine Auswahl von appetitlichen Früchten. Es gab Flaschen und Karaffen mit gutem leichtem Wein von jeder Größe und für jede Tasche. Dieselbe abstoßende Tatsache war für Branntwein festzustellen. Und alles das war auf dem Schenktisch ausgestellt, so daß jeder sich nehmen konnte, was er wollte.«

Die Lippen unserer Missis zitterten so heftig, daß Mrs. Sniff, obwohl sie kaum weniger angegriffen war als die Erzählerin, aufstand und das Wasserglas daranhielt.

»Dies«, fuhr unsere Missis fort, »war meine erste unkonstitutionelle Erfahrung. Wohl mir, wenn es meine letzte und

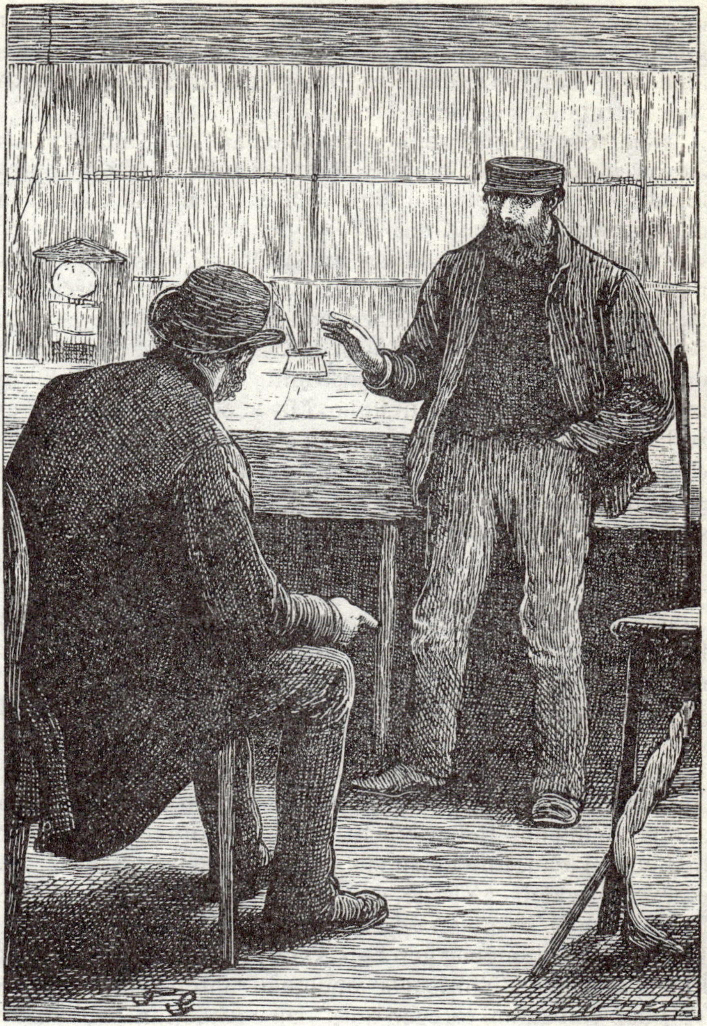

schlimmste gewesen wäre. Aber nein. Als ich weiter in dieses unwissende Sklavenland hineinfuhr, wurde sein Anblick immer gräßlicher. Ich brauche doch dieser Versammlung die Bestandteile und die Herstellung des britischen Erfrischungs-Sandwichs nicht auseinanderzusetzen?«

Allgemeines Gelächter – mit Ausnahme von Sniff, der, als Sandwich-Schneider, in einem Zustand äußerster Hoffnungslosigkeit seinen Kopf schüttelte, während er mit diesem gegen die Wand gepreßt dastand.

»Nun!« sagte unsere Missis mit geblähten Nüstern. »Nehmen Sie ein frisches, knuspriges, langes, braungebackenes Pennybrot, aus dem weißesten und besten Mehl hergestellt. Schneiden Sie es der Länge nach durch. Fügen Sie eine schöne und genau passende Schinkenschnitte ein. Binden Sie ein hübsches buntes Band um die Mitte des Ganzen, um es zusammenzuhalten. Bringen Sie an einem Ende einen handlichen Umschlag von sauberem weißen Papier an, mit dem man es anfassen kann. Und der allgemeine französische Erfrischungs-Sandwich erscheint vor Ihren angeekelten Augen.«

Ein Schrei »Schändlich!« aus aller Munde – mit Ausnahme von Sniff, der sich besänftigend den Magen rieb.

»Ich brauche doch dieser Versammlung nicht die gewöhnliche Einrichtung und Ausstattung des britischen Erfrischungsraumes auseinanderzusetzen?« sagte unsere Missis.

Nein, nein und Gelächter. Sniff schüttelte in niedergeschlagener Stimmung wieder den Kopf und preßte ihn gegen die Wand.

»Nun«, sagte unsere Missis, »was würden Sie dann dazu sagen, daß alles dekoriert ist, daß es Vorhänge gibt, die bisweilen geradezu elegant sind, ferner bequeme Samtsessel, eine Menge kleiner Tische, eine Menge kleiner Stühle, flinke, freundliche Kellner, große Bequemlichkeit und überall eine Reinlichkeit und eine geschmackvolle Ausstattung, die das Publikum in jeder Hinsicht angenehm berühren und bei diesem Tier den Gedanken erregen muß, daß es die Mühe wert sei?«

Wut und Verachtung bei allen Damen. Mrs. Sniff macht ein

Gesicht, als bräuchte sie jemanden, der sie festhielte, und die übrigen sehen aus, als wollten sie es lieber nicht tun.

»Dreimal«, sagte unsere Missis, sich in einen wirklich furchtbaren Zorn hineinsteigernd – »dreimal habe ich diese schändlichen Dinge allein zwischen der Küste und Paris zu sehen bekommen: in Hazebroucke, in Arras und in Amiens. Aber es kommt noch schlimmer! Sagen Sie mir, was für eine Bezeichnung würden Sie einem Menschen beilegen, der in England den Vorschlag machte, daß man, etwa auf unserer eigenen musterhaften Station Mugby, hübsche Körbchen bereithalten sollte, jedes mit einem ausgesuchten kalten Lunch und Nachtisch für eine Person, das jeder Reisende für einen bestimmten Preis mitnehmen könnte, um den Inhalt im Zug in vollkommener Ruhe zu verzehren und dann das Körbchen an einer anderen Station zehn oder zwanzig Meilen weiter wieder abzugeben?«

Die Meinungen waren geteilt, was für eine Bezeichnung man einem solchen Menschen beilegen sollte. Ob Revolutionär, Atheist, gescheiter Kerl (dafür stimme *ich*) oder Nicht-Engländer. Miß Piff gab als letzte mit schriller Stimme ihre Meinung in den Worten ab:

»Ein boshafter Wahnsinniger!«

»Ich entscheide mich für das Brandmal«, sagte unsere Missis, »das die gerechte Empörung meiner Freundin Miß Piff einem solchen Menschen eindrückt. Ein boshafter Wahnsinniger! So erfahren Sie denn, daß dieser boshafte Wahnsinnige aus dem geistesverwandten Boden Frankreichs entsprungen ist und daß seine boshafte Tollheit auf diesem selben Abschnitt meiner Reise in ungehemmter Tätigkeit war.«

Ich bemerke, daß Sniff seine Hände rieb und daß Mrs. Sniff ihn scharf anblickte. Aber ich setzte meine Beobachtungen nicht weiter fort, weil die jungen Damen in einem Zustand höchster Erregung waren und ich mich verpflichtet fühlte, mich meinerseits durch ein Geheul an der allgemeinen Stimmung zu beteiligen.

»Über meine Erfahrungen südlich von Paris«, sagte unsere

Missis mit tiefer Stimme, »will ich mich nicht verbreiten. Es wäre eine zu widerwärtige Aufgabe! Aber stellen Sie sich folgendes vor: Stellen Sie sich vor, daß ein Schaffner durch den Zug geht, während dieser sich in voller Fahrt befindet, und fragt, wieviel Diners auf der nächsten Station gewünscht werden. Stellen Sie sich vor, das Essen wird telegraphisch vorausbestellt! Stellen Sie sich vor, daß jeder erwartet ist und der Tisch für die ganze Gesellschaft elegant gedeckt ist. Stellen Sie sich ein reizendes Diner in einem reizenden Zimmer vor, wobei der Küchenchef, dem ein jedes Gericht am Herzen liegt, in seiner sauberen weißen Jacke und Kappe die Aufsicht führt. Stellen Sie sich das Tier vor, wie es hundertundzwanzig Meilen hintereinander sehr rasch und mit größter Pünktlichkeit reist und dabei noch in der Erwartung gehalten wird, daß man alles dies für es tut!«

Ein lebhafter Chor rief: »Das Tier!«

Ich bemerkte, daß Sniff wiederum besänftigend seinen Magen rieb und daß er ein Bein hochgezogen hatte. Aber ich setzte wiederum meine Beobachtungen nicht weiter fort, da ich mich verpflichtet fühlte, die öffentliche Meinung anzustacheln. Außerdem war es ein Riesenspaß.

»Wenn man alles zusammennimmt«, sagte unsere Missis, »kommt das französische Erfrischungsgeschäft auf folgendes hinaus, und es ist wahrhaftig ein schönes Ergebnis! Erstens: eßbare Dinge zu essen und trinkbare Dinge zu trinken.«

Ein Stöhnen der Damen, das von mir unterstützt wurde.

»Zweitens: Bequemlichkeit und sogar Eleganz.«

Wieder ein Stöhnen der jungen Damen, das ich unterstützte.

»Drittens: mäßige Preise.«

Diesmal ein Stöhnen von mir, das von den jungen Damen unterstützt wurde.

»Viertens: – und hier«, sagte unsere Missis, »erbitte ich Ihr zornigstes Mitgefühl – Aufmerksamkeit, freundliches Entgegenkommen, ja sogar Höflichkeit.«

Die jungen Damen und ich, wir alle zusammen, gerieten in eine regelrechte Raserei.

»Und nun zum Schluß«, sagte unsere Missis mit ihrem giftigen Hohn, »kann ich Ihnen nach allem, was ich Ihnen erzählt habe, kein vollständigeres Bild von dieser verächtlichen Nation geben, als indem ich Ihnen versichere, daß sie unsere konstitutionelle Art und Weise und edle Unabhängigkeit in Station Mugby nicht für einen einzigen Monat dulden würden. Sie würden uns davonjagen und dafür ein anderes System einführen, sobald sie uns gesehen hätten; ja vielleicht schon früher, denn ich glaube nicht, daß sie den guten Geschmack haben, sich viel aus unserem Anblick zu machen.«

Der sich erhebende Tumult wurde am Losbrechen gehemmt. Sniff hatte nämlich, von seinem kriechenden Charakter fortgerissen, sein Bein mit immer größerer Wonne hochgezogen und wurde jetzt dabei ertappt, wie er seinen Korkenzieher über dem Kopf schwenkte. In diesem Augenblick geschah es, daß Mrs. Sniff, die ihn die ganze Zeit über im Auge behalten hatte, über ihr Opfer herfiel. Unsere Missis folgte ihnen beiden aus dem Zimmer, und in der Sägemehlabteilung ertönten Schreie.

Kommen Sie in unseren Erfrischungsraum auf Station Mugby, stellen Sie sich so, als kennten Sie mich nicht, und ich will Ihnen mit meinem rechten Daumen über meiner Schulter zeigen, welche unsere Missis und welche Miß Whiff und welche Miß Piff und welche Mrs. Sniff ist. Jedoch werden Sie keine Gelegenheit haben, Sniff zu Gesicht zu bekommen, denn er verschwand an jenem Abend. Ob er sein Ende fand, indem er in Stücke gerissen wurde, kann ich nicht sagen; aber sein Korkenzieher ist allein übriggeblieben, um von seinem kriechenden Charakter Zeugnis zu geben.

Das Spukhaus

In zwei Kapiteln

Erstes Kapitel

Die Sterblichen in dem Hause

Keiner der üblichen gespenstigen Umstände waltete, und nichts in meiner Umgebung hatte etwas von dem konventionellen gespenstigen Charakter an sich, als ich zum erstenmal das Haus sah, von dem diese Weihnachtsgeschichte handelt. Ich sah es bei Tage, während heller Sonnenschein darauf lag. Es gab keinen Wind, keinen Regen, keinen Blitz, keinen Donner, keinen unheimlichen oder ungewöhnlichen Umstand irgendeiner Art, um den Eindruck, den es machte, zu erhöhen. Ja noch mehr: ich war geradewegs von einer Eisenbahnstation aus zu diesem Haus gekommen; die Entfernung betrug nicht mehr als eine fünftel Meile, und während ich vor dem Haus auf den Weg, den ich gekommen war, zurückblickte, konnte ich die Güterzüge auf dem Eisenbahndamm im Tal rasch dahinfahren sehen. Ich will nicht behaupten, daß alles ganz und gar alltäglich war, weil ich bezweifle, daß irgendeine Sache ganz und gar alltäglich sein kann, ausgenommen für ganz und gar alltägliche Leute – und hier kommt meine Eitelkeit mit ins Spiel. Aber ich wage zu behaupten, daß jeder beliebige Mensch an jedem schönen Herbstmorgen das Haus so sehen könnte, wie ich es sah.

Ich stieß in folgender Weise darauf:

Ich befand mich auf der Reise aus den nördlichen Provinzen nach London und hatte die Absicht, meine Fahrt zu unterbrechen, um mir das Haus anzusehen. Ich hatte aus gesundheitlichen Gründen einen kurzen Aufenthalt auf dem Lande nötig, und ein Freund von mir, der das wußte und zufällig an dem

Haus vorbeigefahren war, hatte mir geschrieben und es mir als einen passenden Aufenthaltsort empfohlen. Ich hatte den Zug um Mitternacht bestiegen. Nach kurzer Zeit war ich eingeschlafen, bald darauf wieder aufgewacht und hatte dagesessen und durch das Fenster das strahlende Nordlicht am Himmel betrachtet. Dann war ich wieder eingeschlafen, und als ich abermals erwachte, sah ich, daß die Nacht vergangen war. Wie gewöhnlich war ich von der unzufriedenen Überzeugung erfüllt, daß ich überhaupt nicht geschlafen hatte, und in der ersten Verwirrung kurz nach dem Erwachen hätte ich fast wegen dieser Frage, wie ich zu meiner Schande gestehen muß, den Reisenden gegenüber zum Zweikampf herausgefordert. Dieser Reisende von gegenüber hatte die ganze Nacht hindurch – wie das stets der Fall ist – einige Beine zuviel und alle zu lang gehabt. Dazu kam noch, daß er einen Bleistift und ein Notizbuch in der Hand gehalten und ständig gelauscht und sich Aufzeichnungen gemacht hatte. Allem Anschein nach bezogen sich diese ärgerlichen Notizen auf das Stoßen und Rattern des Wagens, und ich hätte mich schließlich in der Annahme, daß er ein Ingenieur sei, damit abgefunden, daß er sich diese Aufzeichnungen machte, wenn er nicht beim Lauschen genau auf einen Punkt über meinem Kopf gestarrt hätte. Er hatte ein Paar große Glotzaugen mit einem ratlosen Ausdruck, und sein Benehmen wurde unerträglich.

Es war ein kalter, finsterer Morgen (die Sonne war noch nicht durchgedrungen), und als ich das verblassende Licht der Hochöfen in dem Eisenland und den schweren Rauchvorhang, der sich zwischen mir und den Sternen und zwischen mir und dem Tag befand, bis zu ihrem Verschwinden beobachtet hatte, wandte ich mich an meinen Reisegefährten und sagte:

»Ich bitte sehr um Verzeihung, Sir, aber nehmen Sie etwas Besonderes an mir wahr?«

Denn es hatte wirklich den Anschein, als zeichne er entweder meine Reisemütze oder mein Haar mit einer Genauigkeit auf, die an Frechheit grenzte.

Der glotzäugige Gentleman riß sich von dem Punkt über

meinem Kopf los und sagte mit einem hochmütigen Blick des Mitleids für meine Unbedeutendheit:

»An Ihnen, Sir? – B.«

»B, Sir?« fragte ich und begann mich für ein Gespräch zu erwärmen.

»Ich habe nichts mit Ihnen zu schaffen, Sir«, erwiderte der Gentleman. »Lassen Sie mich bitte lauschen – O.«

Er gab diesen Buchstaben nach einer Pause von sich und schrieb ihn auf.

Anfangs war ich beunruhigt, denn mit einem Irrsinnigen in einem Expreßzug zu sitzen, ohne daß eine Verbindung mit dem Schaffner besteht, ist kein sehr erfreulicher Gedanke. Zu meiner Beruhigung fiel mir ein, daß der Gentleman vielleicht ein Spiritist sei, ein Angehöriger einer Sekte, für die ich (wenigstens für manche ihrer Mitglieder) die größte Hochachtung habe, an die ich jedoch nicht glaube. Ich war gerade im Begriff ihn zu fragen, als er mir das Wort aus dem Munde nahm.

»Sie werden mich entschuldigen«, sagte der Gentleman verächtlich, »wenn ich der gewöhnlichen Menschheit zu weit voraus bin, um mich überhaupt um sie zu kümmern. Ich habe die Nacht – wie ich es jetzt während der ganzen Zeit tue – im Gespräch mit Geistern zugebracht.«

»Oh!« sagte ich ein wenig ironisch.

»Die Sitzung dieser Nacht«, fuhr der Gentleman fort, während er in seinem Notizbuch blätterte, »begann mit dieser Botschaft: ›Schlechter Umgang verdirbt gute Sitten.‹«

»Sehr wahr«, sagte ich; »aber nichts Neues.«

»Neu von Geistern«, erwiderte der Gentleman.

Ich konnte nur mein ziemlich ironisches »Oh!« wiederholen und stellte die Frage, ob er so gut sein wolle, mich diese letzte Mitteilung wissen zu lassen.

»›Ein Vogel in der Hand‹«, las der Gentleman seine letzte Eintragung mit großer Feierlichkeit vor, »›ist zwei im Busch wert.‹«

Der Gentleman teilte mir weiter mit, daß der Geist des

Sokrates ihm im Lauf der Nacht folgende spezielle Enthüllung gemacht hätte:

»Mein Freund, ich hoffe, daß du dich wohl befindest. Es sitzen zwei Menschen in diesem Eisenbahnabteil. Wie geht es dir? Es sind hier siebzehntausendvierhundertneunundsiebzig Geister anwesend, aber du kannst sie nicht sehen. Pythagoras ist hier. Es steht ihm nicht frei, es auszusprechen, aber er hofft, dir gefällt das Reisen.«

Auch Galilei hatte sich mit folgender wissenschaftlichen Mitteilung eingestellt:

»Ich freue mich, Sie zu sehen, amico. Come sta? Wasser gefriert, wenn es kalt genug ist. Addio!«

Im Laufe der Nacht hatten sich ferner folgende Phänomene zugetragen: Bischof Butler hatte darauf beharrt, seinen Namen »Bubler« zu buchstabieren, einen Verstoß gegen Rechtschreibung und gutes Benehmen, für den er als übellaunig fortgeschickt worden war. Shakespeare, gegen den der Gentleman den Verdacht absichtlicher Irreführung hegte, hatte geleugnet, der Verfasser des »Hamlet« zu sein und hatte als gemeinschaftliche Urheber dieses Dramas zwei unbekannte Gentlemen namens Grungers und Scadgingtone eingeführt. Und Prinz Arthur, der Neffe des Königs Johann von England, hatte mitgeteilt, daß er sich im siebenten Kreise leidlich wohl fühle und dort unter der Anleitung von Mrs. Trimmer und Maria, Königin von Schottland, auf Samt zu malen lerne.

Falls dieses Buch dem Gentleman, der mir liebenswürdigerweise diese Enthüllungen machte, einmal vor Augen kommen sollte, so hoffe ich, er wird mir das Geständnis zugute halten, daß der Anblick der aufgehenden Sonne und die Betrachtung des weiten Universums mir die Geduld zum Zuhören nahmen. Mit einem Wort, ich hatte so wenig dafür übrig, daß ich von Herzen froh war, an der nächsten Station aussteigen und diese Wolken und Dünste mit der freien Himmelsluft vertauschen zu können.

Inzwischen war es ein schöner Morgen geworden. Während ich auf den Blättern dahinschritt, die bereits von den in goldener, brauner und rostroter Farbe erstrahlenden Bäumen abgefallen waren, und während ich die Wunder der Schöpfung rings um mich her betrachtete und mir die festen, unabänderlichen, harmonischen Gesetze vor Augen hielt, auf denen sie beruhen, schien mir der Geisterverkehr des Gentleman ein so armseliges Ding zu sein, wie es nur je eines gegeben hat. In dieser heidnischen Geistesverfassung sah ich das Haus schon von weitem und blieb stehen, um es aufmerksam zu betrachten.

Es war ein einsames Haus, umgeben von einem traurig vernachlässigten Garten, der ein ziemlich gleichmäßiges Quadrat von etwa hundert Metern bildete. Es stammte etwa aus der Zeit Georgs des Zweiten und war so steif, so kalt, so förmlich und so geschmacklos, wie es der ergebenste Bewunderer des ganzen Quartetts der George nur hätte wünschen können. Es war unbewohnt, aber vor ein oder zwei Jahren hatte man es für wenig Geld instand gesetzt, um es bewohnbar zu machen. Ich sage für wenig Geld, weil die Arbeit nur oberflächlich gemacht worden war, und Gipsbewurf und Anstrich bereits wieder abbröckelten, obwohl die Farben noch frisch leuchteten. Über der Gartenmauer hing eine Tafel schief herab, auf der zu lesen war, daß es »zu sehr mäßigen Bedingungen und gut möbliert zu vermieten« war. Es war zu dicht von Bäumen umgeben, die es in dunkle Schatten einhüllten, und vor allem der Standort für sechs hohe Pappeln vor den Vorderfenstern war sehr unglücklich gewählt, da sie einen äußerst melancholischen Eindruck machten.

Man konnte leicht ersehen, daß es ein gemiedenes Haus war – ein Haus, von dem das Dorf, das sich durch einen Kirchturm in ein paar hundert Metern Entfernung ankündigte, nichts wissen wollte –, ein Haus, in das niemand einziehen mochte. Und der logische Schluß daraus war, daß es in dem Ruf eines Spukhauses stand.

Es gibt keine Zeit innerhalb der vierundzwanzig Stunden von Tag und Nacht, die für mich so feierlich wäre wie der frühe Morgen. Im Sommer stehe ich oft sehr früh auf und gehe in mein Arbeitszimmer, um noch vor dem Frühstück einen Teil meiner Tagesarbeit zu leisten, und bei diesen Gelegenheiten pflegt die Stille und Einsamkeit um mich herum stets den tiefsten Eindruck auf mich zu machen. Außerdem liegt etwas, was ein Gefühl frommen Schauders erweckt, in der Tatsache, daß man von vertrauten Gesichtern umgeben ist, die tiefer Schlaf umfängt. Die Menschen, die uns am teuersten sind und denen wir am teuersten sind, liegen regungslos und ohne sich unserer bewußt zu sein da. Und dies, wie alles ringsumher – das stillstehende Leben, die abgerissenen Fäden des gestrigen Tages, der leere Sessel, das geschlossene Buch, die unvollendete, aber liegengelassene Arbeit –, sind Bilder des Todes und erinnern an jenen geheimnisvollen Zustand, nach dem wir alle streben. Die Stille der Stunde ist die Stille des Todes. Das bleiche Licht und die Kälte erwecken denselben Gedanken in uns. Aber der Vergleich erstreckt sich noch weiter. Vertraute Gegenstände des Hausrats pflegen, wenn sie zuerst aus den Schatten der Nacht auftauchen und in das Licht des Morgens treten, auszusehen, als seien sie neuer und so, wie sie vor langer Zeit einmal waren; und auch dies hat sein Gegenstück in dem im Tod eintretenden Wandel abgelegter Gesichtszüge der Reife oder des Alters zu dem längst vergangenen jugendlichen Aussehen. Außerdem erschien mir einst mein Vater zu dieser Stunde. Er war damals am Leben und bei guter Gesundheit und das Ereignis hatte auch weiter keine Folgen, aber ich sah ihn im Tageslicht, wie er, mit dem Rücken zu mir, auf einem Stuhl neben meinem Bett saß. Er hatte den Kopf auf die Hand gestützt, und ich konnte nicht erkennen, ob er schlummerte oder bekümmert war. Erstaunt, ihn da zu sehen, setzte ich mich auf, lehnte mich zum Bett hinaus und beobachtete ihn. Da er keine Bewegung machte, sprach ich ihn einige Male an. Als er sich auch daraufhin nicht regte, wurde ich unruhig und legte ihm die Hand auf die Schulter, wie ich meinte – aber es war niemand da.

Aus allen diesen Gründen und aus noch einigen anderen, die sich nicht so leicht und kurz darstellen lassen, ist der frühe Morgen für mich die geisterhafteste Zeit. Jedes Haus würde

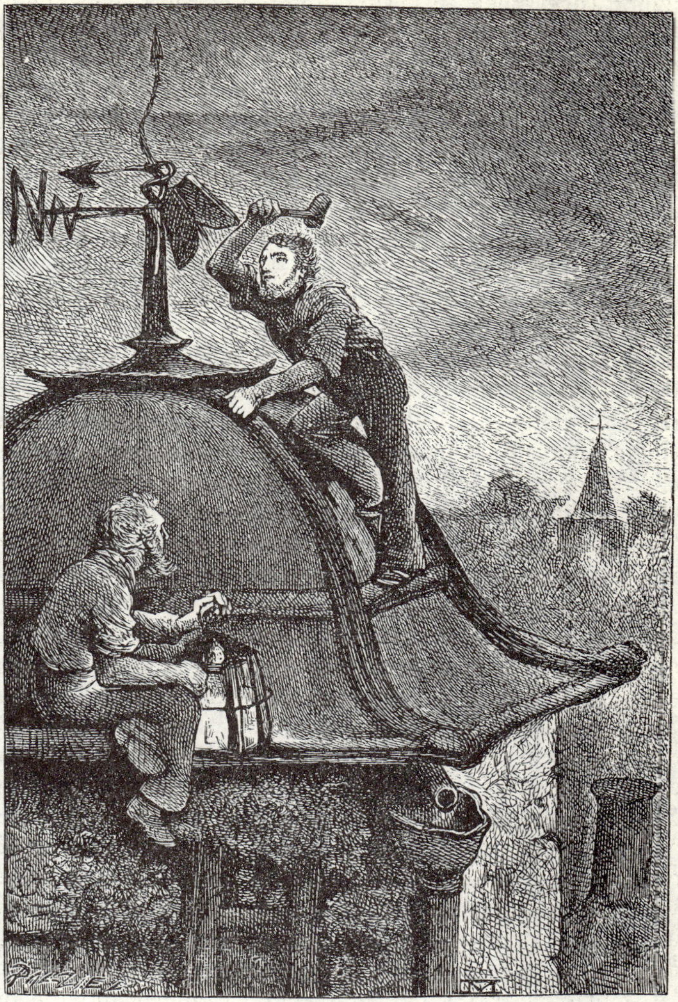

mir am frühen Morgen mehr oder weniger gespensterhaft vorkommen, und ein Gespensterhaus könnte zu keiner anderen Zeit lebhafter auf meine Einbildungskraft wirken.

Ich ging weiter in Richtung auf das Dorf zu, das Bild des verfallenen Hauses immer vor meinen geistigen Augen, und traf auf den Wirt des kleinen Gasthofes, der gerade Sand auf seine Schwelle streute. Ich bestellte ein Frühstück und begann von dem verlassenen Haus zu sprechen.

»Geht es darin um?« fragte ich.

Der Wirt sah mich an, schüttelte den Kopf und erwiderte: »Ich sage nichts.«

»Es *geht* also darin um?«

»Nun ja«, rief der Wirt in einem Ausbruch von Offenheit, der wie ein Verzweiflungsschrei erschien – »ich möchte darin nicht schlafen.«

»Warum nicht?«

»Wenn ich mir wünschte, daß alle Glocken in einem Haus läuteten, ohne daß jemand sie berührte, und daß alle Türen in einem Haus zufielen, ohne daß jemand sie zuwürfe, und daß alle möglichen Füße umhertrampelten, ohne daß Füße darin wären – dann«, sagte der Wirt, »würde ich in diesem Haus schlafen.«

»Zeigt sich dort irgend etwas?«

Der Wirt sah mich abermals an und rief dann in einem Ton, der wieder wie ein Verzweiflungsschrei klang, über seinen Stallhof hin: »Ikey!«

Auf diesen Ruf erschien ein junger Bursche mit hohen Schultern, einem runden, roten Gesicht, kurz geschnittenen sandfarbenen Haaren, einem sehr breiten, grinsenden Mund und einer aufwärts gebogenen Nase. Er trug eine weite Ärmelweste mit roten Streifen und Perlmuttknöpfen. Letztere schienen überhaupt auf ihm zu wachsen und hätten, wenn sie nicht beschnitten würden, bestimmt schon seinen Kopf bedeckt und seine Stiefel überzogen.

»Dieser Gentleman möchte wissen«, sagte der Wirt, »ob sich etwas in dem Pappelhause zeigt.«

»Ein Weib in einer Kapuze mit einer Heule«, sagte Ikey in einem Zustand vollkommener geistiger Frische.

»Meint Ihr ein Geschrei?«

»Ich meine einen Vogel, Sir.«

»Ein Weib in einer Kapuze mit einer Eule. Du lieber Gott! Habt Ihr es je gesehen?«

»Ich habe die Eule gesehen.«

»Niemals das Weib?«

»Nicht so deutlich wie die Eule, aber sie halten stets zusammen.«

»Hat jemals ein Mensch das Weib so deutlich wie die Eule gesehen?«

»Der Herr segne Sie, Sir! Eine Menge.«

»Wer?«

»Der Herr segne Sie, Sir! Eine Menge.«

»Etwa der Krämer da gegenüber, der gerade seinen Laden aufmacht?«

»Perkins? Du lieber Himmel, Perkins würde nicht in die Nähe des Hauses gehen. Nein!« bemerkte der junge Mann mit tiefem Mitgefühl; »er ist zwar nicht überklug, der Perkins, aber solch ein Narr ist er doch nicht.«

(Hier gab der Wirt in einem Murmeln seiner Zuversicht Ausdruck, daß Perkins etwas Besseres zu tun hätte.)

»Wer ist – oder wer war – das Weib in der Kapuze mit der Eule? Wißt Ihr es?«

»Nun«, sagte Ikey, während er mit der einen Hand seine Kappe in die Höhe hielt und sich mit der anderen den Kopf kratzte, »man sagt im allgemeinen, daß sie ermordet worden sei und daß die Eule dabei schrie.«

Diese sehr kurze Zusammenfassung der Tatsachen war alles, was ich erfahren konnte. Nur das eine fügte er noch hinzu, daß ein junger Mann, ein so beherzter und sympathischer Bursche, wie man ihn sich nur denken konnte, von Krämpfen befallen worden war und auch jetzt noch unter ihnen litt, nachdem er das Weib in der Kapuze gesehen hatte. Ferner, daß eine Person, die er unklar beschrieb als »einen alten Kerl, eine Art einäugiger Strolch, der auf den Namen Joby hörte, wenn man ihn nicht mit ›Grünholz‹ hänselte, daß dieser Alte etwa fünf- oder sechsmal dem Weib in der Kapuze begegnet war. Aber diese Zeugen konnten mir wenig nützen. Der erstere war nämlich in Kalifornien, und der letzere war, wie Ikey sagte (und der Wirt bestätigte es), überall.

Nun pflege ich zwar die Geheimnisse, zwischen denen und unserem Dasein die Grenze der großen Prüfung und Veränderung liegt, die alle lebendigen Dinge einmal trifft, mit stiller, ehrfurchtsvoller Scheu zu betrachten. Auch besitze ich nicht die Verwegenheit zu behaupten, daß ich etwas von ihnen wüßte. Und doch kann ich das bloße Zuschlagen von Türen, das Läuten von Glocken, das Knarren von Dielen und derartige unbedeutende Vorkommnisse nicht mit der majestätischen Schönheit und allesbeherrschenden Folgerichtigkeit aller der göttlichen Gesetze vereinigen, die mir zu begreifen vergönnt ist. Ebensowenig wie ich kurz zuvor den Geisterverkehr meines Reisegefährten mit dem Triumphwagen der aufgehenden Sonne in Verbindung bringen konnte. Außerdem hatte ich bereits in zwei Spukhäusern gewohnt – beide Male im Ausland. Eines davon, ein italienischer Palast, stand in dem Ruf, daß es darin ganz besonders übel spukte, und war deshalb in letzter Zeit zweimal geräumt worden. Ich aber wohnte acht Monate lang ganz ruhig und behaglich darin. Und dabei hatte das Haus fast zwei Dutzend geheimnisvoller Schlafzimmer, die nie benutzt wurden, und ein großer Raum, in dem ich zahllose Male zu allen möglichen Stunden lesend gesessen hatte und der an mein Schlafzimmer grenzte, war ein Spukzimmer ersten Ranges.

Ich gab diese Überlegungen dem Wirt behutsam zu verstehen. Und was den schlechten Ruf dieses Hauses anging, so stellte ich ihm vor Augen, wie viele Dinge unverdient in einem schlechten Ruf stünden und wie leicht es wäre, etwas in einen schlechten Ruf zu bringen. Glaubte er nicht auch, er und ich brauchten bloß eine Zeitlang im Dorf zu flüstern, daß irgendein unheimlich aussehender, trunksüchtiger alter Kesselflicker in der Nachbarschaft sich dem Teufel verkauft habe, und dieser würde bald in den Verdacht kommen, diese geschäftliche Transaktion wirklich abgeschlossen zu haben. Jedoch machten, wie ich gestehen muß, alle diese weisen Reden auf den Wirt nicht den geringsten Eindruck, und meinen Bemühungen war so wenig Erfolg beschieden, wie ich es noch nie erlebt hatte.

Kurz, um mit diesem Teil der Geschichte zu Ende zu kommen: Das Spukhaus hatte meine Neugier erregt, und ich war bereits halb entschlossen, es zu nehmen. Ich holte mir deshalb nach dem Frühstück die Schlüssel von Perkins' Schwager (einem Sattlermeister, der nebenbei das Postamt verwaltet und unter dem Pantoffel eines grimmigen Weibes, einer leidenschaftlichen Sektiererin, steht) und begab mich, von meinem Wirt und von Ikey begleitet, zu dem Haus.

Drinnen war es wie erwartet unendlich düster. Die langsam wechselnden Schatten, die die riesigen Bäume in das Innere warfen, waren äußerst melancholisch; das Haus war schlecht plaziert, schlecht gebaut, schlecht entworfen und schlecht ausgestattet. Es war feucht, es war nicht frei von Trockenfäule, es roch nach Ratten und es war das traurige Opfer jenes schwer zu beschreibenden Verfalls, der sich über alle Werke von Menschenhand legt, wenn sie nicht zum Nutzen des Menschen gebraucht werden. Die Küchen und Wirtschaftsräume waren viel zu groß und viel zu weit voneinander entfernt. Oben und unten lagen kilometerlange Korridore zwischen den Zimmern, und am Fuße der Hintertreppe verbarg sich ein verfallener, von Grün überwachsener alter Brunnen wie eine Mörderfalle unter der Doppelreihe der Glocken. Eine dieser Glocken hatte ein Schild, auf dem in verblichenen weißen Buchstaben, die sich von einem schwarzen Hintergrunde abhoben, »Master B.« stand. Dies, sagte man mir, war die Glocke, die am häufigsten läutete.

»Wer war Master B.?« fragte ich. »Weiß man, was er tat, während die Eule schrie?«

»Er läutete die Glocke«, sagte Ikey.

Die behende Geschicklichkeit, mit der dieser junge Mann

seine Pelzmütze nach der Glocke warf und sie so zum Läuten brachte, setzte mich ziemlich in Erstaunen. Es war eine laute, mißtönende Glocke, und ihr Klang berührte einen im höchsten Grade unangenehm. Die Aufschriften der anderen Glocken entsprachen den Zimmern, nach denen ihre Drähte führten, wie: »Gemäldezimmer«, »Doppelzimmer«, »Uhrenzimmer«, und so weiter. Als ich den Draht von Master B.s Glocke bis zu seinem Ausgangspunkt verfolgte, fand ich, daß dieser junge Gentleman in einer Kabine unter der Dachkammer eine äußerst mäßige, drittklassige Unterkunft gehabt haben mußte. In einer Ecke stand ein Kamin, dessen Größe entsprechend Master B. ein ganz kleines Kerlchen gewesen sein mußte, wenn es ihm je gelungen sein sollte, sich daran zu wärmen, und der Kaminsims in der Ecke sah wie eine pyramidenförmige Treppe für den kleinen Däumling aus. An der einen Wand war die Tapete gänzlich herabgefallen mitsamt einigen kleinen Stückchen Gips, die daran klebten, und die Tür war dadurch fast versperrt. Es hatte den Anschein, daß Master B. in seinem geisterhaften Zustand stets darauf erpicht war, die Tapete herunterzureißen. Doch konnte weder der Wirt noch Ikey eine Erklärung dafür geben, weshalb er sich so närrisch aufführte.

Abgesehen davon, daß das Haus einen ungeheuer großen, weitläufigen Dachboden hatte, konnte ich keine weiteren Entdeckungen machen. Es war leidlich gut, aber ziemlich dürftig möbliert. Einige Möbelstücke – etwa ein Drittel der ganzen Einrichtung – waren ebenso alt wie das Haus; der Rest stammte aus verschiedenen Zeitabschnitten des letzten halben Jahrhunderts. Man wies mich an einen Kornhändler auf dem Marktplatz der Grafschaftsstadt, um mit ihm wegen des Hauses zu verhandeln. Ich ging noch am selben Tag zu ihm und mietete es für sechs Monate.

Es war gerade Mitte Oktober, als ich mit meiner unverheirateten Schwester einzog. (Ich scheue mich nicht, ihr Alter von achtunddreißig Jahren anzugeben, denn sie ist sehr hübsch, gescheit und liebenswürdig.) Wir nahmen einen tauben Stallburschen mit, meinen Bluthund Türk, zwei Dienstmädchen und eine junge Person, die wir das »überzählige Mädchen« nannten. Ich habe Grund, von der letztgenannten Dienerin, die ein Waisenkind aus der Saint-Lawrence's-Union-Anstalt war, mitzuteilen, daß wir mit ihrer Anstellung einen unheilvollen Mißgriff getan hatten.

Der Herbst neigte sich seinem Ende zu, die Blätter fielen haufenweise, und es war ein rauher, kalter Tag, als wir einzogen. Die Düsterkeit des Hauses wirkte im höchsten Grade niederdrückend auf uns. Die Köchin (ein nettes Mädchen, aber mit einem etwas schwachen Verstand) brach beim Anblick der Küche in Tränen aus und bat, daß, im Falle ihr etwas zustieße, ihre silberne Uhr ihrer Schwester (Tuppintock's Gardens Nummer zwei, Ligg's Walk, Clapham Rise) übergeben werden sollte. Streaker, das Zimmermädchen, heuchelte gute Laune, war aber die größere Märtyrerin. Nur das »überzählige Mädchen«, das noch nie auf dem Land gewesen war, fühlte sich wohl und traf Vorbereitungen, um im Garten vor dem Küchenfenster eine Eichel zu stecken, aus der sie eine Eiche ziehen wollte.

Noch bevor die Dunkelheit hereinbrach, machten wir alle natürlichen – im Gegensatz zu den übernatürlichen – Plagen durch, die zu unserem Zustand gehörten. Entmutigende Berichte stiegen in dicken Schwaden wie Rauch aus dem Erdgeschoß nach oben und von dem oberen Stockwerk nach unten. Es gab keine Teigrolle, es gab keine Röstschaufel (worüber ich mich nicht wunderte, denn ich weiß ohnehin nicht recht, was das ist), es gab überhaupt nichts in dem Haus und was da war, war zerbrochen; die letzten Bewohner mußten wie die Schweine gelebt haben. Was dachte sich dieser Wirt bloß? Während all dieser Nöte blieb das überzählige Mädchen gutgelaunt und benahm sich musterhaft. Aber vier Stunden nach Einbruch der Dunkelheit waren wir bereits auf ein übernatürliches Geleise geraten, das überzählige Mädchen hatte »Augen« gesehen und lag in hysterischen Krämpfen.

Meine Schwester und ich waren übereingekommen, über die Spukgeschichte kein Wort verlauten zu lassen, und ich hatte den Eindruck (und habe ihn auch jetzt noch), daß ich Ikey, als er beim Ausladen des Wagens half, nicht eine Minute lang mit den Mädchen, oder einem von ihnen, allein gelassen hatte. Trotzdem hatte, wie ich sage, das überzählige Mädchen vor neun Uhr »Augen gesehen« (das war die einzige Erklärung, die aus ihr herauszubringen war), und um zehn war sie bereits mit so viel Essig eingerieben worden, wie zum Marinieren eines Lachses von hübschem Gewicht gereicht hätte.

Ich überlasse es einer verständnisvollen Leserschaft, sich meine Gefühle auszumalen, als unter diesen widrigen Umständen um halb elf Uhr Master B.s Glocke äußerst ungestüm zu läuten begann, während Türk heulte, daß das Haus von seinen Klagen widerhallte!

Ich will hoffen, daß ich nie wieder in einer so unchristlichen Gemütsverfassung sein werde, wie in der, in der ich in den nächsten Wochen in bezug auf das Gedächtnis des Masters B. lebte. Ob seine Glocke von Ratten, Mäusen, Fledermäusen, dem Wind oder durch irgendeinen anderen Zufall, oder ob sie bisweilen von dem einen, bisweilen von dem anderen und manchmal von mehreren zugleich geläutet wurde, das weiß ich nicht. Fest steht jedoch, daß sie in zwei von drei Nächten läutete, bis ich auf den glücklichen Einfall kam, Master B. den Hals umzudrehen – mit anderen Worten, seine Glocke einfach abzureißen – und diesen jungen Gentleman somit für immer zum Schweigen zu bringen.

Aber inzwischen hatte das überzählige Mädchen eine derartige Anlage zur Starrsucht entwickelt, daß es ein leuchtendes Beispiel dieser sehr unbequemen Krankheit geworden war. Es verfiel bei den unbedeutendsten Gelegenheiten in Starrheit. Ich hielt zum Beispiel eine durchdachte Ansprache an die Dienstboten und wies sie darauf hin, daß ich Master B.s Zimmer hätte streichen lassen und dadurch der Sache mit der Tapete ein Ende gemacht hätte, und daß ich ferner Master B.s Glocke hätte abnehmen lassen, wodurch das Läuten aufgehört hätte. Wenn sie also glauben könnten, daß dieser verflixte Junge nur gelebt hätte und gestorben wäre, um sich ein solches

Benehmen zuzulegen – könnten sie dann ebenfalls annehmen, daß ein bloßes armseliges menschliches Wesen wie ich imstande wäre, durch diese lächerlichen Mittel die Kräfte der körperlosen Geister zu hemmen und einzuschränken? So sprach ich, und meine Rede wurde nachdrücklich und zwingend, um nicht zu sagen selbstgefällig, als alles zu nichts wurde, weil das überzählige Mädchen plötzlich von den Zehen an aufwärts steif wurde und uns wie ein versteinertes Wesen anstarrte.

Auch das Zimmermädchen Streaker besaß eine Eigenheit, die dazu angetan war, einen in die größte Verwirrung zu versetzen. Ich kann nicht sagen, ob sie ein ungewöhnlich lymphatisches Temperament hatte oder was sonst mit ihr los war, aber dieses junge Mädchen wurde zu einem bloßen Destillierapparat der größten und durchsichtigsten Tränen, die mir je vorgekommen sind. Zu diesen charakteristischen Eigenschaften kam noch eine besondere Haftfähigkeit dieser Exemplare, so daß sie nicht herabfielen, sondern auf ihrem Gesicht und ihrer Nase hängenblieben. Wenn sie in dieser Verfassung vor mir stand und noch in einer still klagenden Art den Kopf schüttelte, konnte mich ihr Schweigen viel leichter umwerfen, als es dem bewundernswürdigen Crichton*) in einer Preisdisputation gelungen wäre. Auch die Köchin brachte mich stets gänzlich aus der Fassung, indem sie die Sitzung mit der Mitteilung schloß, daß das Haus ihr auf die Nerven ginge, und mit sanfter Stimme ihren letzten Wunsch in bezug auf ihre silberne Uhr wiederholte.

Was unser Leben bei Nacht angeht, so hatten wir uns untereinander mit Verdacht und Furcht angesteckt, und es gibt keine schlimmere Ansteckung unter dem Himmelszelt. Ein Weib in einer Kapuze? Nach den Berichten befanden wir uns in einem ganzen Kloster von Weibern in Kapuzen. Geräusche?

---

*) James Crichton, genannt »The Admirable«, »Der Bewundernswürdige«, war ein schottischer Gelehrter, der im Alter von zwanzig Jahren zwanzig Sprachen sprach und schrieb. Er lebte 1560 – 1583. (Anm. des Herausg.)

Von der Furcht des Gesindes angesteckt, habe ich selbst in dem ungemütlichen Wohnzimmer gesessen und gelauscht, bis ich so viele und so seltsame Geräusche hörte, daß sie mir das Blut hätten erstarren lassen, wenn ich es nicht erwärmt hätte, indem ich hinausstürzte, um Entdeckungen zu machen. Versucht dies einmal im Bett in der Stille der Nacht! Oder versucht es am Abend an eurem behaglichen Kamin! Wenn ihr wollt, so könnt ihr jedes Haus mit Geräuschen erfüllen, bis ihr für jeden Nerv in eurem Nervensystem ein Geräusch habt.

Ich wiederhole, wir hatten uns untereinander mit Verdacht und Furcht angesteckt, und es gibt keine schlimmere Ansteckung unter dem Himmelszelt. Die Mädchen, deren Nasenspitzen sich durch den Gebrauch von Riechsalz in einem chronischen Zustand der Abschürfung befanden, waren jeden Augenblick bereit, in Ohnmacht zu fallen. Die beiden älteren schickten das überzählige Mädchen auf alle Expeditionen, die als doppelt gefährlich angesehen wurden, allein aus, und dieses hielt stets den Ruf derartiger Abenteuer aufrecht, indem es erstarrt zurückkam. Wenn die Köchin oder das Hausmädchen nach Dunkelwerden auf den Boden ging, so wußten wir, daß wir in Kürze einen Fall gegen die Decke hören würden. Und das trat so regelmäßig ein, als ob ein Boxer angestellt worden wäre, um durch das Haus zu gehen und jedem ihm begegnenden Dienstboten eine Probe seiner Kunst zu kosten zu geben.

Es war vergebliche Mühe, etwas dagegen zu tun. Es nützte nichts, wenn man etwa im Augenblick selbst vor einer wirklichen Eule erschrocken war, die Eule hinterher zu zeigen. Es nützte nichts, durch den auffälligen Anschlag einer Dissonanz auf dem Piano die Entdeckung zu machen, daß Türk bei bestimmten Tönen und Tonkombinationen stets heulte. Es nützte nichts, ein Rhadamanth gegen die Glocken zu sein, und wenn eine unglückliche Glocke ohne Erlaubnis ertönte, sie unerbittlich abnehmen zu lassen und zum Schweigen zu bringen. Es nützte nichts, Kamine einzuheizen, mit Fackeln in den Brunnen hinabzuleuchten, verdächtige Zimmer und Winkel zu untersuchen. Wir wechselten die Dienstboten, aber es wurde nicht besser. Die neuen liefen davon, eine dritte Partie kam, aber es wurde nicht besser. Schließlich war unser behaglicher Haushalt so aus der Ordnung und in einem derartig jämmerlichen Zustand, daß ich eines Abends niedergeschlagen zu meiner Schwester sagte:

»Patty, ich beginne daran zu verzweifeln, daß wir Leute bekommen werden, die mit uns hier leben wollen, und ich denke, wir müssen das Haus aufgeben.«

Meine Schwester, die ein kolossal mutiges Mädchen ist, erwiderte:

»Nein, John, gib es nicht auf. Wirf die Flinte nicht ins Korn, John. Es gibt noch einen anderen Weg.«

»Und welchen?« fragte ich neugierig.

»John«, erwiderte meine Schwester, »wenn wir uns nicht schuldlos aus diesem Haus vertreiben lassen wollen, müssen wir uns selbst helfen und die Bewirtschaftung in unsere eigenen Hände nehmen.«

»Aber die Dienstboten«, wendete ich ein.

»Wir halten einfach keine Dienstboten mehr«, sagte meine Schwester kühn.

Wie die meisten Leute in meinem Stand hatte ich nie an die Möglichkeit gedacht, ohne diese treuen Hindernisse auszukommen. Als daher meine Schwester diesen Vorschlag machte, war mir die Idee so neu, daß ich eine sehr zweifelnde Miene aufsetzte.

»Wir wissen, daß sie hierherkommen, sich erschrecken lassen und einander mit ihrer Furcht anstecken«, sagte meine Schwester.

»Mit Ausnahme von Bottles«, bemerkte ich in nachdenklichem Ton.

(Bottles ist der taube Stallbursche. Ich hielt ihn in meinem Dienst und halte ihn noch heute darin, als ein Phänomen von mürrischem Wesen, wie man in ganz England kein zweites finden kann.)

»Ganz recht, John«, stimmte meine Schwester zu, »mit Ausnahme von Bottles. Und was beweist das? Bottles spricht mit niemandem und hört niemanden, wenn man ihm nicht direkt in die Ohren brüllt, und wann hat Bottles je Unruhe verursacht oder wegen irgend etwas Unruhe gezeigt! Niemals.«

Das war vollkommen richtig, denn das fragliche Individuum hatte sich jeden Abend um zehn Uhr in seine Kammer über der Wagenremise zurückgezogen, wo er keine andere Gesellschaft hatte als die einer Mistgabel und eines Eimers Wasser.

Daß der Eimer Wasser sich über mich entleeren und die Mistgabel durch mich hindurchstechen würde, falls ich mich ohne vorherige Ankündigung eine Minute nach dieser Zeit Bottles in den Weg stellen würde, das hatte ich mir als eine erinnerungswürdige Tatsache fest eingeprägt. Auch hatte Bottles niemals auch nur die geringste Notiz von einer der in letzter Zeit häufig bei uns auftretenden Unruhen genommen. In unerschütterlicher, schweigender Ruhe hatte er bei seinem Abendbrot gesessen, während Streaker neben ihm in Ohnmacht lag und das überzählige Mädchen zu Marmor wurde, und hatte lediglich eine weitere Kartoffel in seine Backe gesteckt oder sich die allgemeine Verwirrung zunutze gemacht, indem er nach der Beefsteak-Pastete langte.

»Und daher«, fuhr meine Schwester fort, »schließe ich Bottles auch aus. Und in Anbetracht dessen, John, daß das Haus zu groß und vielleicht auch zu einsam ist, als daß Bottles und wir beide es ordentlich besorgen könnten, mache ich den Vorschlag, daß wir unter unseren Freunden eine bestimmte Anzahl der zuverlässigsten und willigsten aussuchen – hier auf drei Monate eine Gemeinschaft bilden – uns gegenseitig bedienen – fröhlich und gesellig miteinander leben – und zusehen, was sich ereignen wird.«

Ich war derartig von meiner Schwester entzückt, daß ich sie auf der Stelle umarmte und mit größtem Eifer auf ihren Plan einging.

Wir befanden uns damals in der dritten Novemberwoche, trafen aber unsere Vorbereitungen so rasch und wurden dabei von den Freunden, zu denen wir Vertrauen hatten, so hilfreich unterstützt, daß sich schon in der vierten Woche des Monats unsere ganze Gesellschaft frohgemut in dem Spukhaus versammelte.

Ich will an dieser Stelle zwei kleine Veränderungen erwähnen, die ich vornahm, als ich noch allein mit meiner Schwester war. Da ich es nicht für unwahrscheinlich hielt, daß Türk zum Teil nur aus dem Grund nachts im Haus heulte, weil er hinauswollte, brachte ich ihn in seiner Hundehütte draußen unter. Ich legte ihn aber nicht an die Kette und warnte die Leute im Dorf ernsthaft, daß, wer ihm in die Quere käme, einen Biß am Hals zu erwarten hätte. Dann fragte ich Ikey bei Gelegenheit, ob er sich auf Flinten verstünde. Da er erwiderte: »Ja, Sir, ich erkenne eine gute Flinte, wenn ich sie sehe«, bat ich ihn, mit ins Haus zu kommen und sich meine einmal anzuschauen.

»Das ist eine richtige, Sir«, meinte Ikey, nachdem er eine doppelläufige Flinte untersucht hatte, die ich vor einigen Jahren in New York erstanden hatte. »Darüber kann es keinen Zweifel geben, Sir.«

»Ikey«, sagte ich, »erzählt niemandem davon, aber ich habe etwas in diesem Haus gesehen.«

»Nicht möglich, Sir!« flüsterte er und riß gierig seine Augen auf. »Eine Dame in einer Kapuze, Sir?«

»Keine bange«, sagte ich. »Es war eine Gestalt so ziemlich wie die Eure.«

»Du lieber Gott, Sir?«

»Ikey!« sagte ich, ihm warm, ja ich kann sogar sagen herzlich die Hand schüttelnd; »wenn an diesen Gespenstergeschichten etwas Wahres ist, so besteht der größte Dienst, den ich Euch erweisen kann, darin, auf diese Gestalt zu schießen. Und ich verspreche Euch beim Himmel und der Erde, ich werde es mit dieser doppelläufigen Flinte tun, wenn ich die Gestalt noch einmal sehe!«

Der junge Mann dankte mir und verabschiedete sich hastig, ohne noch ein Glas Likör annehmen zu wollen. Ich hatte ihm mein Geheimnis mitgeteilt, weil ich niemals ganz vergessen hatte, wie er damals seine Mütze nach der Glocke geworfen hatte. Bei einer anderen Gelegenheit hatte ich eines Abends, als sie zu läuten angefangen hatte, etwas, was einer Pelzmütze sehr ähnlich war, nicht weit von der Glocke liegen sehen. Auch hatte ich bemerkt, daß der Geisterspuk immer am heftigsten tobte, wenn er abends vorsprach, um die Dienstboten zu trösten. Doch will ich nicht ungerecht gegen Ikey sein. Er hatte Angst vor dem Haus und glaubte an den Spuk darin, und doch spielte er uns selbst Gespensterstreiche, sowie er nur eine Gelegenheit dazu bekam. Mit dem überzähligen Mädchen war es genau dasselbe. Sie ging mit einem Gefühl wirklicher Furcht im Haus umher und brachte doch absichtlich ungeheure Lügen vor. Sie erfand viele der erschreckenden Vorkommnisse, die sie verbreitete, selbst und viele Geräusche, die wir hörten, gingen auf sie selbst zurück. Ich hatte auf die beiden aufgepaßt und weiß das bestimmt. Es liegt hier keine Notwendigkeit für mich vor, diesen widersprüchlichen Geisteszustand zu erklären. Die Bemerkung mag genügen, daß das Phänomen jedem intelligenten Menschen bekannt ist, der in der Medizin, der Jurisprudenz oder auf anderen Gebieten mit offenen Augen genügende Erfahrungen gesammelt hat.

Doch nun zurück zu unserer Gesellschaft. Das erste, was wir taten, als wir alle versammelt waren, war, die Schlafzimmer auszulosen. Nachdem das geschehen und jedes Schlafzimmer, ja sogar das ganze Haus von der ganzen Versammlung genau untersucht worden war, verteilten wir die verschiedenen Haushaltspflichten unter uns, als wären wir eine Zigeunerbande oder eine Gesellschaft auf einer Jacht oder einer Jagdpartie oder ein Häuflein Schiffbrüchiger. Darauf erzählte ich die umlaufenden Gerüchte in bezug auf die Dame in der Kapuze, die Eule und Master B. und fügte einige, noch unbedeutendere, hinzu, die während unseres Aufenthalts im Haus aufgekommen waren, von einem komischen alten Gespenst weiblichen Geschlechts, zum Beispiel, das hinauf und hinab ging und den Geist eines runden Tischchens mit sich trug, und von einem unantastbaren Esel, den noch nie jemand hatte einfangen können. Ich bin überzeugt, daß unsere Leute unten einige von diesen Gerüchten einander in einer krankhaften Weise mitgeteilt hatten, ohne sie in Worte zu fassen. Wir riefen dann in tiefem Ernst einander als Zeugen dafür an, daß wir nicht hier waren, um uns täuschen zu lassen oder zu täuschen – was wir so ziemlich als das gleiche ansahen –, und daß wir mit echtem Verantwortungsgefühl aufrichtig zueinander sein und die volle Wahrheit herausfinden wollten. Es wurde ausgemacht, daß jeder, der in der Nacht ungewöhnliche Geräusche wahrnahm und ihren Ursprung herausfinden wollte, an meine Tür pochen sollte. Schließlich kamen wir noch überein, daß am Dreikönigsabend, dem letzten Abend des heiligen Weihnachtsfestes, alle unsere individuellen Erfahrungen seit der Stunde unseres ersten Zusammentreffens in dem Spukhaus zum allgemeinen Besten ans Licht gebracht werden sollten; bis dahin wollten wir Stillschweigen bewahren, ausgenommen wenn etwas ganz Besonderes eintrat, das uns nötigte, das Schweigen zu brechen.

Unsere Gesellschaft bestand der Anzahl und den Charakteren nach aus folgenden Mitgliedern:

Zuerst – um meine Schwester und mich gleich zu erledigen – waren wir zwei da. Bei der Verlosung hatte meine Schwester ihr eigenes Zimmer bezogen und ich das von Master B. Dann kam unser Vetter John Herschel, so benannt nach dem großen Astronomen, der, wie ich glaube, nicht seinesgleichen am Fernrohr hat. Er hatte seine Frau mitgebracht, ein reizendes Wesen, mit dem er im vorhergehenden Frühjahr getraut worden war. Ich hielt es (wie die Dinge lagen) für etwas unvorsichtig, sie mitzubringen, weil man nicht wissen kann, was selbst ein falscher Alarm zu einer solchen Zeit für Folgen haben kann. Aber ich vermute, er wußte selbst am besten, was er tat, und ich muß gestehen, wäre sie *meine* Frau gewesen, so hätte ich mich niemals von ihrem lieben, freundlichen Gesicht trennen können. Sie bezogen das Uhrenzimmer. Alfred Starling, ein äußerst liebenswürdiger junger Mensch von achtundzwanzig Jahren, für den ich die größte Sympathie hege, war in dem Doppelzimmer untergebracht, das sonst ich bewohnte. Es hatte diese Bezeichnung von einem darin enthaltenen Ankleideraum mit zwei großen plumpen Fenstern, die allen Pflöcken, die *ich* je zu verfertigen imstande war, widerstanden und bei jedem Wetter, windig oder nicht windig, klapperten. Alfred ist ein junger Mann, der »schneidig« zu sein vorgibt, aber viel zu gut und vernünftig für einen derartigen Unsinn ist. Er würde auch schon längst etwas Hervorragendes geleistet haben, wenn ihm sein Vater nicht unglücklicherweise ein kleines Renteneinkommen von zweihundert Pfund im Jahre hinterlassen hätte. Darauf gestützt, bestand seine einzige Beschäftigung im Leben darin, jährlich sechshundert auszugeben. Ich hege jedoch die Hoffnung, daß sein Bankier Bankrott machen oder sich auf eine Spekulation einlassen wird, die garantiert zwanzig Prozent einbringen soll. Denn ich bin überzeugt, daß sein Glück gemacht wäre, wenn er bloß ruiniert werden könnte. Belinda Bates, die Busenfreundin meiner Schwester und ein äußerst intelligentes, liebenswürdiges und reizendes Mädchen, bekam das Gemäldezimmer. Sie besitzt eine feine poetische Begabung, zusammen mit wirklichem Ernst, und »macht feste mit« – um einen Ausdruck Alfreds zu gebrauchen – bei der Frauenmission, den Frauenrechten, kurz, bei allem, was die Frauen betrifft und was entweder nicht existiert, aber existieren sollte, oder existiert und nicht existieren sollte.

»Das ist im höchsten Grade lobenswert von Ihnen, meine Liebe, und der Himmel schenke Ihnen Erfolg!« flüsterte ich ihr am ersten Abend zu, als ich an der Tür des Gemäldezimmers von ihr Abschied nahm. »Aber übertreiben Sie es nicht. Und was die große Notwendigkeit betrifft, den Frauen den Zugang zu mehr Berufen zu eröffnen als ihnen unsere Zivilisation bisher gestattet hat, so fallen Sie nicht über die unglücklichen Männer her, selbst nicht über diejenigen Männer, die Ihnen auf den ersten Blick im Weg zu sein scheinen, als wären sie die natürlichen Bedrücker Ihres Geschlechts. Denn, glauben Sie mir, Belinda, sie geben oft genug ihren Lohn für Frauen und Töchter, Schwestern, Mütter, Tanten und Großmütter aus, und das Spiel ist wirklich nicht ganz und gar Rotkäppchen und der Wolf, sondern es hat noch andere Seiten.«

Doch ich schweife ab.

Belinda, wie ich schon sagte, hatte das Bilderzimmer inne. Wir hatten bloß noch drei andere Zimmer: das Eckzimmer, das Schrankzimmer und das Gartenzimmer. Mein alter Freund Jack Governor hängte seine Hängematte, wie er sich ausdrückte, im Eckzimmer auf. Ich habe Jack stets als den schönsten Seemann angesehen, der je auf einem Segelschiff fuhr. Er ist jetzt grau, aber noch ebenso hübsch, wie er vor einem Vierteljahrhundert war – ja sogar noch hübscher. Ein stattlicher, fröhlicher, gutgebauter, breitschultriger Mann mit einem offenen Lächeln, glänzenden schwarzen Augen und dichten schwarzen Augenbrauen. Er ist überall gewesen, wo immer sein Namensvetter*) fliegt, und ich bin alten Schiffskameraden von ihm im Mittelmeer und auf der anderen Seite des Atlantischen Ozeans begegnet, deren Gesichter bei der zufälligen Erwähnung seines Namens aufleuchteten und die ausriefen:

»Sie sind mit Jack Governor bekannt? Dann kennen Sie einen Fürsten unter den Menschen!«

Und das ist er auch! Und dabei so unverkennbar Marineoffizier, daß Sie ihn auch noch für einen solchen hielten, wenn er mit Seehundsfellen bekleidet aus einer Eskimo-Schneehütte herausträte.

Jack hatte einst sein helles, klares Auge auf meine Schwester geworfen, aber schließlich doch eine andere Dame geheiratet und nach Südamerika mitgenommen, wo sie starb. Das ist schon zwölf Jahre oder länger her. Er brachte ein kleines Fäßchen Pökelrindfleisch mit in unser Spukhaus, denn er ist seit jeher der Überzeugung, daß alles Pökelrindfleisch, das er nicht selbst in Salz gelegt hat, bloßes Aas ist, und er packt deshalb stets, wenn er nach London geht, ein Stück davon in seinen Koffer. Er hatte sich auch von selbst erboten, einen gewissen »Nat Beaver« mitzubringen, einen alten Kameraden von ihm, der Kapitän eines Kauffahrers ist. Mr. Beaver, von

---

*) Der »Union-Jack«, die englische Nationalflagge.

Gesicht und Gestalt vierschrötig und wie aus Holz geschnitzt und anscheinend am ganzen Körper so hart wie ein Eichenklotz, erwies sich als ein intelligenter Mensch mit einer Unmenge Erfahrungen auf dem Wasser und großen praktischen Kenntnissen. Bisweilen war eine sonderbare Nervosität an ihm zu bemerken, offenbar die noch nicht ganz überwundene Folge einer früheren Krankheit; jedoch dauerte das selten mehr als ein paar Minuten lang. Er erhielt das Schrankzimmer und schlief dort neben Mr. Undery, meinem Freund und Rechtsanwalt. Dieser, der der beste Whistspieler im ganzen Anwaltsverzeichnis ist, war unserer Einladung als Amateur gefolgt, »um die Sache abzumachen«, wie er sich ausdrückte.

Ich habe mich in meinem ganzen Leben niemals glücklicher gefühlt, und ich glaube, den anderen ging es genauso. Jack Governor, der in jeder Lage die wunderbarsten Fähigkeiten zu entwickeln versteht, war Küchenchef und stellte einige der besten Gerichte her, die ich je gegessen habe; unter anderem unvergleichliche Ragouts. Meine Schwester hatte die Pasteten und das Zuckerzeug zu besorgen. Starling und ich waren Küchenmaate und hatten den Bratspieß um und um zu drehen, und bei besonderen Gelegenheiten »preßte« der Küchenchef den Mr. Beaver. Wir trieben viel Sport im Freien und machten weite Spaziergänge, aber deshalb wurde im Haus nichts vernachlässigt. Es gab keine Mißverständnisse oder üble Laune zwischen uns, und unsere Abende waren so schön, daß wir jeden Tag guten Grund hatten, einen Widerwillen gegen das Zubettgehen zu empfinden.

Zu Anfang gab es nachts einige Male Unruhe. In der ersten Nacht klopfte mich Jack wach. Er hielt eine wunderbare Schiffslaterne in der Hand und teilte mir mit, daß er »nach dem Flaggenkopf hinaufgehe«, um den Wetterhahn abzunehmen. Die Nacht war stürmisch, und ich erhob deshalb Einwände. Aber Jack machte mich darauf aufmerksam, daß der Wetterhahn einen Ton wie einen Verzweiflungsschrei von sich gäbe, und meinte, daß jemand in kurzer Zeit »Ein Geist!« rufen würde, wenn es nicht geschähe. So stiegen wir denn, von Mr.

Beaver begleitet, auf das Hausdach, wo mich der Wind fast umblies. Dort krabbelte Jack, mit seiner Laterne und allem Zubehör, Mr. Beaver im Gefolge, bis auf die Spitze einer etwa zwei Dutzend Fuß über den Schornsteinen gelegenen Kuppel, wo er, auf nichts weiter stehend, in aller Gemütsruhe den Wetterhahn umhieb, bis sie beide infolge des Windes und der Höhe so gute Laune bekamen, daß ich dachte, sie würden niemals wieder heruntersteigen. In einer anderen Nacht zogen sie wieder aus und nahmen einen Schornsteinhut ab. Ein andermal schnitten sie ein schluchzendes und glucksendes Wasserrohr ab. In einer anderen Nacht fanden sie wieder etwas anderes. Bei verschiedenen Gelegenheiten fielen sie beide zu gleicher Zeit mit der größten Gemütsruhe aus ihren Schlafzimmerfenstern hinaus, indem sie eine Hand über der anderen an ihren Bettdecken hinabkletterten, um etwas Geheimnisvolles im Garten »zu überholen«.

Die zwischen uns getroffene Abmachung wurde getreulich eingehalten, und niemand machte irgendwelche Enthüllungen. Alles, was wir wußten, war, daß, wenn es wirklich in einem Zimmer spukte, noch niemand deshalb schlechter aussah.

Zweites Kapitel

Der Geist in Master B.s Zimmer

Als ich die dreieckige Dachkammer bezog, die in einen so hervorragenden Ruf gekommen war, wandten sich meine Gedanken natürlicherweise Master B. zu, und ich fühlte mich recht unbehaglich dabei. Ob sein Vorname wohl Benjamin, Bartholomew oder Bill sei. Ob andererseits der Anfangsbuchstabe etwa zu seinem Familiennamen gehöre und dieser Baxter, Black, Brown, Barker, Buggins, Baker oder Bird sei. Ob er ein Findling und B. getauft worden war. Ob er ein besonders mutiger Junge gewesen und B. eine Abkürzung für Brite oder Bulle sei.

Mit diesen nutzlosen Grübeleien quälte ich mich viel herum. Ich brachte den geheimnisvollen Buchstaben auch mit der Erscheinung und den Beschäftigungen des Verstorbenen in Verbindung. Ich dachte darüber nach, ob er sich in Blau kleidete, ob er ein braver Junge war, ob er Bücher liebte, beim Billardspiel tüchtig oder im Boxen geschickt war, oder ob er nach Bognor, Bangor, Bournemouth, Brighton oder Broadstairs in Kur zu fahren pflegte.

So war ich von Anfang an von dem Buchstaben B besessen.

Es dauerte nicht lange, bis ich bemerkte, daß ich zwar nie und unter keinen Umständen von Master B. oder von etwas, was mit ihm zusammenhing, träumte. Aber in demselben Augenblick, in dem ich zu irgendeiner Stunde der Nacht aus dem Schlaf erwachte, hängten sich meine Gedanken an ihn und begannen nach etwas zu suchen, was zu seinem Anfangsbuchstaben passen und diesem endlich eine bestimmte Stelle anweisen könnte.

Sechs Nächte lang hatte ich mich so in Master B.s Zimmer abgequält, als ich anfing zu merken, daß nicht alles so war, wie es sein sollte.

Die erste Erscheinung, die sich einstellte, kam am frühen Morgen, als es eben erst Tag geworden war. Ich stand vor meinem Spiegel und rasierte mich, als ich zu meiner Verwunderung und Verblüffung plötzlich die Entdeckung machte, daß ich nicht *mich* rasierte – ich bin ein Mann von fünfzig Jahren – sondern einen Knaben. Offenbar Master B.!

Ich blickte zitternd über meine Schulter; doch da war nichts. Ich sah wieder in den Spiegel und unterschied deutlich die Züge und den Gesichtsausdruck eines Knaben, der sich rasierte, nicht um einen Bart loszuwerden, sondern um einen zu bekommen. Im höchsten Grade beunruhigt, ging ich ein paarmal im Zimmer auf und ab und kehrte dann zu dem Spiegel zurück, fest entschlossen, mit ruhiger Hand die Tätigkeit, bei der ich gestört worden war, zu Ende zu bringen. Ich öffnete die Augen, die ich einen kurzen Augenblick geschlossen hatte, um mich zu sammeln, und begegnete jetzt im Spiegel den Augen eines jungen Mannes von vier- oder fünfundzwanzig Jahren, der mir gerade ins Gesicht blickte. Durch dieses neue Gespenst erschreckt, schloß ich die Augen wieder und suchte mit äußerster Anstrengung meine Fassung wiederzugewinnen. Als ich abermals aufblickte, sah ich im Spiegel meinen schon längst verstorbenen Vater, wie er seine Wange rasierte. Ja, ich sah sogar meinen Großvater daneben, den ich in meinem ganzen Leben nie gesehen hatte.

Obwohl ich begreiflicherweise durch diese seltsamen Heimsuchungen sehr beunruhigt war, beschloß ich doch, das Geheimnis bis zu der für die allgemeine Eröffnung bestimmten Zeit zu wahren. Von einer Menge sonderbarer Gedanken bewegt, zog ich mich an diesem Abend auf mein Zimmer zurück. Ich war auf eine Gespenstererscheinung gefaßt und hatte mich darin auch nicht getäuscht, denn wer beschreibt meine Gefühle, als ich, Punkt zwei Uhr morgens aus einem unruhigen Schlaf erwachend, die Entdeckung machte, daß ich mein Bett mit dem Skelett des Master B. teilte!

Ich fuhr empor, das Skelett ebenfalls. Da hörte ich, wie eine klagende Stimme sprach: »Wo bin ich? Was ist aus mir geworden?« Ich blickte scharf in die Richtung, aus der die Töne kamen, und sah den Geist von Master B.

Das junge Gespenst war altmodisch gekleidet; das heißt, es war vielmehr in ein Futteral von minderwertigem pfeffer-und-salz-farbenen Tuch gesteckt, das durch glänzende Knöpfe ein schreckliches Aussehen erhielt. Ich bemerkte, daß diese Knöpfe in doppelter Reihe über die Schultern des jungen Geistes und, wie es den Anschein hatte, auch seinen Rücken hinunterliefen. Um den Hals trug er eine Hemdkrause. Seine rechte Hand (an der ich deutlich Tintenflecke wahrnahm) lag auf seinem Magen; und aus dieser Gebärde sowie einigen kleinen Pusteln auf seinem Gesicht und seinem allgemeinen schlechten Aussehen schloß ich, daß dieser Geist der Geist eines Jungen war, der gewohnheitsmäßig viel zuviel Medizin eingenommen hatte.

»Wo bin ich?« sagte das kleine Gespenst mit rührender Stimme. »Und weshalb wurde ich in den Kalomel-Tagen geboren, und warum wurde mir diese Menge Kalomel eingegeben?«

Ich erwiderte mit aller Aufrichtigkeit, daß ich es ihm bei meinem Seelenheil nicht sagen könnte.

»Wo ist meine kleine Schwester?« fragte der Geist. »Und mein engelgleiches kleines Weibchen und der Junge, mit dem ich zur Schule ging, wo sind sie?«

Ich bat den Geist, sich zu trösten und vor allem sich über den Verlust des Jungen zu fassen, mit dem er zur Schule ging. Ich bat ihn zu bedenken, daß, nach menschlicher Erfahrung zu urteilen, es sich wahrscheinlich niemals herausstellen würde, daß aus diesem Jungen, wenn man ihn entdeckte, etwas Gutes geworden war. Ich erzählte ihm, daß ich mich selbst mit einigen Jungen, mit denen ich zur Schule gegangen war, in späteren

Jahren in Verbindung zu setzen versucht hatte, daß aber nicht einer von ihnen auch nur geantwortet hatte. Ich drückte meine bescheidene Überzeugung aus, daß dieser Junge überhaupt niemals antworten würde. Ich stellte ihm vor, daß er eine Sagengestalt, eine Täuschung und ein Fallstrick sei. Ich erzählte, wie ich das letztemal, als ich diesem Jungen begegnete, ihn bei einer Gesellschaft beim Diner fand, hinter einer Mauer von weißen Krawatten verschanzt, mit einer unvernünftigen Meinung über alle möglichen Dinge und einer geradezu titanenhaften Fähigkeit schweigsamer Langeweile. Ich berichtete, wie er, auf die Tatsache gestützt, daß wir beim »alten Doylance« zusammen in der Schule gesessen hatten, sich bei mir zum Frühstück eingeladen hatte, was eine gesellschaftliche Beleidigung ersten Ranges gewesen war. Die schwach glühende Asche meines Glaubens an Doylances Jungen anfachend, hatte ich ihn hereingelassen, und es stellte sich heraus, daß er ein fürchterlicher Erdenwanderer war, der die Rasse Adams mit unerklärbaren Begriffen in bezug auf das umlaufende Geld verfolgte. Sein Tick war, die Bank von England müsse bei Strafe der Abschaffung auf der Stelle Gott weiß wie viele tausend Millionen von Zehn-Pfund-und-sechs-Pence-Banknoten drucken lassen und in Verkehr bringen.

Der Geist hörte schweigend zu und blickte starr vor sich hin.

»Barbier!« redete er mich schließlich an, als ich geendet hatte.

»Barbier?« wiederholte ich – denn ich bin nicht von dieser Zunft.

»Verdammt«, sagte der Geist, »eine ständig wechselnde Kundschaft zu rasieren – bald mich – bald einen jungen Mann – bald dich selbst, wie du bist – bald deinen Vater – bald deinen Großvater; verdammt ferner, sich allnächtlich mit einem Skelett zu Bett zu legen und an jedem Morgen damit aufzustehen...«

(Ein Schauder überlief mich, als ich diese unheilvolle Ankündigung vernahm.)

»Barbier! Verfolge mich!«

Ich hatte, selbst bevor noch diese Worte gesprochen worden waren, ein Gefühl gehabt, die Erscheinung verfolgen zu müssen. Ich tat es augenblicklich und befand mich nicht mehr in Master B.s Zimmer.

Es ist den meisten Menschen bekannt, was für lange und ermüdende Nachtreisen den Hexen, die Geständnisse ablegten, aufgezwungen waren. Ich behaupte, daß ich während meines Aufenthaltes in Master B.s Zimmer von dem Geist, der darin spukte, auf Expeditionen mitgenommen wurde, die so lang und abenteuerlich waren wie nur eine von diesen Hexenfahrten. Freilich wurde ich keinem schäbigen alten Mann mit Ziegenhörnern und Schwanz vorgestellt, der gesellschaftlichen Empfänge, ebenso stumpfsinnig wie die des wirklichen Lebens und nur weniger anständig, abhielt. Aber ich traf auf andere Dinge, die mir mehr Bedeutung zu haben schienen.

In der Zuversicht, daß man mir meine Worte glauben wird, erkläre ich ohne Zögern, daß ich dem Geist beim erstenmal auf einem Besenstiel und später auf einem Schaukelpferd folgte. Sogar den Geruch der Farbe des Tieres – besonders als ich diesen durch meine Körperwärme hervorbrachte – kann ich beschwören. Ein andermal folgte ich dem Geist in einer Mietsdroschke. Die gegenwärtig lebende Generation ist zwar mit dem besonderen Geruch dieses Vehikels nicht mehr vertraut, aber ich bin wieder bereit, darauf zu schwören. Er setzt sich zusammen aus Stallduft, dem Geruch eines räudigen Hundes und dem eines sehr alten Blasebalgs. (Ich appelliere an die ältere Generation, mir das zu bestätigen oder zu widerlegen.) Ich verfolgte die Erscheinung ferner auf einem Esel ohne Kopf, zum mindesten auf einem Esel, den der Zustand seines Magens so interessierte, daß sein Kopf stets da unten war, um ihn zu untersuchen; dann auf Ponys, die ausdrücklich dazu geboren waren, hinten auszuschlagen; dann auf Karussells und Schaukeln von Jahrmärkten; dann in dem ersten Cab, einer anderen vergessenen Einrichtung, in der der Fahrgast regelrecht zu Bett gebracht und mit dem Kutscher zusammen zugedeckt wurde.

Um den Leser nicht mit einem ins einzelne gehenden Bericht von allen meinen Reisen, die ich bei der Verfolgung von Master B. unternahm, zu langweilen – sie waren länger und wunderbarer als diejenigen Sindbad des Seefahrers –, will ich mich darauf beschränken, eine davon wiederzugeben, nach der sich der Leser von vielen einen Begriff machen kann.

Ich war in wunderbarer Weise verwandelt. Ich war ich selbst und doch nicht ich selbst. Ich hatte das Bewußtsein von etwas in mir, das mein ganzes Leben hindurch das gleiche geblieben ist und das ich in allen seinen Perioden und bei allem Wechsel der Ereignisse als stets unveränderlich erkannt habe, und doch war ich nicht das Ich, das in Master B.s Zimmer zu Bett gegangen war. Ich besaß das glätteste aller Gesichter und die kürzesten aller Beine, und ich hatte ein zweites Wesen, das mir glich, ebenfalls mit dem glättesten aller Gesichter und den kürzesten aller Beine, hinter eine Tür gezogen und machte ihm in aller Heimlichkeit einen Vorschlag der verblüffendsten Art.

Dieser Vorschlag bestand darin, daß wir uns einen Harem zulegen wollten.

Der andere stimmte eifrig zu. Sein Begriff von Schicklichkeit war ebensowenig ausgeprägt wie der meine. Es war allgemein Brauch im Osten, es war die Gewohnheit des guten Kalifen Harun al Raschid (wie duftet doch der Name nach süßen Erinnerungen!), es war eine höchst lobens- und nachahmenswerte Sitte.

»O ja!« sagte der andere mit einem Luftsprung. »Wir wollen uns einen Harem zulegen.«

Wir hegten nicht den leisesten Zweifel an dem verdienstvollen Charakter der orientalischen Einrichtung, die wir zu importieren gedachten. Daß wir sie vor Miß Griffin geheimhalten wollten, geschah nur deshalb, weil wir Miß Griffin als bar jeder menschlichen Symphathie kannten und wußten, daß ihr jedes Verständnis für die Größe des großen Kalifen Harun abging. Als ein Geheimnis, das vor Miß Griffin in undurchdringliche Schleier gehüllt war, wollten wir es nun Miß Bule anvertrauen.

Wir waren unserer zehn in Miß Griffins Anstalt bei Hampstead Ponds; acht Damen und zwei Herren. Miß Bule, die, wie ich denke, das reife Alter von acht oder neun Jahren erreicht hatte, spielte die tonangebende Rolle in der Gesellschaft. Ich eröffnete ihr die Angelegenheit im Laufe des Tages und schlug ihr vor, daß sie die Favoritin werden sollte.

Miß Bule hatte erst einige Bedenken zu überwinden, wie dies ja ihrem anbetungswürdigen Geschlecht so natürlich ist und so reizend steht, und erklärte dann, sie sei von dem Vorschlag höchst schmeichelhaft berührt, möchte aber zuvor darüber aufgeklärt sein, wie für Miß Pipson gesorgt werden sollte. Es war allgemein bekannt, daß Miß Bule und diese junge Dame sich auf dem Gebetbuch, vollständig in zwei Bänden mit Etui und Schloß, Freundschaft bis zum Tode, alles miteinander zu teilen und kein Geheimnis voreinander zu haben gelobt hatten. So sagte Miß Bule jetzt, sie könne es als Freundin von Pipson nicht vor sich selbst oder vor mir verbergen, daß Pipson nicht eine aus der großen Masse war.

Da Miß Pipson nun blonde Locken und blaue Augen besaß (dies war mein Begriff von etwas Weiblichem, das man schön nennen konnte), so erwiderte ich unverzüglich, daß ich Miß Pipson als eine schöne Tscherkessin ansähe.

»Und was dann?« fragte Miß Bule gedankenvoll.

Ich antwortete, daß sie, von einem Kaufmann verleitet, verschleiert zu mir gebracht und als Sklavin angekauft werden müsse.

(Meinem Gefährten war bereits die zweite männliche Stellung im Staate zugefallen und er war für das Amt des Großwesirs bestimmt. Er sträubte sich zunächst zwar gegen diese Einteilung, aber einiges Ziehen an den Haaren machte ihn nachgiebig.)

»Werde ich nicht Anlaß zur Eifersucht haben?« fragte Miß Bule und schlug die Augen nieder.

»O nein«, erwiderte ich. »Du wirst immer die Favoritin des Sultans sein; die erste Stelle in meinem Herzen und auf meinem Throne wird stets dir gehören.«

Auf diese Versicherung hin erklärte sich Miß Bule bereit, die Sache ihren sieben schönen Gefährtinnen vorzulegen. Im Laufe des Tages fiel mir noch ein, daß wir, wie wir alle wußten, einem gutmütigen, ewig grinsenden Burschen namens Tabby vertrauen konnten. Er war der Arbeitssklave im Hause, hatte eine Gestalt wie ein Bett, und sein Gesicht war stets mehr oder weniger schwarz berußt. Über ihn ließ ich nach dem Abendbrot einen kleinen Zettel in Miß Bules Hand gleiten; ich wies darin auf den Ruß hin, der sein Gesicht zierte, und meinte, dieser sei ihm von dem Finger der Vorsehung zuteil geworden, die ihn damit als Mesrur, den berühmten Obersten der Haremseunuchen, habe kennzeichnen wollen.

Es traten Schwierigkeiten bei der Bildung der erstrebten Einrichtung auf, wie es bei allen Plänen geht. Mein Gefährte erwies sich als ein Mensch von niedriger Gesinnung, und als sein Streben nach dem Thron mißlungen war, gab er vor, es bereite ihm Gewissensnöte, sich vor dem Kalifen zu Boden werfen zu müssen. Auch wollte er ihn nicht Herrscher der Gläubigen nennen, sprach in herabsetzender und unlogischer Weise von ihm als von einem bloßen »Burschen«, sagte er, der Gefährte, »wolle nicht mitspielen« – spielen! –, und war noch auf andere Art roh und aufsässig. Dieses gemeine Benehmen wurde ihm jedoch durch den allgemeinen Unwillen eines vereinten Harems ausgetrieben.

Dieses Lächeln konnte mir aber nur dann zuteil werden, wenn Miß Griffin anderswohin blickte, und auch dann blieb äußerste Vorsicht angebracht. Es ging nämlich die Sage unter den Anhängern des Propheten, daß sie mit einem kleinen runden Ornament auf der hinteren Seite ihres Schals sehen konnte. Aber täglich nach dem Mittagessen waren wir alle eine Stunde lang beisammen, und dann wetteiferten die Favoritin und die übrigen Insassen des Königlichen Harems, welche dem erhabenen Harun am besten die Zeit vertreiben könnte, während er von den Staatssorgen ausruhte. Diese waren gewöhnlich arithmetischer Natur, da der Herrscher der Gläubigen ein furchtbarer Stümper im Rechnen war.

Bei diesen Gelegenheiten war der treue Mesrur, der Oberste der Haremseunuchen, stets anwesend (während gewöhnlich Miß Griffin zu gleicher Zeit mit großer Heftigkeit nach diesem Beamten läutete), aber er benahm sich niemals in einer Weise, die seinem geschichtlichen Ruf Ehre gemacht hätte. Erstens brachte er stets einen Besen in die Gemächer des Kalifen mit, selbst wenn Harun das rote Gewand des Zornes (Miß Griffins Umhang) um seine Schultern trug; und wenn man sich auch für den Augenblick damit abfinden konnte, so konnte es doch niemals in völlig befriedigender Weise erklärt werden. Zweitens war es weder orientalisch noch respektvoll, daß er bisweilen in grinsende Rufe ausbrach: »Herrje, ihr hübschen Kinder!« Drittens, wenn man ihm genau einschärfte, »Bismilla!« zu sagen, sagte er stets »Halleluja!« Dieser Beamte war, ganz im Gegensatz zu seiner Klasse, viel zu gutmütig, hielt seinen Mund viel zu weit offen, gab seine Zustimmung viel zu häufig zu erkennen und ging sogar einmal so weit – es war beim Kauf der schönen Tscherkessin für fünfhunderttausend Goldbörsen, und das war noch billig –, die Sklavin, die Favoritin und den Kalifen alle nacheinander in die Arme zu schließen. (Nebenbei gesagt, Gott segne Mesrur, und mögen ihm Söhne und Töchter beschert gewesen sein, die an seiner liebevollen Brust ruhten und ihm manchen harten Tag versüßten!)

Miß Griffin war ein Muster von Wohlanständigkeit, und ich kann mir die Gefühle der tugendhaften Frau kaum ausmalen, wenn sie gewußt hätte, daß sie beim Spaziergang auf der Hampstead Road, wo wir zwei und zwei hinter ihr hergingen, mit stolzem Schritt an der Spitze von Polygamie und Mohammedanertum dahinwandelte. Eine geheimnisvolle und schreckliche Freude erfüllte uns, wenn wir die nichtsahnende Miß Griffin betrachteten, und wir hatten das grimmige Bewußtsein einer furchtbaren Macht, die darin lag, daß wir etwas wußten, was Miß Griffin (die alles wußte, was aus Büchern gelernt werden konnte) unbekannt war. Und ich bin überzeugt, daß diese Gefühle der Hauptgrund dafür waren, daß unser Geheimnis gewahrt wurde. Wir hielten in bewundernswerter

Weise unseren Mund, aber einmal hätten wir uns doch beinahe selbst verraten. Es war an einem Sonntag, als sich das gefahrvolle Ereignis und die glückliche Errettung daraus zutrug. Wir waren alle zehn auf einem gut sichtbaren Platz der Kirchenempore in einer Reihe, mit Miß Griffin an der Spitze, untergebracht – wir dienten jeden Sonntag in dieser Weise als eine unweltliche Reklame für die Anstalt –, als gerade vorgelesen wurde, welch glanzvolles häusliches Leben Salomo geführt hatte. Bei dieser Beschreibung flüsterte mir mein Gewissen zu: »Auch du, Harun!« Der amtierende Geistliche hatte ein Schielauge, und dieses unterstützte mein schlechtes Gewissen, indem es den Anschein erweckte, als richte er die Predigt an mich persönlich. Ich fühlte, wie ich brennend rot wurde und mir der Schweiß am ganzen Körper ausbrach. Der Großwesir war mehr tot als lebendig, und der ganze Harem errötete, so als schiene die untergehende Sonne Bagdads gerade auf die lieblichen Gesichter der Damen. In diesem gefahrdrohenden Augenblick erhob sich die schreckliche Griffin und musterte die Kinder des Islams mit finsterem Ausdruck. Ich hatte den Eindruck, daß Staat und Kirche mit Miß Griffin eine Verschwörung eingegangen waren, um uns bloßzustellen, und daß wir alle in weiße Hemden gesteckt und im Mittelschiff an den Pranger gestellt werden würden. Aber so westlich – wenn ich mich dieses Ausdrucks als Gegensatz zu östlichen Begriffen bedienen darf – war Miß Griffins Rechtlichkeitsgefühl, daß ihr Verdacht lediglich auf Äpfel ging; und das war unsere Rettung.

Ich sprach davon, daß Einigkeit im Harem bestand. Freilich über einen einzigen Punkt gab es unter seinen unvergleichlichen Insassen eine Meinungsverschiedenheit, und zwar darüber, ob der Herrscher der Gläubigen ein Kußrecht in diesem Heiligtum des Palastes ausüben durfte. Sobeïde (Miß Bule) behauptete, daß die Favoritin dann ihrerseits das Recht hätte, zu kratzen, und die schöne Tscherkessin steckte ihr Gesicht in ein grünes Futteral, das ursprünglich für Bücher bestimmt war. Andererseits hatte eine junge Antilope von überirdischer

Schönheit viel weitherzigere Anschauungen. Sie stammte aus den fruchtbaren Ebenen von Camden Town, von wo sie durch Kaufleute in der Karawane mitgebracht worden war, die jedes halbe Jahr nach den Ferien die dazwischenliegende Wüste durchquerte. Die Schöne machte es aber zur Bedingung, daß die Wohltat dieses Rechts auf jenen Hund und Sohn eines Hundes, den Großwesir, beschränkt bleiben sollte. Dieser aber hatte keine Rechte und kam nicht in Frage. Schließlich wurde die Schwierigkeit durch einen Kompromiß gelöst, indem eine sehr jugendliche Sklavin als Stellvertreterin bestimmt wurde. Diese nahm, auf einen Stuhl gestellt, offiziell die Begrüßungen entgegen, die der gnädige Harun anderen Sultaninnen zugedacht hatte, und wurde dafür aus den Koffern der Haremsdamen privatim entschädigt.

Aber jetzt, als ich auf der höchsten Höhe meines Glücks angelangt war, begannen mich schwere Sorgen heimzusuchen. Ich dachte an meine Mutter, und was sie wohl sagen würde, wenn ich in den Sommerferien acht der schönsten der Menschentöchter, aber alle ganz unerwartet, mit nach Hause bringen würde. Ich dachte an die Anzahl von Betten, die es in unserem Haus gab, an das Einkommen meines Vaters und an den Bäcker, und meine Verzweiflung wurde noch einmal so groß. Der Harem und der boshafte Wesir, die den Grund der unglücklichen Gemütsstimmung ihres Gebieters errieten, taten ihr Äußerstes, um sie zu verschlimmern. Sie versicherten ihn ihrer unbegrenzten Treue und erklärten, daß sie mit ihm leben und sterben wollten. Durch diese Kundgebungen der Anhänglichkeit in die schlimmste Verzweiflung versetzt, lag ich stundenlang wach und grübelte über meine entsetzliche Lage nach. Ich glaube, ich hätte in meiner Not die erste beste Gelegenheit ergriffen, um vor Miß Griffin auf die Knie zu fallen, meinen salomonischen Lebenswandel zu gestehen und sie zu bitten, mit mir nach den beleidigten Gesetzen meines Vaterlandes zu verfahren, wenn sich mir nicht auf einmal ein unerwarteter Weg der Rettung gezeigt hätte.

Eines Tages gingen wir wie immer zu zwei und zwei

spazieren. Bei diesen Gelegenheiten hatte der Wesir die Weisung, sein Augenmerk auf den Jungen am Schlagbaum zu haben, und wenn er (was er stets tat) die Haremsschönheiten respektlos anstarrte, dafür zu sorgen, daß er in der Nacht mit der seidenen Schnur erdrosselt würde. An diesem Tag waren unsere Herzen von Trauer erfüllt, denn eine ganz unbegreifliche Handlungsweise der Antilope hatte den Staat in Schande gebracht. Dieses reizende Wesen hatte am Tag zuvor vorgegeben, daß es ihr Geburtstag wäre und daß sie zu einer Feier unermeßliche Schätze in einem Eßkorb erhalten hätte. Auf diese Behauptungen hin, die beide ganz grundlos waren, hatte sie heimlich, aber äußerst dringend fünfunddreißig Prinzen und Prinzessinnen aus der Nachbarschaft zu einem Souper mit Ball eingeladen und hatte dabei besonders ausgemacht, daß »bis zwölf nicht abgeholt werden« sollte. Dieser phantastische Einfall der Antilope hatte die Folge, daß sich zur allgemeinen Überraschung an der Tür von Miß Griffins Haus eine zahlreiche Gesellschaft in großer Toilette einfand. Die Gäste wurden auf der obersten Stufe der Haustreppe, von freudiger Erwartung erfüllt, niedergesetzt und mußten darauf in Tränen wieder den Heimweg antreten. Als die Doppelschläge, die zu diesen Zeremonien gehörten, zu ertönen begannen, hatte sich die Antilope in ein Dachstübchen auf der Hinterseite des Hauses zurückgezogen und eingeschlossen. Miß Griffin aber war bei jedem Doppelschlag, der die Ankunft neuer Gäste ankündigte, immer mehr außer sich geraten, so daß man zuletzt beobachtet hatte, wie sie sich das Haar raufte. Die schließliche Kapitulation der Übeltäterin hatte ihre Isolierung im Wäscheschrank bei Wasser und Brot zur Folge, und alle Insassen des Hauses bekamen eine Vorlesung von strafender Länge zu hören. Miß Griffin sagte darin: erstens, »ich glaube, daß ihr alle darum gewußt habt«; zweitens, »jeder einzelne unter euch ist ebenso schlecht wie der andere«; drittens nannte sie uns »einen Haufen kleiner Bösewichte«.

Unter diesen Umständen gingen wir niedergeschlagen dahin, und besonders ich fühlte mich von meinen muselmännischen

Verpflichtungen schwer bedrückt und befand mich in einer äußerst trübseligen Stimmung. Auf einmal sprach ein fremder Mann Miß Griffin an, und nachdem er kurze Zeit, in ein ernsthaftes Gespräch vertieft, an ihrer Seite dahingeschritten war, warf er einen Blick auf mich. In der Annahme, daß er ein Häscher des Gerichts wäre und meine Stunde geschlagen hätte, lief ich sporenstreichs davon, mit der Absicht, Ägypten zu erreichen.

Die Damen des Harems schrien sämtlich auf, als sie mich davonlaufen sahen, so schnell mich meine Beine tragen wollten (ich hegte die Vorstellung, daß der erste Seitenweg links und dann am Wirtshaus vorbei der kürzeste Weg nach den Pyramiden sein würde), Miß Griffin rief hinter mir her, der treulose Wesir lief mir nach, und der Junge am Schlagbaum drängte mich wie ein Schaf in eine Ecke und schnitt mir den Weg ab. Niemand schalt mich, als ich ergriffen und zurückgebracht worden war; Miß Griffin sagte bloß mit verblüffender Milde, dies wäre doch sehr seltsam! Weshalb wäre ich denn davongelaufen, als der Gentleman mich anblickte?

Ich hätte sicherlich auch keine Antwort gegeben, wenn ich noch etwas Atem zum Antworten übrig gehabt hätte. Da ich aber keinen Atem mehr hatte, so antwortete ich gleich ganz und gar nicht. Miß Griffin und der fremde Mann nahmen mich in die Mitte und führten mich durchaus nicht wie einen Sträfling, sondern mit einer Art Feierlichkeit in den Palast zurück. Ich wußte mich vor Erstaunen nicht zu lassen.

Dort angelangt, gingen wir auf ein besonderes Zimmer, und Miß Griffin rief zu ihrer Unterstützung Mesrur, den Obersten der schwarzen Haremswächter, herbei. Mesrur begann, als ihm einige Worte zugeflüstert worden waren, Tränen zu vergießen.

»Gott segne dich, mein Lieber!« sagte dieser Beamte, indem er sich mir zuwandte. »Deinem Papa geht es sehr schlecht!«

Ich fragte, während mir das Herz bis zum Hals klopfte:

»Ist er sehr krank?«

»Der Herr beschütze dich vor dem Sturm, mein Lamm!« sagte der gute Mesrur, während er niederkniete, damit ich mein

Haupt auf seine tröstende Schulter stützen könnte. »Dein Papa ist gestorben!«

Bei diesen Worten entfloh Harun al Raschid für immer; der Harem verschwand, und ich habe keine der acht schönsten Menschentöchter jemals wiedergesehen.

Ich wurde nach Hause geholt. Der Tod und Schulden bedrückten unser Heim, und es fand eine Auktion statt. Mein eigenes kleines Bett wurde von einer mir unbekannten Macht, die den unbestimmten Namen »Der Handel« trug, so geringschätzig angesehen, daß ein Kohlenkasten aus Messing, ein Bratenwender und ein Vogelkäfig hineingetan werden mußten, damit es zusammen eine Partie ausmachte, und dann wurde das Ganze für einen Pfifferling losgeschlagen. So hörte ich wenigstens sagen.

Dann wurde ich in eine große, kalte, kahle Schule für große Jungen geschickt, wo alles, was es zu essen und anzuziehen gab, dick und klumpig, aber nicht ausreichend war; wo jedermann, groß und klein, grausam war; wo die Jungen alles über die Auktion wußten, noch bevor ich dort angekommen war, und mich fragten, was ich gebracht und wer mich gekauft hätte, und mir nachspotteten: »Zum ersten, zum zweiten, zum dritten!« Ich ließ an diesem elenden Ort keinen Laut davon vernehmen, daß ich Harun gewesen war und einen Harem gehabt hatte. Denn ich wußte, wenn ich von meinen Schicksalsschlägen erzählte, so würde mir derart mitgespielt werden, daß ich mich in dem schlammigen Teich in der Nähe des Spielplatzes, dessen Wasser wie das Tafelbier aussah, ertränken müßte.

Ach, ich Ärmster, ich Ärmster! Meine Freunde, kein anderer Geist hat jemals, seit ich es bewohne, in dem Zimmer von Master B. gespukt als der Geist meiner eigenen Kindheit, der Geist meiner eigenen Unschuld, der Geist meines eigenen phantastischen Glaubens. Ich habe manches liebe Mal die Erscheinung verfolgt; aber niemals habe ich sie mit diesem meinem Männerschritt eingeholt, niemals habe ich sie mit diesen meinen Männerhänden berühren, sie niemals in ihrer alten Reinheit an dieses mein Männerherz drücken können.

Und so seht ihr, wie ich frohgemut und dankbar meinen Urteilsspruch hinnehme, eine ständig wechselnde Kundschaft im Spiegel rasiere und mit dem Skelett, das mir als sterblicher Gefährte bestimmt ist, zu Bett gehe und aufstehe.

Eines Reisenden Gepäck

In vier Kapiteln

Erstes Kapitel

Wie er es zurückließ, bis es wieder abgeholt würde

Da der Schreiber dieser bescheidenen Zeilen ein Kellner ist, der aus einer Kellnerfamilie stammt und im gegenwärtigen Zeitpunkt fünf Brüder, die alle Kellner sind, und ferner eine einzige Schwester hat, die Kellnerin ist, so möchte er sich einige Worte über seinen Beruf erlauben. Vorerst aber macht er sich das Vergnügen, diese Zeilen hiermit Joseph, dem allgemein geachteten Oberkellner im Slamjam-Kaffeehaus, London, E.C., freundschaftlich zu widmen. Denn es gibt niemanden, der den Namen Mensch besser verdient und seinem eigenen Kopf und Herzen mehr Ehre macht, ob als Kellner oder Privatmann, als Joseph.

Falls in der öffentlichen Meinung Unklarheit darüber herrschen sollte, was mit dem Ausdruck Kellner gemeint ist (und in der öffentlichen Meinung herrscht über vielerlei Dinge Unklarheit), dann möchten diese bescheidenen Zeilen eine Erklärung geben. Es ist vielleicht nicht allgemein bekannt, daß derjenige, der ins Haus kommt, um aufzuwarten, *kein* Kellner ist. Es ist vielleicht nicht allgemein bekannt, daß die Aushilfen, die die Gasthäuser gelegentlich einstellen, *keine* Kellner sind. Solche Leute können für öffentliche Diners aushilfsweise angenommen werden (und Sie können sie daran erkennen, daß sie beim Bedienen schwer atmen und die Flasche abräumen, bevor sie noch halb geleert ist), aber das sind *keine* Kellner. Denn Sie können nicht die Schneiderei oder Schumacherei oder das Pfandleihgeschäft oder den Obst- oder Zeitungsverkauf oder den Handel mit alten Kleidern oder einen von den kleinen ausgefallenen Berufen – Sie können diese Tätigkeiten nicht nach Wunsch und Gefallen für einen halben Tag oder Abend aufgeben und Kellner werden. Vielleicht glauben Sie, Sie könnten es, aber Sie täuschen sich darin; oder Sie können so weit gehen, daß Sie behaupten, Sie könnten es, aber das trifft nicht zu. Sie können auch nicht den Beruf als Diener eines Gentleman an den Nagel hängen, wenn Ihnen die fortwährenden Reibereien mit der Köchin auf die Nerven gehen (und hier mag angemerkt sein, daß die Begriffe Köchin und Reiberei meist vereint angetroffen werden), und Kellner werden. Es ist festgestellt worden, daß ein Gentleman Dinge, die er zu Hause gelassen hinnimmt, auswärts, etwa in dem Slamjam-Kaffeehaus oder an einem ähnlichen Ort, keinen Augenblick erträgt. Was ist unter diesen Umständen also die richtige Schlußfolgerung in bezug auf den echten Kellnerberuf? Sie müssen dazu erzogen sein; Sie müssen dazu geboren sein.

Möchten Sie wissen, wie es ist, dazu geboren zu sein, schöne Leserin – wenn Sie dem anbetungswürdigen weiblichen Geschlecht angehören? Dann lernen Sie aus der biographischen Erfahrung eines Menschen, der im einundsechzigsten Jahre seines Lebens ein Kellner ist.

Stellen Sie sich vor: Sie wurden – noch bevor Ihre dämmernden Verstandeskräfte weiter entwickelt waren, als daß in Ihrem Innern eine gähnende Leere herrschte – auf Schleichwegen in eine Speisekammer des Restaurants »Zum Admiral Nelson« gebracht, um dort heimlich jene gesunde Nahrung zu erhalten, die der Ruhm und Stolz der britischen Frau ist. Die Ehe zwischen Ihrer Mutter und Ihrem Vater (der selbst ein anderswo beschäftigter Kellner ist) wurde in der tiefsten Heimlichkeit geschlossen. Denn eine Kellnerin, von der man weiß, daß sie verheiratet ist, würde das beste Geschäft zugrunde richten – genauso wie bei der Bühne. So erklärt es sich, daß Sie in die Speisekammer eingeschmuggelt wurden, und zwar – was das Unglück noch verschlimmerte – durch eine widerwillige Großmutter. Von einer Atmosphäre umgeben, in der sich die Gerüche von Gebratenem und Gesottenem, von Suppen, Gas und Malzgetränken vermengten, erhielten Sie Ihre erste Nahrung; neben Ihnen Ihre unwillige Großmutter, immer bereit, Sie aufzufangen, wenn Ihre Mutter gerufen wurde und Sie fallen ließ; der Schal Ihrer Großmutter stets bereit, die Naturlaute Ihrer Klagen zu ersticken; Ihr unschuldiges Gemüt von fremdartigen Geräten, gebrauchten Tellern, Schüsseldeckeln und kalter Bratensauce umgeben, während Ihre Mutter durch das Sprachrohr Kalbs- und Schweinebraten bestellte, anstatt Sie mit Wiegenliedern einzulullen. Unter diesen ungünstigen Verhältnissen wurden Sie frühzeitig entwöhnt. Ihre unwillige Großmutter, die immer unwilliger wurde, je schlechter Ihre Nahrung sich verdaute, nahm dann die Gewohnheit an, Sie zu schütteln, bis Ihr ganzer Körper erstarrte und Ihre Nahrung sich überhaupt nicht mehr verdaute. Schließlich blieb sie nicht länger von dem natürlichen Schicksal aller Menschen verschont, und man hätte schon viel früher ganz gern auf sie verzichtet.

Als Ihre Brüder nach und nach zu erscheinen begannen, zog sich Ihre Mutter vom Geschäft zurück, gab es auf, sich zu putzen (sie hatte früher viel auf Putz gehalten) und sich schwarze Löckchen zu machen (von denen sie früher eine Menge besessen hatte), und wartete Abend für Abend bis zu später Stunde auf Ihren Vater. In dem schmutzigen Hof, der zu der Hintertür des »Königlichen Alten Müllkastens« (es hieß, daß Georg der Vierte das Wirtshaus so benannt hatte) führte, wo Ihr Vater Ober war, lauerte sie ihm bei jedem Wetter auf; aber der Müllkasten war damals im Niedergang begriffen und Ihr Vater nahm sehr wenig ein – ausgenommen an Flüssigkeiten. Der Zweck, den Ihre Mutter mit diesen Besuchen verfolgte, hing mit dem Haushalt zusammen, und Sie wurden angestiftet, Ihren Vater herauszupfeifen. Manchmal kam er auch, in der Regel aber nicht. Mochte er aber nun kommen oder nicht kommen, auf jeden Fall wurde über diesen Teil seines Daseins, der nichts mit dem Kellnerberuf zu tun hatte, das tiefste Geheimnis gewahrt. Ihre Mutter behandelte es als tiefstes Geheimnis, und Sie und Ihre Mutter flitzten, beide als tiefste Geheimnisse, über den Hof und würden nicht einmal auf der Folter zugegeben haben, daß Sie Ihren Vater kannten oder daß Ihr Vater anders als Dick hieß (dies war gar nicht sein Name, aber man hat ihn nie unter einem anderen gekannt) oder daß er Kind oder Kegel besaß. Vielleicht hatte dieses Geheimnis einen besonderen Zauber für Sie; vielleicht wirkte ferner auch die Tatsache auf Sie, daß Ihr Vater in dem »Müllkasten« ein feuchtes Abteil für sich selbst besaß, eine Art Kellerloch hinter einer lecken Zisterne, mit einem übelriechenden Ausguß, einem Tellerständer, einem Flaschenfutteral und drei Fenstern, die nicht zueinander paßten und kein Tageslicht einließen; jedenfalls waren Sie in Ihrem jungen Gemüt überzeugt, daß Sie, wenn Sie erwachsen wären, ebenfalls Kellner werden müßten. Und diese Überzeugung wurde von allen Ihren Brüdern und auch von Ihrer Schwester geteilt. Alle waren sie überzeugt, zum Kellnerberuf geboren zu sein.

Welche Gefühle aber bemächtigten sich Ihrer, als zu dieser Zeit eines Tages Ihr Vater am hellichten Tage – eine schon an sich wahnsinnige Handlungsweise von einem Kellner – zu Ihrer Mutter nach Hause kam und sich ins Bett (oder wenigstens in das Bett Ihrer Mutter und Geschwister) legte, mit der Erklärung, seine Augen wären verteufelte Dinger. Ärztliche Hilfe war machtlos, und so starb Ihr Vater. Einen Tag und eine Nacht lang hatte er zuweilen, wenn ein Funke von Bewußtsein und Erinnerung an seinen Beruf in ihm aufglomm, vor sich hingesprochen: »Zwei und zwei ist fünf. Und drei ist sechs Pence.« Er wurde auf dem benachbarten Friedhof zu Grabe getragen, wobei ihm so viele langjährige Kellner die letzte Ehre erwiesen, wie an diesem Morgen von ihren schmutzigen Gläsern abkommen konnten (nämlich ein einziger). Darauf wurden Sie als Waisenknabe mit einer weißen Krawatte versehen und aus Wohltätigkeitsgründen bei dem »Georg und Bratenrost«, Theaterrestaurant und Einkehrhaus für den Abend, angenommen. Hier nährten Sie sich von dem, was Sie auf den Tellern fanden (was je nachdem ganz verschieden und nur zu oft gedankenlos in Senf eingetaucht war) und was die Gäste in den Gläsern zurückgelassen hatten (was selten aus mehr als spärlichen Resten und Zitronenscheiben bestand). Am Abend schliefen Sie im Stehen ein, bis Sie wachgepufft wurden, und am Tag mußten Sie jeden einzelnen Gegenstand im Kaffeezimmer polieren. Ihr Lager bestand aus Sägemehl, Ihre Decke aus Zigarrenasche. Hier hatten Sie oft ein schweres Herz unter dem eleganten Knoten Ihrer weißen Krawatte zu verbergen (oder richtiger gesagt, weiter unten und mehr nach links) und lernten die Anfangskapitel Ihrer Wissenschaft von einem Aushelfer namens Bishops, der von Beruf Geschirrwäscher war. Sie bildeten Ihren Geist nach und nach mit Kreide auf der Rückseite des Eckabteil-Wandschirms, bis die Zeit herankam, wo Sie das Tintenfaß, wenn es gerade frei war, benutzen konnten, das Mannesalter erreichten und der Kellner wurden, der Sie jetzt sind.

Ich möchte hier mit allem Respekt einige Worte zugunsten des Berufs einlegen, der so lange mein und meiner Familie Beruf ist und der nur zu oft auf ein sehr geringes Interesse in der Öffentlichkeit stößt. Im allgemeinen versteht man uns nicht. So verhält es sich tatsächlich. Man nimmt nicht genügend Rücksicht auf uns. Denn, nehmen wir an, wir zeigten jemals ein wenig übellaunige Unachtsamkeit, oder was man Gleichgültigkeit oder Apathie nennen könnte. Stellen Sie sich einmal Ihre eigene Gemütsverfassung vor, wenn Sie einer aus einer ungeheuer großen Familie wären, in der jedes Mitglied mit Ausnahme von Ihnen selbst stets gierig und stets in Eile wäre. Stellen Sie sich vor, daß Sie stets um ein Uhr mittags und dann wieder abends um neun mit Speise und Trank gesättigt wären und daß, je mehr Sie gesättigt wären, um so freßgieriger alle Ihre Mitmenschen das Lokal beträten. Stellen Sie sich vor, daß es Ihre Aufgabe wäre, gerade zur Zeit Ihrer besten Verdauung persönliches Interesse und Sympathie gegenüber hundert Gentlemen, die ganz frisch und mobil wären (ich nehme im Augenblick bloß hundert an), zu zeigen – Leuten, deren Phantasie ganz von Braten und Fett und Sauce und geschmolzener Butter erfüllt wäre und die darauf versessen wären, Sie über Schnitte von diesem und Schüsseln von jenem zu befragen, wobei jeder ins Zeug geht, als ob es auf der Welt nichts gäbe als ihn und Sie und die Speisekarte.

Dann bedenken Sie, was Sie nach der Erwartung der Kunden alles wissen sollen. Zwar gehen Sie niemals aus, aber die Leute scheinen zu denken, daß Sie regelmäßig überall mit dabei seien. »Was ist das für eine Sache mit dem zertrümmerten Ausflüglerzug, von der ich gehört habe, Christopher?« – »Was geben sie in der Italienischen Oper, Christopher?« – »Christopher, welches sind die richtigen Einzelheiten über diesen Geschäftsabschluß in der Yorkshire Bank?« – Ebenso macht ein Ministerwechsel mir mehr zu schaffen als der Königin. Was Lord Palmerston angeht, so verdiente die beständige und nervtötende Verbindung, in die ich während der letzten paar Jahre mit Seiner Lordschaft gebracht worden bin, eine Pension. Bedenken Sie ferner, zu was für Heuchlern wir gemacht und welche Lügen (unschuldige, wie ich hoffen will) uns aufgezwungen werden! Weshalb muß ein Kellner, der doch einen häuslichen Beruf ausübt, für einen Pferdekenner angesehen werden, der für nichts größeres Interesse hat als für Pferdezucht und Rennsport? Und doch würde die Hälfte unseres geringen Einkommens nicht in unsere Taschen fließen, wenn wir uns nicht so stellten, als hätten wir diese sportlichen Liebhabereien. Ebenso verhält es sich (ganz unbegreiflicherweise!) mit der Landwirtschaft. Ebenso mit der Jagd. Sowie die Monate August, September und Oktober herankommen, schäme ich mich in meinem Innern vor mir selbst wie sehr ich Interesse dafür heuchle, ob die Hühner an den Flügeln stark (ich mache mir nicht viel aus ihren Flügeln oder Schenkeln, solange sie nicht gekocht sind!) und ob die Rebhühner zwischen den Rüben zahlreich und die Fasanen scheu oder zutraulich sind, und ebenso für alles andere, was Sie zu erwähnen belieben. Und doch können Sie mich oder jeden beliebigen anderen Kellner, der mir gleichgestellt ist, sehen, wie wir uns, gegen das hintere Geländer eines Abteils gestützt, über einen Gentleman beugen, der seine Börse draußen und seine Rechnung vor sich hat, und mit ihm über diese Dinge in vertraulichem Tone diskutierten, als hinge unser ganzes Lebensglück davon ab.

Ich habe von unserem geringen Einkommen gesprochen. Kommen wir nun ausführlicher auf das Unvernünftigste von allem und dasjenige, worin uns am meisten Unrecht angetan wird! Mag es nun daher kommen, daß wir immer so viel Kleingeld in unserer rechten Hosentasche und so viele Halbpencestücke in unseren Frackschößen haben, oder mag es eine Eigenheit der menschlichen Natur sein (was ich nicht gern glauben möchte), was soll das ewige Gerücht bedeuten, daß Oberkellner reich sind? Wie ist diese Fabel in Umlauf gekommen? Wer hat sie zuerst aufgebracht, und wie ist es denn in Wahrheit? Komm nur her, du Verleumder, und verweise das Publikum auf das bei Gericht deponierte Kellnertestament, um die Wahrheit deiner boshaften Schmähungen zu offenbaren! Und doch wird das so oft wiederholt – besonders von den Knickern, die den Kellnern am wenigsten zu geben pflegen –, daß Ableugnen nutzlos ist. Wir sind um unseres guten Rufes willen verpflichtet, unsere Köpfe so hoch zu tragen, als gingen wir daran, ein eigenes Geschäft zu gründen, während es viel wahrscheinlicher ist, daß wir ins Armenhaus gehen.

In früheren Zeiten, bevor noch der Schreiber dieser Zeilen das Slamjam-Restaurant wegen eines Streites, ob er seinem Hilfskellner den Nachmittagstee aus eigener Tasche zu bezahlen habe, verlassen hatte, pflegte in diesem Lokal ein Knicker zu verkehren, der den Schimpf aufs Äußerste trieb. Sich niemals über drei Pence erhebend, ja sogar häufig um einen Penny tiefer auf der Erde kriechend, stellte er doch den Schreiber dieser Zeilen als einen großen Anleihebesitzer, einen Geldverleiher auf Hypotheken, kurz als einen Kapitalisten hin. Man hat gehört, wie er anderen Gästen das Märchen erzählte, daß der Schreiber dieser Zeilen Tausende von Pfund auf Zinsen in Branntweinbrennereien und Brauereien angelegt habe.

»Nun, Christopher«, pflegte er zu sagen (nachdem er einen Augenblick zuvor so tief wie möglich auf der Erde gekrochen war), »Sie sind auf der Suche nach einem Restaurant, das Sie übernehmen wollen, wie? Können aber kein freigewordenes Geschäft finden, das für Ihre Mittel groß genug ist, was?«

Diese Fabel hat sich zu einem solch schwindelerregenden Berg der Falschheit erhoben, daß der weitbekannte und hochgeehrte »alte Charles«, der lange Zeit im West Country-Hotel eine hervorragende Stellung einnahm und von einigen als der Vater des Kellnerberufs angesehen wird, sich verpflichtet fühlte, den Schein so viele Jahre lang aufrechtzuerhalten, daß sogar seine eigene Frau (denn er hatte eine unbekannte alte Dame, die diese Stellung ihm gegenüber einnahm) daran glaubte. Und was war die Folge davon? Als er auf den Schultern von sechs auserlesenen Kellnern zu Grabe getragen worden war, wobei sechs weitere sich mit den ersten ablösten und noch andere sechs die Zipfel des Bahrtuches hielten – alle bei strömendem Regen ohne ein trockenes Auge gemessen im Schritt gehend und eine Menschenmenge beinahe wie bei einem königlichen Begräbnis hinter sich herziehend –, wurde seine Restaurantküche und ebenso seine Privatwohnung vom Boden bis zur Decke nach Vermögenswerten durchsucht, aber nichts gefunden! Wie hätte man auch etwas finden können, wo außer seiner letzten Monatssammlung von Spazierstöcken, Regenschirmen und Taschentüchern gar kein Vermögen da war? Die letzteren Gegenstände aber hatte er zufällig noch nicht verwertet, obwohl er sonst sein ganzes Leben hindurch seine Sammlungen pünktlich jeden Monat zu Geld zu machen pflegte. Und trotzdem hat diese allgemein verbreitete Verleumdung so tiefe Wurzeln gefaßt, daß die Witwe des »alten Charles«, gegenwärtig Insassin der Armenhäuser der Korkschneider-Gilde in Blue Anchor Road (man hat sie erst vergangenen Monat dort mit einer weißen Haube in einem Windsor-Lehnsessel vor der Tür sitzen sehen), in der Erwartung lebt, daß Johns erspartes Vermögen stündlich aufgefunden werden wird! Bevor er noch dem Streich des grausamen

Geschicks erlegen war, wurde auf Drängen der Gäste des West Country-Hotels ein lebensgroßes Proträt von ihm angefertigt, das über dem Kamin des Kaffeezimmers seinen Platz finden sollte. Da hat es wahrhaftig nicht an Stimmen gefehlt, die meinten, was man so die Staffage eines Bildes nenne, das sollte im gegenwärtigen Fall die Bank von England und die Geldschatulle auf dem Tisch sein. Und wären nicht einige vernünftiger Denkende für eine Flasche mit Korkzieher und die Gebärde des Flaschenöffnens gewesen – und sie setzten schließlich ihren Willen auch durch –, so würde das Bild in der oben geschilderten Weise auf die Nachwelt gekommen sein.

Ich komme nun zu dem, was der Titel dieser Aufzeichnungen ankündigt. Nachdem ich – wie ich hoffen will, ohne irgendwo anzustoßen – mich im allgemeinen von denjenigen Bemerkungen entlastet habe, die ich in einem freien Lande, das seit jeher die See beherrscht hat, zu machen mich verpflichtet fühlte, will ich nun darangehen, mit der besonderen Angelegenheit aufzuwarten.

In einer bedeutungsvollen Periode meines Lebens war ich mit einem Haus so in Uneinigkeit, daß ich gekündigt hatte. Ich will das Haus nicht nennen, denn der Streitpunkt war festes Gehalt für Kellner, und es soll für kein Haus, das sich zu dieser ganz und gar unenglischen Handlungsweise voller Torheit und Niedrigkeit herbeiläßt, von mir Propaganda gemacht werden. Ich wiederhole, in einem bedeutungsvollen und kritischen Zeitpunkt meines Lebens, als ich mit einem Haus, das nicht genannt zu werden verdient, gebrochen hatte und mit demjenigen noch nicht in Verbindung war, dem ich seitdem die ganze Zeit über als Ober anzugehören die Ehre gehabt habe, sann ich darüber nach, was ich nun anfangen sollte. Da geschah es, daß meine jetzige Firma mir Vorschläge machte. Ich mußte Bedingungen stellen, ich mußte zusätzliche Forderungen machen: Am Ende kam es auf beiden Seiten zum Abschluß, und ich betrat eine neue Lebensbahn.

Wir sind ein Hotel und ein Kaffeehaus. Dagegen sind wir kein Speisehaus und streben auch nicht danach, eines zu sein.

Wenn also Leute zum Speisen kommen, so wissen wir schon, was wir ihnen geben, um sie das nächstemal fernzuhalten. Wir haben auch Zimmer für private Veranstaltungen und Familienfestlichkeiten, aber die Hauptsache ist das Kaffeehaus-Geschäft. Ich und das Direktorium und das Schreibzeug und so weiter haben einen besonderen Platz – einen Platz am Ende des Kaffeezimmers, der in dem, was ich die gute alte Manier nenne, um einige Stufen erhöht und von einem Geländer umgeben ist. Die gute alte Manier ist, daß Sie für alles, was Sie brauchen, bis zu einer Waffel hinab, gänzlich und ausschließlich auf den Ober angewiesen sind. Sie müssen sich wie ein neugeborenes Kind seinen Händen überlassen. Es gibt keine andere Methode, um ein von festländischem Laster unbeflecktes Geschäft zu führen. (Es braucht nicht erst gesagt zu werden, daß, wenn etwa verlangt wird, es sollten fremde Sprachen geschwatzt werden, und Englisch nicht gut genug ist, sowohl Familien wie Gentlemen lieber anderswohin gehen sollen.)

Als ich in diesem nach der rechten Art geführten Hause heimisch zu werden begann, bemerkte ich eines Tages in dem Zimmer Nummer 24 B (einem Eckzimmer an der Treppe, das gewöhnlich bescheidenen Gästen angehängt wird) einen Haufen Sachen in einem Winkel. Ich fragte unser erstes Zimmermädchen danach aus.

»Was sind das für Sachen auf Nummer 24 B?«

Worauf die Erste gleichgültig antwortete:

»Irgend jemandes Gepäck.«

Ich blickte sie mit einem Auge, das nicht frei von Strenge war, an und fragte:

»Wessen Gepäck?«

Meinem Blick ausweichend antwortete sie:

»Du lieber Himmel! Woher soll *ich* das wissen?«

Es mag hier vielleicht die Bemerkung am Platze sein, daß sie ein etwas keckes Mädchen ist, obwohl sie in ihrem Fach Bescheid weiß.

Ein Oberkellner muß entweder oben oder unten sein. Sein Platz ist entweder an dem einen oder dem anderen Ende der sozialen Stufenleiter. Er kann sich nicht in der Mitte oder irgendwo anders als an den Enden aufhalten. An welchem Ende aber, darüber liegt die Entscheidung in seiner Hand.

Bei der bedeutungsvollen Gelegenheit, von der ich spreche, trat ich gegen Mrs. Pratchett mit derartiger Entschiedenheit auf, daß ich sie mir auf der Stelle für immer fügsam machte. Möge niemand gegen mich den Verdacht mangelnder Folgerichtigkeit hegen, weil ich Mrs. Pratchett »Mrs.« nenne, während ich doch vorher bemerkt habe, daß eine Kellnerin nicht verheiratet sein dürfe. Der Leser wird respektvoll ersucht, sein Augenmerk darauf zu richten, daß Mrs. Pratchett keine Kellnerin, sondern ein Zimmermädchen war. Nun kann aber ein Zimmermädchen verheiratet sein; wenn es sich um die Erste handelt, ist sie sogar in der Regel verheiratet oder behauptet es wenigstens. Das kommt ja schließlich auf das gleiche hinaus. (Nebenbei bemerkt, Mr. Pratchett hält sich in Australien auf und seine dortige Adresse ist »der Busch«.)

Nachdem ich Mrs. Pratchett um so viele Windungen herabgeschraubt hatte, wie für das Wohlbefinden aller Beteiligten nötig war, ersuchte ich sie, sich deutlicher zu erklären.

»Zum Beispiel«, sagte ich, um sie ein wenig zu ermutigen, »wer ist ›irgend jemand‹?«

»Ich gebe Ihnen mein heiliges Ehrenwort, Mr. Christopher«, erwiderte Pratchett, »daß ich nicht die leiseste Ahnung habe.«

Wäre nicht die Art gewesen, wie sie ihre Haubenbänder zurechtzupfte, so hätte ich ihre Worte bezweifelt; aber die Gebärde unterschied sich in ihrer Aufrichtigkeit kaum von einer eidlichen Versicherung.

»Sie haben ihn also nie gesehen?« setzte ich das Verhör fort.

»Noch«, sagte Mrs. Pratchett, die Augen schließend und ein Gesicht machend, als habe sie gerade eine Pille von ungewöhnlichem Umfang zu sich genommen – was ihrer Verneinung einen bemerkenswerten Nachdruck verlieh – »noch irgendein anderer Bediensteter im Hause. In den letzten fünf Jahren haben alle gewechselt, Mr. Christopher, und jemand ließ sein Gepäck vor dieser Zeit hier zurück.«

Erkundigungen bei Miß Martin ergaben eine volle Bestätigung dieser Worte. Es hatte sich tatsächlich und wirklich so zugetragen. Miß Martin ist die junge Dame im Kontor, die unsere Rechnungen ausstellt, und obwohl sie stolzer auftritt, als mir für ihre Stellung passend scheint, so ist ihr Benehmen doch tadellos.

Weitere Nachforschungen führten zu der Entdeckung, daß für dieses Gepäck eine Rechnung von zwei Pfund sechzehn Schilling und sechs Pence vorlag. Das Gepäck hatte unter der Bettstelle auf Nummer 24 B über sechs Jahre lang gelegen.

Ich weiß nicht recht, aus welchem Grunde, aber dieses Gepäck wollte mir nicht aus dem Sinn. Ich begann, über diesen Jemand nachzugrübeln, was mit ihm los war und was er getrieben hatte. Ich konnte mir nicht darüber klarwerden, weshalb er so viel Gepäck für eine so kleine Rechnung hinterlassen hatte. Denn nach einigen Tagen ließ ich das Gepäck hervorholen und besichtigte es. Das Ergebnis war folgendes: ein schwarzer Koffer, ein schwarzer Ranzen, ein Schreibpult, ein Reisenecessaire, ein in braunes Papier eingewickeltes Paket, eine Hutschachtel und ein Schirm und Spazierstock mit einem Riemen darum. Alles war stark von Staub und Flocken bedeckt. Ich hatte unseren Hausdiener mitgenommen, damit er unter das Bett kröche und das Gepäck hervorzöge, und obgleich er sich gewohnheitsmäßig im Staub wälzt – von früh bis spät darin schwimmt und zu diesem Zweck eine enganliegende schwarze Ärmelweste trägt –, mußte er doch heftig niesen und seine Kehle wurde so heiß, daß er sie mit einem guten Trunk kühlen mußte.

Der Gedanke an das Gepäck hatte vollständig von mir Besitz ergriffen, und anstatt es zurückstellen zu lassen, nachdem es gründlich abgestaubt und mit einem feuchten Tuch gesäubert worden war, gab ich Weisung, es nach unten an einen meiner Aufenthaltsorte zu bringen. Vor der Reinigung war es übrigens so mit Federn bedeckt gewesen, daß man hätte denken können, es sei im Begriff, sich in ein Geflügel zu verwandeln, und würde in Kürze anfangen, Eier zu legen. Unten starrte ich zuweilen so lange darauf hin, bis es mir schien, als würde es abwechselnd groß und klein, käme auf mich zu und zöge sich wieder zurück und vollführe alle möglichen Possen. Als das einige Wochen lang gewährt hatte – ich könnte auch Monate sagen, ohne stark von der Wahrheit abzuweichen –, fiel mir eines Tages ein, Miß Martin nach den Einzelheiten der Rechnung von zwei Pfund sechzehn Schilling und sechs Pence zu befragen. Sie tat mir den Gefallen, die Zahlen aus den Büchern herauszusuchen – es war noch vor ihrer Zeit gewesen –, und hier folgt eine getreue Kopie:

		Pfund	Schilling	Pence
	Kaffeezimmer. Nr. 4			
	1856			
2. Februar.	Papier und Feder	0	0	6
	Portwein-Punsch	0	2	0
	Ditto	0	2	0
	Papier und Feder	0	0	6
	Zerbrochenes Glas	0	2	6
	Brandy	0	2	0
	Papier und Feder	0	0	6
	Röstschnitte mit Anschovis	0	2	6
	Papier und Feder	0	0	6
	Bett	0	3	0
3. Februar.	Papier und Feder	0	0	6
	Frühstück	0	2	6
	Frühstück, gerösteter Schinken	0	2	0
	Frühstück, Eier	0	1	0
	Frühstück, Brunnenkresse	0	1	0
	Frühstücks-Garnelen	0	1	0
	Papier und Feder	0	0	6
	Löschpapier	0	0	6
	Bote nach Paternoster Row und zurück	0	1	6
	Noch einmal, als ohne Antwort	0	1	6
	Brandy 2 Schilling, Schweinskotelett 2 Schilling	0	4	0

	Pfund	Schilling	Pence
Papier und Federn	0	1	0
Bote nach Aldemarle Street und zurück	0	1	0
Noch einmal (derselbe), als ohne Antwort	0	1	6
Zerbrochenes Salzfaß	0	3	6
Großes Likörglas Orangen-Brandy	0	1	6
Diner: Suppe, Fisch, Braten und Geflügel	0	7	6
Eine Flasche alter Ostindier, braun	0	8	0
Papier und Feder	0	0	6
	2	16	6

Anmerkung: 1. Januar 1857. Er ging nach dem Diner aus, nachdem er Weisung gegeben hatte, daß das Gepäck bereit sein sollte, wenn er es abholte. Hat es nicht abgeholt.

Weit entfernt davon, einiges Licht auf den Gegenstand zu werfen, schien es mir, daß diese Rechnung ihn mit einem noch geisterhafteren Schein umkleidete, wenn ich mich dieses Ausdrucks bedienen darf, um meine Zweifel zu kennzeichnen. Als ich die Sache mit der Mistreß besprach, erklärte sie mir, daß sie zu Lebzeiten ihres Mannes eine Anzeige in die Zeitung gesetzt hätten, das Gepäck würde nach der und der Zeit verkauft werden, um die Unkosten zu decken, aber weitere Schritte wären nicht erfolgt. (Ich schalte hier die Bemerkung ein, daß die Mistreß seit drei Jahren verwitwet ist. Der Mann besaß eine jener unglücklichen Konstitutionen, in denen geistige Getränke sich in Wasser verwandeln und dem unglücklichen Opfer in den Kopf steigen.)

Ich besprach die Sache nicht bloß damals, sondern zu wiederholten Malen, bisweilen mit der Mistreß, bisweilen mit der einen, bisweilen mit der anderen Person, bis die Mistreß zu

mir sagte – gleichgültig, ob anfangs im Scherz oder im Ernst, oder halb im Scherz und halb im Ernst:
»Christopher, ich will Ihnen ein hübsches Angebot machen.«

(Wenn ihr dies vor Augen kommen sollte – hübsche blaue Augen hat sie –, möge sie es mir nicht übelnehmen, wenn ich sage, daß ich ihr gegenüber dasselbe getan hätte, wäre ich bloß um acht oder zehn Jahre jünger gewesen. Das heißt, ich hätte ihr ein Angebot gemacht. Es aber ein hübsches Angebot zu nennen, das steht anderen zu.)

»Christopher, ich will Ihnen ein hübsches Angebot machen.«
»Nennen Sie es, Ma'am.«
»Sehen Sie einmal her, Christopher. Zählen Sie einmal die einzelnen Stücke von dem Gepäck dieses Jemands auf. Sie können sie doch auswendig, wie ich weiß.

»Ein schwarzer Koffer, Ma'am, ein schwarzer Ranzen, ein Schreibpult, ein Reisenecessaire, ein in braunes Papier eingewickeltes Paket, eine Hutschachtel und ein Schirm und Spazierstock mit einem Riemen darum.«

»Alles ganz so, wie es zurückgelassen wurde. Nichts geöffnet, nichts angerührt.«

»Ganz recht, Ma'am. Alles verschlossen, mit Ausnahme des Pakets in dem braunen Papier, und das ist versiegelt.«

Über Miß Martins Pult an dem Fenster im Kontor gelehnt, schlug die Mistreß mit der Hand auf das geöffnet auf dem Pult liegende Buch – sie hat eine hübsche Hand, das ist unbestreitbar –, nickte mit dem Kopf und lachte.

»Also hören Sie, Christopher«, sagte sie. »Bezahlen Sie mir jemandes Rechnung, und Sie sollen jemandes Gepäck haben.«

Der Vorschlag gefiel mir sofort, jedoch wandte ich mit scheinbarem Bedenken ein:

»Vielleicht ist es nicht so viel wert.«

»Das ist eine Lotterie«, sagte die Mistreß, ihre Arme über dem Buch verschränkend – nicht nur ihre Hände sind hübsch, die Bemerkung dehnt sich auch auf ihre Arme aus. »Wollen Sie nicht zwei Pfund sechzehn Schilling und sechs Pence in der Lotterie wagen? Es gibt doch keine Nieten!« fügte die Mistreß, lachend und abermals mit dem Kopfe nickend, hinzu. »Sie *müssen* gewinnen. Selbst wenn Sie verlieren, müssen Sie gewinnen! Lauter Gewinne in dieser Lotterie! Ziehen Sie eine Niete und denken Sie daran, Gentleman, daß Sie immer noch Anspruch haben auf einen schwarzen Koffer, einen schwarzen Ranzen, ein Schreibpult, ein Reisenecessaire, ein Stück braunes Papier, eine Hutschachtel und einen Schirm und Spazierstock mit einem Riemen darum!«

Um die Sache kurz zu machen, Miß Martin kriegte mich herum, und Mrs. Pratchett kriegte mich herum, und die Mistreß hatte mich bereits vollständig herumgekriegt, und alle Frauen im Hause kriegten mich herum, und wenn es sechzehn Pfund und zwei Schilling anstatt zwei Pfund und sechzehn Schilling gewesen wären, so hätte ich es noch als einen Glücksfall geschätzt. Denn was kann man tun, wenn sie einen herumkriegen?

So bezahlte ich denn den Kaufpreis – in bar –, und Sie hätten das Gelächter hören sollen, das es daraufhin unter den Frauen gab! Aber ich kehrte den Spieß regelrecht gegen sie um, indem ich sagte:

»Mein Familienname ist Blaubart. Ich werde jemandes Gepäck ganz allein in dem Geheimzimmer aufmachen, und kein weibliches Auge soll etwas von dem Inhalt zu sehen kriegen!«

Ob ich es für richtig hielt, in dieser Beziehung fest zu bleiben, oder ob doch ein weibliches Auge, und wenn, wie viele, bei der Öffnung des Gepäcks anwesend war – das tut nichts zur Sache. Es handelt sich hier um jemandes Gepäck, aber um niemandes Augen oder Nasen.

Was mir noch jetzt an diesem Gepäck am meisten in die Augen sticht, ist die ungeheure Menge Schreibpapier, und alles vollgeschrieben! Und es ist nicht einmal unser Papier – nicht das Papier, das in Rechnung gestellt wurde, denn wir kennen unser Papier –, folglich muß er ständig darüber gesessen haben. Und er hatte diese seine Schreibereien überallhin, in jeden Teil und jeden Winkel seines Gepäcks, gestopft. In seinem Reisenecessaire, in seinen Stiefeln, zwischen seinem Rasierzeug, in seiner Hutschachtel, ja sogar zwischen den Fischbeinstäben seines Regenschirms – an allen Ecken und Enden fand sich beschriebenes Papier.

Seine Kleider – so viele davon da waren – waren nicht schlecht. Sein Reisenecessaire war dürftig – kein Stückchen Silberstöpsel – offene Fläschchen mit nichts darin, wie leere kleine Hundehütten – und eine höchst widerwärtige Art Zahnpulver, das sich überall ausbreitete. Seine Kleider wurde ich ganz gut an einen Trödler nicht weit von der Saint-Clement's Danes-Kirche am Strand los. Es ist das der Trödler, an den die Offiziere meistens ihre Uniformen verkaufen, wenn sie wegen Ehrenschulden in der Klemme sind. Das sollte man wenigstens daraus schließen, wenn ihre Röcke und Epauletten mit dem Rücken nach dem Publikum das Schaufenster zieren. Derselbe Geschäftsmann erstand in einer Partie den Koffer, den Ranzen, das Pult, das Reisenecessaire, die Hutschachtel und den Schirm samt Riemen und Spazierstock. Auf meine Bemerkung, daß ich geglaubt hätte, diese Artikel gehörten nicht recht zu denen, womit er sich abgäbe, erwiderte er:

»Ebensowenig wie die Großmutter eines Menschen, Meister Christopher; aber wenn ein Mensch seine Großmutter hierherbringt und eine hübsche Kleinigkeit weniger für sie verlangt, als sie günstigenfalls einbringen wird, wenn sie gescheuert und gewendet ist – dann kaufe ich sie!«

Diese geschäftlichen Maßnahmen deckten meine Ausgaben und sogar mehr als das, denn es blieb mir noch ein hübscher Überschuß. Und jetzt waren noch die Schriften zurückgeblieben; und diese Schriften möchte ich nun der geneigten Aufmerksamkeit des Lesers unterbreiten.

Ich möchte es unverzüglich tun, und zwar aus diesem Grunde: Ich werde im folgenden die geistigen Qualen zu schildern haben, deren Beute ich durch diese Schriften wurde. Dann werde ich diese erschütternde Erzählung mit einer Wiedergabe der wunderbaren und packenden Katastrophe beschließen, die, ebenso ergreifend wie unerwartet, das Ganze krönte und den Becher der Überraschung bis zum Überfließen füllte. Vorher aber sollen die Schriften für sich selbst sprechen. Deshalb kommen sie jetzt als nächstes. Noch ein Wort zur Einführung, und dann lege ich meine Feder (wie ich hoffen will, eine anspruchslose Feder) nieder. Ich werde sie dann wieder aufnehmen, um die düstere Geschichte eines bedrückten Gemüts zu Ende zu führen.

Er war ein großer Schmierer und hatte eine entsetzliche Handschrift. Ohne die Tinte zu schonen, verschwendete er sie an jeden unwürdigen Gegenstand – an seine Kleider, seinen Schreibpult, seinen Hut, den Griff seiner Zahnbürste, seinen Schirm. Auf dem Teppich im Kaffeezimmer fand man neben Tisch Nummer 4 reichlich Spuren von Tinte und auf seinem ruhelosen Lager waren zwei Kleckse zu sehen. Ein Blick auf das Dokument, das ich oben unverkürzt wiedergegeben habe, zeigt, daß er am Morgen des dritten Februar im Jahre achtzehnhundertsechsundfünfzig nicht weniger als fünfmal Papier und Federn bestellte. Gleichgültig, welchem beklagenswerten Akt einer unbezähmbaren Schriftstellerei er diese vom Büfett bezogenen Gegenstände opferte – es kann kein Zweifel darüber bestehen, daß die unheilvolle Tat im Bett verübt wurde und daß sie noch auf lange Zeit hinaus ihre nur zu deutlichen Spuren auf dem Kissenbezug hinterließ.

Keine seiner Schriften wies eine Kopfzeile auf. Ach! War es denn auch zu erwarten, daß er eine Kopfzeile anbringen würde, wo er doch selbst keinen Kopf besaß, und wo war sein Kopf, als er sich solche Dinge hineinsetzte? In einigen Fällen, wie in »Seine Stiefel«, scheint er seine Schriften versteckt zu haben, wodurch sein Stil noch dunkler wurde. Aber seine Stiefel paßten wenigstens zueinander, während es unter seinen Schriften keine zwei gibt, die irgendeinen Anspruch darauf erheben könnten. Hier folgt (um sich mit diesen Beispielen zu begnügen) was sie enthielten.

Zweites Kapitel

Seine Stiefel

»Wahrhaftig, Monsieur Mutuel! Was soll ich wissen? Ich versichere Ihnen, daß er sich Monsieur der Engländer nennt.«

»Pardon. Aber ich halte das für unmöglich«, sagte Monsieur Mutuel – ein nach Schnupftabak riechender, bebrillter, gebückter alter Herr in Leinenschuhen, einer Tuchmütze mit einem spitzen Schirm, einem weiten blauen Gehrock, der ihm bis an die Fersen reichte, und einer großen ungestärkten weißen Hemdkrause mit ebensolcher Krawatte – das heißt, weiß war die natürliche Farbe seiner Wäsche an Sonntagen, im Laufe der Woche aber wurde sie immer dunkler.

»Ich halte das«, wiederholte Monsieur Mutuel, während sein freundliches altes Nußschalengesicht wirklich ganz und gar nußschalig wurde und er in der hellen Morgensonne lächelte und zwinkerte – ,,ich halte das, meine liebe Madame Bouclet, für unmöglich!«

»Ach nein!« erwiderte Madame Bouclet, eine rundliche kleine Frau von etwa fünfunddreißig Jahren, indem sie einen ärgerlichen kleinen Aufschrei vernehmen ließ und ihren Kopf sehr viele Male hintereinander stolz aufwarf. »Aber es ist nicht unmöglich, daß Sie ein Schafskopf sind! Blicken Sie also her – sehen Sie – lesen Sie! ›Im zweiten Stockwerk Monsieur L'Anglais.‹ Steht's nicht da?«

»Doch«, sagte Monsieur Mutuel.

»Nun gut. Dann setzen Sie Ihren Morgenspaziergang fort. Verlassen Sie das Haus!«

Madame Bouclet schickte ihn mit einem energischen Fingerschnippen fort.

Der Morgenspaziergang des Monsieur Mutuel spielte sich auf dem hellsten Fleckchen Sonnenschein auf der Grande Place einer langweiligen alten französischen Festungsstadt ab. Er hielt dabei die Hände auf dem Rücken verschränkt, einen Regenschirm, dem Aussehen nach sein genaues Abbild, stets in der einen und eine Schnupftabaksdose in der anderen Hand. So ging der alte Herr täglich, wenn Sonne da war, mit dem unbeholfenen Gang eines Elefanten in der Sonne spazieren. Es schien wirklich, daß diese Dickhäuter, die den ungeschicktesten Hosenschneider der zoologischen Welt beschäftigen, diesen Monsieur Mutuel empfohlen hatten. Übrigens versteht es sich von selbst, daß Monsieur Mutuel stets gleichzeitig ein rotes Band im Knopfloch spazierenführte; denn wofür war er sonst ein alter Franzose?

Da er von einer Angehörigen des engelgleichen Geschlechts aufgefordert worden war, seinen Morgenspaziergang fortzusetzen und das Haus zu verlassen, lachte Monsieur Mutuel ein Nußschalenlachen und zog galant, wie er war, mit der Hand, die die Schnupftabaksdose hielt, seine Mütze auf Armlänge ab. Selbst als er schon an Madame Bouclet vorbei war, das Haus verlassen und seinen Morgenspaziergang wieder aufgenommen hatte, hielt er sie noch lange Zeit in der Hand.

Der dokumentarische Nachweis, den Madame Bouclet Monsieur Mutuel vor Augen gehalten hatte, bestand aus der Liste ihrer Mieter, die ihr Neffe und Buchhalter in sauberer Schrift hergestellt hatte. Dieser junge Mann führte eine Feder wie ein Engel und hatte neben ihrem Hauseingang für die Polizei aufgeschrieben: »Au second, M. L'Anglais, propriétaire.« Im zweiten Stockwerk Monsieur der Engländer, ein Mann von Vermögen. So stand es da. Nichts konnte klarer sein.

Madame Bouclet fuhr jetzt mit ihrem Zeigefinger über die Zeile hin, als suche sie darin eine Bestärkung, wie recht sie mit ihrem Fingerschnippen gegen Monsieur Mutuel gehabt hatte. Dann stützte sie die rechte Hand auf die Hüfte, mit einer so trotzigen Miene, als sollte sie niemals etwas dazu bringen, dieses Fingerschnippen zurückzunehmen, und schlenderte auf den Platz hinaus, um nach den Fenstern von Monsieur dem Engländer emporzublicken. Da dieser würdige Herr gerade zum Fenster heraussah, begrüßte ihn Madame Bouclet mit einem anmutigen Kopfnicken und blickte nach rechts und nach links, um ihm zu erklären, weshalb sie da war. Dann überlegte sie einen Augenblick, wie es schien, darüber verwundert, daß jemand, den sie erwartet hatte, ausgeblieben war, und trat darauf wieder in ihre Haustür zurück.

Madame Bouclet vermietete ihr ganzes Haus, das nach dem Platz hinausging, in möblierten Stockwerken und wohnte selbst im Hinterhof in Gesellschaft von Monsieur Bouclet, ihrem Gatten, der ein großer Billardspieler war. Überdies bestand ihr Besitz und Haushalt aus einer ererbten Brauerei, einigem Geflügel, zwei Karren, einem Neffen, einem kleinen Hündchen in einer großen Hundehütte, einem Rebstock, einem Kontor, vier Pferden, einer verheirateten Schwester und den beiden Kindern der verheirateten Schwester, einem Papagei, einer Trommel (die der kleine Junge ihrer verheirateten Schwester zu bearbeiten pflegte), zwei einquartierten Soldaten, einer Anzahl Tauben, einer Querpfeife (die der Neffe hinreißend zu spielen verstand), verschiedenen Dienstboten und überzähligen Leuten, einem schreckenerregenden Aufbau von künstlichen Felsen und hölzernen Schluchten von mindestens einem Meter Höhe, einem kleinen Springbrunnen und einem halben Dutzend großer Sonnenblumen. Das ganze Haus roch ständig nach Kaffee und Suppe.

Nun hatte der Engländer, als er sein Appartement mietete, seinen Namen bis auf den Buchstaben genau als *Langley* angegeben. Da er aber die britische Gewohnheit besaß, auf fremdem Boden seinen Mund möglichst wenig aufzumachen, ausgenommen bei den Mahlzeiten, so hatte die Brauerei nichts anderes verstehen können als L'Anglais. So war er Monsieur der Engländer geworden und geblieben.

»Solch ein Volk ist mir noch nie vorgekommen!« murmelte

Monsieur der Engländer, während er jetzt zum Fenster hinaussah. »Noch nie in meinem ganzen Leben!«

Das war auch die reine Wahrheit, denn er war noch niemals zuvor außerhalb seines Heimatlandes gewesen – einer feinen kleinen Insel, einer schönen kleinen Insel, einer rührigen kleinen Insel, die alle möglichen Verdienste besaß, aber doch nicht die ganze runde Welt war.

»Diese Burschen«, sagte Monsieur der Engländer zu sich selbst, während er sein Auge über den Platz hingleiten ließ, auf dem hier und da Soldaten zu sehen waren, »sehen genausowenig nach Soldaten aus wie . . .« Da kein Ausdruck genügend stark war, um den Satz zu beenden, ließ er ihn unvollendet.

Das war wiederum, aus seiner Erfahrung heraus beurteilt, vollkommen richtig. Denn obwohl in der Stadt und auf dem angrenzenden Land eine große Menge Soldaten zusammengezogen worden war, so hätte man doch jeden einzelnen genau unter die Lupe nehmen können, ohne einen einzigen unter ihnen zu finden, der hinter seiner blödsinnigen Krawatte erstickte, oder einen, den seine schlechtpassenden Schuhe drückten, oder einen, der sich vor lauter Riemen und Knöpfe nicht rühren konnte, oder einen, der in allen kleinen Angelegenheiten des Lebens auf raffinierte Weise hilflos gemacht worden war. Ein Schwarm von flinken, gescheiten, rührigen, gewandten, lebhaften Burschen, fähig, alles geschickt anzupacken, von einer Belagerung bis zum Suppenkochen, vom schweren Geschütz bis zu Zwirn und Nadel, vom Säbelfechten bis zum Zwiebelschälen, vom Kriegführen bis zum Omelettbacken – das war alles, was man gefunden hätte.

Welch ein Gewimmel! Von dem Großen Platz an, auf den Monsieur der Engländer hinabsah und auf dem ein paar Abteilungen noch nicht einexerzierter Rekruten von der letzten Aushebung »Treten am Ort« übten – einige von diesen Rekruten befanden sich, was ihre Kleidung anging, gewissermaßen noch im militärischen Raupenzustand, da sie noch ihre bäuerlichen Blusen trugen, während sie nur durch ihre mit Soldatenhosen bekleideten Beine bereits militärische Schmetterlinge waren –, von dem Großen Platz an bis über die Festungswerke hinaus und noch über lange Meilen der staubigen Landstraßen hin wimmelte es von Soldaten. Den ganzen Tag lang schmetterten auf den grasüberwachsenen Wällen der Stadt die Hörner und Trompeten exerzierender Soldaten; den ganzen Tag lang schlugen in versteckten Winkeln trockener Gräben die Trommeln exerzierender Soldaten. An jedem Vormittag stürmten Soldaten aus den großen Baracken auf den sandbedeckten Turnplatz davor und flogen über das hölzerne Pferd, hingen an baumelnden Seilen, schwangen mit dem Kopf nach unten am Barren hin und her und schnellten sich von hölzernen Brettern – alles so rasch und geschickt, daß sie wie bloße Funken von Soldaten erschienen. An jeder Ecke der Stadtmauer, an jedem Wachlokal, an jedem Tor, an jedem Schildwachhäuschen, an jeder Zugbrücke, an jedem schilfbewachsenen Graben und binsenbedeckten Kanal – nichts als Soldaten, Soldaten, Soldaten. Und da die Stadt fast nur aus Mauern, Wachlokalen, Toren, Schilderhäuschen, Zugbrücken, schilfbewachsenen Gräben und binsenbedeckten Kanälen bestand, gab es in der Stadt fast nichts als Soldaten.

Was wäre die verschlafene alte Stadt aber auch ohne die Soldaten gewesen! Denn selbst mit den Soldaten war sie so tief in Schlaf versunken, daß ihre Echos heiser, ihre Stangen und Schlösser und Riegel und Ketten, die den Feind abwehren sollten, rostig und ihre Gräben verstopft waren. Von den Tagen an, als Vauban ihre Bollwerke erbaute und ihnen ein derartiges Ausmaß gab, daß der Fremde beim ersten Anblick ganz verwirrt und betäubt wurde, da er den Eindruck nicht zu fassen vermochte – von den Tagen an, als Vauban die Stadt zu einem Beispiel jedes Kniffs der Befestigungskunst machte und nicht nur jedes Fleckchen Erde aufs geschickteste ausnutzte, indem er alles, rechts und links, hier und dort, finstere Winkel, Schmutzhaufen, Torweg, Bogenweg, bedeckte Gänge, trockene Straßen, feuchte Wege, Gräben, Fallgatter, Zugbrücken, Schleusen, platte Türme, durchbrochene Mauern, schwere Wälle seinen Zwecken nutzbar machte, sondern auch unter dem benachbarten Land hindurchtauchte und drei oder vier Meilen weiter wieder zum Vorschein kam, indem er eine verwirrende Menge von Hügeln und Wällen unter den Zichorien- und Rübenfeldern von sich blies – von jenen Tagen an bis zu den Tagen, in denen unsere Geschichte spielt, hatte die Stadt geschlafen und Staub und Rost und Schimmel hatten sich über ihre schläfrigen Arsenale und Magazine gebreitet und Gras hatte ihre schlafenden Straßen überwuchert.

Nur an den Markttagen erwachte der Große Platz auf einmal. Nur an den Markttagen schlug ein freundlicher Zauberer mit seinem Stab auf die Steine des Großen Platzes und im selben Augenblick erhoben sich lebenerfüllte Buden und Stände, Verkaufsbänke und Händlertische, viele hunderte handelnder und feilschender Stimmen erfüllten die Luft mit frohen Tönen, bunte Farben – weiße Hauben, blaue Blusen, grünes Gemüse – flossen zu einem angenehmen, wenn auch sonderbaren Bilde zusammen, und endlich schien der Prinz, für den dieses Zauberreich bestimmt war, wirklich gekommen zu sein und das ganze Werk Vaubans schien für ihn lebendig zu werden. Und jetzt strömten Bauern und Bäuerinnen in hellen Scharen in die Stadt – sie kamen auf langen, ebenen, von Bäumen umsäumten Landstraßen in Eselswagen mit weißen Planen und auf Eselsrücken und in Karren und Wagen und Kabrioletten und zu Fuß mit Schubkarren und schweren Lasten – sie kamen auch auf den Gräben und Kanälen in kleinen, spitzbugigen Landkähnen – und alle brachten Waren zum Verkauf mit. Und da gab es Stiefel und Schuhe und Süßigkeiten und Kleiderstoffe, und da gab es (in dem kühlen Schatten des Rathauses) Milch und Sahne und Butter und Käse, und da gab es Obst und Zwiebeln und Möhren und alles, was man zur Suppe brauchte, und da gab es Geflügel und Blumen und quiekende Schweine, und da gab es neue Schaufeln und Äxte und Spaten und Spitzhacken für die Landwirtschaft, und da gab es ungeheure Haufen Brot und ungemahlenes Korn in Säcken, und da gab es Puppen, und da stand der Kuchenmann und pries seine Waren unter Trommelklang an.

EINES REISENDEN GEPÄCK

Auf einmal ertönte Trompetengeschmetter und in vollem Staat fuhr in einem offenen Wagen »die Tochter eines Arztes« auf den Großen Platz. Vier prächtig gekleidete Diener standen hinten auf der Kutsche und spielten Hörner, Trommeln und Zimbeln, während die Dame, mit schweren goldenen Ketten und Ohrringen geschmückt und einen Hut mit blauen Federn auf dem Kopf, den zwei ungeheure Schirme aus künstlichen Rosen vor der bewundernden Sonne schützten, aus reiner Menschenliebe jene kleine, angenehme Arznei austeilte, die schon so vielen Tausenden geholfen hatte. Zahnschmerzen, Ohrenschmerzen, Kopfschmerzen, Herzschmerzen, Magenschmerzen, Schwäche, Nervosität, Krämpfe, Ohnmachtsanfälle, Fieber – alles heilte die kleine, angenehme Arznei aus der Hand »der Tochter eines Arztes«. Die Heilung verlief folgendermaßen – so verkündete »die Tochter eines Arztes«, die Besitzerin des prächtigen Wagens, den die Menge bewunderte, während die Hörner, Trommeln und Zimbeln ihre Worte mit lautem Schall bekräftigten: Am ersten Tag nach dem Einnehmen der kleinen, angenehmen Arznei fühlte man seine weitere Wirkung als das harmonische Gefühl einer unbeschreiblichen und unwiderstehlichen Freude; am zweiten Tag fühlte man sich so erstaunlich besser, daß man glaubte, man wäre in einen anderen Menschen umgewandelt worden; am dritten Tag wäre man vollkommen frei von der Krankheit, an der man gelitten hätte, ganz gleich, was für eine Krankheit es gewesen wäre und wie lange man sie schon gehabt hätte. Dann würde man »die Tochter des Arztes« aufsuchen wollen, um sich ihr zu Füßen zu werfen, den Saum ihres Gewandes zu küssen und alle seine Habe zu veräußern, um für den ganzen Erlös noch mehr von der kleinen, angenehmen Arznei zu erstehen; aber sie würde nicht mehr dasein – würde nach den ägyptischen Pyramiden gefahren sein, um Kräuter zu suchen – und der Patient würde zwar geheilt, aber voller Verzweiflung sein.

So betrieb »die Tochter eines Arztes« ihr Geschäft, und es ging glänzend, und so ging es weiter mit dem Verkaufen und Kaufen und dem Lärm der vielen Stimmen und dem bunten

Gewirr der Farben, bis die sinkende Sonne, die die Schatten hoher Dächer auf »die Tochter eines Arztes« warf, sie daran mahnte, nach Westen davonzufahren, während die Sonnenstrahlen ihre prächtige Equipage und die blitzenden Instrumente mit einem letzten Schimmer übergossen. Und nun schlug der Zauberer abermals mit seinem Stab gegen die Steine des Großen Platzes und mit einemmal verschwanden die Buden, die Verkaufsbänke und Händlertische und die vielen Waren, und mit ihnen die Schubkarren, die Esel, die Eselswagen und die Karren und alles andere auf Rädern und Füßen, mit Ausnahme der Straßenreiniger, die mit plumpen Karren und mageren Pferden langsam vorbeifuhren und den Abfall beseitigten, wobei ihnen die glatten Stadttauben halfen, die fetter aussahen als an Richtmarkttagen. Noch eine oder zwei Stunden lang, bevor die herbstliche Sonne unterging, sahen die Spaziergänger vor dem Stadttor und der Zugbrücke und dem Ausfallpförtchen und dem Doppelgraben, wie der letzte Karren mit weißer Plane zwischen den länger werdenden Schatten der Landstraßenbäume verschwand, oder wie der letzte Bauernkahn, den die letzte Marktfrau nach Hause ruderte, sich schwarz auf dem rötlich schimmernden, langen, niedriggelegenen, schmalen Kanal abhob, der zwischen dem Beschauer und der Mühle lag. Und wenn das vom Ruder aufgewühlte Wasser und die Wasserpflanzen sich hinter dem Boot wieder beruhigt hatten, konnte der Beschauer sicher sein, daß der Kanal bis zum nächsten Markttag in seiner trägen Ruhe nicht gestört werden würde.

Da es nicht gerade ein solcher Tag des Erwachens für den Großen Platz war, als Monsieur der Engländer zusah, wie die Rekruten dort Treten am Ort übten, hinderte ihn nichts daran, sich in seinen Gedanken mit militärischen Dingen zu befassen.

»Diese Kerle sind überall einquartiert«, sagte er zu sich selbst; »und es ist wirklich der komischste Anblick von der Welt, wenn man zusieht, wie sie den Leuten das Feuer anmachen, das Essen kochen, auf die Kinder der Leute aufpassen, die Wiegen schaukeln, den Leuten das Gemüse waschen und sich ihnen in jeder möglichen unmilitärischen Art und Weise nützlich machen! Ich habe in meinem ganzen Leben noch keine solchen Kerle gesehen!«

Das stimmte alles aufs Wort. Gab es etwa nicht einen Soldaten Valentine in dem Haus, in dem Monsieur der Engländer wohnte, der das Hausmädchen, den Diener, die Köchin, den Verwalter und das Kindermädchen – alles in einem – in der Familie seines Hauptmanns, des Herrn Hauptmann de la Cour, ersetzte – der die Dielen scheuerte, die Betten machte, die Einkäufe besorgte, den Hauptmann anzog, den Mittagstisch deckte, den Salat zurechtmachte und das Wiegenkind wickelte, alles mit dem gleichen Eifer? Oder, um von ihm abzusehen, da er schließlich nur seine Pflicht bei seinem Vorgesetzten tat, gab es nicht einen Soldaten Hyppolite, der zweihundert Schritt weiter bei dem Parfümeriehändler im Quartier lag, und machte dieser in seiner dienstfreien Zeit nicht freiwillig den Ladendiener und verkaufte lachend Seife mit umgeschnalltem Kriegsschwert, während die hübsche Parfümeriehändlerin auf die Straße trat, um sich mit einer Nachbarin zu unterhalten oder dergleichen? War da nicht Emile, der bei einem Uhrmacher im Quartier lag und jeden Abend in Hemdsärmeln alle Uhren im Laden aufzog? War da nicht Eugen, der bei dem Klempner einquartiert war und mit der Pfeife im Mund den vier Quadratfuß großen Garten des Klempners in dem kleinen Hof hinter der Werkstatt bearbeitete und auf seinen Knien im Schweiße seines Angesichts die Früchte der Erde darauf zog? Oder, um nicht allzu viele Beispiele anzuführen, war da nicht Baptiste, der bei dem armen Wasserträger im Quartier lag, und saß dieser nicht gerade in diesem Augenblick mit gespreizten Kriegerbeinen in der Sonne auf dem Pflaster und hielt einen der wenigen Eimer des Wasserträgers zwischen ihnen, den er (zum Entzücken des Wasserträgers, der gerade mit einer schweren Last auf beiden Schultern von der Quelle kam) außen glänzend grün und innen glänzend rot anstrich? Oder, um bloß noch bis zum Barbier nebenan zu gehen, war da nicht Korporal Theophil ...

»Nein«, sagte Monsieur der Engländer mit einem Blick auf den Laden des Barbiers, »er ist jetzt nicht da. Aber das Kind ist da.«

Ein winziges Mädelchen stand auf der kleinen Treppe vor dem Barbierladen und blickte auf den Platz hinaus. Es war ein ganz kleines Kind, mit einem weißen Leinenhäubchen auf dem Kopf, wie sie die Kinder der französischen Landbevölkerung tragen (genau wie die Kinder auf niederländischen Gemälden), und einem Kleidchen aus blauem, hausgesponnenem Leinen, das keinerlei Formen aufwies, ausgenommen dort, wo es um den kleinen dicken Hals des Kindes zusammengebunden war. Infolgedessen sah die Kleine, die von Natur kurz und rundlich war, von hinten aus, als wäre sie an der Taille abgeschnitten und dann der Kopf auf den Stumpf passend daraufgesetzt worden.

»Aber das Kind ist da.«

Die Kleine rieb sich mit ihrem Grübchenhändchen die Augen, und nach dieser Bewegung zu urteilen, hatte sie bis jetzt geschlafen und ihre Augen erst vor kurzem aufgeschlagen. Aber die Augen sahen so interessiert auf den Platz hinaus, daß der Engländer der Richtung des Blickes folgte.

»Aha!« sagte er gleich darauf. »Das habe ich mir gedacht. Der Korporal ist da.«

Der Korporal, eine schneidige Gestalt von etwa dreißig Jahren, vielleicht ein wenig unter Mittelgröße, aber sehr wohlproportioniert – ein Korporal mit sonnverbranntem Gesicht und braunem Spitzbart –, drehte sich in diesem Augenblick gerade um und gab der Rekrutenabteilung, die er befehligte, in fließender Rede eine Erklärung. An dem Korporal war nicht das mindeste auszusetzen. Ein geschmeidiger, flinker Korporal, tadellos von seinen blitzenden schwarzen Augen unter der schneidigen Mütze bis zu seinen blitzenden weißen Gamaschen. Ein wahres Musterbild eines französischen Korporals in seiner Schulterlinie, der Linie seiner Weste, der Linie seiner weiten Hosen, wo sie am breitesten waren, und der Linie, wo sie über seinen Waden am engsten anlagen.

Monsieur der Engländer sah zu, und die Kleine sah zu, und

der Korporal sah zu (aber der letztere sah zu, wie seine Leute exerzierten), bis wenige Minuten darauf der Dienst zu Ende war und die militärischen Spritzer, die den Platz bedeckt hatten, eingetrocknet und verschwunden waren. Da sagte Monsieur der Engländer zu sich selbst: »Du lieber Himmel, da sieh einer an!« Denn der Korporal tanzte mit weitgeöffneten Armen auf den Barbierladen zu, hob die Kleine in die Höhe, hielt sie in fliegender Stellung ein Weilchen über seinem Kopf, setzte sie wieder auf den Boden, küßte sie und ging mit ihr in das Haus des Barbiers hinein.

Nun hatte Monsieur der Engländer Streit mit seiner ungehorsamen Tochter gehabt und sie verstoßen, und auch in diesem Fall handelte es sich um ein Kind. War nicht auch seine Tochter einst ein Kind gewesen, und war sie nicht wie ein kleiner Engel über seinen Kopf geflogen, gerade so wie dieses Kind über den Kopf des Korporals?

»Das ist ein« – hier folgte ein echt englisches Beiwort – »Narr!« sagte der Engländer und schloß sein Fenster.

Aber die Fenster des Hauses der Erinnerung und die Fenster des Hauses des Erbarmens lassen sich nicht so leicht schließen wie Fenster aus Glas und Holz. Sie springen auf, wenn man es am wenigsten erwartet; sie klappern und rasseln in der Nacht; man muß sie fest zunageln. Monsieur der Engländer hatte versucht, sie zuzunageln, aber er hatte die Nägel nicht tief genug hineingetrieben. Infolgedessen verbrachte er einen ziemlich unruhigen Abend und eine noch schlimmere Nacht.

War er von Natur ein gutmütiger Mensch? Nein; er besaß wenig Milde, denn seiner Ansicht nach war Milde nur ein Zeichen von Schwäche. War er heftig und wütend, wenn ihm etwas nicht paßte? Im höchsten Grade, und dabei unglaublich unvernünftig. War er mürrisch? Ganz außerordentlich mürrisch. War er rachsüchtig? Und ob! Er hatte sogar finster bei sich erwogen, ob er nicht seine Tochter in aller Form verfluchen sollte, wie er es im Theater gehört hatte. Es war ihm aber eingefallen, daß der wirkliche Himmel ein ganzes Ende von dem künstlichen Theaterhimmel, an dem der große Kronleuchter hängt, entfernt ist, und so hatte er diesen Gedanken wieder aufgegeben.

Und er war ins Ausland gegangen, um seine verstoßene Tochter für den ganzen Rest seines Lebens los zu sein. Und da war er nun.

Eigentlich war das der Hauptgrund dafür, daß Monsieur der Engländer über die Zuneigung des Korporals Theophil zu der kleinen Bebelle, dem Kind in dem Barbierladen, so erbost war. In einem unglücklichen Augenblick hatte er zu sich selbst gesagt: »Aber, zum Kuckuck, der Bursche ist doch nicht ihr Vater!« Ein scharfer Schmerz durchfuhr ihn plötzlich, als er diese Worte sprach, und seine Stimmung wurde noch beträchtlich trübseliger. So hatte er den nichtsahnenden Korporal nachdrücklich mit einem echt englischen Beiwort bedacht und darauf den Entschluß gefaßt, keinen Gedanken mehr an einen solchen Komödianten zu verschwenden.

Aber der Korporal war einfach nicht abzuschütteln. Wenn er die geheimsten Seelenregungen des Engländers gekannt hätte, und wenn er der aufdringlichste Korporal im ganzen großen französischen Heere gewesen wäre, anstatt der höflichste zu sein, so hätte er sich nicht hartnäckiger gerade mitten in alle Gedanken des Engländers eindrängen können. Und er war nicht nur in seinen Gedanken, sondern er schien ihm auch stets vor Augen zu sein. Monsieur der Engländer brauchte bloß zum Fenster hinauszusehen, um den Korporal mit der kleinen Bebelle wahrzunehmen. Er brauchte bloß einen Spaziergang zu machen, und siehe, da war der Korporal, der mit Bebelle ebenfalls spazierenging. Er brauchte bloß angewidert nach Hause zurückzukehren, und der Korporal und Bebelle waren bereits vor ihm wieder zu Hause. Wenn er früh am Morgen zu seinen Fenstern an der Hinterseite des Hauses hinausblickte, sah er den Korporal im Hinterhof des Barbiers, wie er Bebelle wusch und anzog und kämmte. Flüchtete er sich dann an die vorderen Fenster, so sah er den Korporal, wie er sein Frühstück auf den Platz hinausbrachte und es dort gemeinsam mit Bebelle verzehrte. Überall der Korporal und überall Bebelle. Niemals der Korporal ohne Bebelle. Niemals Bebelle ohne den Korporal.

Monsieur der Engländer war in der französischen Sprache als Mittel der mündlichen Verständigung nicht sehr bewandert, obwohl er sie sehr gut las. Es geht mit den Sprachen wie mit den Menschen: Wenn man sie nur vom Sehen kennt, täuscht man sich leicht in ihnen, erst das Reden begründet eine wahre Bekanntschaft.

Aus diesem Grunde mußte Monsieur der Engländer sich gewaltig zusammennehmen, bevor er sich dazu überwinden konnte, mit Madame Bouclet über diesen Korporal und diese Bebelle in einen Gedankenaustausch zu treten. Aber da Madame Bouclet eines Morgens zu ihm hereinkam, um entschuldigend zu bemerken, sie wäre, beim Himmel!, ganz verzweifelt, weil der Lampenmacher die ihm zur Ausbesserung übergebene Lampe noch nicht zurückgeschickt hätte, so ergriff Monsieur der Engländer die Gelegenheit beim Schopfe:

»Madame, jenes Kind...«

»Verzeihung, Monsieur, Sie meinen jene Lampe.«

»Nein, nein, jenes kleine Mädchen.«

»Aber, Verzeihung!« sagte Madame Bouclet, indem sie ihre Angelrute auswarf, um auf die Meinung des Engländers zu kommen, »man kann ein kleines Mädchen doch nicht anzünden oder zum Ausbessern schicken?«

»Das kleine Mädchen – in dem Haus des Barbiers.«

»Ah – h – h!« rief Madame Bouclet, mit ihrer feinen kleinen Angelrute plötzlich die Meinung des Engländers erfassend. »Die kleine Bebelle? Ja, ja, ja! Und ihr Freund, der Korporal? Ja, ja, ja, ja! So nett von ihm – finden Sie nicht auch?«

»Er ist kein...?«

»Durchaus nicht, durchaus nicht! Er ist kein Verwandter von ihr. Nicht im mindesten!«

»Dann tut er es also...«

»Ganz recht!« rief Madame Bouclet, »Sie haben vollkommen recht, Monsieur. Es ist so nett von ihm. Je weniger er mit ihr verwandt ist, desto netter ist es von ihm.«

»Ist sie . . .?«

»Das Kind des Barbiers?« Madame Bouclet schnellte ihre kleine Angelrute geschickt wieder in die Höhe. »Durchaus nicht, durchaus nicht! Sie ist das Kind von – mit einem Wort, von niemand.«

»Die Barbiersfrau also . . .?«

»Ganz richtig. Wie Sie sagen. Die Barbiersfrau erhält eine kleine Rente, um für das Kind zu sorgen. Jeden Monat soundso viel. Freilich, es ist wenig genug, denn wir sind hier alle arme Leute.«

»Sie sind nicht arm, Madame.«

»Was meine Mieter angeht«, erwiderte Madame Bouclet mit einem Lächeln und einem graziösen Kopfneigen, »nein. Was aber alles Sonstige angeht, so bin ich auch arm.«

»Sie schmeicheln mir, Madame.«

»Monsieur, *Sie* schmeicheln *mir,* dadurch, daß Sie bei mir wohnen.«

Da Monsieur der Engländer ein paarmal nach Luft schnappte, woraus sich entnehmen ließ, daß er seine Fragen gern wiederaufgenommen hätte, aber nicht recht wußte wie, richtete Madame Bouclet ihren Blick scharf auf ihn und schnellte ihre feine Angelrute mit bestem Erfolg wieder in die Höhe.

»O nein, Monsieur, ganz und gar nicht. Die Barbiersfrau ist nicht schlecht zu der armen Kleinen, aber sie ist nachlässig. Sie ist eine schwächliche Frau und sitzt den ganzen Tag am Fenster und blickt hinaus. Infolgedessen war die arme kleine Bebelle sehr vernachlässigt, als der Korporal zum erstenmal kam.«

»Es ist ein merkwürdiger . . .« begann Monsieur der Engländer.

»Name? Der Name Bebelle? Da haben Sie wiederum recht, Monsieur. Aber es ist ein Kosename für Gabrielle.«

»Und so hat sich der Korporal aus bloßer Laune des Kindes angenommen?« sagte Monsieur der Engländer mit einer grob verächtlichen Betonung.

»Du lieber Gott!« erwiderte Madame Bouclet mit einem

entschuldigenden Achselzucken, »der Mensch braucht etwas, woran er sein Herz hängen kann. Die menschliche Natur ist schwach.«

(»Verdammt schwach«, murmelte der Engländer in seiner Muttersprache.)

»Und da der Korporal«, fuhr Madame Bouclet fort, »im Haus des Barbiers einquartiert ist – wo er wahrscheinlich lange bleiben wird, denn er gehört zum Gefolge des Generals –, und da er fand, daß das arme elternlose Kind Liebe nötig hatte, und da er ferner fand, daß er selbst etwas brauchte, woran er sein Herz hängen könnte – nun, so verstehen Sie, wie sich alles fügte.«

Monsieur der Engländer nahm diese Erklärung sehr wenig freundlich auf und sagte zu sich selbst, als er wieder allein war, in beleidigtem Ton:

»Ich würde mich nicht so sehr darüber ärgern, wenn diese Leute nicht so« – ein echt englisches Beiwort – »sentimental wären!«

Vor der Stadt lag ein Friedhof, und es paßte schlecht zu dem Ruf der sentimentalen Bewohner dieser Festungsstadt, daß der Engländer an demselben Nachmittag dort spazierenging. Sicherlich gab es dort manche herrlichen Dinge zu sehen (vom Standpunkt des Engländers aus) und man würde in ganz Britannien ganz gewiß keinen solchen Friedhof gefunden haben. Da gab es phantastisch geformte Herzen und Kreuze aus Holz und Eisen, die über den ganzen Platz verstreut waren und ihm den Anschein gaben, daß dort nach Einbruch der Dunkelheit ein wunderbares Feuerwerk abgebrannt werden sollte. Da gab es ferner so viele Kränze auf den Gräbern, bestickt mit den verschiedensten Widmungen: »Meiner Mutter«, »Meiner Tochter«, »Meinem Vater«, »Meinem Bruder«, »Meiner Schwester«, »Meinem Freund«, und diese Kränze boten in ihren verschiedenen Zuständen ein buntes Bild, von dem erst gestern niedergelegten Kranz an, der in frischen Farben und mit hell schimmernden Perlen glänzte, bis zu dem Kranz vom vorigen Jahr, der als ein trauriger Strohwisch vermoderte! Da gab es so viele kleine Gärten und Grotten, die die Gräber zierten und in den unterschiedlichsten Formen angelegt waren, mit Pflanzen und Muscheln und Gipsfiguren und Prozellankrügen und zahllosen kleinen Verzierungen! Da hingen so viele Gedenktafeln, die sich durchaus nicht von kleinen runden Präsentiertellern unterscheiden ließen, auf welchen in auffälligen Farben entweder eine Dame oder ein Herr dargestellt waren, die mit einem ganz unverhältnismäßig großen weißen Taschentuch in der Haltung der tadellosesten Trauer und der tiefsten Betrübnis auf einer prachtvoll ausgeführten Urne lehnten! Es gab so viele überlebende Gattinnen, die auf den Gräbern ihrer verstorbenen Ehegatten ihre Namen mit angebracht hatten mit einer leeren Stelle für Jahr und Tag ihres eigenen Scheidens aus dieser mühsalbeladenen Welt; und es gab so viele überlebende Gatten, die ihren dahingeschiedenen Gattinnen dieselbe Ehre erwiesen hatten; und darunter gab es bestimmt so viele, die sich längst wieder verheiratet hatten! Kurz, es gab an diesem Ort so vieles, was einem Fremden als überflüssiger Tand erscheinen mußte, hätte er nicht wahrgenommen, daß selbst die geringste Papierblume, die auf dem armseligsten Hügelchen lag, niemals von einer rauhen Hand berührt wurde, sondern, als eine heilige Sache sich selbst überlassen, langsam vermoderte!

»Hier ist nichts von der Majestät des Todes«, hatte Monsieur der Engländer eben sagen wollen, als diese letzte Wahrnehmung gerade mit sanfter Mahnung an sein Herz rührte, so daß er schließlich den Friedhof verließ, ohne es gesagt zu haben. »Aber diese Leute sind«, bemerkte er, um sich schadlos zu halten, als er ganz außerhalb des Friedhofs war – »sie sind so« – Beiwort – »sentimental!«

Sein Rückweg führte ihn über den Turnplatz der Soldaten. Und hier kam er an dem Korporal vorbei, der seine Rekruten in fließender Rede unterrichtete, wie sie sich auf ihrem Weg zum Ruhm mit Hilfe eines Seils über tiefe, reißende Bäche hinüberschwingen müßten. Dabei sprang er selbst flink von einem Trittbrett hinab und flog hundert oder zweihundert Fuß weit, um ihnen Mut zu machen, das Wagnis zu unternehmen. Und hier kam er auch an der kleinen Bebelle vorbei, die (wahrscheinlich von den behutsamen Händen des Korporals) auf eine kleine Anhöhe gesetzt worden war und die wie ein verwunderter weiß-blauer Vogel mit großen, runden Augen den Vorgängen zusah.

»Wenn diese Kleine sterben würde«, dachte der Engländer, während er der Szene den Rücken kehrte und davonging – »und es geschähe dem Burschen fast recht, weil er sich so närrisch mit dem Kind anstellt –, dann glaube ich, würde er einen Kranz und eine Tafel auf jenem sonderbaren Friedhof anbringen.«

Trotzdem aber ging er, nachdem er noch ein- oder zweimal früh am Morgen zum Fenster hinausgesehen hatte, auf den Platz hinunter, als der Korporal und Bebelle dort spazierengingen, berührte seinen Hut vor dem Korporal (eine kolossale Leistung), und wünschte ihm guten Morgen.

»Guten Morgen, Monsieur.«

»Ein ganz hübsches Kind die Kleine, die Sie bei sich haben!« sagte Monsieur der Engländer, indem er Bebelle am Kinn faßte und in ihre erstaunten blauen Augen blickte.

»Monsieur, sie ist ein *sehr* hübsches Kind«, erwiderte der Korporal, indem er die höfliche Verbesserung, die er in dem Ausdruck des Engländers angebracht hatte, besonders nachdrücklich betonte.

»Auch gut?« sagte der Engländer.

»Sehr gut. Arme Kleine!«

»Ah!« Der Engländer bückte sich und streichelte Bebelles Wange, nicht ohne eine gewisse Verlegenheit, als hätte er das Gefühl, daß er in seiner Freundlichkeit zu weit ginge. »Was trägst du da für ein Medaillon um den Hals, mein Kind?«

Da Bebelle keine andere Antwort auf ihren Lippen hatte als ihr rundliches rechtes Fäustchen, übernahm der Korporal das Amt des Dolmetschers.

»Monsieur fragt, was das ist, Bebelle.«

»Es ist die heilige Jungfrau«, erwiderte Bébelle.

»Und wer hat es dir gegeben?« fragte der Engländer.
»Theophil.«
»Und wer ist Theophil?«
Bebelle brach in Gelächter aus, lachte fröhlich und herzlich, klatschte in ihre rundlichen Händchen und stampfte mit ihren Füßchen auf das Steinpflaster des Platzes.
»Er kennt Theophil nicht! Er kennt überhaupt niemand! Er kennt überhaupt nichts!«
Dann fiel es Bebelle ein, daß ihr Benehmen doch etwas zu wünschen übrigließe, weshalb sie ihr rechtes Händchen in dem einen Hosenbein des Korporals vergrub, ihre Wange gegen die Stelle legte und sie küßte.
»Monsieur Theophil vermutlich?« sagte der Engländer zu dem Korporal.
»Der bin ich, Monsieur.«
»Erlauben Sie.« Monsieur der Engländer schüttelte ihm herzlich die Hand und wandte sich zum Gehen. Er nahm es aber mächtig übel, daß der alte Monsieur Mutuel auf seinem Fleckchen Sonnenschein, dem er gerade begegnete, als er sich umwandte, mit einem Blick freudiger Zustimmung seine Mütze vor ihm zog. Und er brummte, während er den Gruß erwiderte, in seiner Muttersprache: »Nun, du Walnußgesicht, was geht das *dich* denn an?«
Es folgte eine Reihe von Wochen, während deren Monsieur der Engländer unruhige Abende und noch schlimmere Nächte verbrachte. Er machte fortwährend die Erfahrung, daß die besagten Fenster im Haus der Erinnerung und im Haus des Erbarmens nach Dunkelwerden klapperten und daß er sie nur sehr unvollkommen zugenagelt hatte. Während dieser vielen Wochen aber lernte er sowohl den Korporal als auch Bebelle von Tag zu Tag besser kennen. Das heißt, er faßte Bebelles Kinn und des Korporals Hand und bot Bebelle Soustücke und dem Korporal Zigarren an, und es kam sogar dazu, daß er mit dem Korporal die Tabakspfeife austauschte und Bebelle küßte. Aber er machte immer ein Gesicht dabei, als schämte er sich seiner Handlungsweise, und war stets sehr aufgebracht dar-

über, daß Monsieur Mutuel auf seinem Fleckchen Sonnenschein ihn beobachtete. Sooft das der Fall zu sein schien, brummte er stets in seiner Muttersprache: »Da bist du ja wieder, Walnußgesicht! Was geht denn *dich* das an?«

Mit einem Wort, Monsieur der Engländer füllte seine ganze Zeit damit aus, nach dem Korporal und der kleinen Bebelle zu sehen und es übelzunehmen, daß der alte Monsieur Mutuel ihm dabei zusah. Diese Beschäftigung erlitt nur eine Unterbrechung durch eine in einer windigen Nacht in der Stadt ausbrechende Feuersbrunst, wobei viele Wassereimer von Hand zu Hand gingen (der Engländer machte dabei wacker mit) und viele Trommeln geschlagen wurden, als auf einmal der Korporal verschwand.

Darauf verschwand ebenso plötzlich Bebelle.

Einige Tage nach dem Verschwinden des Korporals hatte man sie noch gesehen – sie war traurig vernachlässigt in bezug auf Waschen und Kämmen –, aber sie hatte keine Antwort gegeben, als der Engländer sie angeredet hatte, sondern war mit erschrockenem Gesicht davongelaufen. Und jetzt war anscheinend auch sie ganz und gar auf und davon gegangen. Und da lag nun der Große Platz öde und verlassen unter den Fenstern.

Scheu und verlegen wie Monsieur der Engländer war, fragte er niemanden, sondern stand beobachtend und wartend an seinen Fenstern nach vorn hinaus und stand beobachtend und wartend an seinen Fenstern nach hinten hinaus und ging auf dem Platz hin und her und blickte verstohlen in den Barbierladen hinein – alles, indem er vor sich hin pfiff und Melodien vor sich hin summte, um sich den Anschein zu geben, als suche er durchaus nichts. Da trat eines Nachmittags, als Monsieur Mutuels sonnenbeschienenes Fleckchen im Schatten lag und er nach allen Regeln und aller sonstigen Gewohnheit nicht das mindeste Recht hatte, sein rotes Bändchen auf der Straße spazierenzuführen, dieser Ehrenmann auf einmal auf den Engländer zu, wobei er seine Mütze bereits auf zwölf Schritt Entfernung abnahm.

Monsieur der Engländer war in dem gewöhnlichen Ausdruck seines Unwillens bereits so weit gekommen, daß er gesagt hatte: »Was geht...«, als er innehielt.

»Ah, eine traurige Geschichte, eine traurige Geschichte! Hélas, eine unglückliche Geschichte, eine traurige Geschichte!«

So sprach der alte Monsieur Mutuel und schüttelte dabei den grauen Kopf.

»Was geht – das heißt, ich wollte sagen, was meinen Sie, Monsieur Mutuel?«

»Unser Korporal. Hélas, unser braver Korporal!«

»Was ist ihm denn zugestoßen?«

»Haben Sie es nicht gehört?«

»Nein.«

»Bei der Feuersbrunst. Aber er war auch so tapfer, so hilfsbereit. Ah, zu tapfer, zu hilfsbereit!«

»Der Teufel mag Sie holen!« fiel der Engländer ungeduldig ein; »ich bitte um Verzeihung – ich meine mich – ich bin nicht daran gewöhnt, französisch zu sprechen – fahren Sie fort, wollen Sie so gut sein?«

»Und ein niederstürzender Balken...«

»Herrgott im Himmel!« rief der Engländer aus. »Ich denke, es war ein gewöhnlicher Soldat, der den Tod dabei gefunden hat?«

»Nein. Ein Korporal, dieser Korporal, unser braver Korporal. Alle seine Kameraden liebten ihn. Das Begräbnis war eine rührende – erschütternde Feierlichkeit. Monsieur Engländer, Ihnen steigen die Tränen in die Augen.«

»Was geht...«

»Monsieur Engländer, ich respektiere diese Ihre Gefühle. Ich sage Ihnen mit tiefster Achtung adieu. Ich will Ihr edles Herz nicht durch meine Anwesenheit belästigen.«

Monsieur Mutuel – ein Gentleman in jedem Faden seiner unsauberen Wäsche, unter dessen runzliger Hand jedes Körnchen in dem Viertellot armseligen Schnupftabaks in seiner armseligen kleinen Zinndose das Eigentum eines Gentleman wurde – Monsieur Mutuel setzte, die Mütze in der Hand, seinen Weg fort.

»Ich hätte wahrlich nicht gedacht«, sagte der Engländer, nachdem er ein paar Minuten gegangen war und sich dabei mehr als einmal geschneuzt hatte, »als ich mir diesen Friedhof ansah, daß – ich will noch einmal hingehen.«

Er ging geradeswegs hin. Als er sich dem Eingang näherte, hielt er inne und überlegte, ob er im Pförtnerhäuschen nach der Lage des Grabes fragen sollte. Aber er war weniger als je in der Stimmung, Fragen zu stellen, und er sagte sich auch: »Ich werde etwas auf dem Grab wahrnehmen, woran ich es erkennen werde.«

So schritt er, immer nach dem Grab des Korporals Ausschau haltend, langsam die Gänge auf und ab und sah sich zwischen den Kreuzen und Herzen und Säulen und Grabsteinen nach einem frisch umgegrabenen Fleck um. Es machte ihm auf einmal das Herz schwer, wenn er bedachte, wie viele Tote auf dem Friedhof lagen – er hätte sie vorher nicht auf den zehnten Teil geschätzt –, und nachdem er eine Zeitlang suchend dahingegangen war, sagte er, in eine neue Gräberreihe einbiegend, zu sich selbst: »Ich könnte beinahe denken, daß alles tot ist und nur ich allein lebe.«

Aber es war nicht alles tot. Ein lebendiges Kind lag schlafend am Boden. Er hatte tatsächlich etwas auf dem Grabe des Korporals gefunden, woran er es erkennen konnte, und dieses Etwas war Bebelle.

Die Kameraden des toten Soldaten hatten mit solch liebevollem Eifer an seiner Ruhestätte gearbeitet, daß sie bereits zu einem schmucken Gärtchen geworden war. Auf dem grünen Rasen des Gärtchens lag Bebelle und schlief, ihre Wange schmiegte sich an den Boden. Ein einfaches, ungestrichenes Holzkreuz war in den Rasen gepflanzt, und sie hielt mit ihrem kurzen Ärmchen dieses kleine Kreuz umschlungen, wie sie den Hals des Korporals oft und oft umschlungen hatte. Das Kopfende des Grabes war mit einer kleinen Flagge in den französischen Farben und einer Lorbeergirlande geschmückt.

Monsieur der Engländer nahm den Hut ab und stand eine Zeitlang schweigend da. Dann setzte er ihn wieder auf, ließ sich auf ein Knie nieder und weckte sanft das schlafende Kind.

»Bebelle! Mein Herzchen!«

Bebelle öffnete die noch tränenfeuchten Augen und machte zuerst ein erschrockenes Gesicht. Als sie aber sah, wer es war, ließ sie sich von ihm auf die Arme nehmen, wobei sie den Blick fest auf ihn gerichtet hielt.

»Du darfst nicht hier liegen, mein Herzchen. Du mußt mit mir kommen.«

»Nein, nein. Ich kann Theophil nicht verlassen. Ich brauche den lieben, guten Theophil.«

»Wir wollen hingehen und ihn suchen, Bebelle. Wir wollen hingehen und ihn in England suchen. Wir wollen hingehen und im Haus meiner Tochter nach ihm suchen, Bebelle.«

»Werden wir ihn dort finden?«

»Wir werden den besten Teil von ihm dort finden. Komm mit mir, meine Kleine. Der Himmel ist mein Zeuge«, sagte der Engländer leise, während er, bevor er sich erhob, den Rasen über der Brust des weichherzigen Korporals berührte, »daß ich mit dankbarem Herzen das mir anvertraute Pfand annehme!«

Es war für die Kleine ein langer Weg gewesen, da sie ihn ohne jede Hilfe zurückgelegt hatte. Infolgedessen lag sie bald wieder in tiefem Schlaf, während ihre Ärmchen jetzt den Hals des Engländers umschlangen. Er blickte auf ihre ausgetretenen Schuhe und ihre wunden Füßchen und ihr erschöpftes Gesichtchen und kam zu der Überzeugung, daß sie tagtäglich zum Friedhof gegangen sein mußte.

Er wollte das Grab mit der schlummernden Bebelle in seinen Armen eben verlassen, als er innehielt, ernst auf das Grab niederblickte und einen ernsten Blick über die anderen Gräber ringsum gleiten ließ.

»Es ist ein unschuldiger Brauch des Landes«, sagte Monsieur der Engländer zögernd. »Ich glaube, ich würde es gern tun. Es sieht ja niemand.«

Sorgsam bedacht, Bebelle im Gehen nicht aufzuwecken,

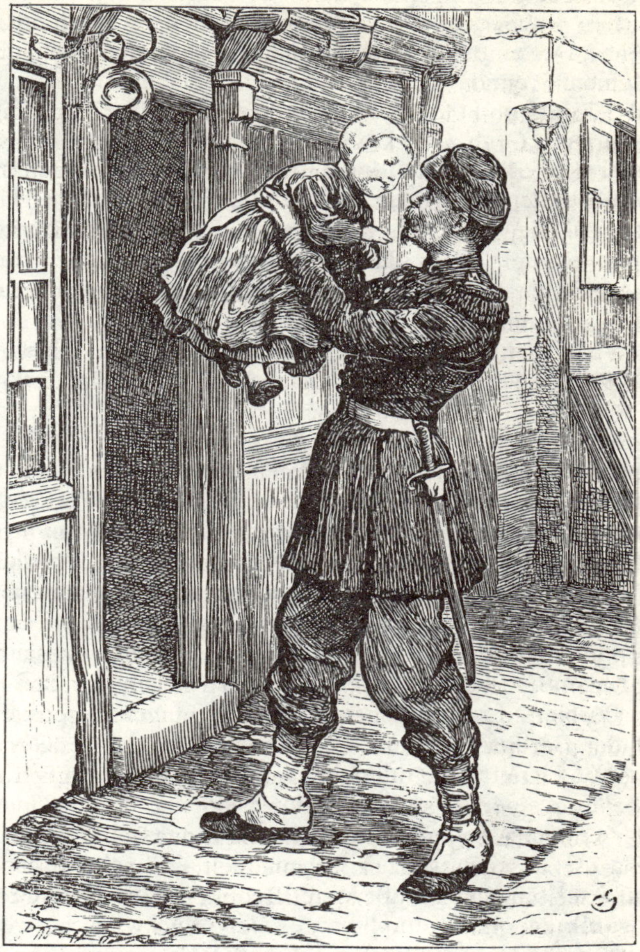

begab er sich nach dem Pförtnerhäuschen, wo jene kleinen Zeichen des Gedenkens feilgeboten wurden, und erstand zwei Kränze. Der eine in Blau und Weiß und schimmerndem Silber: »Meinem Freund«; der andere in den gemäßigten Farben Rot und Schwarz und Gelb: »Meinem Freund.« Mit diesen ging er wieder zum Grab zurück und ließ sich abermals auf ein Knie nieder. Er berührte die Lippen der Kleinen mit dem Kranz in den heller schimmernden Farben und führte dann ihr Händchen, daß sie ihn an das Kreuz hängen sollte; darauf hing er seinen eigenen Kranz daran. Schließlich paßten die Kränze ganz leidlich zu dem Gärtchen auf dem Grab. Meinem Freund. Meinem Freund.

Als Monsieur der Engländer, mit Bebelle in den Armen, um eine Straßenecke herum auf den Großen Platz blickte, nahm er es sehr übel, daß der alte Mutuel da war und sein rotes Bändchen spazierenführte. Er gab sich unendliche Mühe, ein Zusammentreffen mit dem würdigen Mann zu vermeiden, und brauchte verblüffend viel Zeit dazu, um wie ein Verbrecher, hinter dem die Schergen her sind, in seine Wohnung zu schleichen. Als er endlich sicher dort angelangt war, wusch und kämmte er Bebelle, wobei er sich bemühte, es soweit wie möglich genau in der Weise zu tun, wie er es den armen Korporal oft hatte machen sehen. Dann gab er ihr zu essen und zu trinken und legte sie auf sein Bett. Er begab sich darauf in den Barbierladen und kehrte nach einer kurzen Besprechung mit der Barbiersfrau und einer kurzen Zuhilfenahme seiner Börse und Brieftasche mit dem ganzen persönlichen Eigentum Bebelles in einem so kleinen Bündel wieder zurück, daß man es unter seinem Arm kaum wahrnehmen konnte.

Da es zu seiner ganzen Lebensweise und seinem ganzen Charakter schlecht gepaßt hätte, Bebelle in feierlichem Staat fortzuführen oder Komplimente oder Glückwünsche wegen dieser edlen Tat entgegenzunehmen, so verwandte er den ganzen folgenden Tag darauf, seine beiden Koffer durch allerhand Kniffe heimlich aus dem Haus zu bringen. Auch sonst benahm er sich in jeder Hinsicht, als ob er beabsichtigte, durchzubrennen, nur daß er seine paar Schulden in der Stadt bezahlte und für Madame Bouclet einen Abschiedsbrief schrieb, der an Stelle der Kündigung einen ausreichenden Geldbetrag enthielt. Um Mitternacht ging ein Zug, und in diesem Zug wollte er mit Bebelle davonfahren, um in England im Haus seiner Tochter, der er verziehen hatte, nach Theophil zu suchen.

Um Mitternacht – es war heller Mondschein – schlich Monsieur der Engländer wie ein harmloser Meuchelmörder, mit Bebelle statt eines Dolches an seiner Brust, aus dem Haus. Still lag der Große Platz da und still waren die leeren Straßen; die Kaffeehäuser waren geschlossen; bewegungslos lagen die Billardkugeln auf einem Haufen; die Wachen oder Soldaten, die hier und da im Dienst waren, blickten schläfrig vor sich hin; sogar der unersättliche Hunger des Stadtzollamtes war zu dieser Zeit durch den Schlummer beschwichtigt.

Monsieur der Engländer ließ den Platz hinter sich und ließ die Straßen hinter sich und ließ die Zivilistenstadt hinter sich und stieg zwischen die Befestigungswerke Vaubans, die alles umgaben, hinab. Wie der Schatten des ersten wuchtigen Bogenganges und Ausfallpförtchens auf ihn fiel und hinter ihm zurückblieb, wie der Schatten des zweiten wuchtigen Bogenganges und Ausfallpförtchens auf ihn fiel und hinter ihm zurückblieb, wie der hohle Klang seines Schrittes auf der ersten Zugbrücke von einem leiseren Ton abgelöst wurde, wie der hohle Klang seines Schrittes auf der zweiten Zugbrücke von einem leiseren Ton abgelöst wurde, wie er die sumpfigen Gräben einen nach dem anderen hinter sich ließ und auf das freie Land kam, wo der Mond die strömenden Wasser beschien, so wurden auch die finsteren Schatten und die hohlen Klänge und die in ungesunder Gebundenheit stagnierenden Ströme seiner Seele überwunden und freigemacht. Denkt daran, ihr Vaubans eurer eigenen Herzen, die ihr sie mit dreifachen Wällen und Gräben umgebt und sie mit Riegeln und Ketten und Stangen und Zugbrücken verseht – schleift diese Festungswerke und legt sie nieder, bis daß sie dem allesverzehrenden Staub gleich sind, ehe die Nacht kommt, da keine Hand sich mehr rühren kann!

Es ging alles gut ab, und er bestieg ein leeres Abteil in dem Zug, wo er Bebelle auf den ihm gegenüber befindlichen Sitz wie auf ein Bett niederlegen und sie von Kopf bis Fuß in seinen Mantel einhüllen konnte. Er hatte sich gerade von dieser Tätigkeit wieder aufgerichtet, lehnte sich in seinem Sitz zurück und blickte die schlafende Kleine mit großer Zufriedenheit an, als er eine sonderbare Erscheinung an dem offenen Abteilfenster gewahrte – eine gespenstisch kleine Zinndose, die im Mondschein in die Höhe kam und dort schweben blieb.

Er beugte sich vor und steckte den Kopf zum Fenster hinaus. Da stand unten mitten zwischen den Schienen und Rädern und Aschenhaufen Monsieur Mutuel mit seinem roten Bändchen und allem sonstigen Zubehör!

»Bitte um Verzeihung, Monsieur Engländer«, sagte Monsieur Mutuel und hielt seine Dose mit ausgestrecktem Arm in die Höhe, denn das Abteil war sehr hoch und er sehr klein; »ich werde die kleine Dose für immer in Ehren halten, wenn Ihre großmütige Hand zum Abschied eine Prise daraus nehmen will.«

Monsieur der Engländer streckte, bevor er der Aufforderung entsprach, seinen Arm zum Fenster hinaus, schüttelte Monsieur Mutuel – ohne den alten Knaben zu fragen, was ihn das anginge – die Hand und sagte: »Adieu! Gott segne Sie.«

»Und Gott segne *Sie,* Monsieur Engländer!« rief Madame Bouclet, die ebenfalls zwischen den Schienen und Rädern und Aschenhaufen stand. »Und Gott wird Sie in dem Glück des Kindes segnen, das Sie jetzt unter Ihren Schutz genommen haben. Und Gott wird Sie in Ihrem eigenen Kind zu Hause segnen. Und Gott wird Sie in Ihren Erinnerungen segnen. Und nehmen Sie dies von mir!«

Er hatte gerade noch Zeit, einen Blumenstrauß aus ihrer Hand in Empfang zu nehmen, als der Zug schon durch die Nacht dahinsauste. Auf dem Papierstreifen, der den Strauß umgab, stand in schöner Schrift (zweifellos von der Hand des

Neffen, der die Feder eines Engels führte): »Heil dem Freund der Freundlosen!«

»Keine schlechten Menschen, Bebelle!« sagte Monsieur der Engländer, indem er vorsichtig ein wenig den Mantel von ihrem schlafenden Gesichtchen lüpfte, um es zu küssen, »obwohl sie so . . .«

Da er selbst im Augenblick zu »sentimental« war, um dieses Wort aussprechen zu können, schloß er nur mit einem Schluchzen und fuhr einige Meilen im Mondschein dahin, während seine Hand auf seinen Augen lag.

Drittes Kapitel

Sein Paket in dem braunen Papier

Meine Werke sind wohlbekannt. Ich bin ein junger Künstler. Sie haben meine Werke schon manches Mal gesehen, obgleich die Wahrscheinlichkeit, daß Sie mich selbst gesehen haben könnten, sich wie eins zu fünfzigtausend verhält. Sie versichern, Sie hätten gar nicht den Wunsch, mich zu sehen? Sie meinen, Sie interessierten sich für meine Werke, aber nicht für mich? Seien Sie dessen nicht allzu gewiß. Lassen Sie sich einmal ein wenig erzählen.

Wir wollen die Tatsache gleich zu Anfang schwarz auf weiß niederlegen, so daß es nachher keinen Streit geben kann. Und diese Zeilen werden von einem Freund von mir durchgesehen, einem Etikettschreiber, der sich auf literarische Dinge versteht. Ich bin ein junger Künstler. Sie haben meine Werke zahllose Male gesehen, Sie haben sich über mich Gedanken gemacht, und Sie glauben, Sie hätten mich gesehen. Aber, ich kann mit Sicherheit behaupten, Sie haben mich niemals gesehen, Sie haben jetzt keine Gelegenheit, mich zu sehen, und Sie werden mich auch niemals sehen. Ich glaube, das ist klar und deutlich – und es ist gerade das, was mich umwirft.

Wenn es einen Mann der Öffentlichkeit gibt, der vom Schicksal geschlagen ist, dann bin ich es.

Ein bestimmter (oder unbestimmter) Philosoph hat einmal gesagt, die Welt wüßte nichts von ihren größten Männern. Er hätte sich noch deutlicher ausgedrückt, wenn er sein Auge in meine Richtung gelenkt hätte. Er hätte gesagt, daß die Welt zwar etwas von denen weiß, die anscheinend den Kampf aufnehmen und gewinnen, daß ihr aber diejenigen gänzlich unbekannt sind, die den Kampf wirklich aufnehmen und ihn nicht gewinnen.

Nicht, daß ich der einzige wäre, der unter Ungerechtigkeit zu leiden hat; aber gegen die Kränkungen, die ich selbst dulden muß, bin ich empfindlicher als gegen die, die einen anderen treffen. Da ich, wie gesagt, ein Künstler und kein Philanthrop bin, so gebe ich das ganz offen zu. Was Gefährten im Unglück anbetrifft, so habe ich daran keinen Mangel. Wen befördern Sie jeden Tag bei Ihren Wettbewerbs-Martern? Etwa die glücklichen Kandidaten, die Sie für immer auf Herz und Nieren geprüft haben? Da täuschen Sie sich aber! In Wirklichkeit befördern Sie die Einbläser, die hinter den Kandidaten stehen. Wenn dieser Ihr Grundsatz richtig ist, weshalb ziehen Sie dann nicht morgen früh mit den Schlüsseln Ihrer Städte auf Samtkissen bei Musik und fliegenden Fahnen aus und lesen auf den Knien den Einbläsern Adressen vor, mit der Bitte, heranzutreten und Sie zu regieren? Das gilt auch für alle öffentlichen Angelegenheiten, für die Finanzstatistiken und den Staatshaushalt; das Publikum weiß viel davon, wer in Wirklichkeit alle diese Arbeiten macht! Ihre edlen Lords und ehrenwerten Abgeordneten sind erstklassige Leute? Ja, so wie eine Gans ein erstklassiger Braten ist. Aber ich will Ihnen das über die Gans verraten: Sie werden von ihrem natürlichen Geschmack enttäuscht sein, wenn keine Füllung in ihr ist.

Sie meinen vielleicht, ich sei verbittert, weil ich nicht populär bin? Aber nehmen wir an, ich *bin* populär. Nehmen wir an, meine Werke ziehen das Publikum stets an, daß sie stets die Aufmerksamkeit der Menge erregen, mögen sie nur bei natürlichem oder künstlichem Licht gezeigt werden. Dann werden sie also zweifellos in einer Sammlung aufbewahrt? Nein, das ist nicht der Fall; sie befinden sich in keiner Sammlung. Aber dann sind sie im Buchhandel? Nein, auch nicht im Buchhandel. Aber sie müssen doch irgendwo sein? Wieder falsch getroffen, denn sie sind oft nirgendwo!

Daraufhin sagen Sie: »Auf jeden Fall sind Sie in einer sehr schlechten Stimmung, mein Freund.« Meine Antwort ist, daß ich mich als einen Mann der Öffentlichkeit geschildert habe, der vom Schicksal geschlagen ist – und das ist eine ausreichende Erklärung dafür, daß die Milch in dieser Kokosnuß geronnen ist.

Wer London kennt, kennt auch einen Ort auf der Surrey-Seite der Themse, der der Obelisk geheißen ist. Wer London nicht kennt, weiß jetzt, da ich ihn genannt habe, ebenfalls etwas davon. Nicht weit davon befindet sich meine Wohnung. Ich bin ein leichtlebiger junger Mann, der im Bett liegt, bis es unbedingt nötig ist aufzustehen und etwas zu verdienen, und der dann wieder im Bett liegt, bis es ausgegeben ist.

Einmal mußte ich mich, um Lebensmittel zu beschaffen, wieder daranmachen. Ich ging abends nach Einbruch der Dunkelheit mit einem Bekannten und Hausgenossen aus dem Gasschlosserberuf die Waterloo Road entlang. Er ist ein sehr lieber Kerl, hat beim Theater gearbeitet und hat selbst eine Neigung zum Schauspielern. Sein sehnlichster Wunsch ist, als Othello auf die Bretter zu kommen; ob das etwa daher rührt, daß seine Arbeit ihm gewöhnlich Gesicht und Hände mehr oder weniger schwärzt, kann ich nicht sagen.

»Tom«, sagte er, »welch ein Geheimnis doch über Euch schwebt!«

»Ja, Mr. Click« – die übrigen Einwohner des Hauses nennen ihn gewöhnlich bei seinem vollen Namen, da er im ersten Stock nach vorn hinaus wohnt, überall Teppiche liegen hat und seine eigenen Möbel besitzt, und wenn sie auch nicht Mahagoni sind, so doch eine sehr gute Imitation – »ja, Mr. Click, über mir schwebt ein Geheimnis.«

»Macht Euch verstimmt, ist's nicht so?« sagte er, mich von der Seite ansehend.

»Nun ja, Mr. Click«, ich konnte einen Seufzer nicht unterdrücken, »es sind Umstände mit dabei, die mich verstimmen.«

»Macht Euch auch ein bißchen zum Menschenfeind, nicht?«

sagte er. »Ich will Euch etwas sagen. Wenn ich Ihr wäre, so würde ich es abschütteln.«

»Wenn ich Ihr wäre, so würde ich es tun, Mr. Click; aber wenn Ihr ich wäret, so würdet Ihr es nicht tun.«

»Ah!« sagte er, »daran ist etwas Wahres.«

Als wir ein wenig weitergegangen waren, nahm er den Faden des Gesprächs wieder auf, indem er mich an der Brust berührte.

»Seht Ihr, Tom, es kommt mir vor, als hättet Ihr dort, um mit dem Dichter des Familiendramas ›Der Fremde‹ zu sprechen, einen schweigenden Kummer.«

»So ist es auch, Mr. Click.«

»Ich will hoffen, Tom«, sagte er, seine Stimme freundlich senkend, »daß es nicht Falschmünzerei ist?«

»Nein, Mr. Click. Da braucht Ihr Euch keine Sorgen zu machen.«

»Und auch keine Banknotenfäl . . .« Mr. Click hielt inne und fügte hinzu: »Nachahmung von irgend etwas, zum Beispiel?«

»Nein, Mr. Click. Ich bin ein ganz rechtschaffener Künstler – aber mehr kann ich nicht sagen.«

»Ah! Unter einer Art Unglücksstern? Einer Art bösem Zauber? Einer Art Fluch des Schicksals? Ein Wurm, der an Eurem Herzen nagt, soviel ich begreifen kann?« sagte Mr. Click mit einer gewissen Bewunderung.

Ich antwortete, das wäre es ungefähr, wenn wir auf Einzelheiten eingehen wollten, und es schien mir, daß er stolz auf mich war.

In dieser Unterhaltung begriffen, stießen wir auf eine Menschenmenge, von der der größere Teil nach vorn drängte, um etwas auf dem Pflaster zu betrachten. Es handelte sich um verschiedene Zeichnungen, die mit farbiger Kreide auf die Pflastersteine gemalt worden waren. Zur Beleuchtung dienten zwei Kerzen, die in einem Paar Lehmdillen steckten. Die Zeichnungen stellten verschiedene Gegenstände dar. Da sah man Kopf und Schultern eines frischen Lachses, der angeblich eben erst aus einem Fischladen in die Küche geschickt worden war; eine Mondscheinnacht auf dem Meer (in einem Kreis);

totes Wildbret; Arabesken; den eisgrauen Kopf eines in fromme Andacht versunkenen Eremiten; den Kopf eines pfeiferauchenden Jagdhundes; und einen Cherub, mit Fettfalten in der Haut wie ein Baby, der in horizontaler Richtung gegen den Wind flog. Alle diese Zeichnungen waren meiner Ansicht nach ganz vortrefflich ausgeführt.

Am einen Ende dieser Galerie lag ein schäbiger Mann von sehr bescheidenem Aussehen, der entsetzlich zitterte (obwohl es durchaus nicht kalt war), auf den Knien. Er blies den Kreidestaub von dem Mond weg, schattierte den Umriß des Eremitenkopfes mit einem Stückchen Leder und verstärkte den Grundstrich des einen oder anderen Buchstabens der Beschriftung. Ich habe vergessen zu bemerken, daß auch eine Beschriftung zu dem Ganzen gehörte, und auch diese war – meiner Ansicht nach – vortrefflich ausgeführt. Man las da in schönen runden Buchstaben folgendes:

»Ein ehrlicher Mensch ist das edelste Werk Gottes. 1 2 3 4 5 6 7 8 9 0. Es wird demütig um Beschäftigung in einem Kontor gebeten. Ehre der Königin. Hunger 0 9 8 7 6 5 4 3 2 1 tut weh. Astronomie und Mathematik. Ich tue dies, um für meine Familie Brot zu schaffen.«

Unter der Menge ließen sich gemurmelte Äußerungen der Bewunderung über die ungewöhnliche Schönheit dieser Zeichnungen vernehmen. Der Künstler war mit seinem Ausbessern fertig geworden (wobei der die betreffenden Stellen verdorben hatte) und setzte sich, die Knie fast bis an das Kinn emporgezogen, auf das Pflaster. Halbpencestücke begannen auf ihn herunterzuregnen.

»Es ist ein Jammer, einen Mann mit so viel Begabung so tief gesunken zu sehen, nicht?« sagte jemand aus der Menge zu mir.

»Was hätte der im Kutschen- oder Häuserbemalen leisten können!« sagte ein zweiter Mann, auf die Bemerkung des ersten Sprechers eingehend, weil ich stumm blieb.

»Schon seine bloße Schrift – wie die des Lordkanzlers!« sagte wieder ein anderer.

»Besser«, sagte ein vierter. »Ich kenne *dessen* Schrift. Er könnte auf diese Weise kein Brot für seine Familie beschaffen.«

Eine Frau bemerkte, das Haar des Eremiten wäre von einer täuschend natürlichen Flockigkeit, und eine zweite, die Freundin der ersten, meinte, man sähe fast, wie der Lachs mit seinen Kiemen atmete. Dann trat ein ältlicher Gentleman vom Land an den bescheidenen Mann heran und fragte ihn, wie er seine Werke ausführte. Und der bescheidene Mann zog ein paar Tüten mit Farben aus der Tasche und zeigte sie ihm. Dann fragte ein Esel mit rosiger Gesichtsfarbe, gelbem Haar und einer Brille, ob der Eremit ein Porträt sei. Worauf der bescheidene Mann mit einem schmerzlichen Blick auf die Zeichnung erwiderte, daß sie bis zu einem gewissen Grade eine Erinnerung an seinen Vater wäre. Daraufhin rief ein Junge: »Ist der Hund mit der Pfeife Eure Mutter?« Aber ein mitfühlender Zimmermann mit seinem Werkzeugsack auf dem Rücken drängte den vorlauten Rufer sofort außer Sichtweite.

Bei jeder neuen Frage oder Bemerkung drängte die Menge interessierter nach vorn und ließ die Halbpencestücke freigebiger fallen, während der bescheidene Mann sie immer demütiger aufsammelte. Schließlich trat ein anderer ältlicher Gentleman zu dem Künstler und gab ihm seine Karte, mit der Aufforderung, morgen in sein Kontor zu kommen, wo er etwas zum Abschreiben für ihn hätte. Die Karte wurde von einem Sechspencestück begleitet, und der Künstler äußerte seine tiefste Dankbarkeit. Bevor er die Karte in seinen Hut legte, las er sie bei dem Licht seiner Kerzen ein paarmal durch, um sich die Adresse für den Fall des Verlusts fest einzuprägen. Die Menge hatte diesen letzten Vorgang mit dem größten Interesse verfolgt, und ein Mann in der zweiten Reihe brummte:

»Jetzt habt Ihr eine Aussicht im Leben, nicht wahr?«

Der Künstler erwiderte (wobei er jedoch sehr niedergeschlagen schnüffelte):

»Ich will es dankbar hoffen.«

Worauf es allgemein im Chor erklang: »Da habt Ihr recht«, und die Halbpencestücke wurden ganz entschieden spärlicher.

Ich fühlte mich am Arm weggezogen, und Mr. Click und ich standen allein an der Ecke der nächsten Seitenstraße.

»Aber, Tom«, sagte Mr. Click, » Ihr macht ein geradezu entsetzliches Gesicht!«

»Wirklich?« sagte ich.

»Wirklich!« wiederholte Mr. Click. »Ihr saht aus, als wolltet Ihr ihn ermorden.«

»Wen?«

»Den Künstler.«

»Den Künstler?« wiederholte ich. Und ich lachte in einer wahnsinnigen, wilden, finsteren, stoßartigen, unangenehmen Weise. Ich weiß, daß ich das tat. Ich bin mir dessen vollkommen bewußt.

Mr. Click starrte mich erschrocken an, sagte aber kein Wort, bis wir die ganze Länge der Straße zurückgelegt hatten. Dann blieb er auf einmal stehen und sagte, mit dem Zeigefinger aufgeregt in der Luft hin und her fahrend:

»Thomas, ich halte es für nötig, aufrichtig zu Euch zu sein. Ich mag neidische Menschen nicht. Ich habe den Wurm, der an Eurem Herzen nagt, erkannt, Thomas. Es ist der Neid.«

»Wirklich?« sagte ich.

»Ja, wirklich«, sagte er. »Thomas, hütet Euch vor dem Neid. Er ist das grünäugige Ungeheuer, das niemals eine leuchtende Stunde genoß und es niemals tun wird, sondern ganz im Gegenteil. Ich fürchte die neidischen Menschen, Thomas. Ich gestehe, daß mir die neidischen Menschen unheimlich sind, wenn sie in ihrem Neid so weit gehen wir Ihr. Als Ihr die Werke eines begabten Nebenbuhlers betrachtetet, und als Ihr das Lob dieses Nebenbuhlers mit anhörtet, und besonders als Ihr seinem demütigen Blick begegnetet, als er diese Karte wegsteckte, lag eine solche Bosheit in Eurem Gesicht, daß es geradezu entsetzlich war. Thomas, ich habe von dem Neid der Künstler gehört, aber ich habe nie geglaubt, daß er so weit gehen könnte wie bei Euch. Ich wünsche Euch alles Gute, aber ich sage Euch hiermit Lebewohl. Und wenn Ihr je in Schwierigkeiten kommen solltet, weil Ihr einen Kollegen erstochen oder erwürgt habt – und ich glaube, Ihr werdet das eines Tages tun –, dann nennt mich nicht als Zeugen, Thomas, oder ich werde genötigt sein, Euch zu schaden.

Mr. Click schied mit diesen Worten von mir, und unsere Bekanntschaft war damit zu Ende.

Ich verliebte mich in ein Mädchen namens Henrietta. Es gelang mir sogar trotz meiner Leichtlebigkeit, häufig aufzustehen, um ihr zu folgen. Sie wohnte ebenfalls in der Nähe des Obelisken, und ich hegte die zuversichtliche Hoffnung, daß niemand zwischen sie und mich treten würde.

Henrietta wankelmütig zu nennen, heißt lediglich sie Frau zu nennen. Wenn ich aber sage, daß sie Putzmacherin war, so gebe ich damit nur einen schwachen Begriff von dem Geschmack, den sie in ihrem eigenen Putz entwickelte.

Sie willigte ein, mit mir zu gehen. Die Gerechtigkeit erfordert es, einzuräumen, daß sie es nur zur Probe tat.

»Ich bin bis jetzt noch nicht geneigt«, sagte Henrietta, »in Euch etwas anderes als einen Freund zu sehen, Thomas. Aber als Freund will ich mit Euch gehen, wobei sanftere Gefühle für später nicht ausgeschlossen sind.«

Wir gingen.

Von Henriettas Listen beeinflußt, stand ich jetzt täglich auf. Ich ging mit einem vorher unbekannten Fleiß meiner beruflichen Tätigkeit nach, und Leute, die mit den Straßen von London vertraut sind, werden sicherlich beobachtet haben, daß es zu jener Zeit eine größere Menge ... gab. Aber halt! Noch ist die Zeit nicht gekommen!

An einem Oktoberabend ging ich mit Henrietta spazieren und wir genossen das kühle Lüftchen, das über die Vauxhall Bridge wehte. Nachdem wir ein paarmal langsam auf und ab gegangen waren, fing Henrietta häufig zu gähnen an (so tief wurzelt die Neigung zu aufregenden Erlebnissen im Gemüt der Frauen) und sagte:

»Wir wollen über Grosvenor Place, Piccadilly und Waterloo nach Hause gehen.«

Das sind, wie ich zur Belehrung für Fremde mitteilen

möchte, sehr bekannte Örtlichkeiten von London, und die letztere ist eine Brücke.

»Nein. Nicht über Piccadilly, Henrietta«, sagte ich.

»Und weshalb denn nicht über Piccadilly, möchte ich wissen?« fragte Henrietta.

Konnte ich es ihr sagen? Konnte ich ihr die düstere Ahnung gestehen, die mein Gemüt beschattete? Konnte ich ihr verständlich machen, was in mir vorging? Nein.

»Ich liebe Piccadilly nicht, Henrietta.«

»Aber ich«, sagte sie. »Es ist jetzt Abend, und ich finde die langen Lampenreihen in Piccadilly am Abend schön. Ich *will* nach Piccadilly gehen!«

So gingen wir natürlich. Es war ein schöner Abend und die Straßen waren sehr belebt. Die Luft war zwar frisch, aber nicht zu kalt und nicht feucht. Gestatten Sie mir die dunkle Andeutung, daß es gerade der richtige Abend war – *für diesen Zweck*.

Als wir an der Gartenmauer des königlichen Palastes auf dem Grosvenor Place entlanggingen, murmelte Henrietta:

»Ich wollte, ich wäre eine Königin!«

»Weshalb denn, Henrietta?«

»Ich würde *dich* zu etwas machen«, sagte sie und faltete beide Hände über meinem Arm, während sie den Kopf abwandte.

Ich schloß aus diesen Worten, daß die sanfteren Gefühle, von denen oben die Rede war, sich eingestellt hatten, und benahm mich dementsprechend. So kamen wir, von Seligkeit erfüllt, auf die verabscheute Straße von Piccadilly. Auf dieser Straße befindet sich rechter Hand eine Baumreihe, das Gitter des Green Parks und ein schönes, breites, sehr gut brauchbares Stück Pflaster.

»O mein Gott!« rief Henrietta nach einigen Augenblicken aus. »Es ist etwas passiert!«

Ich blickte nach links und sagte: »Wo, Henrietta?«

»Nicht dort, du Dummkopf!« sagte sie. »Da drüben am Parkgitter. Wo die Leute stehen. Aber nein, es ist gar nichts passiert, es gibt da bloß was zu sehen! Was sind das für Lichter?«

Sie meinte zwei Lichter, die tief unten zwischen den Beinen der Menge flimmerten: zwei Kerzen auf dem Pflaster.

»Ach, komm doch!« rief Henrietta, mit mir über die Straße hüpfend. Ich suchte sie zurückzuhalten, aber es war vergebens. »Wir wollen uns das mal ansehen!«

Wiederum Zeichnungen auf dem Pflaster. In der mittleren Abteilung der Vesuv in voller Tätigkeit (in einem Kreis), daneben vier ovale Abteilungen, jede mit einem besonderen Bild, nämlich einem Schiff bei stürmischer See, einer Hammelkeule mit zwei Gurken, einem goldenen Ährenfeld mit der Hütte des Besitzers in einiger Entfernung und einem naturgetreu wiedergegebenen Besteck von Messer und Gabel; über der mittleren Abteilung befand sich ein Traubenbüschel, und über alles spannte sich ein Regenbogen. Meiner Meinung nach war es ganz vortrefflich ausgeführt.

Der Mann, der diese Zeichnungen betreute, war in jeder Hinsicht, mit Ausnahme des schäbigen Äußeren, dem vorigen Individuum unähnlich. Sein ganzes Aussehen und Auftreten war voller Lebendigkeit. Obwohl in abgetragenen Kleidern, erzählte er der Menge, daß die Armut ihn nicht gebrochen hätte und er sich keineswegs schäme, auf diese ehrliche Weise einigen Nutzen aus seinen Talenten zu ziehen. Die Beschriftung, die zu seinen Zeichnungen gehörte, war in einem ähnlichen zuversichtlichen Ton gehalten. Folgendes war ihr Inhalt:

»Der Schreiber ist arm, aber nicht verzagt. Er wendet sich an das britische 1 2 3 4 5 6 7 8 9 0 Publikum. Ehre unserer braven Armee! Und auch 0 9 8 7 6 5 4 3 2 1 unserer tapferen Marine. Briten, streikt! Der A B C D E F G Schreiber mit Kreide würde für eine passende Anstellung dankbar sein. Die Heimat! Hurra!«

Meiner Meinung nach war diese Schrift ganz vortrefflich ausgeführt.

In einer Beziehung aber verhielt sich dieser Mann so wie der vorige. Während er nämlich mit einem großen Aufwand von Papiertüten und Wischtüchern scheinbar eifrig bei der Arbeit war, verstärkte er in Wirklichkeit nur hier und da den Grundstrich eines Buchstabens oder blies die überschüssige Kreide von dem Regenbogen weg oder schattierte den äußeren Rand der Hammelkeule. Das tat er zwar mit großer Sicherheit, aber (wie mir auffiel) so ungeschickt, daß er alles verdarb, was er anrührte. Als er sich deshalb über den purpurnen Rauch, der aus dem Schornstein der entfernten Hütte des Besitzers des goldenen Ährenfeldes aufstieg, hermachen wollte – es war ein schön weich gezeichneter Rauch –, sagte ich auf einmal:

»Laßt das bleiben, versteht Ihr?«

»Holla!« sagte der Mann, der in der Menschenmenge mir zunächst stand, indem er mich rücksichtslos mit dem Ellbogen wegstieß, »warum habt Ihr kein Telegramm geschickt? Wenn wir gewußt hätten, daß Ihr kämt, dann hätten wir etwas Besseres für Euch vorbereitet. Ihr versteht Euch wohl besser auf die Arbeit des Mannes als er selbst, was? Habt Ihr schon Euer Testament gemacht? Ihr seid zu gescheit, um lange leben zu können.«

»Seien Sie nicht hart gegen den Gentleman, Sir«, sagte der Mann, der die Kunstwerke betreute, während er mir zublinzelte; »vielleicht ist er selbst ein Künstler. Wenn das der Fall ist, Sir, so wird er ein kollegiales Verständnis dafür haben, Sir, wenn ich« – er ließ seinen Worten stets die Tat folgen, während er fortfuhr; nach jedem Strich, den er tat, schlug er scharf die Hände zusammen und die ganze Zeit über kroch er unablässig um die Zeichnungen herum und herum – »den Hauch auf meinen Weintrauben ein wenig aufhelle – das Orange in meinem Regenbogen dunkler mache – das i in meinen Briten mit einem Punkt versehe – meiner Gurke einen gelblichen Schimmer verleihe – in meine Hammelkeule noch ein Stückchen Fett einfüge – auf mein Schiff in Not noch einen Zickzack-Blitz herabfahren lasse!«

Er schien das so geschickt zu tun und war so flink bei der Arbeit, daß die Halbpencestücke nur so flogen.

»Dank, edles Publikum, Dank!« sagte der Professor. »Sie ermutigen mich zu weiteren Anstrengungen. Mein Name wird noch in der Liste der britischen Maler stehen. Da ich Ermutigung finde, werde ich noch bessere Sachen als diese fertigbringen. Das werde ich wahrhaftig.«

»Ihr könnt nichts Besseres fertigbringen als dieses Traubenbüschel«, sagte Henrietta. »Oh, Thomas, diese Trauben!«

»Nichts Besseres als *dies*, Lady? Ich hoffe auf die Zeit, wo ich alles lebenswahr werde malen können, ausgenommen Ihre leuchtenden Augen und frischen Lippen.«

»(Thomas, hast du das gehört?) Aber es muß lange dauern, Sir«, sagte Henrietta errötend, »bis man so malen kann.«

»Ich war in der Lehre, Miß«, sagte der junge Mann, indem er die Zeichnungen mit flinken Bewegungen weiter verbesserte – »ich war in der Lehre in den Höhlen von Spanien und Portugal eine lange Zeit und noch zwei Jahre drüber.«

Ein Gelächter erschallte aus der Menge, und ein neu Dazugekommener, der sich bis an meine Seite gedrängt hatte, sagte:

»Er ist dabei auch ein schneidiger Kerl, was?«

»Und welch ein Auge!« rief Henrietta leise.

»Ah! Das muß er auch haben«, sagte der Mann.

»Ah! Das muß er«, murmelte es unter der Menge.

»Er hätte diesen brennenden Berg hier nicht ohne ein solches Auge fertigkriegen können«, sagte der Mann. Er hatte es irgendwie dazu gebracht, daß er als eine Autorität angesehen wurde, und man blickte auf seinen Finger, der auf den Vesuv hinwies. »Diese Wirkung an allgemeiner Beleuchtung fertigzukriegen, dazu braucht er schon ein Auge; aber es mit zwei Strichen fertigzukriegen – das ist wahrhaftig genug, um ihn blind zu machen!«

Während dieser Betrüger sich stellte, als habe er diese Worte nicht gehört, zwinkerte er jetzt derartig mit beiden Augen zugleich, daß es den Eindruck machte, als seien sie schrecklich überanstrengt. Zugleich warf er sein langes Haar zurück – es war sehr lang –, als wolle er seine fiebrige Stirn kühlen. Ich beobachtete ihn dabei, als Henrietta mir plötzlich zuflüsterte: »Oh, Thomas, was für ein entsetzliches Gesicht du machst!« und mich am Arm aus der Menge zog.

Mir fielen Mr. Clicks Worte ein, und ich erwiderte verwirrt: »Was meinst du mit entsetzlich?«

»Ach du lieber Himmel! Du sahst gerade so aus«, sagte Henriette, »als ob du nach seinem Blut verlangtest.«

Ich wollte gerade antworten: »Ja, das möchte ich auch haben, für zwei Pence – aus seiner Nase«, als ich mich besann und schwieg.

Wir gingen schweigend nach Hause. Mit jedem Schritt, den wir zurücklegten, ebbten die sanfteren Gefühle, die sich eingestellt hatten, mit einer Geschwindigkeit von vier Meilen in der Stunde wieder ab. Genauso wie ich vorhin, als die Gefühle sich eingestellt hatten, mich dementsprechend benommen hatte, so paßte ich jetzt mein Verhalten der neuen Sachlage an und ließ meinen Arm so schlaff herabhängen, daß sie sich kaum daran festhalten konnte. Als wir uns trennten, sagte ich ihr so kalt gute Nacht, daß ich diesen Abschied, ohne zu übertreiben, als eine Eisdusche charakterisieren kann.

Im Laufe des nächsten Tages erhielt ich das folgende Schreiben:

Henrietta teilt Thomas mit, daß mir die Augen in bezug auf Euch geöffnet wurden. Ich wünsche Euch alles Glück, aber Miteinandergehen und wir – dazwischen liegt ein unüberbrückbarer Abgrund. Jemand, der so neidisch auf Überlegenheit ist – oh, jener Blick auf ihn! – kann niemals ein Führer sein für
Henrietta

Nachschrift: Zum Altar.

Meiner leichtlebigen Gemütsart nachgebend, legte ich mich nach dem Empfang dieses Briefes auf eine Woche ins Bett. Während dieser ganzen Zeit mußte London die gewohnten Früchte meiner Arbeit entbehren. Als ich sie wiederaufnahm, machte ich die Entdeckung, daß Henrietta mit dem Künstler von Piccadilly verheiratet war.

Sagte ich, mit dem Künstler? Welch unheilvolle Worte waren das, voll giftiger Falschheit und bitterem Hohn! Ich – ich – ich bin der Künstler. Ich war der wirkliche Künstler von Piccadilly, ich war der wirkliche Künstler von Waterloo Road, ich bin der einzige Urheber aller jener Pflasterzeichnungen, die alltäglich und allnächtlich Ihre Bewunderung erregen. Ich stelle sie her und vermiete sie dann. Der Mann, den Sie mit den Tüten voll bunter Kreide und den Wischlappen sehen, wie er die Grundstriche der Beschriftung nachzieht und die Umrisse des Lachses schattiert, der Mann, der den Ruhm einheimst, der Mann, der das Geld einheimst, mietet – ja, so ist es, und ich muß es erleben, es zu erzählen! – mietet diese Kunstwerke von mir und bringt nichts dazu als die Kerzen.

Das ist das Schicksal des Genies in einem Handelsstaat. Ich bringe das Zittern nicht fertig, ich bringe die Lebhaftigkeit nicht fertig, ich bringe die Faxen mit dem Anstellungsuchen in einem Kontor nicht fertig; ich kann bloß die Kunstwerke entwerfen und ausführen. Infolgedessen bekommen Sie mich nie zu sehen; Sie glauben, Sie sähen mich, wenn Sie jemand anders sehen, und dieser andere ist ein bloßer Kaufmann. Der eine, den ich und Mr. Click in der Waterloo Road sahen, kann nur ein einziges Wort schreiben, und dieses habe ich ihm beigebracht. Es ist das Wort Multiplikation, das Sie ihn von unten nach oben schreiben sehen können, weil er es richtig nicht fertigbringt. Der andere, den ich und Henrietta am Geländer des Green Parks sahen, kann gerade die beiden Enden eines Regenbogens mit seiner Manschette und einem Wischlappen hinschmieren, wenn er sehr dringend dazu genötigt ist, sich zu zeigen. Aber er könnte, und wenn es ihm ans Leben ginge, ebensowenig den Bogen des Regenbogens fertigkriegen wie das Mondlicht, den Fisch, den Vulkan, den Schiffbruch, die Hammelkeule, den Eremiten oder irgendeinen anderen der gefeiertsten Effekte.

Um zu schließen, wie ich begonnen habe: Wenn es einen Mann der Öffentlichkeit gibt, der vom Schicksal geschlagen ist, so bin ich es. Und sooft Sie schon meine Werke gesehen haben, sie jetzt sehen und noch sehen werden, so ist die Wahrscheinlichkeit doch wie eins zu fünfzigtausend, daß Sie jemals mich selbst zu Gesicht bekommen werden. Höchstens könnten Sie einmal zufällig, wenn die Kerzen ausgebrannt sind und der Kaufmann fort ist, einen unbeachteten jungen Mann wahrnehmen, der sorgfältig die letzten Spuren der Zeichnungen ausreibt, so daß niemand sie erneuern kann. Das bin ich.

Viertes Kapitel

Sein wunderbares Ende

Der Leser wird sich schon längst gedacht haben, daß ich die vorstehenden Blätter verkauft habe. Aus der Tatsache, daß sie hier abgedruckt sind, wird er den Schluß gezogen haben, daß ich sie an jemand verkauft habe, der noch niemals ... *)

Nachdem ich diese Schriften zu sehr günstigen Bedingungen losgeworden war, nahm ich meine gewöhnlichen Beschäftigungen wieder auf. Aber ich machte nur zu bald die Entdeckung, daß der Seelenfrieden von einer Stirn entflohen war, der bis zu dieser Zeit nur das Haar geraubt hatte, während im Innern alles in ungestörter Ruhe geblieben war.

Es wäre überflüssig, es verhüllen zu wollen – die Stirn, von der ich spreche, ist meine eigene.

Ja, um diese Stirn sammelten sich schwere Sorgen, wie der schwarze Fittich des Vogels in der Fabel, die – die zweifellos jeder Rechtlichgesinnte in Erinnerung haben wird. Wenn nicht, dann kann ich mich unter dem Druck des Augenblicks nicht auf Einzelheiten darüber einlassen. Der Gedanke, daß die Schriften jetzt unweigerlich in Druck gehen würden und daß er noch leben und darauf stoßen könnte, lag wie ein Alpdrücken auf meinem gehetzten Gewissen. Die Spannkraft meines Gemüts war dahin. Nutzlos war die Flasche, mochte es Wein oder Medizin sein. Ich versuchte es mit beidem, aber beides wirkte auf mein Nervensystem jämmerlich deprimierend.

---

*) Der Rest dieser schmeichelhaften Bemerkung wurde von der Redaktion gestrichen.

Diese Niedergeschlagenheit hatte sich meiner zum erstenmal bemächtigt, als ich zu überlegen begann, was ich bloß sagen sollte, wenn er – der Unbekannte – eines Tages im Kaffeezimmer auftauchen und Schadenersatz verlangen sollte. So ging ich denn umher, als ich eines Vormittags im vergangenen November einen Wink erhielt, den, wie es schien, mir der Finger des Schicksals und der des Gewissens gemeinschaftlich zuteil werden ließen. Ich war allein im Kaffeezimmer, hatte gerade das Feuer zu einer Flamme geschürt und stand, ihm den Rücken zukehrend, davor und versuchte zu ergründen, ob die Hitze einen besänftigenden Einfluß auf die Stimme im Innern geltend machen würde. Auf einmal sah ich einen jungen Mann mit einer Mütze und einem intelligenten Gesicht (obwohl sein Haar dringend hätte geschnitten werden müssen) vor mir.

»Mr. Christopher, der Oberkellner?«
»Derselbe.«

Der junge Mann schüttelte sich die Haare, die ihn am Sehen hinderten, aus dem Gesicht und zog ein Paket aus der Brusttasche hervor. Dieses händigte er mir, die Augen durchbohrend auf mich gerichtet (oder kam es mir vielleicht bloß so vor?) mit folgenden Worten aus:

»Die Korrekturen.«

Obwohl ich fühlte, wie das Feuer meine Rockschöße zu versengen begann, besaß ich doch nicht die Kraft, meine Stellung zu wechseln. Der junge Mann legte das Paket in meine zitternde Hand und wiederholte höflich:

»Die Korrekturen.«

Mit diesen Worten schied er.

Ich öffnete das Paket und fand darin die vorstehend wiedergegebenen Geschichten gedruckt, geradeso wie sie der Leser (darf ich sagen, der verständnisvolle Leser?) gelesen hat. Doch das verschaffte mir keine Beruhigung. Es war ja auch nur der Beweis, daß ich die Schriften verkauft hatte.

Meine Angst wurde von Tag zu Tag schlimmer. Ich hatte an die drohende Gefahr der Veröffentlichung gedacht, als bereits alles gedruckt war. Das Honorar wiederzuerstatten, um die

Vereinbarung rückgängig zu machen und so das Erscheinen zu verhindern, daran war nicht zu denken. Meine Familie war in alle Winde zerstreut; Weihnachten stand vor der Tür; ein Bruder im Krankenhaus und eine Schwester mit Rheumatismus konnte ich nicht ganz vernachlässigen. Und nicht allein diese beiden rechneten auf das Einkommen eines in seiner Tätigkeit ganz auf sich selbst gestellten Kellners. Ein Bruder ohne Anstellung und ein Bruder ohne Geld, um einen Wechsel zu bezahlen, und ein Bruder, der den Verstand verloren hatte, und ein Bruder, der in New York war (was nicht dasselbe ist, obgleich es so scheinen möchte) – sie alle hatten mir die Taschen gründlich geleert. Mein Gemütszustand verschlimmerte sich immer mehr. Die Korrekturen kamen mir nicht aus dem Sinn. Das Weihnachtsfest rückte näher, und sowie die Veröffentlichung erfolgt war, mußte ich stündlich befürchten, daß er mir im Kaffeezimmer auf einmal entgegentreten und beim Himmel und seinem Vaterland sein Recht fordern würde.

Die erschütternde und gänzlich unerwartete Katastrophe, die ich dem Leser (soll ich sagen, dem höchst verständnisvollen Leser?) oben dunkel andeutete, naht nun mit raschen Schritten heran.

Wir schrieben noch November, aber die letzten Echos des Guy Fawkes-Tags waren längst verklungen. Das Geschäft war flau – verschiedene Braten standen weit unter dem gewohnten Absatz und mit dem Wein ging es natürlich dementsprechend. Schließlich war die Flaute derartig geworden, daß die Zimmer Nummer 26, 27, 28 und 31, nachdem sie um sechs Uhr ihre verschiedenen Diners eingenommen und bei ihren verschiedenen Karaffen ein wenig geschlummert hatten, in ihren verschiedenen Droschken zu ihren verschiedenen Nachtzügen gefahren waren und uns gänzlich leer zurückgelassen hatten.

Ich hatte mir die Abendzeitung an den Tisch Nummer 6 genommen, der das wärmste und angenehmste Plätzchen ist, und war, in die höchst interessanten Tagesereignisse vertieft, eingeschlummert. Der wohlbekannte Ruf »Kellner!« brachte mich wieder zum Bewußtsein. Ich fuhr mit der Antwort »Sir!«

empor und gewahrte einen Gentleman, der neben Tisch Nummer 4 stand. Der Leser (soll ich sagen, der aufmerksame Leser?) wird gebeten, besonders auf den Ort zu achten, wo der Gentleman stand – *am Tisch Nummer 4.*

Er hatte eine von den neumodischen nicht einknickenden Reisetaschen in der Hand (gegen die ich eine Abneigung habe, denn ich sehe nicht ein, weshalb wir nicht einknicken sollten, wie unsere Väter vor uns eingeknickt sind), und er sagte:

»Ich möchte speisen, Kellner. Ich bleibe über Nacht hier.«

»Sehr wohl, Sir. Was wünschen Sie zum Diner, Sir?«

»Suppe, ein Stückchen Kabeljau mit Austernsauce und Braten.«

»Sehr wohl, Sir.«

Ich läutete nach dem Zimmermädchen, und Mrs. Pratchett trat ein, wie üblich mit ernstem Gesicht eine angezündete flache Kerze vor sich hertragend. Es sah aus, als gehörte sie zu einer langen öffentlichen Prozession, deren übrige Teilnehmer unsichtbar wären.

Inzwischen war der Gentleman an den Kaminsims gerade vor das Feuer getreten und hatte seine Stirn darauf gelegt. Es war ein niedriger Kamin, und so sah es aus, als stelle er sich zum Bockspringen für jemand hin. Ein schwerer Seufzer entrang sich seiner Brust. Sein Haar war lang und von heller Farbe, und als er seine Stirn auf den Kaminsims legte, fiel es ihm in wirrem Durcheinander über die Augen. Als er sich aber daraufhin umwandte und den Kopf wieder erhob, fiel es ihm in wirrem Durcheinander über die Ohren. Dies gab ihm ein wildes Aussehen, wie eine vom Sturm verwüstete Heide.

»Oh! Das Zimmermädchen. Ah!« Er stand da und sann über etwas nach. »Ganz richtig. Ja. Ich will jetzt nicht hinaufgehen. Nehmen Sie bloß meine Tasche. Es genügt für den Augenblick, wenn ich meine Nummer weiß. – Können Sie mir 24 B geben?«

(O Gewissen, was bist du für eine Natter!)

Mrs. Pratchett gab ihm das Zimmer und nahm die Reisetasche mit hinauf. Darauf ging er an das Feuer zurück und begann an den Fingernägeln zu kauen.

»Kellner!« zwischen den Worten an den Nägeln kauend, »geben Sie mir«, kauend, »Papier und Feder; und in fünf Minuten«, kauend, »besorgen Sie mir bitte«, kauend, »einen«, kauend, »Boten.«

Ohne auf seine kaltwerdende Suppe zu achten, schrieb er, bevor er sein Diner anrührte, sechs Briefe und schickte sie ab. Drei gingen nach der City und drei nach Westen. Die City-Briefe waren für Cornhill, Ludgate Hill und Farringdon Street bestimmt. Die Briefe nach dem Westen gingen nach Great Marlborough Street, New Burlington Street und Piccadilly. An jedem der sechs Orte ließ sich der Empfänger systematisch verleugnen, und es gab keine Spur von einer Antwort. Unser Bote flüsterte mir zu, als er zurückkam: »Alles Buchhändler.«

Inzwischen war er jedoch mit seinem Diner und seiner Weinflasche fertig geworden. Er warf jetzt in der Aufregung mit dem Ellbogen einen Teller mit Biskuit vom Tisch herunter – achten Sie auf die Übereinstimmung mit den in der Rechnung angeführten Tatsachen! –, ohne ihn freilich zu zerbrechen, und verlangte Brandy mit heißem Wasser.

Ich war jetzt vollkommen überzeugt, daß er es war, und der Schweiß floß nur so von mir herab. Angeregt von dem erwähnten heißen Getränk, verlangte er wiederum Papier und Feder und verbrachte die folgenden zwei Stunden mit der Anfertigung eines Manuskripts, das er nach Vollendung ins Feuer warf. Dann ging er, von Mrs. Pratchett gefolgt, auf sein Zimmer, um sich schlafen zu legen. Mrs. Pratchett, die meinen aufgeregten Zustand bemerkte, sagte mir beim Herunterkommen, daß sie sein Auge in jeden Winkel der Korridore und der Treppe hätte gleiten sehen, als suche er sein Gepäck. Als sie sich dann beim Schließen der Tür von 24 B noch einmal umwandte, hätte er bereits seinen Rock abgelegt gehabt und wäre gerade im Begriff gewesen, unter die Bettstelle zu kriechen, wie ein Schornsteinfeger, bevor er in die Esse kriecht.

Am nächsten Tag – ich will die Qualen der Nacht mit Stillschweigen übergehen – war es in unserem Teil Londons so neblig, daß das Gas im Kaffeezimmer angezündet werden mußte. Wir waren immer noch allein, und kein fiebriges Wort kann die Unruhe seiner Erscheinung genügend beschreiben, während er am Tisch Nummer 4 saß; wozu noch kam, daß etwas mit dem Gas nicht in Ordnung war.

Nachdem er wiederum sein Diner bestellt hatte, ging er aus und blieb fast zwei Stunden fort. Bei seiner Rückkehr fragte er, ob eine Antwort da wäre, und da dies gänzlich verneint wurde, verlangte er unverzüglich nach Geflügelsuppe mit Cayennepfeffer und Orangenbrandy.

Da ich fühlte, daß der Kampf auf Leben und Tod jetzt bevorstand, hielt ich es für richtig, dafür zu sorgen, daß ich ihm auch an Kräften gewachsen wäre. Deshalb beschloß ich, alles zu genießen, was er genießen würde. So nahm ich denn hinter meinem Wandschirm, aber immer mit einem Auge auf ihn, Geflügelsuppe mit Cayennepfeffer und Orangenbrandy zu mir. Und als er später am Tag nochmals Orangenbrandy sagte, sagte ich das gleiche in leiserem Ton zu George, meinem zweiten Leutnant (mein erster hatte Urlaub), der zwischen mir und dem Büfett vermittelt.

Den ganzen entsetzlichen Tag lang ging er ständig im Kaffeezimmer auf und ab. Er kam oft in die nächste Nähe meines Wandschirms, und dann rollten seine Augen, nur zu deutlich auf der Suche nach einer Spur von seinem Gepäck. Es wurde halb sieben und ich deckte den Tisch für ihn. Er bestellte eine Flasche alten braunen Portwein. Auch ich bestellte eine Flasche alten braunen Portwein. Er trank seine Flasche. Ich trank meine Flasche, soweit es mir meine Pflichten gestatteten, Glas für Glas wie er die seinige. Er schloß mit Kaffee und einem Schnäpschen. Ich schloß mit Kaffee und einem Schnäpschen. Er schlummerte. Ich schlummerte. Schließlich »Kellner!« – und die Rechnung. Jetzt stand der Augenblick bevor, wo wir in tödlicher Umklammerung aneinandergeraten mußten.

So rasch, wie der Pfeil vom Bogen fliegt, hatte ich meinen Entschluß gefaßt; oder anders ausgedrückt, ich hatte ihn zwischen neun und neun ausgehämmert. Er bestand darin, daß ich meinerseits zuerst den Gegenstand zur Sprache bringen und ein volles Geständnis ablegen wollte; gleichzeitig wollte ich mich erbieten, ihm jeden beliebigen Schadenersatz in Teilzahlungen zu leisten, der mir möglich wäre. Er zahlte seine Rechnung (wobei er der Bedienung gegenüber seine volle Pflicht tat), während seine Augen bis zuletzt umherrollten, ob er nicht eine Spur von seinem Gepäck entdecke. Ein einziges Mal begegneten sich unsere Blicke dabei mit der glänzenden Starrheit (ich glaube, ich begehe mit diesem Vergleich keinen Fehler), des wohlbekannten Basilisken.

Mit leidlich fester Hand, wenn auch mit Unterwürfigkeit, legte ich die Korrekturbogen vor ihn hin.

»Barmherziger Himmel!« rief er, indem er aufsprang und sich an den Haaren faßte. »Was ist das? Druckschrift!«

»Sir«, erwiderte ich mit begütigender Stimme, indem ich mich über ihn beugte, »ich gestehe demütig, daß ich die unglückliche Veranlassung dazu bin. Aber ich hoffe, Sir, daß, wenn ich Ihnen erst die Umstände und die vollkommene Harmlosigkeit meiner Absichten erklärt habe...«

Zu meinem größten Erstaunen unterbrach er meine Rede, indem er mich in beide Arme schloß und an sein Brustbein preßte. Ich muß gestehen, daß dabei mein Gesicht (im besonderen meine Nase) kurze Zeit in einer sehr unangenehmen Lage war, weil er seinen Rock bis oben zugeknöpft hatte und seine Knöpfe ungewöhnlich hart waren.

»Ha, ha, ha!« rief er, mich mit einem wilden Lachen aus seinen Armen lassend und meine Hand ergreifend. »Wie ist Ihr Name, mein Wohltäter?«

»Mein Name, Sir« (ich war in der höchsten Verlegenheit, wie ich ihn verstehen sollte), »ist Christopher und ich hoffe, Sir, daß, als solcher, wenn Sie meine Erklärungen vernom...«

»Gedruckt!« rief er wiederum aus, die Korrekturbogen hin und her werfend, als ob er sich in ihnen baden wollte. »Gedruckt!! O Christopher! O Menschenfreund! Keine Belohnung ist würdig genug für Sie – aber welche Summe würde Ihnen annehmbar erscheinen?«

Ich war einen Schritt zurückgetreten, andernfalls hätte ich wieder unter seinen Knöpfen zu leiden gehabt.

»Sir, ich versichere Ihnen, ich habe bereits eine gute Bezahlung erhalten und . . .«

»Nein, nein, Christopher! Reden Sie nicht so! Welche Summe würde Ihnen annehmbar erscheinen, Christopher? Würden Ihnen zwanzig Pfund annehmbar scheinen?«

So groß auch meine Überraschung war, fand ich doch natürlich die Worte:

»Sir, soviel ich weiß, gab es noch keinen Menschen, der nicht mit mehr als der durchschnittlichen Menge Wasser im Kopf geboren wurde, der zwanzig Pfund *nicht* annehmbar gefunden hätte. Jedoch – ich bin Ihnen wirklich sehr verbunden, Sir« – er hatte das Geld eilig aus seiner Börse herausgeschüttelt und es mir in zwei Banknoten in die Hand gedrückt –, »jedoch möchte ich gern wissen, Sir, wenn ich damit nicht lästig falle, wodurch ich diese Freigebigkeit verdient habe.«

»So erfahren Sie denn, mein Christopher«, erwiderte er, »daß ich mich von Kindheit an unablässig, aber erfolglos bemüht habe, gedruckt zu werden. Erfahren Sie, Christopher, daß alle lebenden und einige tote Verleger sich geweigert haben, mich zu drucken. Erfahren Sie, Christopher, daß ich ganze Stapel von Papier, die nicht gedruckt sind, vollgeschrieben habe. Aber sie sollen Ihnen vorgelesen werden, mein Freund und Bruder. Sie haben manchmal einen freien Tag?«

Da ich die große Gefahr sah, in der ich schwebte, brachte ich die Geistesgegenwart auf zu antworten: »Niemals!« Um ihm jede Hoffnung zu nehmen, fügte ich hinzu: »Niemals! Von der Wiege bis zum Grab nicht!«

»Nun gut«, sagte er, diesen Gedanken aufgebend und wieder über seinen Korrekturbogen kichernd. »Aber ich bin gedruckt! Der Flug des Ehrgeizes, der sich zuerst aus meines Vaters niederer Hütte erhob, ist endlich verwirklicht! Der goldene Bogen« – so fuhr er in seinen Schwärmereien fort –, »von zauberischer Hand berührt, hat einen vollkommen reinen Laut ertönen lassen! Wann trug sich dies zu, mein Christopher?«

»Was, Sir?«

»Dieser«, er hielt die Korrekturbogen in Armlänge vor sich hin, um sie zu bewundern – »dieser *Drrrruck.*«

Als ich ihm ausführlichen Bericht darüber erstattet hatte, ergriff er abermals meine Hand und sagte:

»Teurer Christopher, das Bewußtsein sollte Ihnen guttun, daß Sie ein Werkzeug in der Hand des Schicksals sind. Denn das sind Sie.«

Eine vorübergehende melancholische Anwandlung ließ mich den Kopf schütteln und sagen:

»Vielleicht sind wir das alle.«

»Das meine ich nicht«, erwiderte er. »Ich spreche nicht im allgemeinen, sondern beziehe mich bloß auf diesen Einzelfall. Hören Sie gut zu, Christopher! Ich hatte jede Hoffnung aufgegeben, durch meine eigenen Bemühungen jemals eines der Manuskripte in meinem Gepäck loszuwerden. Wohin ich sie auch schickte, sie kamen stets wieder zurück, und so ließ ich denn vor etwa sieben Jahren dieses Gepäck hier, in der verzweifelten Hoffnung, daß entweder die allzu getreuen Manuskripte nicht mehr zu mir zurückkommen würden, oder daß jemand, der nicht so verflucht ist wie ich, sie eines Tages der Welt schenken würde. Sie folgen mir, mein Christopher?«

»Ganz gut, Sir.«

Ich folgte ihm so weit, um zu verstehen, daß er einen schwachen Kopf hatte und daß der Orangenlikör, der heiße Brandy und der alte braune Portwein zusammen auf ihn zu wirken begannen. (Der alte Braune, der sehr berauschend ist, eignet sich am besten für hartnäckige Fälle.)

»Jahre vergingen, während deren diese Werke im Staub schlummerten. Schließlich erwählte das Schicksal sein Werkzeug unter der gesamten Menschheit und sandte Sie hierhier, Christopher! Und, o Wunder!, der Schrein barst auseinander, und der Schatz war frei!«

Als er dies gesagt hatte, zerzauste er sein Haar, wobei er auf den Zehenspitzen stand.

»Aber«, erinnerte er sich, während er in Erregung geriet,

»wir müssen die ganze Nacht durch wach bleiben, mein Christopher. Ich muß diese Bogen korrigieren. Füllen Sie alle Schreibzeuge mit Tinte und bringen Sie mir einige neue Federn.«

Er bekleckerte sich selbst und bekleckerte die Korrekturbogen die ganze Nacht hindurch derartig mit Tinte, daß, als der Sonnengott ihm anzeigte, es sei Zeit zum Scheiden (was er in einer vierrädrigen Kutsche tat), man schwer hätte sagen können, was sie wären und was er wäre und was Kleckse wären. Seine letzte Weisung war, daß ich mich sofort auf den Weg machen und seine Korrekturbogen im Kontor des Verlages abgeben sollte. Das tat ich. Sie werden aber wahrscheinlich nicht erscheinen, denn, während ich diese abschließenden Zeilen aufs Papier warf, kam eine Nachricht aus der Beauford-Druckerei, daß die gesamte Belegschaft nicht herausbekommen könnte, was sie bedeuten sollten. Worauf ein bestimmter Gentleman aus der Firma, den ich nicht weiter nennen will, lachte und die Korrekturbogen ins Feuer warf.